唐宋史料筆記叢刊

# 唐語林校證

上

〔宋〕王讜撰
周勛初校證

中華書局

圖書在版編目(CIP)數據

唐語林校證/(宋)王讜撰;周勛初校證. —2版. —北京:中華書局,2008.1(2025.2重印)
(唐宋史料筆記叢刊)
ISBN 978-7-101-00074-0

Ⅰ.唐… Ⅱ.①王…②周… Ⅲ.筆記小説-作品集-中國-北宋 Ⅳ.I242.1

中國版本圖書館CIP數據核字(2007)第026803號

初版編輯: 王瑞來
責任編輯: 胡　珂
責任印製: 管　斌

唐宋史料筆記叢刊
唐語林校證
(全二册)
〔宋〕王　讜 撰
周勛初 校證
*
中 華 書 局 出 版 發 行
(北京市豐臺區太平橋西里38號　100073)
http://www.zhbc.com.cn
E-mail:zhbc@zhbc.com.cn
北京建宏印刷有限公司印刷
*
850×1168毫米 1/32 · 31¼印張 · 4插頁 · 536千字
1987年7月第1版　2008年1月第2版
2025年2月第7次印刷
印數:16901-17300册　定價: 138.00元

ISBN 978-7-101-00074-0

# 目録

# 前言

讀過唐語林的人，一定會有兩種深刻的印象：

一、這是一本很好的書。材料很可貴。研究唐代文史的人，一定得用作參考。

二、這是一本很糟的書。太雜亂。不經過整理，就很難閱讀。

這些情況的出現，是由各種複雜的因素構成的。應該加以探討和說明。

## 作者的生平和交遊

唐語林的作者王讜，歷史上缺乏系統的記載，只是經過多年來各家的探索，纔能瞭解到他生活的一些基本情況。

王讜，字正甫，長安人。〔一〕故武寧軍節度使王全斌的五代孫，武勝軍節度觀察留後王凱的孫子，〔二〕曾任鳳翔府都監的王彭之子。他還是吕大防的女壻。吕大防於宋哲宗元祐年間拜相，而在他任中書侍郎時，堂除王讜爲京東排岸司，後改國子監丞，〔三〕又改少府監丞等職。〔四〕元祐之後，王讜還曾出任邠州通判。〔五〕大約死於崇寧、大觀年間，享年當在六、七十歲。

王讜出身在一個顯赫的家庭，妻黨又是很有權勢的人物，然而他在仕途上是並不得意的。看來他在政治上没有什麽才能。元祐年間官運雖曾一度亨通，只是依靠吕大防的直接提拔，但隨即也就遭到劉安世、吴安詩等諫官的反對。〔六〕當時黨争很激烈，與王讜有關係的一些人物，大都屬於舊黨，就是對他彈劾的人也是如此。這倒不像是新黨人物出來進行誣陷和攻擊，因此吕大防也不能不尊重事實，另作安排。王讜在仕途上的蹇礙，除此之外似乎還難以作出更具體的解釋。

吕大防與程頤關係深切，因此王讜與舊黨中的洛黨中人有交往。〔七〕但在他接觸的人物中，最值得注意的一派，是蘇軾與其門下學友。

東坡全集後集卷八有王大年哀辭一文，爲追悼其青年時代的友人王彭而作。王讜於蘇軾年輩爲後，但因兩代交情之故，關係是很深切的。王讜的從兄王銑也是蘇軾的至交。王銑，字晉卿，尚蜀國長公主，在黨争中與蘇軾同進退，情份非同一般。於此也可見到王、蘇之間的多層因緣了。

王讜能書善畫，〔八〕和王銑作風相似，與蘇軾的作風也有相近之處。蘇軾喜讀筆記小説，自己也留下了仇池筆記、東坡志林等作品。他又是當時公認的文壇領袖。作爲這一流派的宗主，自然會對周圍的文人發生影響。

在蘇軾周圍的一些文人中，有兩個人值得提出來討論一下。

一是趙令畤。令畤，字德麟，元祐年間和蘇軾過往甚密，因而牽連入黨禁。〔九〕他寫有侯鯖録一書。與唐語林比較，二者體例不同，因爲他們雖然都採擇了前代的許多筆記小説，但侯鯖録中材料的編次較凌亂，裏面吸收了不少詩話，而且還加入了自己的創作，例如介紹元稹傳奇時附以著名的商調蝶戀花，這和唐語林中衹吸收他人的作品，而又依據世說新語的體例加以編排的原則截然不同。但侯鯖録和唐語林中吸收了很多同源的材料，而且二書都不註明出處。有些條目，僅見此二書。例如唐語林卷五716賀監納苞苴、卷七994宗室凌遲兩條，均見侯鯖録卷八；卷五717海上釣鰲客一條，見侯鯖録卷六；卷六761李幼清知馬一條，見侯鯖録卷四。佚文祕籍，賴此二書而傳世。後人雖然很難判斷二人著書時是否通過聲氣，但可推知這兩本性質相近的書却是同一學術環境中的產物。

另一人是孔平仲。平仲，字毅甫，一作義甫，與兄文仲、武仲都有文名，所謂「清江三孔」是也。孔平仲與蘇軾關係深切，同坐黨籍。〔一〇〕他著有續世說一書，和唐語林性質相同，也是參考世說新語的體例編纂成書的。

按世說新語共分三十六門，續世說共分三十八門，和前者比較，不列豪爽一門，而多出直諫、邪諂、姦佞三門。唐語林共分五十二門，和世說新語比較，不列捷悟一門，而多出嗜好、俚俗、記事、任察、諛佞、威望、忠義、慰悦、汲引、委屬、砭談、僭亂、動植、書畫、雜物、殘忍、計策十七門。顯然，續世說和唐語林的性質很近似，只是後者的規模要大一些。

唐語林卷五729條，敍京師王侯妃主第宅的奢靡，原出封氏聞見記卷五第宅，中有云：「安禄山初承寵遇，敕營甲第，瓌材之美，爲京城第一。」下有王氏原註，引續世說「明皇爲安禄山起第於親仁坊」一條，此文見該書卷五汰侈中，足見王讜著書時參考過孔平仲的這部著作。因爲這個註釋，既不是封演自註，也不可能是永樂大典的編者所加；永樂大典編者於唐語林的條文中有時附以考訂，上加「案」字，但没有引用另一種書加以註釋的體例。因此，這個註釋只能是王讜所加。續世説也是輯録前人著作而成的。上面這條文字，原出姚汝能的安禄山事迹卷上。王讜熟悉唐代雜史，姚氏此書定然寓目，然而此處不引原出之文，却用同時人的著作，無非爲了聲氣相通，看來也是呼朋引類的意思。這兩位蘇門學士中人寫作同一類型的著作，説明這是同一學術氛圍下的産物。按續世説中所記者，自劉宋迄五代，是貫通幾個朝代的小説集子。唐語林則專主一代。二者相比，類似於通史與專史的關係。看來孔氏成書在前，王氏成書在後，後者曾受前者的影響。

## 唐語林的性質

### 唐語林的資料來源

唐語林是綜採五十種書中的材料分門别類而編成的。直齋書録解題卷十一小説家類敍唐語林曰：「長安王讜正甫撰。以唐小説五十家，做世説分門三十五，又益十七，爲五十二門。」他所依據的五十種書，由於原序目還保存，因而給予後人的研究工作不少方便。按永樂大典所保留的原序目，僅存四十八種原書名字，遺佚的兩種，四庫全書館臣以爲即虬鬚客傳和封氏聞見記，這或許符合事實。只是其中齊集一書，實乃嵐齋集之誤；玉堂閑話一書，當即王仁裕的開元天寶遺事。這樣，通過閲讀原書和研究書目，可以瞭解這五十種書的情况。

這五十種書的性質，也就決定了唐語林一書的性質。今將唐宋以及後代目録書中有關這五十種書的記載，它們所屬的門類和卷數，製表列後，説明當時人對這些書的看法和每一種書流傳的情況。

| 書名＼書目 | 新唐書藝文志 | 崇文總目 | 郡齋讀書志 | 直齋書録解題 | 宋史藝文志 | 四庫全書總目提要 |
|---|---|---|---|---|---|---|
| 國史補 | 雜史三卷 | 雜史三卷 | 雜史三卷 | 雜史二卷 | 傳記三卷 | 小説家・雜事三卷 |
| 補國史 | 雜史十卷 | 雜史六卷 | | | 傳記五卷 | |
| 因話録 | 小説家六卷 | 小説二卷 | 小説六卷 | | 小説家六卷 | 小説家・雜事六卷 |
| 談賓録 | 小説家十卷 | 傳記十卷 | 小説十卷 | | 小説家五卷 | |
| 嵐齋集 | 小説家二十五卷 | | | | 傳記一卷 | |
| 幽閒鼓吹 | 小説家一卷 | 小説一卷 | 小説一卷 | 小説家一卷 | 小説家一卷 | 小説家・雜事一卷 |
| 尚書故實 | 雜傳記一卷 | 傳記一卷 | 小説一卷 | 小説家一卷 | 傳記一卷<br>小説家一卷(二二) | 雜家・雜説一卷 |
| 松窗録 | 小説家一卷 | 傳記一卷 | 雜史一卷 | | 小説家一卷 | 小説家・雜事一卷 |
| 廬陵官下記 | 小説家二卷 | 小説二卷 | | 小説家二卷 | 小説家二卷 | |
| 次柳氏舊聞 | 雜史一卷 | 傳記一卷 | 雜史一卷 | 雜史一卷 | 故事一卷 | 小説家・雜事 卷 |

续表

| 書名＼書目 | 新唐書藝文志 | 崇文總目 | 郡齋讀書志 | 直齋書録解題 | 宋史藝文志 | 四庫全書總目提要 |
| --- | --- | --- | --- | --- | --- | --- |
| 桂苑談叢 | 小説家一卷 | 傳記一卷 | 雜史一卷 | | 小説家一卷 | 小説家・異聞一卷 |
| 紀聞談 | | | | 小説家三卷 | 小説家一卷 | |
| 東觀奏記 | 雜史三卷 | 雜史三卷 | 雜史三卷 | 雜史三卷 | 別史三卷 | 雜史三卷 |
| 貞陵遺事 | 雜史二卷 | 雜史二卷 | | 雜史二卷 | 故事一卷 | |
| 常侍言旨 | 小説家一卷 | 傳記一卷 | 小説一卷 | 小説家一卷 | 小説家一卷 | |
| 傳載 | 雜史一卷 | 傳記一卷 | | | 小説家一卷 | 小説家・雜事一卷 |
| 雲溪友議 | 小説家三卷 | 小説三卷 | 小説三卷 | 小説家十二卷 | 小説家十一卷 | 小説家・雜事三卷 |
| 續貞陵遺事 | 雜史一卷 | 雜史一卷 | | 雜史一卷 | 故事一卷 | |
| 開天傳信記 | 雜史一卷 | 雜史一卷 | 雜史一卷 | 雜史一卷 | 小説家一卷 | 小説家・異聞一卷 |
| 戎幕閒談 | 小説家一卷 | 小説一卷 | 小説一卷 | 小説家一卷 | 小説家一卷 | |

续表

| 書名＼書目 | 新唐書藝文志 | 崇文總目 | 郡齋讀書志 | 直齋書録解題 | 宋史藝文志 | 四庫全書總目提要 |
| --- | --- | --- | --- | --- | --- | --- |
| 明皇雜録 | 雜史二卷 | 雜史二卷 | 雜史二卷 | 雜史一卷 | 故事二卷 | 小説家・雜事二卷 |
| 異聞集 | 小説家十卷 | 小説十卷 | 小説十卷 | 小説家十卷 | 小説家十卷 | |
| 大唐説纂 | 小説家四卷 | 小説四卷 | | 小説家四卷 | 小説家四卷 | |
| 刊誤 | 小説家二卷 | 小説二卷 | | 雜家二卷 | 經解二卷<br>傳記一卷 | 雜家・雜考二卷 |
| 盧氏雜説 | 小説家一卷 | 小説一卷 | | 小説家一卷 | 傳記一卷 | |
| 劇談録 | 小説家三卷 | 小説二卷 | 小説三卷 | | 小説家二卷 | 小説家・異聞二卷 |
| 玉泉筆端 | 小説家五卷 | 傳記五卷 | | 小説家三卷<br>又別一卷 | 雜家一卷<br>小説家五卷(一二) | 小説家・雜事　卷 |
| 金華子雜編 | | 傳記三卷 | 小説三卷 | 小説家三卷 | 小説家三卷 | 小説家・雜事二卷 |
| 皮氏見聞 | | 傳記十三卷 | 小説五卷 | | 小説家十三卷 | |
| 大唐新語 | 雜史十三卷 | 雜史十三卷 | 雜史十三卷 | 雜史十三卷 | 別史十三卷 | 小説家・雜事十三卷 |

续表

| 書名＼書目 | 新唐書藝文志 | 崇文總目 | 郡齋讀書志 | 直齋書録解題 | 宋史藝文志 | 四庫全書總目提要 |
|---|---|---|---|---|---|---|
| 劉公嘉話 | 小説家一卷 | 傳記一卷 | 小説一卷 | 小説家一卷 | 小説家一卷<br>小説家一卷〔一三〕 | 小説家・雜事一卷 |
| 羯鼓録 | 樂一卷 | 樂一卷 | 總集〔一四〕一卷 | 音樂一卷 | | 藝術・雜技一卷 |
| 芝田録 | 小説家一卷 | 傳記一卷 | 小説一卷 | | | |
| 資暇集 | 小説家三卷 | 小説三卷 | 小説三卷 | 雜家三卷 | 小説家三卷 | 雜家・雜考三卷 |
| 杜陽雜編 | 小説家三卷 | 傳記三卷 | 小説三卷 | 小説家三卷 | 小説家二卷 | 小説家・異聞三卷 |
| 本事詩 | 總集一卷 | 總集一卷 | 總集一卷 | 總集一卷 | 總集一卷 | 詩文評一卷 |
| 玉堂閒話 | | 傳記十卷 | 傳記四卷〔一五〕 | 傳記二卷 | 故事一卷 | 小説家・雜事四卷 |
| 中朝故事 | | 雜史三卷 | 雜史二卷 | 傳記二卷 | 故事二卷 | 小説家・雜事二卷 |
| 北夢瑣言 | | | 小説三十卷 | 小説家三十卷 | 小説家十二卷 | 小説家・雜事二十卷 |
| 唐會要 | 類書八十卷 | | 類書一百卷 | 典故一百卷 | 類事一百卷 | 政書一百卷 |

续表

| 書名＼書目 | 新唐書藝文志 | 崇文總目 | 郡齋讀書志 | 直齋書録解題 | 宋史藝文志 | 四庫全書總目提要 |
|---|---|---|---|---|---|---|
| 柳氏敍訓 | 雜傳記一卷 | 傳記一卷 | 傳記一卷 | | 傳記一卷 | |
| 魏鄭公故事 | 張大業故事八卷<br>劉褘之傳記六卷 | 劉褘之傳記三卷 | | | | |
| 國朝傳記 | 雜傳記三卷<br>小説家三卷〔一六〕 | 傳記三卷 | | 小説家三卷<br>小説家一卷〔一七〕 | 傳記三卷<br>小説家三卷<br>小説家一卷<br>小説家三卷〔一八〕 | |
| 會昌解頤 | 小説家四卷 | 小説四卷 | | | 小説家五卷 | |
| 洛中記異 | | 小説十卷 | 小説十卷 | | 小説家十卷 | |
| 乾𦠆子 | 小説家三卷 | 小説三卷 | 小説三卷 | 小説家三卷 | | |
| 聞奇録 | | 小説三卷 | | 小説家一卷 | 小説家三卷 | |
| 賈氏談録 | | | 小説一卷 | 傳記一卷 | 小説家一卷 | 小説家・雜事一卷 |
| 封氏聞見記 | 雜傳記五卷 | 傳記五卷 | 小説五卷 | 小説家二卷 | 小説家五卷 | 雜家・雜説十卷 |
| 虯鬚客傳 | | 傳記一卷 | | | 小説家一卷 | |

通過這張表格，可以發現如下問題：

一、唐語林所依據的五十種原書，絕大多數是唐人的著作。不見於新唐書藝文志中的書，不到十種。而這些書，有的作者是由晚唐入宋的；有的作者雖是宋人，但其内容實際上是彙纂唐人著作而成。因此，唐語林中的材料，是由當代人記當代的事。相對地說，總是比較親切可信。這是該書的一個特點。

二、這些著作，到四庫全書總目加以著録時，除國朝傳記和虬鬚客傳因故未收外，亡佚的已有二十種之多，占到總數的五分之二。在那五分之三加以著録的現存書中，有的原來也已散佚，如金華子、賈氏談録，還是四庫全書館臣利用永樂大典纂輯而成的。就是順當地流傳下來的那些書，與原本也已有很多出入，這只要看各種書目上記載的卷數的差異就可明白。有些書的卷數古今雖然一致，但實質上已有不同，例如劉公嘉話，各種書目上的記載均作一卷，然而自宋代起，即已羼入其他書中的文字，與劉氏原書大不相同。王讜的生活年代較早，得到的書可能比較接近原書面貌。

三、有些書，就在當時也很難得。比較之下，只有新唐書藝文志和宋史藝文志中的記載比較全備。但宋史藝文志的編者未必一一看過原書，或許只是雜鈔各種材料草率編成，例如他們把玉泉子放在雜家中，把玉泉筆端放在小説中，而這兩本書只是編纂上有異，性質應是一樣的。又如洛中記異一書，小説類中重出兩見，可見工作上的草率到了何種程度。其他一些書目，就只收下了唐語林中的部份書籍，即使像晁公武、陳振孫這樣一些大藏書家，也没有把這五十種書蒐羅全備。相比之下，可說王讜編書時掌握這一方面的材料是很豐富的。郡齋讀書志（袁州本）卷四下別集類録吕汲公文録二十卷、文録掇遺一卷，提要曰：「大防既拜相，常分其俸之半以録書，故所藏甚富。」陸游跋西崑酬唱集曰：「通直郎張玠，河陽人。吕汲公家外甥，藏書甚富。」（渭南文集卷二六）王讜用書，或曾得親戚支助。

四、上述幾種目録書中所用的名詞，不出雜史、傳記、故事、小説……等範圍。這就説明，他們對這類書的性質看法上雖還未能趨於一致，但有某些相似的見解，認爲這一類著作有別於正史，只是也不能截然否定其記載的事實的可靠性。總的説來，大約處在史與文之間，可以説是一些兼有歷史和文學雙重特點的作品。至於説到像百卷之巨的唐會要等書，那也只是擇取其中有故事情節的個別文字，這只要看唐語林中的一些條目就可明白。又如羯鼓録一書，專門研究一種樂器，但四庫全書總目就曾提到，此書近於説部，故而能爲王讜所録取。

當然，王讜採録這五十種書時，也不可能先爲它們一一定性；他對這些書的看法，不可能像目録學家那麽明確，那麽具體。但他不取其他書籍，而偏挑上這五十種書，則是思想上總會有一個簡單明瞭的標準，然後據此搜集資料。現在看來，和他前後同時的文士尤袤的觀點可以注意。尤袤在遂初堂書目中也收進了這五十種書中的大部份典籍，他的分類情況是：

〔雜史類〕開天傳信記　明皇雜録　開寶遺事　東觀奏記　唐補史　貞陵遺事　傳載　唐國史纂異

〔雜傳類〕唐柳氏敍訓　中朝故事

〔雜家類〕李涪刊誤　資暇集

〔小説類〕封氏見聞志　大唐新語　紀聞談　柳氏舊聞　杜陽雜編　尚書故實　常侍言旨　嵐齋集　松窗録　盧氏雜説

盧陵官下記　因話録　劇談録　雲溪友議　談賓録　幽閒鼓吹　玉泉筆端　戎幙閒談　異聞集傳　乾𦠆子　劉公嘉話　洛中記異録　玉堂閒話

〔類書〕唐會要

這裏包括進了唐語林中最重要的三十六種書。它的分類倒也簡單明瞭，那就是小説與雜類。雜，就是不純的意思。雜史，就是不纯的歷史；雜傳，就是不純的傳記；雜家，就是不纯的學派。王讜的看法似乎與此相合。他挑取了很多典籍，近於歷史、傳記與學術著作，却又不純，近於小説。這樣的著作，生動有趣，纔可以編成唐代的一部「新語」，即唐語林。

## 王讜對資料的考訂和整理

我國古代文士的對待歷史典籍，有一種奇怪的現象：只要這書已經定爲「正史」，那就把它看得很神聖；如果這書未爲正統王朝所認可，保留着原始記録的樣子，那就把它看得很低，似乎與正史屬於兩種截然不同的範疇。實則任何一位史家著書之時，都要吸收一些雜史、傳記、故事、小説……中的材料入内，舊唐書、新唐書、資治通鑑等書的情況莫不如此。

大量援用雜史、傳記、故事、小説中的材料入正史，可以上推到裴松之的三國志註。司馬遷著史記，也可以説有類似的情況。唐初房玄齡等人修晉書，李延壽父子修南史、北史，都曾大量採用雜史、小説中的材料。中、晚唐後，帝王的實録等史料不能很好地整理和保存，後人修史時，自然更是需要仰求於雜史、傳記、故事、小説等材料來補充了。

有水平的史家吸收這類材料時，自然要經過一道細緻的考覈的工作。裴啓著語林，敍謝安事不實，受到本人的指責，此書也就聲譽掃地。這是世說新語卷下之下輕詆篇中記載的一件著名軼事。後代文士著作的書，除非是以傳奇語怪標榜的小說，可以子虛烏有地編造種種神奇故事，根本用不到考慮真實性的問題。除此之外，凡是記述歷史人物或歷史事件的書，總是要對這個問題賦予一定注意的。

運用雜史、傳記、故事、小說入史的範例，大家無不推重司馬光的資治通鑑。據張須通鑑學中統計，僅李唐一代，採録雜史凡六十種，傳記凡十九種，小說凡十五種。〔一九〕資治通鑑篇幅巨大，頭緒紛繁，然而讀來不覺煩冗，反而引人入勝，這當然與司馬光的文筆生動有關，但也不能說它與原始資料的故事生動無關。只是司馬光在吸收這些材料時，曾經做過細緻的甄别工作，他把許多原始資料加以排列，何去何從，是非得失，都寫入了考異，於此可見司馬光的眼力和功夫。而資治通鑑考異三十卷，也就成了後人研究雜史、傳記、故事、小說的有用材料。

王讜著唐語林，看來也想追蹤考異，對材料有所鑑别。他的考訂成果，有的逕附書中條文之後，有的則以註文表現。例如卷六827條引芝田録，敍老卒推倒平淮西碑事，王讜下加案語曰：「愬妻入訴禁中，乃命段文昌撰文，其時碑尚未立，安得推倒？」又如同卷848條引國史補，敍何儒亮訪叔事，王讜於案語中引用另一唐人之說以證其誤。這是逕把考訂成果寫入正文的例子。又如卷一119條敍李衛公廢衛兵宿直事，原註：「李衛公初入相是大和七年，居李石之前，衛兵不因李事。記之者有誤。」又如卷七975條敍僖宗幸蜀時舁御座人李再忠經明皇時供奉，原註曰：「案廣明元年上距天寶將百年，此說甚妄。」這是用註文形式表示考訂成果的例子。情況説明，王讜著書時也曾考慮過考訂材料的問題，並且做過部份工作。

## 唐語林是一部私人的創作

王讜著唐語林時，對該書如何加工似乎還未形成固定的見解。如果説，這是一部集納前人著作而成的東西，裏面有些材料有待於考訂，那應該作一些必要的附註或説明，但王讜的工作不止於此，他常對條文任意改寫，這樣産生的東西，就只能説是他個人的創作了。

例如卷四594條引因話録卷一宮部中文，言柳婕妤「生延王及一公主焉」；王讜則改寫爲「生延王及永穆公主焉」。又如卷426條引隋唐嘉話卷中中文，言一老婦陳牒於戴至德前，資治通鑑卷二〇二唐紀十八高宗上元二年八月敍此，亦作「老嫗」，王讜則改作「老父」。又如卷五633條引國史補卷中妾報父冤事，首云「貞元中，長安客有買妾者」，王讜則改作「唐貞觀元年，長安客有買妾者」，這些地方可以認爲王讜是故意如此改寫的，好讓他人看作這是一本宋人撰記的筆記小説。

在有的條文中，王讜對前人的著録加以增損，這些地方更可看出他的編纂唐語林，寓有創作之意。例如卷四520條引國史補卷下敍著名詩公一文，王讜不但删去了「杜工部」、「戴容州」等名字，而且增加了「張水部」、「李杜」等名字。值得注意的是，王讜還增加了一大段文字：「元和後，不以名可稱者：李太尉、韋中令、裴晉公、白太傅、賈僕射、路侍中、杜紫微；位卑名著者：賈長江、趙渭南；二人連呼者：元白。」這是因爲國史補的作者李肇的生活年代較早，元和之後的人物，社會上還未形成一致的看法，所以李肇不可能把這寫入書中。王讜生活在宋代，上述人物，歷史上的評價已經固定地形成，王讜也就逕自採入，補充國史補中的闕失了。這些地方，應該看成純粹是王讜的創作。

唐語林在每條文字之下不註原出處，或許就與上述情況有關。因爲這些條文經過改寫補充，面目已非，實際上已是王讜的創作，自然不能再註出處了。

## 唐語林似是一部没有正式定稿的著作

王讜著唐語林，書目中屢見記載，但卷數的多寡説法不一。直齋書録解題卷十一小説家類記唐語林八卷，又説「中興書目『十一卷』，而闕記事以下十五門；又云『一本八卷』。今本亦止八卷，而門目皆不闕。」説明當時就有好多種編次不同的本子在流傳。郡齋讀書志本卷三下小説類記唐語林十卷，曰：「右未詳撰人。效世説體，分門記唐世事，新增嗜好等十七門，餘仍舊云。」則是晁氏所見之本卷數又有不同，而且連作者之名也亡佚了。

從唐語林的成書到上述各家加以著録，年代相去不遠，而在流傳的過程中卷數會有很大的出入，想來總是由於缺乏定本的緣故。這時所流傳的本子，應當是各種不同的鈔本。很難想象，唐語林問世之後，立即會有各種不同的刻本出現。宋史卷二〇六藝文志五小説類載王讜唐語林十一卷，和中興館閣書目上記載的卷數相同，這在當時或許是流傳得較廣泛的一種鈔本。但到後來，十一卷本已經失傳，明人所記的本子，大都是八卷本或十卷本了。

大家知道，目前流傳的唐語林雖説也是八卷本，但編次的情況很特殊。前四卷中，從德行到賢媛十八門，還保留着王讜原書的本來面貌；後面的四卷，則是四庫全書館臣利用永樂大典散入各韻部的條文，彙編而成的了。實則此書散佚的部份不止占全書篇幅的一半。根據此書最早刻本，即齊之鸞所刻殘本來看，賢媛之前的文字，原來只占三卷或兩卷，那麽佚去的部份，就有可能多達九卷，至少也有五卷。又唐語林佚存於宋代類書或其他著作中的條文，尚有不少；而永樂大典中未曾輯出的佚文，也有一些。可以推知，此書遺佚而未見記載的條文，數量是不會少的。

綜合上言，似乎可以這樣判斷：唐語林一書的前面部份，流傳的鈔本較多，所以後人能够據以刻出；後面的部份，流傳的鈔本較少，年代早如中興館閣書目，著録者已是後半殘佚之本，可見唐語林這書很早就出現脱落的情況，後代更是難得見到完整的鈔本，所以齊之鸞只能以殘本付梓，而自明末之後，書目上也已看不到足本的記載了。

追本窮源，只能説王讜著書時本來没有整理出一種定本，又不能將一種完整的鈔本及時刻出，這纔出現了後來的種種混亂現象。

唐語林中援引大唐新語中的文字很多，而且很少加以删節或改寫，但在這裏出現一種奇怪的現象，那就是這類保持原始的完整面貌的文字，集中在前面兩卷，匡贊、規諫、極諫、剛正四門之中；後面幾卷，録引的文字很少，而且對此逕加删節或改寫。北夢瑣言中的文字，所引用者也僅限於前六卷。這就説明，王讜著書時似乎只開了個頭，後勁不繼，所以在摘録材料時有這種虎頭蛇尾的情況出現，而這正是全書尚未完成或未經寫定的表現。

前面説到過王讜對唐語林中録引的文字曾有所考訂，只是從全書來看，這類文字爲數是很少的。可以想到，王讜著書時決不會信筆所之僅在這幾條文字之後綴上幾筆，看來他曾有計劃，想對有疑問的條目加以考辨，然而此事只開了一個頭，没有能够貫徹到底。這也説明唐語林當是一部尚未完成的、没有正式定稿的著作。

唐語林中有些條目的分類也不恰當。例如政事上第87「岑文本謂人曰」一條，下有案語曰：「此條宜列言語。原書分門未當，多有類此。」這條案語當是四庫全書館臣所加，意見是中肯的。所以出現這種現象，也應當是全書尚未正式完成，作者没有細細加工的緣故。

如果上述分析符合事實，那麽唐語林中存在着的很多問題，也就可以找到解釋。

## 唐語林的價值

唐代是雜史、傳記、故事、小説極爲發達的時期。這類作品，比之南北朝時的世説新語之類著作，文筆的瀟灑雋永或有遜色，而情節的豐富曲折或有過之。因爲唐代修史之風很盛，所以這一時期的筆記小説對歷史事件的記敍也就更爲重視。這類書籍提供了不少有價值的原始資料。就是那些記載有誤的作品，有的也可廣異聞，供參證，提供當時許多不同來源的獨特見解。至於一些記載典章制度或社會風習的文字，則可提供許多解剖唐代社會組織的實際知識，認識唐代社會的許多不同側面，擴展後人的眼界，這無疑是有很大價值的。

隨着歲月的流逝，這類著作不斷散佚，時至今日，要想更多地掌握這方面的材料，勢必仰求於一些總集、類書等著作。

## 唐語林是一部少而精的小説總集

保存上述材料最豐富的著作，自然首推五百卷之巨的太平廣記，其次就要算到類説、紺珠集等書了。但類説、紺珠集引書節録過甚，常是文意不全，比起唐語林中的文字來，可讀、可信的程度要差得多。白孔六帖、古今合璧事類備要等類書，部頭大，份量重，但雜鈔各類典籍，小説所占的比重並不大，而且鈔手們任意删節，錯别字多，因此類書中引用的文字，一般説來，也比不上唐語林中的引文完整可靠。

拿太平廣記和唐語林相比，前者的篇幅要大得多，後者只能説是戔戔小册。從引書來看，太平廣記所採納者在五百種上下，唐語林則僅收五十種，二者也無法相提並論。但太平廣記引書很雜，其中絶大多數的書，侈談神異，没有多大史料價值；就從文學角度來看，也是無甚意味的文字。唐語林中的五十種書，總的説來，都是很有價值的文史類著作。即使像杜陽雜編、劇談録之類侈陳怪異的書，所採擇者，也是其中較可信的部份。因爲唐語林一書承接的是世説新語的傳統，偏重人事，注重情致，很少涉及鬼神變幻，不以鋪張雜博取勝。這是唐語林的一個優點。和太平廣記相比，唐語林可説具有「少而精」的特點。

## 唐語林在輯佚和校勘上有突出的作用

唐語林援用過的五十種書，有的雖然流傳了下來，但差不多每一種都有殘闕，而這差不多又都可用唐語林來加以補正。唐蘭校劉賓客嘉話録，引唐語林中的文字入補遺者達三十六條；趙貞信校封氏聞見記，引唐語林補入佚文四條。這是大段文字可以用來輯佚的例子。有的文字雖然没有這麼完整，或爲片段記載，或爲個別句子，或爲若干文字，或爲自註，……都可用以補正原書之不足。尤其可貴的是，唐語林中還保存着補國史、戎幕閒談、續貞陵遺事等書中的大段文字，傳奇小説劉幽求傳的殘文和王貴妃傳的全文。這或許是其他典籍中都已殘佚而僅見於唐語林中的材料，於此也可看到此書的可貴了。

拿唐語林中的文字和原書對校，二者之間時見差異，人們總是認爲原書可靠，唐語林中又出現了改錯的字或傳誤的字。大體説來，校勘之時應該尊重原書，但這並不是説原書定然可靠。因爲筆記小説少有善本傳世，而後人又常是隨意改動文字，因此有些單刻傳世的原書其實也並不可信。唐語林成書較早，王讜能够見到各種原書的初本，因此經他採入的文字，有的反而比目下流傳的所謂原書更可信。這裏可舉因話録爲例以説明之。唐語林卷三306條敍柳元公杖殺神策小將事，中有「不獨試臣」一句，此文原出因話録卷二商部，此句作「不獨侮臣」。乍一看來，「試」字似爲誤字，然而資治通鑑卷二三九唐紀五五憲宗元和十一年考異引因話録此文，正作「不獨試臣」，可知唐語林中文字不誤，而因話録中的文字却已經過後人改動。又如唐語林卷二191條，言代宗獨狐妃薨，郭子儀欲致祭，下屬反對，「子儀曰：『此事須柳侍御裁之。』時殿中侍御史柳弁，字伯存，掌書記，奉使在邠，卽急召之。」此文原出因話録卷一宫部，内云「時予外伯祖殿中侍御史」，註曰：「諱芳，字伯存。」讀者如果不作細究，一定認爲原書可靠，因爲柳芳是當時的著名文士，又是趙璘本人的戚屬，記載上不可能有什麽問題。殊不知這裏也已經過後人妄改，出現了錯誤。新唐書卷二〇二文藝中柳并傳曰：「柳并者，字伯存。大曆中，辟河東府掌書記，遷殿中侍御史。」這人纔真是爲郭子儀草祭文的柳伯存，而非字仲敷的柳芳。查齊之鸞本、歷代小史本唐語林，此人正作「柳并」，可見聚珍本作「柳弁」，乃形近致誤；原書作「柳芳」，乃後人無識而妄改。於此可見，齊之鸞本、歷代小史本中的異文不容忽視，唐語林在校勘上有重要的價值，而它所依據的原書不見得都可靠，有時反而應該用王讜的引文來糾正今本之誤。

## 唐語林中不知出處的文字至可寶貴

唐語林中的文字，經過一番整理，依照其所出的原文，參照各種文獻中的記載，再加上蒐輯而得的佚文，重新加以編排，共得一千一百零二條。其中可以找到出處的，或有可能出於某書的條文，共九百十二條，占全書的百分之八十二點八；一時找不到出處的條文，共一百九十條，占全書的百分之十七點二。於此可見，後者之中保留着天壤之間僅存的許多重要史料。

這些材料可供史學家和文學家參考。例如卷七953條曰：「宣宗崩，內官定策立懿宗，入中書商議，命宰臣署狀。辛相將有不同者，夏侯孜曰：『三十年前，外大臣得與禁中事；三十年以來，外大臣固不得知。但是李氏子孫，內大臣立定，外大臣即北面事之，安有是非之說？』遂率同列署狀。」就把晚唐政治上宦官操縱廢立大權和大臣顢頇擁位的思想狀態典型而生動地呈現於前，讀之一定會受到很大的啟發。又如卷六843條記韓愈二妾，反映了唐代這位古文大家生活上的另一個側面。宋代文人爲了維護韓愈的道學面孔，紛紛攻擊這條文字，妄圖否定其記載的真實性，然而近代學者據此作了深入的研究，發現這些文字如實而具體地介紹了韓文公的爲人。這自然是文史方面亟堪珍視的材料。諸如此類，可供研究之需者尚多。歷代文士經常援用此書，因爲書中的好些條文確是具有不可替代的重要作用。

## 唐語林中存在的問題

自從世說新語這種情趣盎然的小說體取得很大成功之後，歷代都有這一類的著作問世，例如唐代有王方慶的續世說新書，劉肅的大唐新語；宋代有孔平仲的續世說，王讜的唐語林；明代有何良俊的何氏語林，李紹文的明世說新語；清代有梁維樞的玉劍尊聞，吳肅公的明語林，王晫的今世說；近代有易宗夔的新世說，等等。但比較之下，唐語林一書應是其中的佼佼者。其餘的書，或是纂拾舊聞，內容不新鮮；或是矯揉造作，瑣碎不足觀，因而有的已經亡佚，有的讀者寥寥。歷史自然地作出了結論，只有經得起時代考驗的書纔能廣泛流傳。唐語林的地位既如此，也就證實了前言中開端就提到的話：「這是一本很好的書。材料很可貴。研究唐代文史的人，一定得用作參考。」

但總的看來，這部著作還未發揮出它應有的作用。按理說來，唐語林的內容豐富多彩，應當有更多的人來閱讀它，使用它，然而情況並不如此，這又是什麼原因呢？

這是因爲唐語林本身存在着很多問題，諸如材料來源不明，文字時見脱誤，條文分合缺乏定準，等等。而且裏面的絕大部份文字畢竟用的是小說手法，可信與否也難判斷。這些都是使人望而却步的障礙。

從形成這些問題的原因來說，情況很複雜：這裏有作者本人的問題，有版本方面的問題，有流傳過程中出現的各種問題，……這些問題交織在一起，使唐語林從內容到形式都出現了雜亂的情況。爲了整理此書，就得正本清源，找出各種錯誤和混亂現象的原因。首先得從作者本人的問題說起。

## 王讜學識欠佳工作草率

王讜雖有文名，泛讀過唐代的筆記小說，但從唐語林中的一些情況來看，他對唐代的歷史並不太精熟。書中常是出現這麼一種情況，原書不誤，王讜改寫之後，也就出現了錯誤。例如卷三341條，言宗楚客納厚賂啓邊釁事，此文原出大唐新語卷二極諫第三，中有「時西突厥阿史那忠節不和」之句，王讜改寫之後，却成了「時西突厥阿史那與忠節不和」，殊不知阿史那乃西突厥姓，忠節乃此人之名，中間不能加上「與」字。像王讜那樣改動，也就把同一個人誤分爲兩個人了。此事並見舊唐書卷九二宗楚客傳，内云：「景龍中，西突厥娑葛與阿史那忠節不和」，可知大唐新語敍事不明，然無大誤，王讜妄加一字，却鑄成大錯。又如卷三334條，言「太平公主用事。柳渾以斜封官復舊職，上疏諫……」，此文原出大唐新語卷二極諫第三，文字無大差異，然此二書中之「柳渾」實爲「柳澤」之誤。柳澤爲睿宗、玄宗時人，舊唐書卷七七柳澤傳詳記此事，且録柳澤疏中文字。柳渾爲代宗、德宗時人，年代遠不相涉。大唐新語誤之於前，王讜沿其誤而不省，還要在下面加註説明，而他在註文中又引太平御覽之文，言「渾性放曠，不甚檢束」云云，實則此處文字原出舊唐書卷一二五柳渾傳，王讜不用正史原文而用太平御覽，也是史學疏陋的表現。兩個情況完全不同的歷史人物，混爲一談，一誤再誤，可見其史學水平確是並不太高明的了。

王讜的编寫工作也嫌草率，不够嚴肅，例如卷五629條言「侯君集爲兵部尚書，以罪流嶺南。於其家得二美人，容色絶代。太宗問其狀，曰：『自小常食人乳而不飯。』」然據舊唐書卷六九、新唐書卷九四侯君集傳，可知侯君集是因謀反而被殺的，流嶺南者爲其妻及子。按此文出於隋唐嘉話卷上，檢閲原書，纔知道這裏共有五條文字，第一、二條敍李靖言侯君集將反，第三條言太宗誅侯君集而流其子爲奴，第四、五條言録其家得二美人與二金簟。王讜大加改削，組合成文時，卻將侯家父子之事顛倒了。侯君集串通太子承乾謀反而獲罪，乃初唐大事，王讜於此顯得隔膜，可見其史學水平不高。又如卷六771 772 773條，原爲綜合國史補卷上馬燧雪懷光、和解二勳臣、李馬不舉樂三條文字而成的一大條文字，然而王讜不顧文義，生拼硬凑，出現了不少錯誤。國史補中説的「馬燧雪懷光」，是指李懷光叛亂的後期，馬燧爲之説情，求免罪。這本來就不合事實。資治通鑑卷二三一唐紀四七德宗貞元元年考異引此文後，司馬光下按語曰：「是時懷光垂亡，燧功已成八九，故自入朝爭之，豈肯面雪懷光邪！」可見李肇敍事正與實情相反。到了唐語林中，王讜却把「雪」字改成了「斥」字，「馬司徒面斥李懷光」，非但與實情不符，而且成了不可想象之事。此時李懷光與唐王朝正處在敵對的戰爭狀態，馬燧又怎能「面斥」？即使勉强把這説成是馬燧在陣前面斥李懷光，那德宗又爲什麽要「正色」制止？王讜的這種改法，真是匪夷所思。而國史補中李馬不舉樂一段，乃承馬燧雪懷光而來。馬燧與李晟爲李懷光事發生衝突，德宗調解，各賜以音樂，樂止則遣中使問之。王讜改寫，則又成了張延賞與李晟之事。可見王讜任意改動文字，而對唐代史實却又缺乏足够的瞭解，這樣編寫而成的東西，也就不足資以取信的了。

王讜對有些條文的内容，没有細細體會，結果也出了不少差錯。例如卷六782條敍竇申事，引德宗語曰：「吾聞申欲至人家，則鵲喜。」此文原出國史補卷上竇申號鵲喜，原文是：「吾聞申欲至，人家謂之鵲喜。」此事舊唐書卷一三六竇申傳、新唐書卷一四五竇參傳均有記載，資治通鑑卷二三四唐紀五十德宗貞元八年也曾記敍，胡三省註：「竇參每遷除朝士，先與申議，申因先報其人，以招權納賂。時人謂之

『喜鵲』者，以人家有喜事，鵲必先噪於門庭以報之也。」大唐傳載上有同樣的説明，胡氏或據傳載而言。凡此均足説明所謂「鵲喜」也者，只是一個譬喻，王讜却把這理解爲實有其事，寧非大噱。

前面已經説明，唐語林中出現的一些錯誤，有的是由未能正式定稿等原因造成的，但像這裏談的一些問題，就只能説是王讜學識欠佳、工作又不認真而産生的了。著作中出現的問題，當然與編著者的水平密切相關。

## 唐語林的版本問題

唐語林中出現錯亂的情況，上面分析了作者主觀方面的原因，而從客觀方面來説，則是由缺乏好的版本，後人没有進行過認真的整理等多方面的原因産生的。

版本的問題也很複雜。從成書時來説，缺乏可靠的定本；從流傳過程來説，則是經手的人大都草率從事，不尊重原著。況且這書的傳世經歷着曲折的過程，大分大合，絶而復生，這種離奇的經過，在每一個階段都蓋上了加工者的痕迹。

現存最早的唐語林刻本，是明代嘉靖二年桐城齊之鸞刻的兩卷殘本。此書與士禮居藏舊鈔本三卷同。其内容爲武英殿聚珍本的一至四卷。齊氏自言「予所得本多謬」，「有不能意曉者」，可也找不到善本互校，只能讓它「闕疑承誤」。稍後則有豐城李栻刻的歷代小史本。此書乃是一種節録本，而觀其起訖，也同齊書，文字亦多同，可見它所依據的祖本，與齊之鸞本同，或者就是以齊書爲底本的也未可知。

在此之前，陶宗儀説郛中也曾録引，錢熙祚在守山閣叢書本唐語林的校勘記中説：「説郛録唐語林寥寥數條，其標題大略適與齊之鸞本合，知陶南村所見本已不完矣。」這就説明唐語林一書到了宋代之後就已傳本不多，而流傳最廣者也就是這部訛誤很多殘缺不全的三卷本或兩卷本了。

此書自宋、元時起没有什麽好的本子傳世，明代之後已無全書，四庫全書館臣從永樂大典中輯出今本的後半部份，且用聚珍版印行之後，此書纔有所謂足本傳世。但後人所能見者，也只能是這部前後體例截然不同的拼凑本了。

後代重刻這書的人很多，如墨海金壺本、守山閣叢書本、惜陰軒叢書本等，還有福建藩署、江西官書局、廣雅書局覆刻聚珍本等多種，實際上收入上述叢書中的唐語林，都是從武英殿聚珍本覆刻或重刻的，從版本上來説，同出一源，已經没有什麽校勘價值了。

## 永樂大典編纂工作中存在的問題

唐語林這書之所以能够流傳到現在，永樂大典一書起到了中間環節的作用。幸虧當年永樂大典的編者把它分散保存於各韻部中，四庫全書館臣纔有可能將之重行編纂起來。

永樂大典規模宏大，保存了不少古代文獻，當然是一項值得稱道的工作。但在官僚體制的領導和安排下，人多手雜，場面大而不重實際，不可避免地也會出現很多不能令人滿意的情況。况且此書在嘉靖時又重行謄録，四庫全書館臣依據的就是這部重鈔本，在輾轉的鈔寫過程中不可避免地又會增加一些錯誤。

不看内容，分類失當。永樂大典將唐語林中的材料依類相從彙聚在一起，而它的歸類往往不太正確。例如該書卷之二萬三百十疾・心疾引唐語林，即本書卷六789、卷八1079、卷八1078三條文字，原爲國史補内的劉闢爲亂階、韋李皆心疾、御史擾同州三條；實則「御史擾同州」事與「心疾」毫無關係。這與今本唐語林中的編次雖然没有直接關係，但也可以看出永樂大典編者檢閲唐語林時粗枝大葉，工作上是非常草率的。

多錯别字，且多脱落。從表面上看來，永樂大典字迹清楚，一筆不苟，後面還記上了書手和覆覈者的名字，似乎非常認真負責。但只要和原書或其他有關的本子作些比較，也就可以看出工作人員態度馬虎，不但錯别字很多，有時還會大段脱落。例如該書卷之一萬五千九百五十一運・五運引唐語林，原出封氏聞見記卷四運次，如拿封演原文與之比較，則永樂大典錯字與闕漏特多。四庫全書館臣已將此文採入補遺，即今本唐語林卷五672條，因爲永樂大典此文不足爲據，四庫全書館臣不得不依别本另行補正的了。

張冠李戴，誤記篇名。永樂大典的編者時而張冠李戴，把其他書籍中的文字誤題上唐語林的名字，例如該書卷之二千八百七枚・紙九萬枚引唐語林，曰：「王右軍爲會稽，庫中有箋紙九萬枚」，實則此乃裴啓語林中文，見藝文類聚卷九八；又如該書卷之一萬二千十七友・郵窮友引唐語林，曰：「孔嵩……與潁川荀彧共遊太學……」，實則此亦裴啓語林中文，見類林雜説卷四仁友篇三十；又如該書卷之一萬一千六百二藻・品藻引唐語林，曰：「謝碣絶重其婦……」，實則此乃世說新語下之上賢媛中文。因爲這些條文記録的是魏晉南北朝時的事，而且世説新語等書，人所誦習，因此四庫全書館臣纔不致上當，將之誤綴入内。〔三〇〕但也可以設想，假如永樂大典的編者把其他較生僻的書籍中的文字誤題上唐語林一名，那就難於區别真僞了。現在唐語林中保留着好些並不屬於五十種原書的條文，如有的出於閩川名士傳，有的出於定命録，……很有可能，這也是永樂大典的編者誤題書名而夾雜進去的。當然，也有可能出於另一種情況，或許有些不屬於五十種原書的條文曾爲紀聞談、洛中記異等書所吸收，而唐語林據以引録的却是這些後起的書，只是這些書已經散佚，因而難以求得這類條文的真正出處了。這種特殊的情況可能出現，然而還不足用以解釋唐語林中的混亂現象，例如該書卷八1075唐人酒令一條，原出洪邁容齋續筆卷十六，洪邁生於王讜之後，所寫的文字不可能爲前人所吸收，而永樂大典編者以其内容屬於唐代風俗，率爾録引，誤標書名，只能説明編者工作的草率。這一類情況，在永樂大典中爲數是不少的。

## 四庫全書館臣編纂工作中存在的問題

從今本唐語林的成書來説，四庫全書館臣完成了最後一道工序，把這部散佚了幾百年的書重新編纂起來，這個功勞是不可埋没的。但令人遺憾的是，這項工作做得還不理想，其間存在着不少問題。

没有利用齊之鸞本進行校讐。上面已經説到，唐語林此書没有什麽善本可資校勘，但齊之鸞所刻的殘本既已行世，而此書原出宋本，則畢竟還是有其可資參證之處。因爲這書雖然錯誤特多，但擇善而從，還是可以從中探測王書的本來面目。四庫全書總目的唐語林提要上説此書的前半部分就是以齊之鸞本爲底本的，經過比較，發現此説不完全符合事實。好些條文中，齊之鸞本、歷代小史本的文字和原書相符，但今本唐語林却不相同。當然，這也可能是由於四庫全書館臣另外找到了根據，然而這種情况爲數之多，只能説明四庫全書館臣重編唐語林時没有把齊之鸞本放在重要的地位。

這裏可以舉兩個例子來看。唐語林卷三404條，原出北夢瑣言卷三高太尉決禮佛僧。齊之鸞本、歷代小史本中的文字，如「是夜黄昏」，「凌脅州將」，「得於資中處士王迢」等，都與原書相符，而聚珍本却均行脱落。又如卷三457條言蘇頲事，原出開天傳信記，「豈非足下宗庶之孽也」下，「之」字之上，有案語曰：「此下原闕六字。」然而齊之鸞本、歷代小史本不闕，此處有「瓌備言其事，客驚訝」八字，上下承接，文從字順，説明這確是唐語林中的原文。而且唐詩紀事卷十蘇頲中亦有此文，中間也有這兩句，則又可用以説明開天傳信記中原來就有這兩句，今本開天傳信記偶佚，應當根據齊之鸞本、歷代小史本唐語林中的文字補足。聚珍本中的案語看來只是沿用了永樂大典編者的文字，但四庫全書館臣没有利用齊之鸞本進行校讐，致使此書本可起到的作用也未能起到。反觀齊之鸞本，中間有那麽多地方與原書相符，則又足以説明王讜著録時其改寫的幅度並没有今本所顯示的那麼大。

没有完全遵從底本永樂大典中的文字。照理説，四庫全書館臣既然是依據永樂大典一書而重新編纂的，那聚珍本中的文字應該與永樂大典中的引文一致，但按之實際，却並不如此。例如唐語林卷六852條言李絳議置郎官事，見永樂大典卷之七千三百二十八郎·置郎引唐語林，此文原出國史補卷下郎官判南曹，中有「旬日出爲東都留守」、「常亦速畢」二句，永樂大典引文全同，而聚珍本却改「旬日」爲「後」，改「亦」爲「得」，這些文字只能定爲四庫全書館臣所擅改，他們没有遵從永樂大典這一底本。

後人可以擅自改動前人文字，甚至信筆所之逕行改寫，於是各種本子上文字的出入，也就很嚴重了。特别是像唐語林這樣一部幾經曲折而流傳下來的書，在古人輕視小説這種傳統觀念的影響下，經過各個階段經手者的層層改寫，更會出現文字上的許多分歧和混亂。該書卷七有一個突出的例子，919條言譚簡治崔慎由目疾事，原出因話録卷六羽部；永樂大典卷之一萬九千六百三十七目·醫目引唐語林，對此作了大幅度的改寫；聚珍本引用永樂大典中的文字，又作了一次改寫，於是原來的文字和後來的文字也就相去甚遠了。這在全書中或許只能算是一個特殊的例子，但對古代文人肆意删改前人小説而言，却是具有典型意義，可以用來説明唐語林中很多文字上的問題。爲了便於對照，今將三種文字並列於後。

## 因話録卷六羽部

相國崔公慎由廉察浙西。左目皆生贅，如息肉，欲蔽瞳人，視物極礙，諸醫方無驗。一日，淮南判官楊員外牧自吴中越職，饌召于中堂。因話揚州有穆中善醫眼，來爲白府主，請遺書崔相國鉉，令致之。崔公許諾。後數日，得書云：「穆生性麤疎，恐不可信。有譚簡者，用心精審，勝穆甚遠。」遂致以來。既見，白崔公曰：「此立可去，但能安神不撓，獨斷于中，則必効矣。」崔公曰：「如約，雖妻子必不使知。」譚簡又曰：「須用九日晴明，亭午於静處療之，若其日果能遂心，更無憂矣。」是時月初也。至六七日間，忽陰雨甚，譚生極有憂色。至八九大開霽，問崔公：「飲酒多少？」崔公曰：「户雖至小，亦可飲滿。」譚生大喜。初，公將決意用譚之醫，惟語大將中善醫者沈師象，師象贊成其事。是日引譚生於使宅北樓，惟師象與一小豎隨行，左右更無人知者。譚生請公飲酒數杯，端坐無思，俄而譚生以手微捫所患，曰：「殊小事耳！」初覺似拔之，雖痛亦忍。又聞動剪刀聲。白公曰：「此地稍暗，請移往中庭。」象與小豎扶公而至於庭。坐既定，聞櫛焉有聲。先是譚生請好綿數兩染絳，至是以絳綿拭病處，兼傅以藥，遂不甚痛。譚生請公開眼，看所贅肉，大如小指，堅如乾筋，遂命投之江中，方遣報夫人及子弟。譚生立以狀報淮南，崔相國復書云：「自發醫後，憂疑頗甚。及聞痊愈，神思方安。」後數日而徵詔至金陵。嗟夫！向若楊君不遇，譚生不至，公心不斷，九日不晴，徵詔遽來，歸期是切，礙其目疾，位當廢矣，安得秉鈞入輔，爲帝股肱？此數事足驗玄助。而公作相之後，譚生已逝，又何命之大薄也！

## 永樂大典本唐語林

崔相慎由廉察浙西，左目生贅肉，欲蔽瞳人，醫久無驗。聞揚州有穆生善醫眼，託淮南判官楊收召之。收書報云：「穆生性麤疎，恐不可信。有譚簡者，用心精審，勝穆生遠甚。」遂致以來。既見，白崔曰：「此立可去，但能安神不撓，獨斷于中，則必効矣。」崔曰：「如約，雖妻子必不使知。」間又曰：「須用久，目晴明，亭午於静室療之。若其日事，遂無憂矣。」至日開霽。問崔飲多少，「飲雖不多，亦可引滿。」譚生大喜。初，崔將譚生唯語大將中喜醫者沉大師象，贊之。是日引譚生於宅北樓，唯師象與一小豎在，更無人知者。譚生請崔飲酒，端無私，以刀圭去贅，以絳帛拭血，傅以藥。遣報妻子知。後數日，徵詔至金陵。及作相，譚生已卒。

## 聚珍本唐語林

崔相慎由廉察浙西，左日生贅肉，欲蔽瞳人。醫久無驗。聞揚州有穆生善醫眼，託淮南判官楊收召之。收書報云：「穆生性粗疏，恐不可信。有譚簡者，用心精審，勝穆生遠甚。」遂致以來。既見，白崔曰：「此立可去。但能安神不撓，獨斷于中，則必效矣。」崔曰：「如約，雖妻子必不使知聞。」又曰：「須用天日晴明，亭午於静室療之，始無憂矣。」問崔飲多少？曰：「飲雖不多，亦可引滿。」譚生大喜。是日，崔引譚生于宅北樓，惟一小豎在，更無人知者。譚生請崔飲酒，以刀圭去贅，以絳帛拭血，傅以藥，遣報妻子知。後數日，徵詔至金陵。及作相，譚生已卒。

不熟悉原書，妄加案語。清廷開館編輯四庫全書時，集中了當時一批著名的學者。史部由邵晉涵主持。這當然是一代史家，水平很高的。只是前人輕視筆記小説，可想而知，重編唐語林這書的任務，不會由邵晉涵等人親自動手，看來也只是讓館中一些二、三流的學者做做具體工作就是了。這樣當然會影響成書的水平。

四庫全書館臣明知唐語林是彙纂五十種書而成的，但他們没有一一覆覈原書，甚至連這五十種書的内容都不熟悉，這樣當然不可能做好這項工作。例如卷三317韋澳徵鄭光莊租一條，四庫全書館臣下加案語曰：「此事已見政事門，文有異同，今並存之。」實則卷一政事門146條文字出於續貞陵遺事，方正門317條文字出於東觀奏記卷中，二者來源不同，所以王讜兼收並蓄。資治通鑑卷二四九唐紀六五宣宗大中十年五月敍此，與政事門146條文字類同，考異引東觀奏記，即方正門317條文字訖，下云「今從柳玭續貞陵遺事」，可見二者之間内容上還有差别。又如卷三方正門329條記狄仁傑毁江南神廟七百餘所，四庫全書館臣下加案語曰：「此事已見本門首條，文有詳略，今並存之。」實則此條原出隋唐嘉話卷下，而「本門首條」即285條原出封氏聞見記卷九剛正，二者的來源和性質完全不同，王讜自然要把它們分列。四庫全書館臣不知文字的原始出處，妄加案語，可謂少見多怪。

不檢覈材料，妄加拼合。唐語林中的條文，有組合而成的情況，例如卷五635條敍秦鳴鶴爲高宗治腦癰，就像是採取了芝田録和譚賓録中的文字組合而成的。因爲二者内容一致，經過加工之後，已經渾然一體，看不出有拼凑的痕迹。

永樂大典中的文字，按韻部和内容分類，原是一條條單列的。或許四庫全書館臣嫌它太瑣碎了，他們看到前四卷中的文字經常將同一性質的條文合併，於是起而效尤，也常將幾條文字合併起來。只是他們於原書不熟，經常將性質不同的文字妄加拼合，則又造成了不少混亂。例如卷五699 700兩條，前者出於大唐傳載，言樂章以邊地爲名；後者出於開天傳信記，言安祿山之狡黠：内容完全不同。四庫全書館臣將之捏合在一起，讀者不知底細，以爲這條文字中寓有什麽深意，也就會上當。又如卷七889條言李德裕排斥舉子事，原文出於玉泉子，本是首尾貫通的一段文字，但四庫全書館臣却將另一條文字，卽李德裕介紹盧肇、丁稜等人中舉之事插入，反而把幾段文字弄得支離破碎了。實則王起知舉此條應置903條之前，原書也是這樣編排的。這樣編排，三條文字各有其重點，層次井然。四庫全書館臣亂加編纂，不知原書者也就只能跟着他們亂讀一通的了。

不考慮内容，妄加割裂。與上相反，四庫全書館臣對有些本該合併在一起的文字却又不能發現其内容的一致，例如卷六859 860兩條均敍文宗問許康佐左傳中餘祭之事，説明這兩條文字原出一書，故而首尾貫通。查資治通鑑卷二四五唐紀六一文宗太和九年考異，知前者乃林恩補國史中的文字；可以推知，後者當是此文的後半部份。但四庫全書館臣不加細察，而將後者置於同卷869條之後，這就把本該聯在一起的文字割裂開，校正時也就不得不略作調整了。又如卷五721 747兩條，均出封氏聞見記卷八魚龍畏鐵，二者内容一致，文意聯貫，這是不知書名、篇名的人也能體會得出來的，然而四庫全書館臣不加細察，把它們作爲互不相關的文字處理，這就使封氏聞見記中的這條文字一直不能以完整的結構呈現在讀者之前。

凡上種種，説明唐語林中問題成堆。這裏有先天的缺憾，也有後天的錯亂。在我國典籍中，很少有像唐語林這樣坎坷的遭遇，形成這樣奇特的體例。這就證實了前言中開端時就提到的話：「這是一本很糟的書。太雜亂。不經過整理，就很難閱讀。」

## 唐語林的整理工作

應該説，唐語林一書之所以可貴，是由它内在的價值所決定的，這與作者掌握的材料、繼承的學術傳統、産生的時代背景等各種因素有關。唐語林中的錯亂，是由各種複雜的原因層累而成的，但對材料本身而言，却是人爲的，外加的，非本質的。只要細心地加以清理，就能克服其缺點，焕發其原有的光彩。

如何清理？原書已有殘佚，又無可靠的版本可資校勘，但若充分利用現有條件，還是可以開展工作。所幸原出之書大部份還可以找到，宋元時人的總集、别集、類書、筆記中還保留着很多與此有關的材料，這些都可用作校勘之助。齊之鸞本、歷代小史本唐語林中畢竟保存着一些原始的材料，擇善而從，還是可以解決不少問題。

關鍵在於整理者的態度如何。自從四庫全書館臣編成唐語林八卷本，且以聚珍版印出後，據以覆刻的人很多，但很少進行認真的整理。守山閣叢書本後附校勘記，錢熙祚找出了一些條文的出處，還曾參照齊之鸞本，輾轉互校，訂正了一些文字上的錯誤。廣雅書局覆刻唐語林時，後附孫星華的校勘記，他所做的，只是在錢氏的基礎上作了些簡化的工作。可見這兩種校勘記下的功夫還不够，解決的問題還不太多。

守山閣叢書本唐語林向稱善本，錢熙祚在傳播小説的工作中起過很好的作用，但他的態度可不能説是很認真的。就以輯録佚文而言，他用齊之鸞本對校，輯得佚文八條，但實際上有遺漏。其後陸心源又以齊之鸞本對校，輯得佚文十四條，將之刻入潛園總集十九羣書校補卷四中。比起守山閣叢書中的唐語林校勘記來，又補充了六條文字。但陸心源的輯佚工作實際上還有遺漏。本書卷三中的390牛僧孺奇士一條，是齊之鸞本所原有的，但各家均未發現。於此可知，此書僅存的一部明刻本，薄薄兩卷文字，大家都不願好好地查檢，可見這些學者工作時都不是很認真的了。

我花了多年時間整理唐語林，成唐語林校證一書，除前人輯得的佚文外，又輯得了二十三條。其中三條輯自永樂大典。由此可見，就在目前殘存的七百多卷永樂大典中，四庫全書館臣還漏掉了三條文字，以全書而言，其中佚文爲數是不會少的。

校訂唐語林而能用上永樂大典，這畢竟是當代人的幸運。和聚珍本對校，可以發現很多問題，例如識别哪些是王讜的原註，哪些是後人的案語等。

我曾用齊之鸞本、歷代小史本與聚珍本對校。上海圖書館藏周錫瓚校齊之鸞本唐語林，是用黄丕烈藏舊鈔本對校的，利用此書，也就吸收了這部珍貴的舊鈔本的可取之處。

我還用宋元時人的總集、别集、類書、筆記多種進行校勘。由於唐語林中大部份的文字已經找到了出處，積累了不少可供參考的有用材料，這就爲全面的整理準備了條件。我對全書條文重新作了編排，糾正了不少誤分誤合的混亂情況，使眉目爲之一清，還對文字中的誤、脱、衍、竄之處一一進行訂正，糾正了大量的錯誤，盡可能地讓全書恢復其原貌。在整理的過程中，又考慮到唐語林在小説類中的重要地位，此書在研究工作中和整理其他典籍時可起重要的參考作用，因此把校勘成果作了較詳細的記録，藉供各界人士之需。

唐語林中的很多材料，已經被史學家所採用，他們還進一步作過考訂辨證的工作，因此我也注意引用正史中的材料作互校之用。一般説來，凡是爲資治通鑑等書採用的材料，史實比較可靠；而那些不符事實的文字，我也援用前人或近人的研究成果，加註説明，以免有人誤信其中的記載。

在附録部份，除了收入各家著録、題跋和引用書目之外，還編寫了唐語林援據原書提要、唐語林援據原書索引、唐語林人名索引三種資料。後二種是爲了幫助研究工作者更方便地利用此書而擬製的，前一種則更多地考慮到了一般讀者的需要。我爲唐語林全書的每條文字都編了號。這篇前言的文字中卷數之後所加的阿拉伯數字，即唐語林校證條文的序號。我在絕大部份的條文後面提示了出處，但對不熟悉古代筆記小説的人來説，因爲不知道這些書的性質，對這些條文的價值仍然不可能有恰當的估量，爲此我在後面附上各種書的提要，則讀者在閱讀有意味的文史小品之餘，可對這些條文的淵源所自和是非得失有所瞭解。此外，爲了幫助讀者理解文章的内容，我對一些疑難的字句加上了註釋，並且根據個人的理解，對書中人物的俏皮話和雙關語也試作解釋。

唐語林內容豐富，涉及面廣，對此進行全面的整理，需要各方面的知識。限於學力，在校證工作中仍然會有很多錯誤和不妥之處，希望各方面的人士不吝指正。在編寫過程中，承孫望、程千帆、程毅中、傅璇琮、郁賢皓等先生予以鼓勵和幫助，特此致謝。欒貴明先生抄示永樂大典中有關唐語林的材料，王瑞來先生抄示有關宋史的材料，日本學者橫山弘先生寄示永樂大典中有關唐語林的未刊佚文的覆印件，都曾給我很大的幫助，在此一併致謝。拙著爲南京大學古典文獻研究所專刊之一，蒙中華書局惠予出版，在此亦深表感謝。

〔一〕見直齋書録解題卷十一小説家類唐語林提要。

〔二〕宋史卷二五五王全斌傳附曾孫凱傳。王全斌，蘇軾王大年哀辭作王全彬。

〔三〕呂大防於元祐三年任相，見宋史卷二一二宰輔表三。他在元祐元年拜尚書右丞進中書侍郎，見宋史卷三四〇呂大防傳。堂除、改任王讜事，見續資治通鑑長編卷四一三哲宗元祐三年八月辛丑所記。

〔四〕王讜改任少府監丞事，見宋會要職官六一，續資治通鑑長編卷四三〇哲宗元祐四年秋七月壬辰所記。

〔五〕晁无咎雞肋集卷十七次韻邠倅王正夫詩曰：「清時有味俱吾黨，黃髮相看更幾人。」

〔六〕劉安世事見續資治通鑑長編卷四一三哲宗元祐三年八月辛丑所載。吴安詩事見續資治通鑑長編卷四三〇哲宗元祐四年秋七月壬辰、同書卷四三四哲宗元祐四年冬十月庚子、同書卷四四四哲宗元祐五年六月諸條所載。

〔七〕呂大防師事程頤，二程遺書卷二一載張繹師説，曾記程頤與王讜議禮事。

〔八〕孫星衍邢澍寰宇訪碑録卷七華嶽祈雪記：「盧訥撰，王讜正書，熙寧六年十一月，陝西華陰。」可證王讜善書。東坡題跋卷五跋醉道士圖，附章惇跋與蘇軾再跋，均敍王讜畫工之妙。

〔九〕見宋史卷二四四宗室列傳，令時附燕王德昭傳。

〔一〇〕見宋史卷七一三本傳。

〔一一〕張尚書故實一卷，入傳記類；尚書故實一卷，入小說家類。

〔一二〕玉泉筆端五卷，入小說家類；玉泉子一卷，入雜家類。

〔一三〕劉公嘉話一卷，賓客佳話一卷，均入小說家類。

〔一四〕趙希弁藏本，樂府集十卷、樂府序解一卷、樂府雜録一卷、羯鼓録一卷合刊，故入總集，見郡齋讀書附志卷五下。

〔一五〕此指開元天寶遺事。下三欄亦指開元天寶遺事。宋史卷二〇六藝文志子部小說家類有王仁裕玉堂閒話三卷。

〔一六〕劉餗國朝傳記三卷，入雜傳記類；劉餗傳記三卷，原註：「一作國史異纂。」入小說家類。

〔一七〕劉餗小說三卷，隋唐嘉話一卷，均入小說家類。又郡齋讀書志卷三下小說類録劉餗小說十卷，實爲殷芸小說之誤記。這個問題趙希弁在郡齋讀書後志卷二下小說類的殷芸小說十卷提要中已有說明。

〔一八〕劉餗國史異纂三卷，入傳記類；劉餗傳記三卷，又隋唐佳話一卷，小說三卷，均入小說家類。

〔一九〕後人於此有所訂正。司馬光採録唐代史料，高振鐸通鑑參據書考辨以爲：雜史凡六十一種，傳記凡二十八種，小說凡十四種。陳光崇張氏通鑑學所列通鑑引用書目補正考辨所得，結論數字又不相同。均可參看。二文收入資治通鑑叢論一書中。

〔二〇〕中國叢書綜録（第二册）史部雜史類於唐語林後附語林佚文一卷，云「（宋）王讜撰，（清）王仁俊輯，經籍佚文。」此稿今藏上海圖書館，實際上衹有一條文字。王氏據杜文瀾古謠諺卷五七轉引廣博物志卷十八中文録入，全文曰：「魏張魯有十子，時人語曰：『張氏十龍，儒雅温恭。』」按此文首見王應麟小學紺珠卷七，明示此亦裴啓語林中文。

# 唐語林原序目

國史補　補國史　因話録　談賓録　齊集　幽閒鼓吹　尚書故實　松窗録　盧陵官下記　次柳氏舊聞　桂苑談叢　紀聞談　東觀奏記　貞陵遺事　續貞陵遺事　常侍言旨　傳載　雲溪友議　開天傳信記　戎幕閒談　明皇雜録　異聞集　大唐説纂　刊誤　盧氏雜説　劇談録　玉泉筆端　金華子雜編　皮氏見聞　大唐新語　劉公嘉話　羯鼓録　芝田録　資暇集　杜陽雜編　本事詩　玉堂閒話　中朝故事　北夢瑣言　唐會要　柳氏敍訓　魏鄭公故事　國朝傳記　會昌解頤　洛中記異　乾䐁子　聞奇録　賈氏談録　虬鬚客傳　封氏聞見記

案：王讜采五十家小説成書。而永樂大典所載原書名目，自國史補至賈氏談録凡四十八家。文獻通考及唐宋史志皆著於録，惟齊集一種無考，疑有脱誤。又書中多引封演聞見記，而虬鬚客傳一篇全載原文，似所闕卽此二家，今爲補入，以還五十家之舊。

勛初案：四庫全書館臣之説尚有未盡處，可作補充説明者有二：「齊集」一名，乃嵐齋集之誤。蓋「齋」字形訛爲「齊」，而又奪一「嵐」字。此説可參本書附録唐語林援據原書提要中之説明。又原序目所闕書名二種，封氏聞見記一書理當列入，而虬鬚客傳一種，王讜當從異聞集中輯入。闕史與唐摭言二書文字入唐語林中者爲數頗衆，有可能爲闕名之另一種書，今以材料不足，無所佐證，姑獻疑待深考焉。

右小說五十家，正甫取其尤要者編之，分爲五十二門，具目録於後。

德行　言語　政事　文學　方正　雅量　識鑒　賞譽　品藻　箴規　夙慧　豪爽　容止

自新　企羨　傷逝　栖逸　賢媛　術解　巧藝　寵禮　任誕　簡傲　排調　輕詆　假譎

黜免　儉嗇　侈汰　忿狷　讒險　尤悔　紕漏　惑溺　仇隟　嗜好　俚俗　記事　任察

諛佞　威望　忠義　慰悦　汲引　委屬　砭談　僭亂　動植　書畫　雜物　殘忍　計策

右正甫集五十家之說，分爲五十二門，其上三十五門出世說，下十七門正甫所續，總號唐語林云。

# 校讎説明

一、本書以武英殿聚珍本爲底本。

二、本書用以校勘者，取資甚衆。如永樂大典以前之典籍而載有唐語林原文，又可信以爲真者，則據以改動文字，且在註釋中加以説明；而唐語林所依據之原書，其文字可供參考者，則衹在註釋中加以説明，不逕行改動文字。

三、本書前四卷以齊之鸞本與歷代小史本爲校勘之要籍，據以改動文字者頗衆；唯此二書舛誤殊甚，其異文若可備一説，則取其可資參考者標示，而不將諸本之異同一一羅列。

四、聚珍本中爲避清諱而改動之文字，如「弘」改「宏」，「玄」改「元」，「曆」改「歷」之類，一律復原，不再出校。

五、校釋中用「本書」指稱唐語林，用「原書」指稱唐語林所從出之五十種典籍。

六、本書參酌原書，對聚珍本中之條目重新分列。

# 唐語林校證卷一

## 德行

1 文中子，隋末隱於白牛谿，著王氏六經〔一〕。北面受學者皆時偉人〔二〕，國初多居佐命之列。自貞觀後，三百年間號至治，而王氏六經卒不傳〔三〕。至元和初，劉禹錫撰宣州觀察使王贇碑〔四〕，盛稱文中子能昭明王道，以大中立言，游其門者皆天下俊傑；自餘士大夫擬議及史册，未有言文中子者〔五〕。

本條原出賈氏談録。類説卷十五賈氏談録題作文中子。永樂大典卷之六千八百三十八王・王通引賈氏談録亦載。

〔一〕著王氏六經　原書無此句。

〔二〕皆時偉人　原書無此四字。永樂大典引文「時」作「當時」。

〔三〕自貞觀後三百年間號至治而王氏六經卒不傳　原書無此文句。永樂大典引作「自貞元後，數年間文明繼理，而王氏六經卒不傳。」

〔四〕撰宣州觀察使王贇碑　原書無。永樂大典引文作「宣州觀察使王贇神道碑」。案劉賓客文集卷三唐故宣歙池等州都團練觀察處置使宣州刺史兼御史中丞贈左散騎常侍王公神道碑曰：「常侍諱質，字華卿。」舊唐書卷一六三王質傳曰：「王質，字華卿，太原祁人。五代祖通，字仲淹，隋末大儒，號文中子。」新唐書卷一六四王質傳同。作「王贄」、「王贄」者皆誤。

〔五〕言　原書及永樂大典引文作「言及」。

2 姚崇每與兒孫會集，曰：「外甥自非疏，但別姓耳。」遣與兒姪連名。

說郛（陶珽刊本）弓四八唐語林德行亦載。

本條不知原出何書。大唐新語卷六舉賢第十三有類同之記載。

3 玄宗時重午日，賜丞相鍾乳〔一〕。宋璟命子弟將此付醫人合鍊，對曰：「上之所賜，必當珍異，付其家，必遣竊换〔二〕。」璟曰：「持誠示信，尚懼見猜，以猜示人〔三〕，其可得乎？爾勿以此待人。」

本條原出芝田録。類説卷十一芝田録題作賜宋璟鍾乳。歲時廣記卷二二芝田録題作賜鍾乳。大唐新語卷七容恕第十四亦叙此事。

〔一〕賜　齊之鸞本、歷代小史本上有「敕」字。

〔二〕必遣竊换　齊之鸞本、歷代小史本「换」作「匿」。類説、歲時廣記引文其下尚有「不如就宅脩製」一句。

〔三〕以猜示人　類説、歲時廣記引文作「示人以不信」。

4 開元、天寶之間，傳家法者：崔沔之家學〔一〕，崔均之家法。

說郛（陶珽刊本）弓四八唐語林德行亦載。

本條原出大唐傳載。

〔一〕崔沔之家學　聚珍本「沔」作「沔」，守山閣叢書本「沔」作「丏」，今從齊之鸞本改。原書亦誤作「沔」。舊唐書卷一一九崔祐甫傳：「父沔，黄門侍郎，謚曰孝公。家以清儉禮法，爲士流之則。」

5 玄宗諸王友愛特甚，常思作長枕大被〔一〕，與同起卧。諸王或有疾，上輒轉終日不能食〔二〕。左右開喻進膳，上曰：「弟兄，吾之手足。手足不理，吾身廢矣，何暇更思寢食？」上於東都起五王宅，又於上都創花萼樓〔三〕，益與諸王會聚〔四〕。或講經義，賦詩飲酒，歡笑戲謔，未嘗猜忌。

本條原出開天傳信記。說郛（陶珽刊本）弓五二傳信記亦載。南部新書卷甲亦載長枕大被事。

〔一〕常思作長枕大被　原書無「大被」二字，當據本書補。舊唐書卷九五睿宗諸子傳：「玄宗嘗製一大被長枕，將與成器等共申友悌之好，睿宗知而大悅，累加賞歎。」

〔二〕終日不能食　原書作「終日不食，終夜不寢，憂形於色。」

〔三〕創花萼樓　齊之鸞本「創」作「制」。原書作「花萼相輝之樓」。

〔四〕益　原書作「蓋」。齊之鸞本亦作「蓋」。

6　肅宗在東宮，爲林甫所搆〔一〕，勢幾危者數矣。鬢髮斑白。入朝，上見之惻然，曰：「汝歸院〔二〕，吾當幸。」及上到宮中，庭宇不洒掃，而樂器屏棄，塵埃積其上，左右使令亦無妓女。上爲之動色，顧謂力士曰：「太子居處如此，將軍盍使我知乎？」〔原註〕上在禁中不呼力士名，呼爲「將軍」〔三〕。力士奏曰：「臣嘗欲言，太子不許，云『無勤上念』。」乃詔力士，令京兆尹亟選人間女子頎長潔白者五人〔四〕，將以賜太子。力士趨出庭下，復奏曰〔五〕：「臣宣旨京兆尹閱女子〔六〕，人間囂然，而朝廷好言事者得以爲口實。臣伏見掖庭中，故衣冠以事没入其家者，宜可備選。」上大悦，使力士詔掖庭令，按籍閱視，得五人〔七〕，以賜太子，而章敬吴皇后在選中，後生代宗皇帝〔八〕。

本條原出次柳氏舊聞。太平廣記卷一三六柳氏史題作唐肅宗。説郛（陶珽刊本）弓二六次柳氏舊聞、弓五二明皇十七事重出均載。

〔一〕林甫　原書作「李林甫」。

〔二〕歸院　原書上有「第」字。

〔三〕〔原註〕上在禁中不呼力士名呼爲將軍　此爲李德裕自註。太平廣記、説郛引文同，原書已作正文列入，各書文字小有不同。

〔四〕頎長潔白者　聚珍本無「者」，今從齊之鸞本、歷代小史本補入。原書「頎」作「細」，當據本書及各書引文改。

〔五〕奏　原書作「還奏」。

〔六〕臣宣旨　原書作「臣他日嘗宣旨」，當據以校正。

〔七〕五人　原書作「三人」。新唐書卷七七后妃傳下章敬吳太后傳敘此，曰：「詔選京兆良家子五人虞侍太子，力士曰：『京兆料擇，人得以藉口，不如取掖廷衣冠子，可乎？』詔可。得三人，而后在中，因蒙幸。」案：吳縝新唐書糾謬卷一代宗母吳皇后傳條於此有考辨。

〔八〕後生代宗皇帝　原書無此句，王讜約舉後文而言之。

7 肅宗爲太子，嘗侍膳。尚食置熟俎，有羊臂臑，上顧太子，使太子割。肅宗既割，餘汚漫刃〔一〕，以餅潔之。上熟視，不懌；肅宗徐舉餅啖之，上大悦。謂太子曰：「福當如是愛惜。」

説郛（陶珽刊本）弓四八唐語林德行亦載。

本條原出次柳氏舊聞。酉陽雜俎續集卷四引相傳舊聞，云是德宗太子事，末云「司空贊皇公著次柳氏舊聞，又云是肅宗。」太平廣記卷一六五柳氏史題作唐玄宗。紺珠集卷五明皇十七事題作以餅餙刃。類説卷二一明皇十七事題作以餅餙刃。白孔六帖卷十六引明皇十七事亦載。古今合璧事類備要別集卷四六引明皇十七事亦載。説郛（陶珽刊本）弓三六次柳氏舊聞、弓五二明皇十七事重出均載。説郛（陶珽刊本）弓四八唐國史補亦載，題作惜福，當係誤入。又本書卷三471條情節與此類同。

〔一〕刃　原書作「在刃」，太平廣記引文作「在手」。

8 玄宗西幸，車駕將自延秋門出〔一〕，楊國忠請由左藏庫西，上從之。望見千餘人持火以俟駕〔二〕。上駐蹕曰：「何用此〔三〕？」國忠對曰：「請焚庫積，無爲盜守。」上斂容曰：「盜至，若不得此，必厚斂于人。不如與之，無重困吾民也。」命徹火炬而後行。聞者皆感激流涕，迭相語曰：「吾君愛人如是，福未艾也。雖太王去豳，何以過于此也。」

本條原出次柳氏舊聞。說郛（陶珽刊本）弓三六次柳氏舊聞、弓五二明皇十七事重出均載。資治通鑑卷二一八唐紀三四肅宗至德元載敘此，亦云「出延秋門」，胡三省註：「延秋門，唐長安禁苑之西門也。」

〔一〕延秋門　原書作「延英門」，當據本書改。

〔二〕火　原書作「火炬」。

〔三〕何用此　原書下有「爲」字。

9 玄宗西幸，始入斜谷，天尚早，烟霧甚晦。知頓使、給事中韋倜於野中得新熟酒一壺〔一〕，跪獻于馬首數四〔二〕，上不爲之舉。倜懼，乃注以他器，自引一，滿於上前。上曰：「卿以我爲疑耶？始吾卽位之初，嘗飲大醉，損一人，吾悼之，因以爲戒。迨今四十餘年，未嘗甘酒味。」指力士及近侍者曰：「此皆知之，非紿卿也〔三〕！」

本條原出次柳氏舊聞。紺珠集卷五明皇十七事題作四十年不知酒味。類説卷二一明皇十七事題作四十年不得酒味。說郛（陶珽刊本）弓三六次柳氏舊聞、弓五二明皇十七事重出均載。資治通鑑卷二一八唐紀三四肅宗至德元載考異引次柳氏舊聞，即此文。

〔一〕韋倜於野中　考異引文作「韋倜於墅中」。類説引文「韋倜」誤作「常倜」。韋倜乃韋見素之子。

〔二〕馬首　原書下有「者」字。

〔三〕非給卿也　考異引文下有「從者聞之，無不感悦」二句，原書亦有。

10 天寶中，有一書生旅次宋州，時李汧公勉年少貧苦，與此書生同店。而不旬日，書生疾作，遂至不救。臨絶，語公曰：「某家住洪州，將於北都求官〔一〕，於此得疾且死，其命也。」因出囊金百兩遺公，曰：「某之僕使無知有此。足下爲我畢死事，餘金奉之。」李公許爲辦事。及禮畢，置金於墓中而同葬焉。後數年，公尉開封。書生兄弟齎洪州牒來，累路尋生行止〔二〕，至宋州，知李爲主喪事，專詣開封，請金之所在。公請假至墓所，出金以付焉。

本條原出大唐傳載。太平廣記卷一六五李勉條引此文，云出尚書譚録。

〔一〕於　齊之鸞本、歷代小史本作「之」。

〔二〕累路　原書作「果然」，似以本書爲是。

11 德宗初即位，深尚禮法。諒闇中，召諸王食馬齒羹〔一〕，不設鹽、酪〔二〕。皇姨有寡居者，時節入宮，妝飾稍過，上見之極不悦。異日如禮，乃加敬焉。

本條原出因話録卷一宫部。

〔一〕諸王　聚珍本作「朝士」，今從齊之鸞本、歷代小史本改。原書作「韓王」。資治通鑑卷二二五唐紀四一代宗大曆十四年五月敍此，曰：「癸亥，德宗卽位。在諒陰中，動遵禮法，嘗召韓王迥食，食馬齒羹，不設鹽、酪。」胡三省註：「迥，德宗弟也。」此處似是王讜臆改「韓王」爲「諸王」。

〔二〕設　歷代小史本作「調」。齊之鸞本誤作「説」。

12 崔吏部樞夫人〔一〕，太尉西平王晟之女也。晟生日，中堂大宴。方食，有小婢附崔氏婦耳語久之，崔氏婦頷之而去。有頃復來。晟曰：「何事？」女對曰：「大家昨夜小不安適〔二〕，使人往候。」晟怒曰：「我不幸有此女。大奇事！汝爲人婦，豈有阿家病，不檢校湯藥，而與父作生日？」遽遣走檐子歸，身亦續至崔氏家問疾，且拜請教訓子不至。晟治家整肅〔三〕，貴賤皆不許時世妝梳。勳臣之家，稱「西平禮法」。

本條原出因話録卷三商部下。紺珠集卷五、類説卷十四、説郛（陶珽刊本）弓二三引因話録題作時世粧，均節引後數句。

〔一〕崔吏部樞夫人　齊之鸞本、歷代小史本作「崔刑部李夫人」，誤。

〔二〕大家　指姑，卽夫之母。唐人習用之語。

〔三〕晟治家整肅　原書作「姻族聞之，無不愧歎。故李夫人婦德克備，治家整肅」。舊唐書卷一三三李晟傳：「嘗正歲，崔氏女歸省，未及階，晟却之曰：『爾有家，況姑在堂，婦當奉酒醴供饋，以待賓客。』遂不視而遣還家，其達禮敎教如此。」新唐書卷一五四李晟傳同。

13 李師古跋扈〔一〕，憚杜黃裳爲相〔二〕，未敢失禮，乃寄錢物百萬〔三〕，并氈車一乘。使者未敢進，乃於宅門伺候〔四〕。有肩輿自宅出〔五〕，從婢二人，青衣襤褸。問：「何人〔六〕？」曰：「相公夫人。」使者遽歸以告，師古乃止〔七〕。

說郛（陶珽刊本）弓四八唐語林德行亦載。

本條原出幽閑鼓吹。太平廣記卷一六五幽閑鼓吹題作杜黃裳。類説卷四三幽閑鼓吹題作寄杜黃裳錢并氈車。說郛（陶珽刊本）弓五二幽閑鼓吹亦載。

〔一〕李師古　類説引文作「李師道」。

〔二〕杜黃裳　齊之鸞本、歷代小史本作「黃門」。

〔三〕乃寄錢物百萬　原書作「乃命一幹吏寄錢數千緡」。說郛本原書作「數千緡」。

〔四〕伺候　原書下有「累日」二字。

〔五〕肩輿　原書作「綠輿」。

〔六〕人　原書誤作「入」，當據本書改。

〔七〕師古乃止　原書作「師古折其謀，終身不敢失節」。據此知類説引文作「李師道」者誤。

14 杜太保宣簡公〔一〕，大曆中有故人遺黄金百兩；後三年爲淮南節度使〔二〕，其子來投，公取其黄金還之，緘封如故。

本條原出大唐傳載。

〔一〕宣簡公　此指杜佑。舊唐書卷一四七、新唐書卷一六六杜佑傳均稱「謚曰安簡」。「宣」乃「安」字之誤。

〔二〕三　原書作「三十」，當據改。杜佑爲淮南節度使時已在貞元時。

15 檢校刑部郎中程皓，性周慎，不談人短。每於儕類中見人有所訾〔一〕，未曾應對，候其言畢，徐爲辯曰〔二〕：「此皆衆人妄傳，其實不爾。」更説其人美事。曾於廣坐被人酗罵〔三〕，席上愕然〔四〕，皓徐起避之，曰：「彼人醉耳，何可與言〔五〕。」

本條原出封氏聞見記卷九掩惡。

〔一〕訾　原書作「訾毁」。

〔二〕辯　齊之鸞本、歷代小史本作「辨」，原書作「分雪之」。

〔三〕曾於廣坐　原書作「曾坐」，當據本書補「於廣」二字。

〔四〕席上愕然　原書作「竟席無怒色」。

〔五〕何可與言　齊之鸞本、歷代小史本「可」作「必」。原書句下尚有「其雅量如此」一句。

16 高利自濠州改楚州。時江淮米貴，職田每年得粳米直數千貫〔一〕。准例：替人五月五日以前到者，得職田。利欲以讓前人，發州〔二〕，所在故爲淹泊，過限數日然後到州〔三〕，士子稱焉。

本條原出封氏聞見記卷九推讓。

〔一〕每年　原書無「年」，當據本書補。

〔二〕州　原書作「濠州」，當據補。

〔三〕過限　原書無「限」，當據本書補。

17 兵部李約員外嘗江行，與一商胡舟檝相次〔一〕。商胡病，因邀相見〔二〕，以二女託之，皆絕色也。又與一珠，約悉唯唯。及商胡死，財寶鉅萬，約悉籍其數送官，而以二女求配，始殮商胡。約自以夜光唅之，人莫知也。後死商胡有親屬來理資財〔三〕，約請官司發掘檢之〔四〕，夜光果在。其密行皆此類也。

本條原出尚書故實。太平廣記卷一六八尚書故實題作李約。又太平廣記卷四〇二集異記題作李約、獨異志題作李灌，下有文云：「又尚書故實載兵部員外郎李約葬一商胡，得珠以含之，與此二事略同。」說郛（陶珽刊本）弓三六尚書故實亦載。劉賓客嘉話録亦有此文，唐蘭考爲誤入。說郛（陶珽刊本）弓三六嘉話録載此文，亦係誤入。

〔一〕胡　聚珍本無，今從齊之鸞本、歷代小史本補。原書亦有。此字爲四庫全書館臣所删，守山閣叢書本已補入。

下同。

〔二〕因 原書作「固」。

〔三〕死 聚珍本無，今從齊之鸞本、歷代小史本補。

〔四〕官司發掘檢之 聚珍本「司」作「可」，今從歷代小史本改。原書亦作「司」。又原書「檢」作「驗」。

18 僕射柳元公家行爲士大夫儀表〔一〕。居大官，奉繼親薛夫人之孝〔二〕，凡事不異布衣時。薛夫人左右僕使至有以小字呼公者。性嚴重，居外下輩〔三〕，常惕懼。在薛夫人之側，未嘗以嚴顏色待家人，恂恂如小子弟。敦睦内外，當世無比。宗族窮苦無告，因公而存立者甚衆。在方鎮，子弟有事他適，所經境内，人不知之。族子應規，爲水部員外郎，求公爲市宅，公不與。潛語所親曰：「柳應規以儒素進身，始入省，便造新宅，殊不若且稅居之爲善也。」及水部没，公撫視孤幼，恩意加厚，特爲置居處，諸子皆與身名。族孫立疾病，以兒女託；公廉察鄂州〔四〕，嫁其孤女，雖箱篋刀尺微物，悉手自閱視以付之。公出自清河崔氏，繼外族薛氏，前後與舅能、從同時領方鎮〔五〕，居省闥；又與薛氏舅苹同時爲觀察使〔六〕，妻父韓僕射同時居大僚〔七〕：未嘗敢以爵位自高，減卑下之敬〔八〕。其行己如此。

本條原出因話録卷二商部。

〔一〕柳元公 卽柳公綽。公綽嘗加檢校左僕射，謚曰「元」。

〔二〕奉繼親薛夫人之孝　舊唐書卷一六五柳公綽傳：「公綽天資仁孝，初丁母崔夫人之喪，三年不沐浴。事繼親薛夫人三十年，姻戚不知公綽非薛氏所生。」新唐書卷一六三柳公綽傳同。

〔三〕輦　聚珍本作「輩」，今從齊之鸞本、歷代小史本改。原書亦作「輦」。

〔四〕鄂州　原書作「夏口」。

〔五〕能從　舊唐書卷一六五柳公綽傳：「爲吏部侍郎，與舅左丞崔從同省，人士榮之。」新唐書卷一一四崔從傳：「從字子乂，少孤貧，與兄能偕隱太原山中。」又崔能傳：「繇將作監授嶺南節度使，與從皆秉節居鎮，世傳爲榮。」

〔六〕與薛氏舅苹同時爲觀察使　新唐書卷一六四薛苹傳：「憲宗時，奏最，擢湖南觀察使，徙浙東，以治行遷浙西，加御史大夫，累封河東郡公。」

〔七〕妻父韓僕射　指韓臯。柳公綽子仲郢，新唐書卷一六三柳仲郢傳：「母韓，卽臯女也。」

〔八〕減　齊之鸞本作「咸□」，歷代小史本作「咸有」。

19 元和已後〔一〕，大僚睦親舊者，前輩有司徒鄭公〔二〕，中間有楊詹事憑〔三〕、柳元公〔四〕，其後李相國武都公宗閔〔五〕。

本條原出因話録卷二商部。

〔一〕元和已後　原書無此句。

〔二〕司徒鄭公　指鄭餘慶。新唐書卷一六五鄭餘慶傳：「穆宗立，加檢校司徒。……餘慶少砥礪，行己完絜，仕四朝，其祿悉賙所親，或濟人急，而自奉粗狹，至官府，乃開肆廣大，常語人曰：『祿不及親友而侈僕妾者，吾鄙之。』

大抵中外姻緣，其禮獻皆親閱之。後生内謁，必引見，諄諄教以經義，務成就儒學。」舊唐書卷一五八鄭餘慶傳同。

〔三〕憑　齊之鸞本、歷代小史本誤作「凴」，原書誤作「馬」。

〔四〕柳元公　原書作「柳卿元公」。

〔五〕其後李相國武都公宗閔　原書「其後」作「近日」，句下尚有「士大夫間罕儔」一句。

20 裴尚書武，奉寡嫂，撫甥姪，爲中表所稱。尚書卒後，工部夫人崔氏話其仁，輒流涕。工部名佶〔一〕，有清德，武之長兄也。兄弟皆爲八座。自丞相耀卿至工部子泰章，四世入南北省。羣從居顯列者不可勝書。泰章後亦爲尚書〔二〕。

本條原出因話録卷二商部。

〔一〕佶　齊之鸞本作一空格，註曰：「犯御名。」意爲避宋徽宗之名諱而滅去，可證齊書原出宋本。

〔二〕泰章後亦爲尚書　原書此句作雙行夾註。

21 沈吏部傳師〔一〕，性和易，不從流俗，不矯亢。觀察三郡，去鎮無餘蓄。京城居處隘陋，不加一椽。所辟賓僚，無非名士。身没之後，家至貧苦。二子繼業，並致時名，又以報施不妄〔二〕。其父禮部員外郎既濟，撰建中實録，見稱於時〔三〕。公亦爲史官，及出領湖南、江西，奉詔在鎮修憲宗實録，當時榮之〔四〕。

本條原出因話録卷二商部。

〔一〕傳師　齊之鸞本、歷代小史本誤作「傅師」，原書同誤，當據本書改。

〔二〕又　原書同。齊之鸞本、歷代小史本作「人」。

〔三〕見稱於時　原書作「體裁精簡，雖宋、韓、范、裴亦不能過。自此之後，無有比者。」

〔四〕公亦爲史官……當時榮之　舊唐書卷一四九沈傳師傳：「初，傳師父既濟撰建中實録十卷，爲時所稱。傳師在史館，預修憲宗實録未成，廉察湖南，特詔齎一分史稿，成於理所。有子樞、詢，皆登進士第。」

22 劉敦儒事親以孝聞。親心緒不理，每鞭之見血〔一〕，則一日悦暢；敦儒常斂衣受杖，曾不變容。憲宗朝旌表門閭〔二〕。又趙郡李公道樞先夫人盧氏性嚴，事亦類此。道樞名聲已聞，又在班列，賓至門，往往值其受杖。

本條原出因話録卷二商部。

〔一〕之　原書作「人」。

〔二〕憲宗朝旌表門閭　新唐書卷一三二劉敦儒傳：「母疾狂易，非笞掠人不能安，左右皆亡去，敦儒日侍疾，體常流血，母乃能下食，敦儒怡然不爲痛隱。留守韋夏卿表其行，詔標闕于閭。」舊唐書卷一八七劉敦儒傳言元和中東都留守權德輿具奏其志行。

23 滎陽鄭還古，俊才嗜學，性孝友。初家青、齊間〔一〕，值李師道叛命，扶老親歸洛，與其弟自舁肩輿，晨暮奔追，兩肩皆瘡。妻柳氏，僕射元公之女，有婦道。弟齊古，好博戲賭錢，還古帑中恣其所用〔二〕，齊古得之輒盡。還古每出行，必封管籥付家人，曰：「留待二十九郎。儻博〔三〕，勿使別取債息，爲惡人所陷也。」弟感其誼〔四〕，爲之稍節。有堂弟善鬻粟〔五〕，投許昌軍爲健兒，還古使使召之，自與洗沐，同榻而寢，因致書方鎮，求補他職。竟以剛躁喜持論，不容於時。

本條原出因話録卷三商部下。説郛（張宗祥輯明鈔本）卷十五因話録亦載。

〔一〕初家青齊間　原書「青」誤作「清」，當據本書改。齊之鸞本、歷代小史本「初家」作「初在」。

〔二〕還古帑中恣其所用　原書作「還古帑藏中物，雖妻之貲玩，恣其所用」。

〔三〕儻　原書作「償」。「償博」二字當連上句讀。

〔四〕誼　聚珍本作「言」，今從齊之鸞本、歷代小史本改。原書作「意」。

〔五〕有堂弟善鬻粟　原書作「有堂弟浪跡，好吹觱篥」。

24 路相隨幼孤。其母問：「汝識汝父否？」曰：「不識。」母曰〔一〕：「正如汝面〔二〕。」隨號絶久之，終身不照鏡。李衛公慕其淳素篤行〔三〕，結爲親家，以女適路氏〔四〕。

説郛（陶珽刊本）弓四八唐語林德行亦載。

本條原出芝田録。類説卷十一芝田録題作父如你面。太平御覽卷四一四引語録亦載。

〔一〕母　聚珍本無，今據説郛本、齊之鸞本、歷代小史本補。

〔二〕正如汝面　説郛本、齊之鸞本、歷代小史本「面」下有「也」。類説引文「正」作「只」。

〔三〕淳素篤行　聚珍本作「淳篤」，今從説郛本、齊之鸞本、歷代小史本改。

〔四〕以女適路氏　舊唐書卷一五九路隨傳、新唐書卷一四二路隋傳均載終身不照鏡事，然不記李衛公以女適路氏。

25 孫侍郎瞉在翰林，父爲太子詹事，分司東都。瞉因春時遊宴歡，忽念温凊，進狀乞省覲。其詞曰：「『陟彼岵兮』〔一〕，孰不瞻父？『方寸亂矣』〔二〕，何以事君？」自内廷徑出〔三〕。時皆稱之。至華陰，拜河南尹。

本條不知原出何書。

〔一〕陟彼岵兮　詩經魏風陟岵中句。

〔二〕方寸亂矣　徐庶之語，見三國志卷三五蜀書五諸葛亮傳。

〔三〕廷　齊之鸞本、歷代小史本作「庭」。

26 宣宗天資友愛，敦睦兄弟。大中元年，作雍和殿於十六宅，數臨幸〔一〕，諸王無少長，悉預坐。樂陳百戲，抵暮而罷。諸王或有疾〔二〕，斥去戲樂，卽其卧內，躬自撫之，憂形於色〔三〕。

本條不知原出何書。東觀奏記卷中亦載此事。

〔一〕敦睦兄弟大中元年作雍和殿於十六宅數臨幸　齊之鸞本、歷代小史本作「每幸十六宅」。

〔二〕諸王或有疾　齊之鸞本、歷代小史本下有「以時臨幸」一句。

〔三〕憂形於色　齊之鸞本、歷代小史本無。

27 宣宗郊天前一日，謁太廟。至憲宗室，捧斝而入，涕泗交下。左右觀者莫能仰視。

本條不知原出何書。

28 宣宗嘗出內府錢帛建報聖寺，大爲堂殿，金碧圬墁之麗，近所未有。堂曰「介福之堂」，憲宗御像在焉。堂之北曰虔思殿，上休憩所也。每由複道至寺。凡進薦於介福者，雖甚微細，必手自題緘。

本條不知原出何書。

29 萬壽公主，宣宗之女。上在藩時，主尤鍾愛。及下嫁，武德禁中舊儀〔一〕，車輿有白金爲飾者，及呈進，上曰：「我方以儉化天下，宜從近戚始。」乃命以銅製。主既行，每進見，上常誨曰：「無輕待夫〔二〕，無干預時事。」又降御劄勗勵，其末曰：「苟違吾戒，當有太平、安樂之禍。汝其勉之！」故十五年間戚屬縮然，如山東衣冠之法。

本條不知原出何書。

〔一〕武德　唐高祖年號。新唐書卷八三諸帝公主萬壽公主傳曰：「舊制：車輿以鐐金釦飾。」

〔二〕夫　指鄭顥，舊唐書卷一五九、新唐書卷一六五有傳。

30　宣宗時〔一〕，前進士于琮選尚永福公主，連拜祕書，擢校書郎〔二〕，右拾遺，賜緋；左補闕，賜紫。事忽中止。丞相上審聖旨，上曰：「此女子，朕近與會食，對朕輒折匕筯。性情如此，恐不可爲士大夫妻。」尋改琮尚廣德公主，亦上次女也。

本條原出東觀奏記卷下。說郛（陶珽刊本）弓四三東觀奏記卷下亦載。南部新書卷丁亦載此事。

〔一〕宣宗時　資治通鑑繫此事於卷二四九唐紀六五大中十三年。

〔二〕拜祕書擢校書郎　原書作「拜祕書省校書郎」，當據改。蓋唐代官銜無祕書一職；若以爲祕書郎之省稱，則此乃從六品上之官，無緣「擢」升正九品上之校書郎也。

31　博陵崔倕，緦麻親三世同爨〔一〕。貞元已來，言家法者以倕爲首。倕生六子，一爲宰相，五爲要官。太常卿邠，太原尹酆，外壺尚書郎鄜〔二〕，廷尉郇，執金吾鄯，左僕射平章事鄲。

〔原註〕鄲及郿五知貢舉〔三〕，得士百四十八人。兄弟亦同居光德里一宅。宣宗嘗嘆曰：「崔郿家門孝友，可爲士族之法矣。」郿嘗搆小齋于別寢，御書賜額曰「德星堂」〔四〕。

本條原出賈氏談録。南部新書卷戊亦載此事。

〔一〕緦麻親三世同爨　新唐書卷一六三崔邠傳：「父倕，三世一爨，當時言治家者推其法。」

〔二〕壹　南部新書作「臺」。

〔三〕鄲及郿　南部新書作「邠及鄲」。全唐文卷七五六杜牧撰崔鄲行狀曰：「親昆仲六人，皆至達官，公與伯兄、季弟五司禮闈，再入吏部。自國朝已來，未之有也。」

〔四〕德星堂　新唐書卷一六三崔郿傳曰：「居光德里，構便齋，宣宗聞而歎曰：『郿一門孝友，可爲士族法。』因題曰『德星堂』。後京兆民即其里爲『德星社』云。」

32 大中年，丞郎宴席。蔣公伸在座，忽酌一盃，言曰：「座上有孝於家，忠於國，名重於時者，飲此爵〔一〕。」衆無敢舉。李孝公景讓起引飲之，蔣以爲然〔二〕。

本條原出盧氏雜説。太平廣記卷二三三、説郛（陶珽刊本）弓四八引盧氏雜説，題作李景讓。南部新書卷辛亦載此事。

〔一〕爵　聚珍本無，今從齊之鸞本、歷代小史本補。太平廣記、説郛引文亦有。

〔二〕蔣以爲然　新唐書卷一七七李景讓傳敍此，作：「伸曰：『無宜於公。』」

33 李尚書蟾性仁愛，厚於中外親戚，時推爲首。嘗爲一簿，遍記内外宗族姓名，及其所居郡縣，置於左右。歷官南曹。牧守及選人相知者赴所任，常閲籍以囑之。

本條不知原出何書。

34 東川韋有翼尚書自判鹽鐵，鎮梓潼，有重名。平生不飲酒，不務歡笑，爲家諱「平」故也〔一〕。案〔二〕：此句難解，疑有脱誤。

本條原出芝田録。類説卷十一芝田録題作諱樂不歡笑。古今合璧事類備要續集卷三引丁用晦芝田録亦載。

〔一〕爲家諱平故也　類説引文「平」作「樂」。「平」當係「樂」之誤。

〔二〕案　此案語乃四庫全書館臣所加。

35 王咸少監，舊族之後。少入仕，遭喪，服除數年，不飲食酒肉。後因會聚，人勸勉之，咸捧肉欲啗，淚下盈盤，竟不食而離席，一坐爲憯怛。後有人傳於獨孤公者，慕其獨行，遂聘其女。

本條不知原出何書。

36 崔樞應進士，客居汴半歲，與海賈同止。其人得疾既篤，謂崔曰：「荷君見顧，不以外夷見忽。今疾勢不起。番人重土殯，脱殁，君能終始之否？」崔許之。曰：「某有一珠，價萬緡，得之能蹈火赴水，實至寶也。敢以奉君。」崔受之，曰：「吾一進士，巡州邑以自給，奈何忽蓄異寶？」伺無人，置於柩中，瘞於阡陌。後一年，崔遊丐亳州，聞番人有自南來尋故夫，并勘珠所在，陳於公府，且言珠必崔秀才所有也，乃於亳來追捕。崔曰：「儻窀穸不爲盜所發，珠必無他。」遂剖棺得其珠。沛帥王彥謨奇其節，欲命爲幕，崔不肯。明年登第，竟主文柄，有清名。

本條不知原出何書。

37 懿宗器度深厚，形貌瓌瑋，仁孝出於天性。鄭太后崩，而蔬菜同士人之禮。公卿奉慰，無不感泣。

本條原出杜陽雜编卷下。太平廣記卷一三六杜陽雜编題作唐懿宗。説郛（陶珽刊本）弓四六杜陽雜编卷下亦載。又原書此文本分爲兩條，前者與本書卷七954條相連，後者與955條相合。今將原書有闕文字備録於後，俾讀者識之。

懿宗皇帝器度沉厚，形貌瓌偉。在藩邸時，疾瘳方甚，而郭淑妃見黄龍出入於卧内。上疾稍間，妃異之，具以事聞。上曰：「無泄是言，貴不見忘。」又嘗大雪盈尺，上寢室上輒無分寸，諸王見者無不異之。

大中末，京城小兒疊布蘸水，向日張之，謂「捩暈」。及上自鄆王即位，「捩暈」之言應矣。

宣宗製泰邊陲曲，其詞曰「海岳晏咸通」，及上垂拱而年號「咸通」焉。上仁孝之道出於天性。鄭太后厭代，而蔬素悲咽，同士人之禮。公卿奉慰者無不動容，以至酸鼻。

原書當係連寫，如太平廣記引文唐懿宗條，故王讜據此刪節成文。

38 沈顏游鍾陵，自章江入劍池，過臨川。時天旱，水將涸。阻風，泊小渚。獲敗碑，字存者十七、八，乃撫州刺史顏魯公之文，卽臨川所沈碑也。其文多載魯公之德業。

本條不知原出何書。

39 李英公爲僕射，其姊病，必親爲粥〔一〕，火燃〔二〕，輒焚及其鬚。姊曰：「僕妾甚多，何爲自苦若是？」勣曰：「豈爲無人耶！顧姊年與勣皆老，欲久爲姊粥，復可得乎？」

本條原出隋唐嘉話卷上、大唐新語卷六友悌第十一、大唐傳載。又太平御覽卷八五九引唐新語亦載。紺珠集卷十傳記題作爲粥燎鬚。類説卷六傳記題作爲姊作粥。説郛（陶珽刊本）弓三六隋唐嘉話亦載。

〔一〕李英公爲僕射其姊病必親爲粥　資治通鑑卷二〇一唐紀十七高宗總章二年敍此，作「其姊嘗病，勣已爲僕射，親爲之煮粥。」

〔二〕火　隋唐嘉話誤作「釜」。

40 皇甫文備，武后時酷吏。與徐大理有功論獄〔一〕，誣徐黨逆人，奏成其罪，武后特出之。無何，文備爲人所告，有功訊之在寬。或曰：「彼曩將陷公於死，今公反欲出之，何也？」徐曰：「爾所言者私怨〔二〕，我所守者公法，安可以私害公也〔三〕。」

本條原出隋唐嘉話卷下、大唐新語卷七容恕第十四。説郛（陶珽刊本）弓三六隋唐嘉話亦載。劉賓客嘉話録亦有此文，唐蘭考爲誤入。

〔一〕徐大理有功　新唐書卷一一三徐有功傳言「起拜左司郎中，轉司刑少卿。」

〔二〕怨　隋唐嘉話作「忿」。

〔三〕可　隋唐嘉話無，當據本書補。

41 朱正諫敬則，代著孝義，自宇文周至唐〔一〕，並令旌表，門標六闕〔二〕。

本條原出隋唐嘉話卷下。紺珠集卷十傳記題作門標六闕。類説卷六傳記題作門禁六闕。説郛（陶珽刊本）弓三六隋唐嘉話亦載。南部新書卷甲亦載此事。

〔一〕唐　原書作「國家」。

〔二〕門標六闕　舊唐書卷九十朱敬則傳：「代以孝義稱，自周至唐，三代旌表，門標六闕，州黨美之。」新唐書卷一一五朱敬則傳同。

42 元魯山自乳兄子〔一〕，兩乳湩流，能食，其乳方止〔二〕。

説郛（陶珽刊本）弓四八唐語林德行亦載。

本條原出國史補卷上魯山乳兄子。説郛（陶珽刊本）弓四八唐國史補題作乳兄子。

〔一〕元魯山自乳兄子　新唐書卷一九四卓行元德秀傳："初，兄子襁褓喪親，無資得乳媪，德秀自乳之，數日湩流，能食乃止。」

〔二〕方　齊之鸞本作「乃」。

43 長安中爭爲碑誌，若市賈然。大官薨，其門如市〔一〕，至有喧競搆致，不由喪家者。裴均之子求銘於韋相〔二〕，許縑萬匹，貫之曰〔三〕："寧餓不苟。」

本條原出國史補卷中韋相拒碑誌。太平御覽卷五八九引國史補亦載。類説卷二六國史補題作爭爲碑誌。

〔一〕其門如市　原書句首有「造」字。

〔二〕裴均之子求銘於韋相　原書作「是時裴均之子將圖不朽，積縑帛萬匹，請於韋相貫之。貫之舉手曰：『寧餓死，不苟爲此也。』」新唐書卷一六九韋貫之傳作「吾寧餓死，豈能爲是哉！」

〔三〕貫之曰　齊之鸞本作「韋卻之曰」。

## 言語

44 杜司徒常言〔一〕："處世無立敵。」范僕射常言〔二〕："丈夫中年能損嗜欲，未有不貫達者。」

本條不知原出何書。

〔一〕杜司徒　當卽杜佑。

〔二〕范僕射　疑是范希朝，舊唐書卷一五一、新唐書卷一七〇有傳。

45 陳子云：「代宗時，有術士曰唐若山，餌芝朮，噏氣導引，壽不逾八十。郭尚父立勳業，出入將相，窮奢極侈，壽鄰九十。」

本條不知原出何書。

46 興元中，有僧曰法欽。以其道高，居徑山，時人謂之徑山長者。房孺復之爲杭州也，方欲決重獄，因詣欽，以理求之〔一〕，曰：「今有犯禁，且獄成，於至人活之與殺之孰是？」欽曰：「活之則慈悲，殺之則解脫。」

本條不知原出何書。

〔一〕理求　齊之鸞本作「求理」。

47 陳子曰：「衞公之戰伐，無兵也。杜員外詠歌，無詩也。張長史草聖，無書也。」

說郛（陶珽刊本）弓四八唐語林言語亦載。

本條不知原出何書。

48 太宗止一樹下〔一〕，頗嘉之，宇文士及從而頌美之，不容於口。帝正色曰：「魏徵常勸我遠佞人，我不悟佞人爲誰，意疑汝而未明也，今乃果然。」士及叩頭謝曰：「南衙羣官面折廷爭，陛下常不能舉首〔二〕。今臣幸在左右，若不少順從，陛下雖貴爲天子〔三〕，亦何聊乎？」意復解。

本條原出隋唐嘉話卷上、大唐新語卷九諛佞第二十。説郛（陶珽刊本）弓三六隋唐嘉話亦載。

〔一〕止　隋唐嘉話、大唐新語上有「嘗」，當據補。

〔二〕首　大唐新語同。隋唐嘉話作「手」，新唐書卷一百宇文士及傳敍此事，亦作「手」。

〔三〕爲　大唐新語有「爲」字，隋唐嘉話無，當據補。

49 武衞將軍秦叔寶，晚年常多疾病。每謂人曰：「吾少長戎馬，經百餘戰〔一〕，計前後出血不啻數斛，何能無疾乎？」

本條原出隋唐嘉話卷上。類説卷五四隋唐嘉話題作出血數斛。説郛（陶珽刊本）弓三六隋唐嘉話（張宗祥輯明鈔本）卷三八傳載亦載。太平廣記卷一九一譚賓録題作秦叔寶，與此略同。

〔一〕百　隋唐嘉話作「三百」，類説引文與傳載、譚賓録均作「二百」。舊唐書卷六八秦叔寶傳作「二百餘陣」，新唐書卷八九秦瓊傳作「二百餘戰」。

50 太宗將致櫻桃於酅公，(原註)〔一〕隋後封爲酅公。稱「奉」則似尊〔二〕，言「賜」又似卑。乃問之虞監。監曰〔三〕：「昔梁帝遺齊巴陵王稱『餉』〔四〕。」遂從之。

類説卷三二語林題作餉酅公櫻桃。

本條原出隋唐嘉話卷中。太平廣記卷四九三國史題作虞世南，下註：「明鈔本、陳校本作出國史纂異。」説郛(陶珽刊本)弓三六隋唐嘉話亦載，又(張宗祥輯明鈔本)卷三八傳載、卷六七國史異纂均引此文。

〔一〕原註　此爲劉餗自註。原書無，當據本書補。説郛（張宗祥輯明鈔本）卷六七引文亦有。類説引文作正文列入。

〔二〕似　原書作「以」。下句同。

〔三〕監　原書無，當據删。

〔四〕梁帝　太平廣記引文作「梁武帝」。

51 太宗之征遼也，作飛梯臨其城。有應募爲梯首者，城中矢射如雨，竟爲先登〔一〕。英公指謂中書舍人許敬宗曰：「此人豈不大健？」敬宗曰：「健卽大健〔二〕，要是未解思量。」帝聞，特罷之〔三〕。

本條原出隋唐嘉話卷中。太平廣記卷四九三國史纂異題作許敬宗。説郛(陶珽刊本)弓三六隋唐嘉話(張宗祥輯明鈔本)卷三八傳載亦載。又説郛(張宗祥輯明鈔本)卷三二羣居解頤亦載此文。

〔一〕竟　原書下有「無」字，當據本書删。太平廣記與説郛(張宗祥輯明鈔本)引文均作「競」，當據本書改，因下文李勳指稱先登者曰「此人」，顯係單數，故不當用「競」字。

〔二〕卽大健　原書無，當據本書補。

〔三〕特罷之　原書作「將罪之」。

52 司稼卿梁孝仁，高宗時造蓬萊宮，諸庭院列樹白楊。將軍契苾何力，鐵勒之渠率也，於宮中縱觀。孝仁指白楊曰：「此木易長〔一〕，三數年間，宮中可蔭影。」何力一無所應，但誦古人詩云：「白楊多悲風，蕭蕭愁殺人。」意此是冢墓間木〔二〕，非宮室中所宜種〔三〕。孝仁遂令拔去〔四〕，更種梧桐。

本條原出隋唐嘉話卷中。說郛（陶珽刊本）弓三六隋唐嘉話亦載。

〔一〕司稼卿梁孝仁……此木易長　原書已佚，當據本書補。新唐書卷一一〇契苾何力傳敍此，云：「始，龍朔中，司稼少卿梁脩仁新作大明宮，植白楊于廷。」

〔二〕冢墓間木　聚珍本無「間」字，今從齊之鸞本補。原書作「冢墓間本」，「本」乃「木」之誤。

〔三〕中　聚珍本無，今從齊之鸞本補。

〔四〕遂　原書作「遽」。

53 昆明池者，漢武帝所置。蒲魚之利〔一〕，京師賴之。中宗朝，安樂公主請之，帝曰：「前代以來不以與人，此則不可。」主不悦，因役人徒別鑿，號曰定昆池。既成，中宗往觀，令公卿賦詩。李黄門日知詩曰：「但願暫思居者逸，無使時傳作者勞〔二〕。」及睿宗卽位，謂之曰：「當時朕亦不敢言。非卿忠正〔三〕，何能若是！」尋遷侍中。

本條原出隋唐嘉話卷下。類説卷五四隋唐嘉話題作定昆池。能改齋漫録卷六事實内定昆池條引隋唐嘉話亦載。說郛（陶珽刊本）弓三六隋唐嘉話亦載。大唐新語卷三公直第五亦載此事。劉賓客嘉話録亦有此文，唐蘭考爲誤入。

〔一〕蒲　原書作「捕」，齊之鸞本作「溝」，當據本書改。

〔二〕時傳　原書作「當時」，舊唐書卷一八八李日知傳作「時稱」。

〔三〕忠正　原書作「中正」，新唐書卷一一六李日知傳作「挺直」。

54 魏徵陳古今理體〔一〕，言太平可致，太宗納其言。封德彝難之曰：「三代以後，人漸澆訛，故秦任法律，漢雜霸道，皆欲理而不能，豈能理而不欲？徵書生，若信其虚論，必亂國家。」徵語之曰〔二〕：「五帝三王，不易人而理，行帝道則帝，行王道則王，在其所化而已。考之載籍，可得而知。昔黄帝雖與蚩尤戰，既勝之後，便致太平〔三〕。四夷亂德〔四〕，顓頊征之，既克之後，不失其理。桀爲亂德，湯放之；紂無道，武王伐之，而俱致太平。若言人漸澆訛，不返樸素，至今應爲鬼魅，寧可得而教化耶？」德彝無以難之〔五〕。徵薨〔六〕，太宗御製碑文并御書。後爲人所譏，敕令踣之〔七〕。及征遼不如意〔八〕，深自悔恨，乃曰〔九〕：「魏徵若在，不使我有此擧也。」既渡〔一〇〕，馳驛以少牢祭之，復立碑焉〔一一〕。

本條原出大唐新語卷一匡贊第一。自「徵薨」以下，隋唐嘉話卷上亦載。太平御覽卷五八九引國朝傳記亦載。說郛（陶珽刊本）弓三六隋唐嘉話亦載。然本條文字乃據大唐新語寫成。

〔一〕陳　原書上有「常」字。

〔二〕語　原書作「詰」。

〔三〕便　齊之鸞本作「身」。

〔四〕四　原書作「九」。

〔五〕德彝無以難之　資治通鑑敍封德彝與魏徵論治道事，繫於卷一九三唐紀九太宗貞觀四年，新唐書卷九七魏徵傳亦載。

〔六〕徵　隋唐嘉話作「鄭公」，太平御覽引文作「魏文貞」。

〔七〕敕令蹈之　資治通鑑繫於卷一九七唐紀十三太宗貞觀十七年。

〔八〕遼　隋唐嘉話作「高麗」。

〔九〕曰　隋唐嘉話作「歎曰」。

〔一〇〕既渡　隋唐嘉話下有「遼水」二字。

〔一一〕以少牢祭之復立碑焉　資治通鑑繫於卷一九八唐紀十四太宗貞觀十九年。

55 太宗嘗臨軒謂侍臣曰〔一〕：「朕非不能恣情爲樂〔二〕，常每勵心苦節，卑宮菲食者，正爲蒼生爾。我爲人主，兼行將相事，豈不是奪公等名？昔漢高得蕭、曹、韓、彭，天下寧宴；舜、禹、殷、周得稷、契、伊、呂，四海乂安。此事朕並兼用之。」給事中張行成諫曰：「有隋失道，天下沸騰，陛下撥亂反正，拯生人於塗炭，何禹、湯所能擬？陛下聖德含光，規模宏遠，雖文、武之烈，實無以加〔三〕，何用臨朝對衆，與之校量？將謂天下已定，不藉其力，復以萬乘至尊，與臣下争功。臣備員近樞，非敢知獻替事，輒陳狂直，伏待葅醢。」太宗深納之，俄遷侍中〔四〕。

本條原出大唐新語卷一匡贊第一。唐會要卷五四省號上給事中亦載此事。

〔一〕太宗嘗臨軒　唐會要作「貞觀十五年，太宗臨軒」。資治通鑑卷一九六唐紀十二太宗貞觀十五年敍此，曰「上嘗臨朝」。

〔二〕非　大唐新語作「所」。

〔三〕雖文武之烈實無以加　大唐新語作「然文武之烈，未嘗無將相」。唐會要作「雖文武之烈，實兼將相」。

〔四〕俄遷侍中　舊唐書卷七八、新唐書卷一〇四張行成傳敍此，均作「轉刑部侍郎、太子少詹事」。

56　高宗朝，晉州地震，雄雄有聲，經旬不止。高宗以問張行成，行成對曰〔一〕：「陛下本封於晉，今晉州地震，不有徵應，豈使然哉〔二〕！夫地，陰也，宜安靜而乃屢動。自古禍生宮掖，釁起宗親者，非一朝一夕，或恐諸王、公主謁見頻煩，乘間伺隙；復恐女謁用事，臣下陰謀。

陛下宜深思慮，兼修德，以杜未萌。」高宗深納之。

本條原出大唐新語卷一匡贊第一。

〔一〕行成對曰　舊唐書卷七八、新唐書卷一〇四張行成傳亦載，文略同。

〔二〕然　原書作「徒然」，當據改。

57 則天以武承嗣爲左丞相。李昭德奏曰〔一〕：「不知陛下委承嗣重權，何也？」則天曰：「我子姪，委以心腹耳。」昭德曰：「若以姑姪之親，何如父子？何如母子？」則天曰：「不如也。」昭德曰：「父子、母子尚有逼奪，何諸姑所能容？使其有便可乘，寶位其能安乎？且陛下之子，受何福慶〔二〕，而委重權於姪手？事之去矣！」則天懼曰〔三〕：「我未思也。」即日罷承嗣政事。

本條原出大唐新語卷一匡贊第一。

〔一〕李昭德奏曰　資治通鑑卷二〇五唐紀二一則天后長壽元年敍此，曰：「夏官侍郎李昭德密言於太后曰。」

〔二〕且陛下之子受何福慶　原書作「且陛下爲天子，陛下之姑受何福慶」，當據改。聚珍本無「且」字，今從齊之鸞本補。

〔三〕懼　原書作「矍然」。

58 太宗射猛獸於苑内〔一〕，有羣豕突出林中，太宗引弓射之，四發，殪四豕。有一雄豕直來衝馬，吏部尚書唐儉下馬搏之。太宗拔劍斷豕，顧而笑曰：「天策長史〔二〕，不見上將擊賊耶〔三〕，何懼之甚！」儉對曰：「漢祖以馬上得之，不以馬上理之。陛下以神武定四方，豈復逞雄心於一獸？」太宗善之，因命罷獵。

本條原出大唐新語卷一規諫第二。説郛（陶珽刊本）弓四八大唐新語規諫亦載。唐會要卷二八蒐狩亦載此事。

〔一〕太宗射猛獸於苑内　唐會要作「（貞觀）十一年十月，射猛獸洛陽苑」。

〔二〕天策長史　資治通鑑卷一九五唐紀十一太宗貞觀十一年敍此，胡三省註：「武德中，帝開天策上將府，以唐儉爲長史。」

〔三〕上將　指天策上將，乃太宗自稱。資治通鑑卷一八九唐紀五高祖武德四年：「上以秦王功大，前代官皆不足以稱之，特置天策上將，位在王公上。冬，十月，以世民爲天策上將。」

59 太宗言「尚書令史多受賂者」〔一〕，乃密遣左右以物遺之〔二〕，司門令史果受絹一匹。太宗將殺之，裴矩諫曰：「陛下以物試之，遽行極法，誘人陷罪，非『道德、齊禮』之義〔三〕。」乃免。

本條原出大唐新語卷一規諫第二。唐會要卷四十臣下守法亦載此事。

〔一〕太宗言　大唐新語作「太宗有人言」。文有奪誤，然本書當據之補「有人」二字。又「太宗」下應補一「時」字。

〔二〕乃密遣左右以物遺之。唐會要作「貞觀元年，太宗務正奸吏，乃遣人以財物試之。」

〔三〕非道德齊禮之義　資治通鑑卷一九二唐紀八武德九年敍此，曰：「恐非所謂『道之以德，齊之以禮』。」胡三省註：「引論語孔子之言。」

60 張玄素，貞觀初，太宗聞其名〔一〕，召見，訪以理道。玄素曰：「臣觀自古以來，未有如隋室喪亂之甚，豈非其君自專，其法日亂？向使君虛受於上，臣弼違於下，豈至於此！且萬乘之主，欲使自專庶務，日斷十事而有五條不中者，何況萬務乎？以日繼月，以至累年，乖謬既多，不亡何待？陛下若近鑒危亡，日慎一日，堯、舜之道，何以加之！」太宗深納之。

本條原出大唐新語卷一規諫第二。

〔一〕張玄素貞觀初太宗聞其名　資治通鑑卷一九二唐紀八高祖武德九年叙此，曰「上聞景州録事參軍張玄素名」。

61 太宗幸九成宮〔一〕，還京，有宮人憩湋川縣官舍〔二〕。俄而李靖、王珪至，縣官移宮人於別所而舍靖、珪。太宗聞之，怒曰：「威福豈由靖等？何爲禮靖等而輕我宮人！」即令按驗湋川官屬。魏徵諫曰：「靖等，陛下心膂大臣；宮人，皇后賤隸。論其委任，事理不同。又靖等出外，官吏訪闕廷法式朝覲〔三〕，陛下問人疾苦〔四〕。靖等自當與官吏相見，官吏不可不諱〔五〕。至於宮人，供養之外，不合參承。若以此罪，恐不益德音，駭天下耳目。」太宗曰：「公言是。」遂捨不問。

本條原出大唐新語卷一規諫第二。唐會要卷六五祕書省亦載此事。王方慶魏鄭公諫錄卷一諫科圍川縣官罪亦敍此事。

〔一〕太宗幸九成宮　唐會要上有「貞觀六年三月」一句。

〔二〕湋川縣　大唐新語同，舊唐書卷七一魏徵傳敍此亦同。齊之鸞本、歷代小史本作「圍川縣」，唐會要同，新唐書卷九七魏徵傳同。案：湋川縣即扶風縣，以湋水得名，後訛作圍川縣。

〔三〕訪　原書作「倣」。

〔四〕人　原書作「人間」。新唐書卷九七魏徵傳曰：「歸來，陛下問人間疾苦。」

〔五〕不可不諱　原書上有「亦」字。

62 谷那律〔一〕，貞觀中爲諫議大夫，褚遂良呼爲「九經庫」。永徽中〔二〕，嘗從獵，途中遇雨。高宗問：「油衣若爲得不漏？」對曰：「能以瓦爲之，不漏也。」意不爲畋獵。高宗深賞焉，賜帛二百匹。

本條原出大唐新語卷一規諫第二。說郛（陶珽刊本）弓四八大唐新語規諫亦載。唐會要卷二八蒐狩亦載此事。

〔一〕谷那律　大唐新語作「谷郍律」。「那」篆文作「𨚗」，「𠙵」「舟」形近，「郍」爲「那」之異體。

〔二〕永徽中　唐會要作「永徽元年」。資治通鑑卷一九九唐紀十五高宗永徽元年九月癸亥敍此事，考異曰：「舊書那律傳云『嘗從太宗出獵，在塗遇雨』有此語，意欲太宗不爲畋獵。太宗悦，賜帛二百段。唐録、政要高宗出獵有此月日，唐統紀亦在此年，今從之。」

63 武德初〔一〕，萬年縣法曹孫伏伽三上表，以事諫〔二〕。其一曰：「陛下貴爲天子，富有天下，凡曰蒐狩，須順四時。陛下即位之明日，有獻鷂雛者〔三〕，此乃前朝之弊風，少年之事務，何意今日行之？又聞相國參軍盧牟子獻琵琶，長安縣丞張安道獻弓箭，並蒙賞賚。但『普天之下〔四〕，率土之濱，莫非王臣。』陛下有所欲，何求不得，豈少此物乎？」其二曰：「百戲散樂，本非正聲，此謂淫風，不可不改。」其三曰：「太子諸王左右羣寮，不可不擇。願陛下納選賢才，以爲寮友，則克安磐石〔五〕，永固維城矣。」高祖覽之，悦，賜帛百匹。遂拜爲侍書御史〔六〕。

本條原出大唐新語卷二極諫第三。唐會要卷二八蒐狩亦載此事。

〔一〕武德初　唐會要作「武德元年六月二十四日」。資治通鑑卷一八五唐紀一高祖武德元年六月敍此事，摘録文字與本書不同。

〔二〕三上表以事諫　原書作「上表以三事諫」。舊唐書卷七五、新唐書卷一〇三孫伏伽傳均言以三事上諫，且分列其文，則當以原書所敍爲是。

〔三〕陛下即位之明日有獻鷂雛者　原書作「陛下二十日龍飛，二十一日獻鷂雛者。」舊唐書文同大唐新語，新唐書文同本書。

〔四〕普天之下　原書下有「莫非王土」一句，當據補。此處乃引用詩經小雅北山中句。

〔五〕安　原書作「崇」，舊唐書引文作「隆」。

〔六〕侍書御史　聚珍本無「書」字，今從齊之鸞本補入。原書亦有。舊唐書、新唐書、資治通鑑均作「治書侍御史」。

64 武德四年〔一〕，王世充平後，其行臺僕射蘇世長以漢南歸順〔二〕，高祖責其後服。世長稽首曰：「自古帝王受命，爲逐鹿之喻，一人得之，萬夫斂手。豈有獵鹿之後〔三〕，忿同獵之徒，問争肉之罪也？」高祖與之有舊，遂笑而釋之。後從獵於高陵〔四〕。是日大獲，陳禽於旌門。高祖顧謂羣臣曰：「今日畋，樂乎？」世長對曰：「陛下廢萬幾，事畋獵，不滿十旬，未爲大樂。」高祖色變，既而笑曰：「狂態發耶？」對曰：「爲臣私計則狂，爲陛下國計則忠矣。」嘗侍宴披香殿〔五〕，酒酣，奏曰：「此殿隋煬帝之所作耶？何雕麗之若是也！」高祖曰：「卿好諫似直，其心實詐。豈不知此殿是吾所造〔六〕，何須詭疑是煬帝？」對曰：「臣實不知。但見傾宮、鹿臺，琉璃之瓦，並非帝王節用之所爲也。若是陛下所造，誠非所宜。臣昔在武功，幸當陪侍，見陛下宅宇纔蔽風霜，當此時亦以爲足。今因隋之侈，人不堪命，數歸有道，而陛下得之，實謂懲其奢淫，不忘儉約，今於隋宮之內，又加雕飾，欲撥其亂，寧可得乎？」高祖每優容之。前後匡諫諷刺，多所宏益。

本條原出大唐新語卷二極諫第三。唐會要卷二八蒐狩、卷三十慶善宮亦載此事。

〔一〕武德四年　資治通鑑卷一八九唐紀五高祖武德四年七月庚申叙蘇世長事，與此多合。

〔二〕蘇世長　原書無「世」，乃避唐諱而删。下同。

〔三〕獵　原書作「獲」，當據改。

〔四〕後從獵於高陵　資治通鑑叙此，曰：「嘗從校獵高陵。」胡三省註：「高陵縣屬京兆府。」唐會要卷二八蒐狩叙此，曰：「（武德）五年十二月九日，諫議大夫蘇世長從幸涇陽之華池校獵。」

〔五〕侍宴披香殿　唐會要卷三十慶善宮叙此，云是武德六年事。資治通鑑叙此，曰：「嘗侍宴披香殿」，胡三省註：「程大昌雍録：慶善宮有披香殿。又云：慶善宮，高祖舊第也，在武功渭水北。余按下文世長言昔侍於武功，若此殿正在武功舊宅，世長縱是譎諫，不應引以爲言，恐此殿不在慶善宮。」

〔六〕吾　齊之鸞本、歷代小史下有「之」字。

65 張玄素爲給事中〔一〕。貞觀初〔二〕，修洛陽宮以備巡幸，上書極諫〔三〕，太宗善之，賜綵三百匹。魏徵嘆曰：「張公論事，遂有回天之力。可謂仁人之言，其利博哉！」

本條原出大唐新語卷二極諫第三。

〔一〕張玄素爲給事中　李涪刊誤卷上二都不並建條亦叙此事，上書者誤作張交素。

〔二〕貞觀初　舊唐書卷七五、新唐書卷一〇三張玄素傳叙此，作「貞觀四年」，下詳録諫書中文。

〔三〕上書極諫　原書下有張之諫詞與太宗問答之語，本書略去。

66 太宗將幸九成宫，馬周上疏諫曰〔一〕：「伏見明敕，以二月二日幸九成宫。臣竊惟太上皇春秋已高，陛下宜朝夕侍膳，晨昏起居。今所幸宫，去京三百餘里〔二〕，鑾輿動軔，俄經旬日，非可朝發暮至；脱上皇或思感，欲卽見陛下者，將何逮之？且車駕今行，本意避暑，則上皇尚留熱處，而陛下自逐涼處〔三〕，温清之道，臣切不安〔四〕。」太宗稱善。

本條原出大唐新語卷二極諫第三。唐會要卷二七行幸亦載此事。

〔一〕太宗將幸九成宫馬周上疏諫曰　唐會要作「（貞觀）六年三月十五日，幸九成宫，監察御史馬周上疏曰」。資治通鑑卷一九四唐紀十太宗貞觀六年敍此，繫馬周諫詞於六年正月。舊唐書卷七四、新唐書卷九八馬周傳均詳載諫詞。

〔二〕三百　原書作「二百」。他書均作「三百」。

〔三〕逐　齊之鸞本作「遂」。唐會要亦作「遂」。

〔四〕臣切不安　原書下有「文多不載」一句。

67 房玄齡與高士廉偕行，遇少府少監竇德素〔一〕。問之曰：「北門近來有何營造？」德素以聞。太宗謂玄齡、士廉曰：「卿但知南衙事。我北門小小營造〔二〕，何妨卿事？」玄齡等拜謝。魏徵進曰：「臣不解陛下責，亦不解玄齡等謝。既任大臣，卽陛下股肱耳目，所營造何容不知〔三〕？責其訪問官司，臣所不解。陛下所爲若是，當助陛下成之；所爲若非，當奏罷之：此乃事君之道。玄齡等所問無罪而陛下責之，玄齡等不識所守，臣實不喻。」太宗深納之。

本條原出大唐新語卷二極諫第三。唐會要卷五一識量上亦載此事。魏鄭公諫録卷二諫責房玄齡等亦敍此事。

〔一〕房玄齡與高士廉偕行遇少府少監竇德素　唐會要作「(貞觀)十五年，太子少師房玄齡、尚書右僕射高士廉於路逢少府少監豆德素」。資治通鑑卷一九六唐紀十二太宗貞觀十五年敍此，亦作「竇德素」。又聚珍本「玄齡」作「喬」，今從齊之鸞本、歷代小史本改。原書亦作「玄齡」。

〔二〕卿但知南衙事我北門小小營造　資治通鑑敍此，胡三省註：「唐正牙在南，故曰南牙；玄武門在北，曰北門。」

〔三〕所營造　原書上有「有」字。

68 總章中，高宗將幸涼州〔一〕。時隴右虛耗，議者以爲非便。高宗聞之，召五品以上，謂曰：「帝王五載一巡狩，羣后四朝〔二〕，此蓋常禮。朕欲暫幸涼州，乃聞中外咸謂非宜〔三〕。」宰臣以下莫有對者。詳刑大夫來公敏進曰：「陛下巡幸涼州，宣王略〔四〕，求之故實，未虛令典〔五〕。但隨時度事，臣下竊有所疑。高麗雖平〔六〕，餘寇尚梗〔七〕；西道經略，兵猶未停。且隴右諸州，人户少寡，供待車駕，備擬稍闕〔八〕。臣聞中外實有竊議。」高宗曰：「既有此言，我止度隴，存問故老，蒐狩卽還。」遂下詔停西幸，擢公敏爲黄門侍郎。

本條原出大唐新語卷二極諫第三。唐會要卷二七行幸亦載此事。

〔一〕總章中高宗將幸涼州　唐會要作「總章二年八月一日，詔以十月幸涼州」。資治通鑑卷二〇一唐紀十七高宗總章二年敍此，曰：「秋，八月，丁未朔，詔以十月幸涼州。」

〔二〕四朝　齊之鸞本作「四□朝□」，歷代小史本作「四年一朝」。

〔三〕乃　原書作「如」，唐會要作「今」。

〔四〕宣王略　歷代小史本上有「布」字，齊之鸞本則作空白。

〔五〕虚　原書與唐會要作「虧」。

〔六〕高麗　原書作「高黎」。

〔七〕餘寇　原書與唐會要作「扶餘」。

〔八〕擬　原書作「挺」。唐會要亦作「擬」。「挺」乃誤字。

69 德宗既貶盧杞，然常思之。後欲稍遷，朝臣恐懼，皆有諫疏。上問李泌公曰：「盧杞何處姦邪？」對曰：「陛下不知，此所以爲姦邪也〔一〕。」

本條原出國史補卷上盧杞爲奸邪。大唐傳載亦載。

〔一〕陛下不知此所以爲姦邪也　原書句上尚有「天下以爲奸邪」一句。舊唐書卷一三〇李勉傳、一三五盧杞傳、新唐書卷一三一李勉傳均載此事，資治通鑑卷二三三唐紀四九德宗貞元四年録李泌對德宗之語，與此同，考異曰：「舊李勉傳，勉對德宗已有此語，與鄴侯家傳述泌語略同，未知孰是，今兩存之。」

70 馬司徒之孫始生〔一〕，德宗名之曰「繼祖」〔二〕，笑曰：「此有二意。」謂以索繫祖也〔三〕。

本條原出國史補卷上命馬繼祖名。太平廣記卷二五〇國史補題作德宗。說郛（陶珽刊本）弓四八唐國史補題作繫祖。

〔一〕馬司徒　太平廣記引文作「馬燧」。

〔二〕繼祖　馬繼祖爲馬燧次子暢之子，見舊唐書卷一三四、新唐書卷一五五馬燧傳。

〔三〕此有二意謂以索繫祖也　原書作「『此有二義』。意謂以索繫祖也。」太平廣記、說郛引文亦有「義」字。

71 陸長源以舊德爲宣武行軍司馬〔一〕，韓愈爲巡官。或譏年輩相懸，周愿曰〔二〕：「大蟲老鼠，俱爲十二相屬，何怪之有？」旬日傳於長安中〔三〕。

說郛（陶珽刊本）弓四八唐語林言語亦載。

本條原出國史補卷上韓陸同史幕，「史」乃「使」之誤。太平廣記卷二五一國史補題作周愿。紺珠集卷三、白孔六帖卷四一引國史補題作鼠虎俱爲相屬。類說卷二六國史補題作大蟲老鼠。說郛（張宗祥輯明鈔本）卷七五國史補亦載。

〔一〕宣武行軍司馬　說郛（陶珽刊本）、齊之鸞本均誤作「宣武軍行司馬」。原書作「宣武軍行軍司馬」。

〔二〕周愿曰　原書此句作「愈聞而答曰」，學津討原本有注：「一本作周愿曰。」太平廣記引文作「愿曰」。紺珠集、類說、白孔六帖引文作「愈曰」。

〔三〕中　聚珍本無，今從齊之鸞本、歷代小史本補。

72 高貞公郢爲中書舍人九年〔一〕，家無制草。或曰：「前輩有制集，焚之何也〔二〕？」答曰：「王言不可存於私家。」

本條原出國史補卷中高郢焚制草。太平廣記卷四九七國史補題作高逞。紺珠集卷三國史補題作王言不可存於私家。類説卷二六國史補題作王言不存私家。説郛（張宗祥輯明鈔本）卷七五國史補亦載。説郛（陶珽刊本）弓四八唐語林言語亦載。

〔一〕高貞公郢　説郛（陶珽刊本）、齊之鸞本無「郢」字。

〔二〕前輩有制集焚之何也　原書此二句作「前輩皆有制集，公獨焚之，何也？」舊唐書卷一四七高郢傳作「前輩皆留制集，公焚之何也？」新唐書卷一六五高郢傳作「或勸盍如前人傳制集者」。

73 高貞公致仕，制云：「以年致政，抑有前聞；近代寡廉，罕由斯道。」是時杜司徒年過七十〔一〕，無意請老，裴晉公爲舍人，以此譏之。

本條原出國史補卷中高郢致仕制。類説卷二六國史補題作致仕制。

〔一〕杜司徒年過七十　原書無「過」字，類説有。杜司徒即杜佑，舊唐書卷一四七杜佑傳：「憲宗優禮之，不名，常呼司徒。」

74 憲宗忽問：「京兆尹幾員？」李相吉甫對曰：「京兆三員：一員大尹，二員少尹。」人以爲善對。

類説卷三二語林題作京兆尹三員。內李吉甫誤作「李圭甫」。

本條原出國史補卷中憲宗問京尹。太平廣記卷一七四國史補題作李吉甫。類説卷二六國史補題作京兆尹三員。

75 衢州人余長安，父叔二人爲同郡方金所殺〔一〕。長安八歲自誓，十七乃復讎。大理斷死。刺史元錫奏：「余氏一家，遇橫死者實二平人，蒙顯戮者乃一孝子。」引公羊傳「父不受誅，子得復讎」之義〔二〕。時裴垍爲宰相，李刑部鄘爲有司，事竟不行。老儒薛伯高遺錫書〔三〕：「大司寇是俗吏，執政柄乃小生〔四〕，余氏子宜其死矣！」

本條原出國史補卷中余長安復讎。太平御覽卷四八二引唐新語亦載。

〔一〕方金　原書作「方全」。

〔二〕父不受誅子得復讎　原書作「父不受誅，子得讎。」公羊傳定公四年原文作「父不受誅，子復讎。」國史補句下尚有「請下百僚集議其可否，詞甚哀切」二句。

〔三〕老儒薛伯高遺錫書　原書句首有「有」字。太平御覽引文「薛伯高」作「薛伯皐」。

〔四〕執政柄　齊之鸞本、歷代小史本作「司刑人柄」。

76 憲宗問趙相宗儒曰：「人言卿在荆門〔一〕，毬場草生，何也？」對曰：「罪誠有之。雖然，草生不妨毬子〔二〕。」上爲之笑。

本條原出國史補卷中毬場草生對。太平廣記卷二五〇國史補題作趙宗儒。紺珠集卷三國史補題作毬場草生。類說卷二六國史補題作毬場生草。説郛（張宗祥輯明鈔本）卷七五國史補亦載。

〔一〕荆門　原書作「荆州」。

〔二〕草生不妨毬子　原書句末尚有「往來」二字。

77 鄭陽武絪常言欲爲易比〔一〕，以三百八十四爻各比人事。又云：「仁義之有莊周〔二〕，猶禪律之有維摩詰，欲圖畫之，未能也〔三〕。」

本條原出國史補卷中鄭陽武易比。

〔一〕鄭陽武絪　原書無「絪」字。

〔二〕仁義　原書作「元義」。「元」通「玄」，乃避清諱而改。「仁」乃誤字，當據原書改作「玄義」。

〔三〕未能也　原書作「俱恨未能」。

78 王相涯注太玄〔一〕，常取以卜，自言所中多於易筮。

永樂大典卷之四千九百四十玄・太玄引唐語林（影印本第二十函第一九八册）亦載。與下條79原合爲一條。

本條原出國史補卷中王相注太玄。説郛（陶珽刊本）弓四八唐國史補題作太玄經。

〔一〕王相涯　原書無「涯」字。

79 高貞公之子定〔一〕，通王氏易〔二〕。爲圖〔三〕，合八出以畫八卦。上圓下方，合則爲重，轉則爲演。七轉爲六十四卦〔四〕，六甲八節備焉。著外傳二十二篇〔五〕。定，小字董二；時人多以小字稱。初年七歲，讀尚書至湯誓〔六〕，問父曰：「奈何以臣伐君？」父答曰：「應天順人。」又問曰：「用命，賞於祖；不用命，戮於社，豈是順人？」父不能答。年二十三，爲京兆府參軍卒。

永樂大典卷之四千九百四十玄・太玄引唐語林亦載，至「著外傳二十二篇」止，與上條78原合爲一條。

本條原出國史補卷下高定易外傳。太平廣記卷一七五國史補題作高定。

〔一〕高貞公之子定　原書作「高定，貞公郢之子也」。

〔二〕通王氏易　原書無此句，永樂大典引文亦無。新唐書卷一六五高定傳：「長通王氏易。」舊唐書卷一四七高定傳：「尤精王氏易。」

〔三〕圖　原書作「易」。

〔四〕爲　原書作「而」，當據改。

〔五〕二十二篇　原書作「二十三篇」，太平廣記引文亦作「二十二篇」。舊唐書作「二十二卷」。

〔六〕湯誓　原書作「牧誓」，太平廣記引文亦作「湯誓」。

80 李直方嘗第果實，若貢士者〔一〕。以綠李爲首，楞梨爲二，櫻桃爲三，柑爲四〔二〕，蒲桃爲五。或薦荔枝，曰：「寄舉之首。」又問：「栗如之何？」曰：「最有實事〔三〕，不出八九。」始范曄以諸香品時輩〔四〕，侯味虛撰百官本草〔五〕，皆此類也〔六〕。

本條原出國史補卷下第果實進士。紺珠集卷三國史補題作弟果實名。類說卷二六國史補題作第果實名。白孔六帖卷九九國史補題作第果品。侯鯖錄卷一亦載，唯不註出處。

〔一〕李直方嘗第果實若貢士者　原書作「李直方嘗第果實名，如貢士之目者。」

〔二〕柑　原書作「甘子」。類說引文作「柑子」。

〔三〕最有實事　原書作「取其實事」。

〔四〕范曄以諸香品時輩　聚珍本「范曄」作「范蔚宗」，今從齊之鸞本、歷代小史本改。范曄「字蔚宗，撰和香方，所言悉以比類朝士」，見宋書卷六九本傳。

〔五〕侯味虛撰百官本草　原書與侯鯖錄均作「侯朱虛」。紺珠集卷七御史臺記內百官本草條嘗概述侯味虛此文內容。太平廣記卷二五五朝野僉載題作侯味虛，所言類同，汪紹楹校曰：「明鈔本作出御史臺記。」案太平廣記引文首云「唐户部郎侯味虛著百官本草」，查郎官石柱題名，左司郎中與左司員外郎內均載侯味虛其人，則此處似以作「侯味虛」爲是。

〔六〕皆此類也　原書句下尚有「其升降義趣，直方多則而效之」二句。

81 宋濟老於詞場，舉止可笑。嘗試賦，語失官韻〔一〕，乃撫膺曰：「宋五又坦率矣！」因此大著。後禮部上甲乙名，德宗先問：「宋五坦率否〔二〕？」

本條原出國史補卷下宋五又坦率。類説卷二六國史補題作宋五坦率。集註分類東坡先生詩卷十八次韻答王鞏潘邠老引國史補亦載。太平廣記卷一八〇盧氏小説題宋濟條、類説卷四九盧氏雜説内宋五坦率條、古今合璧事類備要前集卷三八引盧氏雜説均有類似之記載。唐摭言卷十海敍不遇引此，德宗作明皇；卷十五雜記亦言明皇呼宋濟作宋五。案：宋濟，新舊唐書無傳，北夢瑣言卷五：「唐武都符載，字厚之，本蜀人，有奇才。始與楊衡、宋濟棲青城山以習業。楊衡擢進士第，宋濟先死無成，唯符公以王霸自許，恥於常調懷會之望。韋南康鎮蜀，辟爲支使。」符、楊均德宗時人，是知唐摭言敍宋濟年代有誤。

〔一〕語　原書作「誤」。

〔二〕宋五坦率否　原書作「宋五免坦率否？」

82 伊慎每求族望以嫁子〔一〕，李長榮則求時名以嫁子，皆自署爲判官。奏言：「臣不敢學交質罔上〔二〕。」德宗從之。

本條原出國史補卷上伊李署子壻。

〔一〕族望　原書作「甲族」。

〔二〕交質　齊之鸞本、歷代小史本作「交易」。

83 李德裕太尉未出學院，盛有詞藻，而不樂應舉。吉甫相，俾親表勉之，衞公曰：「好驢馬不入行。」由是以品子敍官也。

本條原出北夢瑣言卷六李太尉請修狄梁公廟事。類説卷四三北夢瑣言題作好驢馬不入行。資治通鑑卷二三七唐紀五三憲宗元和二年十月丁卯考異引孫光憲北夢瑣言，即此文。又原書此條與下條84本是一條，此條在前。考異引文亦同。

84 李吉甫爲相，以武相元衡同列〔一〕，事多不叶，每退公，詞色不懌。掌武啓白曰〔二〕：「此出之何難！」乃請修狄梁公廟。於是武相漸求出鎮〔三〕，智計已聞於早成矣。

本條原出北夢瑣言卷六李太尉請修狄梁公廟事。原書此條與上條83本是一條，此條在後。資治通鑑卷二三七唐紀五三憲宗元和二年十月：「上擇可以代崇文者而難其人。丁卯，以門下侍郎、同平章事武元衡同平章事，充西川節度使。」考異引孫光憲北夢瑣言此文，末云：「今從實録及舊傳。」又考異引文之上半部份即上條83，與原書同。

〔一〕以　原書作「與」。

〔二〕掌武　即太尉，唐人習用之詞。此指李德裕。

〔三〕武相漸求出鎮　武元衡曾祖載德，則天后之族弟。諸武封王，不厭人心，而載德得贈潁川王。李德裕請修狄仁傑廟，以狄忠於唐室，故武元衡内慚而不安於朝。按：孫光憲此説可信與否，尚難斷言。

## 政事上

85 高祖時〔一〕，嚴甘羅，武功人。剽劫，爲吏所拘。上謂曰：「汝何爲作賊？」對曰：「饑寒交切，所以爲盜。」上曰：「吾爲汝君，使汝窮乏，吾之罪也。」赦之。

本條疑出唐會要卷四十君上慎恤。南部新書卷癸亦載此事。

〔一〕高祖時　原書作「武德二年二月」。

86 太宗親錄囚徒，歸死者二百九十人〔一〕，令來年秋就刑。及期畢至，悉原之〔二〕。

本條不知原出何書。

〔一〕歸死者二百九十人　聚珍本無「歸」，今從齊之鸞本補。又齊之鸞本周錫瓚校「二百」作「三百」。資治通鑑卷一九四唐紀十太宗貞觀七年九月：「去歲所縱天下死囚凡三百九十人，無人督帥，皆如期自詣朝堂。」考異曰：「四年實錄曰：『天下斷死罪，止二十九人，今年實錄乃有二百九十九人，何頓多如此！事已可疑。又白居易樂府云：『死囚四百來歸獄。』舊本紀、統紀、年代紀皆云『二百九十人』。今從新書刑法志。」又白詩見新樂府・七德舞。

〔二〕原　齊之鸞本周錫瓚校作「赦」。

87 岑文本謂人曰〔一〕：「吾見馬周論事多矣！援引事類，揚搉古今，舉要删蕪，會文切理。一字不可加，亦不可減〔二〕。聽之靡靡，令人忘倦。昔之蘇、張、終、賈，正應爾耳〔三〕。」

案〔三〕：此條宜列言語。原書分門未當，多有類此。

本條原出大唐新語卷七知微第十五。

〔一〕岑文本謂人曰　原書上有「馬周雅善敷奏，動無不中」二句。

〔二〕會文切理一字不可加亦不可減　原書此三句作「言辯而理切，奇鋒高論，往往間出」。舊唐書卷七四、新唐書卷九八馬周傳亦引岑文本語，同本書。

〔三〕昔之蘇張終賈正應爾耳　原書無此二句，而有「然鳶肩火色騰上，必速死」二句。舊、新唐書則兼有此數句。

〔三〕案　此案語爲四庫全書館臣所加。

88 姚崇引宋璟爲御史中丞，頃之入相。宋善守法〔一〕，故能持天下之政；姚善應變，故能成天下之務。二人執性不同，同歸於道，協心翼贊，以致於治。

本條原出大唐新語卷一匡贊第一。原書此條與卷二167條本是一條，此條在後。

〔一〕宋善守法　原書作「璟善守文」。資治通鑑卷二一一唐紀二七玄宗開元四年敍此，曰：「崇善應變成務，璟善守法持正。」

89 姚元之牧荆州〔一〕。受代日，民吏泣擁遮道不使去，馬鞭、鐙，民皆藏留之。上聞，賜詔褒之。

本條原出開元天寶遺事卷上截鐙留鞭。雲仙雜記卷十、紺珠集卷一、類説卷二一、白孔六帖卷四十、説郛（陶珽刊本）号五二引開元天寶遺事亦題作截鐙留鞭。

〔一〕姚元之　原書作「姚元崇」，二者實爲一人。舊唐書卷九六姚崇傳：「時突厥叱利元崇構逆，則天不欲元崇與之同名，乃改爲元之。」

90 玄宗宴蕃客。唐崇句當音聲〔一〕，先述國家盛德，次序朝廷歡娛，又贊揚四方慕義，言甚明辨。上極歡。崇因長入人許小客求教坊判官，久之未敢奏。一日，過崇曰：「今日崖公甚蜆斗，欲爲弟奏請，沈吟未敢。」崇謂小客有所欲，乃贈絹兩束。後數日，上憑小客肩，行永巷中。小客曰：「臣請奏事。」上乃推去之，問曰：「何事？」對曰：「臣所奏，坊中事耳。」小客方言唐崇，上遽曰：「欲得教坊判官也？」小客蹈舞曰：「真聖明，未奏即知。」上曰：「前宴蕃客日，崇辭氣分明，我固賞之，判官何慮不得？汝出報，令明日玄武門來。」小客歸以語崇，崇蹈舞懽躍。上密敕北軍曰：「唐崇來，可馳馬踐殺之。」明日，不果殺。乃敕教坊使范安及曰：「唐崇何等，敢干請小客奏事？可決杖，遞出五百里外。小客更不須令來。」

本條不知原出何書。與下條91原合爲一條，今依原書分列。又本條疑是教坊記之佚文。

〔一〕句　齊之鸞本、歷代小史本作「勾」。二者通用。

91 散樂〔一〕，呼天子爲「崖公」，以歡爲「蜆斗」〔二〕，以每日在至尊左右爲「長入」。

本條原出教坊記。類説卷七教坊記題作崖公蜆斗長入。説郛（陶珽刊本）弓七八、（張宗祥輯明鈔本）卷十二亦載。

又本條與上條90原合爲一條，今依原書分列。

〔一〕散樂　原書上有「諸家」二字。

〔二〕歡　原書作「歡喜」。

92 顔魯公眞卿爲監察御史，充河西、隴右軍試覆屯交兵馬使〔一〕。五原旱〔二〕，有寃獄，決乃雨，郡人呼「御史雨」〔三〕。

説郛（陶珽刊本）弓四八唐語林政事亦載。

本條原出大唐傳載。太平廣記卷一七二傳載題作顔眞卿。又太平廣記卷三二顔眞卿條乃綜合仙傳拾遺、戎幕閑譚、玉堂閑話而成，中間亦有此文。

〔一〕試覆屯交兵馬使　原書作「覆充交兵使」。舊唐書卷一二八顔眞卿傳敍此，作「試覆屯交兵使」。

〔二〕旱　聚珍本無，今從説郛本、齊之鸞本、歷代小史本補。原書亦有。

〔三〕呼　原書下有「爲」字。

93 玄宗御勤政樓大酺〔一〕，縱士庶觀看百戲〔二〕，人物塡咽，金吾衛士指遏不得。上謂力士曰：「吾以海內豐稔，四方無事，故盛爲宴樂，與萬姓同歡，不謂衆人喧鬧若此。汝有何計止之？」力士曰：「臣不能止也。請召嚴安之處分打場，以臣所見，必有可觀。」上從之。安之周行廣場，以手板畫地，示衆曰：「踰此者必死〔三〕！」是以終日酺宴〔四〕，咸指其畫曰：「嚴公界境。」無人敢犯者。

本條原出開天傳信記。太平廣記卷一六四開天傳信記題作嚴安之。紺珠集卷二、類説卷六引開天傳信記題作嚴公界。説郛（陶珽刊本）弓五二傳信記亦載。南部新書卷甲亦載此事。

〔一〕勤政樓　南部新書作「花萼樓」。資治通鑑卷二一四唐紀三十玄宗開元二十三年載此事，曰「五鳳樓」。

〔二〕百戲　原書下有「競作」二字，另成一句。

〔三〕踰此者必死　原書作「犯此者死」。

〔四〕終日　原書作「終五日」。資治通鑑作「盡三日」。

94 玄宗所幸美人，忽中夜夢見人召去，縱酒密會，極歡盡意，醉厭而歸。覺來流汗倦怠，忽忽不樂，因言於上〔一〕。上曰：「此術人所爲也。汝若復往，但隨時以物記之〔二〕，必驗。」其夕熟寐，飄然又往。美人半醉，見石硯在前席，密以手文印於曲房屏風上。寤而具啓。上乃潛令人詣宮觀求之〔三〕，果於東明觀中得其屏風〔四〕，手文尚在，所居道流已潛遁矣。

本條原出開天傳信記。太平廣記卷二八五開天傳信記題作東明觀道士。類説卷二七唐宋遺史亦載此文，題作手印屏風。白孔六帖卷十四、古今合璧事類備要外集卷五十引此，均作唐宋遺史。

〔一〕因言於上　原書作「後因縱容，盡白於上」。

〔二〕隨時以物記之　原書作「隨宜以物識之」。
〔三〕上乃潛令人詣宮觀求之　原書作「上乃潛以物色，令於諸宮觀求之。」
〔四〕果於東明觀中得其屏風　原書句首有「異日」二字。

95 開元中〔一〕，山東蝗。姚元崇奏請遣使分捕。上曰：「蝗蟲，天災也，由朕不德而致焉。卿請捕之，無乃違天乎〔二〕？」崇曰：「大田之詩『秉畀炎火』者，捕蝗之術也。古人行之於前，陛下用之於後。行之所以安農除害，國之大事也，陛下熟思之！」上曰〔三〕：「事既古〔四〕，用可救時〔五〕，朕之心也。」遂行之。是時中外咸以爲不可。上謂左右曰：「與賢相討論已定。捕蝗之事，敢議者死。」自是所司結奏〔六〕，捕蝗十分去四〔七〕。

本條原出開天傳信記。説郛（陶珽刊本）弓五二傳信記亦載。

〔一〕中　原書作「初」。
〔二〕無乃違天乎　原書作「得無違而傷義乎？」「違」下當據本書補「天」字。
〔三〕上曰　原書作「上喜曰」。
〔四〕古　原書作「師古」，當據之補「師」字。
〔五〕用　齊之鸞本下註一「缺」字。
〔六〕自是　原書作「是歲」。

〔七〕捕蝗十分去四　原書作「捕蝗蟲凡百餘萬石。時無飢饉，天下賴焉。」

96 進士王如泚者，妻公以伎術供奉玄宗〔一〕。欲與改官，拜謝而請曰：「臣女壻王如泚見應進士舉，伏望聖恩回授〔二〕，乞一及第。」上許之，宣付禮部宜與及第。侍郎李暐以諮執政，右相曰〔三〕：「王如泚文章堪及第否？」暐曰：「與亦得〔四〕。」右相曰：「若爾，未可與之。明經、進士，國家取材之地。若聖恩優異，差可與官，今以及第與之，將何以觀材〔五〕？」即自奏聞〔六〕。居二日〔七〕，如泚賓朋讌賀，車騎盈門。忽中書門下牒禮部〔八〕：「王如泚可依例考試。」聞之罔然自失。

本條原出封氏聞見記卷三貢舉。原書此條與卷四 516、卷三 372、卷八 1028 條本爲一條。

〔一〕妻公以伎術供奉玄宗　齊之鸞本、歷代小史本「公」作「翁」。原書「公」下衍一「女」字。又聚珍本「玄宗」作「明皇」，今從齊之鸞本、歷代小史本改。

〔二〕授　原書作「换」，當據本書改。

〔三〕右相　原書作「左相」，當據本書改。下同。

〔四〕與亦得　原書句下尚有「不與亦得」一句。

〔五〕材　原書無，當據本書補。

〔六〕即自奏聞　聚珍本「自」作「令」，今從齊之鸞本、歷代小史本改。原書作「林甫即自聞奏取旨」。案本條文字之首，原書尚有「李右相在廟堂」一句，可知右相卽李林甫。

〔七〕居二日　原書無此句。

〔八〕忽中書門下牒禮部　原書作「忽中書下牒禮部」，當據之删「門」字。下牒乃中書省事，與門下省無涉。

97 張九齡累歷刑獄之司，無不察。每有公事，胥吏未敢訊劾，先稟於九齡〔一〕。召囚面訊曲直，口占案牘，無輕重，皆引服〔二〕。

本條原出開元天寶遺事卷下口案。

〔一〕稟　原書作「取則」。

〔二〕無輕重皆引服　原書作「囚無輕重，咸樂其罪，時人謂之『張公口案』」。

98 張延賞爲河南尹，官吏有過，未曾屈辱。所犯既頻，不可容者，但謝遣之。先自下拜，立與之辭，卽令郡官祖送。由是寮屬敬憚〔一〕，各修飭，河南大治。

本條原出封氏聞見記卷九禮遺。

〔一〕寮屬　原書作「士子」。似以作「寮屬」爲是。

99 德宗時，李納陸梁，上表欲進錢五百萬。上怒謂丞相曰：「朕豈藉進奉！」崔文公曰：「陛下欲知真僞不難，但詔納便以回賜三軍，卽其情露矣。納若遵詔，是陛下恩給三軍；納若不從，是其樹怨於軍中也。」上曰：「賜之何名？」祐甫曰：「兩河用軍已來，天平功居多，朝廷未及優賞。」上以爲然。詔至，納慙恚，構疾而終。

本條不知原出何書。

100 廣德二年，春，三月，敕工部侍郎李栖筠、京兆少尹崔沔拆公主水碾磑十所，通白渠支渠，溉公私田，歲收稻二百萬斛，京城賴之。常年命官皆不果敢，二人不避強禦，故用之。

本條不知原出何書。

101 閻伯璵〔一〕，袁州刺史〔二〕。時征役繁重，袁州特爲殘破，伯璵專以惠化招撫，逃亡皆復，鄰境慕德，襁負而來。數年之間，漁商闐湊，州境大理。及改撫州，百姓相率而隨之，伯璵未行，或已有先發。伯璵於所在江津見航，問之，皆云「從袁州來，隨使君往撫州。」前後相繼，吏不能止〔三〕，其見愛如此。到職一年，撫州復治〔四〕。代宗聞之，徵拜户部侍郎，未至，卒。

本條原出封氏聞見記卷九惠化。

〔一〕閻伯璵　原書作「閻伯嶼」，當據本書改。梁肅杭州臨安縣令裴君夫人常山閻氏墓誌銘曰：「銀青光祿大夫尚書刑部侍郎伯璵之女。」載全唐文卷五二一，可証「嶼」爲誤寫。

〔二〕袁州刺史　原書上有「爲」字。

〔三〕吏　原書作「津吏」。

〔四〕撫州復治　原書作「撫州復如袁州之盛」。

102 李封爲延陵令，吏人有罪，不加杖罰，但令裹碧頭巾以辱之。隨所犯輕重，以日數爲等級，日滿乃釋。吳人著此服出入，州鄉以爲大恥，皆相勸勵無敢犯，賦税常先諸縣。既去官，竟不捶一人。

說郛(陶珽刊本)弓四八唐語林政事亦載。

本條原出封氏聞見記卷九奇政。類説卷六封氏見聞記題作有罪令裹碧巾。

103 劉晏爲諸道鹽鐵轉運使。時軍旅未寧，西蕃入寇，國用空竭，始於揚州造轉運船〔一〕，每以十隻爲一綱，載江南穀麥，自淮、泗入汴，抵河陰，每船載一千石。揚州遣軍將押至河陰之門，填闕一千石〔二〕，轉相受給，達太倉，十運無失，即授優勞官〔三〕。汴水至黄河迅急，將吏典主，數運之後，無不髮白者。晏初議造船，每一船用錢百萬〔四〕。或曰：「今國用方乏，宜減其費，五十萬猶多矣。」晏曰：「不然。大國不可以小道理。凡所創置，須謀經久。船場既興，卽其間執事者非一，當有贏餘及衆人。使私用無窘，卽官物堅固，若始謀便朘削，安能長久？數十年後，必有以物料太豐減之者。減半，猶可也；若復減，則不能用。船場既隳〔五〕，國計亦圮矣。」乃置十場於揚子縣，專知官十人，競自營辦。後五十餘歲，果有計其餘，減五百千者，是時猶可給。至咸通末，院官杜侍御又以一千石船，分造五百石船兩舸，用木廉薄。又執事人吳堯卿爲揚子縣官〔六〕，變鹽鐵之制，令商人納榷，隨所送物料，皆計折納，勘廉每船板、釘、灰、油、炭多少而給之。物復騰長。軍將十家，卽時委弊〔七〕。

本條不知原出何書。

〔一〕造　聚珍本無，今從齊之鸞本補。

〔二〕揚州遣軍將押至河陰之門填闕一千石　齊之鸞本無「河陰」以下七字。按：此二句文意不明，有誤。新唐書卷五三食貨志三：「自揚州遣將部送至河陰，上三門，號『上門填闕船』。」

〔三〕卽授優勞官　資治通鑑卷二二六唐紀四二德宗建中元年敍此，作「授優勞，官其人。」

〔四〕用錢百萬　資治通鑑作「給錢千緡」。

〔五〕隳　齊之鸞本作「隳」。

〔六〕執　齊之鸞本作「職」。

〔七〕卽時委弊　齊之鸞本句下有「船場」二字，下註「缺」。

104 韓晉公鎮浙西地〔一〕，痛行捶撻，人皆股慄。時德宗幸梁洋〔二〕，衆心遽惑〔三〕，公控領十五部人不動搖，而偏懲里胥。或有詰者，云：「里胥閭〔四〕蓋或問其故而云，答之之語也〔五〕。擒賊不獲，懼死而逃，哨聚其類〔六〕，曰：『我輩進退皆死，何如死中求生乎？』乃撓村劫縣〔七〕，浸蔓滋多。且里胥者，皆鄉縣豪吏，族系相依。杖煞一番老而狡黠者，其後補署，悉用年少，惜身保家，不敢爲惡矣。今上在外，不欲更有小寇以撓上心。」其旨如此。其里胥不杖死者，必恐爲亂，乃置浙東營吏，俾掌軍籍，衣以紫服，皆樂爲之。潛除酋豪，人不覺也。又痛斷屠牛者，皆暴尸連日。謂人曰：「草賊非屠牛釃酒，不成結構之計。深其罪，所以絶其謀耳。」當此際，賊皆失圖。

本條不知原出何書。

〔一〕鎮浙西地　齊之鸞本「地」作「也」。新唐書卷一二六韓滉傳：「遷浙江東、西觀察使，尋檢校禮部尚書，爲鎮海軍節度使。」其下敍事與本條合。

〔二〕洋　聚珍本作「許」，今從齊之鸞本改。

〔三〕遽　齊之鸞本作「還」。

〔四〕閭　聚珍本作「耳」，今從齊之鸞本改。

〔五〕蓋或問其故而云答之之語也　此註當是王讜所加。齊之鸞本無。

〔六〕哨　齊之鸞本作「嘯」。

〔七〕撓　齊之鸞本作「撓」。

105 德宗躬親庶政，中外除授皆自攬。監察裏行浙東觀察判官趙傪特授高陵縣令〔一〕，裴尚書武亦自鄜坊監宰櫟陽，二人同制。後數日，因遊苑中，有執役者，上問「何處人？」云是「高陵百姓」。上曰：「汝是高陵人也，我近爲汝揀得一好長官，知否？」傪，貞元六年進士及第，又制策登科〔二〕。

本條原出因話録卷一宮部。類説卷十四因話録題作揀得一個好官。

〔一〕監察裏行浙東觀察判官趙傪　原書作「余伯父自監察裏行浙東觀察判官」。

〔二〕傪貞元六年進士及第又制策登科　原書此三句作雙行夾註，文曰：「伯父諱傪，貞元三年進士及第，當年制策登科。」徐松登科記考卷十二貞元三年進士三十三人趙傪下註：「因話録：趙傪，貞元三年進士及第，當年制策登科。唐語林以爲貞元六年進士。按：傪於四年登制科，則語林誤矣。」

106 韋皋薨，行軍司馬劉闢知留後，率將士逼監軍使，請奏命闢爲帥，以徇軍情。旋舉兵扼鹿頭關下蜀，蜀帥李康棄城走〔一〕。上敕宰臣選將討伐。杜黄裳曰：「保義節度使劉澭、武成節度使高崇文，皆剛毅忠勇可用。」上曰：「二人誰爲優？」黄裳曰：「劉澭自涿州拔城歸闕，扶老攜幼，萬人就路，飲食舒慘，與衆共之。居不設樂，動拘法令，峻嚴整肅，人望而畏。付以專征，必著勳績。」〔原註〕澭，濟之弟。濟繼怦鎮幽州，澭任瀛州刺史，與濟有隙，濟欲害之，母氏潛報澭，澭乃誓拔所部歸闕〔二〕。不由驛路而行，秋毫不犯。朝廷優遇，乃割鳳翔府普潤、麟遊等縣爲行秦州。以普潤爲理所，保義爲軍號，拜澭行秦州刺史，充保義軍節度使。所領將士營於此。澭鎮普潤七年，後鎮涇原。上曰：「卿選劉澭，甚得其人，然卿慮亦未盡。澭馭衆嚴肅，固是良將。性本倔強，與濟不叶，危急歸命，河朔氣度尚在。常聞鬱鬱扼腕，恨不得名藩，應有深意。若征伐有功，須令鎮西川以爲寵。況全蜀重地，數十年間，碩德名臣，方可寄任。澭生長幽燕，只知盧龍節制，不識朝廷憲章。向者幽繫幕吏，杖殺縣令，皆河朔規矩，我亦爲之容貸。若使鎮西川，是自掇心腹疾。不如崇文，久將親軍，寬和得衆，用兵沈審。」乃命爲西川行營節度使。崇文下劍門，長子曰暉，不當矢石，將斬之以勵〔三〕。師次緜州，斬磽州節度使李康〔四〕，疏康擅離征鎮〔五〕，不爲拒敵。〔原註〕當時議者云：康任懷州刺史，收殺武陟尉，即崇文判官宋君平之父，崇文乘此事爲之報讎〔六〕。入成都日，有若閒暇，命節級將吏，凡軍府事無巨細，一取韋皋故事。一應爲闢脅從者，但自首並不問。韋皋參佐房式、韋乾度、獨孤密、符載、郄士美，〔原註〕本名犯文宗廟諱。皆卽論薦。館驛巡官沈衍、段文昌，闢迫令刺按，禮同上介，亦接諸公後謁。崇文謂文昌曰：「公必爲將相，未敢奉薦。」叱起沈衍，令梟首於驛門外〔七〕。舉酒與諸公盡歡，俳優請爲劉闢責買戲，崇文曰：「闢是大臣謀反，非鼠竊狗盜。國家自有刑法，安得下人輒爲戲弄？」杖優者，皆令戍邊。〔原註〕房式除給事中，韋乾度兵部郎中，獨孤密除起居郎，郄士美除太常博士，符載除秘書郎，並未到闕而命下〔八〕。劉闢就擒，得侍妾二人，皆殊色，監軍使請進上。崇文曰：「謬當重寄，初收大藩，且要境內肅清，萬姓復業，以寬聖慮。進美婦人，作狐魅天子意，崇文此生不爲也。」遽命配鰥處將校。〔原註〕上聞之，語內臣曰：「崇文得殊色，不進來，又不自留，是忠直也，是田舍人也。」三年爲蜀帥，惠化大行。不事威儀，禮賢接士。身與子弟車服玩用無金玉之飾。一朝謂監軍從事曰：「崇文，河北一健兒，偶然際會，累立戰功，國家酬獎亦極矣。西川是宰相迴翔地，崇文叨居已久，豈宜自安？但得爲節制邊鎮，死於王事，誠願足矣。」乃陳讓請邠寧，以至於卒。

本條原出補國史。案資治通鑑卷二三七唐紀五三憲宗元和元年三月，考異引補國史敍高崇文斬李康事；又九月引林恩補國史敍沈衍、段文昌二人誅賞之異事；資治通鑑卷二三七唐紀五三憲宗元和二年冬十月敍高崇文願效死邊陲等語，考異引舊崇文傳與舊武元衡傳，末云：「今從補國史，參以舊傳。」所言均與本條文字相合，是知此處文字乃林恩補國史中敍高崇文伐蜀始末。

〔一〕城　聚珍本無，今據齊之鸞本補。資治通鑑考異引文亦有。

〔二〕誓拔所部　齊之鸞本作「乃誓衆拔城。」

〔三〕將　聚珍本作「特」，今據齊之鸞本改。考異引文作「欲」。

〔四〕磽州　考異引文作「梓州」，當據改。

〔五〕康　聚珍本無，今據齊之鸞本補。考異引文亦有。

〔六〕崇文乘此事爲之報讎　資治通鑑卷二三七唐紀五三憲宗元和元年考異引補國史曰：「劉闢舉兵下東蜀，連帥李康棄城奔走。崇文下劍閣日，長子日暉不當矢石，欲戮之以勵衆。師次綿州，斬李康。疏康擅離征鎮，不爲拒敵。」註云：「當時議論云，康任懷州刺史日，杖殺武陟尉，卽崇文判官宋君平之父，乘此事爲之復讎。」司馬光下按語曰：「……補國史又不知（李康）被擒事，而云棄城走。此皆得於傳聞，不可爲據。」據上可知本條中原註文字皆爲林恩自註。

〔七〕叱起沈衍令梟首於驛門外　資治通鑑卷二三七唐紀五三憲宗元和元年考異引林恩補國史曰：「衍與段文昌，闢逼令判案，禮同上介，亦接諸公候謁。崇文目段公曰：『公必爲將相，未敢奉薦。』揖起。沈衍令梟首摽於驛門。二人誅賞之異，未曉其意何如也。」按上文末二句似是司馬光之按語，非補國史原文。

〔八〕闕　聚珍本作「謁」，今從齊之鸞本改。

107 憲宗寬仁大度，不妄喜怒，便殿與宰臣論政事，容貌恭肅。延英入閤，未嘗不以天下憂樂爲意。四方進女樂皆不納。謂左右曰：「嬪御已多，一旬之中資費盈萬，豈可更剥膚取髓〔一〕，強娛耳目！」其儉德憂民如此。

本條原出杜陽雜編卷中。說郛（陶珽刊本）弓四六杜陽雜編卷中亦載。

〔一〕取髓　原書作「搥髓」。

108 吳元濟亂淮西，以宰相裴度爲元帥，召對於內殿，曰：「蔡賊稱兵，昨晚擇帥甚難〔一〕。天子用將帥〔二〕，如造大船以越滄海，其功既多，其成也大，一日萬里，無所不留〔三〕；若乘一葦而蹈洪流，卽其功也寡，其覆也速。朕今託卿以摧狂寇，可謂一日萬里矣。」度曰：「臣雖不才，敢以死効命。」因泣下霑衿，上亦爲之動容。

本條原出杜陽雜編卷中。説郛（陶珽刊本）弓四六杜陽雜編卷中亦載。

〔一〕昨晚　原書作「朕於」，當據改

〔二〕天子　原書作「且安天下」。

〔三〕留　原書作「屆」，當據改。

109 憲宗時，權長孺知鹽福建院〔一〕。贓敗，有司上其獄，崔相羣救曰：「此德輿族子。」上曰：「德輿不合有子弟犯贓。使德輿自犯，朕且不赦。」後知其母老，免死，杖一百，流康州〔二〕。

本條原出因話録卷一宮部。

〔一〕權長孺知鹽福建院　原書「鹽」下有「鐵」字。舊唐書卷一五九崔羣傳：「鹽鐵福建院官權長孺坐贓，詔付京兆府決殺，長孺母劉氏求哀於宰相，羣因入對言之。憲宗愍其母耄年，乃曰：『朕將屈法赦長孺何如？』羣曰：『陛下仁惻卽赦之，當速令中使宣諭。如待正敕，卽無及也。』長孺竟得免死長流。」新唐書卷一六五崔羣傳同。齊之鸞本、歷代小史本「鹽」作「監」字。

〔二〕流　原書作「長流」。

110宣平鄭相之銓衡也〔一〕，選人相賀得其人銓〔二〕。劉禹錫弟某爲鄭銓注潮州尉〔三〕，一唱，唯唯而出。鄭呼之卻迴。鄭曰：「如此所試〔四〕，場中無五六人；一唱便受，亦無五六人〔五〕。此而不奬，何以銓衡？公要何官，去家穩便？」曰：「家住常州。」乃注武進縣尉。選人翕然畏而愛之。及後作相，選官又稱第一〔六〕，宜其有後於魯也〔七〕。

本條原出劉賓客嘉話録。太平廣記卷一八六嘉話録題作鄭餘慶。今本劉賓客嘉話録佚去，唐蘭援此入校輯本補遺。又太平廣記引文本條與下條111合爲一條，本書與齊之鸞本分列，今仍之。

〔一〕宣平鄭相之詮衡也　太平廣記引文此句之上尚有「劉禹錫曰」四字。

〔二〕其入　太平廣記引文作「入其」，當據改。

〔三〕弟某爲鄭詮注潮州尉　太平廣記引文「弟」作「從弟」。齊之鸞本、歷代小史本、太平廣記引文「爲」作「在」。太平廣記引文「潮州」作「湖州」。

〔四〕此　太平廣記引文作「公」。

〔五〕亦無五六人　太平廣記引文無此句。

〔六〕選　太平廣記引文作「過」，當據本書改。

〔七〕宜　太平廣記引文無，當據本書補。

111又陳諷、張復元各注畿縣尉〔一〕，請換縣，允之。既而張卻請不換，鄭牓子引張，纔入門，報已定〔三〕，不可改。時人服之。

本條原出劉賓客嘉話録。太平廣記卷一八六嘉話録題作鄭餘慶。今本劉賓客嘉話録佚去，唐蘭援此入校輯本補遺。又太平廣記本條與上條110合爲一條，本書與齊之鸞本分列，今仍之。

〔二〕尉　太平廣記引文無，當據本書補。

〔三〕報　太平廣記引文無。

112 相國晉公裴度出鎮興元，因入覲，值范陽節度使朱克融因春衣使，奏曰：「使者傲，賜衣惡，軍士皆無衣，兼請之。又聞車駕幸東都，請以丁匠五千，先理宮寢。」敬宗召公問，公對曰：「克融兇騃者，此將滅之徵也。欲挫之，則曰：『所遣工役當令供偫，速行也〔一〕。』若欲緩之，則發一詔曰：『聞中官慢易，俟歸，當痛責之。春服，所司之制，我已罪之也。瀍洛之幸，職司所供，固不煩士卒也。三軍請衣，吾無所愛，但非徵役例。』」克融卻出使，宴賂命回〔二〕，乃賫瑞寶以獻。不數月，克融果死。

本條不知原出何書。

〔一〕所遣工役當令供偫速行也　資治通鑑卷二四三唐紀五九敬宗寶曆二年敍此，曰：「丁匠宜速遣來，已令所在排比供擬。」

〔二〕回　齊之鸞本、歷代小史本作「迴」，二者同。

113 李衛公鎮浙西，甘露僧知主事者訴交代常住什物爲前主僧隱没金若干兩。引證前數年皆遞相交割傳領〔一〕，文籍分明〔二〕。且初上之時交領分兩既明，交割之日不見其金〔三〕。引慮之際，公疑其未盡，微以意揣之，僧乃曰：「居寺者樂於知事，前後主之者，積年以來空交分兩文書，其實無金矣。羣僧以某孤立〔四〕，不雜輩流，欲由此擠之。」因流涕言其寃狀。公曰〔五〕：「此非難也。」俛仰之間，曰：「吾得之矣。」乃立召兜子數乘，命關連僧人對事。咸遣坐檐子〔六〕，下簾，指揮門下，不令相對〔七〕。命取黄泥，各令模交付下次金様，以憑證據。僧既不知形狀，竟模不成。數輩等皆伏罪〔八〕。

本條原出桂苑叢談太尉朱崖辯獄。太平廣記卷一七二桂苑叢談題作李德裕。説郛（陶珽刊本）弓二六桂苑叢談題作太尉朱崖辯獄。

〔一〕前數年皆遞相交割　原文「年」作「輩」，「皆」下有「有」，當據正。

〔二〕文籍分明　原書其下有「衆詞皆指以新得替者隱用之」一句。太平廣記引文作「衆詞皆指以新得替引隱而用之」。

〔三〕交割之日不見其金　原書下有「鞫成具獄，伏罪昭昭，然未窮破用之所由。或以僧人不拘細行而費之，以是無理可申，甘之死地」數句。

〔四〕羣僧　齊之鸞本、歷代小史本作「羣衆」。原書與太平廣記引文亦作「群衆」。

〔五〕公曰　原書與太平廣記引文作「公乃憫而惻之，曰」。

〔六〕檜子　齊之鸞本、歷代小史本作「襘子」，「襘」爲「檜」之形訛。原書與太平廣記引文作「兜子」。

〔七〕指揮門下不令相對　原書作「令門不相對」，當據本書改。

〔八〕數輩等皆伏罪　原書作「公怒，令鞫前數輩，皆一一伏罪，其所排者遂獲清雪」。太平廣記引文「鞫」作「劾」，餘全同。

114 寶曆中，亳州云出聖水〔一〕，服之愈宿疾，亦無一差者。自洛已來及江西數十郡〔二〕，人争施金貨之衣服以飲焉〔三〕，獲利千萬，人轉相惑。李德裕在浙西，命于大市集人，置釜取其水〔四〕，設司取豬肉五斤煮〔五〕，云：「若聖水也，肉當如故。」逡巡熟爛。自此人心稍定，妖者尋而敗露。

本條原出大唐傳載。

〔一〕亳州云出聖水　聚珍本作「亮州」，今從齊之鸞本、歷代小史本改。新唐書卷一八〇李德裕傳云：「時亳州浮屠詭言水可愈疾，號曰『聖水』。」舊唐書卷一七四李德裕傳亦載此事。

〔二〕數十　原書無「十」字。

〔三〕人争施金貨之衣服以飲焉　原書作「人争施金貨衣服以飲焉。」本書當據之校正。齊之鸞本、歷代小史本「貨之衣服」作「僦人使往汲」。

〔四〕釜　原書作「金」，當據本書改。

〔五〕設司　原書作「於市司」，當據改。齊之鸞本、歷代小史本「設司取」三字作「同」，「同」當是「用」之訛。

115 敬宗時，吏部郎韋顗，宰相忠貞公見素之孫，大曆中刑部員外郎襲靈昌公益之子，孝友貞重。未丱角，繼踵大釁，成長謝事，終身抱戚。及釋褐，命服裏衣不釋絹素。博覽羣書，不爲諷詠。嗜學彊記，自筮仕至夕拜，秉筆記録，不暫廢輟。士流出身，内外揚歷，行能所立，其材何適，必廣詢搜載於别録。武臣謀將，毅勇忠廉，可將千人，可將萬人〔一〕，可攻可守，無不博記其姓名。州縣征賦重輕〔二〕，物産繁闕，凋殘富庶，風俗里路，山川險易，兵甲强弱，無不備詳。山澤利害，國用經費，凡曰能吏，與之較量濟物澤人、除苛静理之術，蔚爲吏師。外國所習，邊疆控扼，曾經歷者，無不與之論。洞曉天文數術〔三〕，陰陽易象，四方災沴，朝廷休寧，無不先知。丞相裴公垍、韋公貫之、李公絳、崔公羣、蕭公俛，皆布衣舊，繼登台衮。每有朝廷重事，廟謀未決者，必資於韋公。及敷奏施行，咸稱折中。或尹京推鎮，銜命難理之邦，命屬未定其人〔四〕，咨於韋，韋曰：「某寬和通簡，某剛勁峻急，某卹物利人，某殘刻執滯〔五〕，某明於辨博，某練達刑書；某可以任繁劇，某可以輯凋瘵。」裨贊朝略，未嘗有私。性沈厚容納，進退情理，而士大夫親昵交友，莫能知者。五丞相敬服，以爲龜鏡，相顧而嘆曰：「吾輩五人智慮，自昏及曉籌度事，不逮韋公欬唾之間〔六〕。房、杜、姚、宋，相業著於簡書，吾恨不得親承規矩；韋公之才，但恐房、杜、姚、宋不相遠也。」

本條不知原出何書。

〔一〕將　歷代小史本作「董」；齊之鸞本作「重」，乃「董」之形訛。

〔二〕縣　歷代小史本作「郡」。

〔三〕文　聚珍本作「之」，今從歷代小史本改。

〔四〕命屬未定其人　聚珍本作「金屬未之定其人」，今從歷代小史本改。又聚珍本於「定」字下有案語曰：「此句疑有脱誤。」然據歷代小史本，則似亦可通。此案語當是永樂大典編者或四庫全書館臣所加。

〔五〕刻　齊之鸞本、歷代小史本作「尅」。

〔六〕吾輩五人智慮自昏及曉籌度事不逮韋公欬唾之間　新唐書卷一一八韋顗傳：「裴垍、韋貫之、李絳、崔羣、蕭俛皆布衣舊，繼爲宰相，朝廷典章多所咨逮。嘗曰：『吾儕五人，智不及一韋公。』」

116 劉桂州栖楚爲京兆尹，號令嚴明，誅罰不避權勢。先是京城惡少及居沽商販多繫名諸軍，干犯府縣法令〔一〕，有罪即逃入軍中，無由追捕。劉公爲尹，一皆窮治。有匿軍中名目，自稱百姓者，罪之。坊市姦偷宿猾屏迹〔二〕。嘗有儒生入市〔三〕，市內有一軍人，乘醉誤突生驢過〔四〕，旁諸少年譟曰：「癡男子，尚敢近衣冠也〔五〕！」與屬吏言，不傷氣，未嘗叱責一官人。常謂府縣官曰：「諸公各自了本分公事。晴天美景，恣意遊賞，勿致拘束。」

本條原出因話録卷二商部。類説卷十四因話録題作了本分公事。

〔一〕干犯府縣法令　原書作「不遵府縣法令，以凌衣冠、奪貧弱爲事」。

〔二〕坊市姦偷宿猾屏迹　原書作「旬朔内，坊市姦偷宿猾懾氣屏跡」。

〔三〕嘗有儒生入市　原書作「余嘗與友生入市」。

〔四〕乘醉誤突生驢過　原書作「乘醉誤喫友生驢」，中有誤字，當據本書改。

〔五〕尚敢近衣冠也　新唐書卷一七五劉栖楚傳：「改京兆尹，峻誅罰，不避權豪。先是，諸惡少竄名北軍，凌藉衣冠，有罪則逃軍中，無敢捕。栖楚一切窮治，不閱旬，宿姦老蠹爲斂迹。一日，軍士乘醉有所凌突，諸少年從旁噪曰：『癡男子，不記頭上尹邪？』」

117 權實子範〔一〕，爲殿中侍御史知巡。有小吏從市求取〔二〕，事發，笞十數。他日復有如此者，白於臺長，杖背十五。同列疑其罪同罰異。權對曰：「前吏所取者，名屬左軍。臺之威令不振久矣，百司尚有不稟奉者，況憑禁軍之勢耶！彼受賄於此輩，猶是抑豪強〔三〕，可以矜減〔四〕。後吏則挾臺之威以恐百姓，杖背猶爲至輕。」

本條原出因話録卷三商部下。與下條 118 原合爲一條，今依齊之鸞本與原書分列成兩條。

〔一〕權實　齊之鸞本、歷代小史本作「權寔」。原書亦作「權寔」。

〔二〕求　齊之鸞本、歷代小史本作「有」。原書亦作「求」。

〔三〕猶是抑豪强　原書作「且是知抑豪强」。

〔四〕矜　齊之鸞本、歷代小史本作「末」，原書亦作「末」。

118 張倎夫前自襄州從事至京，失馬，臺中三院多親友，爲求馬價。同列或有郤〔一〕，不肯署字，權範獨先署，謂衆曰：「某向不與張熟，但聞其在窮喪馬，正當求禄求知之際，不可使徒行。且一千何足爲輕重〔二〕？」

本條原出因話録卷三商部下。與上條117原合爲一條，今依齊之鸞本與原書分列成兩條。

〔一〕同列或有郤　原書作「同列有或怒或嗤而不署文字者」。齊之鸞本、歷代小史本「有郤」作「前郤」。

〔二〕且一千何足爲輕重　原書作「且一緡何足爲輕重？若使小生薦所不知之人，實不從衆署狀。」

119 開成中，李石作相兼度支。一日早朝中箭〔一〕，遂出鎮江陵。自此詔宰相坐檐子，出入令金吾以三千人宿直。李衛公復相，判云：「在具瞻之地，自有國容；居無事之時，何勞武備？所送並停。」〔原註〕〔二〕李衛公初入相是太和七年，居李石之前，衛兵不因李事。記之者有誤。

本條不知原出何書。類説卷七獻替記判停衛送記載略同。

〔一〕一日早朝中箭　新唐書卷一三一李石傳：「三年正月，將朝，騎至親仁里，狙盜發，射石傷，馬逸，盜邀斫之坊門，絶馬尾，乃得脱。天子駭愕，遣使者慰撫，賜良藥。始命六軍衛士二十人從宰相。」

〔二〕原註　此乃王讜所加之註。

120 武宗將賜杜悰之子無逸衣，所司條列其目衫色奉進〔一〕。上曰〔二〕：「不可賜白衣。又其年幼未有官，不可假以服色，但賜青衣無衫可也。」

本條原出因話録卷一宮部。其前尚有一段有關王龜之文字，本書列爲卷七880條。

〔一〕所司條列其目衫色奉進　原書作「所司條列數目，其衫色未奉進旨」。

〔二〕上曰　原書作「上久之言曰」。

121 會昌中，晉陽令狄惟謙，梁公之後，善爲政。州境亢陽，涉春夏，數百里水泉耗竭。禱於晉祠者數旬，無應。有女巫郭者〔一〕，攻符術厭勝之道。有監軍擕至京師，因緣出入宮掖，其後歸，遂號「天師」。天既久不雨，境内莫知所爲，皆曰：「若得天師至晉祠，則旱不足憂矣。」惟謙請於主帥，曰：「災厲流行，甿庶焦灼。若非天師一救，萬姓恐無聊生。」於是主帥親自爲請，巫者許之。惟謙具幡蓋，迎自私室，躬爲控馬。既至祠所，盛設供帳飲饌。自旦及夕，立於庭下〔二〕，如此者兩日〔三〕。語惟謙曰：「爲爾飛符於上帝，請雨三日，雨當足矣。」觀者雲集。三夕，雨不降。又曰：「此土災沴，亦由縣令無德。爲爾再請，七日當有雨。」惟謙引罪於己，奉之愈恭。及期，又無應。郭乃驟索馬入州宅。惟謙曰〔四〕：「天師已爲百姓此來，更乞祈禱。」勃然怒駡曰：「庸瑣官人，不知禮！天時未肯下雨，留我復奚爲？」惟謙謝曰：「明日排比相送〔五〕。」遲明，郭將歸，肴醴一無所設〔六〕。坐於堂上，大怒。惟謙曰：「左道女子，妖惑日久，當須斃此，焉敢言歸？」叱左右曳於神堂前，杖背三十，投於潭水。祠後有山極高，遂令設席焚香，端笏立於其上。闔縣駭云：「長官打殺天師。」馳走者紛紜。祠上忽有雲如車蓋，覆惟謙。逡巡四合，雷震數聲，甘澤大澍數尺。於是士民自山頂擁惟謙而下。州將初責以專殺巫者，既而嘉其精誠有感，與監軍表言其事。制書褒曰：「狄惟謙劇邑良才，忠臣華胄。覩此天厲，將殫下民，當請禱於晉祠，類投巫於鄴縣。曝山極之畏景〔七〕，事等焚軀〔八〕；起天際之油雲，法同剪爪〔九〕。遂使旱風潛息，甘澤施流〔一〇〕。昊天猶鑒於克誠〔一一〕，余志豈忘於褒善。特頒朱紱，俾耀銅章。勿替令名，更昭殊績。」賜章服，并錢五十萬。後歷絳、隰二州刺史，所治皆有名稱。

本條原出劇談録卷上狄惟謙請雨。太平廣記卷三九六劇談録題作狄惟謙。

〔一〕有女巫郭者　原書作「時有郭天師者，本幷土女巫」。

〔二〕立於庭下　原書作「磬折於階庭之下」。

〔三〕兩日　原書作「翌日」。

〔四〕惟謙曰　原書作「惟謙拜留曰」。

〔五〕明日排比相送　原書作「非敢更煩天師，候明旦排比相送耳」。

〔六〕肴醴一無所設　原書作「常供設肴醴一無所施。」

〔七〕極　原書與太平廣記引文作「椒」。

〔八〕事等焚軀　諒輔擬自焚以祈雨，見後漢書卷八一獨行諒輔傳。

〔九〕法同剪爪　湯剪髮斷爪而祈雨，見帝王世紀（藝文類聚卷十二引）。

〔一〇〕施　原書作「旋」。

〔一一〕昊天　原書作「天心」。

122 盧元公鈞鎮北都，推官李璋幕中飲酒醉，決主酒軍職衙前虞候。明日，元公出赴行香，其徒百八十人横街見公，論無小推巡決得衙前虞候例。元公命收禁責狀。至衙，命李推官所決者更決配外鎮〔一〕，其餘虞候各罰金。内外不測。璋惶恐，衣公服求見。公問：「何事公服？請十郎袴衫麻鞋相見。」璋欲引咎，公語皆不及。臨去，曰：「十郎不決衙前虞候，只決所由〔二〕。假使錯誤，亦不可縱。況太原邊鎮，無故二百虞候横攔節度使，須當挫之。」璋後爲尚書右丞。

本條不知原出何書。

〔一〕至衙命李推官所決者更決配外鎮　資治通鑑卷二四九唐紀六五宣宗大中六年敍此，曰：「鈞杖其爲首者，謫戍外鎮。」

〔二〕只決所由　齊之鸞本、歷代小史本「由」下「假」上缺二字。

123 盧公鎮太原，同日補左右都押衙。其牒置案前階上，補右者先自探之，展見「右」字，卻摺於階上，退身致詞云：「在軍門幾十年，前後主辦，未嘗敗績。伏蒙右補，情有嫌鬱，謹未敢受。」公曰：「君近前。君知軍中無年勞，知有拔卒爲將否？君不同蔡襲，有功朝廷，合議超寵。」其人未遜。公復召前，并排衙大校悉前，曰：「君怏恨右補都衙軍，不見盧鈞耶？」軍中見節使自呼姓名，皆悚然。「盧鈞進士出身，歷中外五十年，豈不消中書一頓飯？臨年暮齒，亦是得一裹香紙，合如何？」於是牙中感泣，領拜謝而去〔一〕。蔡受左都押衙，卽日表薦爲上將軍，尋建幢，節鎮湖南。

本條不知原出何書。

〔一〕領　歷代小史本無。

124 武宗好神仙。道士趙歸真者，出入禁中，自言數百歲，上頗敬之。與道士劉元靖力排釋氏〔一〕，上惑其説，遂有廢寺之詔。宣宗卽位，流歸真於嶺南〔二〕，戮元靖於市。

本條原出賈氏談録。南部新書卷己亦載。

〔一〕與道士劉元靖力排釋氏　聚珍本「氏」作「士」，今從齊之鸞本改。南部新書亦作「氏」。又南部新書「元靖」作「元靜」，下同。

〔三〕嶺南　南部新書作「南海」。

125 宣宗性至孝，奉養鄭太后於大明宮，不爲別宮。舅鄭光爲平盧、河中兩鎮節度使。大中七年〔一〕，自河中來朝。上詢其政事〔二〕，光不知文字，對皆鄙俚〔三〕。上命留光奉朝謁。后以光生計爲憂，乃厚賜金帛，不復更委方鎮。

本條原出東觀奏記卷上。説郛（陶珽刊本）弓四三東觀奏記卷上亦載。

〔一〕大中七年　資治通鑑卽繫此事於卷二四九唐紀六五宣宗大中七年。

〔二〕上詢其政事　原書作「上因與光商較政理」。

〔三〕光不知文字對皆鄙俚　原書作「光素不曉文字，對上語時有質俚」。

126 宣宗微行至德觀，有女道士盛服濃妝者，赫怒歸宮〔一〕，立召左街功德使宋叔康〔二〕，令盡逐去，別選男子二人〔三〕，住持其觀。

類説卷三二語林題作至德觀女道士。

本條原出東觀奏記卷上。説郛（陶珽刊本）弓四三東觀奏記卷上亦載。

〔一〕歸宮　原書上有「亟」字。

〔二〕左街功德使　稗海本東觀奏記作「左街功德使」，當據本書改。新唐書卷四八百官志三「崇玄署」下註：「元和二年，以道士、女官隸左右街功德使。」

〔三〕男子二人　類說引文作「二七人」。原書作「男道士二十人」。

127 武宗於大明築望仙臺〔一〕，其勢中天。宣宗卽位，殺道士趙歸真〔二〕，而罷望仙臺院。大中八年，復命葺之。右補闕陳嘏已下面論其事〔三〕，立罷之，以其院爲文思院。

本條原出東觀奏記卷上。說郛（陶珽刊本）弓四三東觀奏記卷上亦載。原書此條與下條128本爲一條。

〔一〕武宗於大明築望仙臺　藕香零拾本東觀奏記作「武宗好長生久視之術，於大明宮築望仙臺」。

〔二〕宣宗卽位殺道士趙歸真　稗海本、小石山房叢書本東觀奏記作「上始卽位，道士趙歸真杖殺之」。本書124條言「流歸真於嶺南」，資治通鑑卷二四八唐紀六四武宗會昌六年則曰：「杖殺道士趙歸真等數人，流羅浮山人軒轅集于嶺南。」其時宣宗初卽位，故仍用武宗年號。

〔三〕陳嘏已下面論其事　稗海本東觀奏記作「陳凝以下抗疏論其事」，小石山房叢書本作「陳礙」，藕香零拾本作「陳嘏」。

128 宣宗能納諫。李璲除嶺南節度〔一〕，已命中使頒旄節矣，給事中蕭倣封還詔書。上正聽樂，不暇別差中使，謂伶人曰：「汝可就李璲宅，卻喚使來。」旄節及璲門而返。劉潼自鄭州刺史除桂州觀察，右諫議大夫鄭裔綽上疏言不可〔二〕。中使至鄭，賜告身已數日，亦命追還。

本條原出東觀奏記卷上。說郛（陶珽刊本）弓四三東觀奏記卷上亦載。原書此條與上條 127 本爲一條。

〔一〕李璲除嶺南節度　藕香零拾本東觀奏記作「李燧除嶺南節度使」，下有「間一日」一句。「璲」，藕香零拾本作「燧」，當以作「璲」爲是。新唐書卷一〇一蕭倣傳敘此事，作「李璲」。

〔二〕右諫議大夫　小石山房叢書本、藕香零拾本東觀奏記作「右參議大夫」。當以本書爲是。新唐書卷一六五鄭裔綽傳：「直弘文館，累遷諫議大夫。宣宗初，劉潼繇鄭州刺史授桂管觀察使，裔綽固爭：『潼被責未久，不宜付廉察。』帝已遣使者頒詔，追罷之。」

129 宣宗命相，一出於己。嘗詔樞密院，兵部侍郎判度支蕭鄴可同中書門下平章事，仰指揮學士院降麻處分。樞密使王歸長、馬公儒以鄴先判度支，再審聖旨，未審下落，抑或仍舊？上疑左右黨蕭，乃詔翰林院〔一〕，户部侍郎判户部事崔慎由可工部尚書平章事，落下判户部。

本條原出東觀奏記卷中。說郛（陶珽刊本）弓四三東觀奏記卷中亦載。

〔一〕乃詔翰林院　原書作「乃宸翰付學士院」。

130 故事：京兆尹在私第，但奇日入府，偶日入遞院。崔郢爲京兆尹，因徒逸獄，始命造京兆尹廨宅〔一〕，京兆尹不得離府。宣宗以崔罕、郢併敗官〔二〕，面召翰林學士韋澳授之，便令赴任。上賜度支錢二萬貫，令造府宅。澳公正方嚴，吏不敢欺。委長安縣尉李信主其事，造成廨宇，極一時壯麗，尚有羨緡卻進。澳連書信兩上下考〔三〕。

本條原出東觀奏記卷中。類説卷七東宮奏記題作造京尹廨宅。説郛（陶珽刊本）弓四三東觀奏記卷中亦載。南部新書卷丁亦載此事。

〔一〕始命　原書上有「上」字，當據補。

〔二〕宣宗以崔罕郢併敗官　資治通鑑卷二四九唐紀六五宣宗大中十年考異曰：「貞陵遺事、東觀奏記皆曰：『帝以崔罕、崔郢併敗官，面除澳京兆尹。』按大中制集，澳代罕，郢代澳，云罕、郢併敗官，誤也。」

〔三〕澳連書信兩上下考　稗海本東觀奏記佚此句。藕香零拾本無「下」字。

131 京兆府進士、明經解送〔一〕，設殊、次、平等三級，以甄行能，其後撓於權勢而不行〔二〕。宣宗時〔三〕，韋澳爲尹，牓曰：「禮部舊格〔四〕，本無等第；京府解送，不當區分。今年所送省進士、明經等，並以納策試前後爲定，更不分等第之限〔五〕。」詞科本以京兆等第爲梯級〔六〕。建中二年，崔元翰、崔敖、崔備三人，府元、府副、第三人；于邵知貢舉，依次放及第，蓋推崇藝實不能易也。自文學道喪，朋黨弊興，紛競既多，澳雖憤澆弊而革之，然人亦惜其故事之廢。

本條原出東觀奏記卷中。説郛(陶珽刊本)弖四三東觀奏記卷中亦載。

〔一〕京兆府進士明經解送 原書上有「先是」二字。

〔二〕其後撓於權勢而不行 原書作「近年公道益衰，止於奔競，至解送之日，威勢撓敗，如市道焉。」

〔三〕宣宗時 原書作「至是」。

〔四〕禮部舊格 原書作「禮部格文」，其上尚有大段文字，敍廣設科場之義及其流弊。

〔五〕更不分等第之限 原書作「不在更分等第之限」。

〔六〕詞科 原書此二字下尚有「之盛」二字。

132 牛叢任拾遺、補闕五年〔一〕，多論事，上密記之。後自司勳員外郎爲睦州刺史，入謝，上命至軒砌，問曰：「卿頃任諫官，頗能舉職，今忽爲遠郡，得非宰臣以前事爲懲否？」叢曰：「新制：未任刺史縣令，不得任近侍官。宰臣以是獎擢，非嫌忌也。」上曰：「賜紫。」叢謝畢，前曰〔二〕：「臣所衣緋衣是刺史借服，不審陛下便賜臣紫，爲復別有進止？」上遽曰：「且賜緋〔三〕。」上愼重名器，未嘗容易，服章之賜，一朝無濫邀者。

本條原出東觀奏記卷中。説郛(陶珽刊本)弖四三東觀奏記卷中亦載。此條與下條133本爲一條，今從齊之鸞本、歷代小史本分列。原書亦分列。

〔一〕牛叢　原書作「牛藂」，二者乃異體字。

〔二〕前日　資治通鑑卷二四九唐紀六五宣宗大中八年敍此，作「前言曰」，胡三省註：「謝恩之後，前進而言。」

〔三〕且賜緋　原書重「且賜緋」三字。

133 李藩自司勳郎中遷駕部郎中〔一〕，知制誥，衣緑如故。鄭裔綽自給事以論駁楊漢公忤旨，出商州刺史，始賜緋〔二〕。沈珣自禮部侍郎爲浙東觀察〔三〕，方賜紫〔四〕。苗恪自司勳員外郎除洛陽縣令，藍衫赴任。裴處權自司封郎中出河南少尹，到任，本府奏薦賜緋，給事中崔罕駁還。手詔褒之〔五〕，曰：「有不當，卿能駁還，職業既修，朕何所慮？」

本條原出東觀奏記卷中。説郛（陶珽刊本）弓四三東觀奏記卷中亦載。此條與上條 132 本爲一條，今依齊之鸞本、歷代小史本分列。原書亦分列。

〔一〕李藩自司勳郎中遷駕部郎中　聚珍本佚去「遷駕部郎中」五字，今依齊之鸞本、歷代小史本補入。原書亦有此五字。又聚珍本句首有「于時」二字，今依齊之鸞本、歷代小史本删。原書亦無此二字。

〔二〕始賜緋　原書作「始賜緋衣銀魚」。

〔三〕沈珣　齊之鸞本、歷代小史本作「沈詢」，小石山房叢書本、藕香零拾本東觀奏記亦作「沈詢」。「珣」乃誤字。

〔四〕紫　原書作「金綬」。

〔五〕手詔褒之　稗海本、藕香零拾本東觀奏記作「上手詔褒獎」。

# 唐語林校證卷二

## 政事下

134 宣宗密召學士韋澳，屏左右，謂澳曰：「朕每與節度、觀察、刺史語，要知所委州郡風俗物産，卿採訪撰次一書進來〔一〕。」澳卽采十道四藩志〔二〕，撰成〔三〕，題曰處分語，自寫面進，雖子弟不得聞。後數日，薛弘宗除鄧州刺史，澳有別業在南陽，召弘宗餞之。弘宗曰：「昨日中謝，聖上處分當州事驚人。」澳訪之，卽處分語中事也。

本條原出東觀奏記卷中。說郛（陶珽刊本）弓四三東觀奏記卷中亦載。

〔一〕卿採訪撰次一書進來　原書作「卿宜密採訪，撰次一文書進來。雖家臣輿老，不得漏洩。」資治通鑑卷二四九唐紀六五宣宗大中九年録此事曰：「上密令翰林學士韋澳纂次諸州境土風物及諸利害爲一書。」

〔二〕四藩志　齊之鸞本、歷代小史本作「四方志」，新唐書卷一六九韋澳傳亦作「四方志」。藕香零拾本東觀奏記作「四蕃志」，小石山房叢書本作「四番志」。

〔三〕撰成　稗海本、小石山房叢書本作「撰成一策」。藕香零拾本作「撰成一書」。

135 宣宗獵城西，及渭水，見父老數十人于佛祠設齋〔一〕。上問之，父老曰：「臣醴泉縣百姓。本縣令李君奭有異政，考秩已滿，百姓借留，詣府乞未替，來此祈佛。」上歸〔二〕，于御扆大書君奭名。中書兩擬醴泉令，上皆抹去之。踰歲，懷州刺史闕〔三〕，請用人，御筆曰：「醴泉縣令李君奭可爲懷州刺史〔四〕。」人莫測也。君奭中謝，上諭其事〔五〕。

本條原出東觀奏記卷中。說郛（陶珽刊本）弓四三東觀奏記卷中亦載。

〔一〕數十人　原書作「一、二十人」。

〔二〕上歸　原書作「上默然，還宮後」。

〔三〕懷州刺史闕　小石山房叢書本、藕香零拾本東觀奏記上有「宰執以」三字。

〔四〕醴泉縣令李君奭可爲懷州刺史　原書無「爲」字，當據删。唐代制誥習用一「可」字。資治通鑑繫此事於卷二四九唐紀六五宣宗大中九年二月。

〔五〕上諭其事　原書作「宸旨奬勵，始聞其事」。

136 宣宗厚待詞學之臣，于翰林學士恩禮特異，宴遊無所間〔一〕，惟于遷轉皆守常法。皇甫珪自吏部員外郎召入，改司勳員外〔二〕，計吏員二十五箇月〔三〕，轉司封郎中，知制誥。孔溫裕自禮部員外郎改司封員外〔四〕，召入二十五箇月，改司勳郎中，知制誥。

本條原出東觀奏記卷中。說郛（陶珽刊本）弓四三東觀奏記卷中亦載。

〔一〕宴遊　原書下有「密召」二字。
〔二〕司勳員外　聚珍本無「員外」二字，據齊之鸞本補。原書亦有。
〔三〕二十五箇月　原書下有「限」字。
〔四〕司封員外　聚珍本無「員外」二字，據齊之鸞本補。原書亦有。

137 樂工羅程者，善彈琵琶，爲第一，能變易新聲。得幸于武宗，恃恩自恣。宣宗初，亦召供奉。程既審上曉音律，尤自刻苦〔一〕，往往令侍嬪御歌〔二〕，必爲奇巧聲動上，由是得幸。程一日果以眦睚殺人，上大怒，立命斥出，付京兆。他工輩以程藝天下無雙，欲以動上意。會幸苑中，樂將作，遂旁設一虛坐，置琵琶于其上。樂工等羅列上前，連拜且泣。上曰：「汝輩何爲也？」進曰：「羅程負陛下，萬死不赦。然臣輩惜程藝天下第一，不得永奉陛下，以是爲恨。」上曰：「汝輩所惜者羅程藝耳〔三〕，我所重者高祖、太宗法也。」卒不赦程〔四〕。

本條不知原出何書。

〔一〕刻　齊之鸞本、歷代小史本作「尅」。
〔二〕侍　聚珍本作「倚」，今從齊之鸞本、歷代小史本改。
〔三〕者　聚珍本無，今從齊之鸞本、歷代小史本補。
〔四〕卒不赦程　資治通鑑卷二四九唐紀六五宣宗大中十一年七月敍此，此句作「竟杖殺之」。

138 故事：每罷左護軍，由右出；罷右護軍，由左出；蓋防微也。宣宗既以法馭下，每罷去，輒令自本軍出，中外不能測。

本條不知原出何書。與下條139本合爲一條，今依齊之鸞本、歷代小史本分列。

139 宣宗雖寬仁愛人，然刻于用法，嘗曰：「犯朕法，雖我子弟亦不宥。」内外由是畏憚。

本條不知原出何書。與上條138本合爲一條，今從齊之鸞本、歷代小史本分列。

140 優人祝漢貞者，累朝供奉，滑稽善伺人意，出口爲七字語。上有指顧〔一〕，遽令摹詠，捷若夙搆，尤爲帝所喜〔二〕。上行幸，召漢貞前，抵掌笑談，頗言及外間事。上正色曰：「我養汝輩，供戲樂耳，敢干預朝政耶？」遂疎之。後其子犯贓，上命杖殺，而徙漢貞于邊〔三〕。

類説卷三二語林亦載，題作優人干預朝政。

本條原出貞陵遺事。資治通鑑卷二四九唐紀六五宣宗大中十一年秋七月亦敍此事，與此文甚近似，考異引實録訖，末云：「今從貞陵遺事」，是知本條文字原出此書。

〔一〕有　齊之鸞本、歷代小史本作「有所」。

〔二〕帝　齊之鸞本、歷代小史本作「宣宗」。

〔三〕徙漢貞于邊　資治通鑑作「流漢貞於天德軍」。

141 柳僕射仲郢任鹽鐵使，奉敕：醫人劉集宜與一場官〔一〕。集醫行閭閻間，頗通中禁，遂有此命。仲郢手疏執奏曰：「劉集之藝若精，可用爲翰林醫官，其次授州府醫博士。委務銅鹽，恐不可責其課最。又場官賤品，非特敕所宜。臣未敢奉詔。」宣宗御筆批：「劉集與絹百匹，放東回。」數日，延英對，曰：「卿論劉集大好。」

本條不知原出何書。

〔一〕場官　資治通鑑卷二四九唐紀六五宣宗大中九年冬十一月敍此，胡三省註：「凡銅鐵鹽場皆有官主之。」

142 宣宗獵苑北，見樵者數人，因留與語。言涇陽百姓，因問：「邑宰爲誰？」曰：「李行言。」「爲政何如？」曰：「性執滯。有劫賊五六人匿軍家，取來直不肯與〔一〕，盡杖殺之。」上還宮，以書其名帖于殿柱上。後二年〔二〕，行言領海州，中謝。上曰：「曾宰涇陽否？」對：「在涇陽二年。」上曰：「賜金紫。」再謝，上曰：「卿知著紫來由否？」行言奏不知。上顧左右，取殿柱帖子來宣示。

本條不知原出何書。

〔一〕有劫賊五六人匿軍家取來直不肯與　資治通鑑卷二四九唐紀六五宣宗大中八年秋九月敍此，曰：「有强盜數人，軍家索之，竟不與。」胡三省註：「軍家，謂北司諸軍也。」

〔三〕後二年　資治通鑑作「冬十月」。

143 宣宗微疾，召醫工梁新對脈。〔原注〕〔一〕禁中以診脈爲對脈。數日，自陳求官，不與，但每月別給錢三百緡〔三〕。

本條原出大中遺事。紺珠集卷十、類説卷二一、海録碎事卷十四、説郛（陶珽刊本）弓四九（張宗祥輯明鈔本）卷七四所載大中遺事中均有對脈一條，文曰：「宮中以診脈爲對脈」，卽此條之原註，可證本條文字原出大中遺事。

〔一〕原註　此爲令狐澄之自註。

〔三〕但每月別給錢三百緡　資治通鑑卷二四九唐紀六五宣宗大中九年敍此，此句作「但敕鹽鐵使月給錢三千緡而已」。

144 高尚書少逸爲陝州觀察使。有中使于硤石驛怒餅餌黑〔一〕，鞭驛吏見血，少逸封餅以進，中使亦自言。上怒曰：「高少逸已奏來。深山中如此食，豈易得也？」遂謫配恭陵，復令過陝赴洛。

本條不知原出何書。

〔一〕硤石驛　聚珍本作「石硤驛」，今從齊之鸞本、歷代小史本改。資治通鑑卷二四九唐紀六五宣宗大中八年秋九月敍此，胡三省註：「硤石，隋之崤縣，貞觀十四年移治硤石塢，改名硤石，屬陝州。」新唐書卷一七七高少逸傳亦敍此事。

145 宣宗賜鄭光雲陽、鄠縣田〔一〕，皆令免税。宰臣奏不可。上曰〔二〕：「朕初不思爾。卿等每爲匡救，必極言毋避。親戚之間，人所難言，苟非忠愛，何以及此！」

本條原出北夢瑣言卷一鄭光免税。

〔一〕宣宗賜鄭光雲陽鄠縣田　原書作「宣宗舅鄭光，勑賜雲陽、鄠縣兩莊」。

〔二〕上曰　原書作「詔曰」。資治通鑑卷二四九唐紀六五宣宗大中六年三月敍此，作「敕曰」。

146 鄭光，宣宗之舅，别墅吏頗恣横，爲里中患。積歲徵租不入。户部侍郎韋澳爲京兆尹，擒而械繫之。及延英對，上曰：「卿禁鄭光莊吏，何罪？」澳具奏之。上曰：「卿擬如何處置？」澳曰：「臣欲寘于法。」上曰：「鄭光甚惜，如何？」澳曰：「陛下自内庭用臣爲京兆〔一〕，是使臣理畿甸積弊。若鄭光莊吏積年爲蠹〔二〕，得寬重典，則是朝廷之法獨行於貧下，臣未敢奉詔。」上曰：「誠如此。但鄭光再三干朕，卿與貸法，得否？不然，重決貸死，可否？」澳曰：「臣不敢不奉詔，但許臣且繫之，俟徵積年税物畢放出，亦可爲懲戒。」上曰：「可也。爲鄭光所税擾鄉，行法自近。」澳自延英出，徑入府杖之〔三〕，徵欠租數百斛，乃縱去。

本條原出續貞陵遺事。資治通鑑卷二四九唐紀六五宣宗大中十年五月敍此，頗與本書此文類同，而考異曰：「東觀奏記曰：『太后爲上言之，上於延英問澳，澳具奏本末。上曰：「今日納租足，放否？」澳曰：「尚在限內，明日則不得矣。」上入奏太后曰：「韋澳不可犯。且與送錢納卻。」頃刻而租入。』今從柳玭續貞陵遺事。」足徵此文乃從續貞陵遺事寫出。參看本書卷三方正門317條。

〔一〕陛下自內庭用臣爲京兆　資治通鑑亦有此句，胡三省註：「翰林學士院在內庭。」

〔二〕蠹　聚珍本作「蟲」，今從齊之鸞本、歷代小史本改。

〔三〕徑入府杖之　資治通鑑敍此，胡三省註：「府，謂京兆府。」

147　宣宗京兆府有厭蠱獄，作符劾者郭羣，屬飛龍〔一〕，三牒不可取。韋澳入奏之，上曰：「郭羣屬飛龍，不錯否？」翌日，內養押郭羣付府。

本條不知原出何書。

〔一〕飛龍　唐代御廄名，參看新唐書卷五十兵志。

148　宣宗每行幸內庫，以紫衣金魚、朱衣銀魚三二副隨駕〔一〕，或半年、或終年不用一副。當時以得朱、紫爲榮。

說郛（陶珽刊本）弓四八唐語林政事亦載。

本條不知原出何書。

〔一〕以紫衣金魚朱衣銀魚三二副隨駕　資治通鑑卷二四九唐紀六五宣宗大中八年敍此，曰：「上重惜服章，有司常具緋、紫衣數襲從行，以備賞賜。」

149　宣宗坐朝，次對官趨至，必待氣息平均，然後問事。令狐綯進李遠爲杭州，上曰：「我聞李遠詩云『長日惟消一局棊〔一〕』，何以臨郡？」對曰：「詩人言，不足有實也〔二〕。」仍薦廉察可任，乃許之〔三〕。

本條原出幽閑鼓吹。太平廣記卷二〇二幽閑鼓吹題作令狐綯。紺珠集卷十、白孔六帖卷三三引幽閑鼓吹題作長日一局棋。又白孔六帖卷三九幽閑鼓吹題作氣息平均。類説卷四三幽閑鼓吹題作長日惟消一局棋。唐詩紀事卷五六李遠亦引張固幽閑鼓吹此文。能改齋漫録卷四辨誤李遠詩異聞亦引，且與北夢瑣言所記作比較。北夢瑣言見卷六以歌詞自娱條。苕溪漁隱叢話後集卷十七唐人雜記下引復齋漫録亦將二書比較，復齋漫録即能改齋漫録。説郛（陶珽刊本）弓五二幽閑鼓吹亦載。侯鯖録卷七亦曾徵引，唯不註出處。又本條與下條150原合爲一條，今依齊之鸞本、歷代小史本分列。原書亦分列。

〔一〕長日惟消一局棊　齊之鸞本、歷代小史本作「青山不厭千杯酒，白日惟消一局棊。」

〔二〕詩人言不足有實也　齊之鸞本、歷代小史本作「詩人必以棊酒爲言，臨事未必然也。」唐詩紀事引文作「詩人之言，非有實也。」

〔三〕乃許之　原書作「乃俞之」。齊之鸞本、歷代小史本作「上曰：『且令行，要覩其如何。』」資治通鑑卷二四九唐紀六五宣宗大中十二年冬十月亦敍此事，曰：「上曰：『且令往試觀之。』」

150 宣宗視李遠郡謝上表〔一〕，左右曰：「不足煩聖慮。」上曰：「遠郡更無非時章奏〔二〕，只有此謝上表，安知其不有情懇乎？吾不敢忽。」

本條原出幽閑鼓吹。類説卷四三幽閑鼓吹題作遠郡謝上表。唐詩紀事卷五六引張固幽閑鼓吹亦載。説郛（陶珽刊本）弓五二幽閑鼓吹亦載。又本條與上條149原合爲一條，今依齊之鸞本、歷代小史本分列。原書亦分列。

〔一〕遠郡謝上表　唐詩紀事引文作「遠到郡謝上表」。

〔二〕郡　唐詩紀事引文上有「到」字。

151 宣宗暇日，召翰林學士韋澳入。上曰：「要與卿款曲。少間出外，但言論詩。」上乃出詩一篇。有小黄門置茶牀訖〔一〕，亟屏之。乃問：「朕於敕使如何？」澳曰：「威制前朝無比。」上閉目摇手，〔二〕曰：「總未，依前怕他。在卿如何，計將安出？」澳既不爲之備，率意對曰：「謀之於外庭，卽恐有太和事〔三〕，不若就其中揀拔有才者〔四〕，委以計事。」上曰：「此乃末策。朕行之。初擢其小者，至黄、至緑、至緋，皆感恩；若紫衣掛身，卽合爲一片矣〔五〕。」澳慙汗而退。

本條原出幽閑鼓吹。類説卷四三幽閑鼓吹題作宣宗問於勑使何如。説郛（陶珽刊本）弓五二幽閑鼓吹亦載。

〔一〕荼𦺇　原書作「茶」。說郛引文亦作「茶」。

〔二〕手　原書作「首」。

〔三〕太和事　說郛引文作「太和末事」。此指文宗太和九年甘露之變。

〔四〕才　原書作「才識」。

〔五〕至黃至綠至緋皆感恩若紫衣掛身即合爲一片矣　資治通鑑卷二四九唐紀六五宣宗大中八年敍此，胡三省註：「唐自上元以後，三品已上服紫，四品服深緋，五品服淺緋，六品服深綠，七品服淺綠，八品服綠，九品深青，流外官及庶人服黃。太宗定制，內侍省不置三品官，……至玄宗，宦官至三品將軍，門施棨戟，得衣紫矣」。

152 大中初，雲南朝貢及西川質子人數漸多〔一〕，節度使奏請釐革。有詞人錄詔報雲南〔二〕，雲南詞不遜。詞云：「一人有慶，方當萬國而來朝；四海爲家，豈計十人之有費。」爾後納貢不時，境上騷擾。宣宗崩，命內臣告哀，行及其國，南詔王豐祐已死，子坦綽酋龍繼立〔三〕，號曰「驃信」〔四〕，兇很悖慢。謂：「我國亦有喪，朝廷不賜弔問，詔書又賜故王。」於是待使者禮薄，旋又累犯封疆，掠越嶲。朝廷以驃信名近廟諱，復無使朝貢，不告國喪，遂絕册立弔祭使〔五〕。杜悰再入輔，議曰：「雲南向化七十餘年，瀘水之陰，弓弛甲解，諸蠻納職如編甿，撫慰懷來，不勞籌策。悰二十年間再領西蜀，近者費用多於往年，聚蓄不得盈實。

今者雖起釁端，未深爲敵，宜化以禮誼。夷狄之君〔六〕，立名犯上，難爲奏聞，下詔令其改更。縱未行典册，且發使弔祭，以恩信全其國禮。詔清平官已下，諭其君長，名犯廟諱，朝廷未可便行册命，驃信必遣使謝恩，易名獻貢。若不納使臣入國城，即遥陳祭禮，令使臣録文，并賻贈帛以送驃信，具報清平官已下〔七〕。」乃命左司郎中孟穆爲雲南弔祭宣撫册命使。已報破越巂，攻卭崍關，使臣逗留數月不發〔八〕。未幾，悰出鎮鳳翔，議多異同，復言未可發使，乃詔西川令遣使示朝旨。爾後連陷城邑，徵兵討逐，朝貢遂絶。

本條原出補國史。案資治通鑑卷二四九唐紀六五宣宗大中十三年十二月考異引補國史，記雲南回牒不遜事，即本書此文首段；卷二五〇唐紀六六懿宗咸通二年秋考異引補國史，記杜邠公建議弔祭事，則是約舉本書此文末段言之。是知本文乃補國史中有關南詔史之一段文字。

〔一〕朝貢　考異引文作「朝貢使」。

〔二〕有詷人　齊之鸞本、歷代小史本作「有許人」，考異引文作「有詔許之」。

〔三〕坦綽　新唐書卷二二二上南蠻上南詔上：「官曰坦綽，曰布燮，曰久贊，謂之清平官，所以決國事輕重，猶唐宰相也。」

〔四〕驃信　新唐書卷二二二中南蠻中南詔下：「尋閣勸立，或謂夢湊，自稱『驃信』，夷語君也。」

〔五〕朝廷以驃信名近廟諱復無使朝貢不告國喪遂絶册立弔祭使　新唐書卷二二二中南蠻中南詔下：「懿宗以其名近玄宗嫌諱，絶朝貢。」資治通鑑卷二四九唐紀六五宣宗大中十三年：「上以酋龍不遣使來告喪，又名近玄宗諱，遂不行册禮。」胡三省註：「龍字近玄宗諱。」

〔六〕夷狄　聚珍本作「邊鄙」，今從齊之鸞本、歷代小史本改。

〔七〕已　齊之鸞本、歷代小史本作「以」。

〔八〕乃命左司郎中孟穆爲雲南弔祭宣撫册命使已報破越巂攻卭峽關使臣逗留數月不發　新唐書卷二二二中南蠻中南詔下：「杜悰當國，爲帝謀，遣使者弔祭示恩信，并詔驃信以名嫌，册命未可舉，必易名乃得封。帝乃命左司郎中孟穆持節往，會南詔陷巂州，穆不行。」

153 宣宗時，党項叛擾。推其由，乃邊將貪暴，利其羊馬，多欺取之。始用右諫議大夫李福爲夏州節度，刑部侍郎畢誠爲邠寧節度〔一〕，大理卿裴識爲涇原節度〔二〕。發日，臨軒戒敕〔三〕。

本條原出東觀奏記卷下。說郛（陶珽刊本）弓四三東觀奏記卷下亦載。

〔一〕畢誠　小石山房叢書本東觀奏記作「畢誠」。「誠」乃誤字。

〔二〕裴識　小石山房叢書本、藕香零拾本東觀奏記作「裴誠」。「誠」乃誤字。新唐書卷一七三裴識傳：「宣宗擇名臣，以識帥涇原，畢誠帥邠寧，李福帥夏州。」

〔三〕臨軒戒敕　原書作「臨軒戒勵」。資治通鑑繫此事於卷二四九唐紀六五宣宗大中五年春正月，云：「乃以右諫議大夫李福爲夏綏節度使。自是繼選儒臣以代邊帥之貪暴者，行日復面加戒勵，党項由是遂安。」

154 宣宗時，浙東觀察李訥爲軍士所逐，貶朗州刺史〔一〕。訥褊狷〔二〕，遇軍士不以禮，遂及於難。監軍使王宗景撫循無狀〔三〕，杖四十，流恭陵。自此戎臣失律，監軍使皆從坐。

本條原出東觀奏記卷下。説郛（陶珽刊本）弓四三東觀奏記卷下亦載。本條與下條155原合爲一條，今依原書分列。

〔一〕貶朗州刺史　資治通鑑繫李訥被逐事於卷二四九唐紀六五宣宗大中九年七月，繫被貶事於同年九月。

〔二〕褊　齊之鸞本、歷代小史本作「狂」。

〔三〕王宗景　資治通鑑同。原書作「王景宗」，下有一「責」字。

155 大中十二年後〔一〕，藩鎮繼有叛亂，宣州都將康全泰逐觀察使鄭薰〔二〕，湖南都將石再順逐觀察使韓琮，廣州都將王令寰逐節度使楊發〔三〕，江西都將毛鶴逐觀察使鄭憲。宣宗命淮南節度使檢校左僕射平章事崔鉉兼領宣〔四〕、池、歙三州觀察使，以宋州刺史温璋爲宣州刺史，以右金吾將軍蔡襲爲湖南觀察使，以涇原節度使李承勛爲廣州節度使，以光禄卿韋宙爲江西觀察使，以鄰道兵送赴任〔五〕，諸州皆平。

本條原出東觀奏記卷下。説郛（陶珽刊本）弓四三東觀奏記卷下亦載。本條與上條154原合爲一條，今依原書分列。

〔一〕大中十二年後　原書上有「上勵精理天下，一紀之内，欲臻昇平」三句。

〔二〕鄭薰　原書作「鄭勳」。
〔三〕廣州都將　小石山房叢書本東觀奏記作「廉州部將」，藕香零拾本作「廣州部將」，唯稗海本與本書同，各本皆當從之改正。
〔四〕宣宗　原書作「上赫怒」。
〔五〕以鄰道兵送赴任　齊之鸞本、歷代小史本作「以諸道兵討之」。

156 令狐公綯，文公楚之子也。自翰林入相，最承恩澤。先是宣宗詔諸州刺史〔一〕，秩滿不得徑赴別郡，須歸朝奏對後，許之任。綯以隨、房鄰地，除一故舊，徑令赴州〔二〕。上覽謝上表，因問綯曰：「此人緣何得便之任？」對曰：「比近換守〔三〕，庶幾其便於迎送〔四〕。」上曰：「朕以比來郡守因循，故令至京師，親問其施設優劣，將行黜陟。此令已行而復變之，宰相可謂有權〔五〕。」時方寒，綯汗透重裘。上留意郡守，凡選尤難其人。案〔六〕：此下有脫文。

本條原出金華子卷上。
〔一〕諸州　原書作「諸郡」。
〔二〕綯以隨房鄰地除一故舊徑令赴州　原書作「綯以隨、房鄰州，許其便卽之任。」資治通鑑卷二四九唐紀六五宣宗大中十二年敍此，曰：「令狐綯嘗徙其故人爲鄰州刺史，便道之官。」
〔三〕比近換守　原書作「緣地近授守」。

〔四〕幾　齊之鸞本無，原書亦無。

〔五〕宰相可謂有權　原書下有「絢嘗以過承恩顧，故擅移授」二句。

〔六〕案　齊之鸞本此處作一「缺」字。此案語當是永樂大典編者或四庫全書館臣所加。讀畫齋叢書本金華子無上二句，全文至「流汗浹洽，重裘皆透」已畢。

157 宣宗在位逾一紀，憂勤無怠。天下雖小康，而間水旱〔一〕。又宣〔二〕、洪、潭、青、廣等數郡軍亂，蓋將帥失於統御，而不日安輯。時稱「小太宗」〔三〕。

本條原出金華子卷上。

〔一〕而間水旱　原書作「水旱間有」。

〔二〕宣　原書作「越」。

〔三〕時稱小太宗　資治通鑑卷二四九唐紀六五宣宗大中十三年亦有「小太宗」之說，胡三省註：「唐宣宗之聰察，不足以延唐。」

158 大中已後，宰相堂判無及路巖者。杜尚書慆，悰之弟，守泗州，爲龐勛所圍，以孤城自全；高錫望守滁州，嬰城固拒而死。巖判崔雍狀云〔一〕：「錫望守城而死，已有追崇〔二〕；杜慆孤壘獲全〔三〕，尋加異獎〔四〕。」

本條原出金華子卷上。

〔一〕巖判崔雍狀云　原書作「巖判崔雍狀，引二子以證其事，云」。參看本書卷四548條。

〔二〕崇　原書作「榮」。

〔三〕壘　原書作「城」。

〔四〕異　原書作「殊」。

159 王尚書式，僕射起之子，見重於武宗。嘗自薦於上，稱有文武才〔一〕。式有武幹，善用兵。既平浙東〔二〕，徐州温璋失守，朝廷以彭門頻年逐帥，乃自河陽移式，領河陽全軍赴任。駐軍境外而緩進。徐州將士自王智興後〔三〕，驕横難制。其銀刀都父子相承〔四〕，每日三百人守衛，皆露刃坐於兩廊夾幕下〔五〕，稍不如意，相顧笑議於飲食間，一夫號呼，衆卒相和。節度多懦怯〔六〕，聞亂則後門逃去。如是且久。聞式至境，先遣衙隊三百人遠接。式衩衣坐胡牀受參，乃問其悖慢之罪〔七〕，命盡斬於帳前〔八〕。既而後來者莫知前者已死，又斬之。數日，銀刀都數千人殆盡。徐州軍士平居自恃吞噬，及式衣襖子半臂，曳屐危坐〔九〕，拱手栗縮就死，無一人敢拒者。其後親戚相訝，不能自知焉〔一〇〕。式既視事，餘黨並遠配，郡中少安矣〔一一〕。

本條原出金華子卷上。資治通鑑卷二五〇唐紀六六懿宗咸通三年考異引金華子雜錄，自「温璋失律於徐州」起，至

「不能自會焉。」司馬光下按語曰：「若頓殺數千人，豈有人不知者？又式自浙東除武寧，非河陽也。今從實録。」又本條與下條160原合爲一條，今依原書分列。

〔一〕稱有文武才　原書作「曰：『讀書則五行皆下，爲文則七步成章。』」

〔二〕既平浙東　原書作「累總戎平裘甫等」。

〔三〕徐州將士自王智興後　原書無「自」「後」二字，當據本書補。

〔四〕銀刀都父子相承　原書作「銀刀教都子父軍相承」，當據本書校正。資治通鑑與考異引文均作「銀刀都」。

〔五〕坐　原書作「立」。

〔六〕節度　齊之鸞本、歷代小史本作「節使」。原書亦作「節使」。

〔七〕悖慢　齊之鸞本、歷代小史本作「逐帥」。原書亦作「逐帥」。

〔八〕命盡斬於帳前　原書下有「不留一人」一句，自此之下已無文字，而考異此下尚有引文可資校勘。又引文亦有「不留一人」四字。

〔九〕展　聚珍本作「履」，今從齊之鸞本、歷代小史本改。原書亦作「展」。

〔一〇〕不能自知焉　考異引文作「不能自會焉。」自此之下亦缺。

〔一一〕少　聚珍本作「小」，今從齊之鸞本、歷代小史本改。原書亦作「少」。

160 王式初爲京兆少尹〔一〕，多從前訶者令遠，時或避之他適，京城號爲「鄧子」〔二〕。性放率，不拘小節。長安坊中有夜攔街鋪設祠樂者〔三〕，遲明未已，式過之，駐馬寓目。巫者喜〔四〕，奉主人杯，跪獻於馬前，曰：「主人多福！感達官來，顧酒味稍美，敢進壽觴。」式取而飲之。行百餘步復回，曰：「向之酒甚惡〔五〕，可更一盃。」復據鞍引滿而去，其放率如此〔六〕。

本條原出金華子卷上。與上條 159 原合爲一條，今依原書分列。

〔一〕王式初爲京兆少尹　原書作「王尚書式初爲京兆少尹」，周廣業註：「案：新書但言以殿中侍御史出爲江陵少尹，不言京兆。」

〔二〕多從前訶者令遠時或避之他適京城號爲鄧子　原書作「好縱情酣飲，京師號爲『王鄧子』」。

〔三〕夜攔街鋪設祠樂者　原書作「攔街鋪設，中夜樂神」。

〔四〕巫者　原書作「舞者」。

〔五〕甚惡　原書作「甚不惡」，當據補。

〔六〕如此　原書作「多如此」，當據補。

161 太宗閱醫方，見明堂圖〔一〕，人五臟之系，咸附於背，乃愴然曰：「今律杖笞背〔二〕，奈何髀背分受〔三〕？」乃詔不得笞背。

說郛（陶珽刊本）弓四八唐語林政事亦載。

本條原出隋唐嘉話卷中。說郛（陶珽刊本）弓三六隋唐嘉話亦載。

〔一〕明堂圖　資治通鑑卷一九三唐紀九太宗貞觀四年冬十一月：「上讀明堂鍼灸書，云『人五藏之系，咸附於背。』戊寅，詔自今毋得笞囚背。」胡三省註：「唐藝文志有黃帝明堂經、明堂偃側人圖、明堂人形圖、明堂孔穴圖，皆鍼灸之書也。」新唐書卷一六五權德輿傳亦云：「太宗皇帝見明堂圖，始禁鞭背。」

〔二〕背　原書無，當據删。

〔三〕奈何　原書下有「令」字，當據補。

162 梁公以度支之司，天下利害，郎嘗闕〔一〕，求之未得，乃自職之。

本條原出隋唐嘉話卷中。說郛（陶珽刊本）弓三六隋唐嘉話亦載。

〔一〕嘗　聚珍本無，今從齊之鸞本補。原書作「當」，乃「嘗」之形訛，當據本書改。

163 高宗時，司農欲以冬藏餘菜賣之〔一〕。以墨敕示僕射蘇良嗣。良嗣判曰：「昔公儀相魯，猶拔園葵〔二〕，況臨萬乘而販蔬鬻菜〔三〕？」上從之，不行。

本條原出隋唐嘉話卷中、大唐新語卷四持法第七。類說卷五四隋唐嘉話題作司農賣菜。說郛（陶珽刊本）弓三六隋唐嘉話、弓四八大唐新語持法亦載。

〔一〕司農欲以冬藏餘菜賣之　隋唐嘉話、大唐新語句下有「百姓」二字。大唐新語「司農」作「司農寺」。資治通鑑卷二〇四唐紀二十則天后垂拱三年四月：「時尚方監裴匪躬檢校京苑，將鬻苑中蔬果以收其利。」

〔二〕公儀相魯猶拔園葵　見史記卷一一九循吏列傳。

〔三〕萬乘　大唐新語同。隋唐嘉話作「萬邦」。

164 開元始年，上悉出金銀珠玉錦繡之物於朝堂，若山積，皆焚之，示不復御用。

本條原出隋唐嘉話卷下。説郛（陶珽刊本）弓三六隋唐嘉話亦載。

165 姚開府凡三爲相，皆兼兵部〔一〕。軍鎮道里與騎卒之數，皆能闇計之。

本條原出隋唐嘉話卷下。説郛（陶珽刊本）弓三六隋唐嘉話亦載。

〔一〕凡三爲相皆兼兵部　原書作「而必兼兵部」。資治通鑑卷二一〇唐紀二六玄宗開元元年：「元之吏事明敏，三爲宰相，皆兼兵部尚書。」胡三省註：「姚崇始相武后，後相睿宗，今復爲相。」

166 郭尚書元振，始爲梓州射洪尉〔一〕，徵求無厭，至掠部人賣爲奴婢者甚衆。武后聞之，使籍其家，唯有書數卷〔二〕。后令問其資財所在〔三〕，皆以濟人爲對〔四〕，於是奇而免之。大足年間，遷涼州都督。元振風神偉壯，善於撫禦。在涼州五年，夷夏畏慕，令行禁止，牛羊被野〔五〕，路不拾遺。諸蕃聞風請朝獻。唐興以來〔六〕，善爲涼州者，郭居其最。

本條原出隋唐嘉話卷下。説郛（陶珽刊本）弓三六隋唐嘉話亦載。

〔一〕射洪尉　舊唐書卷九七、新唐書卷一二二郭元振傳均作「通泉尉」，通泉與射洪爲鄰縣。原書誤作「射洪令」。

〔二〕數卷　原書作「數百卷」。

〔三〕后令問　原書作「後令聞」，當據本書改。

〔四〕爲對　聚珍本無，今從齊之鸞本、歷代小史本補入。

〔五〕大足年間……牛羊被野　原書祇有「後爲涼州都督」一句，齊之鸞本、歷代小史本亦爲此六字。

〔六〕唐興以來　原書作「自國家」。

167 蘇頲，神龍中，給事中兼弘文館學士〔一〕，轉中書舍人。時父瓌爲宰相，父子同掌樞密，時人榮之。屬機事填委，凡制誥皆出其手。中書令李嶠嘆曰：「舍人思如泉涌，嶠所不及。」後爲中書侍郎，與宋璟同知政事。璟剛正，多所裁斷，頲皆順從其美，璟甚悅之。嘗謂人曰：「吾與賢父子前後皆同時爲宰相。僕射長厚，誠爲國器〔二〕；獻可替否，罄盡臣節，頲過其父也。」後罷政，拜禮部尚書而薨。及葬日，玄宗游咸宜宮，將舉獵，聞頲喪出，愴然曰：「蘇頲今日葬，吾寧忍娛游乎？」遂中路還宮。

本條原出大唐新語卷一匡贊第一。原書此條與卷一88條本是一條，此條在前。又太平廣記卷二〇一蘇頲亦敍其文思敏捷事，出譚賓録。

〔一〕兼弘文館　齊之鸞本、歷代小史本「兼」作「并脩」，原書亦有「修」字。案：弘文館一名修文館，「修」「弘」二字中應去一字。

〔二〕僕射長厚誠爲國器　資治通鑑卷二一一唐紀二七玄宗開元四年敍此，胡三省註：「僕射，謂蘇瓌也。」新唐書卷一二五蘇頲傳亦敍及本條數事。

168 姚崇以拒太平公主，爲申州刺史〔一〕，玄宗深德之〔二〕。太平既誅，徵爲同州刺史。素與張説不叶，説諷趙彥昭彈之，玄宗不納。俄校獵于渭濱，密令會于行所。玄宗謂曰〔三〕：「卿頗獵乎〔四〕？」崇對曰：「此臣少所習也。臣年三十，居澤中，以呼鷹逐兔爲樂，猶不知書。張璟藏謂臣曰〔五〕：『君當位極人臣，無自棄也。』爾來折節讀書，以至將相。臣少爲獵師，老而猶能。」上大悦，與之偕爲臂鷹〔六〕，遲速在手，動必稱旨。玄宗歡甚，樂則割鮮，閒則咨以政事。備陳古今理亂之本上之，可行者必委曲言之。玄宗心益開，聽之亹亹忘倦。軍國之務，咸訪於崇。崇罷冗職，修舊章，內外有敍。又請無赦宥，無度僧，無數遷吏，無任功臣以政，玄宗悉從之，而天下大理。

本條原出大唐新語卷一匡贊第一。説郛（陶珽刊本）弓四八大唐新語匡贊亦載。資治通鑑卷二一〇唐紀二六玄宗開元元年十月甲辰，考異引升平源，文多與此相似。

〔一〕爲　原書上有「出」，當據補。

〔二〕玄宗　聚珍本作「明皇」，今從齊之鸞本、歷代小史本改。其下原書作「玄宗」者，聚珍本均改作「上」字，今悉據齊之鸞本、歷代小史本改正。

〔三〕玄宗　聚珍本無，今從齊之鸞本、歷代小史本補。

〔四〕獵　原書上有「知」字，當據補。

〔五〕張璟藏　齊之鸞本、歷代小史本無「藏」字，原書與説郛引文亦無。升平源作「張憬藏」。新唐書卷二〇四方技張憬藏傳曰：「姚崇、李迥秀、杜景佺從之游，憬藏曰：『三人者皆宰相，然姚最貴。』」

〔六〕爲　原書作「馬」，當據改。

169 李當尚書鎮南梁〔一〕，境内多有朝士莊産〔二〕，子孫僑寓其間，而不肖者相效爲非。前牧以其各有階緣，弗克禁止，閭巷苦之。當嚴明有斷，處分寬織筬籠。召其尤者，詰其家世譜第，在朝姻親，乃曰：「郎君藉如是地望，作如此行止，無乃辱於存亡乎？今日所懲，賢親眷聞之，必賞老夫。勉旃！」遽命盛以竹籠，沈於漢江。由是其儕惕息，各務戢斂焉。崔珏二子凶惡〔三〕，節度使劉都尉判之曰：「崔氏二男，荆州三害。」不免行刑也。

本條原出北夢瑣言卷三李當尚書竹籠（崔珏二子附）。

〔一〕李當　齊之鸞本、歷代小史本作「李福」。下同。

〔二〕多　聚珍本無，今從齊之鸞本、歷代小史本補。原書亦有。

〔三〕崔珏二子凶惡　原書作「崔珏侍御家寄荆州，二子凶惡。」

170 梨園弟子有胡鶵[一]，善吹笛，尤承恩。嘗犯洛陽令崔隱甫，已而走禁中。玄宗非時託以他事召隱甫對，胡鶵在側，指曰：「就卿乞得此否[二]？」隱甫奏曰：「陛下此言，是輕臣而重樂人也。臣請休官。」再拜而出[三]。玄宗遽曰：「朕與卿戲[四]。」遂令曳出。纔至門外，杖殺之[五]。俄而復敕釋放，已死矣。乃賜隱甫絹百匹。

本條原出國史補卷上胡雛犯崔令。太平廣記卷四九五國史補題作崔隱甫。古今合璧事類備要外集卷十九引國史補亦載。

[一] 胡鶵　聚珍本無，今從齊之鸞本、歷代小史本補。原書亦有。新唐書卷一三〇崔隱甫傳敍此，亦作「胡鶵」。聚珍本爲避清諱，遇「胡」字處輒減去，或改「胡鶵」爲「吹笛者」，今亦據二書一一改正。

[二] 就卿乞得此否　原書作「就卿乞此，得否？」

[三] 而出　原書作「將出」。太平廣記引文作「而去」。

[四] 朕與卿戲　原書句下有「耳」字，太平廣記引文有「也」字。

[五] 杖殺之　原書句首有「立」字。

171 劉忠州晏，通百貨之利，自言如見地上錢流。每入朝乘馬，則爲鞭算。嘗言居取安便[一]，不務華屋[二]；食取飽適，不務多品；馬取穩健，不務毛色[三]。

本條原出國史補卷上劉晏見錢流。

〔一〕謍言　原書無此二字。

〔二〕務　原書作「慕」。

〔三〕務　原書作「擇」。

172 江淮賈人，有積米以待踊貴〔一〕。畫圖爲人，持米一斗，貨錢一千，以懸於市。揚州留後徐粲杖殺之〔二〕。

本條原出國史補卷中懸買米畫圖。太平廣記卷二四三國史補題作江淮賈人。

〔一〕踊貴　原書作「踴貴」。「踊」乃誤字，當據原書改。太平廣記引文作「湧價」。

〔二〕揚州留後徐粲　「揚州」原書作「揚子」，齊之鸞本亦作「揚子」。「徐粲」，太平廣記引文作「余粲」。

173 李惠登自軍吏爲隨州刺史〔一〕，自言「吾二名惟識『惠』字，不識『登』字。」爲政清淨無迹〔二〕，不求人知。兵革之後，闔境大化〔三〕。

本條原出國史補卷中李惠登循吏。

〔一〕自軍吏爲隨州刺史　原書作「自軍校授隨州刺史」。

〔二〕爲政清淨無迹　原書作「爲理清儉」。

〔三〕闔境大化　原書句下尚有「近代循吏無如惠登者」九字。

174 武相元衡遇害，朝臣震恐，多有上疏請不窮究〔一〕，獨尚書左丞許孟容奏「當罪京兆尹〔二〕，誅金吾鋪官，大索求賊」，行行然有前輩風采。時京兆尹裴武問吏，吏曰：「殺人者未嘗得脱。」數日，果擒張晏輩。

本條原出國史補卷中論書武相事。

〔一〕多有　齊之鸞本、歷代小史本無「有」字。

〔二〕尚書左丞　齊之鸞本、歷代小史本作「尚書右丞」。舊唐書卷一五四、新唐書卷一六二許孟容傳均言前任尚書右丞，抗言捕賊時已遷吏部侍郎，其後又任尚書左丞。資治通鑑卷二三九唐紀五五憲宗元和十年記此事，許孟容官兵部侍郎。

175 王悦爲盩厔鎮將〔一〕，清苦肅下。有軍士犯禁，杖而枷之，約曰：「百日乃脱，未及百日而脱者死〔二〕。」又曰：「我死則脱，爾死則脱，天子之命則脱。非此，臂可折，約不可改也。」由是秋毫不犯。

本條原出國史補卷中王忱百日約。紺珠集卷三、類説卷二六國史補題作枷有三脱。海録碎事卷二一政事部刑法引國史補亦載。説郛（張宗祥輯明鈔本）卷七五國史補亦載。

〔一〕王悦　原書作「王忱」。

〔二〕死　原書作「有三」。

176 李建爲吏部郎中，嘗曰〔一〕：「方今秀茂皆在進士。使吾得志，當令登第之歲，集于吏部，使尉緊縣；既罷復集，使尉望縣〔二〕；既罷又集，使尉畿縣〔三〕；而升於朝。大凡中人三十成名，四十乃至清列，遲速爲宜。既登第，遂食祿；既食祿，必登朝；誰不欲也？無淹滯以守常限，無紛競以求再捷。下曹得其修舉〔四〕，上位得其更歷〔五〕。就而言之，其利甚溥〔六〕。」議者是之。

本條原出國史補卷下李建論選業。太平廣記卷一八六國史補題作李建。

〔一〕嘗曰　原書作「常言於同列曰」。

〔二〕既罷復集使尉望縣　太平廣記引文作「既罷復集，稍尉望縣。」齊之鸞本、歷代小史本亦作「稍」字。原書闕此二句，當據太平廣記引文與本書補。

〔三〕畿縣　原書作「兩畿」。

〔四〕修舉　太平廣記引文作「循舉」。

〔五〕更歷　原書作「歷試」。

〔六〕溥　齊之鸞本、歷代小史本作「博」。

## 文學

177 文中子見王勃少弄筆硯，問曰：「爾爲文乎〔一〕？」曰：「然。」因與題太公遇文王贊，曰：

「姬昌好德，呂望潛華。城闕雖近，風雲尚賒。漁舟倚石，釣浦横沙。路幽山僻〔二〕，溪深岸斜。豹韜攘惡〔三〕，龍鈐辟邪。雖逢相識〔四〕，猶待安車。君王握手，何期晚耶〔五〕！」

本條原出芝田録。類説卷十一芝田録題作太公遇文王贊。

〔一〕爾　聚珍本無，今從齊之鸞本、歷代小史本補。

〔二〕僻　類説引文作「谷」。

〔三〕攘　類説引文作「禳」。

〔四〕相識　齊之鸞本、歷代小史本作「切近」。類説引文亦作「切近」。

〔五〕期　類説引文作「其」，當據改。

178 杜淹，國初爲掾吏〔一〕，嘗業詩。文皇勘定内難，詠鬬雞寄意曰〔二〕：「寒食東郊道，飛翔競出籠。花冠偏照日，芥羽正生風〔三〕。顧敵知心勇，先鳴覺氣雄。長翹頻埽陣，利距屢通中。」文皇覽之，嘉嘆數四，遽擢用之。

本條不知原出何書。大唐新語卷八文章第十七亦載此事，然文字多異，似非出於此書。

〔一〕杜淹　舊唐書卷六六、新唐書卷九六附杜如晦傳。

〔二〕詠鬬雞寄意　全唐詩卷三十録此詩，題作詠寒食鬬雞應秦王教。

〔三〕生　歷代小史本作「迎」，齊之鸞本缺一字。

179 王勃凡欲作文〔一〕，先令磨墨數升，飲酒數盃，以被覆面而寢。既寤〔二〕，援筆而成，文不加點，時人謂爲腹藁也。

本條見於酉陽雜俎前集卷十二語資，其源當出盧陵官下記。太平廣記卷一九八王勃條即此文，云出談藪。唐詩紀事卷七王勃亦敍此事，唯不註出處。

〔一〕凡欲作文　酉陽雜俎與太平廣記引文作「每爲碑頌」。

〔二〕既寤　酉陽雜俎與太平廣記引文作「忽起」。

180 駱賓王年方弱冠，時徐敬業據揚州而反，賓王陷於賊庭，其時書檄皆賓王之詞也。每與朝廷文字，極數僞周，天后覽之，至：「蛾眉不肯讓人，狐媚偏能惑主。」初微笑之。及見「一抔之土未乾，六尺之孤安在？」乃不悦，曰：「宰相因何失如此之人！」蓋有遺才之恨。

本條疑出盧陵官下記。酉陽雜俎前集卷一忠志敍此，與此頗近似。酉陽雜俎中之文字有從盧陵官下記中編入者，此條或是如此。又本條與下條181原合爲一條，今依原書分列。

181 徐敬業十餘歲時〔一〕，射必溢鏑，走馬若飛〔二〕。英公每見之，曰：「此兒相不善，將赤吾族也〔三〕。」

本條見於酉陽雜俎前集卷十二語資。紺珠集卷六酉陽雜俎題作射必溢的、屠馬避火。類説卷四二酉陽雜俎題作屠馬避火。其源當出廬陵官下記。又本條與上條180原合爲一條，今依原書分列。

〔一〕徐敬業十餘歲時　齊之鸞本、歷代小史本句上有「初」字。

〔二〕飛　酉陽雜俎作「滅」，當據本書改。

〔三〕將赤吾族也　酉陽雜俎與類說引文下有屠馬避火事，本條略去。

182 蘇頲少不得父意，常與僕夫雜處，而好學不倦。每欲讀書，患無燈燭，嘗於馬廐竈中吹火照書誦焉，其苦學如此。

本條原出開元天寶遺事卷下吹火照書。說郛（陶珽刊本）弓五二開元天寶遺事題作吹火照書。

183 長安春時，盛於游賞。蘇頲應制詩云：「飛埃結紅霧，游蓋飄青雲。」玄宗覽之嘉賞，遂以御花親插頲巾上〔一〕。

本條原出開元天寶遺事卷下遊蓋飄青雲。紺珠集卷一開元天寶遺事題作插花賞詩。類說卷二一開元天寶遺事題作應制詩。說郛（陶珽刊本）弓五二開元天寶遺事題作遊蓋飄青雲。

〔一〕遂以御花親插頲巾上　原書下有「時人榮之」一句。紺珠集引文下有「以爲旌賞」一句。

184 玄宗初卽位〔一〕，銳意政理，好觀書，留心起居注〔二〕，選當時名儒執筆〔三〕。其稱職者雖十數年不去，多則遷名曹郎兼之〔四〕。自先天初至天寶十二載冬季〔五〕，成七百卷，內起居注爲多〔六〕。

本條原出松窗雜録。説郛（陶珽刊本）弓五二摭異記亦載。原書此條與下條185本爲一條。

〔一〕玄宗初卽位　原書作「玄宗先天中再平內難，後以中外無事」。

〔二〕留心起居注　原書此句作「帝旣勤書，海內之風翕然率化。尤注意於起居注。」

〔三〕選當時名儒執筆　原書作「先天、開元中，皆選當時鴻儒或貞正之士充之。」

〔四〕多則遷名曹郎兼之　原書作「惜不欲去，則遷名曹郎與兼之。」

〔五〕十二載　原書作「十一載」。

〔六〕內起居注爲多　原書作「內起居注撰成三百卷。」

185 開元二年春，上幸寧王第，敍家人禮。樂奏前後，酒食霑賚，上不自專，皆令稟於寧王。上曰：「大哥好作主人，阿瞞但謹爲上客。」〔原註〕〔一〕上禁中常自稱阿瞞〔二〕。明日，寧王與岐、薛同奏曰：「臣聞起居注必記天子言動，臣恐左右史記敍其事〔三〕，四季朱印聯案：此上文有脱誤。牒送史館，附依外史〔四〕。」上以八分爲答詔，謝而許之。至天寶十二載冬季〔五〕，成三百卷。率以五十幅黃麻爲一軸，用彫檀軸紫龍鳳綾標〔六〕。寧王每請百部納于史館〔七〕。上命宴侍臣以寵之。上寶惜此書，令別起閣貯之。及祿山陷長安，用嚴、高計，〔原註〕〔八〕祿山謀主嚴莊、高尚等。未升宮殿〔九〕，先以火千炬焚是閣，故玄宗實録百不敍其三四，以是人間傳記尤衆〔一〇〕。

本條原出松窗雜録。紺珠集卷十一松窗録題作内起居注。類説卷十六松窗雜録題作阿瞞謔爲上客。説郛（陶珽刊本）弓五二摭異記亦載。南部新書卷甲亦載起居注事，然甚簡略。又原書此條與上條184本爲一條，此條在後。

〔一〕原註　此爲李濬自註。

〔二〕上禁中常自稱阿瞞　原書「上」下有「在」字。「瞞」作「嚇」。註文下尚有正文「以是極歡而罷」一句。

〔三〕臣恐左右史記敍其事　原書作「臣恐左右史不得天子閨行極庶人之禮，無以光示萬代。臣請自今後，臣與兄弟各輪日載筆於乘□前，得以行在紀敍其事。」説郛引文白匡作「與」。

〔四〕四季朱印聯案此上文有脱誤牒送史館附依外史　原書此二句作「四季則用朱印聯名牒送史館，然皆依外史例悉上聞，庶明臣等守職如螭頭官。」句中案語當是永樂大典編者所加。齊之鸞本於此作二空格。

〔五〕季　聚珍本無，今從齊之鸞本補。

〔六〕標　原書作「褾」。説郛引文作「標」。

〔七〕寧王每請百部納于史館　原書作「寧王上請自部納于史閣」。「自」乃是「百」之誤，當據本書校正。

〔八〕原註　原書與齊之鸞本均將此註置於條文之末。

〔九〕未升宮殿　原書「未」下有一墨丁。説郛引文作「未至升殿宮」。

〔一〇〕傳記尤衆　原書作「傳記者尤鮮」。「衆」乃誤字，當據原書改。

186 李白名播海内，玄宗見其神氣高朗〔一〕，軒然霞擧，上不覺忘萬乘之尊，與之如知友焉。嘗製胡無人云〔二〕「太白入月敵可摧」，及禄山犯闕，時太白犯月，皆謂之不凡耳〔三〕。

本條見於酉陽雜俎前集卷十二語資。紺珠集卷六酉陽雜俎題作太白入月。其源當出廬陵官下記。

〔一〕玄宗見其神氣高朗　酉陽雜俎作「玄宗於便殿召見，神氣高朗」。

〔二〕嘗製胡無人云　聚珍本「胡無人」作「樂府」，今從齊之鸞本、歷代小史本改。酉陽雜俎此句作「及禄山反，製胡無人，言」。其上尚有命高力士脱靴與三擬文選等事。

〔三〕及禄山犯闕時太白犯月皆謂之不凡耳　酉陽雜俎作「及禄山死，太白蝕月。」

187 天寶中，國學增置廣文館，以領詞藻之士。滎陽鄭虔久被貶謫，是歲始還京師參選，除廣文館博士。虔茫然曰：「不知廣文曹司何在？」執政謂曰〔一〕：「廣文館新置，總領文詞，故以公名賢處之。且令後代稱廣文博士自鄭虔始，不亦美乎？」遂拜職。

本條不知原出何書。與下條188原合爲一條，今依原書分列。

〔一〕執政　新唐書卷二〇二文藝中鄭虔傳敍此，作「宰相」。

188 鄭虔，天寶初協律〔一〕，採集異聞，著書八十餘卷。人有竊窺其藁草，上書告虔私修國史，虔遽焚之，由是貶謫十餘年，方從調選，授廣文館博士。虔所焚藁既無别本〔二〕，後更纂錄，率多遺忘，猶成四十餘卷。書未有名，及爲廣文館博士，詢于國子司業蘇源明，源明請名爲會粹〔三〕，取爾雅序「會粹舊説」也〔四〕。西河太守盧象贈虔詩云〔五〕：「書名會粹才偏逸，酒號屠蘇味更醇。」卽此也〔六〕。

本條原出封氏聞見記卷十贊成。與上條187原合爲一條，今依原書分列。

〔一〕鄭虔天寶初協律　聚珍本無「協律」二字，今從齊之鸞本、歷代小史本補。原書此句作「天寶初，協律郎鄭虔」。

〔二〕藁　齊之鸞本、歷代小史本作「書」。原書亦作「書」。

〔三〕會粹　齊之鸞本、歷代小史本「粹」作「捽」。齊本有註：「上音召外，下音召內。」新唐書卷二〇二文藝中鄭虔傳：「虔追紬故書可誌者得四十餘篇，國子司業蘇源明名其書爲會粹。」

〔四〕會粹舊説　郭璞爾雅序中語，見十三經註疏本卷首。

〔五〕贈　原書無，當據本書補。

〔六〕卽此也　原書作「卽此之謂也」。

189 著作郎孔至撰百家類例〔一〕，第海內族姓，以燕公張説等爲近代新門，不入百家之數。駙馬張垍，燕公子也，覩至所撰，謂弟埱曰：「多事漢！天下族姓何關汝事，而妄爲升降？」埱與至善，以兄言告之。時工部侍郎韋述諳練士族〔二〕，至書初成，以呈韋公，以爲可行也〔三〕，及聞埴言，恐懼，將追改之。韋曰：「文士奮筆將爲千載之法〔四〕，奈何以一言自動搖？有死而已，胡可改也！」遂不改。

本條原出封氏聞見記卷十討論。

〔一〕著作郎孔至撰百家類例　原書「孔至」下有「二十傳儒學」五字。新唐書卷一九九儒學中孔至傳敍此，下云：「時(韋)述及(蕭)穎士、(柳)沖皆撰類例，而至書稱工。」

〔二〕諳練士族　原書句下尚有「舉朝共推，每商榷姻親，咸就諮訪」三句。

〔三〕以爲可行也　原書句首有「韋公」二字。

〔四〕文士奮筆將爲千載之法　原書作「孔至休矣！大丈夫奮筆將爲千載楷則」。

190 長安菩薩寺僧弘道，天寶末，見王右丞爲賊所囚於經藏院，與左丞裴迪密往還〔一〕。裴說——賊會宴於太極西内，王聞之泣下，爲詩二絶，書經卷麻紙之後。弘道藏之，相傳數世〔二〕。其詞云：「萬户傷心生野煙，百官何日更朝天？秋槐葉落空宮裏，凝碧池頭奏管絃。」又云：「安得捨塵網，拂衣辭世喧，倚然策藜杖，歸向桃花源。」

本條原出賈氏談録。

〔一〕左丞　原書作「右丞」。案：全唐詩卷一二九裴迪小傳僅云「嘗爲尚書省郎」。

〔二〕相傳數世　原書作「後祖師收得之。相傳至智滿。賈君既獲披閲，遂録得其辭云。菩提寺禁所，裴迪來相看，說賊等在凝碧池上作音樂，供奉人舉聲，一時泣下，私爲口號示裴迪。」

191 代宗獨孤妃薨，贈貞皇后〔一〕。將葬，尚父汾陽王子儀在邠州，其子尚主，欲致祭。遍問諸吏，皆云：「古無人臣祭皇后之儀。」子儀曰：「此事須柳侍御裁之。」時殿中侍御史柳并〔二〕，字伯存，掌書記，奉使在邠〔三〕，即急召之。既至，子儀曰：「有切事，須藉侍御爲之。」遂説祭事。殿中初亦對如諸人，既而曰：「禮緣人情。令公勳德，不同常人，且又爲姻戚，今自令公始，亦謂得宜。」子儀曰：「正合某本意。」殿中草祭文，其官銜稱駙馬都尉郭曖父具官某，其文并敍特恩許致祭之意，辭簡禮備，子儀大稱之〔四〕。

本條原出因話録卷一宮部。

〔一〕貞皇后　原書作貞懿皇后，當據之補「懿」字。舊唐書卷五二后妃下、新唐書卷七七后妃下俱作「貞懿皇后獨孤氏」。

〔二〕殿中侍御史柳并　聚珍本作「殿中侍御史柳弁」。原書作「時予外伯祖殿中侍御史」，註曰：「諱芳，字伯存」。案新唐書卷二〇二文藝中柳并傳：「柳并者，字伯存。大曆中，辟河東府掌書記，遷殿中侍御史。」知作「弁」、「芳」者均誤。今從齊之鸞本、歷代小史本改。

〔三〕邠　原書作「京」，據上下文義，當作「京」字。

〔四〕子儀大稱之　原書作「汾陽覽之大喜」。句下附祭文。

192 德宗暮秋獵于苑中。是日，天已微寒，上謂近臣曰：「九月衣衫，二月衣袍，與時候不相稱。欲遞遷一月，何如？」左右皆拜謝。翌日，命翰林議之，而後下詔。李趙公吉甫時爲承旨，以聖人上順天時，下盡物理，表請宣示天下，編之於令。李相程初爲學士，獨不署名，別狀奏曰：「臣謹按：月令『十月始裘』〔一〕。月令是玄宗皇帝刪定，不可改易。」上乃止〔二〕。由是與吉甫不協。

本條原出因話録卷一宮部。紺珠集卷五因話録題作遞遷月令。類說卷十四因話録題作十月始裘。說郛（陶珽刊本）弓二三因話録題作遞遷月令。

〔一〕月令十月始裘　禮記月令言孟冬之月，「是月也，天子始裘。」鄭玄註：「九月授衣，至此可以加裘。」

〔二〕上乃止　新唐書卷一三一李程傳：「德宗季秋出畋，有寒色，顧左右曰：『九月猶衫，二月而袍，不爲順時。朕欲改月，謂何？』左右稱善。程獨曰：『玄宗著月令，十月始裘，不可改。』帝矍然止。」

193 韋應物詩云〔一〕：「書後欲題三百顆，洞庭須待滿林霜〔二〕。」後人多說率爾成章，不知江左嘗有人於紙尾「寄洞庭霜三百顆〔三〕」。

本條原出芝田録。類說卷十一芝田録題作學慚鼠獄智乏鷄碑。

〔一〕韋應物　類說引文作「前輩」。

〔二〕書後欲題三百顆洞庭須待滿林霜　韋詩故人重九日求橘戲贈中句，見唐詩紀事卷二六韋應物。

〔三〕寄洞庭霜三百顆　類説引文作『寄洞庭霜橘三百顆』也。」當據補。陳師道後山詩話：「比見右軍一帖云：『奉橘三百枚，霜未降，未可多得。』蘇州蓋取諸此。」類説引文其下尚有「予學衡鼠獄，智乏鷄碑，因省前達之言，有關人事，紀成五卷。」

194 韓晉公治左氏，爲浙江東、西道制節。屬淮寧叛亂，發戎遣饋，案籍駢雜，而未嘗廢卷。在軍中撰左氏通例一卷〔一〕，刻石金陵府學。

本條不知原出何書。

〔一〕撰左氏通例一卷　舊唐書卷一二九韓滉傳曰：「好易象及春秋，著春秋通例及天文事序議各一卷。」新唐書卷一二六韓滉傳同。

195 憲宗問宰相曰：「天子讀何書卽好？」權德輿對曰：「尚書。哲王軌範，歷歷可見〔一〕。」上曰：「尚書曾讀。」〔二〕又問鄭餘慶曰：「老子、列子如何？」奏曰：「老子述無爲之化。若使資聖覽，爲理國之樞要，卽未若貞觀政要〔三〕。」

本條不知原出何書。

〔一〕見　齊之鸞本作「觀」。

〔二〕上曰尚書曾讀　齊之鸞本移此二句於本條文字之末。

〔三〕政　聚珍本作「正」，今從齊之鸞本改。

196 裴晉公平淮西後，憲宗賜玉帶。臨薨欲還進，使記室作表〔一〕，皆不愜。乃令子弟執筆，口占狀曰：「内府珍藏，先朝特賜，既不敢將歸地下，又不合留向人間。謹却封進。」聞者嘆其簡切而不亂。

本條原出因話録卷三商部下。太平廣記卷一九八因話録題作裴度。紺珠集卷五因話録題作口占進玉帶狀。類説卷十四因話録題作鑄劍戟爲農器賦，與下條 197 合。錦繡萬花谷後集卷三六、説郛（陶珽刊本）弓二三因話録題作口占進玉帶狀。白孔六帖卷十二、古今合璧事類備要外集卷三六引因話録均載。王銍四六話卷下亦載，然不註出處。北夢瑣言卷七敍令孤楚命李商隱草表進寶劍事，與此類同，當係誤記。又本條與下條 197 原合爲一條，今依齊之鸞本與原書，分列成兩條。

〔一〕記室　原書作「門人」。

197 晉公貞元中作鑄劍戟爲農器賦，首云：「皇帝之嗣位十三載〔一〕，寰海既清〔二〕，方隅砥平。驅域中盡歸力穡，示天下不復用兵。」憲宗平諸鎮，幾至太平，正當元和十三年。而晉公以儒生作相，竟爲章武佐命〔三〕。

本條原出因話録卷三商部下。類説卷十四因話録題作鑄劍戟爲農器賦，與上條 196 合。又本條與上條 196 原合爲一條，今依齊之鸞本與原書，分列成兩條。齊書自「憲宗平諸鎮」後又分一條，今依原書不再分列。

〔一〕十三載　原書誤倒爲「三十載」，當據本書改。

〔二〕既　原書作「鏡」。

〔三〕竟爲章武佐命　原書句下尚有「覩其辭賦氣概，豈得無異日之事乎？」二句。唐詩紀事卷三三裴度引「唐趙璘云：晉公貞元中作鑄劍戟爲農器賦，覩其氣槩，已有立殊勳致太平之意。」章武卽憲宗，憲宗謚聖神章武孝皇帝。

198 楊京兆兄弟皆能文〔一〕，爲學甚苦。或同賦一篇，共坐庭石，霜積襟袖，課成乃已。

本條原出大唐傳載。太平廣記卷一九八傳載題作楊憑。説郛（陶珽刊本）弓四八唐語林文學亦載。

〔一〕楊京兆兄弟　原書作「楊京兆憑兄弟三人」。太平廣記引文作「唐京兆尹楊憑兄弟三人」。新唐書卷一六〇楊憑傳：「長善文辭，與弟凝、凌皆有名。大曆中，踵擢進士第，時號『三楊』。」

199 劉禹錫云：案〔一〕：此下至「芍藥和物之名也」一條，多稱劉禹錫云，或聯書，或另條，蓋采自韋絢劉公嘉話，而中多譌脱，文義難通。今本劉公嘉話非完書，無可參校，姑仍其舊。與柳八、韓七詣施士匄聽毛詩〔二〕，説「維鵜在梁」〔三〕：梁，人取魚之梁也。言鵜自合求魚，不合於人梁上取其魚，譬之人自無善事，攘人之美者，如鵜在人之梁，毛注失之矣。又説「山無草木曰岵」，所以言「陟彼岵兮」〔四〕，言無可怙也。以岵之無草木，故以譬之。

本條當出劉賓客嘉話録。今本劉賓客嘉話録佚去，唐蘭援本書此文入校輯本補遺。又本條與下二十五條 200 201 202 203 204 205 206 207 208 209 210 211 212 213 214 215 216 217 218 219 220 221 222 223 224 原合爲一

條，今依唐蘭說，參之其他典籍所引用者，一一分列。

〔一〕案　此案語爲四庫全書館臣所加。

〔二〕柳八韓七　柳八卽柳宗元，韓七卽韓泰。

〔三〕維鵜在梁　詩經曹風候人中句。

〔四〕陟彼岵兮　詩經魏風陟岵中句。

200 因言「罘罳」者，復思也，今之板障、屏牆也。天子有外屏，人臣將見，至此復思其所對敭、去就、避忌也。「魏」，大；「闕」，樓觀也。人臣將入，至此則思其遺闕。「桓楹」者，卽今之華表也；桓、華聲譌，因呼爲桓。「桓」亦丸丸然柱之形狀也。

本條當出劉賓客嘉話録。今本劉賓客嘉話録佚去，唐蘭援本書此文入校輯本補遺。又本條與上條 199、下條 201 至 224 原合爲一條，今依唐蘭說，參之其他典籍所引用者，一一分列。

201 又說：古碑有孔。今野外見碑有孔，古者於此孔中穿棺以下於墓中耳〔一〕。

本條當出劉賓客嘉話録。今本劉賓客嘉話録佚去，唐蘭援本書此文入校輯本補遺。又本條與上二條 199、200、下條 202 至 224 原合爲一條，今依唐蘭說，參之其他典籍所引用者，一一分列。

〔一〕古者於此孔中穿棺以下於墓中耳　參看本書卷八 1014 條。

202 又說：甘棠之詩，「勿拜〔一〕，召伯所憩」；「拜」言如人身之拜，小低屈也〔二〕；上言「勿蒻」，終言「勿拜」〔三〕，明召伯漸遠，人思不得見也〔四〕。毛注「拜猶伐」，非也。又言「維北有斗，不可挹酒漿」〔五〕，言不得其人也。毛、鄭不注〔六〕。

困學紀聞卷三詩引唐語林亦載。

本條當出劉賓客嘉話録。今本劉賓客嘉話録佚去，唐蘭援本書此文入校輯本補遺。又本條與上三條199 200 201下條203至224原合爲一條，今依唐蘭説，參之其他典籍所引用者，一一分列。

〔一〕勿拜　詩經召南甘棠原詩句作「勿蒻勿拜」。

〔二〕低　聚珍本作「能」，今據齊之鸞本、歷代小史本改。困學紀聞引文亦作「低」。

〔三〕上言勿蒻終言勿拜　困學紀聞引文作「勿拜則不止勿蒻」。

〔四〕人思不得見也　齊之鸞本、歷代小史本作「人思不可得也」，困學紀聞引文作「人思不可及」。

〔五〕維北有斗不可挹酒漿　詩經小雅大東中句，下句作「不可以挹酒漿」。

〔六〕毛鄭不注　齊之鸞本、歷代小史本作「毛都不註此下」。

203　劉禹錫曰〔一〕：爲詩用僻字，須有來處。宋考功云：「馬上逢寒食，春來不見餳〔二〕。」常疑之。因讀毛詩鄭箋説吹簫處，注云：「卽今賣餳者所吹。」六經惟此中有「餳」字〔三〕。吾緣明日重陽〔四〕，押一「餻」字〔五〕，續尋思六經竟未見有餻字，不敢爲之。嘗訝杜員外「巨顙折老拳」無據〔六〕，及覽石勒傳云〔七〕：「卿既遭孤老拳，孤亦飽卿毒手。」豈虛言哉！後輩業詩，卽須有據，不可率爾道也。

本條原出劉賓客嘉話録。紺珠集卷五嘉話題作詩用僻字。類説卷五四劉禹錫佳話題作詩註有錫字六經無餻字。詩話總龜前集卷五引劉夢得語亦載。説郛（陶珽刊本）弓三六嘉話録亦載。又本條與上199至202條、下204至224條原合爲一條，今依原書分列。

〔一〕劉禹錫曰　原書無此四字。詩話總龜引文作「劉夢得云」。

〔二〕宋考功云馬上逢寒食春來不見餳　此爲沈佺期嶺表逢寒食詩首二句，文曰：「嶺外無寒食，春來不見餳。」劉氏誤以爲宋之問作。宋嘗官考功員外郎。吳曾能改齋漫録卷四辨誤内劉禹錫誤呼沈雲卿詩爲宋考功詩條有辨析。

〔三〕此中　原書作「此註中」。指詩經周頌有瞽「簫管備舉」鄭玄箋。

〔四〕吾緣明日重陽　原書作「緣明日是重陽」，當據本書補「吾」字，本書當據之補「是」字。

〔五〕押一餻字　原書句首有「欲」字，當據補。

〔六〕巨顙折老拳　杜甫義鶻行詩中句。

〔七〕石勒傳　指晉書卷一〇四石勒載記上、一〇五石勒載記下。下二句見石勒載記下。

204 韋絢曰：「司馬牆何也？」曰：「今唯陵寢繞垣，卽呼爲司馬牆。」「而毬場是也，不呼之何也？」劉禹錫曰：「恐是陵寢，卽呼臣下避之。」

本條當出劉賓客嘉話録。今本劉賓客嘉話録佚去，唐蘭援本書此文入校輯本補遺。又本條與上199至203條、下

205至224條原合爲一條，今依唐蘭說，參之其他典籍所引用者，一一分列。

205 詩曰「我思肥泉」者〔一〕，源同而分之曰「肥」也。言我今衛女嫁于曹，如肥泉之分也。

本條當出劉賓客嘉話録。今本劉賓客嘉話録佚去，唐蘭援本書此文入校輯本補遺。又本條與上199至204條、下206至224條原合爲一條，今依唐蘭說，參之其他典籍所引用者，一一分列。

〔一〕我思肥泉　詩經邶風泉水中句。

206 魏文帝詩云〔一〕：「畫舸覆堤」〔二〕，即今淮浙間艙船篷子上帷幕耳〔三〕。唐書盧藩傳言之〔四〕。案〔五〕：唐書無盧藩傳。韋絢唐人，亦無引唐書之理，疑有脱誤〔六〕。船子著油〔七〕，案：此下原闕一字。比惑之，見魏詩方悟〔八〕。

本條原出劉賓客嘉話録。永樂大典卷之八千八百四十一油·舡子着油引劉公嘉話録，即此文。今本劉賓客嘉話録佚去，唐蘭援本書此文入校輯本補遺。又本條與上199至205條、下207至224條原合爲一條，今依唐蘭說，參之永樂大典引文分列。

〔一〕魏文帝詩云　永樂大典引文於此之上尚有「丈人曰」三字。

〔二〕畫舸覆堤　永樂大典引文作「畫舸覆緹油」。

〔三〕艙　永樂大典引文作「艑」。

〔四〕盧藩　永樂大典引文作「盧蕃」。

〔五〕案　此案語，永樂大典引文已有，當是永樂大典編者所加。下同。

〔六〕唐書無盧藩傳韋絢唐人亦無引唐書之理疑有脱誤　岑仲勉曰：「開、天間吴兢撰唐書，韋述、柳芳、令狐峘、于休烈等續成之，即舊唐書一部分之底本而唐人稱曰『唐書』者也。」此説即爲駁正嘉話録案語而發。岑説見隋唐史內唐史第六十二節。

〔七〕船子著油　永樂大典引文「船子」作「舡子」。齊之鸞本、歷代小史本於此句下空一字。

〔八〕魏　永樂大典引文作「魏文」。

207 又曰：「『旇邱』者〔一〕，上側下高曰『旇邱』，言君臣相背也。鄭注云『旇當爲堥』，又言『堥未詳』，何也？

本條當出劉賓客嘉話録。今本劉賓客嘉話録佚去，唐蘭援本書此文入校輯本補遺。又本條與上 199 至 206 條、下 208 至 224 條原合爲一條，今依唐蘭説，參之其他典籍所引用者，一一分列。

〔一〕旇邱　此處乃釋詩經邶風旄丘中「旇邱」一詞。

208 郭璞山海經序曰〔一〕：「人不得耳聞，眼不見爲無。」案〔二〕：今本山海經序無此二語。據文義，亦有脱誤。非也，是自不知不見耳，夏蟲疑冰之類是矣。仲尼曰：「加我數年，五十以學易，可以無大過矣〔三〕。」又韋編三絶〔四〕。所以明未會者多於解也。

本條當出劉賓客嘉話録。今本劉賓客嘉話録佚去，唐蘭援本書此文入校輯本補遺。又本條與上199至207條、下209至224條原合爲一條，今依唐蘭説，參之其他典籍所引用者，一一分列。

〔一〕序　齊之鸞本，歷代小史本作「叙」。

〔二〕案　此案語當爲永樂大典編者所加。參206條。

〔三〕加我數年五十以學易可以無大過矣　論語述而中語。

〔四〕韋編三絶　見史記卷四七孔子世家。

209 有楊何者，有禮學，以廷評來夔州，轉雲安鹽官。因過劉禹錫，與之案〔一〕：此下原闕二字。何云：「仲尼合葬於防〔二〕。防，地名。」非也。仲尼以開墓合葬於防；防，隧道也。且潸然流涕，是以合葬也。若謂之地名，則未開墓而已潸然，何也？

本條當出劉賓客嘉話録。今本劉賓客嘉話録佚去，唐蘭援本書此文入校輯本補遺。又本條與上199至208條、下210至224條原合爲一條，今依唐蘭説，參之其他典籍所引用者，一一分列。

〔一〕案　此案語當是永樂大典編者所加，參206條。齊之鸞本加註「缺」字。歷代小史本作「辯論」二字。

〔二〕仲尼合葬於防　謂孔子合葬父母於防，見禮記檀弓上。

210 韋絢曰：「『五夜』者，甲、乙、丙、丁、戊，更迭之〔一〕。今唯言『乙夜』或『子夜』，何也？」

未詳〔二〕。

本條原出劉賓客嘉話録。緯略卷十引此，首云「唐韋絢嘗問劉禹錫」，題作五夜。類説卷五四劉禹錫佳話題作五夜。説郛（陶珽刊本）弓三六嘉話録亦載。又本條與上199至209條、下211至224條原合爲一條，今依原書與齊之鸞本分列。

〔一〕更送　原書作「相送」。

〔二〕未詳　原書作「公曰：『未詳。』」當據補。

211 劉禹錫曰：茱萸二字，經二詩人用〔一〕，亦有能否〔二〕。杜甫言「醉把茱萸子細看」〔三〕，王右丞「偏插茱萸少一人」〔四〕，最優也〔五〕。

本條原出劉賓客嘉話録。紺珠集卷五嘉話題作三詩用茱萸工拙。詩話總龜卷五引劉夢得語、容齋隨筆卷四詩中用茱萸字亦載。今本劉賓客嘉話録佚去，唐蘭援此人校輯本補遺。又本條與上199至210條、下212至224條原合爲一條，今依唐蘭説，參之詩話總龜與容齋隨筆引文，分列一條。

〔一〕經二詩人用　齊之鸞本、歷代小史本「二」作「三」。詩話總龜引文作「更三詩人道之」。紺珠集引文作「三詩人」。容齋隨筆引文作「凡三人」。

〔二〕亦　詩話總龜引文作「而」。齊之鸞本、歷代小史本作「以」。

〔三〕醉把茱萸子細看　杜甫九日藍田崔氏莊中句。

〔四〕偏插茱萸少一人　王維九月九日憶山東兄弟中句。

〔五〕最優也　容齋隨筆引文作「朱放云：『學他年少插茱萸』，三君所用，杜公爲優。」詩話總龜引文「朱放」作「朱倣」，紺珠集引文作「宋倣」。按：朱放詩載全唐詩卷三一五，題曰九日與楊凝崔淑期登江上山會有故不得往因贈之。

212 劉禹錫曰：牛丞相奇章公初爲詩，務奇特之語，至有「地瘦草叢短」之句〔一〕。明年秋卷成，呈之，乃有「求人氣色沮，憑酒意乃伸〔二〕。」益加能矣。明年乃上第。

本條原出劉賓客嘉話録。詩話總龜卷十四警句門下引劉禹錫佳話録亦載。今本劉賓客嘉話録佚去，唐蘭援本書此文人校輯本補遺。又本條與上 199 至 211 條、下 213 至 224 條原合爲一條，今依唐蘭説分列。詩話總龜引文與下條 213 合爲一條。

〔一〕地瘦草叢短　此爲牛僧孺詩殘句，不知篇名。

〔二〕乃有求人氣色沮憑酒意乃伸　此亦牛詩殘句，不知篇名。前七字詩話總龜引文作「曰：『有求色必赧』」。

213 楊茂卿云〔一〕：「河勢崑崙遠，山形菡萏秋。」此詩題云「過華山下作」〔二〕，而用蓮蓬之菡萏〔三〕，極的當而暗静矣。

本條原出劉賓客嘉話録。詩話總龜卷十四警句門下引劉禹錫佳話録亦載。今本劉賓客嘉話録佚去，唐蘭援本書此文人校輯本補遺。又本條與上 199 至 212 條、下 214 至 224 條原合爲一條，今依唐蘭説，分列一條。詩話總龜引文與上條 213 原合爲一條。

〔一〕楊茂卿云　詩話總龜引文於此之上尚有「因曰」二字。雲谿友議卷中中山誨、唐詩紀事卷三九劉禹錫叙此，均作「楊茂卿校書」。雲谿友議「茂」誤「危」。

〔二〕此詩題云過華山下作　詩話總龜引文作「此過華陰山下作」。

〔三〕而用蓮蓬之菡萏　詩話總龜引文作「初用蓮峰作菡萏」。

214 劉禹錫曰：石季龍挾彈殺人〔一〕，其兄怒之〔二〕，其母曰：「健犢須走車破轅，良馬須逸鞭泛駕〔三〕，然後能負重致遠〔四〕。」蓋言童稚不奇〔五〕，卽非異器矣。

本條原出劉賓客嘉話録。太平廣記卷一七〇嘉話録題作劉禹錫。紺珠集卷五嘉話題作良馬須逸鞅泛駕。白孔六帖卷十四、古今合璧事類備要別集卷五六引劉公嘉話均載。說郛（陶珽刊本）弓三六嘉話録、（張宗祥輯明鈔本）卷二一劉賓客嘉話録亦載。又本條與上199至213條、下215至224條原合爲一條，今依原書分列。

〔一〕石季龍挾彈殺人　石季龍卽石虎。太平廣記引文「殺人」作「彈人」。

〔二〕其兄怒之　原書作「其父怒之」。晉書卷一〇六石季龍載記上亦記作其父石勒怒欲殺之。

〔三〕鞭　原書作「鞅」。

〔四〕能　原書無，當據本書補。太平廣記引文亦有。

〔五〕不奇　原書於此之下尚有「不慧」二字，太平廣記引文「慧」作「惠」。

215 又曰：爲文自鬬異一對不得。予嘗爲大司徒杜公之故吏，司徒家嫡之薨於桂林也〔一〕，柩過渚宮，予時在朗州，使一介具奠酹，以申門吏之禮。爲一祭文云〔二〕：「事吴之心〔三〕，雖云已矣，報智之志〔四〕，豈可徒然！」「報智」人或用之，「事吴」自思得者。

本條當出劉賓客嘉話録。今本劉賓客嘉話録佚去，唐蘭援本書此文入校輯本補遺。又本條與上199至214條、下216至224條原合爲一條，今依唐蘭説，參之其他典籍所引用者，一一分列。

〔一〕司徒冢嫡之薨於桂林也　指杜佑之子杜式方事。杜式方歿於桂管觀察使任上，見舊唐書卷一四七、新唐書卷一六六本傳。

〔二〕祭文　此祭文已佚。

〔三〕事吴　用伍子胥事吴王夫差事，見史記卷六六伍子胥傳。

〔四〕報智　用豫讓報智伯「國士待之」一事，見戰國策卷十八趙策一。

216 柳八駮韓十八平淮西碑云〔一〕：「『左飱右粥』，何如我平淮西雅云『仰父俯子』〔二〕。」禹錫曰：「美憲宗俯下之道盡矣。」柳曰：「韓碑兼有帽子〔三〕，使我爲之，便説用兵討叛矣。」

本條原出劉賓客嘉話録。詩話總龜卷五評論門上引劉夢得語亦載。唐詩紀事卷三九劉禹錫引「夢得曰」，亦即此條。今本劉賓客嘉話録佚去，唐蘭援此入校輯本補遺。又本條與上199至215條、下217至224條原合爲一條，今依唐蘭説，參之詩話總龜等引文，分列一條。

〔一〕柳八駮韓十八　柳八即柳宗元，韓十八即韓愈。詩話總龜引文此句之上尚有「劉夢得曰」四字。

〔二〕平淮西雅云仰父俯子　「平淮西雅」，柳河東集卷一作「平淮夷雅」。詩話總龜引文「俯」作「撫」，「云」上有「之」

字，當據本書改。

〔三〕帽　聚珍本作「冒」，今從齊之鸞本、歷代小史本改。詩話總龜、唐詩紀事引文亦作「帽」。

217 劉禹錫曰：韓碑柳雅，予詩云〔一〕：「城中晨雞喔喔鳴〔二〕，城頭鼓角聲和平。」美李尚書愬之入蔡城也，須臾之間，賊都不覺。又詩落句言〔三〕：「始知元和十二載，四海重見昇平時〔四〕。」所以言十二載者，因以記淮西平之年〔五〕。

本條原出劉賓客嘉話録。詩話總龜卷五評論門上引劉夢得語亦載。唐詩紀事卷三九劉禹錫引「夢得曰」下一條，亦即此條。今本劉賓客嘉話録佚去，唐蘭援此入校輯本補遺。又本條與上 199 至 216 條、下 218 至 224 條原合爲一條，今依唐蘭說，參之詩話總龜等引文，分列一條。

〔一〕予詩　齊之鸞本、歷代小史本「予」作「余」。詩話總龜、唐詩紀事引文「詩」上有「爲」字。

〔二〕城中晨鷄喔喔鳴　劉賓客文集卷二五平蔡州三首之二首句作「汝南晨鷄喔喔鳴」。

〔三〕言　詩話總龜、唐詩記事引文作「云」。

〔四〕始知元和十二載四海重見昇平時　劉賓客文集卷二五平蔡州三首之二此二句作「忽驚元和十二載，重見天寶承平時。」唐詩紀事引文「知」作「於」。

〔五〕所以言十二載者因以記淮西平之年　臨漢隱居詩話曰：「劉禹錫詩固有好處，及其自稱平淮西詩云：『城中喔喔晨雞鳴，城頭鼓角聲和平。』爲盡李愬之美；又云：『始知元和十四載，四海重見昇平年。』爲盡憲宗之美。吾不知此二聯爲何等語也？」案魏泰此文乃約舉嘉話録中本條文字言之，而「十二載」誤作「十四載」。

218 段相文昌重爲淮西碑，碑頭便曰：「韓弘爲統，公武爲將。」用左氏「欒書將中軍，欒黶佐之」〔一〕，文勢也甚善，亦是效班固燕然碑樣，別是一家之美。

本條當出劉賓客嘉話録。今本劉賓客嘉話録佚去，唐蘭援本書此條入校輯本補遺。又本條與上199至217條、下219至224條原合爲一條，今依唐蘭説，參之其他典籍所引用者，一一分列。

〔一〕左氏欒書將中軍欒黶佐之　此處乃約舉左傳襄公十三年中文字而言之。

219 又曰：薛伯鼻修史〔一〕，爲愬傳：收蔡州，徑入爲能。禹錫曰：「我則不然。若作史官，以愬得李祐，釋縛委心用之爲能。入蔡非能，乃一夫勇耳。」

本條當出劉賓客嘉話録。今本劉賓客嘉話録佚去，唐蘭援本書此條入校輯本補遺。又本條與上199至218條、下220至224條原合爲一條，今依唐蘭説，參之其他典籍所引用者，一一分列。

〔一〕薛伯鼻　當是「薛伯皐」之形訛。薛伯皐即薛伯高，二名通用，參看本書卷一75、本卷271條。

220 劉禹錫曰：春秋稱「趙盾以八百乘」〔一〕。凡帥能曰「以」，由也，由趙盾也。

本條當出劉賓客嘉話録。今本劉賓客嘉話録佚去，唐蘭援本書此條入校輯本補遺。又本條與上199至219條、下221至224條原合爲一條，今依唐蘭説，參之其他典籍所引用者，一一分列。

〔一〕春秋稱趙盾以八百乘　見左傳文公十四年，文曰：「晉趙盾以諸侯之師八百乘納捷菑于邾。」

221 又曰：王莽以義和爲官名，如今之司天臺，本屬太史氏。故春秋史魚、史蘇、史蠆，皆知陰陽術數也。

本條當出劉賓客嘉話録。今本劉賓客嘉話録佚去，唐蘭援本書此條入校輯本補遺。又本條與上199至220條、下222至224條原合爲一條，今依唐蘭説，參之其他典籍所引用者，一一分列。

222 南都賦言「春茆夏韭」，子卯之卯也〔一〕。而公孫羅云〔二〕：「茆，鳧卵。」非也。且皆言菜也，何「卯」忽無言？案〔三〕：此句疑有脱誤。

本條當出劉賓客嘉話録。今本劉賓客嘉話録佚去，唐蘭援本書此條入校輯本補遺。又本條與上199至221條、下二條223 224原合爲一條，今依唐蘭説，參之其他典籍所引用者，一一分列。

〔一〕南都賦言春茆夏韭子卯之卯也　唐蘭改作「『春茆』音子卯之卯也」，下有註曰：「『春茆』下本有『春韭』兩字，而無『音』字，齊之鸞本有『音』字。按『音』字當接『子卯之卯也』五字，爲『茆』字作音耳。後人既增『夏韭』二字，遂以『音』字爲誤而删之。然南都賦自云『春卯夏筍，秋韭冬菁』，不云『夏韭』也。」又齊之鸞本、歷代小史本「南都賦」誤作「蜀都賦」。

〔二〕公孫羅　舊唐書卷一八九上儒林有傳。舊唐書卷四七經籍志下與新唐書卷六十藝文志四均載公孫羅文選注六十卷，又文選音或文選音義十卷。二書均已佚。日本國見在書目有公孫羅文選鈔六十九卷、文選音決十卷；知文選鈔卽文選注。日本金澤文庫唐寫殘本文選集注中引有文選鈔佚文，而南都賦不在此殘本中。此書羅振玉曾影印。

〔三〕案　此案語當是永樂大典編者所加。參206條。

223　方書中「勞薪」，亦有「勞水」者，揚之使水力弱，亦勞也。亦用「筆心」，筆亦心勞，一也。與「薪勞」之理，皆藥家之妙用。

本條當出劉賓客嘉話録。今本劉賓客嘉話録佚去，唐蘭援本書此條入校輯本補遺。又本條與上199至222條與下條224原合爲一條，今依唐蘭説，參之其他典籍所引用者，一一分列。

224　又曰：近代有中正。中正，鄉曲之表也。藻別人物，知其鄉中賢愚出處。晉重之。至東晉，吏部侍郎裴楷乃請改爲九品法，卽今之上、中、下，分爲九品官也。

本條當出劉賓客嘉話録。今本劉賓客嘉話録佚去，唐蘭援本書此條入校輯本補遺。又本條與上二十五條199 200 201 202 203 204 205 206 207 208 209 210 211 212 213 214 215 216 217 218 219 220 221 222 223原合爲1條，今依唐蘭説，參之其他典籍所引用者，一一分列。

225　王武子曾在夔州之西市〔一〕，俯臨江岸沙石，下看諸葛亮八陣圖。箕張翼舒，鵝形鶴勢〔二〕，聚石分布，宛然尚存。峽水大時，三蜀雪消之際，瀬滂滉瀁〔三〕，大樹十圍，枯槎百丈，破礶巨石〔四〕，隨波塞川而下。水與岸齊，雷奔山裂，聚石爲堆者〔五〕，斷可知也。及乎水已平〔六〕，萬物皆失故態，惟陣圖小石之堆〔七〕，標聚行列，依然如是者，垂六七百年間〔八〕，淘灑推激，迨今不動。劉禹錫曰：是諸葛公誠明，一心爲先主効死〔九〕。況此法出六韜，是太公上智之材所構。自有此法，惟孔明行之，所以神明保持，一定而不可改也。東晉桓温征蜀過此，曰：「此常山蛇陣〔一〇〕。擊頭則尾應，擊尾則頭應，擊其中則頭尾皆應。」常山者，地名。其蛇兩頭，出於常山，其陣適類其蛇之兩頭，故名之也。温遂勒銘曰：「望古識其真，臨源愛往跡。恐君遺事節，聊下南山石。」

本條原出劉賓客嘉話録。太平廣記卷三七四嘉話録題作八陣圖，引至「迨今不動」。今本劉賓客嘉話録佚去，唐蘭援本書此條入校輯本補遺。

〔一〕王武子　即王濟，晉書卷四二有傳。

〔二〕鶴　太平廣記引文作「鸛」。

〔三〕瀬滂滉瀁　太平廣記引文作「澒湧混瀁」。「混」乃「滉」之誤。又引文句下尚有「可勝道哉」一句。

〔四〕礶　太平廣記引文作「磓」。

〔五〕聚石爲堆者　太平廣記引文句首有「則」字。

〔六〕水已平　太平廣記引文作「水落川平」。

〔七〕陣圖　太平廣記引文作「諸葛陣圖」。

〔八〕垂　太平廣記引文作「僅已」。

〔九〕先主　齊之鸞本、歷代小史本作「玄德」。

〔一〇〕常山蛇陣　齊之鸞本、歷代小史本此四字上有「布」字。

226 陸法和嘗征蜀〔一〕，及上白帝城，插標，曰：「此下必掘得諸葛亮鏃。」既掘之，得箭鏃一斛〔二〕。或曰：「當法和至此時，去諸葛亮猶近，應有人向説，故法和掘之耳。」法和雖是異人，未必知諸葛亮箭鏃在此也〔三〕。

本條當出劉賓客嘉話録。今本劉賓客嘉話録佚去，唐蘭援本書此條入校輯本補遺，且據齊之鸞本，與上條 225 相聯。

〔一〕嘗　齊之鸞本作「亦嘗」。

〔二〕得箭鏃一斛　齊之鸞本、歷代小史本句下有「又何哉」一句。

〔三〕未必　聚珍本作「必未」，據齊之鸞本、歷代小史本改。

227 諸葛亮所止〔一〕，令兵士獨種蔓菁者，何也？曰〔二〕：「取其甲生啖〔三〕，一也；葉舒者煮食〔四〕，二也；久居則隨以滋長，三也；棄去不惜，四也；回則易尋而採之，五也；冬有根可斸食，六也。比諸蔬屬，其利博哉〔五〕！」三蜀之人今呼蔓菁爲「諸葛菜」〔六〕，江陵亦然。

本條原出劉賓客嘉話録。太平廣記卷四一一嘉話録題作蔓菁。紺珠集卷五嘉話題作諸葛菜。類説卷五四劉禹錫佳話題作諸葛菜。白孔六帖卷十六亦載。説郛（陶珽刊本）弓三六嘉話録亦載。

〔一〕諸葛亮所止　原書與説郛引文句首有「公曰」二字，當據補。

〔二〕曰　原書與説郛引文作「絢曰」，當據之補「絢」字。

〔三〕取其甲生啖　原書作「莫不是取其纔出甲者生啗」。太平廣記引文「啗」作「啖」，上有「可」字。

〔四〕者　原書作「可」。

〔五〕其利博哉　太平廣記引文作「其利不亦博哉！」其下尚有「劉禹錫曰信矣」二句。當據補。原書與説郛引文無「劉禹錫」三字。

〔六〕蜀　原書誤作「屬」。

228 禹錫曰：芍藥，和物之名也。此藥之性能調和物。或音「著略」，語譌也。絢時獻賦，用此「芍藥」字，以「煙兮霧兮，氣兮靄兮」，言四物調和爲雲也。公曰：「甚善。」因以解之。

本條當出劉賓客嘉話録。今本劉賓客嘉話録佚去，唐蘭援本書此條入校輯本補遺。

229 白居易，長慶二年以中書舍人爲杭州刺史〔一〕，替嚴員外休復。休復有時名，居易喜爲之代。時吴興守錢徽、吴郡守李穰皆文學士，悉生平舊友，日以詩酒寄興〔二〕。官妓高玲瓏〔三〕、謝好好巧於應對，善歌舞。後元稹鎮會稽〔四〕，參其酬唱，每以筒竹盛詩來往〔五〕。居易在杭，始築隄捍錢塘潮，鍾聚其水，溉田千頃。復浚李泌六井，民賴其汲。在蘇作詩，有「使君全未厭錢塘」之句。及罷，俸錢多留守庫〔六〕，繼守者公用不足，則假而復填，如是五十餘年。及黃巢至郡，文籍多焚燒，其俸遂亡。

本條不知原出何書。

〔一〕白居易長慶二年以中書舍人爲杭州刺史　齊之鸞本、歷代小史本作「長慶二年，白居易自中書舍人爲杭州刺史」。

〔二〕寄興　齊之鸞本、歷代小史本作「寄贈」。

〔三〕高玲瓏　元白詩集中此人之名記載不一。文學古籍刊行社影印宋刊本白氏長慶集卷十二醉歌原註：「示妓人商玲瓏」中有「玲瓏再拜歌初畢」，「玲瓏玲瓏奈老何」等句。文學古籍刊行社影印明影宋鈔本元氏長慶集卷二二重贈原註：「樂人高玲瓏能歌，歌予數十詩。」詩中有「休遣玲瓏唱我詩，我詩多是別君詞」之句。四部叢刊影印明嘉靖本元氏長慶集亦作「高玲瓏」，萬曆中馬元調刊本則作「商玲瓏」。

〔四〕後　聚珍本作「從」，今從齊之鸞本、歷代小史本改。

〔五〕每以筒竹盛詩來往　齊之鸞本、歷代小史本下有註：「按彭門崔大夫彥魯爲郡日，追題尚書數百篇。」

〔六〕守　齊之鸞本、歷代小史本作「官」。

230張弘靖十二世掌書命，至丞相〔一〕。楊巨源贈公詩云：「伊陟無聞祖，韋賢不到孫。」當時稱其能與張氏説家門。巨源在元和，詩韻不爲新語，體律務實，功夫頗深。自旦至暮，吟詠不輟。年老頭數摇，人言吟詩多所致〔二〕。

説郛（陶珽刊本）弓四八唐語林文學亦載。

本條原出因話録卷二商部。類説卷十四因話録題作能與張家説家門。

〔一〕張弘靖十二世掌書命至丞相　原書作「張弘靖三世掌書命，在台座，前代未有。」案新唐書卷一二七張弘靖傳言：「先第在東都思順里，盛麗甲當時，歷五世無所增葺，時號『三相張家』云。」「十二」乃「三」字之形訛。

〔二〕年老頭數摇人言吟詩多所致　原書作「巨源年老，頭數摇，人言吟詩多致得」。作雙行夾註綴於末。

231韓文公與孟東野友善。韓公文至高，孟長於五言，時號「孟詩韓筆」。元和中，後進師匠韓公，文體大變。又柳柳州宗元、李尚書翺、皇甫郎中湜、馮詹事定、祭酒楊公〔一〕、李公皆以高文爲諸生所宗〔二〕，而韓、柳、皇甫、李公皆以引接後學爲務。楊公尤深於獎善，遇得一句，終日在口，人以爲癖。長慶以來，李封州甘爲文至精，獎拔公心，亦類數公。甘出於李相國宗閔下〔三〕，時以爲得人，然終不顯。又元和以來，詞翰兼奇者，有柳柳州宗元、劉尚書禹錫及楊公。劉、楊二人，詞翰之外，别精篇什。又張司業籍善歌行，李賀能爲新樂府，當時言歌篇者，宗此二人。李相國程、王僕射起、白少傅居易兄弟、張舍人仲素爲場中詞賦之最，言程試者宗此五人。伯仲以史學繼業〔四〕。藏書最多者〔五〕，蘇少常景鳳〔六〕、堂弟尚書滌，諸家無比，而皆以清望爲後來所重。景鳳登第，與堂兄特並時，世以爲美。

本條原出因話録卷三商部下。紺珠集卷五、説郛（陶珽刊本）弓二三因話録題作孟詩韓筆，均節引前數句。

〔一〕祭酒楊公　即楊敬之。新唐書卷一六〇楊敬之傳言其兩兼國子祭酒，「敬之愛士類，得其文章，孜孜玩諷，人以爲癖。」

〔二〕李公　原書作「余座主李公」。此人即李漢。登科記考卷二一大和八年進士二十五人、趙璘下曰：「按隴西公爲李漢，是璘於大和八年登第。」

〔三〕下　原書作「門下」，當據改。

〔四〕伯仲以史學繼業　歷代小史本句首有「居易」二字。齊之鸞本空二字。

〔五〕者　聚珍本無，今依齊之鸞本、歷代小史本補入。原書亦有。

〔六〕景鳳　齊之鸞本、歷代小史本作「景凮」，原書作「景滫」。案：此當是蘇景胤。景胤爲蘇弁之子，蘇滌爲蘇冕之子，見新唐書卷五八藝文志二。又蘇弁爲蘇冕之弟，見新唐書卷一〇三蘇弁傳。齊之鸞本、歷代小史本自「蘇少常景鳳」起另分一條。今依原書，不復分列。

232 呂衡州温，祖延之，父渭，俱有盛名，至大官。家世碑誌不假於人，皆子孫自撰，云：「欲傳慶善於後嗣，儆文學之荒墜。」

本條不知原出何書。南部新書卷辛亦載此事。

233 裴晉公自爲誌銘曰：「裴子爲子之道，備存乎家牒；爲臣之道，備存乎國史。」杜牧亦自銘曰：「嗟爾小子，亦克厥修。」此二銘詞簡而備〔一〕。白居易亦自爲銘。顏魯公在蔡州，知必禍及，自爲誌銘置左右。

本條不知原出何書。

〔一〕此　齊之鸞本、歷代小史本作「謂」。

234 文宗皇帝曾製詩以示鄭覃，覃奏曰：「且乞留聖慮於萬幾〔一〕，天下仰望。」文宗不悅。覃出，復示李宗閔，嘆伏不已，一句一拜，受而出之〔二〕。上笑謂之曰：「勿令適來阿父子見之。」

本條不知原出何書。與下條235 236原合爲一條，今依齊之鸞本、歷代小史本分列，原書亦分列。

〔一〕萬幾　聚珍本作「禹幾」，今從齊之鸞本、歷代小史本改。

〔二〕受　齊之鸞本、歷代小史本作「懷」。

235 文宗尚賢樂善罕比。每宰臣學士論政〔一〕，必稱才術文學之士，故當時多以文進。上每視事後，卽閱羣書，至亂世之君，則必扼腕嗟嘆；讀堯、舜、禹、湯事，卽灌手斂衽〔二〕。謂左右曰：「若不甲夜視事，乙夜觀書，卽何以爲君？」試進士〔三〕，上多自出題目。及所司試〔四〕，覽之終日忘倦。嘗召學士於內庭論經，較量文章，宮人已下侍茶湯飲饌。李訓講周易，頗叶上意。時方盛夏，遂取犀如意賜訓〔五〕。上曰：「與卿爲譚柄〔六〕。」讀高郢無聲樂賦、白居易求玄珠賦，謂之「玄祖」。水部員外郎賈嵩説云〔七〕。

本條原出杜陽雜編卷中。説郛（陶珽刊本）弓四六杜陽雜編卷中亦載。唐詩紀事卷二文宗亦記此事。又本條與上條234、下條236原合爲一條，今依原書分列。齊之鸞本、歷代小史本亦與上條分列。又齊之鸞本、歷代小史本、聚珍本自「李訓講周易」起另提行，今依原書校正。

〔一〕每　原書作「每與」，當據之補「與」字。

〔二〕灌手　原書作「歡呼」。

〔三〕試進士　原書作「每試進士及諸科舉人」。

〔四〕試　原書作「進所試」，當據補。

〔五〕遂取犀如意賜訓　原書作「遂命取水玉腰帶及辟暑犀如意以賜訓，訓謝之」。

〔六〕與卿爲譚柄　原書作「如意足以與卿爲談柄也」。

〔七〕水部員外郎賈嵩説云　原書此句作雙行夾註，文曰：「傳於水部賈嵩員外。」

236 文宗好五言詩，品格與肅、代、憲宗同，而古調尤清峻。嘗欲置詩學士七十二員，學士中有薦人姓名者,〔原註〕當時詩人李廓馳名,爲涇原從事。宰相楊嗣復曰:「今之能詩,無若賓客分司劉禹錫。」上無言〔一〕。李珏奏曰〔二〕:「當今起置詩學士,名稍不嘉。況詩人多窮薄之士,昧於識理。今翰林學士皆有文詞,陛下得以覽古今作者,可怡悅其間;有疑,顧問學士可也。陛下昔者命王起、許康佐爲侍講,天下謂陛下好古宗儒,敦揚朴厚。臣聞憲宗爲詩,格合前古,當時輕薄之徒,摛章繪句〔三〕,聱牙崛奇〔四〕,譏諷時事,爾後鼓扇名聲,謂之『元和體』,實非聖意好尚如此。今陛下更置詩學士,臣深慮輕薄小人,競爲嘲詠之詞,屬意於雲山草木,亦不謂之『開成體』乎?玷黯皇化,實非小事。」

本條不知原出何書。與上二條 234 235 原合爲一條,今依原書分列。

〔一〕上無言　詩藪外編卷三唐上引語林此文,胡應麟註曰:「文宗不答楊奏,當以劉黨叔文故耶?」

〔二〕李珏奏曰　資治通鑑卷二四六唐紀六二繫此事於文宗開成三年。

〔三〕摛　齊之鸞本下註「缺」字。歷代小史本下亦缺一字。

〔四〕聱牙崛奇　齊之鸞本下註「缺」字。

237 文宗時〔一〕,工部尚書陳商立漢文帝廢喪議。又立左氏學議〔二〕,以「孔子修經,褒貶善惡,類例分明,法家流也。左丘明爲魯史,載述時政,懼善惡失墜〔三〕,以日繫月〔四〕,本非扶助聖言,緣飾經旨,蓋太史氏之流也。舉之春秋,則明白而有實;合之左氏,則叢雜而無徵。

杜元凱曾不思孔子所以爲經，當與詩、書、周易等列；丘明所以爲史，當與司馬遷、班固等列，二義不侔，乃參而貫之，故微旨有所未盡，婉章有所未一〔五〕。」其後吴郡陸龜蒙亦引啖助、趙匡爲證，正與商議同〔六〕。

本條原出北夢瑣言卷一駁杜預。說郛（陶珽刊本）弓四九大中遺事亦有此文，唯後有葆光子之言，可證此爲孫光憲之文而誤入者。

〔一〕文宗　原書作「大中」。按舊唐書卷十八下宣宗本紀：「（大中）九年春正月辛巳，銀青光禄大夫、祕書監、許昌縣開國男陳商卒，贈工部尚書。」則是下句所言乃用後日追贈官銜。

〔二〕左氏學議　原書作「春秋左傳學議」。

〔三〕懼善惡失墜　原書上有「惜忠賢之泯滅」一句。

〔四〕以日繫月　原書下有「修其職官」一句。

〔五〕婉章有所未一　原書「婉」作「琬」，當據本書改。杜預春秋左氏傳序：「……三曰婉而成章。」原書句下有「文多不載」一句。

〔六〕正與商議同　原書下有葆光子（孫氏自號）贊同同寮王貞範駁杜預等言論。

238 進士李爲作淚賦及輕、薄、暗、小四賦，李賀作樂府，多屬意花草蜂蝶之間，二子竟不遠大。世言文字可以見分命之優劣。

本條原出因話録卷三商部下。紺珠集卷五因話録題作屬意蜂蝶。類説卷十四因話録題作作淚賦。唐詩紀事卷三三裴度亦載。

239 上元瓦官寺僧守亮〔一〕，通周易，性若狂易〔二〕。李衞公鎮浙西，以南朝舊寺多名僧，求知易者，因帖下諸寺，令擇送至府。瓦官寺衆白守亮曰〔三〕：「大夫取解易僧，汝常時好說易，可往否？」守亮請行。衆戒曰：「大夫英俊嚴重，非造次可至，汝當慎之〔四〕。」守亮既至，衞公初見〔五〕，未之敬。及與言論，分條析理，出没幽賾，公凡欲質疑，亮已演其意。公大驚，不覺前席〔六〕。命於甘露寺設館舍〔七〕，自於府中設講席〔八〕，命從事已下，皆橫經聽之，逾年方畢。既而請再講。講將半，亟請歸甘露。既至命浴。浴畢，整巾屨〔九〕，遣白公云：「大期今至〔一〇〕，不及回辭。」言訖而終。公聞驚異，明日率賓客至寺致祭。適有南海使送西國異香，公於龕前焚之，其煙如弦，穿屋而上，觀者悲敬。公自草祭文，謂舉世之官爵俸祿，皆加於亮，亮盡受之，可以無愧。

本條原出金華子卷下。

〔一〕瓦官寺　原書上有「古」字。

〔二〕通周易性若狂易　齊之鸞本、歷代小史本無「若」。原書作「學行無所聞，而好言周易中象象」。

〔三〕瓦官寺衆白守亮曰　原書作「瓦官綱首見亮，因戲謂之曰」。

〔四〕衆戒曰……汝當慎之　原書無此四句。

〔五〕衛公初見　原書作「贊皇初見，儀容村野」。

〔六〕亮已演其意公大驚不覺前席　原書作「亮乃敷衍，出人意表」。自此以下皆佚去。

〔七〕館　聚珍本作「官」，今從齊之鸞本、歷代小史本改。

〔八〕設　齊之鸞本、歷代小史本作「陳」。

〔九〕屨　齊之鸞本、歷代小史本作「縷」。當據本書改。

〔一〇〕期　齊之鸞本、歷代小史本作「限」。

240 李德裕鎮浙西〔一〕。有劉三復者，少貧苦，有才學。時中使齎詔書賜德裕，德裕謂曰〔二〕：「子爲我草表，能立構否〔三〕？」三復曰：「文貴中，不貴速得。」德裕以爲然。三復又請曰：「中外皆傳公文〔四〕，請得以文集觀之。」德裕出數軸，三復乃體而爲表，德裕尤喜之。遣詣京師，果登第〔五〕。其子鄴，後爲丞相，上表雪德裕冤，歸櫬洛中。

本條原出北夢瑣言卷一劉三復記三生事。

〔一〕李德裕鎮浙西　原書上有「唐大和中」一句。

〔二〕德裕謂曰　原書作「德裕試其所爲，謂曰」。

〔三〕構　齊之鸞本、歷代小史本作「搆」，原書作「就」，下有註曰：「一作『搆』。」

〔四〕中外皆傳公文　原書作「漁歌樵唱，皆傳公述作」。

〔五〕果登第　原書下有句曰「歷任臺閣」。其下叙劉三復記三生事，本書略去。

241 段郎中成式，博學文章，著書甚多〔一〕。守廬陵，嘗遊山寺，讀一碑，二字不過，曰：「此碑無用於世矣。成式讀之不過，更何用乎？」客有以此二字遍問人，果無知者。連典江南數郡，皆有名山：九江匡廬、縉雲爛柯、廬陵麻姑〔二〕。前進士許棠寄詩云：「十年三領郡〔三〕，領郡管仙山〔四〕。」廬陵時，爲人妄訴，逾年方辨，乃退居于襄陽〔五〕。温博士庭筠亦謫隨縣尉，節度使徐太師留在幕府〔六〕，與成式尤相善。嘗送墨一挺與庭筠，往復致謝，搜故事者凡幾函〔七〕。成式子安節，娶庭筠女。安節仕至吏部郎中、沂王傅。善音律，著樂府新録傳於世〔八〕。

本條原出金華子卷上。

〔一〕著書甚多　原書下有「酉陽雜俎最傳於世」一句。

〔二〕廬陵麻姑　原書下有「皆有吟咏」一句。

〔三〕十年三領郡　原書誤作「十三年」，當據本書改。

〔四〕領郡　原書作「郡郡」。

〔五〕襄陽　原書作「峴山」。

〔六〕節度使徐太師留在幕府　原書作「廉帥徐太師商留爲從事」。

〔七〕幾函　原書作「九函」，下有「在禁集中」一句。

〔八〕著樂府新録傳於世　原書作「著樂府行於世」。周廣業註：「今名樂府雜録。」

242 令狐綯自吳興除司勳郎中〔一〕，入禁林。一夕寓直，中使宣召，行百步，至便殿，上遣內人秉燭候之，引於御榻前賜坐。問：「卿從江外來，彼中甿庶安否？廉察郡守字人求瘼之道如何〔二〕？朕常思四海之大，九州之廣，雖明君不能自理，常須賢佐，邇來朝廷皆未覩其忠藎。」綯降階俯伏，曰：「聖意如此，微臣便合得罪。」上曰：「卿方爲翰林學士，所職者朕之誥命，向來之言，本不相及。」以玉杯酌酒賜綯。有小案置御牀上〔三〕，有書兩卷，謂綯曰：「朕聽政之暇，未嘗不觀書。此讀者，先朝所述金鏡，一卷則尚書禹謨。」復問曰：「卿曾讀金鏡否？」對曰：「文皇帝所著之書，有理國理身之要，披閱誦諷，不離於口。」上曰：「卿試舉其要。」綯跪於御前誦之，至「亂未嘗不任不肖，治未嘗不任忠賢。任忠賢，則享天下之福；任不肖，則受天下之禍。」上止之曰：「朕每讀至此，未嘗不三復後已。書又云：『任賢勿貳，去邪勿疑。』是則欲致昇平，當用此言爲首。」綯奏曰：「先臣每言金鏡可爲萬古格言〔四〕，自非聰明之姿，無以探其壼奧。」上曰：「曩者知卿材器，今日見卿詞學。」顧中使曰：「持燭送學士歸院。」當時近臣恩澤無比〔五〕。居歲餘，遂遷宰相。

永樂大典卷之一萬三千四百五十二士·金蓮燭送學士引唐語林亦載。與卷七917條合爲一條，本條在後。

本條原出劇談録卷上宣宗夜召翰林學士。

〔一〕吴興　原書下有「郡守」二字，當據補。新唐書卷一六六令狐綯傳言綯自湖州刺史「召爲考功郎中、知制誥」。

〔二〕字人　齊之鸞本、歷代小史本作「理人」。

〔三〕上　聚珍本無，今依齊之鸞本、歷代小史本補。原書亦有。

〔四〕先臣　原書作「先臣父」，指令狐楚。

〔五〕當時　原書作「咸以」。

243 宣宗因重陽，便殿大合樂，錫宴羣臣。有御製詩，其略曰：「款塞旋征騎，和戎委廟賢；傾心方倚注，叶力共安邊。」宰臣以下應制皆和。上曰：「宰相魏謩詩最佳〔一〕。」其聯云〔二〕：「四方無事去，宸豫杪秋來〔三〕；八水寒光動，千山霽色開。」上嘉賞久之，魏蹈舞謝。

本條原出抒情詩，太平廣記卷一九九題作唐宣宗。唐詩紀事卷五三魏謩亦載此文，唯不註出處。

〔一〕佳　齊之鸞本、歷代小史本作「出」。

〔二〕其聯云　全唐詩卷五六三載魏謩此詩，題爲和重陽錫宴御製詩。

〔三〕宸　齊之鸞本、歷代小史本誤作「神」。

244 宣宗嗜書，嘗構一殿，每退朝，必獨坐内觀書，或至夜中燭炧委〔一〕，禁中謂上爲「老儒生」。

本條原出大中遺事。紺珠集卷十大中遺事題作老儒生。本條與下條245原合爲一條，今依原書分列。

〔一〕委　紺珠集引文作「委積」，當據補。

245 大中十二年，以左諫議大夫鄭漳〔一〕、兵部郎中李鄴爲鄆王已下侍讀。時鄆王居十六宅，夔、昭已下五王居大明宮内院。數日，追制改充夔王已下侍讀，五日一入乾符門講讀。懿宗卽位，遂停〔二〕。

本條原出東觀奏記卷下。説郛（陶珽刊本）弓四三東觀奏記卷下亦載。本條與上條244原合爲一條，今依原書分列。

〔一〕以左諫議大夫鄭漳　小石山房叢書本東觀奏記作「始用左諫議大夫鄭漳」。作「鄭漳」者是。

〔二〕懿宗卽位遂停　原書作「鄆王卽位後，其事遂停」。聚珍本「停」下有「勳」字，今從齊之鸞本、歷代小史本删。

246 大中、咸通之後，每歲試禮部者千餘人，其間有名聲〔一〕，如：何植、李玫〔二〕、皇甫松、李孺犀、梁望、毛潯〔三〕、具麻〔四〕、來鵠、賈隨，以文章稱；温庭筠、鄭瀆、何涓、周鈐、宋耘、沈駕、周繁〔五〕，以詞翰顯；賈島、平曾、李淘〔六〕、劉得仁、喻坦之、張喬、劇燕、許琳、陳覺，以律詩傳；張維、皇甫川、郭鄩、劉庭輝〔七〕，以古風著。雖然，皆不中科。

本條原出劇談録卷下元相國謁李賀。貴池先哲遺書本附屬於正文之後，正文參看本書卷六851條。

〔一〕其間有名聲　原書作「其間章句有聞」。

〔二〕李玫　原書亦作「李玫」。新唐書卷五九藝文志三小説家類有李玫纂異記一卷，原註：「大中時人。」當卽此人。齊之鸞本、歷代小史本作「李玟」。又詩藪外編卷三唐上引劇談録此文，所叙人名全同原書，知語林所記多誤。

〔三〕毛潯　原書作「毛濤」。

〔四〕具麻　原書作「貝庥」。

〔五〕周繫　原書作「周繁」。

〔六〕李淘　原書作「李陶」。

〔七〕劉庭輝　原書作「劉延暉」。

247 陸翺爲詩有情思〔一〕，其閒居卽事云：「衰柳迷隋苑〔二〕，衡門噱暮鴉〔三〕。茅廚煙不動，書牖日空斜。悔下東山石〔四〕，貧於南阮家〔五〕。沈憂損神慮，萱草自開花。」宴趙氏北樓云：「殷勤趙公子，良夜竟相留。朗月生東海〔六〕，仙娥在北樓。酒闌珠露滴，歌迥石城秋。本爲愁人設，愁人到曉愁。」題鸚鵡、早鶯、柳絮、燕子，皆傳於時。登第累年，無辟召，一游東諸侯，得錢僅百萬，而卒於江南。長子希聲，好學多才藝，勤於讀史，非寢食未嘗釋卷，中朝子弟好讀史者無及。昭宗時爲相〔七〕。

本條原出金華子卷上。

〔一〕陸翺爲詩有情思　原書作「陸翺，字楚臣，進士擢第。詩不甚高，而才調宛麗，有子弟之標格。未成名時，甚貧素。」

〔二〕迷隋苑　原書作「欹閒苑」。

〔三〕衡門　原書作「白門」。

〔四〕悔下　原書作「老憶」。

〔五〕於　原書作「看」。

〔六〕朗　原書作「明」。

〔七〕昭宗時爲相　原書作「昭宗朝登庸，辭疾不就。出遊江外，獲全危難」。

248 李郢有詩名〔一〕，鄭尚書顥門生也。居杭州，不務進取，終案：此下原闕一字。下郎官〔二〕。初赴舉〔三〕，聞鄰女有容〔四〕，求娶之。遇有争娶者，女家無以爲辭，乃曰：「備錢百萬〔五〕，先至者許之。」兩家具錢，同日皆至。女家無以爲辭，復曰：「請各賦一詩，以爲優劣。」郢乃得之。登第回江南，駐蘇州，遇故人守湖州，邀同行〔六〕，郢辭以決意春歸，爲妻作生日，故人不放，與之胡琴、焦桐、方物等，令且寄歸代意。郢爲寄内詩曰：「謝家生日好風煙，柳暖花春二月天〔七〕。金鳳對翹雙翡翠，蜀琴新上七絲絃。鴛鴦交頸期千歲〔八〕，琴瑟諧和願百年〔九〕。應恨客程歸未得，緑窗紅淚冷涓涓。」兄子咸通初守杭州，郢至，宿虛白堂，云：「缺月斜明虛白堂，寒蛩唧唧樹蒼蒼。江風徹曙不得睡〔一〇〕，二十五聲秋點長。」

本條原出金華子卷下。紺珠集卷十金華子題作二十五聲秋點長，類說卷二五金華子題作李郢詩云，均僅引末二句。唐詩紀事卷五八李郢：「郢有詩云：『江風徹曙不成睡，二十五聲秋點長。』最爲警絶。劉光遠載於金華子。」「光遠」乃「崇遠」之誤。

〔一〕李郢有詩名　原書作「李郢詩調美麗，亦有子弟標格。」

〔二〕終□下郎官　原書作「終於員外郎」。本書中間之案語當是永樂大典編者或四庫全書館臣所加。齊之鸞本註一「缺」字，歷代小史本空一字。

〔三〕初赴舉　原書作「初，將赴舉。」

〔四〕容　原書作「容德」。

〔五〕百萬　原書作「一千緡」。

〔六〕遇故人守湖州邀同行　原書作「遇親知方作牧，邀同赴茶山」。

〔七〕花春　原書作「花香」。

〔八〕歲　原書作「載」。

〔九〕諧和　原書作「和諧」。

〔一〇〕不得睡　周廣業註曰：「紺珠集作『不成寐』。」

249 馬博士戴〔一〕，大中初爲太原李司空掌記〔二〕，以正直被斥，貶朗州龍陽尉。戴著書，自痛不得盡忠於故府，而動天下之議〔三〕。行道興詠，寄情哀楚，凡數十篇。其方城懷古云：「申胥枉向秦庭哭〔四〕，靳尚終貽楚國羞。」新春聞赦云：「道在猜讒息，仁深疾苦除。堯聰能下聽，湯網本來疏〔五〕。」

本條原出金華子。讀畫齋叢書本金華子卷下録至「而動天下之浮議」。唐詩紀事卷五四馬戴引金華子與本書此文略同，而缺「戴著書，自痛不得盡忠於故府，而動天下之議」三句。説郛（張宗祥輯明鈔本）卷十一金華子引文與此同，亦佚三句。能改齋漫録卷二事始中恩府一條引此，云出金華子雜編。永樂大典卷之一萬一千一府・恩府引金華子雜編，即此文。

〔一〕馬博士戴　原書上有「以恩地爲恩府，始於唐馬戴」二句。永樂大典引文亦有。

〔二〕太原李司空　岑仲勉唐方鎮年表正補：「大中四年王宰、李拭，五年拭及李業，六年業及盧鈞。……按：拭、業均無檢校司空明文，唯舊紀、傳，鈞當日是檢校司空，或金華子誤耶？」

〔三〕議　原書與永樂大典引文作「浮議」。

〔四〕枉　唐詩紀事、説郛引文作「任」。

〔五〕湯網本來疏　唐詩紀事引文無，當據本書補。

250 李字除果名、地名、人姓之外，更無有別訓義也。左傳「行李之往來」〔一〕，注〔二〕：「行李，使人也。」遠行結束〔三〕，謂之行李，而不悟是行使爾〔四〕。按舊文：使字作「岑」，傳寫之，誤作「李」焉。〔原註〕舊文「使」字，「山」下「人」，「人」下「子」〔五〕。

本條原出資暇集卷上行李。紺珠集卷十二、類説卷二九資暇集題作行李。能改齋漫録卷五辨誤内行李條亦引，且有辨析。説郛（陶珽刊本）弓十四資暇録題作行李，（張宗祥輯明鈔本）卷五八資暇集亦載。

〔一〕行李之往來　左傳僖公三十年文。

〔二〕注　原書作「杜不研窮意理，遂注云」。

〔三〕遠行結束　原書句首有「遂俾今見」四字，句下有「次第」二字。齊之鸞本、歷代小史本「遠」作「遂」字。

〔四〕爾　聚珍本無，今從齊之鸞本、歷代小史本補。原書亦有。

〔五〕原註舊文使字山下人人下子　聚珍本無，今從齊之鸞本、歷代小史本補。原書亦有。句首〔原註〕二字乃依全書體例添加。程大昌演繁露卷一行李引唐李涪曰：「使字，山下安人，人下安子，蓋古『使』字也。」亦即此文。然將作者李匡文誤記作李涪。

251 漢四皓，其一號角里。角音禄，今多以「覺」呼者，非也。魏子及孔氏祕記〔一〕、荀氏漢紀慮將來之誤〔二〕，直書「禄里」。按玉篇等字書皆云：「東方爲觮音，或作角；角亦音禄〔三〕。」魏子、祕記、漢紀不書「觮」而作「禄」者，以其字僻，又慮誤音故也。李匡乂云〔四〕：角里當東方〔五〕。何者？按陳留志稱京師亦號爲灞上儒生〔六〕，灞既在京師之東，則角里爲東方不疑矣〔七〕。以字書而言〔八〕，角，直宜作「觮」爾，然觮字亦音角〔九〕。音覺者，樂聲也，或亦通用「⿰月睪角」之「角」字〔一〇〕，是以今人多亂其音呼之。稍留心爲學者，則妄穿鑿云：音禄之「角」，與音覺之「角」，點畫有分別。又不知角、觮各有二音〔一一〕，字體皆同，而其義有異也。又禮記「君大夫鬊爪實于緑中〔一二〕」，鄭司農注云：「緑當爲角，聲之誤也。」既云聲誤，是鄭讀「角中」爲「禄中」。「禄」與「緑」是雙聲，若讀角爲覺，覺是齶際聲，緑是舌頭之聲〔一三〕。注復云：「角中，謂棺内四隅也。」據此則又似音禄之「角」與音覺之「角」義同〔一四〕。陸氏釋文、孔氏疏不能窮其聲義，亦但云：「緑當爲角。」漢之角里，禮之「緑中」，皆當作「禄」音〔一五〕。

永樂大典卷之一萬九千七百四十三睩·總叙引唐語林亦載。

本條原出資暇集卷上禄里。類説卷二九資暇集題作甪里。説郛（陶珽刊本）弓十四資暇録題作禄里。

〔一〕魏子及孔氏祕記　魏子三卷，後漢會稽人魏朗撰，見隋書卷三四經籍志三，屬子部儒家。孔氏祕記，當即孔至姓氏雜録一卷，見新唐書卷五八藝文志二。

〔二〕荀氏漢記　隋書卷三三經籍志二：「漢紀三十卷，魏祕書監荀悦撰。」

〔三〕按玉篇等字書皆云東方爲觮音或作角角亦音禄　原書作「案玉篇等字書皆云：『東方爲角，音觮。禄或作角，字亦音禄。』」當據之校正。齊之鸞本、歷代小史本此數句均作雙行小註。永樂大典亦作註文列入。

〔四〕李匡乂云　原書作「以愚所見」。永樂大典引文「乂」作「文」。

〔五〕里　原書誤作「是」。

〔六〕陳留志稱京師亦號爲濁上儒生　句有誤，疑「儒生」二字本置陳留志三字後。

〔七〕角里　原書誤作「角星」。

〔八〕以字書而言　聚珍本作「字書言」，今從齊之鸞本、歷代小史本補「以」、「而」二字。永樂大典引文亦有此二字。

〔九〕音　聚珍本作「作」，今從齊之鸞本、歷代小史本改。原書亦作「音」。

〔一〇〕髀　齊之鸞本、歷代小史本作「偶」。永樂大典引文作「隅」。

〔一一〕又　齊之鸞本、歷代小史本、永樂大典引文作「今人皆」。

〔一二〕君大夫鬠爪實于綠中　禮記喪服大記中文。禮記原文「鬠」作「鬊」。

〔一三〕綠是舌頭之聲　原書下有「何以破聲誤之說也」八字。

〔一四〕又似音禄之角與音覺之角義同　齊之鸞本、歷代小史本、永樂大典引文「似」作「以」。原書「同」作「略同」。

〔一五〕漢之角里禮之綠中皆當作禄音　原書作「何忽後學之甚？故愚自讀漢之『角里』、禮之『綠中』皆作『禄』音，亦豈敢正諸君子耶，然好學者試詳之。」齊之鸞本、歷代小史本「音」作「者」。

252　月令〔一〕，今人依陸德明說，云是呂氏春秋十二紀之首，後人刪合爲之，非也。蓋出於周書第七卷周月、時訓兩篇。蔡邕、玉篇云〔二〕：「周公作。」是呂紀自采於周書〔三〕，非戴禮取於呂紀，明矣。

本條原出資暇集卷上月令。說郛（陶珽刊本）弓十四資暇錄題作月令。

〔一〕月令　原書作「禮記之月令者」。

〔二〕玉篇　聚珍本無，今從齊之鸞本、歷代小史本補。原書亦有。

〔三〕自聚珍本無，今從齊之鸞本、歷代小史本補。原書亦有。

253 論語：「宰予晝寢〔一〕。」梁武帝讀爲「寢室」之「寢」〔二〕。晝，胡卦反〔三〕，言其繪畫寢室，故夫子嘆「朽木不可雕也，糞土之牆不可杇也〔四〕。」今人皆以爲韓文公所說，非也。

本條原出資暇集卷上晝寢。說郛（陶珽刊本）弓十四資暇錄題作晝寢。本條與下條254原合爲一條，今依原書分列。

〔一〕宰予晝寢　論語公冶長文。

〔二〕梁武帝讀爲寢室之寢　原書作「鄭司農云：『寢，臥息也。』梁武帝讀爲室之『寢』」。此處「室」上當據本書補一「寢」字。

〔三〕胡卦反　原書下有「且云當爲『畫』字」一句，當據補。

〔四〕糞土之牆不可杇也　原書「杇」作「圬」。論語原文作「杇」。又原書句下尚有「然則曲爲穿鑿也」一句。

254 又：「傷人乎，不問馬〔一〕。」今亦云韓文公讀「不」爲「否」〔二〕，言大德聖人，豈仁於人不仁於馬？故貴人，所以前問；賤畜〔三〕，所以後問。然「不」字上豈更要助詞〔四〕？其亦曲矣，況又未必韓公所說〔五〕。按陸氏釋文亦云「一讀至『不』字句絕〔六〕」，則知以「不」爲「否」〔七〕，其來尚矣。誠以「不」爲「否」，則宜至「乎」字句絕，「不」字自爲一句。何者？夫子問「傷人乎？」乃對曰：「否。」既不傷人，然後乃問馬，其文別爲一讀，豈不愈於陸云乎？

本條原出資暇集卷上問馬。說郛（陶珽刊本）弓十四資暇録題作問馬。本條與上條253原合爲一條，今依原書分列。

〔一〕傷人乎不問馬　論語鄉黨文。

〔二〕云　原書作「爲」。

〔三〕賤畜　聚珍本作「畜賤」，今從齊之鸞本改。原書亦作「賤畜」。

〔四〕然不字上豈更要助詞　原書作「然而『乎』字下豈更有助詞」。

〔五〕未必　原書作「非」。

〔六〕句絶　經典釋文卷二四作「絶句」。

〔七〕以　聚珍本作「其」，今從齊之鸞本改。原書亦作「以」。

255 稷下有諺曰〔一〕：「學識何如觀點書。」書之難，不唯句度義理，兼在知字之正音、借音。若某字以朱發平聲〔二〕，卽爲某字〔三〕；發上聲，變爲某字；去、入又改爲某字。轉平、上、去、入易耳，知合發、不發爲難。不可盡條舉之，今略指一隅。至如亡字、無字〔四〕、毋字，並是正「無」字，非借音也。今見點書每遇「亡有」字，必以朱發平聲，其遇「毋」字亦然〔五〕，是不知亡字、亾字、毋字、母字點畫各有區別。亡從一點、一畫、一乚〔六〕，〔原註〕〔七〕觀篆文當知矣。是以

「無」字正體作「亡」。「亾失」之「亾」中有「人」〔八〕，「毋有」字其畫盡通也，「父母」字中有兩點。〔原註〕劉伯莊音義云〔九〕：凡非父母字之「母」〔一〇〕，皆呼爲無字，是也。義見字書。其「无」「旡」二字，〔原註〕上「無」下「既」。今多混書，陸德明已有論矣。

本條原出資暇集卷上字辨。説郛（陶珽刊本）弓十四資暇録題作字辨。

〔一〕稷下有諺　齊之鸞本此四字作「李匡文」。原書「下」誤作「不」，當據本書改。

〔二〕朱　原書作「失」，當據本書改。

〔三〕某　原書作「其」，當據改。

〔四〕無字　聚珍本無，今從齊之鸞本補。原書亦有。

〔五〕毋字　原書作「毋有」。

〔六〕一乚　原書誤作「丅」，當據本書改。

〔七〕原註　此爲李匡文自註。原書作正文列入。下同。

〔八〕亾失之亾中有人　原書句首無「亾」，當據本書補。「中」上有「母」字，當據本書删。

〔九〕劉伯莊音義　新唐書卷五八藝文志二録劉伯莊漢書音義二十卷。

〔一〇〕字　聚珍本無，今從齊之鸞本補。原書亦有。

256 世人多謂李氏立意注文選，過爲迂繁，徒自騁學，且不解文意，遂相尚習五臣者，大誤也。所廣徵引，非李氏立意。蓋李氏不欲竊人之功，有舊注者，必逐每篇存之，仍題元注之人姓字〔一〕；或有迂闊乖謬，猶不削去之。苟舊注未備，或興新意，必於舊注中稱「臣善」以分別。既存元注，例皆引據，李氏續之，雅誼殷懃也。代傳數本李氏文選，有初注成者，有覆注成者，有三注、四注者，當初旋被傳寫之誤〔二〕。其絶筆之本，兼釋音訓義，注解甚多，匡乂家幸而有焉〔三〕。嘗將數本並校，不惟注之贍略有異，至於科段互相不同，無似余家之本該備也。因而比量五臣者，方悟所注直盡從李氏注中出，開元進表反非斥李氏，無乃欺心歟！且李氏未詳處，將欲下筆，宜明引憑證〔四〕；細而觀之，無非率爾。今聊各舉其一端。至如西都賦說獵云：「許少施巧〔五〕，秦成力折。」李云：「許少、秦成未詳。」五臣云：「古之捷人壯士〔六〕，搏格猛獸。」施巧、力折固是捷壯，文中自解矣，豈假更言？況不知二人所從出乎？又注「作我上都」云：「上都，西京也。」何太淺近忽易歟？必欲加李氏所未注，何不云「上都者，君上所居，人所都會」耶？況秦地厥田上上，居天下之上乎？又輕改前賢文旨。若李氏注云「某字或作某字」，便隨而改之；其有李氏解而自不曉〔七〕，輒復移易，今不能繁駁，亦略指其所改一字。曹植樂府云〔八〕：「寒鼈炙熊蹯。」李氏云：今之腊肉謂之「寒」，蓋韓國事饌尚此法；復引鹽鐵論「羊淹雞寒」、劉熙釋名「韓雞」爲證「寒與韓同」〔九〕。又李以上句云「膾鯉臇胎鰕」，因注云：「詩曰：『炰鼈膾鯉』〔一〇〕。」五臣兼見上句有「膾」，遂改「寒鼈」爲「炰鼈」，以就毛詩之句。又子建七啓云：「寒芳苓之巢龜〔一一〕，鱠西海之飛鱗。」五臣亦改「寒」爲

「搴」，注云：「搴，取也。」何以對下句之「鱠」耶？況此篇全說殺事之意〔一二〕，獨入此「搴」字，於理甚不安。上句既改「寒」爲「搴」，下句亦宜改「鱠」爲「取」，縱一聯稍通，亦與諸句不相承接。以此言之，明子建故用「寒」字，豈可改爲「炰」、「搴」耶？斯類篇篇有之，學者幸留意。仍知李氏絕筆之本〔一三〕，懸若日月焉。方之五臣，猶虎狗、鳳鷄耳。其改字，有「翩翻」對「恍惚」〔一四〕，則獨改「翩翻」爲「翩翩」，與下句不相收。又李氏舊本作「泉」及年代字〔一五〕，五臣貴有異同，改其字，卻犯國諱，豈惟矛盾也〔一六〕！

本條原出資暇集卷上非五臣。說郛（陶珽刊本）弓十四資暇錄題作非五臣。

〔一〕之人　齊之鸞本作「人之」，原書亦作「人之」。當據改。

〔二〕當初旋被傳寫之誤　原書作「當時旋被傳寫之」，當據改。

〔三〕匡乂　齊之鸞本作「匡文」。原書作「佘」。

〔四〕引　聚珍本作「有」，今從齊之鸞本改。原書亦作「引」。

〔五〕許　原書誤作「詩」，當從本書改。

〔六〕古　齊之鸞本作「昔」。原書亦作「昔」。

〔七〕解　原書作「不解」，當據本書删「不」字。

〔八〕曹植樂府　卽名都篇，見文選卷二七。

〔九〕韓雞　原書其上尚有「韓羊」一詞。

〔一〇〕詩曰炰鼈膾鯉　詩經小雅六月句。

〔一一〕寒芳苓之巢龜　原書「苓」作「蓮」，二字同。七啓見文選卷三四。

〔一二〕殺　原書作「修」，當據本書改。

〔一三〕仍　原書作「乃」，當據改。

〔一四〕有　原書作「至有」。

〔一五〕又李氏舊本作泉及年代字　原書作「又李氏依舊本，不避國朝廟諱，五臣易而避之，宜矣。其有李本本作『泉』及年代字」。

〔一六〕也　原書作「而已哉」。

257 衡山五峰，曰：紫蓋、雲密、祝融、天柱、石廩〔一〕。下人多文詞，至於樵夫，往往能言詩。嘗有廣州幕府夜聞舟中吟曰：「野鵲灘西一棹孤，月光遥接洞庭湖。堪憎迴鴈峰前過，望斷家山一字無。」問之，乃其所作也。

本條不知原出何書。

〔一〕石廩　齊之鸞本、歷代小史本作「廩成」。太平寰宇記卷一一四江南道十二潭州湘潭縣叙衡山曰：「石廩峰一如倉庾。有二户，一開一閉；閉者有鎖鑰之形。」知作「石廩」者是。

258 李華，字遐叔，以文學自名，與蕭穎士、賈幼幾爲友。華作賦云〔一〕：「星鎚電交於萬緒，霜鋸冰解於千尋。擁梯成山，攢杵爲林〔二〕。」潁士讀之，謂華曰：「可使孟堅瓦解，平子土崩矣。」幼幾曰「未若『天光流於紫庭，測景入於朱户。騰祥靈於黯靄〔三〕，映旭日之葱蘢。』」華曰：「某所自得，惟：『括萬象以爲尊，特巍巍於上京。分命徵般石之匠〔四〕，下荆、揚之材，操斧執斤者萬人，涉磧礫而登崔嵬。』不讓東、西二都也〔五〕。」時人以華不可居蕭、賈之間。

本條不知原出何書。

〔一〕華作賦　即含元殿賦，見文苑英華卷四七。

〔二〕星鎚電交於萬緒霜鋸冰解於千尋擁梯成山攢杵爲林　文苑英華引文「緒」作「堵」，「梯」作「材」，「爲」作「如」。

〔三〕測景入於朱户騰祥靈於黯靄　文苑英華引文「測」作「倒」，「靈」作「雲」，「於」作「之」，「黯」作「郁」。

〔四〕特巍巍於上京　分命徵般石之匠　文苑英華引文「於」作「乎」，「分」作「則」。

〔五〕不讓東西二都也　齊之鸞本、歷代小史本句首有「實」字。

259 鄭案〔一〕：此下原闕二字。云〔二〕：「張燕公文逸而學奧，蘇許公文似古〔三〕，學少簡而密。張有河朔刺史冉府君碑，序金城郡君云：『蕣華前落，藁瘞城隅。天使馬悲，啓滕公之室；〔四〕人看鶴舞，閉王母之墳〔五〕。』亦其比也。」公又云：「張巧于才，近世罕比。端午三殿侍宴詩云：『甘露垂天酒，芝盤捧御書。含丹同蝘蜓，灰骨慕蟾蜍。』上親解紫拂菻帶以賜焉。蘇嘗夢書壁云：『元老見逐，讒人孔多。既誅羣兇，方宣大化。』後十三年視草禁中，拜劉幽求左僕射制，上親授其意，及進本，上自益前四句，乃夢中之詞也。」又聞杜工部詩如爽鶻摩霄〔六〕，駿馬絶地。其八哀詩，詩人比之大謝擬魏太子鄴中八篇。杜曰：「公知其一，不知其二。吾詩曰：『汝陽讓帝子，眉宇真天人；虬髯似太宗，色映塞外春。』八篇中有此句不？」或曰：「『百川赴巨海，衆星拱北辰。』所謂世有其人。」杜曰：「使昭明再生，吾當出劉、曹、二謝上〔七〕。」杜善鄭廣文〔八〕，嘗以花卿及姜楚公畫鷹歌示鄭，鄭曰：「足下此詩可以療疾。」他日鄭妻病，杜曰：「爾但言『子章髑髏血模糊，手提擲還崔大夫』。如不瘥，卽云『觀者徒驚帖壁飛，畫師不是無心學』。未間，更有『太宗拳毛騧，郭家師子花〔九〕』。如又不瘥，雖和、扁不能爲也。」其自得如此。

本條疑出劉賓客嘉話録。今本劉賓客嘉話録佚去，唐蘭援本書此條入校輯本補遺，而自「又聞杜工部詩如爽鶻摩霄」下又分一條，下加按語曰：「此二條本爲一條，詳其文義，當亦出嘉話録。文中引『公又云』卽韋書通例。末云『其自得如此』，按張巡守睢陽條云：『其忠勇如此』，杜丞相鴻漸條云：『貴人多知人也如此』，苗給事條云：『其父子之情切如此』，貞元末太府卿韋渠牟條云：『名場險巇如此』，均與此相類，故定爲嘉話録佚文。」

〔一〕案　此案語當是永樂大典編者所加。

〔二〕鄭□□云　唐蘭曰：「首言『鄭□□云』，疑本作『劉禹錫云』，既脱『禹錫』兩字，又誤『劉』爲『鄭』耳。」

〔三〕蘇許公　卽蘇頲。

〔四〕天使馬悲啓滕公之室　事見西京雜記卷四。

〔五〕人看鶴舞閉王母之墳　齊之鸞本、歷代小史本作「人之金屋，見仙鳥之瑶筐。」案張説此文載文苑英華卷九二〇，題作唐河州刺史冉府君神道碑，「王母」作「玉女」；注曰「集作『王母』」。

〔六〕聞　唐蘭改「聞」爲「曰」，下有註曰：「『曰』本作『聞』，今以意改。」此説可供參考。

〔七〕上　齊之鸞本、歷代小史本作「矣」。

〔八〕鄭廣文　卽鄭虔。

〔九〕太宗拳毛騧郭家師子花　杜甫韋諷録事宅觀曹將軍畫馬圖歌中句，原文爲「昔日太宗拳毛騧，近時郭家獅子花。」

**260** 太宗嘗出行，有司請載副書以從〔一〕，帝曰：「不須。虞世南在，此行祕書也〔二〕。」

本條原出隋唐嘉話卷中、大唐新語卷八聰敏第十六。太平御覽卷六一二引國朝傳記亦載。太平廣記卷一六四國朝雜記、一九七國史異纂題作虞世南。紺珠集卷十、類説卷五四隋唐嘉話題作行祕書。説郛（陶珽刊本）弓三六隋唐嘉話亦載。説郛（張宗祥輯明鈔本）卷三八傳載、卷六七國史異纂均載。集註分類東坡先生詩卷三張競辰永康所居萬卷堂宋援引國朝雜事亦載。又本書此條與下條261原合爲一條，大唐新語亦合，今依隋唐嘉話分列。

〔一〕副　大唐新語無，當據各書補。

〔二〕行祕書　齊之鸞本、歷代小史本作「行祕監」。

261 虞公爲祕書監〔一〕，於省後堂集羣書可爲文章用者〔二〕，號爲北堂書鈔。後北堂猶存〔三〕，而書鈔盛行於世〔四〕。

本條原出隋唐嘉話卷中、大唐新語卷八聰敏第十六。太平御覽卷六〇一引國朝傳記亦載。太平廣記卷一六四國朝雜記題作虞世南。類説卷六傳記題作北堂書鈔。説郛（陶珽刊本）弓三六隋唐嘉話、（張宗祥輯明鈔本）卷六七國史異纂均載。劉賓客嘉話録亦有此文，唐蘭考爲誤入。又本書此條與上條260原合爲一條，大唐新語亦合，今依隋唐嘉話分列。

〔一〕書　聚珍本無，今從齊之鸞本、歷代小史本補入。

〔二〕羣書　隋唐嘉話下有「中事」二字，當據補。大唐新語此二字作「奥義」。

〔三〕後北堂　隋唐嘉話、大唐新語均作「今此堂」。

〔四〕書鈔　隋唐嘉話、大唐新語無「鈔」字。

262 褚遂良爲太宗哀册文，自朝還，馬誤入人家而不覺。

本條原出隋唐嘉話卷中。太平御覽卷五九六引國朝傳記亦載。類説卷五四隋唐嘉話題作太宗册文。説郛（陶珽刊本）弓三六隋唐嘉話亦載。

263 沈佺期以詩著名〔一〕。燕公張説嘗謂人曰〔二〕：「沈三兄詩，須還他第一〔三〕。」

本條原出隋唐嘉話卷下。太平御覽卷五八六引國朝雜記亦載。太平廣記卷二〇一國史異纂題作東方虬，乃因與原書叙東方虬事之文合，而該文又置於前之故。該文即本書卷五649條所從出者。紺珠集卷十隋唐嘉話題作沈三第一。類説卷五四隋唐嘉話題作沈三兄詩。海録碎事卷十九亦載。説郛（陶珽刊本）弓三六隋唐嘉話亦載。

〔一〕詩　原書作「工詩」。

〔二〕人　原書作「之」。

〔三〕須　原書作「直須」。

264 代有山東士大夫類例〔一〕，其非士族及假冒者，不見録，署云相州僧曇剛撰。後柳常侍沖亦明族姓〔二〕，中宗朝爲相州刺史，詢問耆舊，云：「自隋已來，不聞有僧名曇剛。」蓋懼見嫉於時〔三〕，隱其名氏云。

本條原出隋唐嘉話卷下、大唐新語卷九著述第十八。太平廣記卷一八四此條題作類例，云出國史補，誤。劉賓客嘉話録亦有此文，唐蘭考爲誤入。

〔一〕代有山東士大夫類例　隋唐嘉話、大唐新語句下均有「三卷」二字。太平廣記引文「代」作「世」。新唐書卷一九九儒學中柳沖傳載柳芳之言曰：「齊浮屠曇剛類例。」

〔二〕柳常侍沖　大唐新語作「左散騎常侍柳沖」。

〔三〕懼見　原書無，當據本書補。

265 近代言樂，衛道弼爲最，天下莫能以聲欺者〔一〕。曹紹夔與道弼爲樂令〔二〕，比監郊享御史有怒于紹夔〔三〕，欲以樂不和爲之罪，雜叩鐘磬，使闇別之〔四〕，無誤者，由是反嘆服其能。洛陽有僧〔五〕，房中磬子夜輒自鳴，僧以爲怪，懼而成疾，求術士，百方禁之，終不能已。曹紹夔素與僧善，適來問疾，僧遽以告〔六〕。俄頃，輕擊齋鐘，磬復作聲，紹夔笑曰：「明日盛設饌，余當爲除之。」僧雖不信其言，冀其或效，乃置饌以待。紹夔食訖，出懷中錯，鑢磬數處，其聲遂絶。僧苦問其所以，紹夔曰：「此磬與鐘律合，故擊彼應此。」僧大喜，其疾便愈。

本條原出隋唐嘉話卷下。太平廣記卷二〇三國史異纂題作衛道弼曹紹夔。說郛（陶珽刊本）弓三六隋唐嘉話亦載。「洛陽有僧」以下，劉賓客嘉話録亦載，唐蘭考爲隋唐嘉話遺文；齊之鸞本、歷代小史本則脱去此段文字，聚珍本不脱，而整條文字次於卷五 644 645 條之間，今從齊之鸞本、歷代小史本提前置此。

〔一〕近代言樂衛道弼爲最天下莫能以聲欺者　上十七字，原書誤綴于上一條後，今依太平廣記引文改。原書上一條卽本書卷五 645 條所從出之文。

〔二〕曹紹夔與道弼爲樂令　原書作「曹紹夔沈之弼皆爲太樂令」。「沈之弼」爲「與道弼」之誤，當據本書改。太平廣記引文不誤。本書當據原書補「太」字。

〔三〕比監郊享御史　原書作「享北郊，監享御史」。

〔四〕別　原書作「名」。

〔五〕洛陽有僧　自此以下，原書均佚，本書字句較完整，當據本書補入。

〔六〕遽　太平廣記引文、劉賓客嘉話録作「具」。

266 咸通中，進士皮日休進書兩通：其一，請以孟子爲學科〔一〕。有能通其義者，其科選同明經。其二，請以韓愈配饗太學〔二〕。有唐以來，一人而已，苟不得在二十一賢之數列，於典禮未爲備也。日休字逸少，後字襲美，襄陽竟陵人。少隱鹿門山，號醉吟先生。牓末及第〔三〕，禮部侍郎鄭愚以其貌不揚，戲之曰：「子之才學甚富，如一日何〔四〕？」皮對曰：「侍郎不可一日廢二日。」謂不以人廢言也。官至太常博士〔五〕。居蘇州，與陸龜蒙爲友。著文藪十卷、皮子三卷。黄巢時遇害。其子仕錢鏐〔六〕。

本條原出北夢瑣言卷二皮日休獻書。太平廣記卷四九九北夢瑣言題作皮日休。説郛（陶珽刊本）弓四六北夢瑣言亦載，引至「未爲備也」。

〔一〕請以孟子爲學科　原書句下節引皮氏之文，本書略去。

〔二〕請以韓愈配饗太學　原書句下節引皮氏之文，本書略去。

〔三〕末　原書作「未」，當據本書改。

〔四〕日　太平廣記引文同，下文亦作「日」。原書作「目」，下文亦作「日」。按日休雖貌陋，然未聞有一目之事，兹不取。而「一日」之説亦費解，姑存疑。

〔五〕太常　原書作「國子」。

〔六〕其子仕錢鏐　子卽皮光業。參看本書附録唐語林援據原書提要中之皮氏見聞録提要。

267 王維好佛，故字摩詰。性高致，得宋之問輞川別業，山水勝絶，清源寺是也〔一〕。維有詩名，然好取人句〔二〕。「行到水窮處〔三〕，坐看雲起時。」英華集中詩也〔四〕。「漠漠水田飛白鷺，陰陰夏木囀黄鸝。」李嘉祐詩也〔五〕。

本條原出國史補卷上王維取嘉句。太平廣記卷一九八國史補題作王維。紺珠集卷三國史補題作王維竊句。類説卷二六國史補題作王維竊人詩句。説郛（張宗祥輯明鈔本）卷七五國史補亦載。

〔一〕清源寺是也　原書句首有「今」字。

〔二〕句　原書作「文章佳句」。

〔三〕行到水窮處　太平廣記等書引文句首有「如」字，當據補。

〔四〕英華集　僧惠淨續古今詩苑英華集之簡稱。此書二十卷，見新唐書卷六十藝文志四總集類。

〔五〕李嘉祐詩　昭德先生郡齋讀書志卷四上王維集十卷提要曰：「李肇記維『漠漠水天飛白鷺，陰陰夏木囀黄鸝』之句，以爲竊李嘉祐者，今嘉祐之集無之，豈肇之厚誣乎！」葛立方韻語陽秋卷一：「『水田飛白鷺，夏木囀黄鸝』，李嘉祐詩也，王摩詰衍之爲七言，曰『漠漠水田飛白鷺，陰陰夏木囀黄鸝』，而興益遠。」

268 柳芳與韋述友善，俱爲史學〔一〕。述卒後，所著書未畢者，芳續之〔二〕。

本條原出國史補卷上柳芳續韋書。太平廣記卷二三五國史補題作柳芳。南部新書卷戊亦載此事。

〔一〕史學　原書作「史官」。太平廣記引文與南部新書均作「史學」。

〔二〕芳續之　原書作「多芳與續之成軸也」。新唐書卷一三二柳芳傳：「開元末，擢進士第，由永寧尉直史館。肅宗詔芳與韋述綴輯吳兢所次國史，會述死，芳緒成之。與高祖，訖乾元，凡百三十篇。」

269 李華作含元殿賦，蕭穎士見之，曰：「景福之上，靈光之下。」華著論言龜卜可廢，可謂深識之士。後以失節賊庭，故其文殷勤于四皓、元魯山，極筆於權著作〔一〕，蓋心所愧也。

本條原出國史補卷上李華含元賦。

〔一〕權著作　原書誤作「權者作」，當據本書改。新唐書卷一九四忠義權皋傳：「李季卿爲江淮黜陟使，列其高行，以著作郎召，不就。」李華撰著作郎贈祕書少監權君墓表，載全唐文卷三二一。新唐書卷二〇三文藝下李華傳：「華觸禍銜悔，及爲元德秀、權皋銘、四皓贊，稱道深婉，讀者憐其志。」

270 李翰文雖宏暢，而思甚苦澀。晚居陽翟，常從邑令皇甫曾求音樂。思涸則奏樂，神全則綴文〔一〕。

本條原出國史補卷上李翰借音樂。太平廣記卷一九八國史補題作李翰。說郛（陶珽刊本）弓四八唐國史補題作求音樂。

〔一〕神全則綴文　新唐書卷二〇三文藝下李翰傳叙此，作「神逸乃屬文」。

271 大曆已後，專學者，有蔡廣成周易，强蒙論語〔一〕，啖助〔二〕、趙匡、陸質春秋，施士丐毛詩，袁彝〔三〕、仲子陵、韋彤、裴茝講禮〔四〕，章庭珪、薛伯高、徐潤並通經。其餘地里則賈僕射〔五〕，兵賦則杜太保〔六〕，故事則蘇冕、蔣乂，歷算則董純〔七〕，天文則徐澤，氏族則林寶。

本條原出國史補卷下叙專門之學。

〔一〕强蒙　原書誤作「强象」，當據本書改。

〔二〕啖助　新唐書卷二百儒學下啖助傳：「助門人趙匡、陸質，其高第也。助卒，年四十七。質與其子異裒録助所爲春秋集註總例，請匡損益，質纂會之，號纂例。……大曆時，助、匡、質以春秋，施士丐以詩，仲子陵、袁彝、韋彤、韋茝以禮，蔡廣成以易，强蒙以論語，皆自名其學，而士丐、子陵最卓異。」

〔三〕袁彝　原書誤作「刁彝」，當據本書改。

〔四〕裴茝　聚珍本作「裴蒞」，今從齊之鸞本、歷代小史本改。原書亦作「裴茝」。

〔五〕賈僕射　即賈耽，舊唐書卷一三八、新唐書卷一六六有傳。

〔六〕杜太保　即杜佑，舊唐書卷一四七、新唐書卷一六六有傳。

〔七〕董純　原書作「董和」，句下原註曰：「名嫌，憲宗廟諱。」新唐書卷五九藝文志三天文類録董和通乾論十五卷，原註：「和，本名純，避憲宗名改。善曆算。裴胄爲荆南節度，館之，著是書云。」參看本書卷八 1032 條。

272 楚僧靈一〔一〕，律行高潔而能爲詩〔二〕。吴僧皎然，一名晝一〔三〕，工篇什，著詩評三卷。

及卒，德宗遺使取其遺文。中世文僧〔四〕，二人首出。

本條原出國史補卷下二文僧首出。

〔一〕靈一　原書佚「一」字，當據本書補。

〔二〕詩　原書作「文」。案靈一以詩著稱，唐才子傳卷三有傳。

〔三〕晝一　齊之鸞本、歷代小史本與原書均誤作「畫」。唐才子傳卷四皎然上人：「皎然，字清晝，吴興人。……一時名公，俱相友善，題曰『晝上人』是也。」新唐書卷六十藝文志四別集類録皎然詩集十卷，原註：「字清晝，姓謝，湖州人。靈運十世孫。居杼山。」本書「晝」下誤衍「一」字。

〔四〕中世　原書作「近世」。

273 韋應物立性高潔，鮮食寡欲，所居焚香掃地而坐〔一〕。其爲詩，馳驟建安已還，各得其風韻。

本條原出國史補卷下韋應物高潔。容齋隨筆卷二韋蘇州條引國史補亦載。集註分類東坡先生詩卷三南堂五首之五曹夢良引國史補亦載。

〔一〕所居　原書誤作「所坐」。曹夢良引文作「所在」，原文或爲「在」字。

274 李益詩名早著，有征人歌且行一篇〔一〕，好事者畫爲圖障。又有云：「回樂峰前沙似雪〔三〕，受降城外月如霜。不知何處吹蘆管，一夜征人盡望鄉。」天下亦唱爲歌曲。

説郛（陶珽刊本）弓四八唐語林文學亦載。

本條原出國史補卷下李益著詩名。

〔一〕征人歌且行　原書同。説郛本、齊之鸞本、歷代小史本作征人歌。舊唐書卷一三七李益傳：「每作一篇，爲教坊樂人以賂求取，唱爲供奉歌詞。其征人歌、早行篇，好事者畫爲屏障。」新唐書卷二百三文藝下李益傳亦曰：「至征人、早行等篇，天下皆施之圖繪。」當據之改正。

〔二〕回樂峰前沙似雪　説郛本、齊之鸞本、歷代小史本均誤作「回樂烽前沙雪」，而無下三句，此三句當係後人據原書補足。

275　沈既濟撰枕中記，韓愈撰毛穎傳，不下史篇〔一〕，良史才也〔二〕。

本條原出國史補卷下韓沈良史才。與下二條276 277原合爲一條，今依原書分列。

〔一〕不下史篇　原書作「其文尤高，不下史遷。」「篇」乃「遷」之誤。

〔二〕良史才也　原書句首有「二篇真」三字。

276　張登爲小賦〔一〕，氣宏而密，間不容髮，有織成隱起結綵蹙金之狀〔二〕。

本條原出國史補卷下張登善小賦。與上條275、下條277原合爲一條；又原書本條與下條277原合爲一條，然分二題，故知原書本亦分列；今依原書，參之標題，分列爲三條。

〔一〕爲 原書作「長於」。

〔二〕結綵 原書作「往往」。

277 中世有造謗辭而著者〔一〕，〔原註〕鷄眼、苗登二文。有傳蟻穴而稱者，〔原註〕李公佐南柯太守傳。有妓樂而工篇什者〔二〕，〔原註〕蜀妓薛濤。有家僮而善著章句者，〔原註〕郭氏奴，不記名〔三〕。皆事之異也〔四〕。

本條原出國史補卷下敍近代文妖。與上二條275 276原合爲一條，今依原書，參之標題，分列爲三條。

〔一〕中世 原書作「近代」。

〔二〕妓樂 原書作「樂妓」，當據改。

〔三〕不記名 本條〔原註〕中文字，除此處「不記名」三字外，原書均作正文列入。此等處似以本書所記近於本來面貌。

〔四〕事之異 原書作「文之妖」。

278 進士爲時所尚久矣，俊乂實在其中。由此者爲聞人〔一〕，争名常切〔二〕，爲俗亦弊。其都會謂之「舉場」；通稱謂之「秀才」；投刺謂之「鄉貢」；得第謂之「前輩」〔三〕；相推敬謂之「先輩」；俱捷謂之「同年」〔四〕；有司謂之「座主」；京兆考而升之〔五〕，謂之「等第」；外府不試而貢，謂之「拔解」〔六〕；各相保任〔七〕，謂之「合保」；羣居而試〔八〕，謂之「私試」；造請權要，謂之「關節」；激揚聲問，謂之「往還」〔九〕；既捷，列其姓名慈恩寺〔一〇〕，謂之「題名」；會醵爲樂於曲江亭，謂之「曲江宴」〔一一〕；籍而入選，謂之「春闈」〔一二〕；不捷而醉飽，謂之「打毷氉」；飛書造謗，謂之「無名子」；退而肄習，謂之「過夏」；執業以出，謂之「秋卷」〔一三〕；挾藏入試，謂之「書策」。此其大略。其風俗繫於先進〔一四〕，其制置存於有司。雖然，賢者得其大者，故位極人臣常十有二三，登顯列常有六七〔一五〕，而元魯山、張睢陽有焉〔一六〕，劉闢、元翛有焉〔一七〕。

本條原出國史補卷下叙進士科舉。太平廣記卷一七八國史補題作總叙進士科。唐摭言卷一叙進士下篇録引本條全文。又本書此條與下二條 279 280 原合爲一條，今依原書分列。

〔一〕由此者爲聞人　原書作「由此出者，終身爲聞人」。

〔二〕争名常切　原書句首有「故」字，當據補。

〔三〕前輩　原書作「前進士」。本書誤，當據改。

〔四〕俱捷謂之同年　太平廣記引文與唐摭言引文下有註曰：「近年及第，未過關試，皆稱『新及第進士』，所以韓中丞儀嘗有知聞近過關試，儀以一篇記之曰：『短行納了付三詮，休把新銜鬧必先。今日便稱前進士，好留春色與明年。』」太平廣記引文「銜」作「詩」。

〔五〕京兆考而升之　原書作「京兆府考而升者」。

〔六〕拔解　太平廣記引文與唐摭言引文下有註曰：「然拔解亦須預託人爲詞賦，非謂白薦。」

〔七〕各相保任　原書句首有「將試」二字。

〔八〕試　原書作「賦」，當據改。

〔九〕往還　原書作「還往」。

〔一〇〕慈恩寺　原書作「於慈恩寺塔」，當據改。齊之鸞本亦有「於」字。

〔一一〕曲江宴　原書作「曲江會」。太平廣記引文下有註曰：「曲江大會在關試後，亦謂之『關宴』。宴後同年各有所之，亦謂之爲『離會』可也。」唐摭言引文無「可也」二字。

〔一二〕春關　原書與唐摭言引文同。太平廣記引文誤作「春闈」。

〔一三〕秋卷　原書、太平廣記引文與唐摭言引文均作「夏課」，唐摭言引文下有註曰：「亦謂之『秋卷』。」

〔一四〕先進　原書作「先達」。

〔一五〕常　原書作「十」，當據改。

〔一六〕張睢陽　卽張巡。張巡於開元二十四年擢進士第，見登科記考卷八。原書誤作「張關陽」。

〔一七〕劉闢元脩　原書與唐摭言引文同，太平廣記引文作「劉闢、元修」。「闢」字誤。齊之鸞本「元脩」作「元循」。案元魯山、張睢陽指進士出身之賢者，劉闢、元脩乃進士出身之奸者。

279 自開元二十四年，考功員外郎李昂爲士子所訴〔一〕，天子以郎署權輕，移職禮部，始置貢院。天寶則有袁成用、劉長卿分爲棚頭〔二〕。是時常重東府西監〔三〕。至貞元八年〔四〕，李觀、歐陽詹以廣文登第〔五〕，自後乃羣奔於京兆矣。

本條原出國史補卷下禮部置貢院。與上條278、下條280原合爲一條，今依原書分列。

〔一〕考功員外郎李昂爲士子所詆　原書作「考功郎中李昂爲士子所輕詆」。案唐摭言卷一進士歸禮部敍此事，亦稱李昂爲「員外」。作「郎中」者誤。

〔二〕棚頭　原書作「朋頭」。唐摭言卷一兩監引國史補亦作「朋頭」。封氏聞見記卷三貢舉亦敍及「棚頭」之說。

〔三〕東府西監　原書同。唐摭言引文作「兩監」。齊之鸞本作「東府西兩監」。案：國史補原文當是「東西兩監」。

〔四〕至貞元八年　聚珍本無「至」字，據齊之鸞本補入。原書亦有「至」字。

〔五〕以廣文登第　原書作「猶以廣文生登第」。

280 貞元十二年，駙馬王士平與義陽公主不協，蔡南史、獨孤申叔播爲樂曲，號義陽子，有團雪、散雪之歌〔一〕。德宗怒，欲廢進士科〔二〕，後獨流南史而止〔三〕。

本條原出國史補卷下曲號義陽子。太平廣記卷一八〇國史補題作蔡南史。又本條與上二條278 279原合爲一條，今依原書分列。

〔一〕散雪　太平廣記引文同。原書作「散雲」。

〔二〕欲廢進士科　原書與太平廣記引文「進士科」作「科舉」。新唐書卷八三諸帝公主魏國憲穆公主傳言義陽公主恣横不法，德宗幽之禁中，錮駙馬王士平于第，後貶賀州司户參軍，「門下客蔡南史、獨孤申叔爲主作團雪、散雪辭狀離曠意。帝聞，怒，捕南史等逐之，幾廢進士科。」

〔三〕南史　太平廣記引文同。原書於「南史」下尚有「申叔」一名。

281 或有朝客譏宋濟曰：「近日白袍子何太紛紛？」濟曰：「蓋因緋袍子、紫袍子紛紛化使然也〔一〕。」

説郛（陶珽刊本）弓四八唐語林文學亦載。

本條原出國史補卷下宋濟答客嘲。太平廣記卷一八〇國史補題作宋濟。紺珠集卷三、類説卷二六國史補題作白袍子紛紛。古今合璧事類備要卷三七引國史補亦載。錦繡萬花谷後集卷十九引國史補亦載。唐摭言卷十海叙不遇亦叙此事。

〔一〕紫袍子紛紛化　聚珍本無「紫袍子」三字，今據説郛本、齊之鸞本補入。原書亦有。又説郛本、齊之鸞本無「化」字。

282 元和已後，文筆學奇於韓愈〔一〕，學澀於樊宗師〔二〕。歌行則學流蕩於張籍〔三〕，詩章則學矯激於孟郊〔四〕，學淺切於白居易，學淫靡於元稹，俱名「元和體」。大抵天寶之風尚黨，大曆之風尚浮，貞元之風尚蕩，元和之風尚怪也。

本條原出國史補卷下叙時文所尚。紺珠集卷三、白孔六帖卷八六引國史補題作文章風尚。類説卷二六國史補題作元和體。海録碎事卷十八、錦繡萬花谷後集卷十九引國史補亦載。

〔一〕文筆學奇於韓愈　原書作「爲文筆，則學奇詭於韓愈」。齊之鸞本、歷代小史本「文筆」作「文士」。

〔二〕澀　原書作「苦澀」。

〔三〕流蕩　齊之鸞本、歷代小史本作「放」。

〔四〕詩章　齊之鸞本、歷代小史本作「詩句」。

283 建中初，金吾將軍裴冀曰：「若禮部先時頒天下曰：某年試題取某經，某年試題取某史，至期果然，亦勸學之一術也。」

本條原出國史補卷下裴冀論試題。類説卷二六國史補題作先頒試題。錦繡萬花谷後集卷十九引國史補亦載。

284 熊執易通易〔一〕。建中四年，試易簡知險阻論〔二〕，執易端坐剖析，聲動場中，一舉而捷。

本條原出國史補卷下熊執易擅場。太平廣記卷一七九國史補題作熊執易。

〔一〕易　原書作「易理」，太平廣記引文作「易義」。

〔二〕試易簡知險阻論　太平廣記引文作「侍郎李紓試易簡知險阻論」。原書作「試易知險阻論」。

# 唐語林校證卷三

## 方正

285 狄梁公仁傑爲度支員外郎〔一〕，車駕將幸汾陽宮，仁傑奉使修供頓。并州長史李玄冲以道出妬女祠〔二〕，俗稱有盛衣服車馬過者，必致雷風，欲別開路。仁傑曰：「天子行幸，千乘萬騎，風伯清塵，雨師灑道，何妬女敢害而欲避之？」玄冲遂止，果無他變。上聞之，歎曰：「可謂真丈夫也。」後爲冬官侍郎，充江南安撫使。其風俗，歲時尚淫祀，廟凡一千七百餘所，仁傑並令焚之。有項羽廟〔三〕，吴人所憚。仁傑先檄書〔四〕，責其喪失江東八千子弟，而妄受牲牢之薦，然後焚之。

本條原出封氏聞見記卷九剛正。唐會要卷二七行幸亦載不避妒女祠事，繫於高宗調露元年九月七日。

〔一〕度支員外郎　原書同。唐會要作「度支郎中」。舊唐書卷八九、新唐書卷一一五狄仁傑傳叙此事，亦作「度支郎中」。

〔二〕李玄冲　唐會要、舊唐書、新唐書均作「李冲玄」。參看舊唐書卷六十宗室列傳，冲玄垂拱中官至冬官侍郎。

〔三〕有項羽廟　原書作「有項羽神，號爲楚王廟，祈禱至多。」

〔四〕檄書　原書上有「致」字，當據補。太平廣記卷三一五狄仁傑檄一條，略載其文，云出吳興掌故録。

286 陸少保，字元方，曾於東都賣一小宅〔一〕。家人將受直矣，買者求見，元方因告其人曰：「此宅子甚好，但無出水處耳。」買者聞之，遽辭不買。子姪以爲言，元方曰：「不爾，是欺之也〔二〕。」

類説卷三二語林題作此宅無出水處。

本條原出封氏聞見記卷九淳信。

〔一〕賣　原書作「置」，當據本書改。

〔二〕不爾，是欺之也　原書作「汝太奇，豈可爲錢而誑箇人？」

287 裴光庭累典名藩〔一〕，皆有異政。玄宗謂宰相曰：「裴光庭性惡惡，如扇驅蚊蚋焉。」

説郛（陶珽刊本）弓四八唐語林方正亦載。

本條原出開元天寶遺事卷下逐惡如驅蚊蚋。説郛（陶珽刊本）弓五二開元天寶遺事題作逐惡如驅蚊蚋。

〔一〕裴光庭　原書作「袁光庭」。

288 宋璟爲廣府都督，玄宗思之，使内臣楊思勗馳驛往追〔一〕。璟就路，竟不與思勗交一言。思勗以將軍貴倖殿中，訴于玄宗。上嗟歎良久，拜刑部尚書〔二〕。

本條原出封氏聞見記卷九端慤。

〔一〕內臣　原書作「內侍」。資治通鑑卷二一一唐紀二七玄宗開元四年十二月亦作「內侍」，胡三省註：「按舊書楊思勗傳，時爲內常侍、右監門衞將軍。內侍，內侍省官之長，內常侍則爲之貳者也。」

〔二〕拜刑部尚書　原書句首有「卽」字。資治通鑑作「益重璟」。

289 代宗惑釋氏業報輕重之說，政事多託於宰相〔一〕，而元載專權亂國，事以貨成。及常袞爲相，雖賄賂不行，而介僻自專，升降多失其人。或同列進擬稍繁，則謂之「䲋伯」〔二〕。於是京師語曰：「常分別，元好錢。賢者愚，愚者賢。」崔祐甫素公直，因於衆中言曰：「朝廷上下相蒙，善惡同致。清曹峻府，爲鼠輩養資，豈所以裨政耶！」由是爲持權者所忌〔三〕。建中初，祐甫執政，中外大悅。

本條原出杜陽雜編卷上。太平廣記卷二六〇杜陽雜編題作元載常袞。說郛（陶珽刊本）弓四六杜陽雜編卷上亦載。

〔一〕代宗惑釋氏業報輕重之說政事多託於宰相　原書作「上纂業之始，多以庶務託於鈞衡。」太平廣記引文作「唐代宗以庶務畢委宰相」。

〔二〕䲋伯　原書與太平廣記引文作「沓伯」。「䲋」、「沓」爲異體字。新唐書卷一五〇常袞傳曰：「懲元載敗，窒賣官之路，然一切以公議格之，非文詞者皆擯不用，故世謂之『䲋伯』，以其䲋䲋無賢不肖之辨云。」按「䲋伯」爲古稱，見顏氏家訓卷六書證。

〔三〕爲　原書作「益爲」。

290 郭尚父在河中，禁無故走馬，犯者死。南陽夫人乳母之子抵禁〔一〕，都虞候杖殺之〔二〕。諸子泣訴虞候縱横之狀，公叱而遣之。明日，對賓客歎息數四，以其事告客曰〔三〕：「不賞父之都虞候，而惜母之阿嬭兒，非奴才而何？」

本條原出因話録卷二商部。紺珠集卷五因話録題作不賞父之都虞侯而惜之阿乳兒。類説卷十四因話録題作汾陽諸子皆奴才。説郛（陶珽刊本）弓二三因話録題作不賞父之都虞侯而惜之阿乳兒。

〔一〕南陽夫人乳母之子抵禁　資治通鑑繫此事於卷二二四唐紀四十代宗大曆三年二月，胡三省註：「子儀妻封南陽夫人。」

〔二〕之　原書無，當據本書補。

〔三〕以其事告客曰　原書作「衆皆不曉，徐問之，王曰：『某之諸子，皆奴材也。』遂告以故曰」。

291 中書侍郎張鎬爲河南節度使，鎮陳留。後兼統江淮諸道，將圖進取。中官絡繹。鎬起自布衣，一二年登宰相，正身特立，不爲苟媚，閹宦去來，以常禮接之，由是爲閹豎所嫉，稱其無經略才。徵入，改爲荆府長史；未幾，又除洪府長史、江西觀察使〔一〕。

本條原出封氏聞見記卷九貞介。

〔一〕又除洪府長史江西觀察使　齊之鸞本、歷代小史本作「又除洪州長史，江南觀察。」舊唐書卷一一一張鎬傳：「遷洪州刺史、饒吉等七州都團練觀察等使，尋正授江南西道都團練觀察等使。」新唐書卷一三九張鎬傳作「遷洪州觀察使，……改江南西道觀察使。」

292 相里造爲禮部郎中。時宦官魚朝恩用事，稱詔集百僚有所評議，凌轢在位，宰相元載以下，唯唯而已；造抗言酬對，無降屈之色〔一〕，朝廷壯之。

本條原出封氏聞見記卷九蹇諤。

〔一〕無降屈之色　原書作「往復數四，略無降屈之色，朝恩不悅而去」。

293 崔祐甫爲中書舍人。時宰相常衮當國，祐甫每見執政問事〔一〕，未曾屈。舍人岑參掌誥〔二〕，屢稱疾不入宿直，人情雖憚而不敢發〔三〕。崔獨入見，以舍人移疾既多，有同離局，衮曰：「此子羸病日久，諸賢豈不能容之？」崔曰：「相公若知岑舍人抱疾，本不當遷授。今既居此，安可以疾辭王事乎？」衮默然無以奪也，由是心銜之。及德宗在諒闇中〔四〕，衮矯制除崔爲河南少尹〔五〕。上覺其事，遽追還之，拜中書侍郎平章事，而衮謫于嶺外。

本條原出封氏聞見記卷九抗直。

〔一〕問事　原書作「論事」。

〔二〕岑參　岑仲勉唐史餘瀋卷二唐無兩岑參曰：「近人繆鉞氏據杜確岑嘉州集序，謂袞爲相在大曆十二至十四年，上距嘉州之卒，已將十年，是也。然因此而認唐有兩岑參，余則以爲不然。……余是以謂聞見記之岑參，實高參其人也。」按：岑氏之説亦未必盡是，録之以供參考。

〔三〕人情雖憚而不敢發　聚珍本無「情」，據齊之鸞本、歷代小史本補。原書作「人情所憚，諸人雖咄咄有辭而不能發。」

〔四〕德宗　原書作「今上」。

〔五〕袞矯制除崔爲河南少尹　舊唐書卷一一九崔祐甫傳記常袞「請除爲潮州刺史。內議太重，改爲河南少尹。」新唐書卷一四二崔祐甫傳略同。原書誤作「河南尹」。

294 李惇爲淄青節度判官。其使尚衡〔一〕，弟頗干政，惇屢言之。衡曰：「兄弟孤遺相長，不忍失意。」惇曰：「君既愛之，當訓以道，何使其縱恣？」衡家又好禱。車輿出入，人吏苦之，惇又進諫，衡不能用。他日，衡對諸客有所問，惇曰：「惇前後獻愚直，大夫不用，今復何問？」衡曰〔二〕：「吾子好爲詆訐〔三〕。」惇曰：「忠言詆訐〔四〕。久居何益？請從此辭。」遂趨出。衡怒，不使追之〔五〕。

本條原出封氏聞見記卷九忠鯁。

〔一〕尚衡　齊之鸞本作「王衡」。原書亦作「王衡」。吳廷燮唐方鎮年表卷三「平盧」下乾元二年、上元元年節度使爲尚衡。

〔二〕曰　原書作「作色曰」。

〔三〕吾子　原書作「李十五」。

〔四〕忠言詆訐　原書作「忠言，大夫謂之詆訐」。

〔五〕不使追之　原書句下尚有「時人皆謂惇有古人風」一句。

295 裴操者〔一〕，延齡之子，應鴻辭舉。延齡于吏部候消息。時苗給事及杜黄門同時爲吏部知銓〔二〕，將出門，延齡接見，採偵二侍郎口氣。延齡乃念操賦頭曰：「是沖仙人。」黄門顧苗給事曰：「記有此否？」苗曰：「恰似無。」延齡仰頭大呼曰：「不得！不得！」敕下，果無名操者。劉禹錫曰：「當延齡用事之時，不預實難也。非杜黄門誰能拒之？」

本條疑出劉賓客嘉話録。今本劉賓客嘉話録佚去，唐蘭援本書此條入校輯本補遺。

〔一〕裴操　聚珍本作「裴藻」，今從齊之鸞本改。新唐書卷七一上宰相世系表一上亦作「裴操」。

〔二〕苗給事及杜黄門　苗給事卽苗粲，杜黄門卽杜黄裳。

296 韓太保皐爲御史中丞、京兆尹，常有所陳，必于紫宸殿對百寮而請，未嘗詣便殿。上謂之曰：「我與卿言，于此不盡，可來延英。」訪及大政，多所匡益。或謂皐曰〔一〕：「自乾元已來，羣臣啓事皆詣延英得盡，公何獨于外庭對衆官以陳之？無乃失于愼密乎？」公曰：「御史，天下之平也。摧剛植柔〔二〕，惟在于公，何故不當人知之〔三〕？奈何求請便殿，避人竊語，以私國家之法？且肅宗以苗晉卿年老艱步，故設延英〔四〕，後來得對者多私自希寵〔五〕，干求相位，奈何以此爲望哉？」

本條原出大唐傳載。太平廣記卷一八七傳載題作韓皐。

〔一〕或　原書作「親友咸」。太平廣記引文作「親友或」。

〔二〕植柔　原書與太平廣記引文作「直枉」，當據改。

〔三〕惟在于公何故不當人知之　原書作「惟在公，何在不可令人知之？」本書當據之於「當」下補一「令」字。

〔四〕肅宗以苗晉卿年老艱步故設延英　新唐書卷一四〇苗晉卿傳：「代宗立，復詔攝冢宰，固辭乃免。時年老蹇甚，乞間日入政事堂，帝優之，聽入閤不趨，爲御小延英召對。宰相對小延英，自晉卿始。」

〔五〕後來得對者多私自希寵　原書作「後來得詣便殿，多以私自售，希旨求寵。」

297 高平徐弘毅爲知彈侍御史〔一〕，創置一知班官，令自宣政門檢朝官之失儀者，到臺司舉而罰焉。有公卿大僚令問之曰〔二〕：「未到班行之中，何必拾人細事？」弘毅報曰：「爲我謝公卿。所以然〔三〕，不以惡其無禮于其君〔四〕。」案〔五〕：此下有脱文。

本條原出大唐傳載。

〔一〕知彈侍御史　原書無「知」字，當據本書補。
〔二〕令　齊之鸞本無。
〔三〕所以然　原書下有「者」，當據補。
〔四〕不以惡其無禮於其君　原書無「不」，當據刪。齊之鸞本作「不以□□惡其無禮于君」，本書與原書亦當據之刪下一「其」字。
〔五〕案　此案語當是永樂大典編者或四庫全書館臣所加。

298 代宗時久旱，京兆尹黎幹于朱雀門街造龍〔一〕，召城中巫覡舞雩〔二〕。幹與巫覡史起舞〔三〕，觀者駭笑。經月不雨，幹又請禱于文宣王〔四〕。上聞之曰：「丘之禱久矣〔五〕。」命毁土龍，罷祈雨，減膳節用，以聽天命。及是大霈〔六〕，百官入賀。

本條原出盧氏雜説。太平廣記卷二六〇盧氏雜説題作黎幹。
〔一〕龍　太平廣記引文作「土龍」。資治通鑑卷二二五唐紀四一代宗大曆九年敍此，曰：「京兆尹黎幹作土龍祈雨。」新唐書卷一四五黎幹傳繫於大曆八年。
〔二〕召　太平廣記引文作「悉召」。
〔三〕史　太平廣記引文作「更」，當據改。
〔四〕文宣王　太平廣記引文作「文宣王廟」。
〔五〕丘之禱久矣　借用論語述而中語。

〔六〕及是大霈　資治通鑑作「秋，七月，戊午，雨。」

299 李希烈跋扈蔡州。時盧杞爲相，奏顏魯公往宣諭，而謂顏曰：「十三丈此行自聖意〔一〕。」顏曰：「公之先忠烈公面上血〔二〕，是某舐之〔三〕。忍以垂死之年餌虎口？」杞聞之，跼焉。盧即是御史中丞奕之子。

本條原出大唐傳載。

〔一〕自　原書作「出自」。

〔二〕忠烈　新唐書卷一九一忠義上盧奕傳曰：「謚曰貞烈」。舊唐書卷一八七下忠義下盧奕傳同。作「忠烈」者誤。原書作「中丞」。

〔三〕是某　原書作「某親舌」。

300 裴澥爲陝府録事參軍。李汧公勉除長史〔一〕，充觀察。始至官，屬吏謁訖，令別召裴録事，與之語。公曰：「少頃有讌，便請隨判官同赴。」凡三召，不至。公怒，明日召澥，讓之曰：「久聞公名，故超禮分相召，何忽而不至？」澥曰：「『必也正名』〔二〕，『各司其局』〔三〕，古人所守，某敢忘之？中丞自有賓僚，某走吏也，安得同宴？」汧公曰：「吾過矣。」遂請入幕。澥之子充，太常寺太祝，年甚少。時京司書考官之清高者，例得上考。充之同輩皆上中考〔四〕，充訴于卿長，曰：「此舊例也。」充曰：「奉常職重地高，不同他寺。本設考課，爲獎勵，有勞則書，豈繫于官秩？若一以官上下爲優劣，則卿當上上考，少卿上中考〔五〕，丞中上考，主簿中考，協律下考，某等當受杖矣！」卿笑且慙，遂特書「上」。澥後累遷同州刺史，所在有能名。充至湖州刺史〔六〕。

本條原出因話録卷三商部下。

〔一〕長史　原書誤作「長使」，當據本書改。

〔二〕必也正名　見論語子路。

〔三〕各司其局　見禮記曲禮上。

〔四〕皆上中考　原書作「以例皆止中考」。

〔五〕上中　齊之鸞本、歷代小史本作「上下」。

〔六〕澥後累遷同州刺史所在有能名充至湖州刺史　原書此三句作雙行夾註。

301 張萬福以父祖力儒不達，因焚書，從軍遼東有功，累官至右散騎常侍致仕。萬福爲人慷慨，嫉險佞，雖妻子未嘗敢輒干。嘗徑造延英門，賀諫官陽城雪陸贄冤，時人稱之〔一〕。仕宦七十年，未嘗病一日。雖不識字，爲九郡，皆有惠愛。

本條不知原出何書。

〔一〕時人稱之　資治通鑑卷二三五唐紀五一德宗貞元十一年叙此，曰：「萬福，武人，年八十餘，自此名重天下。」此時張萬福之職銜爲金吾將軍。韓愈順宗實録四亦曰：「……於是金吾將軍張萬福聞諫官伏閤諫，趨往至延英門，大言賀曰：『朝廷有直臣，天下必太平矣！』」

302 順宗寢疾，韋執誼、王叔文等竊弄權柄。憲宗在東宮，執誼懼之，遂令給事中陸質侍讀，潛伺上意，因解之。及質發言，上曰〔一〕：「陛下令先生與寡人講讀，何得言他？」惶懼而出。

本條不知原出何書。

〔一〕上曰　舊唐書卷一八九下儒學傳、新唐書卷一六八陸質傳均載此事。舊唐書作「上果怒曰」，新唐書作「太子輒怒曰」。

303 李相國忠公〔一〕，貞元十九年爲饒州刺史。先是郡城已連失四牧〔二〕，故府廢者七稔，公洎任後，命啓鑰而居之。郡吏以有怪堅請，公曰：「神好正直〔三〕，守直則神避；妖不勝德，失德則妖興。居之在人。」

本條原出大唐傳載。

〔一〕李相國忠公　即李吉甫。吉甫謚曰忠懿。舊唐書卷一四八李吉甫傳：「……尋授郴州刺史，遷饒州。先是，州城以頻喪四牧，廢而不居，物怪變異，郡人信驗；吉甫至，發城門管鑰，剪荆榛而居之，後人乃安。」新唐書卷一四六李吉甫傳同。

〔二〕已連失四牧　原書作「之東四牧」，疑「之東」爲「已喪」之訛。

〔三〕好　原書作「實」。

304 李忠公之爲相也，政事堂有會食之牀。吏人相傳，移之則宰臣當罷。不遷者五十年。公曰：「朝夕論道之所，豈可使朽蠹之物穢而不除？俗言拘忌，何足聽也！以此獲免，余之願焉。敢徹而焚之〔一〕。」其下鏟去聚壤十四畚，議者稱焉。

本條原出大唐傳載。

〔一〕敢徹而焚之　原書作「命徹而焚」，則已非李氏之語。新唐書卷一四六李吉甫傳：「初，政事堂會食，有巨牀，相傳徙者宰相輒罷，不敢遷。吉甫笑曰：『世俗禁忌，何足疑邪！』徹而新之。」

305 裴先德垍在中書〔一〕。有故人，官亦不卑，自遠而至，垍給卹甚厚。從容款狎，乘間求京府判司，垍曰：「公誠佳士也，但此官與公不相當，不敢以故人之私，而隳朝庭綱紀。他日有瞎眼宰相憐公者，不妨卻得。」其執守如此〔二〕。

本條原出因話録卷五徵部。類説卷十四因話録題作瞎眼宰相。

〔一〕裴先德垍　原書同。類説引文作「裴光德垍」，當據改。徐松唐兩京城坊考卷四光德坊有太子賓客裴垍宅，作「先德」者誤。

〔三〕其執守如此　新唐書卷一六九裴垍傳曰：「垍器局峻整，持法度，雖宿貴前望造詣，不敢干以私。」舊唐書卷一四八裴垍傳同。

306 柳元公初拜京兆尹，將赴上〔一〕，有神策軍小將乘馬不避，公于市中杖殺之。及因入對，憲宗正色詰專殺之狀，公曰：「京兆尹，天下取則之地。臣初受陛下獎擢，軍中偏裨躍馬衝過，此乃輕陛下典法，不獨試臣〔二〕。臣知杖無禮之人，不知打神策軍將〔三〕。」上曰：「卿何不奏？」公曰：「臣只合決，不合奏。」曰：「既死，合是何人奏？」公曰：「在街中，本街使金吾將軍奏；若在坊內，則左右巡使奏。」上乃止。

本條原出因話録卷二商部。資治通鑑卷二三九唐紀五五憲宗元和十一年叙柳公綽杖殺神策小將事，考異引柳氏叙訓，記作穆宗時事；又引因話録此文，記作憲宗時事；司馬光下按語曰：「公綽，憲宗、穆宗朝俱嘗爲京兆尹。此事恐非穆宗所能爲，叙訓之誤也。今從因話録。」永樂大典卷之一萬八千二百八引續世説亦有類似之記載，今本見卷三方正。

〔一〕上　原書作「府上」。資治通鑑曰「公綽初赴府」，胡三省註：「赴京兆府，初治事也。」

〔二〕試臣　原書作「侮臣」。資治通鑑考異引文作「試臣」，新唐書卷一六三柳公綽傳亦作「試臣」。

〔三〕不知　原書無「知」，當據本書補。

307 柳公綽善張正甫〔一〕。柳之子仲郢嘗遇張于途，去蓋下馬而拜，張卻之，不從。他日，張言于公綽曰：「壽郎相逢〔二〕，其禮太過。」柳作色不應。久之，張去，柳謂客曰：「張尚書與公綽往還，欲使兒子於街市騎馬衝公綽耶〔三〕？」張聞，深謝之。壽郎，仲郢小字也〔四〕。公綽爲西川從事，嘗納一姬，同院知之，或徵其出妓者。公綽曰：「士有一妻一妾，以主中饋，備灑掃。公綽買妾，非妓也。」

本條原出因話録卷三商部下。類説卷十四因話録題作買妾非妓。

〔一〕張正甫　原書作「張尚書正甫」。

〔二〕壽郎　原書下有註曰：「則小僕射之小字也」。

〔三〕於　聚珍本無，今從齊之鸞本、歷代小史本補。

〔四〕壽郎仲郢小字也　原書無。實卽上〔二〕註，王讜將之移至此處，作正文列入。

308 張正甫爲河南尹，裴中令伐淮西〔一〕，置宴府西亭。裴公舉一人詞藝好解頭，張正色曰：「相公此行何爲也？何記得河南府解頭〔二〕？」中令有慚色。

本條原出幽閑鼓吹。太平廣記卷一八〇摭言題作張正甫，汪紹楹曰：「明鈔本作出幽閑鼓吹。」説郛（陶珽刊本）弓五二幽閑鼓吹亦載。

〔一〕伐　齊之鸞本、歷代小史本作「代」，原書亦作「代」。按裴度無代淮西節度使事，此處當以「伐」字爲是。

〔二〕何　聚珍本作「可」，今據齊之鸞本、歷代小史本改。「可」當是「何」之殘泐。原書作「争」。

309 韓愈病將卒，召羣僧曰：「吾不藥，今將病死矣。汝詳視吾手足支體，無誑人云『韓愈癩死』也。」

類說卷三二語林題作韓愈癩死。說郛（陶珽刊本）弓四八唐語林方正亦載。

本條不知原出何書。

310 文宗時，昭義軍節度使劉從諫襲父帥潞，少年明俊，自謂河朔近無倫比。及入朝〔一〕，公卿輻湊其門。廣納金帛于權倖，名譽甚著。求帶平章事，人多許之，而憚宰相李固言，欲觀其意。遇休假〔二〕，謁于私第，遂言其情。固言曰：「僕射先君以天平功書于簡册，及鎮上黨，近二十年，但聚斂貨財，雄壯軍旅，不發一卒戍邊，未嘗修朝覲之禮。及卽世後，僕射從三軍之情，擅領戎務，坐邀爵秩，朝廷以僕射先君勳績，不絕賞延。當領偏師，輸忠滄景，遂不行典憲，將何以上報國恩？既不能效田承嗣、張茂昭、王承元擕家赴闕，永保禄位，則請邊陲一鎮，拓境復疆，朝廷豈不以衮職命賞？區區求之，一何容易！」從諫矍然失色，再拜趨出。從諫厚結倖臣〔三〕，竟加同平章事。宰相餞于郵亭，李公曰：「相公少年，勉報國恩，幸保家，勿殃後嗣。」從諫以笏叩額下淚。至鎮，謂將校曰：「昨者朝覲，遍觀德望，唯李公峻直貞明，凜凜可懼，真社稷之臣也！」

本條原出補國史。資治通鑑卷二四四唐紀六十文宗太和七年春正月記劉從諫見朝廷事柄不一，心輕朝廷，考異引補國史此文，下按語曰：「固言此年未爲相，其説妄也。今從實録。」

〔一〕及入朝　聚珍本無，今從齊之鸞本、歷代小史本補入。

〔二〕假　聚珍本作「暇」，今從齊之鸞本、歷代小史本改。資治通鑑考異亦作「假」。

〔三〕從諫厚結倖臣　考異引文句首有「然」字。

311 唐尚書特，太和六年，尉渭南，爲京兆府試進士官。杜丞相悰時爲京兆尹，將託親知閒等第〔一〕，〔原註〕〔二〕時重十人内爲等第。召公從容，兼命茶酒。及語舉人〔三〕，則趨而下階，俯伏不對，杜公竟不敢言而止。是年上等内近三十餘人，數年内皆及第，無缺落者，前後莫比〔四〕。

本條原出因話録卷三商部下。

〔一〕將托親知間等第　原書同。齊之鸞本、歷代小史本作「將托以所親等第」。

〔二〕原註　此爲趙璘自註。

〔三〕及語　原書同。齊之鸞本、歷代小史本作「語及」。

〔四〕前後莫比　原書此下綴以雙行夾註：「時余偶在等第之選。」

312 崔慎由以元和元年登第，至開成，已入翰林。因寓直，忽中夜有内使宣召〔一〕，引入數重門。至一處，堂宇華敻，簾幕重蔽。見二中尉對燭而坐〔二〕，謂慎由曰：「上不豫已來已數日，兼自登極後聖政多虧，今奉太后中旨，有命學士草廢立令。」慎由大驚曰：「某有中外親族數千口，兄弟甥姪僅三百人，一旦聞此覆族之言，實不敢承命〔三〕！況聖上高明之德，覆于八荒，豈可輕議？」二中尉默然無以爲對。良久，啓後户，引慎由至一小殿，見文宗坐于殿上。二人趨階而數文宗過惡〔四〕，上惟俛首。又曰：「不爲此拗木枕錯失〔五〕，不合更在坐矣〔六〕。」仍戒慎由曰：「事泄，即汝也〔七〕。」于是二中尉自執炬送慎由出殿門，復令中使送至院。拗木枕者，俗談「強項」也〔八〕。慎由尋以疾出翰林，遂金縢其事，付其子垂休，遂切于勦絶宦官者由此〔九〕。

本條原出皮氏見聞録。資治通鑑卷二四五唐紀六一文宗太和九年十一月，考異引皮光業見聞録，即此文。司馬光曰：「新傳曰：『慎由記其事，藏箱枕間。將没，以授其子胤。故胤惡中官，終討除之。』按舊傳，崔慎由大中初始入朝爲右拾遺、員外郎，知制誥，文宗時未爲翰林學士。蓋崔胤欲重宦官之罪而誣之，新傳承皮録之誤也。」白孔六帖卷十四、古今合璧事類備要外集卷五一引皮光業見聞録、永樂大典卷之二千七百三十七崔・崔慎由引見聞録，亦即此文。

〔一〕忽中夜　考異、永樂大典引文作「二更以來」。

〔二〕二中尉對燭而坐　考異引文作「左右二廣燃蠟而坐」。此處及皮氏用典。左傳宣公十二年：「其君之戎，分爲二廣。」永樂大典引文「二廣」作「二瑠」。新唐書卷二〇七宦者上仇士良傳此二人作仇士良、魚弘志。

〔三〕寶　齊之鸞本、歷代小史本作「寧」。考異、永樂大典引文作「寧死」。

〔四〕趨階而數　考異、永樂大典引文作「徑登階而疏」。

〔五〕錯失　考異、永樂大典引文作「措大」。

〔六〕坐　考異、永樂大典引文上有「此」字。

〔七〕汝　考異、永樂大典引文作「此措大」。

〔八〕拗木枕者俗談强項也　考異、永樂大典引文作「街談以好拗爲『拗木枕』。」次於「不合更在此坐矣」下。

〔九〕遂切于勦絕宦官者由此　考異、永樂大典引文作「故胤切於勦除北司者由此也。誅北司後，胤方彰其事。」齊之鸞本「垂休」作「𦙍」，乃「胤」之異體字。

313 李相石在中書，京兆尹薛元賞謁石于私第。故事：百僚將至宰相宅，前騶不復呵。元賞下馬，石未之知，方在廳，若與人訴競者〔一〕。元賞問焉，云：「軍中軍將。」元賞排闥進，曰：「相公，朝廷大臣，天子所委注〔二〕。撫蠻夷，和陰陽，安百姓，叶衆心，無敢乖謬；升絀賢不肖，賞功罰罪，皆公之職。安有軍中一將而敢如此哉！夫貴賤失序，綱紀之紊，常必由之。苟朝廷如此，猶望相公整頓頹壞，豈有出自相公者！」卽疾趨而去，顧左右曰：「無禮軍將〔三〕，可擒于馬下橋祇候〔四〕。」元賞比至，則袒臂踞之矣〔五〕。中尉仇士良有威權，其輩已有訴之者，宦官連聲傳士良命曰：「中尉奉屈大尹。」元賞不答，即命杖殺之。士良大怒。元賞乃白衣請見士良，士良出曰：「敢必杖殺軍中大將，可乎〔六〕？」元賞即具言無禮狀，且曰〔七〕：「宰相，大臣也；中尉，大臣也。彼既可無禮于此，此獨不可以無禮于彼乎〔八〕？國家之法，中尉所宜保守，一旦壞之可惜。某已白衫〔九〕，惟中尉命。」士良以其理直〔一〇〕，命左右取酒飲之而罷。

本條原出玉泉筆端。傳世各本均佚，永樂大典卷之一萬八千二百八將・杖殺軍將引此，云出玉泉子聞見録。又本條與下條 314 原合爲一條，今依原書分列。

〔一〕訴競　永樂大典引文作「訟競」。

〔二〕委注　永樂大典引文作「委任」。

〔三〕軍將　齊之鸞本、歷代小史本作「將軍」。

〔四〕馬下橋　資治通鑑卷二四五唐紀六一文宗太和九年亦敍此事，作「下馬橋」，胡三省註：「閣本大明宮圖，下馬橋在建福門北。」當據之改正。

〔五〕臂　永樂大典引文作「脅」。

〔六〕敢必杖殺軍中大將可乎　永樂大典引文作「憨措大！軍中大將，可杖殺乎？」

〔七〕曰　聚珍本無，今從齊之鸞本、歷代小史本補。

〔八〕彼既可無禮于此，此獨不可以無禮于彼乎　永樂大典引文作「彼豈可以無禮于彼乎？」齊之鸞本、歷代小史本下句無「獨不」二字，均不可通，當據本書校正。

〔九〕已　永樂大典引文作「已衣」。

〔一〇〕士良以其理直　永樂大典引文作「士良以既殺其將，無可奈何。」

314 李石從子庾，少擢進士第，石之力也。累拜監察御史，分司東都〔一〕。崔相鉉鎮淮南，到洛累日不拜塋，庾封其節，將奏之〔二〕，時人稱焉。

本條不知原出何書。與上條 313 原合爲一條，今依原書分列。

〔一〕累拜監察御史分司東都　聚珍本下句作「在東都」。齊之鸞本、歷代小史本作「拜監察，分司東都。」今據之校正。

〔二〕將奏之　齊之鸞本、歷代小史本上有「且」字。

315 武宗數幸教坊作樂，優倡雜進。酒酣，作技諧謔，如民間宴席，上甚悅。諫官奏疏，乃不復出，遂召優倡入，敕內人習之。宦者請令揚州選擇妓女，詔揚州監軍取解酒令妓女十人進入〔一〕。監軍得詔，詣節度使杜悰，請同于管內選擇。悰曰：「監軍自承旨。悰不奉詔書，不可擅預椒房事。」監軍怒，奏之，宦者請並下悰〔二〕，上曰：「不可。藩方取妓女入宮掖，非禹、湯所爲，斯極細事，豈宜詔大臣。杜悰累朝舊德，深得大體，真宰相也！」及悰入相，中謝，上曰：「昨詔淮南監軍選擇酒令妓女，欲因行幸，舉酒爲歡樂耳。音聲使奏，偶然下命。朕德化未被，而色荒外聞，賴卿不徇苟且；不然，天下將獻納取悦，朕何由得知？報卿忠讜，命卿作相，内懷自賀，如得魏徵〔三〕。」

本條不知原出何書。

〔一〕十人　資治通鑑卷二四七唐紀六三武宗會昌四年敍此，作「十七人」。新唐書卷一六六杜悰傳敍此，亦作「十七人」。

〔二〕下　齊之鸞本作「治」。

〔三〕如得魏徵　資治通鑑作「如得一魏徵矣！」胡三省註：「武宗之期望杜悰者如此，然悰在相位，其所論諫，史無稱焉。」

316　懿安郭太后既崩，禮院檢討王皥請祔景陵〔一〕，配饗憲宗廟，宣宗大怒。宰相白敏中召皥詰其事。皥曰：「郭太后是憲宗元妃〔二〕，汾陽王孫，迨事順宗爲婦〔三〕。憲宗崩〔四〕，事出曖昧；母天下五朝〔五〕，不可以疑似之事，黜合配之禮。」敏中怒甚，皥聲色益壯。宰相將會食，周墀立敏中廳門以候〔六〕，敏中語墀〔七〕：「正爲一書生惱亂，但乞先之。」墀就敏中問其事〔八〕，皥益不屈。墀以手加皥額，賞其正直。翌日，皥貶句容縣令，墀亦免相。大中十三年秋八月，上崩，令狐綯爲山陵禮儀使，奏皞爲判官。皞又論懿安合配享憲宗〔九〕，始升祔焉。

本條原出東觀奏記卷上。説郛（陶珽刊本）弓四三東觀奏記卷上亦載。資治通鑑卷二四八唐紀六四宣宗大中二年錄此，考異中嘗節引原書文字。

〔一〕禮院檢討王皞請祔景陵　新唐書卷七七后妃下懿安郭太后傳叙此，作「太常官王皞請后合葬景陵，以主祔憲宗室。」

〔二〕元妃　原書上有「春宮時」三字。

〔三〕婦　原書作「新婦」，當據改。

〔四〕崩　原書作「厭代之夜」。

〔五〕母天下五朝　資治通鑑胡三省註：「五朝，穆、敬、文、武、宣。」

〔六〕候　原書作「俟同食」。

〔七〕語　原書作「傳語」。

〔八〕敏中　原書作「中廳」。

〔九〕又論　原書作「又拜章論」。

317 韋澳爲京兆尹，豪右斂手。鄭光，宣宗舅，莊租不納，澳繫其主者，期以五日，不足，必抵法。太后爲言之。上延英問澳，曰〔一〕：「今日納租足，放否？」澳曰：「尚在限內，來日卽不得矣！」澳既出〔二〕，上連召之，曰：「國舅莊租今日納足，放主者否？」澳曰：「必放。」上白太后曰：「韋澳不可犯，且與送錢納卻。」頃刻而租足〔三〕。案〔四〕：此事已見政事門，文有異同，今並存之。

本條原出東觀奏記卷中。說郛（陶珽刊本）弓四三東觀奏記卷中亦載。資治通鑑卷二四九唐紀六五宣宗大中十年五月考異引原書此文畢，末云：「今從柳玭續貞陵遺事。」蓋司馬光不取此文入正文。

〔一〕上延英問澳曰　原書作「上延英問澳，澳具奏本末。上曰」。考異引文首句「上」下有「於」字。

〔二〕澳既出　原書下有「半廷」二字。

〔三〕而租足　稗海本東觀奏記作「而放」。小石山房叢書本作「而租足」。藕香零拾本作「租足而放」。考異引文作「而租入」。

〔四〕案　此案語爲四庫全書館臣所加。實則卷二政事門 146 條出續貞陵遺事，與此不同。下案語者尚不明就裏。

318 李景讓、夏侯孜立朝有風采〔一〕。景讓爲御史大夫，視事之日，以侍御史孫玉汝、監察御史盧柏〔二〕、王覿不稱職，請移他官。孜爲右丞，以職方郎中裴誠〔三〕、虞部郎中韓瞻無聲績，詼諧取容，誠改太子中允，瞻爲鳳州刺史。

本條原出東觀奏記卷下。說郛（陶珽刊本）弓四三東觀奏記卷下亦載。

〔一〕立朝有風采　原書作「偘偘立朝，俱勵風操。」

〔二〕盧柏　小石山房叢書本東觀奏記作「盧捎」。藕香零拾本作「盧狷」。

〔三〕裴誠　稗海本東觀奏記作「裴誠」。下同。

319 李景讓爲御史大夫，宰相宅有看街樓，皆封泥之〔一〕，懼其劾奏也。然終以強毅爲衆所忌。故事〔二〕：除大夫百日内〔三〕，他人拜相，謂之「辱臺」。景讓未旬〔四〕，蔣相伸先拜，景讓除西川節度〔五〕。不踰年，致仕歸東都。

本條原出金華子卷上。紺珠集卷十金華子分爲兩條，題作泥樓、辱臺。類説卷二五金華子亦分兩條，題作泥看街樓，亞相辱臺。白孔六帖卷十引金華子泥樓部份。海録碎事卷十一下引金華子辱臺部份。説郛（張宗祥輯明鈔本）卷十一金華子雜編均引前一部份。又原書此條與卷四 603 條本是一條，此條乃中間一段。又此條與卷七 925 條多重文，可參看。

〔一〕封泥之　原書作「幛之」。

〔二〕故事　原書作「舊俗」。

〔三〕大夫　原書與類説引文作「亞相」。

〔四〕旬　原書作「十旬」。

〔五〕蔣相伸先拜景讓除西川節度　新唐書卷一七七李景讓傳：「爲大夫三月，蔣伸輔政。景讓名素出伸右，而宣宗擇宰相，盡書羣臣當選者，以名内器中，禱憲宗神御前射取之，而景讓名不得。世謂除大夫百日，有他官相者，謂之『辱臺』。景讓愧艴不能平，見宰相，自陳考深當代，即拜西川節度使。」

320 崔瑶知貢舉，以貴要自恃，不畏外議。牓出，率皆權豪子弟。其弟兄見之，輒曰：「勿觀察吾眼。」案〔一〕：此下有脱文。

本條不知原出何書。

〔一〕案　此案語當是永樂大典編者或四庫全書館臣所加。齊之鸞本註一「缺」字。

321 劉允章祖伯芻，父寬夫，皆有重名。允章少孤自立，以臧否爲己任。及掌貢舉，尤惡朋黨。初，進士有「十哲」之號〔一〕，皆通連中官，郭纁、羅虬〔二〕，皆其徒也。每歲，有司無不爲其干撓，根蔕牢固，堅不可破。都尉于琮方以恩澤主鹽鐵，爲纁極力，允章不應，纁竟不就試。比考帖，虬居其間，允章誦其詩，有「簾外桃花曬熟紅」〔三〕，不知「熟紅」何用？虬已具在去留中，對曰：「詩云：『關關雎鳩，在河之洲；窈窕淑女，君子好逑。』侍郎得不思之？」頃之唱落，衆莫不失色。及出牓，惑于浮説，予奪不能塞時望。允章自鄂渚分司東都，其制，中書舍人孔晦之辭〔四〕。弟紓爲諫官，乃允章門生，率同年送于坡下。紓猶欲前行，允章正色曰：「請違公不去。」故事：門生無答拜者，允章于是答拜〔五〕，同行皆愕然。

本條不知原出何書。

〔一〕十哲　唐摭言卷九芳林十哲，記得八人，其名曰：沈雲翔、林絢、鄭玘、劉業、唐珣、吳商叟、秦韜玉、郭薰。其後又云：「咸通中自雲翔輩凡十人，今所記者有八，皆交通中貴，號『芳林十哲』。芳林，門名，由此入内故也。」參看本書卷四553條。又唐才子傳卷九鄭谷敍「(谷)與許棠、任濤、張蠙、李栖遠、張喬、喻坦之、周繇、温憲、李昌符唱答往還，號『芳林十哲』。」而唐詩紀事卷七十任濤下云：「李建州頻主京兆解試，時濤與許棠、張喬、俞坦之、劇燕、吴宰、張蠙、周繇、鄭谷、李栖遠、温憲、李昌符，謂之『十哲』，是年試，俱以次得之。是歲，咸通末也。」同卷張喬下亦敍「十哲」，有註曰：「十哲而十二人。」諸説之多歧異，或以年代不同之故。

〔二〕郭纁羅虬　郭纁當即「郭薰」。羅虬，當是唐摭言中佚名之一人。

〔三〕曬　齊之鸞本、歷代小史本作「噭」。

〔四〕孔晦　齊之鸞本、歷代小史本作「孔悔」。

〔五〕答　齊之鸞本、歷代小史本作「不」。似以「答」字爲是。

322 懿宗迎佛骨，自鳳翔至内，禮儀盛于郊祀。中出一道，夾以連索，不得輒有犯者。車馬相接，締以組繡，緣路迎拜，數十里不絶。天子親幸安福樓，以錦綵成橋，骨至，即降樓禮訖，然後迎入禁中，置于安國寺。宰相以下，施財不可勝計。百姓競爲浮圖，以至失業。明年，懿宗崩，京兆尹薛逢毁之無遺〔一〕。

本條不知原出何書。

〔一〕薛逢　齊之鸞本、歷代小史本作「薛途」。

323 封侍郎知舉〔一〕，首訪能賦人。盧駢詣羅邵興云：「主司愛賦十九案〔二〕：此下有脫文。官。」羅曰：「主司安邑住，邵興居宣平，彼處愛賦，無由得知。」

本條不知原出何書。

〔一〕封侍郎　即封敖。參看徐松唐兩京城坊考卷三。

〔二〕案　此案語當是永樂大典編者或四庫全書館臣所加。齊之鸞本加註一「缺」字。

324 鄭少尹師薰知舉〔一〕，放牓日，畢令到宅謝恩〔二〕。至蕭相公知舉〔三〕，放牓日，並無人及門〔四〕，時論稱之〔五〕。主司放牓日，于貢院見門生，惟廣南鄭尚書及楊侍郎〔六〕。禮部故事：每年主司中場多作風采，鄭詹尹知舉第一〔七〕，李侍郎藩知舉落人極多，唯許下杜相公帖日〔八〕，每去一人，必吁嗟移時。

本條原出盧氏雜說。太平廣記卷一七八放榜引至「時論誚之」，云出盧氏雜記。下文疑爲外二段文字，今以無可佐證，仍歸爲一條。

〔一〕鄭少尹師薰　太平廣記作「鄭薰」。「尹」乃衍文。鄭薰後以太子少師致仕，見新唐書卷一七七鄭薰傳。

〔二〕畢令　太平廣記作「舍人畢諴」，當據改。

〔三〕蕭相公　太平廣記作蕭倣。倣於咸通末嘗拜相，見舊唐書卷一七二、新唐書卷一〇一本傳。

〔四〕人　太平廣記作「朱紫」。

〔五〕稱　太平廣記作「誚」，當據本書改。

〔六〕廣南鄭尚書及楊侍郎　當是鄭愚與楊涉。鄭愚爲廣州人，又除廣南節制，見北夢瑣言卷三鄭愚尚書錦半臂，即本書卷三 428 條。又此鄭尚書或指鄭從讜，參看舊唐書卷一五八鄭從讜傳。楊涉事蹟見舊唐書卷一七七本傳。

〔七〕鄭詹尹　即鄭顥。顥嘗官太子詹事。

〔八〕許下杜相公　即杜審權。審權嘗拜相，又嘗以本官兼許州刺史、忠武軍節度觀察等使，見舊唐書卷一七七杜審權傳。

325 太宗得鷂子俊異〔一〕，私自臂之，望見魏公，乃藏于懷。公知之，遂前白事〔二〕，因話自古帝王逸豫，微以爲諷〔三〕。上惜鷂子恐死，而又素嚴憚徵〔四〕，欲盡其言。徵語愈久〔五〕，鷂竟死懷中。

說郛（陶珽刊本）弓四八唐語林方正亦載。

本條原出隋唐嘉話卷上。說郛（陶珽刊本）弓三六隋唐嘉話亦載。能改齋漫録卷四辨誤内太宗鷂死懷中亦引此事，云出劉賓客嘉話録，則以宋代誤將二書相混之故。

〔一〕俊異　原書上有「絶」字。

〔二〕白　聚珍本作「曰」，今依說郛本唐語林改。原書亦作「白」。

〔三〕微　原書誤作「徽」，當據本書改。

〔四〕憚　原書作「敬」。

〔五〕徵語愈久　原書作「語徵不時盡」。資治通鑑卷一九三唐紀九太宗貞觀二年敍此，此句作「徵奏事固久不已」。

326 貞觀中，西域獻胡僧，呪術能生死人。太宗令于飛騎中選卒之壯勇者試之，如言而死，如言而蘇。帝以告宗正卿傅奕〔一〕，奕曰：「此邪法也。臣聞邪不干正，若使呪臣，必不能行。」帝召僧呪奕，奕對之，初無所覺。須臾，胡僧忽然自倒，若爲物所擊者〔二〕，更不復蘇。

本條原出隋唐嘉話卷中。太平廣記卷二八五國朝雜記題作胡僧。類説卷五四隋唐嘉話題作西域胡僧。説郛（陶珽刊本）弓三六隋唐嘉話亦載。劉賓客嘉話録亦有此文，唐蘭考爲誤入。

〔一〕宗正卿　原書作「太常卿」，太平廣記引文作「太常少卿」。資治通鑑卷一九五唐紀十一太宗貞觀十三年叙此，稱「太史令傅奕」。

〔二〕爲物　原書無「物」字，當據本書補。

327 王義方，時人比之稷、契。鄭公每云：「王生太直。」〔一〕高宗朝，李義府引爲御史。李以定册立武后勳，恃寵任勢，王惡而彈之，坐是見貶，坎坷以至于終。

本條原出隋唐嘉話卷中。説郛（陶珽刊本）弓三六隋唐嘉話亦載。

〔一〕鄭公每云王生太直　新唐書卷一一二王義方傳：「始，魏徵愛其材也，每恨太直，後卒以疾惡不容于時。」

328 徐大理有功，每見武后將殺人，必據法廷爭。嘗與武后反復，詞色愈厲，后大怒，令拽出斬之，猶回顧曰：「身雖死〔一〕，法終不可改。」至市，臨刑得免，除爲庶人〔二〕。如是再三，終不挫折。朝廷倚賴，至今猶憶之。其子預選，有司皆曰：「徐公之子，安可拘以常調乎？」

本條原出隋唐嘉話卷下。說郛（陶珽刊本）弓三六隋唐嘉話亦載。

〔一〕身雖死　原書句首有「臣」字，當據補。

〔二〕除　原書作「除名」，當據補。

329 狄内史仁傑，始爲江南安撫使，以周赧王、項羽〔一〕、吴夫槩王、春申君、趙佗、馬援、吴桓王等神廟七百餘所，有害于人，悉除之，惟夏禹、吴太伯、季札、伍子胥四廟存焉〔二〕。

案〔三〕：此事已見本門首條，文有詳略，今並存之。

本條原出隋唐嘉話卷下。說郛（陶珽刊本）弓三六隋唐嘉話亦載。

〔一〕項羽　原書作「楚王項羽」，其下尚有「吴王夫差、越王勾踐」二人。

〔二〕伍子胥　原書無「子」，當據本書補。資治通鑑卷二〇四唐紀二十則天后垂拱四年六月叙此，作「伍員」。

〔三〕案 此案語當是四庫全書館臣所加。二者文有詳略，乃所從出之原文不同使然，下案語者不明就裏，於唐語林之性質無所瞭解。

330 李日知爲大理丞〔一〕。武后方肆戮，胡元禮承旨〔二〕，欲陷人死刑，令日知改斷，再三不從。元禮使人謂李曰〔三〕：「胡元禮在，此人莫覓活。」李謂使者曰〔四〕：「日知在〔五〕，此人莫覓死。」竟免之。

本條原出隋唐嘉話卷下。類説卷五四隋唐嘉話題作覓死覓活。説郛（陶珽刊本）弓三六隋唐嘉話亦載。又大唐新語卷四持法第七亦載此事，説郛（陶珽刊本）弓四八大唐新語亦載。

〔一〕李日知爲大理丞 原書作「李侍中日知初爲大理丞」。齊之鸞本亦有「初」字。

〔二〕胡元禮 隋唐嘉話作「大卿胡元禮」，大唐新語作「少卿胡元禮」。新唐書卷一一六李日知傳叙此事，亦作「少卿胡元禮」。資治通鑑繫此事於卷二〇四唐紀二十則天后天授元年。

〔三〕元禮使人謂 原書作「元李使謂」，「李」乃誤字，當據本書改。

〔四〕謂 原書上有「起」字。

〔五〕日知在 原書作「日知諮卿：李日知在」。

331 高祖卽位，以舞胡安叱奴爲散騎侍郎〔一〕，禮部尚書李綱進諫曰：「臣按周禮：均工樂胥，不參士伍〔二〕。雖復才如子野，妙等師曠〔三〕，皆終身繼代，不改其業。故魏武帝欲使禰衡擊鼓，乃解朝衣，露體而擊之，問其故，對曰：『不敢以先王法服，爲伶人衣也。』雖齊高緯封曹妙達爲王〔四〕，安馬駒爲開府〔五〕，有國家者但爲殷鑒〔六〕。天下新定〔七〕，開太平之運，起義功臣，行賞未遍，高才碩學，猶滯草萊，而先令舞胡致位五品，鳴玉曳組，趨馳廊廟，固非創業規模，貽厥子孫之道。」高祖竟不能從。

本條原出大唐新語卷二極諫第三。唐會要卷三四論樂亦敍此事。

〔一〕高祖卽位，以舞胡安叱奴爲散騎侍郎　唐會要作「（武德元年）十月，拜舞人安叱奴爲散騎侍郎。」資治通鑑卷一八六唐紀二高祖武德元年敍此，作「上以舞胡安比奴爲散騎侍郎」。

〔二〕不參　原書作「不得參」。

〔三〕師曠　原書作「師襄」。資治通鑑與新唐書卷九九李綱傳亦作「師襄」。

〔四〕雖　唐會要同。原書作「惟」，資治通鑑敍此，亦作「唯」。

〔五〕安馬駒　原書作「安馬鉤」，當從本書改。

〔六〕但　原書作「俱」，當據改。

〔七〕天下新定　原書句首有「今」，當據補。

332 周興、來俊臣羅織衣冠，朝野懼慴。御史大夫李嗣真上疏諫曰：「臣聞曲逆之事漢祖，謀疎楚之君臣，乃用黃金七千斤〔一〕，行反間之術，項羽果疑臣下，陳平之計遂行。今告事紛紜，虛多實少，如當有凶慝，焉知不先謀疏陛下君臣〔二〕，後除國家良善？臣恐爲社稷之禍。伏乞陛下迴思遷慮，察臣狂瞽，然後退就鼎鑊，實無所恨。臣得歿爲忠鬼〔三〕，孰與存爲諂人？如羅織之徒，卽是疏間之漸，陳平反間，其遠乎哉！」遂爲俊臣所構，放于嶺表。俊臣死，徵還，途次桂陽而終。贈濟州刺史。中宗朝，追復本官。

本條原出大唐新語卷二極諫第三。

〔一〕七千斤　原書作「七十斤」。史記卷五六陳丞相世家載陳平云：「『大王誠能出捐數萬斤金，行反間，間其君臣，以疑其心，……破楚必矣。』漢王以爲然，乃出黃金四萬斤，與陳平，恣所爲，不問其出入。」

〔二〕如當有凶慝焉知不先謀疏陛下君臣　資治通鑑卷二〇四唐紀二十則天后天授二年正月敍此，作「恐有凶慝陰謀離間陛下君臣」。

〔三〕歿　聚珍本作「没」，今從齊之鸞本、歷代小史本改。原書亦作「歿」。

333 武三思得幸于中宮〔一〕，京兆人韋月將等不堪憤激，上書告白其事。中宗惑之，命斬月將，黃門侍郎宋璟執奏，請按而後刑。中宗愈怒，不及整衣履，岸巾出側門，迎謂璟曰：「朕以爲已斬矣〔二〕，何以緩之？」命促斬。璟曰：「人言宮中私于三思，陛下竟不問而斬月將〔三〕，臣恐有竊議。」固請按而後刑〔四〕。中宗大怒。璟曰：「請先斬臣。不然，終不奉詔。」

乃流月將于嶺南，尋使人殺之。

本條原出大唐新語卷二極諫第三。

〔一〕中宮　齊之鸞本作「中宗」，原書亦作「中宗」。資治通鑑卷二〇八唐紀二四中宗神龍二年四月叙此，曰：「處士韋月將上書告武三思潛通宮掖」。新唐書卷一二四宋璟傳亦曰：「韋月將告三思亂宮掖。」

〔二〕已斬　聚珍本無「已」字，今從齊之鸞本補。原書亦有「已」字。

〔三〕月將　聚珍本作「之」，今從齊之鸞本改。原書「斬」下無字。

〔四〕固　原書作「國故」。案：此處當用「固」，「國」乃形訛，「故」乃聲訛。

334 睿宗朝，太平公主用事。柳渾以斜封官復舊職〔一〕，上疏諫曰：「陛下即位之初，納姚、宋之計，咸黜斜封。今以斜封之人不忍棄，是先帝之意不可違〔二〕。若斜封之人不忍棄，是韋月將、燕欽融之流不可褒贈，李多祚、鄭克乂之徒不可清雪〔三〕。陛下何不能忍于此而忍于彼？使善惡不定，反覆相攻，致令君子之道消，小人之道長，爲正者銜冤，附僞者得志〔四〕，將何以止姦邪？將何以懲風俗耶？」睿宗遂從之，因而擢渾拜監察御史。〔原註〕〔五〕太平御覽曰：「柳渾拜監察御史〔六〕。臺中執法之地，動限儀矩，渾性放曠，不甚檢束，察長拘謹，忿其疏縱。渾不樂，乞外任，執政惜其才，特奏爲左補闕。」

本條原出大唐新語卷二極諫第三。

〔一〕柳渾以斜封官復舊職　柳渾乃柳澤之誤。舊唐書卷七七柳澤傳：「渙弟澤，景雲中爲右率府鎧曹參軍。先是姚元之、宋璟知政事，奏請停中宗朝斜封官數千員。及元之等出爲刺史，太平公主又特爲之言，有敕總令復舊職。澤上疏諫曰」，下即詳録疏文。新唐書卷一一二柳澤傳同。資治通鑑卷二一〇唐紀二六睿宗景雲二年二月亦叙此事。又新唐書卷八三諸帝公主中宗八女傳：「（安樂公主）與太平等七公主皆開府，而主府官屬尤濫，皆出屠販，納訾售官，降墨敕斜封授之，故號『斜封官』。」

〔二〕今以斜封之人不忍棄，是先帝之意不可違　齊之鸞本、歷代小史本上句下有「也」字。原書作「近日又命斜封，是斜封之人不忍棄也，先帝之意不可違也。」

〔三〕鄭克乂　原書作「鄭克義」。舊新唐書均作「鄭克乂」。

〔四〕附僞者得志　聚珍本無，今從齊之鸞本、歷代小史本補。

〔五〕原註　此註當是王讜所加。齊之鸞本、歷代小史本無。

〔六〕柳渾拜監察御史　此柳渾爲代宗、德宗時人，而柳澤乃睿宗、玄宗時人，大唐新語誤以柳澤爲柳渾，王氏沿其誤；又以中唐時之柳渾當初盛唐時之柳澤，謬甚。又註中文字，原出舊唐書卷一二五柳渾傳，王氏不引而用太平御覽，亦疏甚。

335 韋仁約彈右僕射褚遂良，出爲同州刺史，遂良復職，黜仁約爲清水令。或慰勉之，仁約對曰：「僕狂鄙之性，假以雄權，而觸物便發。丈夫當正色之地，必明目張膽然，不能碌碌爲保妻子也。」時武候將軍田仁會與侍御史張仁禕不協而誣奏之。高宗臨軒問仁禕，仁禕惶懼，應對失次。仁約歷階進曰：「臣與仁禕連曹，頗知事由。仁禕懦而不能自理。若仁會眩惑聖聽，致仁禕非常之罪，則臣事陛下不盡，臣之恨矣。請專對其狀。」詞辯縱橫，高宗深納之，乃釋仁禕。仁約在憲司，于王公卿相未嘗行拜禮。人或勸之，答曰：「鵰鶚鷹鸇，豈衆禽之偶？奈何設拜以卑之〔二〕！且耳目之官，固當獨立耳。」後爲左丞，奏曰：「陛下爲官擇人，無其人則闕。今不惜美錦，令臣製之，此陛下知臣之深矣。」振舉綱目，朝廷肅然。

本條原出大唐新語卷二剛正第四。

〔二〕卑之　原書作「狎之」。舊唐書卷八八韋思謙傳敘事與此多合，二字亦作「狎之」。思謙名仁約，以音類則天父諱，以字稱。

336 李義府恃恩放縱〔一〕，婦人淳于氏有容色，坐繫大理，乃託大理丞畢正義曲斷出之。或有告之者，詔劉仁軌鞫之。義府懼洩〔二〕，繫正義于獄〔三〕。侍御史王義方將彈之，告其母曰：「姦臣當路，懷祿而曠官，不忠；老母在堂，犯難以危身，不孝。進退惶惑，不知所從。」母曰：「吾聞王母殺身以成子之義〔四〕。汝若事君盡忠，立名千載，吾死不恨焉。」義方乃備法冠，橫玉階彈之。先叱義府令下，三叱乃出，然後跪宣彈文云云〔五〕。高宗以義方毀辱大臣，言辭不遜，貶萊州司户〔六〕。秩滿，于昌樂聚徒教授。母亡，遂不復仕進。總章二年卒。

撰筆海十卷。門人何彥先、員半千制師服三年，畢喪而去。

本條原出大唐新語卷二剛正第四。唐會要卷六一御史臺中彈劾亦載此事。

〔一〕李義府恃恩放縱　唐會要作「顯慶元年八月，中書侍郎李義府恃寵用事。」

〔二〕洩　原書作「謀洩」。

〔三〕繫　齊之鸞本作「下」。原書作「斃」。資治通鑑卷二百唐紀十六高宗顯慶元年八月叙此，作「逼正義自縊於獄中」。

〔四〕王母　原書作「王陵母」。陵母殺身事見漢書卷四十王陵傳。

〔五〕云云　聚珍本無，今從齊之鸞本補入。原書此處録義方彈文。

〔六〕萊州　聚珍本作「葉州」，今從齊之鸞本改。舊唐書卷一八七上、新唐書卷一一二王義方傳均作「萊州司戶參軍」。

337 李昭德在則天朝，時諛佞者必見擢用〔一〕。有人于洛水中獲白石，有數點赤，詣闕請進。宰臣詰之，其人曰：「此石赤心，所以進。」昭德叱之曰：「洛水石豈盡反耶？」左右皆失笑〔二〕。昭德建立東都羅城及尚書省洛水中橋，人不知役而功成就。除數凶人，獄遂罷〔三〕。以持正廷諍，爲皇甫文所構，案〔四〕：唐書李昭德傳，昭德爲丘愔鄧汪所構〔五〕，與此異。與來俊臣同日棄市。國人歡憾相半，哀昭德而快俊臣也。

本條原出大唐新語卷二剛正第四。謝肇淛五雜組卷四地部二：「張唐英謂姚璹乃與洛水進赤石者同等。楊用脩引唐語林：『武后時争獻祥瑞，洛濱居民，有得石而剖之，中赤者，獻於后，曰：「是石有赤心。」李日知曰：「此石有赤心，其餘豈皆謀反耶？」』唐英所引蓋此事。語林罕傳，人亦鮮知。余按此事載唐書李昭德傳中甚明，固非語林，亦非李日知事也。」勛初按：楊慎此處固是誤記，而謝氏亦未知此事原出大唐新語。

〔一〕見　聚珍本無，今從齊之鸞本補。原書亦有。

〔二〕失　聚珍本作「大」，今從齊之鸞本改。原書亦作「失」。

〔三〕獄　原書作「大獄」。

〔四〕案　此案語當是永樂大典編者或四庫全書館臣所加。

〔五〕鄧汪　舊唐書卷八七、新唐書卷一一七李昭德傳，此人爲果毅鄧注，「汪」字誤。

338　魏元忠以摧辱二張，反爲所構，云結少年爲耐久朋。則天大怒，下獄勘之，易之以張説爲證〔一〕。召大臣，令元忠與易之、説等定是非，説氣逼不應〔二〕。元忠懼，謂説曰：「張説與易之共羅織魏元忠耶〔三〕？」説叱曰：「魏元忠爲宰相，而有委巷『羅織』之言〔四〕，豈大臣所謂〔五〕！」則天又令説言元忠不軌狀，説曰：「臣不聞也。」易之遽曰：「張説與元忠同逆。」則天問其故，易之曰：「説往時謂元忠居伊、周之地，臣以伊尹放太甲，周公攝成王之位，此其狀也。」説奏曰：「易之、昌宗大無知！所言伊、周，徒聞其語耳，不知伊、周之本末〔六〕。元忠初加拜命，授紫綬，臣以郎官拜賀。元忠曰：『無尺寸之功，而居重任，不勝畏懼。』臣曰：『公當伊、周之任，何愧三品？』然伊、周歷代書爲忠臣，陛下遣臣不學伊、周，使臣將何所學？」說又曰：「易之以臣宗室，故託爲黨。然附易之，有台輔之望；附元忠，有族滅之勢。臣不敢面欺，亦懼元忠寃魂耳。」遂焚香爲誓。元忠免死，流放嶺南。

本條原出大唐新語卷二剛正第四。

〔一〕易之　聚珍本無，今從齊之鸞本補。原書亦有。

〔二〕說氣逼不應　原書「氣逼」上有「佯」字。資治通鑑卷二〇七唐紀二三則天后長安三年叙此，作「說未對」。

〔三〕共　聚珍本無，今從齊之鸞本補，原書亦有。

〔四〕委巷羅織之言　新唐書卷二〇九酷吏來俊臣傳：「俊臣乃引侯思止、王弘義、郭弘霸、李仁敬、康暐、衛遂忠等，陰嘯不逞百輩，使飛語誣衊公卿，上急變。每擿一事，千里同時輒發，契驗不差，時號爲『羅織』。」

〔五〕謂　聚珍本作「爲」，今從齊之鸞本改。原書亦作「謂」。

〔六〕不知伊周之本末　原書作「詎知伊、周爲臣之本末」。

339 張易之、昌宗貴寵用事，有潛相者言其當王〔一〕，險薄者多附會之。長安中〔二〕，右衛西街有牓云：「易之兄弟、長孫汲、裴安立等謀反。」宋璟時爲御史中丞，奏請窮理其狀。則天曰：「易之已有奏聞，不可加罪。」璟曰：「易之爲飛書所逼，窮而自陳。且謀反大逆，法無容免，請勒就臺勘當，以明國法。易之等久蒙驅使，分外承恩，臣言發禍從，即入鼎鑊，然義激於心，雖死不恨。」則天不悅。內史楊再思遽宣王命〔三〕，左拾遺李邕歷階而進，曰：「宋璟所爭，事爲國家社稷，望陛下可其所奏。」則天意始解〔四〕，乃傳命，令易之就獄推問〔五〕。斯須，特敕原之，仍遣易之、昌宗就璟辭謝。拒而不見，令使者謂之曰：「公事當公言之。私見卽私，法無私也〔六〕。」璟謂左右：「恨不先打豎子腦破，而令混亂國經，吾負此恨久矣！」時朝列呼易之、昌宗爲「五郎」、「六郎」〔七〕，鄭杲曰〔八〕：「公何稱易之爲卿？」璟曰：「鄭杲何庸之甚！若以官秩，正當卿號；若以親〔九〕，當爲『張五郎』、『六郎』矣。足下非張氏家僮，號五郎、六郎，何也？」杲大慚而退。

本條原出大唐新語卷二剛正第四。與下條 340 原合爲一條，今依原書分列。

〔一〕有潛　聚珍本無，今從齊之鸞本補。原書有「潛」字。

〔二〕長安中　原書作「長安末」。資治通鑑卷二〇七唐紀二三叙宋璟按二張事，繫於則天后長安四年十二月。

〔三〕遽宣王命　原書下有「令□□：『天顏咫尺，親奉德音，不煩宰臣擅宣王命。』」數句。

〔四〕始　原書作「若」。

〔五〕獄　原書作「臺」，當據改。

〔六〕私見卽私法無私也　原書作「私見卽法有私也」。

〔七〕時朝列呼易之昌宗爲五郎六郎　原書下有「璟獨以官呼之」一句。

〔八〕鄭杲　原書上有「天官侍郎」四字。資治通鑑卷二〇七唐紀二三則天后長安三年九月叙此，作鄭杲，考異曰：「新、舊傳皆作鄭善果。按善果乃是高祖時人，新、舊傳皆誤，當從御史臺記。」齊之鸞本作「鄭果」。

〔九〕親　原書作「親故」。

340 宋璟〔一〕。則天朝，以頻論得失，不能容〔二〕，而憚其公正，乃止敕璟往揚州推按〔三〕。奏曰：「臣以不才，叨居憲府，按州縣乃監察御史事耳，今非意差臣，不識其所謂，請不奉制。」無何，復令按幽州都督屈突仲翔。璟復奏曰：「御史中丞，非軍國大事不當出。且仲翔所犯贓污耳，今高品有侍御史，卑品有監察御史，今敕臣，恐陛下有危臣之意〔四〕，請不奉制。」月餘，優詔令副李嶠使蜀。嶠喜，召璟曰：「叨奉渥恩，與公同謝。」璟曰：「恩制示禮數，不以禮遣璟，璟不當行，謹不謝。」乃上言曰：「以臣副嶠，何也？恐乖朝廷故事，請不奉制。」易之等冀璟出使，當別以事誅之。既不果，伺璟家有婚禮〔五〕，將刺殺之。有密以告者，璟乘車舍于他所〔六〕，乃免。易之尋伏誅。

本條原出大唐新語卷二剛正第四。與上條339原是一條，今依原書分列。

〔一〕宋璟　聚珍本作「璟在」，今從齊之鸞本改。原書亦作「宋璟」。

〔二〕不能容　原書上有「內」，當據補。蓋此處乃言則天不能容，如依聚珍本，則當意爲宋璟不能容，與下句不相連矣。

〔三〕止　原書無。

〔四〕恐陛下有危臣之意　原書作「恐非陛下之意，當有危臣」，當據之校正。

〔五〕婚　聚珍本作「昏」，今從齊之鸞本改。原書亦作「婚」。

〔六〕車　原書作「事」。

341 宗楚客兄秦客潛勸則天革命，累遷內史，後以贓罪流于嶺南死。楚客無他材能，附會武三思，神龍中爲中書舍人。時西突厥阿史那與忠節不和〔一〕，安西都護郭元振奏請徙忠節於內地，楚客與弟晉卿及紀處訥等納忠節厚賂，請發兵以討西突厥，不納元振之奏。突厥大怒，舉兵入寇，甚爲邊患。監察御史崔琬劾楚客等〔二〕，中宗不從，遽令與琬和解。俄而韋氏敗，楚客等咸誅。

本條原出大唐新語卷二極諫第三。

〔一〕西突厥阿史那與忠節不和　原書無「與」字。案舊唐書卷九二宗楚客傳：「景龍中，西突厥娑葛與阿史那忠節不和，屢相侵擾，西陲不安。安西都護郭元振奏請徙忠節於內地，楚客與晉卿、處訥等各納忠節重賂，奏請發兵以討娑葛，不納元振所奏。」知原書記事不明，本書記事大誤。

〔二〕崔琬劾楚客等　原書下載劾奏之詞，本書略去。

342 文宗謂宰臣曰：「太宗得魏徵，採拾闕遺，弼成聖政；今我得魏謩，于疑似之間，必極臣諫。雖不敢望貞觀之政，庶幾處無過之地。」令授謩右補闕〔一〕，敕舍人善爲詞。又問謩曰：「卿家有何圖書？」謩曰：「家書悉無，惟有文貞公笏在。」文宗令進來。鄭覃在側，曰：「在人不在笏。」文宗曰：「卿渾未曉。但『甘棠』之義，非要笏也〔二〕。」

本條原出北夢瑣言卷一魏文貞公笏。說郛（陶珽刊本）弓四六北夢瑣言亦載。

〔一〕令　原書作「今」，當據本書改。

〔二〕但甘棠之義非要笏也　新唐書卷九七魏謩傳亦載此事，曰「覃不識朕意，此笏乃今甘棠」。

343 崔顥有美名，李邕常欲一見〔一〕。及顥至獻文，其首云：「十五嫁王昌。」邕叱起曰：「小子無禮！」遂不接。

本條原出國史補卷上崔顥見李邕。說郛（陶珽刊本）弓四八唐國史補題作獻文。類說卷三二語林題作小子無禮，内崔顥誤作崔璟。

〔一〕李邕常欲一見　原書無「常」字，句下尚有「開館待之」四字。新唐書卷二百三文藝下崔顥傳作「虛舍邀之」。

344 肅宗以王璵爲相，尚鬼神之事，分遣女巫遍禱山川。有巫者少年盛服，乘傳而行，中使隨之，所至誅求金帛，積載于後，與惡少十數輩横行州縣。至黃州，左震爲刺史，晨至驛門〔一〕，扃户不啓。震命壞鎖而入，曳巫斬階下，惡少皆死。籍其緡鉅萬，金寶堆積，悉列上曰：「臣已斬巫，請以所籍錢〔二〕，代臣貧民輸稅。其中使送上，臣請死。」朝廷慰奬之〔三〕。

本條原出國史補卷上左震斬巫事。

〔一〕晨至驛門　原書作「震至驛」，「震」當是「晨」之誤。舊唐書卷一三〇、新唐書卷一〇九王璵傳均作「刺史左震晨至」。

〔二〕所籍錢　原書作「所積資貨」。

〔三〕朝廷慰奬之　原書作「朝廷厚加慰奬，拜震商州刺史」。

345 李汧公勉罷嶺南節度，至石門停舟，悉搜家人犀象投水中〔一〕。

本條原出國史補卷上李勉投犀象。説郛（陶珽刊本）弓四八唐國史補題作投犀象。

〔一〕悉搜家人犀象投水中　舊唐書卷一三一李勉傳：「悉搜家人所貯南貨犀象諸物，投之江中。」新唐書卷一三一李勉傳：「盡搜家人所蓄犀珍投江中。」

346 德宗在東宮，雅好楊崖州字〔一〕。嘗令打李楷洛碑，釘壁以翫。及卽位，徵拜。炎有崖谷，言論持正，對見必爲之加敬，歲餘不倦〔二〕。及後以劉晏事，上不懌〔三〕，盧杞揣知上意，因傾之。

本條原出國史補卷上楊炎有崖谷。

〔一〕雅好楊崖州字　原書作「雅知楊崖州」。舊唐書卷一一八楊炎傳：「嘗爲李楷洛碑，辭甚工。」新唐書卷一四五楊炎傳：「德宗在東宮，雅知其名，又嘗得炎所爲李楷洛碑，置于壁，日諷玩之。」陳思寶刻叢編卷十引諸道石刻録：「唐贈司空李楷洛碑。唐楊炎撰，史惟則八分書，並篆額。大曆三年立。」

〔二〕不倦　原書作「頗倦」。「頗」字誤，當據本書改。

〔三〕及後以劉晏事上不懌　原書無此二句，當據本書補。

347 許孟容爲給事中，宦者有以權幸相誘者〔一〕，拒絶之。雖不大拜，亦不爲患。

本條原出國史補卷中孟容拒宦者。

〔一〕權幸　原書作「台座」。

348 韋相貫之爲右丞，僧廣宣造門曰〔一〕：「竊知閤下不久拜相。」貫之叱曰：「安得此言〔二〕！」命草奏，僧惶恐而出。

本條原出國史補卷中韋相叱廣宣。類説卷二六國史補題作叱僧。

〔一〕僧廣宣造門　原書作「僧廣宣贄門」，當據本書改。新唐書卷一六九韋貫之傳作「内僧造門」。

〔二〕此言　原書作「不軌之言」。

349 朝廷每降使新羅，其國必以金寶厚爲之贈〔一〕，唯李納判官一無所受〔二〕，深爲同輩所嫉。

本條原出國史補卷下李汭不受贈。

〔一〕厚爲之贈　齊之鸞本、歷代小史本作「厚贈」。

〔二〕李納　原書作「李汭」

## 雅量

350 狄梁公與婁師德同爲相，狄公排斥師德非一日。則天問狄公曰：「朕大用卿，卿知所自乎？」對曰：「臣以文章直道進身，非碌碌因人成事。」則天久之曰：「朕比不知卿，卿之遭遇，實師德之力。」因命左右取筐篋，得十許通薦表，以賜梁公。梁公閱之，恐懼引咎，則天不責。出於外曰：「吾不意爲婁公所涵，而婁公未嘗有矜色。」

本條不知原出何書。大唐新語卷七容恕第十四、唐會要卷五三雜録均叙此事，而文字不同，似非出此二書。資治通鑑卷二〇六唐紀二二則天后聖曆二年叙此，文同大唐新語與唐會要。

351 唐公臨性寬仁多恕。嘗欲弔喪〔一〕，令家僮歸取白衫，僮僕誤持餘衣，懼未敢進。臨察之〔二〕，謂曰：「今日氣逆，不宜哀泣，向取白衫且止之。」又令煑藥，不精，潛覺其故，又謂曰：「今日陰晦，不宜服藥，可棄之。」終不揚其過失。

本條原出大唐傳載。太平廣記卷四九三傳載題作唐臨。

〔一〕嘗　原書無。

〔二〕察之　原書作「祭」。

352 裴度在中書〔一〕，印忽亡失〔二〕。度命張筵，舉座不曉其故〔三〕。夜半宴酣，左右曰：「印復得。」度不答，極歡而罷。或問其故，度曰：「此蓋諸胥盜印書券耳。緩之則存，急之則投諸水火。」人服其臨事不撓。

本條原出玉泉子。太平廣記卷一七七玉泉子題作裴度。南部新書卷辛亦載此事。

〔一〕裴度　原書作「裴晉公」。

〔二〕印忽亡失　原書作「左右忽白以印失所在，聞之者莫不失色。」資治通鑑卷二四三唐紀五九敬宗寶曆二年二月丁未敘此，文曰：「度在中書，左右忽白失印，聞者失色。」

〔三〕度命張筵，舉座不曉其故　原書作「度即命張筵舉樂，人不曉其故。」

353 陽道州城未嘗有所蓄積，雖所服用不可闕者〔一〕，客稱某物可佳可愛，公輒喜授之〔二〕。

有陳萇者，候其始請月俸，常往稱其錢帛之美，月有獲焉。

本條原出大唐傳載。太平廣記卷一六五傳載題作陽城。南部新書卷丙亦載。

〔一〕雖　原書作「惟」。太平廣記引文作「唯」。

〔二〕授之　原書上有「舉而」二字。

354 韓臯爲京兆尹。時久旱祈雨，縣官讀祝文，專心記公家諱，及稱官銜畢，誤呼先相之名〔一〕，臯但慘然，因命重讀，亦不加責。在夏口，嘗病小瘡，令醫傅膏不濡，公問之，醫云：「天寒膏硬〔二〕。」公笑曰：「韓臯實是硬。」初臯自貶所量移錢塘，與李錡不協，後臯在鄂州，錡夢萬歲樓上掛冰，因自解曰：「冰者，寒也；樓者，高也。豈韓臯來代我乎？」意甚惡之。果移鎮浙右〔三〕。

本條原出因話録卷二商部。太平廣記卷二五〇因話録題作韓臯，引病小瘡事。類説卷十四因話録題作韓臯是硬。原書於此文前後尚有兩段文字，本書置於卷四，爲522條。

〔一〕先相　原書作先相公，指韓滉。

〔二〕膏　與「臯」同音，此處乃誤呼韓臯名諱。

〔三〕果移鎮浙右　原書作「其後公果移鎮浙右焉」。

355 文宗對翰林諸學士，因論前代文章，裴舍人素數稱陳拾遺名〔一〕，柳舍人璟目之〔二〕，裴不覺。上顧柳曰：「陳字伯玉，近亦多以字行〔三〕。」

本條原出因話録卷一宮部。類説卷十四因話録題作多呼陳伯玉。

〔一〕陳拾遺　卽陳子昂。子昂嘗官右拾遺，見舊唐書卷一九〇中、新唐書卷一〇七本傳。

〔二〕柳舍人璟目之　文宗名李昂，裴素數稱「陳子昂」，乃觸文宗名諱，故柳璟目之以示意。

〔三〕陳字伯玉近亦多以字行　原書作「他字伯玉，亦應呼陳伯玉。」

356 裴晉公爲門下侍郎，過吏部選人官，謂同過給事中曰：「吾徒僥倖至多；此輩優一資半級〔一〕，何足問也？」一皆注定，未曾退量〔二〕。公不信術數，不好服食。每語人曰：「鷄猪魚蒜，逢著則喫；生老病死，時至則行。」其弘達皆此類。

本條原出因話録卷二商部。太平廣記卷一七七因話録題作裴度。紺珠集卷五因話録題作晉公不服食。類説卷十一因話録題作時至則行。説郛（陶珽刊本）弖二三因話録題作晉公不服食。玉泉子亦有此文，或係誤入。

〔一〕此輩優一資半級　原書「優」下有「與」字。

〔二〕退　原書作「限」。

357 文宗將有事南郊。祀前，本司進相撲人，上曰：「方清齋〔一〕，豈合觀此事？」左右曰：「舊例也。已在外祗候。」上曰：「此應是要賞物，可向外相撲了。」卽與賞令去。又嘗觀鬬雞，優人稱歎大好雞，上曰：「雞好〔二〕，便賜汝。」

本條原出因話録卷一宫部。類説卷十四因話録題作鬬鷄相撲。

〔一〕方清齋　原書句首有「我」字。

〔二〕鷄好　原書作「鷄既好」。

358 文宗時人閤，郎官有竊窺者〔一〕。上覺之，班退，語宰相曰：「適省郎班内第某人，忽斜盼視朕，何也？」裴度對曰：「省郎卑微，安得如此！」欲與打著。上曰：「此小事，不打了。」

本條不知原出何書。

〔一〕竊　聚珍本作「誤」，今從齊之鸞本改。

359 靖安李少師宗閔，不以威重自處，好與賓客飲宴談笑〔一〕。善飲酒〔二〕。暑月臨池，以荷爲杯〔三〕，滿酌酒，密繫持近口，以筯刺之而飲，不盡再舉。既散，有人言「昨飲大歡也」，李曰：「今日言歡，明前日之不歡。自今好惡，一不得言。」

白孔六帖卷十五、古今合璧事類備要外集卷四四引語林均載。

本條原出因話録卷二商部。類説卷十四因話録題作荷杯。歲時廣記卷二因話録題作臨水宴。

〔一〕好　聚珍本無，今從齊之鸞本、歷代小史本補。

〔二〕善　齊之鸞本、歷代小史本作「喜」。

〔三〕荷　聚珍本作「荷花」，今從齊之鸞本、歷代小史本刪「花」字。原書亦無「花」字。

360 夏侯孜在舉場。有王生者，有時名〔一〕，遇孜下第，偕遊京西，鳳翔節度使館之〔二〕。從事有宴召焉〔三〕。酒酣，以骰子祝曰：「二秀才明年但得第〔四〕，當擲堂印。」王生自負，怒曰：「吾誠淺薄，與夏侯孜同年乎？」不悦而去。孜後及第，累官至宰相，王生竟無所聞。孜在河中〔五〕，王生之子不知有隙，偶獲孜與其父生平書疏數紙〔六〕，持以謁孜。孜問其所欲，一以予之，因召諸從事，語其事。

本條原出玉泉子。太平廣記卷一七七玉泉子題作夏侯孜。

〔一〕夏侯孜在舉場有王生者有時名　原書作「夏侯相孜與王生同在場屋。王生有時價，孜且不侔矣。」

〔二〕節度使　原書作「連帥」。

〔三〕從事有宴召焉　原書上有「一日」二字。

〔四〕二秀才明年但得第　原書作「二秀才若俱得登第」，「但」乃「俱」之形訛。

〔五〕河中　原書作「蒲津」。

〔六〕數紙　原書作「累十幅」。太平廣記引文作「十數幅」。

361 鄭公嘗拜掃還，白太宗：「人言陛下欲幸山南〔一〕，在外悉裝束〔二〕，而竟不行，何有此消息？」帝笑曰：「當時有心〔三〕，畏卿等嗔〔四〕，遂停耳。」

本條原出隋唐嘉話卷上、大唐新語卷九從善第十九。說郛（陶珽刊本）弓三六隋唐嘉話、弓四八大唐新語從善亦載。

〔一〕山南　隋唐嘉話、大唐新語作「南山」。資治通鑑卷一九三唐紀九太宗貞觀二年亦作「南山」。新唐書卷九七魏徵傳作「關南」。

〔二〕悉裝束　隋唐嘉話作「悉裝了」，大唐新語作「裝束悉了」。

〔三〕有心　隋唐嘉話、大唐新語作「實有此心」。

〔四〕等　隋唐嘉話、大唐新語均無。

362 盧尚書承慶，總章初考內外官。有督運〔一〕，遭風失米，盧考之曰：「監運損糧，考中下。」其人容自若〔二〕，無言而退。盧重其雅量，改注曰：「非力所及，考中中。」既無喜容〔三〕，亦無媿詞。又改曰：「寵辱不驚，考中上。」

本條原出隋唐嘉話卷中、大唐新語卷七容恕第十四。太平廣記卷一七六國史異纂題作盧承慶。說郛（陶珽刊本）弓三六隋唐嘉話、弓四八大唐新語容恕亦載。劉賓客嘉話録亦有此文，唐蘭考爲誤入。

〔一〕有　隋唐嘉話、大唐新語下有「一官」二字，當據補。

〔二〕容　隋唐嘉話、大唐新語作「容止」，當據之補「止」字。

〔三〕既無喜容　隋唐嘉話下有「亦無愧容」一句，當據本書刪。大唐新語亦無。

363 李昭德爲内史，婁師德爲納言，相隨入朝。婁體肥行緩，李屢顧待不即至，乃發怒曰：「叵耐殺人田舍漢！」婁聞之，徐笑曰：「師德不是田舍漢，更阿誰是？」師德弟爲岱州刺史〔一〕，將別，謂之曰：「吾以不才，位居宰相，汝今又拜州牧，叨據過分，人所疾也〔二〕，將何以全先人髮膚？」弟長跪曰：「自今唾某面上者〔三〕，亦不敢言，但拭之而已，以此自勉，庶不爲兄憂。」師德曰：「此適以爲我憂也〔四〕。夫前人唾者，發於怒也，汝今拭之，是惡前人唾而拭，是逆前人怒也。唾不拭而自乾，何若笑而受之？」當武后時，竟保其寵禄，率是道也。

本條原出隋唐嘉話卷下。太平廣記卷一七六國史異纂題作婁師德。説郛（陶珽刊本）弓三六隋唐嘉話亦載。獨異志卷中（太平廣記卷四九三獨異志題作婁師德）亦有類同之記載。

〔一〕岱州　原書作「代州」，當據改。新唐書卷一〇八婁師德傳、資治通鑑卷二〇五唐紀二一則天后長壽二年敘此事，均作「代州」。獨異志亦作「代州」。

〔二〕疾　原書作「嫉」，當據改。

〔三〕自今　原書下有「雖有」二字，當據補。

〔四〕適以　齊之鸞本作「適所以」，原書作「適所謂」，太平廣記引文作「適」，似以齊書爲是。

364 皇甫德參上書，言：「陛下修洛陽宮，是勞人也；收地租，厚斂也；俗尚高髻，是宮中所化也。」太宗怒曰：「此人欲使國家不收一租，不役一人，宮人無髮，乃稱其意！」魏徵進曰：「賈誼當漢文帝之時，上書曰：『可痛哭者三〔一〕，可長嘆者五。』自古上書，率爲激切。不激切，則不能動人主之心；激切，則似謗訕。所謂『狂夫之言，聖人擇焉〔二〕。』惟在陛下裁察。今苟責之，則於後誰敢言？」乃賜絹二十匹，命歸。

本條原出大唐新語卷二極諫第三。王方慶魏鄭公諫録卷一諫皇甫德參上書以爲訕謗亦載此事。

〔一〕可　原書作「可爲」。下句同。

〔二〕狂夫之言，聖人擇焉　資治通鑑卷一九四唐紀十太宗貞觀八年十二月叙此，胡三省註：「漢書李左車有是言。」

365 陸兗公爲同州刺史，有家僮不下馬〔一〕，參軍責之〔二〕，鞭其背見血。因謁曰：「小吏犯公，請去〔三〕。」兗公頷之曰：「奴見官人不下馬，打了，去也得，不去也得。」參軍不測而退。

〔原註〕〔四〕當曰：「不下馬，打也得，不打也得。官人打了，去也得，不去也得。」

本條原出國史補卷上兗公答參軍。太平廣記卷一七七國史補題作陸象先。

〔一〕有家僮不下馬　原書作「有家僮遇參軍不下馬」，本書當據之補「遇參軍」三字。

〔二〕責之　原書作「怒，欲賈其事」。太平廣記引文有下四字。

〔三〕小吏犯公，請去　原書作「卑吏犯某，請去官」。太平廣記引文作「卑吏犯公，請去。」原書「某」乃誤字，當據本書與太平廣記引文改。

〔四〕原註　此註當是王讜所加，然國史補原文已如此，太平廣記引文亦同，疑王讜所見之本有殘缺，或是後人據唐語林改國史補原書與太平廣記中文字，故二書原文同此註。

366 袁傪之破袁晁〔一〕，擒其僞公卿數十人，州縣大具桊梏，謂必生致闕下。傪曰：「此惡百姓，何足以煩人？」乃笞之，遣去。

本條原出國史補卷上袁傪破賊事。太平廣記卷四九六國史補題作袁傪。說郛（陶珽刊本）弓四八唐國史補題作破賊。古今合璧事類備要前集卷十九引國史補亦載。

〔一〕袁晁　太平廣記引文誤作「袁眺」。

367 韋丹少在洛陽，嘗至中橋，見數百人喧集水濱，乃漁者網得大黿，繫之橋柱〔一〕。丹不忍，問曰：「幾錢可贖？」曰：「五千。」丹曰：「吾驢直三千，可乎？」於是與之。放黿于水，徒步而歸〔二〕。

本條原出國史補卷上韋丹驢易黿。

〔一〕繫之橋柱　原書句下尚有「引頸四顧，似有求救之狀」二句。

〔二〕徒步而歸　原書句下尚有「後報恩，別有傳。」二句。案類説卷十九引岑象求吉凶影響録元長史條亦引此事，後有黿化爲長史名濬之來謁謝之説；太平廣記卷一一八韋丹條引河東記，詳叙元濬之報恩始末。松窗雜録物之異聞中有「元先生贈韋丹尚書鮫綃」一目，或亦與此有關。

368 任迪簡爲天德判官。軍中宴，後至當飲觥酒，吏誤以醋酌。迪簡以軍使李景略令酷〔一〕，發之則死矣〔二〕，乃強飲之，遂病吐血，軍中聞之皆泣下，景略爲之省刑。及景略卒〔三〕，軍中請以爲主。自衛佐拜御史中丞，爲觀軍使〔四〕，終易定節度使〔五〕。

本條原出國史補卷中任迪簡呷醋。桂苑叢談史遺亦有此文，當係據國史補迻録。

〔一〕令酷　原書作「嚴暴」。

〔二〕死矣　原書作「死者多矣」。

〔三〕及　聚珍本無，今從齊之鸞本、歷代小史本補。原書亦有。

〔四〕爲觀軍使　舊唐書卷一三五下良吏下任迪簡傳作「除豐州刺史、天德軍使」。新唐書卷一七〇任迪簡傳同。「觀」乃衍文。

〔五〕易定節度使　即義武軍節度使。全稱應爲義武軍節度易定觀察等使。原書句下尚有「時人呼爲呷醋節帥」一句。

369 裴相垍嘗應宏詞，崔樞考之不第；及爲相，擢之爲禮部侍郎，笑曰：「此報德也。」樞惶恐欲墜階，又笑曰：「戲言也。」

說郛（陶珽刊本）弓四八唐語林雅量亦載。

本條原出國史補卷中裴垍報崔樞。唐摭言卷十一以德報怨亦叙此事。唐詩紀事卷五十崔樞亦載此事，唯不註出處。

370 長慶初，趙相爲太常卿〔一〕，贊郊廟之禮。時罷相二十餘年，年七十六，衆服其健。右常侍郎孝奕笑曰〔二〕：「是僕爲東府試官所送進士也〔三〕。」

說郛（陶珽刊本）弓四八唐語林雅量亦載。

本條原出國史補卷中趙太常精健。唐摭言卷十五雜記亦載。

〔一〕趙相　原書作「趙相宗儒」。

〔二〕郎孝奕　原書作「李益」。唐摭言亦作「李益」。唐詩紀事卷三十李益曰：「年且老，門人趙宗儒自宰相罷免，年七十餘。益曰：『此吾爲東府所送進士也。』聞者憐益之困。」據此知作「李益」者是。說郛本、齊之鸞本誤作「郎孝亦」。

〔三〕爲　原書無，當據本書補。

371 元載之敗，其女資敬寺尼真一，納于掖庭〔一〕。德宗即位，召至別殿，告其父死。真一自投于地，左右皆叱〔二〕。德宗曰：「焉有聞親之喪，責其哭踴？」遂扶出〔三〕。聞者皆隕涕〔四〕。

本條原出國史補卷上德宗恕尼哭。

〔一〕其女資敬寺尼真一納于掖庭　舊唐書卷一一八元載傳：「女資敬寺尼真一，收入掖庭。」新唐書卷一四五元載傳：「女真一，少爲尼，没入掖庭。」

〔二〕左右皆叱　原書句下有「之」字。

〔三〕遂扶出　原書作「遂令扶出」。

〔四〕聞者　聚珍本作「衆」，今從齊之鸞本、歷代小史本改。原書亦作「聞者」。

## 識鑒

372 貞觀二十年〔一〕，王師旦爲員外郎。冀州進士張昌齡、王公瑾並有文辭〔二〕，聲振京邑，師旦考其策爲下等〔三〕，舉朝不知所以。及奏等第，太宗怪問無昌齡等名，師旦對曰：「此輩誠有詞華，然其體輕薄，文章浮艷，必不成令器。臣擢之〔四〕，恐後生倣傚，有變陛下風俗。」上深然之。後昌齡爲長安尉，坐贓解，而公瑾亦無所成。

本條原出封氏聞見記卷三貢舉。太平廣記卷一六九譚賓録引文同，題作王師旦。通典卷十七選舉五、唐會要卷七六貢舉中。進士、册府元龜卷六五一貢舉部均叙此事，與本文略同。又原書中此條與卷一 96、卷四 516、卷八 1028 條本爲一條。

〔一〕二十年　譚賓録作「十九年」，通典作「二十三年九月」，唐會要作「二十二年九月」。

〔二〕王公謹　原書作「王謹」，下同。他書均作「王公謹」。新唐書卷四四選舉志上：「太宗時，冀州進士張昌齡、王公謹有名於當時，考功員外郎王師旦不署以第。」登科記考卷一繫於貞觀二十年，徐松曰：「王公謹即王公治。『治』避諱爲『理』，『理』訛爲『謹』耳。」册府元龜作「王公理」，新唐書卷二〇一張昌齡傳、資治通鑑卷一九八貞觀二十年五月戊子叙此，作「王公治」。

〔三〕策　原書作「文策」。

〔四〕擢　原書作「懼」。

373 中宗嘗召宰相蘇瓌、李嶠子進見。二子皆同年〔一〕。上曰：「爾宜記所通書言之〔二〕。」瓌子頲應曰：「木從繩則正，后從諫則聖〔三〕。」嶠子亡其名〔四〕，亦進曰：「斮朝涉之脛，剖賢人之心〔五〕。」上曰：「蘇瓌有子，李嶠無兒。」

本條原出松窗雜録。太平廣記卷四九三松窗録題作蘇瓌李嶠子。紺珠集卷十一松窗録題作蘇瓌有子。類説卷十六松窗雜録題作蘇瓌有子李嶠無兒。説郛（陶珽刊本）弓五二摭異記亦載。唐詩紀事卷十李嶠引皮日休松窗録亦引此文。資治通鑑卷二〇七唐紀二三則天后長安十一月，考異引松窗雜録此文，後曰：「按頲此年已爲御史，瓌爲相時頲爲中書舍人，父子同掌樞密，非童年也。今不取。」

〔一〕二子皆同年　聚珍本無「皆」字，今據齊之鸞本、歷代小史本補。原書作「二丞相子皆童年」。太平廣記引文作「僮年」。

〔二〕爾宜記所通書言之　原書作「爾日憶所通書，可奏爲吾者言之」。

〔三〕后　即帝。

〔四〕亡其名　原書作「失其名」，乃綴於「嶠子」二字後之雙行夾註。

〔五〕斮朝涉之脛，剖賢人之心　此皆商紂事。

374 張守珪，陝州平陵人也〔一〕。自幽州入覲，過本縣，見令李元〔二〕，申桑梓之禮。見陝尉李桎梏裴冕〔三〕，冕呼：「張公〔四〕！困厄中豈能相救？」至靈寶，便奏充判官〔五〕。案〔六〕：唐書裴冕傳，冕以王鉷奏充判官，非張守珪，與此異。冕後至宰輔。

本條原出大唐傳載。

〔一〕平陵　原書作「平陸」。舊唐書卷一〇三、新唐書卷一三三張守珪傳均作「陝州河北人」。案平陵不在陝州，本書誤。平陸，北周時稱河北。

〔二〕李元　原書作「李杭」。

〔三〕陝尉李桎梏裴冕　原書作「陝尉李冕桎梏」，當據本書改。

〔四〕冕呼張公　原書作「令衆冤呼。張公曰」。文多舛誤，當據本書改。

〔五〕充判官　原書上有「兖州」二字。「兖」當是「充」之誤，「州」爲衍文。

〔六〕案　此案語當是永樂大典編者或四庫全書館臣所加。勛初案：新唐書卷七八宗室淮安王神通傳附李齊物傳，曰：「（齊物）性苛察少恩，喜發人私，然絜廉自喜，吏無敢欺者。忿陝尉裴冕，械而折愧之，及冕當國，除齊物太子賓客，世善冕能損怨云。」與本文所敘者或爲同一事件之不同記載。

375 代宗寬厚出於天性。幼時，玄宗每坐于前，熟視之，謂武惠妃曰：「此兒有異相〔一〕，亦是吾家一有福天子〔二〕。」

本條原出杜陽雜編卷上。說郛（陶珽刊本）弓四六杜陽雜編卷上亦載。又酉陽雜俎前集卷十物異亦有此文（太平廣記卷四〇二酉陽雜俎題作上清珠），而「代宗」作「肅宗」。案新唐書卷七六后妃・貞順武皇后傳言王皇后廢，故進册惠妃；而玄宗開元十二年廢王皇后，肅宗已年十四。代宗則生於開元十五年，時正相合。故知酉陽雜俎之說不可信。

〔一〕有　原書作「甚有」。

〔二〕亦是吾家一有福天子　原書上有「他日」二字，下有玄宗取上清珠賜之，日後代宗感喟前事等文字。

376 西涼州俗好音樂，製涼州新曲，開元中列上獻之。上顧問寧王〔一〕，王進曰：「此曲雖佳，臣有聞焉：夫音者，始之於宮，散之於商，成之於角、徵、羽，莫不根柢橐籥於宮、商也〔二〕。宮雜而少商，徵亂而加暴〔三〕。臣聞：宮，君也；商，臣也。宮不勝則君勢卑〔四〕，商有餘則臣下僭。君卑則畏下〔五〕，臣僭則犯上。蓋形之于音律〔六〕，播之于歌詠，見之于人事。臣恐一日有播越之禍，悖亂之患，莫不由此曲也〔七〕。」上聞之，默然。及安祿山之亂，華夏鼎沸，所以知寧王知音之妙也〔八〕。

本條原出開天傳信記。太平御覽卷五六九引開天傳信記亦載。太平廣記卷二〇四開天傳信記題作寧王獻。類說卷六開天傳信記題作涼州新曲。碧雞漫志卷三引開元傳信記亦載。說郛（陶珽刊本）弓五二傳信記亦載。

〔一〕上顧問寧王　原書上有「上召諸王便殿同觀。曲終，諸王賀，舞蹈稱善，獨寧王不拜。」五句。

〔二〕橐籥　原書作「囊橐」，似以本書爲是。

〔三〕宮雜而少商徵亂而加暴　原書作「斯曲也，宮離而少徵，商亂而加暴。」似以原書爲是。

〔四〕君　原書誤作「商」，當據本書改。

〔五〕君卑則畏下　原書作「卑則逼下」，當據本書改。

〔六〕形之於音律　原書作「形於音聲」，其上尚有「發於忽微」一句。

〔七〕莫不由此曲也　原書作「莫不兆於斯曲也」。

〔八〕知　原書作「審」。

377 安祿山初爲張韓公帳下走使〔一〕。韓公嘗洗足〔二〕，韓公足下有黑了〔三〕，祿山竊窺之〔四〕。韓公顧而笑曰：「黑子是吾之貴相，汝何窺之〔五〕？」祿山曰：「賤人不幸，兩足皆有，亦似將軍者，色黑而加大〔六〕。」公奇之，約爲義兒，深加慰勉〔七〕。

本條原出開天傳信記。能改齋漫録卷六事實內足下黑子大貴一條亦曾徵引，云出開天傳信記。説郛（陶珽刊本）弓五二傳信記亦載。白孔六帖卷三一録此文，云出明皇雜録。太平廣記卷二二二安祿山條亦有此文，云出定命録。北夢瑣言卷三吳行魯溫溲器條情節與此相類。

〔一〕張韓公帳下走使　原書句下有「之吏」二字，當據補。張韓公即張仁愿，定命録即作「韓公張仁愿」。仁愿封韓國公，見舊唐書卷九三、新唐書卷一一一本傳。

〔二〕洗足　原書作「令祿山洗足」。五雜組卷五人部一：「汾陽王足掌有黑子，使渾瑊洗足，而瑊亦有之，知其貴而不壽。張守珪使安禄山洗足亦然。」知此故事有以張守珪爲主角之一説。

〔三〕黑子　原書作「黑點子」。

〔四〕竊窺之　原書上有「因洗脚而」四字。

〔五〕汝何窺之　原書作「獨汝窺之，亦能有之乎？」

〔六〕色黑而加大　原書「大」作「文」。句下尚有「竟不知是何祥也」一句。

〔七〕深加慰勉　原書作「而加薦寵焉」。

378 王瑀爲太常卿〔一〕。早起〔二〕，聞永興里人吹笛，問「是太常樂人否？」曰：「然。」〔三〕已後因閱樂而撻之〔四〕。問曰：「何得罪？」曰：「卧吹笛。」〔五〕又見康崑崙彈琵琶，云：「琵聲多，琶聲少，亦未可彈五十四絲大絃也。」自下而上謂之琵，自上而下謂之琶〔六〕。

説郛（陶珽刊本）弖四八唐語林識鑒亦載。

本條原出大唐傳載。太平廣記卷二〇四、二〇五傳記均題作漢中王瑀，卷二〇五又云「明鈔本作出傳載」。「傳記」當是「傳載」之誤。

〔一〕王瑀　原書上有「漢中」二字，當據補。

〔二〕早起　原書下有「朝」字，當據補。新唐書卷八一三宗諸子・漢中王瑀傳亦叙此事，此句作「嘗早朝」。

〔三〕是太常樂人否曰然　聚珍本無「否」「曰」「然」三字，今據齊之鸞本、歷代小史本補。原書亦有。

〔四〕已　聚珍本無，今據齊之鸞本、歷代小史本補。

〔五〕問曰何得罪對曰卧吹笛　原書作「問曰：『何得某日卧吹笛？』」

〔六〕自下而上謂之琵自上而下謂之琶　新唐書卷八一三宗諸子・漢中王瑀傳曰：「樂家以自下逆鼓曰琵，自上順鼓曰琶云。」

379 裴寬尚書罷郡，西歸汴中〔一〕，日晚維舟，見一人坐樹下，衣服故敝。召與語，大奇之，謂「君才識自當富貴，何貧也？」舉船錢帛奴婢與之〔二〕，客亦不讓。語訖上船，奴婢偃蹇者鞭扑之，裴公益以爲奇。其人乃張建封也。

永樂大典卷之二千九百七十九人・知人引唐語林亦載。

本條原出幽閑鼓吹。太平廣記卷一六九幽閒鼓吹題作裴寬。説郛（陶珽刊本）弓五二、（張宗祥輯明鈔本）卷二十幽閒鼓吹亦載。

〔一〕汴中　原書作「汴流中」，太平廣記引文作「泝流」。

〔二〕船　太平廣記引文作「一船」。

380 杜丞相鴻漸，世號知人。見馬燧、李抱真、盧杞〔一〕、陸贄〔二〕、張弘靖、李藩，皆云「並爲將相」〔三〕，既而盡然〔四〕。

永樂大典卷之二千九百七十九人・知人引唐語林亦載。與下條381原合爲一條。

本條原出劉賓客嘉話録。太平廣記卷一七〇嘉話録題作杜鴻漸。説郛（陶珽刊本）弓三六嘉話録亦載。又本條與下條381原合爲一條，今依太平廣記引文分列。

〔一〕盧杞　原書與太平廣記、説郛引文均作「盧新州杞」。

〔二〕陸贄　原書與説郛引文作「陸丞相贄」，太平廣記引文作「陸相贄」。下引諸人於姓下亦加「丞相」二字。

〔三〕將　原書作「宰」，當據本書改。

〔四〕既而盡然　原書句下尚有「許、郭之徒，又何以加也。」二句。

381 又大司徒杜公見張弘靖〔一〕，曰：「必爲宰相。」貴人多知人也如此。

永樂大典卷之二千九百七十九人・知人引唐語林亦載。與上條380原合爲一條。

本條原出劉賓客嘉話録。太平廣記卷一七〇嘉話録題作杜佑。又本條與上條380原合爲一條，今依太平廣記引文分列。今本劉賓客嘉話録佚去，唐蘭援此，倣本書體例，綴於上條380之後。

〔一〕又　永樂大典引文與太平廣記引文無。

382 潘炎，德宗時爲翰林學士〔一〕，恩渥極異。其妻劉氏，晏之女也。京尹某有故，伺候累日不得見，乃遺閽者三百縑。夫人知之，謂潘曰：「豈有人臣，京尹願一見，遺奴三百縑帛？其危可知也！」遽勸潘公避位。子孟陽，初爲户部侍郎，夫人憂惕，曰：「以爾人材而在丞郎之位〔二〕，吾懼禍之必至也。」户部解諭再三，乃曰：「試會爾同列，吾觀之。」因遍招深熟者。客至，夫人垂簾視之。既罷會，喜曰：「皆爾之儔也，不足憂矣。末後慘緑少年〔三〕，何人也？」答曰：「補闕杜黄裳。」夫人曰：「此人自别〔四〕，是有名卿相〔五〕。」

本條原出幽閑鼓吹。太平廣記卷二七一幽閑鼓吹題作潘炎妻。紺珠集卷十幽閑鼓吹題作一日三百縑，「日」乃「見」之誤。類説卷四三幽閑鼓吹題作末坐慘緑少年全别。説郛（陶珽刊本）弓五二、（張宗祥輯明鈔本）卷二十幽閑鼓吹亦載。南部新書卷戊、卷己分載此事。又此文原書本分爲兩條，然文意一貫，今依太平廣記引文，仍合爲一條。

〔一〕潘炎，德宗時爲翰林學士　岑仲勉翰林學士壁記注補引此，曰：「誤也。舊記一一、大曆十二年四月，『癸未，以右庶子潘炎爲禮部侍郎。』此後並無再入翰林之事，其充翰林，計當肅、代兩朝耳。語林所輯翰林故實，多舛誤，讀者宜詳之。」

〔二〕人　齊之鸞本、歷代小史本作「之」。

〔三〕末後慘緑少年　原書作「末座慘緑少年」。慘緑指服色，即淺緑，參看本書卷二151條註〔五〕。

〔四〕自别　原書作「全别」。

〔五〕是有名卿相　原書上有「必」字，當據補。

383 韋獻公夏卿有知人之鑑，人不知也。因退朝，於街中逢再從弟執誼，從弟渠牟、丹，三人皆二十四〔一〕，並爲郎官。簇馬久之。獻公曰：「今日逢三二十四郎，輒欲題目之。」語執誼曰：「汝必爲宰相，善保其末耳。」語渠牟曰：「弟當别奉主上恩，而連貴公卿〔二〕。」語丹曰：「三命中〔三〕，弟最長遠，而位極旌鉞。」由是竟如其言〔四〕。

本條原出大唐傳載。太平廣記卷二二三傳載題作韋夏卿。南部新書卷丁亦載此事。

〔一〕二十四　原書上有「第」字。

〔二〕速貴公卿　原書作「速貴爲公卿」，當據改。

〔三〕三命中　原書作「三人之中」，「命」當爲「人之」二字之訛。

〔四〕由是　原書作「後」。

384 韋獻公夏卿不經方鎮，唯嘗于東都留守辟吏八人〔一〕，而路公隨〔二〕、皇甫崖州鎛皆爲宰相，張尚書賈、段給事平仲〔三〕、衛大夫中行〔四〕、李常侍翺、李諫議景儉、李湖南詞皆至顯官，亦知名矣〔五〕。

永樂大典卷之二千九百七十九人·知人引唐語林亦載。

本條原出大唐傳載。

〔一〕唯嘗于東都留守辟吏八人　原書「嘗」作「止」，「止」訓僅。齊之鸞本、歷代小史本與永樂大典引文均作「上」，當是「止」之訛。又原書「辟」誤作「郡」，當據本書改。

〔二〕隨　原書作「隋」。諸書記載不一。舊唐書卷一五九作「路隨」，新唐書卷一四二作「路隋」。又新唐書卷一六二韋夏卿傳：「所辟士如路隋、張賈、李景儉等，至宰相達官，故世稱知人。」

〔三〕平仲　聚珍本作「中仲」，今從齊之鸞本、歷代小史本與永樂大典引文改。原書亦作「平仲」。舊唐書卷一五三段平仲傳：「後除屯田膳部二員外郎、東都留守判官。」

〔四〕中行　聚珍本作「仲行」，今從永樂大典引文改。原書亦作「中行」。
〔五〕亦知名矣　原書作「亦名知人矣」。

385 李相絳先人爲襄州督郵，方赴舉，求鄉薦。時樊司空澤爲節度使〔一〕，張常侍正甫爲判官，主鄉薦。張公知丞相有前途，啓司空曰：「舉人悉不如李某秀才〔二〕，請只送一人，請衆人之資以奉之〔三〕。」欣然允諾。又薦丞相弟爲同舍郎〔四〕。不十年而李公登庸，感司空之恩，以司空之子宗易爲朝官。人問宗易之文于丞相，答曰〔五〕：「蓋代。」時人用以「蓋代」爲口實〔六〕，相見論文，必曰：「莫是樊三蓋代否〔七〕？」後丞相之爲户部侍郎也〔八〕，常侍爲本司郎中，因會，把詩侍郎唱歌〔九〕，李終不唱而哂之，滿席大噱。

本條原出劉賓客嘉話録。太平廣記卷一七九嘉話録題作張正甫。説郛（陶珽刊本）弓三六嘉話録亦載。

〔一〕司空　原書作「司徒」。當據本書與太平廣記引文改。舊唐書卷一二二、新唐書卷一五九樊澤傳均作「司空」。
〔二〕舉人　太平廣記引文下有「中」字。
〔三〕以奉之　太平廣記引文上有「悉」字。
〔四〕又薦丞相弟爲同舍郎　原書自此以下佚去，唐蘭援本書與太平廣記引文補入。
〔五〕答曰　太平廣記引文上有「絳戲而」三字。
〔六〕用　太平廣記引文作「因」。

〔七〕樊三 太平廣記引文作「李三」。樊三當指樊宗易，而李絳亦行三，參看本書卷四 525 條。二説均可通，未知孰是。

〔八〕後 聚珍本無，今從齊之鸞本、歷代小史本補。 太平廣記引文作「及」。

〔九〕把詩 太平廣記引文作「把酒請」，當據之校補。

386 韓太保皐深曉音律〔一〕，嘗觀客彈琴爲止息，乃嘆曰：「妙哉，嵇生之音也！爲是曲也，其當魏、晉之際乎？止息與廣陵散，同出而異名也。其音主商，商爲秋聲，天將肅殺，草木搖落，其歲之晏乎？此所以知魏之季慢也。其商絃與宮同〔二〕，是臣奪其君之位乎？此所以知司馬氏之將簒也。『廣陵』，維揚也；『散』者，流亡之謂也。楊者，武后之姓〔三〕，言楊后與其父駿之傾覆晉祚者也。晉難興〔四〕，終『止息』於此。其音哀憤而噍殺，操者蹙而憯痛〔五〕，永嘉之亂，其應此乎？叔夜撰此，將貽後代之知音，且避晉禍，託之神鬼，史氏非知味者，安得不傳其謬歟〔六〕？」

本條原出大唐傳載。太平廣記卷二〇二盧氏雜説題作韓皐，與此類同。

〔一〕深曉 原書作「生知」。齊之鸞本、歷代小史本「深」作「生」。

〔二〕此所以知魏之季慢也。其商絃與宮同 原書「慢」字屬下句，曰：「慢其商絃，與宮同音」，當據正。

〔三〕武后 原書作「武帝后」，當據正。

〔四〕晉難興 原書「難」作「雖」。舊唐書卷一二九、新唐書卷一二六韓皐傳均有此文，亦作「雖」。原書此句之上有

「止息者」三字，當據補。

〔五〕操者　原書無「者」，當據本書補。

〔六〕歟　原書作「也歟」。

387 吳興僧晝一〔一〕，字皎然，工律詩。嘗謁韋蘇州，恐詩體不合，乃於舟抒思，作古體十數篇爲獻，韋皆不稱賞，晝一極失望；明日寫其舊製獻之，韋吟諷，大加嘆賞。因語晝一云：「幾致失聲名〔二〕。何不但以所工見投，而猥希老夫之意？人各有所得，非卒能致。」晝一服其能鑒〔三〕。

本條原出因話録卷四角部。紺珠集卷五因話録題作幾至失名。類説卷十四因話録題作以詩見韋蘇州。説郛（陶珽刊本）弓二三因話録題作幾至失名。䂬溪詩話卷十引因話録亦載。

〔一〕晝一　原書作「晝」。下同。類説引文誤作「畫」。案：皎然字晝，作「晝一」者誤。于頔吳興晝上人集序曰：「有唐吳興開士釋皎然，字清晝，即康樂之十世孫。」又于頔有郡齋臥疾贈晝上人詩，下註：「上人早名皎然，晚字晝。」

〔二〕幾致失聲名　原書作「師幾失聲名」。

〔三〕晝一服其能鑒　原書作「晝大服其鑒別之精」。

388 駱浚者，度支司書手也。嘗健羨一雜事典，題詩一絶於柏樹曰：「幹聳一條青玉直，葉鋪千疊緑雲低。争如燕雀偏巢此，卻是鵷鸞不得栖。」會度支使巡諸司，見此題，問左右，云：「浚所爲也。」召與語，可聽。曰：「錢穀粗曉，詞氣不卑，言語古壯，人品亦佳〔一〕。」翌日〔二〕，以語巡官李吉甫，遂擢爲度支巡官。浚請兼巡覆官。自以微賤，不敢廁士大夫之列。月餘，九門内勾出數十萬貫；數月，關右、蒲、潼、京西、京北、三輔勾四百萬，佐大門，卻河陰斗門。案〔三〕：此處語義難明，疑有脱誤。曹、汴、宿、宋，無水潦之患。後典名郡，有令名。於春明門外築臺榭，食客皆名人。盧中州題詩云〔四〕：「地甃如拳石，溪横似葉舟。」卽駱氏池館也〔五〕。

本條不知原出何書。

〔一〕品　齊之鸞本、歷代小史本作「倫」。

〔二〕翌日　聚珍本上有「越」字，今據齊之鸞本、歷代小史本删。

〔三〕案　此案語當是永樂大典編者或四庫全書館臣所加。

〔四〕盧中州　卽盧拱，官終中州刺史。楊巨源有寄中州盧拱使君詩。

〔五〕池　聚珍本作「治」，今從齊之鸞本、歷代小史本改。

389 裴晉公爲相，布衣交友，受恩子弟，報恩奬引不暫忘〔一〕。大臣中有重德寡言者，忽曰：「某與一二人皆受知裴公。白衣時，約他日顯達，彼此引重。某仕宦所得已多，然晉公有異于初，不以輔佐相許。」晉公聞之，笑曰：「實負初心。」乃問人曰：「曾見靈芝、珊瑚否？」曰：「此皆希世之寶。」又曰：「曾遊山水否？」曰：「名山數遊，唯廬山瀑布狀如天漢，天下無之。」晉公曰：「圖畫尚可悅目，何況親觀？然靈芝、珊瑚，爲瑞爲寶可矣，用于廣廈，須杞、梓、樟、楠；瀑布可以圖畫，而無濟于人，若以溉良田，激碾磑，其功莫若長河之水。某公德行文學，器度標準，爲大臣儀表，望之可敬；然長厚有餘，心無機術，傷于畏怯，剸割多疑。前古人民質樸，征賦未分，地不過數千里，官不過一百員，內無權倖，外絶姦詐。畫地爲獄，人不敢逃；以赭染衣，人不敢犯。雖曰列郡建國，侯伯分理；當時國之大者，不及今之一縣，易爲匡濟。今天子設官一萬八千〔二〕，列郡三百五十，四十六連帥，八十萬甲兵，禮樂文物，軒裳士流，盛于前古。材非王佐〔三〕，安敢許人！」

本條不知原出何書。

〔一〕忘　齊之鸞本、歷代小史本作「亡失」。

〔二〕天子　齊之鸞本、歷代小史本作「天下」。

〔三〕佐　齊之鸞本、歷代小史本作「佑」。當從本書改。

390 相國牛僧孺〔一〕，或言仙客之後，居宛、葉之間。少孤貧〔二〕，力學有志。永貞中擢進士第，與同輩過政事堂，宰相謂曰：「掃廳奉候。」僧孺獨出曰：「不敢。」衆聳異之。元和初，登制科，歷省郎至丞相〔三〕。大中初卒。後白敏中入相，乃奏，謚曰「簡」〔四〕。

本條原出北夢瑣言卷一牛僧孺奇士。聚珍本佚，今逕從齊之鸞本、歷代小史本迻入。

〔一〕牛僧孺　原書下有「字思黯」三字。

〔二〕孤貧　原書作「單貧」。

〔三〕歷省郎至丞相　原書歷叙仕宦官銜，本書從簡。原書句下尚言及牛撰周秦行記，李德裕切言短之等事。

〔四〕謚曰簡　原書下附葆光子之評論，揚李貶牛，且以周秦行紀爲牛作。

391 宣宗在藩邸，常爲諸王所法。一日，不豫〔一〕。鄭太后奏上苦心疾〔二〕，文宗召見，熟視上貌，以玉如意撫背〔三〕，曰：「我家他日英主，豈疾乎？」卽賜御馬、金帶。

本條原出杜陽雜編卷下。白孔六帖卷九十引杜陽編亦載。説郛（陶珽刊本）弓四六杜陽雜編卷下亦載。聚珍本置此條於卷七908條之前，今據齊之鸞本、歷代小史本移置於此。又原書此條與卷七909條本是一條，此條在前。

〔一〕一日不豫　原書作「忽一日不豫，神光滿身，南面獨語，如對百寮」。

〔二〕鄭太后奏上苦心疾　原書作「鄭太后惶恐，慮左右有以此事告者，遂奏文宗，云上心疾」。

〔三〕玉如意　原書作「玉精如意」。

392李珏，字待價，趙郡贊皇人。早孤。居淮南〔一〕，養母以孝聞。舉明經，華州刺史李絳見而謂之曰〔二〕：「日角珠庭，非常人也，當掇進士科。明經碌碌，非子發跡之地。」一舉不第。應進士舉，許孟容爲禮部，擢上第。釋褐，署烏重胤河陽府推官〔三〕，書判高等，授渭南縣尉，遷右拾遺，左遷下邽縣令。丁母憂，廬居三年，不入室。免喪，諸侯交辟，皆不就。牛僧孺在武昌〔四〕，掌書記。徵歸御史府〔五〕。韋處厚秉政，稱曰：「清廟之器，豈擊搏才乎？」擢拜禮部員外郎，改吏部員外〔六〕。李宗閔爲相，擢知制誥〔七〕，改司勳員外郎，庫部郎中。文宗召充翰林學士。珏風格端肅，屬詞敏贍，恩傾一時。累遷户部侍郎承旨，天子屢欲以爲相。鄭注以方術爲侍講學士，李訓自流人入内廷，珏未嘗私焉。訓、注交譖，貶江州刺史。訓誅〔八〕，徵爲户部侍郎，與楊嗣復同日拜相。上雖切於求理，終優游不斷。同列陳夷行、鄭覃請經術孤立者進用，珏與嗣復論地胄詞彩者居先，每延英議政，多異同，卒無成效，但寄之頰舌而已。文宗將崩，以敬宗子陳王成美爲託〔九〕。武宗立，事由兩軍〔一〇〕，貶昭州刺史。宣宗卽位，累遷河陽三城節度，吏部尚書。崔鄲薨，又拜檢校左僕射、淮南節度使。三載〔一一〕，薨，謚貞穆。

本條原出東觀奏記卷上。説郛（陶珽刊本）弓四三東觀奏記卷上亦載。原書此條與卷七914條本爲一條，此條在後。

〔一〕淮南　原書作「淮陰」。新唐書卷一八二李珏傳：「其先出趙郡，客居淮陰。」

〔二〕之　稗海本、藕香零拾本東觀奏記作「人」，當據本書改。

〔三〕烏重胤河陽府　聚珍本無「烏重胤」三字，今從齊之鸞本、歷代小史本補。原書亦有，而「河陽府」三字則作「三城。」

〔四〕在武昌　原書作「爲武昌節度使」。

〔五〕徵　聚珍本無，今從齊之鸞本、歷代小史本補。原書亦有。

〔六〕員外　聚珍本無，今從齊之鸞本、歷代小史本補。原書亦有。

〔七〕擢知制誥　原書作「以品流程式爲己任，擢掌書命。」

〔八〕訓誅　原書作「未幾，訓爲相，造假甘露謀上左右，與王涯等十一人赤族伏誅。人方伏珏守正之祐。」

〔九〕以敬宗子陳王成美爲託　原書作「以猶子陳王成美當璧爲託」。小石山房叢書本東觀奏記誤「託」爲「記」。「當璧」乃遵天命繼皇位之意，見史記卷四十楚世家。

〔一〇〕武宗立事由兩軍　原書作「建桓立順，事由兩軍。潁王即位」。

〔一一〕崔鄲薨又拜檢校左僕射淮南節度使三載　原書作「至是崔鄲薨於淮南，輟之，撫理凡三載」。

393 李廓爲武寧軍節度使，不治，右補闕鄭魯上疏曰：「臣恐新麥未登，徐師必亂。乞速命良將〔一〕，救此一方。」宣宗未之省。麥熟而徐師果亂〔二〕，上感悟魯言，擢爲起居舍人。

本條原出東觀奏記卷上。說郛（陶珽刊本）弓四三東觀奏記卷上亦載。

〔一〕乞　聚珍本作「也」，今從齊之鸞本、歷代小史本改。原書亦作「乞」。

〔二〕麥熟而徐師果亂　原書無「果」字。資治通鑑繫此事於卷二四八唐紀六四宣宗大中三年五月。

394 懿宗晚年政出羣下。路巖年少固位〔一〕，一旦失勢，當路皆仇隙，中外沸騰，所指未必實也。初，巖爲淮南崔鉉度支使，除監察，十年不出京師，致位宰相〔二〕。鉉謂巖必貴〔三〕，嘗曰：「路十終須與他那一官〔四〕。」自監察入翰林，鉉猶在淮南，聞曰：「路十如今便入翰林，何能至老？」皆如言。

本條原出玉泉子。太平廣記卷一八八玉泉子題作路巖。又原書此條與卷七 970 條本是一條，此條在後。

〔一〕年少固位　原書下有「邂逅致此」一句。

〔二〕十年不出京師致位宰相　原書作「不十年，城門不出，而致位卿相。」

〔三〕鉉謂巖必貴　原書上有「初」字，當據補。

〔四〕路十終須與他那一官　資治通鑑卷二五二唐紀六八僖宗乾符元年正月敍此，曰：「路十終須作彼一官。」胡三省註：「巖，第十。作彼一官，謂作相也。」

395 突厥平，温僕射彥博請遷于朔方〔一〕，以實空虛之地，於是入居長安者且萬家。魏鄭公以爲夷不亂華，非久常之策。爭論數年不決。至開元中，六胡反叛〔二〕，其地復空。

本條原出隋唐嘉話卷上、大唐新語卷七知微第十五。説郛（陶珽刊本）弓三六隋唐嘉話亦載。

〔一〕請遷於朔方　隋唐嘉話作「請其種落於朔方」，大唐新語作「議遷其人於朔方」。

〔二〕六胡反叛　聚珍本「六胡」作「外裔」，今依齊之鸞本、歷代小史本改。隋唐嘉話作「六胡州竟反叛」。

396 太宗令衞公教侯君集〔一〕，君集言於帝曰〔二〕：「李靖將反矣！至微隱之術〔三〕，輒不以示臣。」帝以讓靖，靖曰：「此乃君集反爾〔四〕！今中夏乂安，臣之所教，足以制四夷矣，而求盡臣之術者，將有他心焉。」

本條原出隋唐嘉話卷上、大唐新語卷七知微第十五。説郛（陶珽刊本）弓三六隋唐嘉話亦載。

〔一〕太宗令衞公教侯君集　隋唐嘉話、大唐新語下有「兵法」二字，當據補。

〔二〕君集言於帝曰　隋唐嘉話、大唐新語句首有「既而」二字。

〔三〕術　隋唐嘉話、大唐新語作「際」。

〔四〕此乃君集反爾　隋唐嘉話、大唐新語無「乃」字。資治通鑑卷一九七唐紀十三太宗貞觀十七年叙此事，此句作「此乃君集欲反耳」。

397 潤州得玉磬十二以獻〔一〕，張率更叩其一〔二〕，曰：「是晉某歲所造也。是歲餘月〔三〕，造磬者法月，數有十三，今闕其一。宜於黃鍾九尺掘之〔四〕，必得焉。」敕州求之，如言而得〔五〕。

說郛（陶珽刊本）弓四八唐語林識鑒亦載。

本條原出隋唐嘉話卷中。太平御覽卷六一二引國朝傳記亦載。太平廣記卷二〇三國史異纂題作唐太宗（又一則）。夢溪筆談卷五引此，云出國史纂異。說郛（陶珽刊本）弓三六隋唐嘉話亦載。

〔一〕十二　原書作「十三」，當據本書改。

〔二〕張率更　卽張文收。舊唐書卷八五張文收傳：「咸亨元年，遷太子率更令，卒官。」新唐書卷一一三張文收傳同。

〔三〕餘月　原書作「閏月」。

〔四〕九尺　原書上有「東」字，當據補。

〔五〕如言而得　夢溪筆談曰：「法月律爲磬，當依節氣，閏月自在其間；閏月無中氣，豈當月律？此懵然者爲之也。叩其一，安知其是昏某年所造？既淪陷在地中，豈暇復按方隅尺寸埋之？此欺誕之甚也！」

398 鄭公見秦王破陣樂〔一〕，則俯而不視；奏慶善樂〔二〕，則玩而不厭〔三〕。

本條原出隋唐嘉話卷中。太平廣記卷二〇三國史異纂題作唐太宗（又一則）。說郛（陶珽刊本）弓三六隋唐嘉話亦載。

〔一〕鄭公見秦王破陣樂　原書此句作「鄭公見奏破陣樂」。其上尚有「破陣樂，被甲持戟，以象戰事；慶善樂，廣神屣履，以象文德。」四句。「神」乃「袖」之誤字。

〔二〕慶善樂　原書無「樂」，當據本書與太平廣記引文補。

〔三〕玩而不厭　新唐書卷九七魏徵傳：「徵侍宴，奏破陣武德舞，則俛首不顧；至慶善樂，則諦玩無斁。」

399 貞觀中，有婆羅門僧言「佛齒所擊，前無堅物」〔一〕，於是士女奔湊，其處如市。時傅奕方病卧，聞之，謂子曰〔二〕：「非是佛齒也。吾聞金剛石至堅，物莫能敵，唯羚羊角破之〔三〕。汝但取試焉。」胡僧監護甚嚴〔四〕。固求，良久乃得見。出角叩之，應手而碎，觀者乃止。今理珠者用此角〔五〕。

本條原出隋唐嘉話卷中。太平廣記卷一九七國史異纂題作傅奕。紺珠集卷十傳記題作金剛石。類說卷六傳記題作佛牙，卷五四隋唐嘉話題作金剛石。白孔六帖卷三十引劉餗傳記亦載。說郛（陶珽刊本）弓三六隋唐嘉話亦載。

〔一〕有婆羅門僧言佛齒所擊前無堅物　原書作「有婆羅門僧言得佛齒，所擊前無堅物。」當據之補「得」字。

〔二〕子　原書上有「其」，當據補。

〔三〕羚羊角　原書作「零羊角」，當據本書改。資治通鑑卷一九五唐紀十一太宗貞觀十三年叙此事，胡三省註：「杜佑曰：扶南國出金剛石，可以刻玉，狀如紫石英。……以鐵鎚之而不傷，鐵乃自損；以羚羊角扣之，漼然冰泮。陶弘景曰：羚羊今出建平宜都蠻中及西域，多兩角，一角者爲勝；角甚多節，蹙蹙圓繞。」

〔四〕胡　聚珍本無，今從齊之鸞本補。原書亦有。

〔五〕珠　原書作「珠玉」。

400 閻立本善畫〔一〕。至荆州，視張僧繇舊跡〔二〕，曰：「定虚得名耳。」明日又往，曰：「猶是近代佳手耳。」明日又往，曰：「名下無虚士〔三〕。」坐卧觀之，留宿其下，一日不能去〔四〕。

本條原出隋唐嘉話卷中。太平廣記卷二一一國史異纂題作閻立本。説郛（陶珽刊本）弓三六隋唐嘉話亦載。劉賓客嘉話録亦有此文，唐蘭考爲誤入。紺珠集卷五、白孔六帖卷三二引嘉話題作名下無虚士，實乃隋唐嘉話之文。説郛（陶珽刊本）弓三六嘉話録亦載，同是誤入之文。

〔一〕善畫　原書上有「家代」二字。

〔二〕視　原書無，當據本書補。

〔三〕無　原書上有「定」字。

〔四〕一日　原書作「十日」。

401 高宗時，羣蠻聚爲寇〔一〕，討之輒不利，乃除徐敬業爲刺史。府發卒迎，敬業盡放令還，單騎至府。賊聞新刺史至，皆繕理以待。敬業一無所問，處他事已畢，方曰：「賊安在？」曰：「在南岸。」乃從一二佐史而往觀之〔二〕，莫不駭愕。賊所持兵覘望〔三〕，及見船中無人，又無兵仗，更閉營隱藏。敬業直入其營内，告云〔四〕：「國家知汝等爲貪吏所害，非有他惡，可悉歸田里，無去爲賊〔五〕。」唯召其帥，責以不早降之意〔六〕，各笞數十而遣之，境内肅然。其祖英公壯其膽略，曰：「吾不辦此，然破我家者必此兒！」英公既薨，高宗思平遼勳，令製其冢，象高麗中三山〔七〕，猶霍去病之祁連山。後敬業舉兵〔八〕，武后令掘平之。大霧三日不解，乃止。

本條原出隋唐嘉話卷中。太平廣記卷一六九國史異纂題作英公，引至「必此兒也」爲止。説郛（陶珽刊本）弓三六隋唐嘉話亦載。資治通鑑卷二〇一唐紀十七高宗總章二年考異引劉餗小説，即此文，亦至「必此兒也」爲止。司馬光下案語曰：「敬業，武后時舉兵，旋踵敗亡，若有智勇，何至如此！今不取。」

〔一〕寇　齊之鸞本、歷代小史本作「害」。

〔二〕佐史　太平廣記、資治通鑑考異引文作「佐吏」，當據改。

〔三〕所　原書作「初」，當據改。

〔四〕告　原書作「使告」。

〔五〕無去爲賊　原書作「後去者爲賊」。

〔六〕不早降　太平廣記、資治通鑑考異引文同。原書無「不」字，齊之鸞本、歷代小史本無「早」字。

〔七〕象高麗中三山　資治通鑑卷二〇一唐紀十七高宗總章二年云：「起冢象陰山、鐵山、烏德鞬山，以旌其破突厥、薛延陀之功。」胡三省註：「烏德鞬山在回紇牙帳西南。」隋唐嘉話記載與此不同。

〔八〕敬業　原書上有「孫」字。

402 張沛爲同州〔一〕，任正名爲録事〔二〕，劉幽求爲朝邑尉。沛常呼二公爲任大〔三〕、劉大，若交友。玄宗誅韋氏，沛兄殿中監涉見誅〔四〕，幷合誅沛。沛將出就刑〔五〕，正名時謁告在家，聞之，遽出曰〔六〕：「朝廷初有大艱。同州，京之左輔，奈何單使至，害其州將〔七〕？請以死守之。」於是勸令覆奏。送沛于獄〔八〕，曰：「正名若死，使君可憂；不然，無慮也。」時劉幽求方立元勳〔九〕，用事居中〔一〇〕，竟脱沛于難。

本條原出隋唐嘉話卷下、大唐新語卷六舉賢第十二。隋唐嘉話自「今上之誅韋氏」起，分爲兩條，大唐新語仍合爲一條。説郛（陶珽刊本）弓三六隋唐嘉話亦載。

〔一〕張沛爲同州　大唐新語作「張沛爲同州刺史」。

〔二〕録事　大唐新語下有「參軍」二字。

〔三〕沛　隋唐嘉話下有「奴下諸官」四字，大唐新語「官」作「寮」。

〔四〕沛兄殿中監涉　舊唐書卷八五、新唐書卷一一三張文瓘傳，涉乃沛之弟。

〔五〕刑　大唐新語同，隋唐嘉話誤作「州」。

〔六〕遽出　大唐新語下有「止沛」二字。

〔七〕奈何單使至害其州將　隋唐嘉話、大唐新語作「奈何單使一至，便害州將？」

〔八〕送沛于獄　隋唐嘉話上有「因」字。

〔九〕劉幽求　大唐新語無「劉」字，隋唐嘉話三字均佚，當據本書補。

〔一〇〕用事居中　大唐新語作「居中用事」。

403 蕭至忠自晉州之入也〔一〕，大理蔣欽緒即其妹壻，送之曰：「以足下之才，不憂不見用，無爲非分妄求。」至忠不納〔二〕。蔣退而嘆曰〔三〕：「九代之卿族，一舉而滅，可哀也哉〔四〕！」至忠既至，拜中書令〔五〕，歲餘敗。

本條原出隋唐嘉話卷下。説郛（陶珽刊本）弓三六隋唐嘉話亦載。

〔一〕蕭至忠自晉州之入也　資治通鑑卷二一〇唐紀二六玄宗先天元年二月：「蒲州刺史蕭至忠自託於太平公主，公主引爲刑部尚書。」考異曰：「舊傳及劉餗小説皆云自晉州刺史入爲尚書，今從太上皇、睿宗録。」

〔二〕納　原書作「答」。

〔三〕嘆　原書無。

〔四〕九代之卿族一舉而滅可哀也哉　資治通鑑胡三省註：「引左傳衞太叔儀之言。至忠，蕭德言之曾孫，故云然。」

〔五〕拜　原書無，當據本書補。

404 高公駢鎮蜀日〔一〕，因巡邊，至資中郡，舍于刺史衙。對郡山頂有開元寺，是夜黄昏〔二〕，僧衆禮佛，其聲喧達，公命軍候悉擒械之，來朝笞背斥逐〔三〕。召將吏而謂之曰：「僧徒禮念，亦無罪過，但此寺十年後，當有秃丁數千爲亂〔四〕，以是厭之。」其後土人皆髡執兵，號「大髡」、「小髡」，據此寺爲寨〔五〕，凌脅州將〔六〕，果叶高公之言。〔原註〕得于資中處士王迢〔七〕。

本條原出北夢瑣言卷三高太尉決禮佛僧。太平廣記卷四九九北夢瑣言題作高駢。類説卷四三北夢瑣言題作秃丁。

古今合璧事類備要外集卷十九引北夢瑣言亦載。說郛（陶珽刊本）弓四六北夢瑣言亦載。

〔一〕高公駢鎮蜀日　原書作「唐渤海王太尉高公駢鎮蜀日」。

〔二〕黃昏　聚珍本無，今從齊之鸞本、歷代小史本補。原書亦有。

〔三〕朝　齊之鸞本、歷代小史本作「晨」。

〔四〕爲亂　齊之鸞本、歷代小史本作「亂我疆境」。

〔五〕此　聚珍本無，今從齊之鸞本、歷代小史本補。原書亦有。

〔六〕凌脅州將　聚珍本無，今從齊之鸞本、歷代小史本補。原書「凌」作「陵」。

〔七〕〔原註〕得于資中處士王迢　聚珍本無，今從齊之鸞本、歷代小史本補。原書亦有。唯歷代小史本「迢」作「召」。

〔原註〕二字乃依全書體例添加。

405 張九齡，開元中爲中書令。范陽節度使張守珪奏裨將安祿山頻失利，送戮於京師〔一〕。九齡批曰：「穰苴出軍，必誅莊賈；孫武行法，亦斬宮嬪。守珪軍令若行，祿山不宜免死。」及到中書，張九齡與語久之〔二〕，因奏戮之，以絕後患〔三〕。玄宗曰：「卿勿以王夷甫識石勒之意，殺害忠良。」更加官爵，放歸本道〔四〕。至德初〔五〕，玄宗在成都，思九齡先覺，制贈司徒，遣使就韶州致祭〔六〕。

本條原出大唐新語卷一匡贊第一。

〔一〕戮　原書作「就戮」。

〔二〕張　聚珍本作「令」，今從齊之鸞本改。原書無。

〔三〕因奏戮之以絶後患　原書作「因奏曰：『禄山狼子野心，而有逆相，臣請因罪戮之，冀絶後患。』」

〔四〕放歸本道　資治通鑑卷二一四唐紀三十玄宗開元二十四年叙此，曰：「竟赦之。」

〔五〕至德　原書與齊之鸞本誤作「至武德」，當據本書改。

〔六〕制贈司徒，遣使就韶州致祭　原書此處乃詔書全文。

406 李相夷簡未登第時，爲鄭縣丞。涇軍之亂，有使走驢東去甚急，夷簡入白刺史曰：「京城有故〔一〕，此使必非朝命，請執問。」果朱泚使滔者〔二〕。

本條原出國史補卷上執朱泚使者。太平廣記卷一七二國史補題作李夷簡。

〔一〕京城有故　原書句首有「聞」字，當據補。

〔二〕果朱泚使滔者　太平廣記引文作「果朱泚使於朱滔也」。原書亦佚「於」字。新唐書卷一三一宗室宰相李夷簡傳：「以宗室子始補鄭丞。德宗幸奉天，朱泚外示迎天子，遣使東出關至華，候吏李翼不敢問。夷簡謂曰：『泚必反。……請驗之。』翼馳及潼關，果得召符。」

407 德宗自復京闕，常恐生事，方鎮有兵，必姑息之。唯渾瑊奏事〔一〕，不過，輒私喜曰：「上不疑我〔二〕。」

本條原出國史補卷中渾令喜不疑。紺珠集卷三國史補題作上下疑我，「下」乃「不」之誤。類説卷二六國史補題作上不疑我。

〔一〕渾瑊　原書作「渾令公」。

〔二〕上不疑我　新唐書卷一五五渾瑊傳：「貞元後，天子常恐藩侯生事，稍桀驁則姑息之，惟瑊有所奏論不盡從可，輒私喜曰：『上不疑我。』」資治通鑑卷二三五唐紀五一德宗貞元十五年亦叙此事，胡三省於「不過」下加註曰：「唐制：凡奏事得可者，皆過門下省、中書省；不過者，寢其奏不下也。」

408 順宗風噤不言，太子未立，牛美人有異志。上乃召學士鄭絪於小殿，草立太子詔。絪執筆不請而書「立嫡以長」四字，跪呈。順宗然之〔一〕，乃定。

本條原出國史補卷中鄭絪草詔書。太平廣記卷一六四國史補題作鄭絪。

〔一〕順宗然之　原書作「帝深然之。」新唐書卷一六五鄭絪傳：「帝召絪草立太子詔，絪不請輒書曰：『立嫡以長。』跪白之，帝頷乃定。」資治通鑑卷二三六唐紀五二順宗永貞元年亦叙及此事。

## 賞譽

409 貞觀中，蜀人李義府八歲，號神童〔一〕。至京師，太宗在上林苑便對，有得烏者，上賜義府，義府登時進詩曰：「日裏揚朝彩，琴中伴夜啼；上林多許樹〔二〕，不借一枝棲。」上笑曰：

「朕今以全樹借汝〔三〕。」後相高宗。

説郛（陶珽刊本）弓四八唐語林賞譽亦載。

本條原出芝田録。類説卷十一芝田録題作朕以全樹借汝。隋唐嘉話卷中、大唐新語卷七知微第十五亦載此事，詩話總龜卷五自薦門引小説舊聞亦載此事，略同二書，而與本條文字不同。

〔一〕號　類説引文作「擧」。

〔二〕多許　類説引文作「如許」。唐詩紀事卷四李義府引此，亦作「如許」。

〔三〕今　聚珍本無，今從齊之鸞本、歷代小史本補。

410 玄宗燕諸學士於便殿，顧謂李白曰：「朕與天后任人如何？」白曰：「天后任人，如小兒市瓜，不擇香味，唯取其肥大者〔一〕；陛下任人，如淘沙取金，剖石採玉，皆得其精粹。」上大笑〔二〕。

本條原出開元天寶遺事卷下任人如市瓜。説郛（陶珽刊本）弓五二開元天寶遺事題作任人如市瓜。吳坰五總志引開元遺事亦載。

〔一〕唯取其肥大者　聚珍本無「其」「者」二字，今從齊之鸞本、歷代小史本補。原書亦有「者」字。

〔二〕上大笑　原書作「明皇笑曰：『學士過有所飾。』」

411德宗每年徵四方學術直言極諫之士，至者萃於闕下，上親自考試，絶請託之路。是時文學相高，當途者咸以推賢進善爲意。上試制科于宣德殿〔一〕。或下等者，卽以筆抹之至尾。其稱旨者，必吟誦嗟嘆；翊日，遍示宰相學士，曰：「此皆朕之門生。」公卿無不服上精鑒。宏詞獨孤授吏部試放馴象賦〔二〕，上自考之，稱其句曰：「化之式孚，則必受乎來獻；物或違性，斯用感於至仁。」上特書第三等。先是代宗時外方進馴象三十二〔三〕，上卽位，悉令放荆山之南，而授獻賦不傷于顧忌〔四〕，上賞其知去就。

本條原出杜陽雜編卷上。太平廣記卷一九八杜陽雜編題作唐德宗。説郛（陶珽刊本）弓四六杜陽雜編卷上亦載。

〔一〕宣德殿　原書與太平廣記引文作「宣政殿」，當據改。宣政殿在大明宮内。

〔二〕獨孤授　原書作「獨孤受」，太平廣記引文作「獨孤綬」。下同。獨孤授放馴象賦載文苑英華卷一三一。

〔三〕外方　原書作「文單國」。

〔四〕授獻賦不傷于顧忌　原書作「受不辱其受獻，不傷放棄」。太平廣記引文「不辱其」作「不斥」。

412白居易應舉，初至京〔一〕，以詩謁顧著作況。況覩姓名，熟視曰：「米價方貴，居亦不易。」及披卷，首篇曰：「咸陽原上草，一歲一枯榮。野火燒不盡，春風吹又生。」乃嗟賞曰：「道得箇語，居卽易也。」因爲之延譽，聲名遂振。

本條原出幽閑鼓吹。太平廣記卷一七〇幽閑鼓吹題作顧況。類説卷四三幽閑鼓吹題作米價方貴居亦不易。説郛

（陶珽刊本）弓五二幽閑鼓吹亦載。唐摭言卷七知己亦載此事。全唐詩話卷二白居易亦載此事。吳幵優古堂詩話亦載此事。

〔一〕初至京　朱金城白居易年譜貞元三年丁卯曰：「貞元四年（七八八）以前，居易無赴長安之可能。貞元五年後，顧況即因嘲謔貶官饒州司户（其知交李泌卒於貞元五年），復至蘇州，與蘇州刺史韋應物、信州刺史劉太真相往還。如謂居易有謁顧況之事，或相遇於饒州及蘇州也。」

413 李賀以歌詩謁韓愈，愈時爲國子博士分司。送客歸，極困。門人呈卷，解帶〔一〕，旋讀之。首篇鴈門太守行云：「黑雲壓城城欲摧，甲光向日金鱗開。」卻緩帶〔二〕，命迎之。

本條原出幽閑鼓吹。太平廣記卷一七〇雲溪友議題作韓愈，汪紹楹案：「明鈔本作出幽閑鼓吹。」類説卷四三幽閑鼓吹題作雁門太守行。説郛（陶珽刊本）弓五二、（張宗祥輯明鈔本）卷二十幽閑鼓吹亦載。

〔一〕帶　齊之鸞本、歷代小史本作「衣」。

〔二〕緩　原書作「援」。歷代小史本作「束」，齊之鸞本缺一字。

414 廣平程子齊昔範，未舉進士日，著程子中謩〔一〕，韓文公稱嘆之。及赴舉，干主司曰：「程昔範不合在諸生之下。」當時不第，人以爲屈。庚尚書承宣知貢舉，程始登第，以試正字從事涇原軍。李逢吉在相位，見其書，特薦，拜右拾遺〔二〕，竟因逢吉湮厄而没〔三〕。其立身貞苦，能清談樂善，士多附之。與堂舅李信州虞相善，又交裴夷直，皆士林之望也。

本條原出因話録卷三商部下。

〔一〕程子中臺　原書下有「三卷」二字。

〔二〕右拾遺　原書作「左拾遺」。

〔三〕竟因逢吉湮厄而没　原書作「竟因李公之累，湮厄而没。」

415 元稹在鄂州，周復爲從事。稹嘗賦詩，命院中屬和，周簪笏見稹曰：「某偶以大人往還高門〔一〕，謬獲一第，其實詩賦皆不能。」稹曰：「遽以實告〔二〕，賢於能詩者。」

本條原出幽閑鼓吹。太平廣記卷四九八幽閑鼓吹題作周復。類説卷四三幽閑鼓吹題作實告賢於能詩。説郛（陶珽刊本）弓五二幽閑鼓吹亦載。唐詩紀事卷三七元稹亦載，唯不註出處。

〔一〕高門　原書「高」下缺一字，當據本書補。説郛引文亦有「門」字。

〔二〕遽以實告　太平廣記引文作「質實如是」。

416 劉侍郎三復，初爲金壇尉。李衛公鎮浙西，三復代草表云：「山名北固，長懷戀闕之心；地接東溟，卻羨朝宗之路。」衛公嘉嘆，遂辟爲賓佐。時杭州有蕭協律悦，善畫竹，家酷貧。白居易典郡，嘗敍云：「悦之竹舉世無倫，頗自祕重，有終歲求其一竿一枝不得者。」又遺之歌曰：「餘杭邑客多羈貧，其中甚者蕭與殷，天寒身上猶衣葛，日高甑中未掃塵。」悅年老多病，有一女未適。他日，病且亟，謂其女曰：「吾聞長史劉從事，非有通家之舊，復無舉薦之力。燉自案〔一〕：此下原闕一字〔二〕。衆爲賢侯幕府，必有足觀者。今知未婚，吾雖未識，當以書託汝。」三復覽其書，數日未決。會夜夢有黃衣使，致藁一束於其門。翊日，言於衛公，公曰：「藁，蕭也。此固定矣。」三復遂成婚。

本條不知原出何書。

〔一〕案　此案語當是永樂大典編者或四庫全書館臣所加。

〔二〕此下原闕一字　齊之鸞本周錫瓚校曰：「『燉』下舊鈔不空。」

417 白敏中在郎署，未有知者，唯李衛公器之，多所延譽，然而無資用以奉僚友。衛公遺錢十萬〔一〕，俾爲酒肴，會省閤諸公宴。已有日。時秋霖涉旬日，賀拔惎員外求官未得〔二〕，將欲出京，來別。惎與敏中同年。主閽者告以方候朝官，繆以他適對，惎駐車留書，敘羈遊之困。敏中得書，嘆曰：「士窮達當有時命，苟以僥倖取容，未足發吾身。豈有美饌上邀當路豪貴〔三〕，而遺登第故人？」遂令召惎先宴。既而朝客來，聞與惎宴，衆人咸去〔四〕。他日，見衛公。問來者誰，敏中具對：「以留惎，負于推引。」衛公亦稱云：「此事真古人所爲。」惎自後以評事先拜，而敏中以庫部郎中入翰林爲學士，未逾三年，爲丞相。

本條原出劇談録卷上李朱崖知白令公。太平廣記卷一七〇劇談録題作李德裕。唐摭言卷八友放亦載此事，而以爲王起與白敏中事。又原書此條與卷七930條本是一條，此條在前。

〔一〕衞公遺錢十萬　原書上有「一旦」二句。

〔二〕賀拔惎員外求官未得　原書作「賀拔惎任員外府罷，求官未遂。」

〔三〕上　原書作「止」。

〔四〕衆人咸去　原書作「無不惋愕而去」。

418 大中末〔一〕，諫官獻疏，請賜白居易謚〔二〕。上曰：「何不讀醉吟先生墓表〔三〕？」卒不賜謚。弟敏中在相位，奏立神道碑，使李商隱爲之。

説郛（陶珽刊本）弓四八唐語林賞譽亦載。

本條原出賈氏談録。類説卷十五賈氏談録題作白傅不賜謚。説郛（陶珽刊本）弓三七、（張宗祥輯明鈔本）卷九賈氏談録亦載，張本題作白傅不賜謚。南部新書卷己亦載此事。

〔一〕大中　原書誤作「太宗」，當據本書改。

〔二〕諫官獻疏請賜白居易謚　説郛原書引文作「白傅姪敏中曾作諫官，獻疏請叔謚。」案白敏中爲居易之從父弟，此説誤。新唐書卷一一九白居易傳：「敏中爲相，請謚，有司曰『文。』」

〔三〕讀　原文作「取」。

419 宣宗舅鄭僕射光，鎮河中。封其妾爲夫人，不受，表曰：「白屋同愁，已失鳳鳴之侶；朱門自樂，難容烏合之人。」上大喜，問左右曰：「誰教阿舅作此好語〔一〕？」對曰：「光多任一判官田詢者掌書記。」上曰：「表語尤佳〔二〕，便好與翰林一官〔三〕。」論者以爲不由進士，又寒士，無引援，遂止。

類說卷三二語林題作封妾爲夫人。

本條不知原出何書。侯鯖録卷六亦曾徵引，唯不註出處。

〔一〕語　齊之鸞本、歷代小史本作「事」。

〔二〕語　齊之鸞本、歷代小史本作「記」。

〔三〕便好與翰林一官　聚珍本作「便好作翰林官」，今從齊之鸞本、歷代小史本改。

420 光德劉相宗望舉進士〔一〕，朔望謁鄭太師從讜。閽者呈刺，裴侍郎瓚後至〔二〕，先入從容，乃召劉秀才。劉相告以主司在前，不敢升坐〔三〕。隅拜于副堦上，鄭公降而揖焉〔四〕。鄭公佇立，目送之〔五〕，久方回。乃謂瓚曰：「大好及第舉人。」瓚唯唯〔六〕。明年，爲門生。

本條原出金華子卷下。

〔一〕光德劉相宗望　原書作「光德相國崇望」。舊唐書卷一七九、新唐書卷九十本傳均作「崇望」。新唐書曰：「光德，崇望所居坊也。」

〔二〕瓚 原書無。

〔三〕升 原書作「昇進」。

〔四〕鄭公降而揖焉 原書下有「丞乃趨出」一句。

〔五〕目送之 原書作「目之，候其掩映門屏」。

〔六〕瓚唯唯 原書作「裴公亦贊嘆」。

421 令狐滈、弟澄〔一〕，皆好文。自楚及澄，三世掌誥命〔二〕，有稱科場中。

本條原出金華子卷上。與下條 422 原合爲一條，今依原書分列。

〔一〕令狐滈 弟澄 原書作「令狐補闕滈與中書舍人澄」，周廣業註：「宋新唐書令狐綯傳：綯三子——滈、渢、涣，涣終中書舍人。又藝文志：令狐澄貞陵遺事一卷，注：綯子也，乾符中書舍人。蓋涣一名澄。」此說可商。參看本書附錄一唐語林援據原書索引中金華子之提要。

〔二〕三世掌誥命 原書作「三代皆擅美於紫薇。」紫薇指中書省，唐人習稱。

422 令狐滈以父爲丞相，未得進。滈出訪鄭侍郎，道遇大尹，投國學避之。遇廣文生吳畦，從容久之。畦袖卷呈滈，由是出入滈家。滈薦畦於鄭公，遂先滈一年及第〔一〕，後至郡守。

本條不知原出何書。與上條 421 原合爲一條，今依原書分列。疑此是金華子佚文。

〔一〕滈薦畦於鄭公，遂先滈一年及第 徐松登科記考卷二二：「按：滈於大中十三年及第，則畦及第在此年（十二年），惟此知舉爲李藩，言鄭侍郎誤。」

423 懿宗嘗行經延資庫〔一〕，見廣廈錢帛山積，問左右：「誰爲庫？」侍臣對曰：「宰相李德裕〔二〕。以天下每歲度支備用之餘，盡實於此。自是以來，邊庭有急，支備無乏。」上曰：「今何在？」曰：「頃坐吴湘貶崖州〔三〕。」上曰：「有如此功，微罪豈合誅譴〔四〕！」由是劉鄴進表雪冤，遂許加贈〔五〕。

本條原出金華子雜編。讀畫齋叢書本金華子佚去，資治通鑑卷二五〇唐紀六六咸通元年十月丁亥，考異引金華子雜編，即此文。

〔一〕懿宗嘗行經延資庫　考異引文作「宣宗嘗私行經延資庫」，司馬光按：「宣宗素惡德裕，故始即位即逐之，豈有不知其在崖州而云『豈合深譴』！又劉鄴追雪在懿宗時。此説殊爲淺陋，今不取。」考異引文作宣宗時事，王讜此書則作懿宗時事。不知此爲王讜擅改，抑或司馬光所見之本有誤？

〔二〕李德裕　考異引文下有「執政日」三字。

〔三〕坐吴湘　考異引文作「以坐吴湘獄」。

〔四〕誅譴　考異引文作「深譴」。

〔五〕遂許加贈　考異引文下有「歸葬焉」一句。

424 劉仁表〔一〕，劉允章門生。初，允章知舉，仁表與李都善，即訪之，而謂都曰：「儀之某爲朝廷委任，何以見裨，少塞責乎？」都欲薦其所知者，允章迎謂之曰：「謂不言牛、孔，安得歲歲須人？」先是牛、孔數家憑勢力，每歲主司爲其所制，故允章亦云〔二〕，適中都所欲言者。都曰：「蘊中錯也，願其往之。」案〔三〕：此句文義難明，疑有脱誤。以與允章雅熟，都納焉，卽孔紓也。復授允章以文一軸，發之且大半，曰：「此可以與否？」允章佳賞，比及卷首，乃仁表也。允章鄙其輕薄而辭之。都曰：「公是遭罹者，奈何復聽讒言乎？」于是皆許之。仁表後爲華州趙隲幕，嘗飲酒，隲命歐陽琳作録事，酒不中者罰之。仁表酒不能滿飲，琳罰之，仁表曰：「鄂渚尚書解取録事，不解放門生。」時允章鎮江夏，仁表皆自謂也。

本條不知原出何書。

〔一〕劉仁表　登科記考卷二三作「鄭仁表」。

〔二〕亦　齊之鸞本、歷代小史本作「以」。

〔三〕案　齊之鸞本、歷代小史本無此按語，當是永樂大典編者或四庫全書館臣所加。

425 畢相諴家素賤。李中丞者，有諸院兄弟與諴熟。諴至李氏子書室中，諸子賦詩，諴亦爲之。頃者李至，觀諸子詩，又見諴所作，稱其美〔一〕。諴初亦避之。李問曰：「此誰作也？」諸子不敢隱，乃曰：「某叔，頃來畢諴秀才作也。」諴遂出見。既而李呼左右責曰：「何令馬入池中，踐浮萍皆聚，蘆荻斜倒？」怒甚，左右莫敢對。諴曰：「萍聚只因今日浪，荻斜都爲夜來風。」李大悦，遂留爲客。

本條不知原出何書。

〔一〕美 齊之鸞本、歷代小史本作「最美」。

426 劉仁軌爲左僕射，戴至德爲右僕射，人皆多劉而鄙戴。有老父陳牒〔一〕，至德方欲下筆，老父問左右：「此是劉僕射否？」曰：「是戴。」因急就曰〔二〕：「此是不解事僕射，卻將牒來。」至德笑令授之〔三〕。戴在職無異跡〔四〕，當朝似不能言者〔五〕。及薨，高宗嘆曰：「自吾喪至德，無復聞讜言。在時，事有不是者，未嘗放過。」因索其前後所陳章奏〔六〕，閲而流涕，朝廷始重之〔七〕。

本條原出隋唐嘉話卷中。太平廣記卷一七六國史異纂題作劉仁軌。説郛（陶珽刊本）弓三六隋唐嘉話亦載。劉賓客嘉話録亦有此文，唐蘭考爲誤入。又唐會要卷五七左右僕射記此事，繫於上元二年。

〔一〕老父 原書作「老婦」。下同。資治通鑑卷二〇二唐紀十八高宗上元二年八月叙此事，亦作「老嫗」。

〔二〕就 原書下有「前」字，當據補。

〔三〕笑 聚珍本作「突」，今從齊之鸞本、歷代小史本改。原書亦作「笑」。

〔四〕在職 原書無，當據本書補。

〔五〕似 原書作「以」，當據本書改。

〔六〕章奏　原書下有「盈篋」二字。

〔七〕重之　原書上有「追」字。

427 相國劉公贍，其先人諱景，本連州人〔一〕。少爲漢南鄭司徒掌牋劄〔二〕。因題商山驛側泉石，司徒奇之，勉以進修，俾前驛換麻衣〔三〕，執贄見之禮。後解薦，擢進士第，歷臺省。贍孤貧有藝，雖登科第，不預急流。任大理評事日，饘粥不給。嘗於安國寺相識僧處謁飧，留所業文數軸，置在僧几上。致仕劉賓客遊寺〔四〕，見此文卷，甚奇之，憐其貧窶，厚有濟卹。又知其連州人〔五〕，朝無引援，謂僧曰：「某雖閒廢，能爲此人致宰相。」爾後授河中少尹。幕僚有貴族浮薄者蔑視之。一旦有命徵入，蒲尹張筵而餞之。輕薄客呼相國爲「尹公」〔六〕，曰：「歸朝作何官職？」相國對曰：「得路卽作宰相。」此郎官大笑之〔七〕，在席亦有異言者〔八〕。自是以水部員外知制誥，相次入翰林，以至拜相。〔原註〕王屋庭一上人細洽之〔九〕。

本條原出北夢瑣言卷三河中餞劉相瞻。太平廣記卷二六五北夢瑣言題作河中幕客。

〔一〕相國劉公贍其先人諱景本連州人　舊唐書卷一七七劉瞻傳曰：「彭城人。」新唐書卷一八一劉瞻傳曰：「其先出彭城，後徙桂陽。」又「贍」字當從原書、太平廣記引文與本傳改作「瞻」。

〔二〕漢南鄭司徒　卽鄭絪。太平廣記卷一七〇引芝田録曰：「劉瞻之先，寒士也。十許歲，在鄭絪左右主筆硯。十八九，絪爲御史，巡荆部商山，歇馬亭，俯瞰山水。……欲題詩，顧見一絶，染翰尚濕，絪大訝其佳絶。時南北無行人，左右曰：『但向來劉景在後行二三里。』公戲之曰：『莫是爾否？』景拜曰：『實見侍御吟賞起予，輒有寓題。』引咎又拜。公咨嗟久之而去。」

〔三〕前驛　聚珍本作「之」，今從齊之鸞本、歷代小史本改。原書與太平廣記引文亦作「前驛」。

〔四〕劉賓客　太平廣記引文作「軍容劉玄翼」。

〔五〕州　齊之鸞本、歷代小史本作「山」。原書作「州」，太平廣記引文作「山」。

〔六〕客　原書作「幕客」。

〔七〕郎官　原書無「官」，當據删。

〔八〕異　原書下有「其」，當據補。

〔九〕〔原註〕王屋庭一上人細治之　聚珍本無，今從齊之鸞本、歷代小史本補。原書「治」作「話」，當據改。又原書「庭一上人」作「匡一上人」，作「庭一上人」者或誤，參看卷七960條註〔三〕。〔原註〕二字乃依全書體例添補。

428 鄭愚尚書，廣州人。雄才奧學。擢進士第，揚歷清顯，聲稱烜然，而性本好華，以錦爲半臂。崔魏公鉉鎮荆南，鄭除廣南節制經過，魏公以常禮延遇。鄭舉進士時，未嘗以文章及魏公門，此日于客次換麻衣，先贄所業。魏公覽其卷首，尋已，賞嘆至三四，不覺曰：「真銷得錦半臂也。」又以魏公故相，合具軍儀廷參，不得已而受之〔一〕。魏公曰：「文武之道，備見之矣。」其欽服形於辭色也〔二〕。或曰：「鄭公因醉眠，左右見一白豬。」蓋杜征南蛇吐之類〔三〕。

本條原出北夢瑣言卷三鄭愚尚書錦半臂。太平廣記卷二〇二北夢瑣言題作崔鉉。類説卷四三北夢瑣言題作錦半臂。白孔六帖卷九一北夢瑣言題作銷得錦半臂。説郛（陶珽刊本）弓四六北夢瑣言亦載。唐摭言卷十二設奇沾譽亦載此事。

〔一〕受　原書作「授」，太平廣記引文作「受」。作「受」者是。

〔二〕欽　齊之鸞本、歷代小史本作「敬」。

〔三〕杜征南蛇吐　晉書卷三四杜預傳：「預初在荆州，因宴集，醉卧齋中。外人聞嘔吐聲，竊窺於户，止見一大蛇垂頭而吐。聞者異之。」

429 郭曖尚昇平公主，盛集文士，卽席賦詩，公主帷而觀之。李端中宴詩成〔一〕，云：「薰香荀令偏憐少，傅粉何郎不解愁。」衆稱妙絶。或謂夙構，端曰：「願試一吟。」錢起云：「請以起姓爲韻。」復云〔二〕：「新開金埒教調馬，舊賜銅山許鑄錢。」曖出名馬金帛爲贈〔三〕。是席，端爲首；送王相鎮幽朔〔四〕，韓翃爲首〔五〕；送劉相巡江淮〔六〕，錢起爲首。

本條原出國史補卷上李端詩擅場。太平廣記卷一九八國史補題作李端。紺珠集卷三國史補題作詩擅場。類説卷二六國史補題作擅場。苕溪漁隱叢話後集卷六引復齋漫録轉録國史補亦載。海録碎事卷十九國史補亦載。南部新書卷戊亦載此事而約言之。

〔一〕李端中宴詩成　原書作「李端中宴詩成，有『荀令』『何郎』之句。」各書引文同。本書全引此二詩句。

〔二〕復云　原書作「復有『金埒』『銅山』之句。」各書引文同。本書全引此二詩句。

〔三〕出名馬金帛　原書作「大出名馬金帛」。太平廣記引文作「大喜，出名馬金帛」。當據之補「大喜」二字。

〔四〕王相　太平廣記引文作「丞相王縉」。

〔五〕韓翌爲首　原書作「韓紘擅場」。海録碎事引文亦作「韓紘」。太平廣記引文作「韓翃」，南部新書亦作「韓翃」。作「韓翃」者是。

〔六〕劉相　太平廣記引文作「丞相劉晏」。

430 獨孤郁，權相子壻也，歷掌内外制〔一〕，有美名。憲宗嘆曰〔二〕：「我女壻不如德輿〔三〕。」

本條原出國史補卷中獨孤郁佳壻。太平廣記卷一六四國史補題作獨孤郁。

〔一〕内外制　原書作「内職綸詔」。

〔二〕嘆曰　原書作「嘗嘆曰」。

〔三〕我女壻不如德輿　原書作「我女壻不如德輿女壻。」太平廣記引文亦重「女壻」二字。新唐書卷一六二獨孤郁傳：「憲宗嘆德輿乃有佳壻，詔宰相高選世族，故杜悰尚岐陽公主，然帝猶謂不如德輿之得壻也。」資治通鑑卷二三九唐紀五五憲宗元和九年則曰：「上嘆郁之才美，曰：『德輿得壻郁，我反不及邪！』先是尚主皆取貴戚及勳臣之家，上始命宰相選公卿、大夫子弟文雅可居清貫者，諸家多不願，惟杜佑孫司議郎悰不辭。」

431 孔戣爲華州刺史，奏江淮進海味，道路擾人，并其類十數條〔一〕。後上不記其名〔二〕，問裴晉公，亦不能對，久之方省〔三〕。乃拜戣嶺南節度，有異政。南中士人死于流竄者，子女悉爲嫁娶之。

本條原出國史補卷中孔戣論海味。

〔一〕十數條　原書作「數十條上」。

〔二〕後　原書「後」下有「欲用戣」三字。

〔三〕問裴晉公亦不能對久之方省　舊唐書卷一五四孔戣傳：「上謂裴度曰：『嘗有上疏論南海進蚶菜者，詞甚忠正，此人何在，卿第求之。』度退訪之，或曰祭酒孔戣嘗論此事，度徵疏進之。」新唐書卷一六三孔戣傳則曰：「明州歲貢淡菜蚶蛤之屬，戣以爲自海抵京師，道路役凡四十三萬人，奏罷之。」

432 呂元膺爲鄂岳都團練使〔一〕，夜登城，女牆已鏁，守者曰〔二〕：「軍法：夜不可開。」乃告言中丞自登，守者又曰：「夜中不辨是非，雖中丞亦不可。」元膺乃歸。明日，擢爲重職。

本條原出國史補卷中夜不開女牆。太平廣記卷四九六國史補題作呂元膺。

〔一〕呂元膺爲鄂岳都團練使　原書同。新唐書卷一六二呂元膺傳作鄂岳觀察使，資治通鑑卷二三八唐紀五四憲宗元和五年亦作鄂岳觀察使。二書亦載此事。

〔二〕守者　原書作「守陴者」。

## 品藻

433 姚梁公與崔監司在中書[一]。梁公有子喪，在假旬日，政事委積，處置皆不得。言于玄宗，玄宗曰：「朕以天下事本付姚崇，以卿坐鎮雅俗。」及梁公出，頃刻間決遣盡畢。時齊平陽爲舍人[二]，在旁見之。梁公自以爲能，頗有得色，乃問平陽曰：「余之爲相，比何等人？」齊未及對。梁公曰：「何如管、晏？」曰：「不可比管、晏。管、晏作法，雖不及後，猶及其身。相公前入相，所立法令施未竟，悉更之，以此不及。」梁公曰：「然則竟如何？」曰：「相公可謂救時之相也[三]。」梁公投筆曰：「救時之相，豈易得乎？」時齊平陽善知今事，高仲舒善知古事。姚作相，凡質疑問難，皆此二人。因嘆曰[四]：「欲知古事，問高仲舒；欲知今事，問齊澣[五]，即無敗政矣！」

本條原出戎幕閒談。類説卷五二戎幕閒談引此文兩條，分別題曰救時之相、古事問仲舒。

[一] 姚梁公　類説引文作「姚崇」。

[二] 齊平陽　類説引文作「齊澣」。

[三] 時　齊之鸞本作「世」。下同。

[四] 姚作相凡質疑問難皆此二人因歎曰　資治通鑑卷二一一唐紀二七玄宗開元四年敍此，作「姚、宋每坐二人以

質所疑，既而歎曰」。

〔五〕欲知今事問齊澣　舊唐書卷一八七上忠義上高仲舒傳：「時又有中書舍人崔琳，深達政理，璟等亦禮焉。嘗謂人曰：『古事問高仲舒，今事問崔琳，則又何所疑矣。』」新唐書卷一九一忠義上高仲舒傳同。又新唐書卷一〇九崔琳傳亦有此語。

434 玄宗西幸，駕及古界，靈武遞至，房琯新除丞相。玄宗於馬上看除目，顧左右，謂裴士淹曰：「亦不是滅賊手。」士淹低語曰：「請陛下勿復言〔一〕。」上色少愧。

本條原出芝田録。類説卷十一芝田録題作房琯不是滅賊手。大唐新語卷八聰敏第十六亦載此事，唯文字不同。

〔一〕請陛下勿復言　類説引文作「陛下不須言之」。

435 玄宗西幸，嘗鬱鬱不悦，多與裴士淹並馬語〔一〕。語及平日之事，時亦解顔。上曰：「李林甫之材不多得〔二〕。」士淹曰：「誠如聖旨，近實無儔。」上曰：「但以妬賢嫉能，以此至敗。」士淹曰：「陛下既知〔三〕，何故久任之？豈唯身敗，兼亦誤國。計今日之事，林甫所啓也。」上愀然不樂〔四〕。

本條原出芝田録。類説卷十一芝田録題作李林甫妬賢嫉能。大唐新語卷八聰敏第十六亦載此事，唯文字不同。

〔一〕裴士淹　新唐書卷二二三上姦臣上李林甫傳叙事與上條、本條多合，此作「給事中裴士淹。」

〔二〕不　類説引文作「不可」。

〔三〕既知　類説引文下有「如此」二字。

〔四〕上愀然不樂　類説引文作「上不樂，數里執鞭無言。」

436 喬彝京兆府解試，時有二試官。彝日午叩門，試官令引入，則已醺醉。視題，曰幽蘭賦，不肯作，曰：「兩人相對作得此題〔一〕，速改之。」乃改爲渥洼馬賦〔二〕。奮筆斯須而就，其辭甚工〔三〕。便欲首送。京兆尹曰：「喬彝峥嵘甚，以解副薦之〔四〕。」

本條原出幽閑鼓吹。太平廣記卷一七九幽閒鼓吹題作喬彝。紺珠集卷十幽閑鼓吹題作喬彝峥嵘甚。類説卷四三幽閑鼓吹題作峥嵘甚。説郛（陶珽刊本）弓五二幽閑鼓吹亦載。

〔一〕兩人相對作得此題　原書作「兩箇漢相對作此題」。

〔二〕乃改爲渥洼馬賦　原書下有「曰：『校些子。』」四字。太平廣記引文作「曰：『此可矣。』」

〔三〕其辭甚工　原書作「警句云：『四蹄曳練，翻瀚海之驚瀾；一噴生風，下胡山之亂葉。』」太平廣記引文「胡山」作「湘山」，當據改。

〔四〕以解副薦之　原書句首有「宜」字。

437 尚書白舍人初到錢塘，令訪牡丹。獨開元寺僧惠澄近於京師得此花〔一〕，始栽植于庭〔二〕，欄圍甚密，他亦未知有也。時春景方深，惠澄設油幕覆其上。牡丹自東越分而種之也，會稽徐凝自富春來〔三〕，未識白公，先題詩曰：「此花南地知誰種〔四〕，慚愧僧門用意栽〔五〕。海燕解憐頻睥睨，胡蜂未識更徘徊。虛生芍藥徒勞妬，羞殺玫瑰不敢開〔六〕；唯有數苞紅蕚在〔七〕，含芳只待舍人來。」白尋到寺看花，乃命徐生同醉而歸。時張祜榜舟而至，甚若疎誕，然張、徐二生未之習稔〔八〕，各希首薦焉。中舍曰：「二君論文，若廉、白之鬭鼠穴，較勝負于一戰也。」遂試長劍倚天賦〔九〕、餘霞散成綺詩。既解送，以凝爲先，祜其次耳。張祜詩有〔一〇〕：「地勢遥尊岳〔一一〕，河流側讓關。」多士以陳後主「日月光天德，山河壯帝居」比〔一二〕，徒有前名矣。祜題金山寺詩曰〔一三〕：「樹影中流見，鐘聲兩岸聞。」雖綦毋潛云「塔影挂青漢，鐘聲和白雲〔一四〕」，此二句未爲佳也。祜又有觀獵四句及宫詞，白公曰：「張三作獵詩以擬王右丞，予則未敢優劣也。」王維詩曰：「風勁角弓鳴，將軍獵渭城。草枯鷹眼疾，雪盡馬蹄輕；忽過新豐市〔一五〕，還歸細柳營。回看落鴈處〔一六〕，千里暮雲平。」張祜詩曰：「晚出禁城東〔一七〕，分圍淺草中，紅旗開向日，白馬驟臨風。背手抽金鏃，翻身控角弓，萬人齊指處，一鴈落寒空。」白公又以宫詞四句之中皆偶對〔一八〕，何足奇乎？不如徐生云〔一九〕：「今古常如白練飛，一條界破青山色〔二〇〕。」徐凝賦曰〔二一〕：「譙周室裏，定游、夏於丘、虔；〔二二〕馬守帷中〔二三〕，分易、禮于盧、鄭。如我明公薦拔〔二四〕，豈惟偏黨乎？」張祜亦曰：「虞韶九奏，非瑞馬之至音；荆玉三投，佇良工之必鑒。且洪鐘韶擊〔二五〕，瓦缶雷鳴；榮辱糾繩，復何定分！」祜遂行歌而邁，凝亦鼓枻而歸。自是二生終身偃仰，不隨鄉試矣。先是李補闕林宗、杜殿中牧與白公輩下較文，具言元白體舛雜，而爲清苦者見嗤，因茲有恨也。白爲河南尹，李爲河陽令〔二六〕，道上相遇，尹乃乘馬，令則肩輿，似乖趨事之禮。嘗謂樂天爲「囁嚅公」，聞者皆笑；樂天之名稍減。白曰：「李直木〔原註〕〔二七〕林宗字也。，吾之猘子也〔二八〕，其鋒不可當。」後杜舍人之守秋浦，與張生爲詩文交〔二九〕，酷愛祜宮詞，亦知錢塘之歲自有是非之論〔三〇〕，懷不平之色，爲詩二首以高之〔三一〕，曰：「誰人得似張公子，千首詩輕萬户侯。」又云：「如何故國三千里，虛唱歌辭滿六宮。」

本條原出雲谿友議卷中錢塘論。太平廣記卷一九九雲溪友議題作杜牧。唐詩紀事卷五二徐凝叙此，首稱「范攄言」，蓋即此文之節録。唐摭言卷二爭解元亦節引此文，唯不言出處。

〔一〕師　聚珍本無，今從齊之鸞本、歷代小史本補。原書亦有。

〔二〕始栽　原書作「栽始」，當據本書改。

〔三〕會稽　原書無「稽」字，當據刪。徐凝爲睦州人，非會稽人。各書亦無「稽」字。

〔四〕誰　原書作「難」。唐詩紀事亦作「難」。

〔五〕門　原書作「閒」。唐詩紀事作「閑」。

〔六〕玫瑰　齊之鸞本、歷代小史本作「海棠」。

〔七〕蕁　齊之鸞本、歷代小史本作「幞」。原書亦作「幞」。唐詩紀事作「蕁」。

〔八〕稔　齊之鸞本作「隱」。原書亦作「隱」。

〔九〕長劍倚天賦　原書作「長劍倚天外賦」。唐詩紀事亦作「長劍倚天外賦」。

〔10〕張祜　原書中間衍一「日」字，當據本書删。

〔一一〕遥　齊之鸞本、歷代小史本作「連」。

〔一二〕比　原書誤作「此」，當據本書改。

〔一三〕詩曰　原書下有註：「此寺，大江之中。」

〔一四〕和　聚珍本作「扣」，今從齊之鸞本、歷代小史本改。原書亦作「和」。

〔一五〕市　齊之鸞本、歷代小史本作「戍」。原書亦作「戍」。

〔一六〕落　原書作「失」。

〔一七〕晚　原書作「曉」。

〔一八〕偶　原書作「數」。唐詩紀事亦作「數」。

〔一九〕不如　齊之鸞本、歷代小史本作「然」。原書作「然無」。

〔二〇〕界　唐詩紀事同。原書作「解」。

〔二一〕賦　聚珍本無，今從齊之鸞本、歷代小史本補。原書亦有。

〔二二〕丘　原書誤作「立」。

〔二三〕馬守　指馬融。

〔二四〕拔　原書無，當據本書補。

〔二五〕韶　原書作「運」。

〔二六〕河陽令　原書作「河南令」。

〔二七〕原註　此是范攄自註。

〔二八〕猘　原書作「猶」。當從本書改。

〔二九〕詩文交　齊之鸞本、歷代小史本作「詩之交」。原書作「詩酒之交」。

〔三〇〕是非　原書無「是」，當據本書補。

〔三一〕之　原書誤作「則」，當據本書改。唐詩紀事亦作「之」。

438 昇平裴相兄弟三人，俱有盛名。世謂俅不如儔，儔不如休〔一〕。休好釋氏〔二〕，善隸書，所在寺額多書之〔三〕。

類説卷三二語林題作儔不如休。

本條不知原出何書。南部新書卷庚亦載此事。

〔一〕世謂俅不如儔儔不如休　聚珍本作「世謂俅不如休」，今從齊之鸞本、歷代小史本補正。類説引文亦有「儔，儔不如」四字。南部新書亦有。

〔二〕氏　聚珍本作「事」，今從類説引文改。

〔三〕多　聚珍本作「皆」，今從齊之鸞本、歷代小史本改。

439 隋吏部侍郎高孝基主選〔一〕，見梁公房玄齡、蔡公杜如晦〔二〕，愕然降階，與之抗禮。延入内廳，食甚恭〔三〕，曰：「二賢當爲王霸佐命〔四〕，位極人臣，然杜年壽稍減于房耳。願以子孫相託〔五〕。」貞觀初，杜薨于左僕射〔六〕，房位至司徒，秉政二十餘年〔七〕。

本條原出隋唐嘉話卷上、大唐新語卷七知微第十五。說郛（陶珽刊本）弓三六隋唐嘉話亦載。

〔一〕高孝基　大唐新語作「高構」。構，字孝基。

〔二〕見梁公房玄齡蔡公杜如晦　舊唐書卷六六、新唐書卷九六房玄齡、杜如晦傳均載此事，然分別言之，與本書作同時見者有異。聚珍本「房玄齡」作「房喬」，今據齊之鸞本改。原書亦作「房玄齡」。

〔三〕食　隋唐嘉話上有「共」字，當據補。

〔四〕王霸　隋唐嘉話、大唐新語作「興王」。

〔五〕願以子孫相託　大唐新語下有「因謂裴矩曰：『僕閱人多矣，未見此賢。』」三句，兩唐書記之於房玄齡傳。

〔六〕左　隋唐嘉話、大唐新語作「右」。兩唐書杜如晦傳均作「右僕射」。

〔七〕二十　隋唐嘉話作「三十」。案太宗卽位，房玄齡爲中書令，至貞觀二十二年薨，實秉政二十餘年。然玄齡在秦府十餘年，常典管記，如納入此數，則當云秉政三十餘年。

440 太宗稱虞監：博聞、德行、書翰、詞藻、忠直，一人而已，而兼是五善〔一〕。

本條原出隋唐嘉話卷中。太平御覽卷六一二引國朝傳記亦載。太平廣記卷一六四國朝雜記題作虞世南。説郛（陶珽刊本）弓三六隋唐嘉話亦載。説郛（張宗祥輯明鈔本）卷三八傳載亦載。南部新書卷癸亦載此事。

〔一〕五善　新唐書卷一〇二虞世南傳：「帝每稱其五絶：一曰德行，二曰忠直，三曰博學，四曰文詞，五曰書翰。」舊唐書卷七二虞世南傳同。

441 貞元中，楊氏、穆氏兄弟人物才名不相遠。或云：「楊氏兄弟賓客皆同，穆氏兄弟賓客皆異〔一〕。」以此爲優劣。

本條原出國史補卷中楊穆分優劣。紺珠集卷三國史補題作楊穆兄弟優劣。聚珍本與下條442原合爲一條，齊之鸞本分列，原書亦分列，今分爲兩條。太平廣記卷一七〇國史補題作楊穆弟兄，與下條442亦合爲一條，歷代小史本同。

〔一〕皆異　原書作「各殊」。

442 穆氏兄弟四人：贊、賞、質、員〔一〕。時人謂：贊俗而有格，爲「酪」；質美而多文〔二〕，爲「酥」；員爲「醍醐」，言粹而少用；賞爲「乳腐」，言最爲凡固也。

本條原出國史補卷中穆氏四子目。太平廣記卷一七〇國史補題作楊穆弟兄。紺珠集卷三國史補題作穆氏弟兄。説郛（陶珽刊本）弓四八唐國史補題作兄弟優劣。又本條與上條441分合情況，見上條説明。

〔一〕贊賞質員　原書作「贊、質、員、賞」。太平廣記與説郛引文同。舊唐書卷一五五、新唐書卷一六三穆寧傳均言「四子：贊、質、員、賞。」

〔三〕文　册府元龜卷七八三叙此，亦作「文」。原書作「入」，説郛引文同。舊唐書、新唐書均作「入」。太平廣記引文作「仁」。齊之鸞本缺一字，歷代小史本作「味」。

443 德宗晚年絶嗜欲，尤工詩，臣下莫及。每御製奉和而退，笑曰：「排公在〔一〕。」案〔二〕：此句文義未明，疑有脱誤。

本條原出國史補卷中應制排公在。

〔一〕排公在　原書句下尚有「俗有投石之兩頭置標，號曰『排公』，以中不中爲勝負也。」三句。

〔二〕案　此案語當是永樂大典編者或四庫全書館臣所加。

444 杜太保在淮南〔一〕，進崔叔清詩百篇，上謂使者曰〔二〕：「此惡詩，焉用進？」時人呼爲「淮敕惡詩」。

本條原出國史補卷中崔叔清惡詩。太平御覽卷五八六引國史補亦載。太平廣記卷二六〇國史補題作崔叔清。紺珠集卷三、類説卷二六國史補題作淮敕惡詩。説郛（陶珽刊本）弓四八唐國史補題作惡詩。

〔一〕杜太保　太平廣記引文作「杜佑」。

〔二〕上　原書作「德宗」。

445 盧肇、黄頗同遊李衞公門下。王起再知貢舉，訪二人之能。或曰：「盧有文學，黄能詩。」起遂以盧爲狀頭，黄第三人〔一〕。

本條不知原出何書。

〔一〕盧爲狀頭黄第三人　徐松登科記考卷二二引永樂大典載宜春志：「黄頗，字無頗，宜春人。與盧肇相上下。每見肇所爲文，輒不取。會昌三年，擢進士科。頗自升等第後，十三年，始中選。」

## 規箴

446 太宗常幸洛陽，頗見可欲，多治隋氏舊宫，或縱畋遊。魏徵驟諫，上忻然罷，曰：「非公，無此語。」

說郛（陶珽刊本）弓四八唐語林規箴亦載。

本條不知原出何書。

447 肅宗五月五日抱小公主，顧山人李唐曰〔一〕：「念之，勿怪〔二〕。」唐曰：「太上皇亦應思陛下〔三〕。」肅宗泣涕。是時張氏已用事〔四〕，不由己矣。

本條原出國史補卷上李唐諷肅宗。說郛（陶珽刊本）弓四九常侍言旨亦有此條，或係誤入。

〔一〕顧山人李唐曰　原書作「對山人李唐於便殿。顧唐曰」。資治通鑑卷二二二唐紀三八繫此事於肅宗上元二年。」
〔二〕念之勿怪　新唐書卷七七后妃下張皇后傳敍此事作「我念之，無怪也。」
〔三〕思　原書作「思見」。
〔四〕已用事　原書作「已盛」。

448 陽城爲諫議大夫。德宗欲用裴延齡爲相，城曰：「白麻若出，我必裂之而死。」德宗以爲難，竟不相延齡〔一〕。

本條原出國史補卷上陽城裂白麻。説郛（陶珽刊本）弓四八唐國史補題作裂麻。
〔一〕德宗以爲難，竟不相延齡　原書作「德宗聞之以爲難，竟寢之。」舊唐書卷一九二隱逸陽城傳、新唐書卷一九四卓行陽城傳均敍此事，資治通鑑卷二三五唐紀五一繫此事於德宗貞元十一年。

449 國子監諸生猥雜。陽城爲司業，以道德訓諭，有違親三年者，勉歸覲〔一〕。

本條原出國史補卷中陽城勉諸生。與下條 450 原合爲一條，今依原書分列。
〔一〕有違親三年者，勉歸覲　原書句下尚有「由是生徒稍變」一句。舊唐書卷一九二隱逸陽城傳：「城既至國學，乃召諸生，告之曰：『凡學者，所以學爲忠與孝也。諸生寧有久不省其親者乎？』明日，告城歸養者二十餘人。」新唐書卷一九四卓行陽城傳：「下遷國子司業。引諸生告之曰：『凡學者，所以學爲忠與孝也。諸生有久不省親者乎？』

明日謁城還養者二十輩，有三年不歸侍者斥之。」

450 自天寶九年置廣文館〔一〕，至元和中〔二〕，堂宇虛構，材木堆積，主者或盜用之。案〔三〕：此條語義未完，疑有脫文。

本條原出國史補卷中置廣文館事。與上條 449 原合爲一條，今依原書分列。

〔一〕天寶九年　原書作「天寶五年」。案舊唐書卷九玄宗紀下：天寶九載「秋七月己亥，國子監置廣文館，領生徒爲進士業者。」原書作「五年」者誤。

〔二〕至元和中　聚珍本無「至」字，據齊之鸞本、歷代小史本補入。原書亦有。又原書「元和中」三字作「今」字。

〔三〕案　此案語當是永樂大典編者或四庫全書館臣所加。

451 憲宗固英睿。初卽位，得杜邠公贊導；及其成功，多邠公力也。

本條原出國史補卷中謀始得邠公。

452 每大朝會，監察御史押班，不足，則使下御史因朝奏者攝之〔一〕。

本條原出國史補卷下用使下御史。太平廣記卷一八七國史補題作押班。齊之鸞本、歷代小史本無此條。又在本書與原書中，本條與下條 453 均合爲一條，今依原書標題與太平廣記引文分列。

〔一〕下御史　太平廣記引文作「下侍御史」。

453 諫院以章疏之故，憂患略同。臺中則務苛禮〔一〕。省中多事〔二〕，旨趣不一。故言：「遺、補相惜〔三〕，御史相憎，郎官相輕。」

本條原出國史補卷下臺省相愛憎。太平廣記卷一八七國史補題作雜說。近事會元卷二國史補題作臺諫憎愛。又本書與原書中本條與上條 452 均合爲一條，今依原書標題與太平廣記引文分列。

〔一〕苛禮　太平廣記、近事會元引文作「糺舉」。

〔二〕事　近事會元引文作「士」。

〔三〕遺補　指拾遺、補闕。

454 于司空因韋太尉奉聖樂〔一〕，亦撰順聖樂以進，每宴，必使奏之。其曲將半，綴皆伏〔二〕，而一人舞於中央。慕容韋綬笑曰〔三〕：「何用窮兵獨舞？」雖笑談詼諧，亦有爲也。頔又令女妓爲佾舞〔四〕，壯妙，號孫武順聖樂。

本條原出國史補卷下于公順聖樂。太平御覽卷五七四引國史補亦載，引至「亦有爲也」。太平廣記卷二〇四國史補題作于頔。紺珠集卷三、類說卷二六國史補題作窮兵獨舞。

〔一〕于司空　原書與各本引文作「于司空頔」。新唐書卷二二禮樂志記于頔官銜，時爲山南節度使。參看卷三

464條。

〔二〕綴　原書與各本引文作「行綴」。

〔三〕幕容韋緩　原書與各本引文作「幕客韋緩」，當據改。太平御覽引文則作「幕中韋緩」。

〔四〕佾　原書作「六佾」，「六」乃誤字。新唐書卷一七二于頔傳曰：「頔嘗制順聖樂舞獻諸朝。又教女伎爲八佾，聲態雄侈，號孫吴順聖樂。」「八佾」是。

## 夙慧

455 上官昭容者，侍郎儀之孫也〔一〕。儀之得罪〔二〕，婦鄭氏填宫，遺腹生昭容。其母將誕之夕，夢人與秤，曰：「持之秤量天下文士〔三〕。」鄭氏冀其男也，及生昭容，視之，云：「秤量天下，豈是汝耶？」口中啞啞如應曰「是」。

本條原出劉賓客嘉話録。太平廣記卷一三七嘉話録題作上官昭容。類説卷五四劉禹錫嘉話題作持此秤量天下。錦繡萬花谷後集卷二九引劉禹錫嘉話亦載。説郛（陶珽刊本）弓三六嘉話録亦載。南部新書卷庚亦載此事。

〔一〕孫　原書作「孤」，當據本書改。太平廣記引文亦作「孫」。

〔二〕之　原書無。太平廣記引文作「子」，按上下文義，當作「子」。然鄭氏填宫實由上官儀得罪所致，則是「之」字不誤，而「婦」上當添「子」字。

〔三〕文士　原書無，當據本書補。

456 玄宗善八分書，將命相〔一〕，皆先以御札書其名於案上〔二〕。會太子入侍，上以金甌覆其名以告之，曰：「此宰相名也，汝庸知其誰？卽射中，賜若巵酒。」肅宗拜而稱曰：「非崔琳、盧從愿乎！」上曰：「然。」因舉甌以示，乃賜巵酒。是時琳與從愿皆有宰相望，上倚爲相者數矣〔三〕，竟以宗族蕃盛，附託者衆，不能用之〔四〕。

本條原出次柳氏舊聞。紺珠集卷五明皇十七事題作金甌。類説卷二一明皇十七事題作金甌命相。説郛（陶珽刊本）弓三六次柳氏舊聞、弓五二明皇十七事重出均載。永樂大典卷之一萬二千四十三酒・賜酒引次柳氏舊聞，卽此文。

〔一〕將命相　原書作「凡命將相」。新唐書卷一〇九崔琳傳亦叙此事，作「每命相」。

〔二〕於　原書作「置」，當據改。

〔三〕上倚　原書作「玄宗將倚」。

〔四〕不能用之　原書作「卒不用」。

457 蘇瓌初未知頲，常處頲於馬廐中，與庸僕雜行。一日，有客詣瓌，候於客次〔一〕。頲擁篲庭廡間，遺落一文字，客取而視之，乃詠崐崙奴子，詩云：「指如十挺墨，耳似兩張匙〔二〕。」客異之。良久，瓌出，客淹留言詠，以其詩問瓌「何人〔三〕，豈非足下宗庶之孽也？」瓌備言其事，客驚訝之〔四〕，謂瓌加禮收舉〔五〕，必蘇氏之令子也，瓌稍稍親之。有人獻兔，懸於廊廡之下，乃召頲詠之，曰〔六〕：「兔子死闌單〔七〕，將來掛竹竿〔八〕，試將明鏡照，無異月中看〔九〕。」瓌讀詩異之。由是學問日新，文章蓋代。及玄宗平內難，旦夕制誥絡繹〔一〇〕，無非頲之所出。時稱「小許公」云。

本條原出開天傳信記。太平廣記卷一七五開天傳信記題作蘇頲。紺珠集卷二開天傳信記題作崑崙詩。類說卷六開天傳信記題作兔詩。詩話總龜卷二幼敏門引開天傳信記亦載。說郛（陶珽刊本）弓五二傳信記亦載。唐詩紀事卷十蘇頲引此文，唯不註出處。

〔一〕客次　原書作「廳所」。

〔二〕耳似兩張匙　原書作「耳朵兩張匙」。唐詩紀事引文同本書。

〔三〕客淹留言詠以其詩問瓌何人　原書作「與客淹留。客笑語之餘，因詠其詩，并言形貌，問『何人』」。

〔四〕瓌備言其事客驚訝之　聚珍本佚去「之」上八字，兹據齊之鸞本、歷代小史本補入。唐詩紀事亦有此二句。聚珍本於上句「也」字下有一案語，曰：「此下原闕六字。」此案語當是永樂大典編者所加。「六」字亦不確。原書無此二句。

〔五〕謂　齊之鸞本、歷代小史本作「請」。

〔六〕曰　原書作「立呈詩曰」。

〔七〕闌單　原書作「闌殫」。唐詩紀事引文作「蘭殫」。此乃唐代俗語，疲軟貌。作「單」、「彈」、「殫」均可。

〔八〕將　原書作「持」。

〔九〕無　原書作「何」。

〔10〕旦夕　原書作「一夕間」。

458 開元初，上留心理道，革去弊訛。不六、七年間，天下大理，河清海晏，物殷俗阜，安西諸國悉平爲郡縣。置開遠門〔一〕，亘地萬餘里。入河湟之賦稅，滿右藏；東納河北諸道租庸，充滿左藏〔二〕。財寶山積，不可勝計。四方豐稔，百姓樂業。户計一千餘萬，米每斗三錢〔三〕。丁壯之夫，不識兵器。路不拾遺，行不齎糧。奇瑞叠委，重譯麕至。人物欣然，咸思登岱告成，上猶惕厲不已，撝讓數四。是時彭城劉晏年八歲，獻東封書，上覽而奇之，命宰相出題，就中書試。張説、源乾曜咸相感慰薦〔四〕。上以晏間生秀妙，引于内殿，縱六宮觀看。楊妃坐於膝上〔五〕，親爲畫眉總髻〔六〕，宮人投花擲果者甚多。拜爲祕書正字〔七〕。

本條原出開天傳信記。類説卷六開天傳信記題作貴妃爲劉晏畫眉。説郛（陶珽刊本）弓五二傳信記亦載。又本書此條與下條 459 原合爲一條，今依原書分列。

〔一〕置開遠門　原書作「自開遠門西行」。

〔二〕入河湟之賦稅滿右藏東納河北諸道租庸充滿左藏　原書作「入河湟之賦稅，左右藏庫。」當據本書補正。

〔三〕三錢　原書作「三、四文」。

〔四〕張説源乾曜咸相感慰薦　原書作「張説、源乾曜等咸寵薦」，當據之校正。

〔五〕坐於　原書作「坐晏於」，當據之補「晏」字。

〔六〕髻　原書作「丱髻」。

〔七〕拜爲祕書正字　原書作「尋拜晏祕書省正字」。

459 張說問曰〔一〕：「居官以來，正字幾何〔二〕？」劉晏抗顔對曰〔三〕：「他字皆正，獨『朋』字未正。」說聞而異之。

本條疑出明皇雜録卷上。太平廣記卷一七五明皇雜録題作劉晏。紺珠集卷二明皇雜録題作朋字未正。詩林廣記卷六陳後山除官引明皇雜録亦載。又本條與上條 458 原合爲一條，今依原書分列。

〔一〕張說　原書作「玄宗」。疑此是王讜爲與上條 458 文字聯結而擅改者。

〔二〕居官以來正字幾何　原書作「卿爲正字，正得幾字？」

〔三〕抗顔　齊之鸞本、歷代小史本作「尋聲」。

460 燕文正公弟某女婦盧氏〔一〕，嘗爲舅盧公求官〔二〕，俟公下朝而問焉。公不語，但指搘牀龜而示之。女拜而歸室，告其夫曰：「舅得詹事矣〔三〕。」

本條原出大唐傳載。太平廣記卷二七一傳載題作張氏。海録碎事卷十一上引傳載亦載。紺珠集卷三引朝野僉載，題作舅得詹事，書名有誤。南部新書卷丁亦載此事。

〔一〕燕文正公弟某女婦盧氏　原書作「張文貞公第某女嫁盧氏」。太平廣記引文作「燕文貞公張說其女嫁盧氏」。南部新書、海録碎事卷十一均作「張説女嫁盧氏」。古今合璧事類備要後集卷四六引本傳亦作「張説女嫁盧氏」。李璧王荆文公詩箋註卷一同王濬賢良賦龜得升字中亦云：「燕文貞公女嫁盧氏，嘗爲舅盧公求官」。據此知本書此句「正」、「弟」二字均誤。

〔二〕舅盧　聚珍本作「其家」，今從齊之鸞本、歷代小史本改。

〔三〕舅得詹事矣　此處乃用楚辭卜居中事。卜居言屈原「往見太卜鄭詹尹曰：『余有所疑，願因先生決之。』詹尹乃端策拂龜曰：『君將何以教之？』」張説乃借揩牀龜以示意。

461 開元中有李幼奇者，以藝干柳芳，念百韻詩，芳便暗記，題之於壁〔一〕，謂幼奇曰：「此吾之詩也。」幼奇大驚〔二〕。徐曰：「相戲耳，此君所念詩也。」因謂幼奇更念他新著文章，一遍皆能記〔三〕。

本條原出尚書故實。太平廣記卷一七四尚書故實題作柳芳。説郛（陶珽刊本）弓三六尚書故實亦載。

〔一〕題之於壁　原書下有「不差一字」一句。

〔二〕幼奇大驚　原書作「幼奇大驚異之，有不平色。久之」。

〔三〕一遍皆能記　齊之鸞本、歷代小史本作「皆一遍能記」。原書同。

462 開元初，潞州常敬忠十五明經擢第，數年遍通五經。上書自舉，云：「一遍誦千言。」敕赴中書考試，張燕公問曰：「學士能一遍誦千言，十遍誦萬言乎？」對曰：「未曾自試。」燕公遂出書〔一〕，非人間所見也，謂之曰：「可十遍誦之。」敬忠危坐而讀，每遍畫地爲記〔二〕。讀七遍，起曰：「此已誦得。」燕公曰：「可滿十遍。」敬忠曰：「若十遍，卽是十遍誦得；今七遍已得，何要滿十〔三〕？」燕公執本觀覽不暇，而敬忠誦畢不差一字，見者莫不嗟嘆。卽日聞奏，命引對〔四〕，賜綵衣一副〔五〕，兼賚物〔六〕。拜東宮衛佐〔七〕，仍直集賢院，侍講毛詩。百餘日中三改官〔八〕。爲同輩所嫉，中毒而卒。

本條原出封氏聞見記卷十穎悟。紺珠集卷十封氏見聞記題作七過誦萬言。類説卷六封氏見聞記題作十過萬言。海録碎事卷七下引封氏聞見記亦載。

〔一〕書　原書作「一書」。

〔二〕爲　聚珍本無，今從齊之鸞本、歷代小史本補。原書亦無「爲」字。

〔三〕何要滿十　聚珍本下有「遍」字，今從齊之鸞本、歷代小史本删。原書亦無「遍」字。

〔四〕命　齊之鸞本、歷代小史本無。

〔五〕綵　原書作「緑」。

〔六〕兼賚物　原書作「兼賞禮物」，雅雨堂叢書本下有註曰：「一作袍笏」。

〔七〕衛　原書作「衙」。

〔八〕百餘日中三改官　聚珍本無「官」字，今據齊之鸞本、歷代小史本補。原書作「百餘日中三度改官，特承眷遇。」

463 天寶中，漢州雒縣尉張陟應一藝，自舉：「日試萬言。」須中書考試〔一〕。陟令善書者二十人〔二〕，各執筆操紙就席〔三〕，環庭而坐，俱占題目。身自巡歷，依題口授，言訖即過，周而復始，至午後詩成七千餘字〔四〕，仍請滿萬。宰相云：「七千可謂多矣，何必須萬？」具以狀聞。敕賜縑帛，拜太公廟丞〔五〕，直廣文館。時號張萬言。

本條原出封氏聞見記卷十敏速。

〔一〕須　聚珍本無，今從齊之鸞本、歷代小史本補。原書亦有「須」字。

〔二〕二十　原書作「三十」。

〔三〕執筆操紙　齊之鸞本、歷代小史本作「操紙執筆」，原書同。

〔四〕詩成七千餘字　原書作「詩筆俱成，得七千餘字」。

〔五〕太公廟　齊之鸞本、歷代小史本作「太常」。

464 韋皋鎮西川，進奉聖樂曲，兼樂工舞人曲譜到京〔一〕。於留邸按閱，教坊人潛窺得〔二〕，先進之。

本條原出盧氏雜說。太平廣記卷二〇四盧氏雜說題作韋皋。

〔一〕兼樂工舞人曲譜到京　太平廣記引文作「兼與舞人曲譜同進，到京。」

〔二〕人　太平廣記引文作「數人」。

465 李衞公幼時，憲宗賞之，坐於前〔一〕。吉甫每以敏捷誇於同列〔二〕。武相元衡召之，謂曰：「吾子在家，所嗜何書？」德裕不應。翌日，元衡具告，吉甫歸以責之。德裕曰：「武公身爲宰相，不問理國調陰陽，而問所嗜書〔三〕。其言不當，所以不應。〔四〕」

本條原出北夢瑣言卷一李太尉英俊。太平廣記卷一七五北夢瑣言題作李德裕。説郛（陶珽刊本）弓四六北夢瑣言亦載。

〔一〕前　原書作「膝上」。

〔二〕吉甫　原書上有「父」字。

〔三〕而問所嗜書　原書下有「書者，成均禮部之職也。」二句。

〔四〕所以不應　原書下有「吉甫復告，元衡大慙。由是振名。」三句。

466 宣宗強記默識，宫中厠役之賤及備灑掃者數十百輩，一見輒記其姓字〔一〕。或將有所指念，必曰：「召某人令措某事。」無一差誤者，宦官宫婢以爲神。簿書刑獄卒吏姓名，紛雜交至，經覽多所記憶。

本條不知原出何書。

〔一〕一見輒記其姓字　資治通鑑卷二四九唐紀六五宣宗大中九年叙此，作「皆能識其姓名」。

467 崔大夫涓，璵之子〔一〕，禮部侍郎澹之兄。俊爽強記。初守杭州，視事數日，召都押衙謂曰：「乍到郡，未能記諸走使，當直將卒凡幾人？」對曰：「直者三百。」乃令以紙一幅〔二〕，大書其姓名貼于胸〔三〕，每人閱過。自此一閱，至三考，未嘗誤喚一人者〔四〕。

本條原出金華子卷上。聚珍本與下條468原合爲一條，齊之鸞本、歷代小史本分列，本條在前，今從之。原書亦分兩條，本條在後。

〔一〕崔大夫涓璵之子　原書作「崔涓，大夫嶼之子。」按舊唐書卷一七七崔珙傳，涓爲珙之子；璵爲珙之弟，澹乃璵之子。

〔二〕令以紙一幅　聚珍本無「以」，今從齊之鸞本、歷代小史本補入。原書亦有「以」。又原書「令」上有「各」字。

〔三〕胸　原書作「胸襟前」。

〔四〕至三考未嘗誤喚一人者　新唐書卷一八二崔涓傳叙此，曰：「後數百人呼指無誤。」

468 杭州端午競渡，於錢塘弄潮〔一〕。先數日，於湖濱列舟舸，結綵爲亭檻，東西衮高數丈〔二〕。其夕北風，飄泊南岸。崔涓至湖上，大將懼乏事，涓問：「競舟凡有幾？」令齊往南岸，每一綵舫繫以三五小舟，號令齊力鼓棹而引之，倏忽皆至〔三〕。

本條原出金華子卷上。聚珍本與上條467合爲一條，齊之鸞本、歷代小史本分列，今從之。原書亦分爲兩條，本條在前。

〔一〕杭州端午競渡於錢塘弄潮　原書作「崔涓在杭州，其俗端午習競渡於錢塘湖。」周廣業註：「案：卽西湖也。」

〔二〕結綵爲亭檻東西袤高數丈　原書作「結絡綵艦，東西延袤，皆高數丈，爲湖亭之軒飾。」

〔三〕倏忽皆至　原書下有「觀者歎駭，服其權智。涓之機捷率多如此。」數句。

469 崔涓守杭州〔一〕，湖上飲餞〔二〕。客有獻木瓜，所未嘗有也，傳以示客。有中使卽袖歸，曰：「禁中未曾有，宜進於上。」頃之，解舟而去。郡守懼得罪，不樂，欲撤飲。官妓作酒監者立白守曰：「請郎中盡飲。某度木瓜經宿必委中流也。」守從之。會送中使者還，云：「果潰爛，棄之矣。」郡守異其言，召問之，曰：「使者既請進，必函貯以行。初因遞觀，則以手掐之。此物芳脆易損，必不能入獻。」守命有司加給，取香錦面賚之。

白孔六帖卷一百木瓜引唐語林、古今合璧事類備要別集卷五三果門瓜實、木瓜・禁中所無引唐語林，卽此文。

本條疑出金華子。傳世各本均佚去，而白孔六帖、古今合璧事類備要引此文時發端有「崔涓守杭州」一句，與上二條所言相合，當出同一書。

〔一〕崔涓守杭州　聚珍本佚，今從白孔六帖、古今合璧事類備要引文補入。

〔二〕湖上飲餞　聚珍本「上」作「州」，齊之鸞本、歷代小史本作「守」，白孔六帖作「上」，今據改。

470 華陰楊牢〔一〕，幼孤，六歲時就學歸〔二〕，誤入人家，乃父友也。二丈人彈棊次，見楊氏子，戲曰：「爾能爲丈人詠此局否？」楊登時叉手詠曰：「魁形下方天頂凸，二十四寸窗中月。」父友驚撫其首，遺以梨栗，曰：「爾後必有文。」年十八，一上中進士第，有詩集六十卷。性狷急〔三〕，累居幕府，主人同列多不容。同列有固護之者，與詩云：「蝦蟇欲喫月，保護常教圓。」又云：「心明外不察，月向懷中圓。」又云：「羅幃苦不卷〔四〕，誰道中無人。」其辭多怨恚。其妻亦有志行。在青州幕，奉使出，得疾，不診脈服藥而殞。

本條不知原出何書。

〔一〕華陰　齊之鸞本、歷代小史本作「弘農」。
〔二〕時就　聚珍本作「入雜」，今從齊之鸞本、歷代小史本改。
〔三〕狷　齊之鸞本、歷代小史本作「悁」。
〔四〕苦　齊之鸞本、歷代小史本作「若」。

471 太宗使宇文士及割肉〔一〕，乃以餅拭手，帝屢目之。士及佯爲不悟，更徐拭而後啗之〔二〕。

本條原出隋唐嘉話卷上。酉陽雜俎續集卷四引此，云出劉餗傳記。說郛（陶珽刊本）弓三六隋唐嘉話亦載。說郛（張宗祥輯明鈔本）卷三八傳載亦載。又本書卷一條7情節與此頗相似。

〔一〕肉　原書作「寅」，當據本書改。

〔二〕更徐拭而後啗之　原書「後」作「便」。酉陽雜俎此句作「徐捲而啖」。新唐書卷一百宇文士及傳：「又嘗割肉，以餅拭手，帝屢目，陽若不省，徐啗之。」

472 太宗令虞監寫列女傳，以裝屏風。未及閱卷〔一〕，乃闇書之，一字無失〔二〕。

說郛（陶珽刊本）弓四八唐語林夙慧亦載。

本條原出隋唐嘉話卷中。太平廣記卷一九七國史異纂題作虞世南。說郛（陶珽刊本）弓三六隋唐嘉話亦載。說郛（張宗祥輯明鈔本）卷六七國史異纂亦載。

〔一〕閱卷　原書作「求本」，說郛（張宗祥輯明鈔本）作「求書」。

〔二〕一字無失　舊唐書卷七二虞世南傳：「太宗嘗命寫列女傳以裝屏風，于時無本，世南暗疏之，不失一字。」新唐書卷一〇二虞世南傳同。

473 賈嘉隱年七歲，以神童召見。時長孫太尉無忌、李司空勣于朝堂立語。李戲之曰：「吾所倚何樹？」嘉隱云：「松樹。」李曰：「此槐也，何言松〔一〕？」嘉隱曰：「以公配木〔二〕，何得非松？」長孫復問：「吾所倚何樹？」曰：「槐樹。」公曰：「汝不復能矯對耶？」嘉隱曰：「何須矯對，但取其鬼木耳〔三〕。」李嘆曰：「此小兒獠面，何得如此聰明！」嘉隱應聲曰：「胡頭尚作宰相〔四〕，獠面何廢聰明？」李狀胡也〔五〕。

類説卷三二語林題作松槐嬌對。

本條原出隋唐嘉話卷中、大唐新語卷八聰敏第十六。太平廣記卷二五四國史纂異題作賈嘉隱。類説卷五四隋唐嘉話題作胡頭獠面。説郛（陶珽刊本）弓三六隋唐嘉話亦載。劉賓客嘉話録亦有此文，唐蘭考爲誤入。明鈔本太平廣記亦云出嘉話録，同誤。

〔一〕吾所倚何樹嘉隱曰松樹李曰此槐也何言松　上十八字，隋唐嘉話佚，當據本書補。

〔二〕配　隋唐嘉話無，當據本書補。

〔三〕但取其鬼木耳　隋唐嘉話「鬼木」作「以鬼木」，大唐新語作「以鬼配木」。自此句起，隋唐嘉話之文字多不同。本書文字似從大唐新語出。

〔四〕胡頭　大唐新語作「胡面」。聚珍本「胡」作「尖」，今從齊之鸞本、歷代小史本改。

〔五〕李狀胡也　聚珍本無此四字，齊之鸞本、歷代小史本有，且作正文列入。今亦據之列入。隋唐嘉話作「徐狀胡故也」，大唐新語作「勣狀貌胡也」，均爲正文。隋唐嘉話前後均作「徐勣」，大唐新語與本書均作「李勣」。

474 崔相慎由豪爽〔一〕，廉察浙西，有瓦官寺持法華經僧爲門徒〔二〕。或有術士言「相國面上氣色有貴子」，問其姬娠之所在，夫人洎媵妾閒皆無所見。相國徐思之，乃召曾侍更衣官妓而示，術士曰：「果在此也。」及載誕日，腋下有文，相次分明，卽瓦官僧名，因命小字緇郎〔三〕。年七歲，尚不食肉。一日，有僧請見，乃掌其頰，謂曰：「既愛官爵，何不食肉？」自此方味葷血，卽相國垂休也〔四〕。

本條原出北夢瑣言卷四崔允相腋文。類説卷四三北夢瑣言題作既受官爵何不食肉。

〔一〕崔相慎由　原書作「慎猷」。舊唐書卷一七七、新唐書卷一一四本傳均作「慎由」。

〔二〕官　齊之鸞本作「棺」，原書亦作「棺」。下同。

〔三〕因命小字緇郎　守山閣叢書本唐語林校勘記曰：「殘本（卽齊之鸞本）『因命』以下空三行，除此條二行外，其一行疑卽豪爽門標目。」

〔四〕卽相國垂休也　原書作「卽相國胤也。崔事，一説云是終南山僧，兩存之。」崔胤，字垂休，新唐書卷二二三下崔胤傳：「世言慎由晚無子，遇異浮屠，以術求，乃生胤，字緇郎。」

475「小子謀餐而已，案〔一〕：此上有脱文。此人豈享富貴者乎？」幽求聞之，拂衣而出。盧令遽下堦捉幽求衣〔二〕，伸謝之，幽求竟去。盧回，謂諸郎官曰：「輕笑劉生，禍從此始。」盧令竟爲宗、紀所排〔三〕，左遷金州司馬。六月，中宗晏駕。十五日餔酒間，裴漼卧於私第，幽求忽來詣漼，直入卧内，戴襆耳帽子，著白襴衫，底著短緋白衫，執漼手曰：「裴三！死生一決。」言訖而去。漼大驚，不測其故，謂其妻曰：「僕竟坐與　案〔四〕此下有脱文。非笑此子，恐禍在須臾。」明日〔原注〕〔五〕時去清明九十九日。中宗小祥，百官率慰少帝〔六〕。是日，月華門至辰巳後方開，傳聲曰：「斬決使劉相公出。」衣黄金甲，佩櫜鞬，統萬騎，兵士白刃耀日，自宗、紀及前時邪黨輕笑者〔七〕，咸受戮於朝。又喚兵部員外郎裴濯，濯股慄而前。幽求曰：「相識否？」濯答曰：「不識。」劉曰：「幽求與公俱以本官一例赴中書上任〔八〕。」其夜凡制誥百餘首，皆幽求作也。自爲拜相白麻云〔九〕：「前朝邑尉劉幽求忠貞貫日，義勇横秋，首建雄謀，果成大業，可中書舍人，參知機務。賜甲第一區，金銀器皿十牀，細婢十人，馬百匹，錦綵千段，仍給鐵券，特恕十死。」翌日，命金州司馬盧齊卿京兆少尹知府事。載柳沖常侍所著姓系劉氏卷中〔一〇〕。

本條原出常侍言旨。察此文筆墨，當是劉幽求傳殘文無疑。劉幽求傳原附常侍言旨之後。守山閣叢書本唐語林校勘記曰：「此當爲豪爽門首條，緣脱標題，故誤入夙慧門末。」其説可信。

〔一〕案　此案語當是四庫全書館臣所加。齊之鸞本無。

〔二〕盧令　即盧齊卿。疑盧氏嘗任太子率更令，故名。

〔三〕宗紀　即宗楚客、紀處訥。舊唐書卷九二宗楚客傳曰：「楚客雖跡附韋氏，而嘗別有異圖，與侍中紀處訥共爲朋黨，故時人呼爲宗、紀。」新唐書卷一〇九宗楚客傳亦有類似記載。

〔四〕案　此案語當是四庫全書館臣所加。齊之鸞本無此字與下五字，而作一「游」字。

〔五〕原註　此是作者柳珵所加之註。

〔六〕率　齊之鸞本作「奉」。

〔七〕邪黨　聚珍本無，今從齊之鸞本補。

〔八〕幽求與公俱以本官一例赴中書上任　齊之鸞本作「幽求請公便以本官知制誥，赴中書上任。」

〔九〕拜相白麻　唐代詔書例用麻紙謄寫，拜相則用白麻。新唐書卷四六百官志一：「凡拜免將相，號令征伐，皆用白麻。」

〔一〇〕柳沖常侍所著姓系劉氏卷中　舊唐書卷四六經籍志上、新唐書卷五八藝文志二載大唐姓族系録二百卷，柳沖撰。此書今佚。新唐書卷一九九儒學中柳沖傳曰：「初，太宗命諸儒撰氏族志，甄差羣姓，其後門胄興替不常，沖請改脩其書，帝詔魏元忠、張錫、蕭至忠、岑羲、崔湜、徐堅、劉憲、吳兢及沖共取德、功、時望、國籍之家，等而次之。夷蕃酋長襲冠帶者，析著別品。會元忠等繼物故，至先天時，復詔沖及堅、兢與魏知古、陸象先、劉子玄等討綴，書乃成，號姓系録。……開元初，詔沖與薛南金復加刊竄，乃定。」聚珍本無「中」字，今據齊之鸞本補。

# 唐語林校證卷四

## 豪爽

476 玄宗爲潞州别駕〔一〕，入覲京師，尤自卑損。暮春，豪家子數輩遊昆明池。方飲次，上戎服臂鷹，疾驅至前，諸人不悦。忽一少年持酒船唱曰〔二〕：「今日宜以門族官品自言。」酒至，上大聲曰：「曾祖天子，祖天子〔三〕，父相王，臨淄王李某〔四〕。」諸少年驚走，不敢復視。上乃連飲三銀船，盡一巨餡〔五〕，乘馬而去。

説郛（陶珽刊本）弓四八唐語林夙慧亦載。案：本條當入豪爽門，然此題偶佚，故誤綴入夙慧。本條原出松窗雜録。類説卷十六松窗雜録題作曾天子祖天子。説郛（陶珽刊本）弓四六松窗雜記、弓五二摭異記、（張宗祥輯明鈔本）卷四六松窗雜録均載。南部新書卷甲亦載此事。

〔一〕玄宗爲潞州别駕　原書作「上自臨淄郡王爲潞州别駕」。

〔二〕唱　原書作「唱令」，説郛本、齊之鸞本唐語林作「倡」。似以作「倡」者爲是。

〔三〕祖天子　原書無，當據本書補。南部新書亦有。

〔四〕臨淄王李某　原書作「臨淄郡王某也」。

〔五〕巨餡　南部新書作「巨觥」。「餡」乃誤字。

477 玄宗幸太山回〔一〕，車次上黨〔二〕，路逢父老，負擔壺漿遠迎。上親加存問，受其所獻，賜賚有差。父老舊識者，上悉賜酒，與之話舊。所過村鄉，必令詢問，或有喪疾，俱令弔卹。百姓欣然，乞願駐蹕。及車駕過金橋，〔原注〕〔三〕橋在潞州。御路縈轉。上見數十里旌旗嚴潔，羽衛整肅，謂左右曰：「張説言我勒兵三十萬，旌旗千里，陝右、上黨〔四〕，止于太原〔五〕，真才子也！」左右皆稱萬歲。遂詔吴道玄〔六〕、韋無忝、陳閎等，令寫金橋圖。其聖容及上所乘馬照夜白，陳閎主之；橋梁、山水、車輿、人物、草樹、鷹鳥〔七〕、器仗、幃幕，吴道玄主之；犬馬、驢騾、牛羊、駱駝、熊猿、猪雞之類〔八〕，韋無忝主之。其圖謂之三絶。

本條原出開天傳信記。太平廣記卷二一二開天傳信記題作金橋圖。紺珠集卷一開天傳信記題作三絶。唐詩紀事卷十四張説節引此文，唯不註出處。

〔一〕幸　原書作「封」。

〔二〕車　原書作「車駕」，當據之補「駕」字。

〔三〕原註　原書無此註，太平廣記引文有。齊之鸞本、歷代小史本亦有。此爲鄭綮原註。

〔四〕陝右　聚珍本作「挾□」，「挾」下有註：「案：此下原闕一字」，此案語當是永樂大典編者所加。今從歷代小史本改。原書亦作「陝右」。

〔五〕止于太原　原書下有「見后土碑」一句。太平廣記引文此四字作註文列入。

〔六〕吴道玄　聚珍本作「吴道子」，今從齊之鸞本、歷代小史本改。下同。唐詩紀事作「吴道子」。

〔七〕鷹　原書誤作「雁」，當據本書改。太平廣記引文亦作「鷹」。

〔八〕猪鷄之類　原書作「猪猫四足之類」，「鷄」乃誤字。

478 上爲皇孫時，風神秀異，英姿儁邁，于朝堂叱武攸暨曰〔一〕：「我國家朝堂〔二〕，汝安得恣蜂蠆而狼顧耶！」則天聞之〔三〕，曰〔四〕：「此兒氣概，終當是吾家太平天子。」

本條原出開天傳信記。紺珠集卷二開天傳信記題作太平天子。類説卷六開天傳信記題作叱武攸暨。説郛（陶珽刊本）弓五二傳信記亦載。

〔一〕于朝堂　原書句首有「嘗」字。

〔二〕我國家朝堂　原書作「朝堂，我家朝堂。」

〔三〕則天聞之　原書作「則天聞而驚異之」。

〔四〕曰　原書作「再三顧曰」。

479 玄宗在藩邸時，每歲畋于城南韋、杜之間〔一〕。嘗因逐兔，意樂忘反，與其徒十餘人，饑倦休息于大樹下〔二〕。忽有一書生〔三〕，殺驢拔蒜，爲具甚備，上顧而奇之。及與語，磊落不凡。問姓名，王琚也。自此每遊，必過其舍。或語，多合上意，乃益親之。及韋氏專制，上憂甚，密言之，琚曰：「亂則殺之，又何慮焉？」上遂納其謀，平國内難。累拜琚爲中書侍郎，預配享。

本條原出開天傳信記。太平廣記卷四九四開天傳信記題作王琚。説郛（陶珽刊本）弓五二傳信記亦載。資治通鑑卷二一〇唐紀二六玄宗先天元年考異引鄭綮開天傳信記此文畢，末云「今從舊傳。」四庫全書總目卷一四二子部小説家類開天傳信記提要曰：「其紀明皇戲游城南，王琚延過其家，謀誅韋氏一條，據唐書琚傳，乃琚選補主簿，過謝太子，乘機進説，以除太平公主，並無先過琚家之事。司馬光作通鑑，亦不從是書，惟新唐書兼採之。然韋氏稱制時，琚方以王同皎黨亡命江都，安得復卜居韋、杜？綮所記恐非事實，宜爲通鑑所不取。」

〔一〕畋　齊之鸞本、歷代小史本作「戲」，原書作「游」。

〔二〕大樹下　原書上有「封部」二字。太平廣記引文則作「村中」二字。

〔三〕忽有一書生　原書作「適有書生延上過其家。家貧，止於村妻一驢而已。上坐未久，書生」。

480 玄宗洞曉音律，絲管皆造其妙。制作諸曲〔一〕，隨意卽成，如不加意。尤愛羯鼓横笛〔二〕，云「八音之領袖，諸樂不可爲比〔三〕。」嘗遇二月初，詰旦，巾櫛方畢。時宿雨始晴，景氣明麗，殿庭柳杏將拆。上曰：「對此景物，豈得不爲他判斷乎？」左右相目，將令備酒，獨高力士遣取羯鼓，上臨軒縱擊一曲〔四〕，名春光好，〔原註〕〔五〕上自製也。神氣自得〔六〕。及顧柳杏皆已發拆，指而笑曰：「不喚我作天公可乎〔七〕？」嬪嬙侍臣皆稱萬歲。又嘗製秋風高，每至秋空迴徹，纖埃不起，卽奏之，必遠風徐來，庭葉墜下〔八〕，其神妙如此。

本條原出羯鼓録。太平御覽卷五八三引羯鼓録亦載。太平廣記卷二〇五羯鼓録題作玄宗。紺珠集卷五羯鼓録分別題曰八音領袖、天工、秋風高。類説卷十三羯鼓録題作羯鼓八音領袖。白孔六帖卷三引羯鼓録亦載。錦繡萬花谷前集卷三引南卓羯鼓録亦載。集註分類東坡先生詩卷十四惜花葉堯卿引南卓羯鼓録亦載。碧雞漫志卷五引羯鼓録亦載。説郛（張宗祥輯明鈔本）卷六五羯鼓録亦載。

〔一〕諸　齊之鸞本、歷代小史本作「調」。太平廣記引文亦作「調」。

〔二〕橫　原書作「玉」。

〔三〕諸樂不可爲比　齊之鸞本、歷代小史本下有註曰：「有紫玉笛之説。天寶故事。」（歷代小史本「故」誤「又」）此乃南卓自註，原書置於「尤愛羯鼓玉笛」一句之下，文曰：「玉笛之説見遺事」。案：原書此註文有佚誤，當據齊之鸞本、歷代小史本改。

〔四〕上　原書下有「旋命之」三字。

〔五〕原註　此爲南卓自註。

〔六〕神氣　原書作「神思」。

〔七〕不喚我作天公可乎　原書上有「此一事」三字。

〔八〕墜　原書作「隨」。

481 玄宗起涼殿，拾遺陳知節上疏極諫。上令力士召對。時暑毒方甚，上在涼殿，座後水激扇車〔一〕，風獵衣襟。知節至，賜坐石榻。陰霤沈吟，仰不見日，四隅積水成簾飛灑〔二〕，座內含凍。復賜冰屑麻節飲。陳體生寒慄，腹中雷鳴，再三請起方許，上猶拭汗不已。陳纔及門，遺洩狼籍，逾日復故。謂曰：「卿論事宜審，勿以己方萬乘也。」

本條原出盧陵官下記。古今合璧事類備要前集卷十一氣候門・暑引盧陵官下記，即此文。

〔一〕座　聚珍本作「坐」，今從齊之鸞本、歷代小史本改。

〔二〕水　齊之鸞本、歷代小史本作「冰」。

482 玄宗性俊邁，不好琴。會聽琴，正弄未畢，叱琴者曰：「待詔出〔一〕！」謂內官曰：「速令花奴將羯鼓來，爲我解穢。」

說郛（陶珽刊本）弓四八唐語林夙慧亦載。案：本條當入豪爽門。然此題偶佚，故誤綴入夙慧。

本條原出羯鼓錄。太平御覽卷五八三引羯鼓錄亦載。太平廣記卷二〇五羯鼓錄題作玄宗（又一條）。紺珠集卷五、類說卷十三羯鼓錄題作羯鼓解穢。古今合璧事類備要前集卷十三引羯鼓錄亦載。集註分類東坡先生詩卷十九次韻奉和錢穆父蔣穎叔王仲玉詩四首見和西湖月下聽琴程縯引羯鼓錄亦載。說郛（張宗祥輯明鈔本）卷六五羯鼓錄亦載。又原書此條與卷五 666 條本是一條，此條在後。

〔一〕叱琴者曰待詔出　原書作「叱琴者出，曰：『待詔出去！』」

483 玄宗封太山，進次滎陽旃然河，見巨黑龍，命弧矢而親射之。矢發龍滅。自是旃然伏流，于今百餘年矣。按旃然卽濟水，溢而爲滎，遂名旃然。左傳：「楚涉潁，次于旃然〔一〕。」卽其地。

本條原出開天傳信記。太平廣記卷四二〇開天傳信記題作旃然。類説卷六開天傳信記題作旃然。説郛（陶珽刊本）弓五二傳信記亦載。

〔一〕左傳楚涉潁次于旃然　齊之鸞本、歷代小史本作「楚涉，濟于旃然。」原書作「楚師濟于旃然」，類説引文與之同。左傳襄公十八年作「遂涉潁，次於旃然。」

484 武后朝，嚴安之、挺之〔一〕，昆弟也。安之爲長安兵曹，權過京兆，至今爲寮者賴安之之術焉〔二〕。挺之則登歷臺省，亦有時名。挺之薄妻而愛其子。嚴武年八歲，詢其母曰：「大人常厚玄英〔三〕，〔原注〕〔四〕妾也。未嘗慰省我母，何至于斯？」母曰：「吾與汝子母也〔五〕，以汝尚幼，未知之也〔六〕。汝父薄行，嫌吾寢陋，枕席數宵，遂卽懷汝。自後相棄，爲汝父離婦焉。」其母悽咽，武亦憤惋。候父出，玄英方睡，武持小鐵鎚擊碎其首。及挺之歸，驚愕，視之，已斃矣。左右曰：「小郎君戲運鎚而致之。」挺之呼武曰：「汝何戲之甚？」武曰：「焉有大朝人士〔七〕，厚其侍妾，困辱兒之母乎？故須擊殺，非戲也。」父曰：「真嚴挺之子。」武年二十三，爲給事黃門〔八〕。明年，擁旄西蜀，累于飲筵對客騁其筆札。杜甫拾遺乘醉而言曰：「不謂嚴挺之乃有此兒也！」武恚目久之，曰：「杜審言孫子擬捋虎鬚耶〔九〕？」合坐皆笑以彌縫之。武曰：「與公等飲饌，所以謀歡，何至于祖考耶？」房太尉琯亦微有所忤〔一〇〕，憂怖成疾〔一一〕。武母恐害損賢良，遂以小舟送甫下峽〔一二〕，母則可謂賢也，然二公幾不免于虎口矣〔一三〕。李太白作蜀道難〔一四〕，乃爲房、杜危之也。其略曰：「劍閣崢嶸而崔嵬，一夫當關，萬夫莫開。所守或非人，化爲狼與豺〔一五〕。朝避猛虎，夕避長蛇。磨牙吮血，殺人如麻。錦城雖云樂，不如早還家。蜀道之難，難于上青天！側身西望長咨嗟。」杜初自作閬中行〔一六〕：「豺狼當路，無地遊從。」或謂章仇大夫兼瓊爲陳子昂拾遺雪獄〔一七〕，高侍御適與王江寧昌齡申冤〔一八〕，當時同爲義士也〔一九〕。李翰林作此歌，朝右聞之，皆疑嚴武有劉焉之志〔二〇〕。其屬刺史章彝因小瑕〔二一〕，武怒，遽命杖殺之。後爲彝之外家報怨〔二二〕，嚴氏之後遂微焉。

本條原出雲谿友議卷上嚴黃門。

〔一〕挺之　原書作「定之」。當從本書改。舊唐書卷九九、新唐書卷一二九本傳均作「挺之」。下同。

〔二〕賴　原書作「顧得」。

〔三〕玄英　新唐書卷一二九嚴武傳叙此，作「英」。

〔四〕原註　此乃范攄自註。

【五】子母　原書作「母子」。

【六】未知之　原書作「未之知」，當據改。

【七】大朝　原書作「天朝」。

【八】給事黄門　原書作「給事黄門侍郎」。

【九】捋虎鬚　齊之鸞本、歷代小史本作「將褫鬓」。

【一〇】房太尉琯亦微有所忤　聚珍本「亦微」作「微亦」，今依齊之鸞本、歷代小史本改。原書亦作「亦微」。又原書「琯」誤「綰」，「忤」誤「誤」，當據本書改。齊之鸞本、歷代小史本「忤」亦作「誤」。

【一一】怖　齊之鸞本、歷代小史本作「悸」。

【一二】下　齊之鸞本、歷代小史本作「出」。

【一三】二公幾不免於虎口　新唐書嚴武傳亦叙嚴武欲殺杜甫事，困學紀聞卷十四考史：「容齋隨筆辨嚴武無欲殺杜甫之説。愚按：新書嚴武傳多取雲溪友議，宜其失實也。」

【一四】作　齊之鸞本、歷代小史本作「爲」。原書亦作「爲」。

【一五】化爲狼與豺　原書下有註：「此謂武之酷暴矣。」

【一六】杜初　齊之鸞本、歷代小史本作「杜甫」。

【一七】章仇大夫兼瓊爲陳子昂拾遺雪獄　原書作「章仇大夫兼瓊爲陳拾遺雪獄」，下註曰：「陳晃，字子昂。」齊之鸞本、歷代小史本亦作「陳拾遺」，下註曰：「子昂」。

【一八】昌齡　齊之鸞本、歷代小史本此二字作註文。

〔一九〕同　齊之鸞本、歷代小史本作「用」。原書亦作「用」。

〔二〇〕皆疑嚴武有劉焉之志　齊之鸞本、歷代小史本無「皆」字，句下有注：「作一劉闢」。（歷代小史本「闢」誤「詞」）原書亦無「皆」字。

〔二一〕其屬刺史章彝因小瑕　齊之鸞本、歷代小史本「其」作「支」，「瑕」作「罪」。原書「其」亦作「支」。

〔二二〕之　齊之鸞本、歷代小史本與原書均無。

485 顏太師魯公刻姓名于石，或致之高山之上〔一〕，或沉之大洲之地〔二〕，而云「安知不有陵谷之變耶？」

本條原出大唐傳載。太平廣記卷二〇一題作房琯，云出傳記，傳記當是傳載之誤。所以得名，則以其前有文記敘房琯好山水之勝故也。又本條聚珍本闕載，今從齊之鸞本、歷代小史本補入。

〔一〕致　原書與太平廣記引文作「置」。

〔二〕地　原書與太平廣記引文作「底」，當據改。

486 劉司徒玄佐，滑州匡城人。嘗出師，經其本縣，欲申桑梓之禮於令，令辭曰「不敢」，玄佐歎恨久之。先是，陳金帛數匡，將遺邑僚，以其無知而止。時鄉里姻舊，以地近多歸之，司徒不欲私擢居將校之列，又難置於賤卒，盡署爲將判官。此職列假緋衫銀魚〔一〕，外視榮之〔二〕，實處在散冗。其類漸衆。久之，有獻啓訴於公者，乃署他職〔三〕。

本條原出因話録卷三商部下。太平廣記卷二五〇因話録題作劉玄佐。又本條聚珍本闕載，今從齊之鸞本、歷代小史本補入。原書中間尚有一段文字，本書移於卷四賢媛門，爲599條。

〔一〕列假緋衫銀魚　原書與太平廣記引文「列」作「例」，當據改。又原書「銀魚」下有「袋」字。

〔二〕視　原書與太平廣記引文作「示」。

〔三〕乃署他職　原書作「其一聯云：『覆盆子落地，變作赤烘烘；羊羔兒作聲，盡是没益。』公覽之而笑，各改署他職。」太平廣記引文「作赤烘」作「赤烘烘」，「是没益」作「没益益」。

487 憲宗七歲〔一〕，德宗抱置膝上〔二〕，戲曰：「汝是何人，乃在我懷中？」對曰：「是第三天子〔三〕。」德宗大喜〔四〕。

本條不知原出何書。聚珍本闕載，今從齊之鸞本、歷代小史本補入。孔平仲續世説卷四夙慧亦紀此事，然亦不言出處。

〔一〕憲宗七歲　續世説作「憲宗皇帝，順宗長子也。六七歲時。」

〔二〕置　續世説誤作「至」。

〔三〕第三天子　續世説作「第三個天子」。

〔四〕大喜　續世説作「異而憐之」。

488鄭太穆郎中爲金州刺史，致書于襄陽于司空頔〔一〕，傲睨自若，似無郡僚之禮。書曰：「閤下爲南溟之大鵬，作中天之一柱，騫騰則日月暗，摇動則山嶽頹，真天子之爪牙，諸侯之龜鑒也〔二〕。太穆幼孤二百餘口〔三〕，飢凍兩京。小郡俸薄，尚爲衣食之憂，溝壑之期，斯須至矣。伏惟賢公息雷霆之威，垂特達之節，賜錢一千貫，絹一千匹，器物一千事，米一千石，奴婢各十人。」且曰：「分千樹一葉之影，卽是濃陰；減四海數滴之泉，便爲膏澤。」于公覽書，亦不嗟訝，曰：「鄭君所須〔四〕，各依來數一半。以戎旅之際，不全副其本望也。」又有匡廬符山人〔五〕，遣童子齎書，乞買山錢百萬，公遂與之，仍加紙墨衣服等。又有崔郊秀才者，寓居于漢上，蘊有文藝，而家貧。與姑婢通。其婢端麗，解音律，漢南之最也。姑貧，鬻婢于連帥，愛之，以類無雙，〔原注〕〔六〕無雙卽薛太保愛妾〔七〕，至今圖畫觀之。給錢四十萬。郊思之不已，卽強就府署，願一見焉。其婢因寒食節來從事家還〔八〕，值郊立于柳陰，馬上連泣，誓若山河。崔生贈之以詩曰：「公子王孫逐後塵，緑珠垂淚滴羅巾；侯門一入深如海，從此蕭郎是路人。」或有寫郊詩于公座，公覩詩，令召崔生，左右莫之測。及見郊，曰：「『侯門一入深如海，從此蕭郎是路人。』便是君製也？四百千小哉！何惜一書，不早相示。」遂命婢同歸。至于幃幌奩匣，悉爲贈飾之物。有客自零陵來〔九〕，稱戎昱使君席上有善歌者，公遽命召焉。戎不敢違，逾月而至。及至，令唱歌，歌乃戎使君送妓之詩。其辭曰〔一〇〕：「寶鈿青蛾翡翠裙〔一一〕，粧成掩泣欲行雲，慇懃好取襄王夢，莫向陽臺夢使君。」公曰：「丈夫不能立功業，爲異代之所稱，豈可奪人愛姬〔一二〕，爲己之嬉娛？以此觀之，誠可竄身于無人之地。」遂以繒帛贐行〔一三〕，爲書謝零陵守。

本條原出雲谿友議卷上襄陽傑。太平廣記卷一七七雲溪友議題作于頔。

〔一〕致書于襄陽于司空頔　聚珍本句首有「一日忽」三字，句下有「其言懇切而」五字，今依齊之鸞本、歷代小史本删。原書亦無。

〔二〕鑒　原書作「鏡」。

〔三〕幼孤　原書作「孤幼」。

〔四〕鄭君　原書作「鄭使君」，當據改。

〔五〕符山人　原書作「符載山人」。

〔六〕原註　此是范攄自註。

〔七〕無雙卽薛太保愛妾　太平廣記卷四八六載薛調譔無雙傳，言無雙後歸王仙客。

〔八〕家　聚珍本作「冡」，今從齊之鸞本、歷代小史本改。原書亦作「家」。

〔九〕有客自零陵來　原書此句之上有一「初」字，當據補。

〔一〇〕其辭曰　原書作「戎使君詩曰」，又此詩置於本條之末，王讜將之移前，置於此。

〔一一〕青蛾　齊之鸞本、歷代小史本與原書均作「香蛾」。

〔一二〕可　齊之鸞本、歷代小史本與原書作「有」。

〔三〕以　原書作「多以」。

489 李尚書翺，潭州席上有舞柘枝者，顏色憂悴，殷堯藩侍御當筵而贈詩曰：「姑蘇太守青娥女〔一〕，流落長沙舞柘枝，滿坐繡衣皆不識，可憐粉臉淚雙垂〔二〕。」李公詰其事，乃故姑蘇臺韋中丞愛姬之女也〔三〕。李公曰〔四〕：「吾與韋族，其姻舊矣。」速命更舞衣，卽延入與韓夫人〔原注〕〔五〕吏部之姪〔六〕。相見。顧其言語清楚，宛有冠蓋風儀，遂于賓榻中選士嫁之。舒元輿侍郎聞之，贈李公詩曰〔七〕：「湘江舞罷忽成悲，便脫蠻靴出絳帷〔八〕。誰是蔡邕琴酒客，魏公懷舊嫁文姬。」李尚書初守廬江，有重繫者當大辟，引慮之時，啓曰：「昔于羣小〔九〕，專習一藝，願于貴人之前試之。」乃曰「長嘯也」。公命緩繫而聽之〔一〇〕，曰：「不謂蘇門之風，出于赭衣之下。」遂蠲其罪。後鎭山南，夜聞長笛之音，而瀏亮不絕，問「是何人之吹也〔一一〕？」具云「府獄重囚」。令明日引來。官吏遞相尤怨〔一二〕，夜使囚徒爲樂，罪累必深。及至，公曰：「汝之吹竹已得其能。少不事農桑〔一三〕，可爲伶人耳。」卒歲而憐愍之，便令奔去。

本條原出雲谿友議卷上舞娥異。

〔一〕青娥　原書作「青蛾」。

〔二〕粉　歷代小史本作「紅」，原書亦作「紅」。齊之鸞本缺一字。

〔三〕韋中丞愛姬之女　原書下有註：「夏卿之胤，正卿之姪。」王士禛漁洋詩話卷下：「小說載李習之翺在潭州嫁柘枝妓事，以爲韋蘇州。舒元輿詩云：『誰是蔡邕詩酒客？魏公懷舊嫁文姬。』古今以爲佳話，而不知其污衊賢者也。按：應物爲蘇州刺史，在貞元之初；其後又有韋夏卿，在貞元十年；韋覬，在元和時，與習之之世差近，而翺與應物固渺不相及也。」勛初案：雲谿友議固明言其爲韋夏卿女，與韋應物無涉。

〔四〕李公曰　原書作「亞相爲之吁嘆，且曰」。

〔五〕原註　此爲范攄自註。

〔六〕吏部之姪　原書作「吏部之子」，當從本書改。李翺娶韓愈從兄弇之女，見韓愈送李翺詩注。

〔七〕贈李公詩曰　原書作「自京馳詩贈李公曰」。

〔八〕便脱蠻靴出絳帷　唐詩紀事卷四三舒元輿叙此，「蠻」作「鸞」。齊之鸞本、歷代小史本與原書「帷」作「幃」。

〔九〕羣小　原書作「羣山」。按此處乃用孫登事，作「山」者是。參看本書卷五744條。

〔一〇〕公命綏繫而聽之　原書其下尚有「清聲上徹雲漢」一句。

〔一一〕之吹　聚珍本無「之」，今從齊之鸞本、歷代小史本補。原書作「吹之」。

〔一二〕怨　聚珍本作「恐」，今從齊之鸞本、歷代小史本改。原書亦作「怨」。

〔一三〕少　原書無。

490 李相紳督大梁日，聞鎮海軍進健卒四人，一曰富倉龍，二曰沈萬石，三曰馮五千，四曰錢子濤，悉能拔橛角觝之戲。翌日，于毬場內犒勞，以老牛筋皮爲炙〔一〕，狀瘤魁之臠〔二〕。

〔原注〕〔三〕魁，酒罇也，盛一斗二升。多以楷槐瘤爲之，或銅鑄也。坐于地茵〔四〕，大栚令食之。萬石等三人視炙堅麤，莫敢就食，獨五千瞑目張口〔五〕，兩手捧炙，如虎啖肉。丞相曰：「真壯士也，可以撲殺西域健胡〔六〕。」又令試觝戲〔七〕，倉龍等亦不利，獨五千勝之。十萬之衆，爲之披靡。于是獨留五千〔八〕，倉龍等退還本道。語曰：「壯兒過大梁，如上龍門也。」城北門常扃〔九〕，鏁不開，開必有事，公命開之。騾子營騷動軍府，乃悉誅之，自此遂安也。李公既治淮南〔一〇〕，決吳湘之獄，而持法清峻，犯之者無宥，有嚴、張之風也〔一一〕。狡吏奸豪，潛形匿迹〔一二〕，然出于獨見，寮佐莫敢諫之。李元將評事及弟仲將嘗僑寓江都〔一三〕，李公羈旅之年，每止于元將之館，而叔呼之。榮達之後，元將稱弟、稱姪，皆不悦也；及爲孫、子，方似相容。又有崔巡官者，居鄭圃〔一四〕，與丞相同年之舊，特遠來謁。纔到客舍，不意家僕與市人有競。詰其所以，僕曰：「宣州館驛崔巡官。」下其僕與市人〔一五〕，皆抵極法。令捕崔至，曰：「昔嘗識君，到此何不相見也？」崔生叩頭謝曰：「適憩旅舍，日已遲晚，相公尊重，非時不敢具陳卑禮。伏希哀憐，獲歸鄉里。」遂縻留服罪，笞股二十，送過秣陵。時人相謂曰：「李公宗叔翻爲孫子，故人忽作流囚。」邑人懼禍，渡江過淮者衆〔一六〕。主吏啓曰：「户口逃亡不少。」丞相曰：「汝不見淘麥乎〔一七〕？秀者在下，糠粃隨流；隨流者不必報來。」自此一言，竟無踰境者。又有少年〔一八〕，勢似疎簡，自云「辛氏郎君，來謁丞相。」於晤對之間，未甚周至。先是白居易寄元相

詩曰：「悶勸迂辛酒，閒吟短李詩。」且曰：「辛大丘度性迂嗜酒，李二十紳短而能詩。」辛氏郎君，卽丘度之子也。因謂李公曰〔二九〕：「小子每憶白二十二丈詩曰：『悶勸疇昔酒，閒吟卅丈詩〔三〇〕。』」李曰〔三一〕：「辛大有此狂兒，吾敢不存舊乎〔三二〕？」凡諸宦族〔三三〕，快辛子之能忤，丞相之受侮。有一曹官到任，儀質頗似府公，府公見而惡之，書其狀曰：「著青把笏，也請料錢〔三四〕；覩此形骸，足可駭嘆〔三五〕。」左右皆竊笑焉。又有宿將，有過請罰，且云：「老兵倚恃年老〔三六〕，而刑不加，若在軍門，一百也決。」竟不免其刑。凡所書判，或是卒然，故趨事者皆驚神破膽矣。初，李公赴薦，嘗以古風求呂化光温〔三七〕。謂齊員外煦及弟恭曰〔三八〕：「吾觀李二十秀才之文，斯人必爲卿相。」果如其言。詩曰：「春種一粒粟，秋成萬顆子〔三九〕。四海無閒田，農夫猶餓死。」「鋤禾日當午，汗滴禾中土〔四〇〕。誰知盤中餐，粒粒皆辛苦。」先是元相廉察江東之日，修龜山寺魚池，以爲放生之所〔四一〕，戒其僧曰：「勸汝諸僧好自持〔四二〕，不須垂鈎引青絲。雲山莫厭看經坐，便是浮生得道時。」李公到鎮，遊于野寺，覩元公詩，笑曰：「僧有漁罟之事，必投于鏡湖。」後有犯者，遂不恕。復爲二絶以示之云：「剃髮多緣是代耕，好聞人死惡人生。祇園說法無高下〔四三〕，爾輩何勞尚世情。」「汲水添池活白蓮，十千鬐鬣盡生天。凡庸不識慈悲意，自葬江魚入九泉。」忽有老僧謁，願以因果喻之。丞相問：「阿師從何處來？」答曰：「貧道從來處來。」遂決二十，曰：「任從去處去。」至如浮薄賓客，莫敢候問〔四四〕。三教所來，俱有區別，海内服其才俊。

本條原出雲谿友議卷上江都事。太平廣記卷二六九雲溪友議題作李紳，節引「李公卽治淮南」至辛氏子一段。詩話總龜卷三九詼諧門下引雲溪友議，節引辛丘度子一段。

〔一〕以　齊之鸞本作「車」，歷代小史本作「軍」。原書作「以駕車」。本書「以」下當據之補「駕車」二字。

〔二〕狀　原書無，當據本書補。

〔三〕原註　此是范攄自註。

〔四〕坐　原書下有「四輩」二字，當據補。

〔五〕瞑　原書作「瞋」。

〔六〕健胡　聚珍本作「健酋」，今依齊之鸞本、歷代小史本改。原書亦作「健胡」二字。

〔七〕試　齊之鸞本、歷代小史本與原書作「試于」。

〔八〕留　齊之鸞本、歷代小史本與原書作「進」。

〔九〕城　原書上有「大梁」二字。

〔一〇〕李公既治淮南　齊之鸞本、歷代小史本自此起另分爲一段。原書仍與上文合。

〔一一〕嚴張　指漢代酷吏嚴延年、張湯。

〔一二〕匿　齊之鸞本、歷代小史本與原書均作「疊」。

〔一三〕弟仲將　齊之鸞本、歷代小史本作「第後」。

〔一四〕居鄭圃　齊之鸞本、歷代小史本句末有「也」字。原書句首有「昔」字。

〔一五〕與　齊之鸞本、歷代小史本與原書均無。

〔一六〕渡江過淮　齊之鸞本、歷代小史本無「過」字，原書有。

〔一七〕淘　齊之鸞本、歷代小史本作「掏」。原書作「淘」。

〔一八〕有　原書作「忽有」。

〔一九〕因　齊之鸞本、歷代小史本作「來謁丞相」。

〔二〇〕卄丈　齊之鸞本、歷代小史本作「二十二丈」。原書作「廿丈」。原書是。

〔二一〕李曰　原書作「李公笑曰」。

〔二二〕乎　齊之鸞本、歷代小史本與原書俱作「矣」。

〔二三〕凡諸宦族　齊之鸞本、歷代小史本與原書「宦」作「官」。原書「諸」作「是」。

〔二四〕料　齊之鸞本、歷代小史本作「科」。

〔二五〕駭嘆　齊之鸞本、歷代小史本作「傷嗟」。原書作「傷嘆」。

〔二六〕老兵　原書上有「臭」字。

〔二七〕化光　聚珍本作「光化」，今從齊之鸞本、歷代小史本改。舊唐書卷一三七、新唐書卷一六〇呂温傳均言「字化光」。原書亦誤作「光化」。

〔二八〕謂齊員外煦及弟恭曰　唐詩紀事卷三九李紳叙此，曰：「紳初以古風求知於呂温，温見齊煦，詠其憫農詩曰」。

〔二九〕成　原書與唐詩紀事作「收」。

〔三〇〕中　原書同。歷代小史本與唐詩紀事作「下」。

〔一〕所　齊之鸞本、歷代小史本作「名」。原書作「銘」。張元濟雲溪友議校勘記引原校作「名」。勛初案：據下文，似以作「銘」爲是。

〔二〕自　原書作「護」。

〔三〕祇園　齊之鸞本作「祇緣」。

〔四〕問　原書作「門」。

491 李衞公佐武宗〔一〕，平上黨，破回鶻，自矜其功，于平泉莊置構思亭〔二〕、伐叛亭以自旌〔三〕。

本條原出賈氏談録。類說卷十五賈氏談録題作伐叛亭。

〔一〕李衞公　原書作「李贊皇」，下無「佐武宗」三字。

〔二〕于　原書無，當據本書補。

〔三〕以自旌　原書無，當據本書補。

492 李丞相回，少嘗遊覃懷王氏別墅〔一〕。王氏先世仕宦〔二〕，子孫以力自業，待之甚厚，回深德之。及貴，王氏子齎其家牒求謁，不得通，于金吾鼓舍伺丞相出，拜于道左。久之方省，曰：「故人也。」遂廩餼之。逾旬，以前銜除大理評事，取告身面授。舊制：大理寺官初上，召寺僚或在朝五品以上清資保識。王氏本耕田，宗無故舊，復邀回言之。回問：「有狀乎？」對曰：「無。」又曰：「有紙乎？」曰：「無。」「袖中何物？」曰：「告身。」即取告身署曰：「中書侍郎兼禮部尚書平章事李回識。」仍謂諸曹長曰：「此亦五品以上清資也〔三〕。」

本條原出闕史卷上李丞相特達。

〔一〕王氏別墅　原書上有一「寓」字，下有「忘其名」三字註文。

〔二〕仕宦　原書作「薄宦」。

〔三〕此亦五品以上清資也　原書作「寄謝棘寺諸曹長，此亦五品以上清資朝官也。」

493 宣宗幸苑中，回顧仗外舍屋際，有倚竹一竿，可見者止尺餘，去御馬百步外。遂命弓橫綜，上挾矢曰：「朕以法制威天下，而党羌窮寇，敢來干我，連年兵不解。我今射此竹，卜其濟否？」左右聳觀。上攘袖挽弓，一發洞其竹，分而爲二，矢貫于外。左右呼萬歲，賀于馬前。未逾月，羌果滅。

本條不知原出何書。

494 裴相爲宣州觀察，朝謝後，閒行曲江；荷花盛發，與省閣諸公同遊。自慈恩至紫雲樓下，見五六人坐水次，裴與諸人憩于旁〔一〕。中有黃衣，飲酒軒昂，笑語輕脫。裴稍不平，問曰：「君所任何官？」對曰〔二〕：「諾，卽不敢，新授宣州廣德縣令。」復問裴曰〔三〕：「押衙所任何職？」曰：「諾，卽不敢，新授宣州觀察使。」于是奔走而去。一席皆歡，聞者大笑〔四〕。左右訪于吏部，云「有廣德縣令，已請換羅江令矣。」宣宗在藩邸聞之，常與諸王爲笑樂。及卽位，裴爲丞相，因書麻制囘，謂左右曰：「諾，卽不敢，新授中書侍郎平章事。」

本條原出劇談録卷下曲江。太平廣記卷二五一題作裴休，云出松窗雜録，或係誤記。

〔一〕諸人　原書作「名士」。

〔二〕對曰　書上有「率爾而」三字。

〔三〕復　原書作「連」。

〔四〕聞者大笑　原書作「朝士撫掌大笑」。下有「不數日，布於京華。」二句。

495 長孫趙公朝宴〔一〕，酒酣樂闋，顧羣公曰：「無忌不才，幸遇休明之運。因緣寵私，致位上公，人臣之貴，可謂極矣。公視無忌，何如越公〔二〕？」〔原註〕〔三〕楊素有大功，封越公。或對曰「不如」，或曰「過之」。公曰：「吾自揣誠不羨越公〔四〕。越公之貴也老，而無忌之貴也少。」

本條原出隋唐嘉話卷上。説郛（陶珽刊本）弓三六隋唐嘉話亦載。

〔一〕朝宴　原書作「宴朝貴」，當據改。

〔二〕何如　原書作「富貴何與」。

〔三〕原註　此原註不知是劉餗抑王讜所加。原書無。

〔四〕吾自揣誠不羨越公　原書句下尚有「所不及越公，一而已。」二句。

496 李太師光顏女未聘，從事許當及幕僚因從容次〔一〕，盛譽一鄭秀才詞學門閥，冀其選揀。謝曰：「李光顏，一健兒也。遭遇多〔二〕，偶立微功，豈可妄求名族？已選得一壻也，諸賢未見。」乃召客司小將〔三〕，指之曰：「此卽某女之壻也。超三五階軍職，厚與金帛，足矣。〔四〕」

本條原出北夢瑣言卷三李光顏太師選佳婿。太平廣記卷四九七北夢瑣言題作李光顏。類說卷四三北夢瑣言題作李帝師選壻。

〔一〕從事許當及幕僚因從容次　原書作「因從容語次」。又原書此句無許當名，而末附許當評選婿事，王讜不錄評語而改爲譽揚鄭秀才，不合原書本意。齊之鸞本、歷代小史本作「從事許當，時幕僚因從容次」。

〔二〕多　原書作「多難」，當據改。

〔三〕客司小將　原書上有「一」，當據補。

〔四〕超三五階軍職厚與金帛足矣　原書作「超三五階軍職，厚與金帛而已。」其下尚有註：「王特尚書與太師乇重疊姻戚，常語之。」

497 渾太師瑊，年十一，隨父釋之防秋〔一〕。朔方節度使張齊丘戲問〔二〕：「將乳母來否？」其年立跳盪功〔三〕。後二年收石堡城，收龍駒島，皆有奇數。

本條原出國史補卷上張公戲渾瑊。太平廣記卷一七四國史補題作渾瑊。

〔一〕防秋　齊之鸞本、歷代小史本與太平廣記引文誤作「防冬」。新唐書卷一五五渾瑊傳亦作「防秋」。

〔二〕張齊丘　原書作「張齊邱」，太平廣記引文與新唐書均作「丘」字。

〔三〕跳盪功　新唐書卷四六百官志一叙戰功，云：「矢石未交，陷堅突衆，敵因而敗者，曰『跳盪』。」

498 馬司徒討李懷光〔一〕，自太原引兵至寶鼎下營，問其地名，曰：「埋懷村。」大喜曰：「擒賊必矣〔二〕。」

本條原出國史補卷上埋懷村下營。太平廣記卷一六三國史補題作李懷光。紺珠集卷三、類説卷二六、白孔六帖卷五六引國史補題作埋懷村。海録碎事卷三上引國史補亦載。説郛（張宗祥輯明鈔本）卷七五國史補亦載。永樂大典卷之三千五百七十九村・埋懷村引唐國史補亦載。

〔一〕馬司徒　原書作「司徒馬燧」。

〔二〕擒賊必矣　原書句下尚有「至是果然」一句。

## 容止

499 開元中，燕公張説當朝文伯，冠服以儒者自處。玄宗嫌其異己，賜内様巾子，長脚羅幞頭，燕公服之入謝，玄宗大喜。

說郛（陶珽刊本）弓四八唐語林容止亦載。

本條原出封氏聞見記卷五巾幞。

500 玄宗早朝，百官趨班。上見張九齡風儀秀整，有異于衆，謂左右曰：「朕每見張九齡，精神頓生。」

說郛（陶珽刊本）弓四八唐語林容止亦載。

本條原出開元天寶遺事卷下精神頓生。

501 裴僕射遵慶二十入仕，裹折上巾子，未嘗隨俗樣。凡代之移易者五六，而公年九十時，尚幼少所裹者〔一〕。今巾子有僕射樣。

本條原出大唐傳載。

〔一〕尚幼少所裹者　原書作「所裹者猶幼小時樣。」

502 韓晉公久鎮浙西〔一〕，所取賓佐，隨其所長，無不得人。嘗有故舊子弟投之，與語，更無他能；召之讌而觀之，畢席端坐，不旁視，不與比坐交言。後數日，署以隨軍，令監庫門。使人視之，每早入〔二〕，惟端坐至夕。警察吏卒，無敢濫出入者〔三〕。

本條原出因話録卷五徵部。原文爲東津先生綜覈名實之大段議論，此爲其中一例。

〔一〕韓晉公久鎮浙西　原書作「韓晉公節制三吴」。資治通鑑卷二三二唐紀四八德宗貞元三年録入此事，文曰：「滉久在二浙」，胡三省註：「大曆十四年，滉觀察二浙。建中二年建節。」

〔二〕早　齊之鸞本、歷代小史本無。

〔三〕警察吏卒無敢濫出入者　原書句下尚有「竟獲其力」一句。

503 李相國程爲翰林學士〔一〕，以階前日影爲入候〔二〕。公性懶，每入必逾八磚，後號爲「八磚學士〔三〕」。

本條原出大唐傳載。太平廣記卷一八七傳載題作李程。說郛（陶珽刊本）弓四八唐語林容止亦載。

〔一〕李相國程　說郛本、齊之鸞本均誤作「李相國祥」。

〔二〕前　原書作「塼」，當據改。

〔三〕八磚學士　新唐書卷一三一李程傳：「學士入署，常視日影爲候。程性懶，日過八塼乃至，時號『八塼學士』。」說郛（陶珽刊本）弓五一引李肇翰林志：「北廳前階有花塼道，冬中日及五塼爲入直之候。李程性懶，好晚入，恒過八塼乃至，衆呼爲『八塼學士』。」

504 鄭珣瑜爲河南尹，送迎中使皆有常處，人吏窺之，馬足差跌不出三五步。議者以珣瑜爲河南尹，可繼張延賞，而重厚堅正，前後莫有及。

本條不知原出何書。

505 大中十一年正月一日，含元殿受朝，太子太師盧鈞年八十〔一〕，自樂懸南步而及殿墀，稱賀上前，擧止中禮，士大夫嘆之〔二〕。十二年正月朔〔三〕，含元殿受朝，太子少師柳公權亦年八十，復爲百官班首，自樂懸南步至殿下，力已委頓，及上尊號「聖敬文思和武光孝皇帝」，公權誤曰「光武和孝」，御史彈之，罰一季俸〔四〕。世譏公權不能退身自止〔五〕。

本條原出東觀奏記卷下。類説卷七東宮奏記題作柳公權誤尊號。説郛（陶珽刊本）弓四三東觀奏記卷下亦載。南部新書卷戊亦載此事。

〔一〕太子太師　類説引文誤作「太子少師」。

〔二〕擧止中禮士大夫嘆之　原書作「聲容朗綴，擧朝服之。」新唐書卷一八二盧鈞傳曰：「鈞年八十，升降如儀，音吐鴻暢，擧朝咨歎。」

〔三〕十二年正月朔　新唐書卷一六三柳公權傳叙此事，繫於「大中十三年」。

〔四〕俸　原書下有「料」字。

〔五〕世譏公權不能退身自止　原書作「七十致仕，舊典也。公權不能克遵典禮，老而受辱，人多惜之。」

506 薛調、季瓚〔一〕，同年進士〔二〕。調美姿貌，人號爲「生菩薩」；瓚俊爽，人號爲「劍」。調寬恕而瓚猜忌，論者以時人所稱，協其性也。劉元章罷江夏入朝，以風標自任。一日，調謁之，倒屣出迎，愛其風韻，去而復留者數四。既去，謂左右曰：「若不見其案〔三〕：此下有闕文。也。」調爲翰林學士，郭妃悦其貌，謂懿宗曰：「駙馬盍若薛調乎？」頃之暴卒，時以爲中鴆。卒年四十三，常覽鏡曰：「薛調豈止四十三乎？」豈嘗有言其壽者耶？

本條不知原出何書。

〔一〕季瓚　勞格讀書雜識卷七李瓚引語林四此文，「季」字下注曰：「當作李。」參看本書卷六 871 條。

〔二〕同年　勞格以爲當是同在大中八年進士及第。

〔三〕案　此案語當是永樂大典編者或四庫全書館臣所加。齊之鸞本於此處加一「缺」字，歷代小史本作一「人」字。

507 杜相審權鎮浙西，性寬厚，左右僮僕希見其語。在翰林最久，習于愼密。在鎮三歲，自初視事，坐于東廳，至其罷去，未嘗易處。雖大臣經過，亦不踰中門。視事之暇，日未夕，非有故，不還私室。端默斂袵，常若對賓旅。夏日中欲寢息，則顧軍將令下簾。或四顧無人，卽自起去簾鉤，以手捧軸，徐下簾至地，方拱退〔一〕。進止雍容如畫。時杜悰先達，人謂之老杜相，審權爲小杜相〔二〕。

本條原出金華子卷上。南部新書卷戊亦載本條末三句。

〔一〕視事之暇……方拱退　原書無以上五十九字。

〔二〕審權爲小杜相　新唐書卷九六杜審權傳叙事多與本條合，末三句作「與杜悰俱位將相，悰先達，故世謂審權爲小杜公。」

508 魏僕射元忠每立朝，必得常處，人或記之，不差尺寸。

說郛（陶珽刊本）弓四八唐語林容止亦載。

本條原出隋唐嘉話卷下。說郛（陶珽刊本）弓三六隋唐嘉話亦載。又原書此條與本卷515條原爲一條，此條在前。

509 路侍中巖，風貌之美，爲世所聞。鎮成都日，委執政于孔目吏邊咸，日以技樂自隨，宴于江津。都人士女懷擲果之羨〔一〕，雖衞玠、潘岳，不足爲比。善巾裹，蜀人見必效之，後乃翦紗巾之角〔二〕，以異于衆也。閭巷有袨服修容者，人必譏之曰：「爾非路侍中耶！」比至鬻豚之肆〔三〕，見儈豕者謂屠主曰：「此豚端正，路侍中不如。」用之比方，良可笑也〔四〕。以官妓行雲等十人侍宴。移鎮渚宮日，于合江亭離筵贈行雲等感恩多詞，有：「離魂何處斷？烟雨江南岸。」至今播于倡樓也。

本條原出北夢瑣言卷三路侍中巾裹。類說卷四三北夢瑣言録此，分作兩條，分別題曰此豚端正、離魂何處斷。

〔一〕羨　齊之鸞本、歷代小史本作「美」。
〔二〕角　齊之鸞本、歷代小史本作「腳」，原書亦作「腳」。
〔三〕比　原書作「嘗」。
〔四〕良可笑也　齊之鸞本、歷代小史本下有「裴氏忍恥之說，何莫由斯。」十字，原書無。此十字不知所謂。

## 自新

510 江淮客劉圓，嘗謁江州刺史崔沆，稱「前拾遺」。沆引坐勸曰〔一〕：「諫官不可自稱，司直、評事可矣。」須臾他客至，圓稱曰〔二〕：「大理司直劉圓〔三〕。」沆甚賞之。

本條原出國史補卷中劉圓假官稱。

〔一〕勸　原書作「徐勸」。
〔二〕稱　原書作「抑揚」。
〔三〕司直　原書作「評事」。

511 李銛，錡從父弟也〔一〕，爲宋州刺史。聞錡反狀，慟哭，悉驅妻子奴婢，無老幼，量頭爲枷〔二〕，自拘于觀察使。朝廷憫之，薄貶。

本條原出國史補卷中李銛自拘囚。類説卷二六國史補題作量頭爲枷。桂苑叢談史遺亦有此文，當係據國史補遂錄。

〔一〕從父弟　原書作「從父兄弟」。新唐書卷二二四上叛臣上李錡傳載從弟宋州刺史銛流嶺南。

〔二〕量頭爲枷　原書作「量其頸爲枷」。

512 天寶已前，多刺客〔一〕。李汧公勉爲開封府〔二〕，鞫囚有意氣者〔三〕，感哀勉求生〔四〕，縱而逸之。後數歲，勉罷官，客行河北。偶見故囚，迎歸，厚待之〔五〕。告其妻曰：「此活我者，何以報德？」妻曰：「以縑千匹，可乎？」曰：「未也。」「二千匹，可乎？」亦曰：「未也。」妻曰：「大恩難報，不如殺之。」故囚心動。其僮哀勉，密告勉，被衣乘馬而遁。比夜半，百餘里至津店。津店老人曰：「此多猛獸，何故夜行？」勉因言其故。未畢，梁上有人瞥下曰：「幾誤殺長者〔六〕！」乃去。未明，攜故囚夫妻二首而至示勉。

本條原出國史補卷中故囚報李勉。類説卷二六國史補題作刺客。北夢瑣言卷九亦叙及李肇國史補此文，惟李勉誤作李公沂。

〔一〕多刺客　聚珍本下有「報恩」二字，今據齊之鸞本、歷代小史本刪。原書亦無。

〔二〕開封府　原書作「開封尉」，當據改。舊唐書卷一三一、新唐書卷一三一李勉傳均言任開封尉。

〔三〕鞫囚有意氣者　原書作「鞫獄，獄囚有意氣者」。

〔四〕感哀勉求生　原書作「感勉求生」。齊之鸞本、歷代小史本均無「哀」字，與原書同。

〔五〕迎歸厚待之　聚珍本作「厚迎待之」，今據齊之鸞本、歷代小史本校改。

〔六〕殺　聚珍本作「殺死」，今從齊之鸞本、歷代小史本改。原書亦無「死」字。

513 田神功自平盧兵使授淄青節度〔一〕，舊官皆偏裨時部曲〔二〕，神功平受其拜；及此前使判官劉位已下數人並留在院〔三〕，神功待之亦無降禮。後因圍宋州，見李光弼與敕使打毬，聞判官張傪至，光弼答拜〔四〕，神功大驚，歸幕呼劉位問之，曰：「太尉今日見張郎中來，與之答拜，是何禮也？」位曰：「判官幕客〔五〕，使主無受拜之禮。」神功曰：「公何不早説？」遂令屈諸判官〔六〕，謝之曰：「神功武將，起自行伍，不知朝廷禮數，誤受判官等拜，判官又不言〔七〕，成神功之過，今還諸公拜。」遂一一拜之。

本條原出封氏聞見記卷九遷善。

〔一〕田神功自平盧兵使授淄青節度　資治通鑑卷二二二唐紀三八肅宗寶應元年叙此，曰：「先是，田神功起偏裨爲節度使。」胡三省註：「去年六月，田神功自平盧兵馬使節度兗鄆。」

〔二〕官　原書作「判官」，當據之補「判」字。

〔三〕院　原書作「位」。

〔四〕光弼答拜　原書作「太尉與之盡禮答拜」。

〔五〕判官幕客　原書作「判官是幕賓」。

〔六〕屈　原書作「屈請」，當據之補「請」字。

〔七〕判官　聚珍本無，今從齊之鸞本、歷代小史本補。　原書亦有。

514 包誼，江浙人，下第遊漢南，與劉太真相會辯難。劉辭屈，責其不敬，誼擲杯中其額。後太真爲禮部侍郎，誼應舉，太真覽其文卷于包侍郎佶之家〔一〕。初甚驚嘆，及視其名，迺包誼也，遂默然。至出牓，宰相欲有去留，面問太真換一名，太真不能對，忽記誼之姓名，遽言之，遂中第。

本條不知原出何書。

〔一〕包侍郎佶　齊之鸞本、歷代小史本作「包詰」。案：德宗時有包佶，嘗官刑部侍郎，見新唐書卷一四九包佶傳。

515 魏僕射本名真宰，武后朝被誣構下獄〔一〕，有司將出之〔二〕。小吏聞之以告魏，魏喜曰〔三〕：「汝名何？」曰：「元忠。」遂改從元忠焉〔四〕。

本條原出隋唐嘉話卷下。說郛（陶珽刊本）弓三六隋唐嘉話亦載。原書此條與本卷 508 條原爲一條，此條在後。又大唐新語卷七知微第十五亦載此文，有小異。

〔一〕誣構　原書作「羅織」。

〔二〕有司將　原書作「有命」。

〔三〕喜　原書作「驚喜」。

〔四〕改從元忠　舊唐書卷九二魏元忠傳：「本名真宰，以避則天母號改焉。」新唐書卷一二二魏元忠傳同。

## 企羨

516 進士張倬〔一〕，濮陽王柬之曾孫也〔二〕。時初落第，兩手捧登科記頂之，曰：「此千佛名經也。」其企羨如此。

本條原出封氏聞見記卷三貢舉。唐摭言卷十海敘不遇亦載此事。又原書中此條與卷三372、卷一96、卷八1028本爲一條。

〔一〕張倬　原書作「張繟」，唐摭言亦作「張倬」。岑仲勉跋封氏聞見記以爲當作張繟，「倬」乃「繟」草寫之訛。

〔二〕曾孫　唐摭言作「孫」，岑仲勉曰：「『孫』字應作泛義解釋，否則孫上奪曾字。」

517 盧杞令李揆入蕃〔一〕，揆對德宗曰：「臣不憚遠使，恐死于道路，不達君命。」上惻然，欲免之，謂杞曰：「李揆暮老，無使〔二〕。」杞曰：「和戎之使，且須諳練〔三〕，非揆不可。且使揆去，向後差使小于揆年者，不敢辭遠使矣。」揆既至，蕃長曰：「聞唐家第一人李揆〔四〕，公是否？」揆曰：「非也。他那箇李揆爭肯到此？」恐其拘留，以此謾之也。揆門第第一，文學第一，官職第一〔五〕。揆致仕東都〔六〕，大司徒杜公罷淮海也，入洛見之，言及「頭頭第一」之說，揆曰：「若道門户，有所自，承餘裕也；官職，遭遇爾。今形骸凋瘁，看卽下世，一切爲空，何第一之有？」

永樂大典卷之二萬三百八一・頭頭第一引唐語林亦載，自「揆門第第一」始至末。

本條原出劉賓客嘉話録。太平廣記卷四九六嘉話録題作盧杞。説郛（陶珽刊本）弓三六嘉話録亦載。

〔一〕盧杞　原書作「盧新州爲相」，太平廣記引文亦有「爲相」二字。

〔二〕李揆暮老無使　原書與太平廣記引文均作「李揆莫老無？」王讜不顧文義而臆改，二者語氣與内涵均不同。

〔三〕諳練　原書下有「朝廷事」三字。新唐書卷一五〇李揆傳作「當練朝廷事」。

〔四〕唐家第一人　原書作「唐家有一第一人」。

〔五〕揆門第第一文學第一官職第一　新唐書本傳載：「帝歎曰：『卿門第、人物、文學皆當世第一，信朝廷羽儀乎！』故時稱三絶。」

〔六〕東都　太平廣記引文上有「歸」字。

518 苗給事子纘應舉次〔一〕，而給事以中風語澀，而心中至切。臨試，又疾亟。纘乃爲狀，請許入試否。給事猶能把筆，淡墨爲書，曰：「入！〔二〕」其父子之情切如此。其年纘及第。

本條原出劉賓客嘉話録。太平廣記卷一八〇嘉話録題作苗纘。今本劉賓客嘉話録佚去，唐蘭援此入校輯本補遺。

〔一〕苗給事　太平廣記引文作「苗粲」。

〔二〕入　太平廣記引文重一「入」字。

519 陸相贄受淮南尉，吏部侍郎不與；顧少連擬與江淮一尉，不伏竟得之。顯其聽而自吟曰：「遶階流渤渤〔一〕，夾砌樹陰陰。」□後罷相，□□在假日，敕下不謝官，又貶爲忠州司馬。大官降敕日，令朝謝。但恐私忌□亦須出入始了。

本條不知原出何書。聚珍本闕載，守山閣叢書本編入唐語林校勘記，今從齊之鸞本、歷代小史本補入正文。守山閣叢書本唐語林校勘記言此條「譌闕不可校」，今姑加標點如上。

〔一〕渤渤　齊之鸞本、歷代小史本作「渤渤」。守山閣叢書本唐語林校勘記曰：「疑當作『渺』。」

520 開元以後，不以姓名而可稱者：燕公、許公、魯公〔一〕；不以名而可稱者：宋開府、陸兗州〔二〕、王右丞、房太尉、郭令公、崔太尉〔三〕、楊司徒、劉忠州、楊崖州、段太尉〔四〕；位卑而名著者〔五〕：李北海、王江寧、李館陶、鄭廣文、元魯山、蕭功曹、獨孤常州〔六〕、崔比部、張水部〔七〕、梁補闕、韋蘇州〔八〕；二人連呼者：岐薛、燕許〔原註〕〔九〕大手筆。李杜〔一〇〕、姚宋、〔原註〕亦曰蘇宋。蕭李〔一一〕。〔原註〕文章。元和後，不以名可稱者：李太尉、韋中令、裴晉公、白太傅、賈僕射、路侍中、杜紫微；位卑名著者：賈長江、趙渭南；二人連呼者：元白〔一二〕；又有羅鉗吉網，

〔原註〕酷吏〔一三〕。員推韋狀；〔原註〕能吏〔一四〕。又有四夔〔一五〕、四凶〔一六〕。

本條原出國史補卷下敘著名諸公。

〔一〕燕公許公魯公　原書作「燕公、曲江、太尉、魯公」。

〔二〕陸兗州　原書作「陸兗公」，當據改。

〔三〕崔太尉　原書作「崔太傅」。

〔四〕段太尉　原書此下尚有「顏魯公」一人。

〔五〕位卑而名著者　胡應麟詩藪外編卷三唐上：「國史補云：開元以後，位卑而名著者：李北海邕、王江寧昌齡、李館陶、鄭廣文虔、元魯山德秀、蕭功曹穎士、張長史旭、獨孤常州及、崔比部、梁補闕肅、韋蘇州應物。右載唐詩紀事。崔比部、李館陶不列名。按是時，詩文有重望而不甚顯者，崔則崔顥、崔曙，李則李翰、李華，第俱不言爲比部、館陶。然四人外，無赫赫稱，必居二於此矣。」案胡氏所言，見唐詩紀事卷二六韋應物中。嘉靖乙巳所刻之清平山堂本唐詩紀事「崔比部」下不著名字，汲古閣本則有「元翰」二小字，是知崔比部卽崔元翰。

〔六〕獨孤常州　原書此下尚有「杜工部」一人。

〔七〕張水部　原書無此名。

〔八〕韋蘇州　原書此下尚有「戴容州」一人。戴容州卽戴叔倫。

〔九〕原註　此乃李肇自註。下同。

〔一〇〕李杜　原書無。

〔一一〕蕭李　原書此上尚有「元王秉權、常楊制誥」四名。

〔一二〕元和後……元白　原書無此數句。

〔一三〕酷吏　原書作「酷吏羅希奭、吉温」。資治通鑑卷二一五唐紀三一玄宗天寶四載亦有記載。參看本書卷八 1006 條。

〔一四〕能吏　原書作「能吏員錫、韋元甫」。新唐書卷一二二韋陟傳曰：「徙河南採訪使，以判官員錫善訊覆，支使韋元甫工書奏，時號『員推韋狀』，陟皆倚任之。」

〔一五〕四夔　即崔造、韓會、盧東美、張正則，參看本書輯佚 1092 條。

〔一六〕四凶　即元伯和、李騰、李淮、王縉之子，參看本書卷五 737 條。

521 于良史爲張徐州建封從事〔一〕，每自吟曰：「出身三十年，白髮衣猶碧〔二〕；日暮倚朱門，從未污袍赤〔三〕。」公聞之，爲奏章服焉。

本條原出大唐傳載。唐詩紀事卷四三于良史亦載此文，惟不註出處。

〔一〕于良史爲張徐州建封從事　守山閣叢書本大唐傳載有註：「首十一字原與前辛邱杜條首二十四字錯簡互誤，據唐語林、廣記百七十四校正。」

〔二〕白髮衣猶碧　原書作「髮白衣仍碧」，唐詩紀事作「髮白衣猶碧」。

〔三〕未污　原書作「未染」，唐詩紀事誤作「朱污」。

522 韓僕射皐爲京兆尹，韋相貫之爲畿甸尉。及貫之入爲相，皐爲吏部尚書。每至中書，韋常異禮，以申故吏之敬。韓皋家自黄門以來〔一〕，三世傳執一笏〔二〕。經祖父所執，未嘗輕授于僕人之手。歸則别置于卧内一榻〔三〕，以示敬慎。

白孔六帖卷十二笏引唐語林亦載。

本條原出因話録卷二商部。與卷三354條原合爲一條。「韓僕射皋爲京兆尹」至「以申故吏之敬」置於首，「皋自黄門以來」至「以示敬慎」置於末，354條文字置於中。

〔一〕韓皋家自黄門以來　黄門指韓休，休嘗官黄門侍郎。聚珍本句首無「韓」字，今從齊之鸞本、歷代小史本補。

〔二〕三世　指韓休、韓滉、韓皋。

〔三〕别　原書作「躬」。

523 趙昭公以舊相爲吏部侍郎〔一〕，考前進士杜元穎宏詞登科；及鎮荆南〔二〕，又奏爲從事。杜公入相，昭公復掌選；至杜出鎮西川，奏宋相申錫爲從事。數年，杜以南蠻入寇，貶刺循州，遂卒；宋以宰相被誣，謫佐開州。後數年，昭公始卒。公凡八在銓衡，三領節鎮，皆帶府號。爲尚書，惟不歷工部，其兵部〔三〕、太常皆再任。年八十七薨，其間未嘗遇重疾。儉素案〔四〕：儉素，趙璘因話録作「異數」。壽考，爲朝中之首。

本條原出因話録卷二商部。

〔一〕趙昭公　原書作「族祖天水昭公」。案趙昭公即趙宗儒。宗儒謚曰「昭」，見新唐書卷一五一趙宗儒傳。

〔二〕及鎮荆南　原書作「鎮南」。

〔三〕兵部　原書作「兵、吏」。

〔四〕案　此案語非王讜自作，當是四庫全書館臣所加。

524 權文公德輿，身不由科第，嘗知貢舉三年〔一〕，門下所出諸生相繼爲公相，號得人之盛。

本條原出因話録卷二商部。類説卷十四因話録題作諸生繼相。古今合璧事類備要後集卷二九亦載。

〔一〕嘗知貢舉三年　參看本書卷八1031條。

525 趙郡李氏，元和初，三祖之後〔一〕，同時一人爲相〔二〕。藩南祖〔三〕，吉甫西祖，絳東祖，而皆第三。至太和、開成間，又各一人前後在相位。德裕，吉甫之子；固言，藩再從弟：皆第九。珏亦絳之近從〔四〕。

本條原出因話録卷二商部。大唐傳載亦有相似之記載。

〔一〕元和初三祖之後　原書此二句互倒。

〔二〕一人　原書作「各一人」。

〔三〕藩　原書誤作「蕃」。下同。

〔四〕珏亦絳之近從　原書句下尚有「諸族罕有」一句。

526 李尚書益，有宗人庶子同名，俱出于姑臧公；而人謂尚書爲文章李益〔一〕，庶子爲門户李益，而尚書尚兼門地焉。嘗姻族間有禮會，尚書歸，笑謂家人曰：「大堪笑！今日局席，兩箇座頭總是李益。」

本條原出因話録卷二商部。太平廣記卷一八四因話録題作李益。紺珠集卷五因話録題作文章李益。類説卷十四因話録題作門户李益。説郛（陶珽刊本）弖二三因話録題作文章李益。

〔一〕文章李益　新唐書卷二〇三李益傳曰：「時又有太子庶子李益同在朝，故世言『文章李益』以辨云。」

527 李太師逢吉知貢舉，牓未放而入相〔一〕，禮部尚書王播代放牓。及第人就中書見座主，時謂「好脚迹門生」，前世未有。

本條原出因話録卷二商部。紺珠集卷五因話録題作好脚門生。類説卷十四因話録題作好脚迹門生。説郛（陶珽刊本）弖二三因話録題作好脚門生。

〔一〕牓　原書作「牓成」。齊之鸞本、歷代小史本作「牓或」，「或」乃「成」之訛字。

528 陽城爲朝士，家苦貧，常以布衾木枕質錢數萬，人争取之。

説郛（陶珽刊本）弖四八唐語林企羡亦載。

本條原出大唐傳載。太平廣記卷一六五傳載題作陽城。

529 李愿司空兄弟九人〔一〕，四有土地：愿爲夏州、徐泗、鳳翔、宣武、河中五節度，憲爲江西觀察、嶺南節度，愬爲唐鄧、襄陽、徐泗、鳳翔、澤潞、魏博六節度，聽爲夏州、靈武、河東、鄭滑、魏博、邠寧七節度〔二〕。一門登壇受鉞〔三〕，無比焉。

永樂大典卷之一萬四千七百七度・一門四節度引唐語林亦載。

本條原出大唐傳載。李翺卓異記中子弟四人皆任節度亦有類同之記載。

〔一〕李愿司空兄弟九人　岑仲勉元和姓纂四校記卷一曰：「語林之『兄弟九人』，殆衹指免喪起復者言之，非晟子僅九人也。」

〔二〕七節度　原書「七」上有「鳳翔」一名，當據補。如此，始符七數。

〔三〕受　原書作「授」。

530 胡尚書證〔一〕，河中人。太傅昭公鎮河中〔二〕，尚書建節赴振武，備桑梓禮入謁，持刺稱百姓。獻昭公詩云：「詩書入京國，旌旆過鄉關。」州里榮之。進士趙櫓著鄉籍一篇〔三〕，誇河東人物之盛，皆實錄也。同鄉中，趙氏軒冕文儒最著，曾祖父〔四〕、祖父，世掌綸誥。櫓昆弟五人，進士及第，皆歷臺省。盧少傅弘宣〔五〕，盧尚書簡辭、弘正〔六〕、簡求，皆其姑子也，時稱「趙家出」。外家敬氏，先世亦出自河中，人物名望皆謂至盛，櫓著鄉籍載之。

本條原出因話録卷三商部下。唐詩紀事卷五九張弘靖引因話録亦載。

〔一〕胡尚書證　原書同。唐詩紀事引文作胡証。胡証，舊唐書卷一六三、新唐書卷一六四有傳。

〔二〕昭公　原書作「天水昭公」，卽趙宗儒。宗儒謚「昭」。

〔三〕進士趙櫓著鄉籍一篇　原書作「余宗姪櫓應進士時著鄉籍一篇」。

〔四〕父　聚珍本無，今從齊之鸞本、歷代小史本補。原書亦有。

〔五〕弘宣　新唐書卷一九七入循吏傳。

〔六〕弘正　舊唐書卷一六三附盧簡辭傳。新唐書卷一七七作「盧弘止」，資治通鑑卷二四八唐紀六四武宗會昌四年亦作「盧弘止」，考異曰：「舊紀、傳皆作『弘正』，實録、新紀、傳皆作『弘止』，今從之。」

531 楊僕射於陵在考功時，舉李師稷及第，至其子相國嗣復知舉，門生集侯僕射，而李公在座，時人謂之楊家上下門生〔一〕。世有姑之壻與姪之壻，謂之上下同門，蓋以此況也〔二〕。

本條原出因話録卷三商部下。

〔一〕楊家上下門生　新唐書卷一七四楊嗣復傳曰：「嗣復領貢舉時，於陵自洛入朝，乃率門生出迎，置酒第中。於陵坐堂上，嗣復與諸生坐兩序。始於陵在考功，擢浙東觀察使李師稷及第，時亦在焉。人謂楊氏上下門生，世以爲美。」

〔二〕世有姑之壻與姪之壻，謂之上下同門，蓋以此況也　原書作雙行夾註，「世」作「代」。齊之鸞本、歷代小史本作「姪之女壻」，多一「女」字。

532 李相石，庾尚書承宣門生。不數年，李佐魏博軍〔一〕，因奏事特賜紫，而庾尚衣緋。人謂李侍御將紫底緋上座主。

本條原出因話録卷三商部下。

〔一〕佐　原書作「任」，當據本書改。

533 李相宗閔知貢舉〔一〕，門生多清雅俊茂；唐沖〔二〕、薛庠、袁都〔三〕，時謂之「玉笋」〔四〕。

本條原出因話録卷三商部下。太平廣記卷一八一因話録題作李宗閔。説郛（陶珽刊本）弓四八唐語林企羡亦載。

〔一〕李相宗閔　原書作「李相國武都公」。

〔二〕唐沖　太平廣記引文作「唐伸」。

〔三〕袁都　原書下有「輩」字。新唐書卷一七四李宗閔傳曰：「典貢舉，所取多知命士，若唐沖、薛庠、袁都等，世謂之『玉筍』。」

〔四〕玉笋　太平廣記引文作「玉笋班」。

534 柳公權與族孫璟，開成中同在翰林，時稱大柳舍人、小柳舍人。自祖父郎中芳已來〔一〕，奕世文學，居清列。久在名場淹屈〔二〕，及擢第，首冠諸生，當年宏詞登高科，十餘年便掌綸誥，侍翰苑。性喜汲引，後進多出其門〔三〕。以誠明待物，不妄然諾，士益附之〔四〕。

本條原出因話録卷三商部下。與下條535原合爲一條，今依原書分列。

〔一〕祖父郎中芳　自此之下，乃敍柳璟事。據新唐書卷七三上宰相世系表三上，知柳公權祖名正禮，璟祖乃芳也。

〔二〕久　齊之鸞本作「人」。原書作「舍人」。

〔三〕後進多出其門　原書作「出其門者，名流大僚至多。」齊之鸞本、歷代小史本作「後進出其門者」。

〔四〕士益附之　原書句下有雙行夾註：「記録此書後二年，柳公方知舉。」新唐書卷一三二柳璟傳：「璟爲人寬信，好接士，稱人之長，游其門者它日皆顯於世。會昌二年，再主貢部。」本書卷八1030條則記柳璟於會昌元年再爲主司。

按：當以會昌元年爲是。

535 開成三年，書判考官刑部員外郎紇干公〔一〕，崔相羣門生也。紇干及第時，于崔相新昌宅小廳中集見座主；及爲考官之前，假居崔相故第，亦于此廳見門生焉。是年科目八人〔二〕，敕頭孫河南穀，先于雁門公爲丞。紇干封雁門公〔三〕。

本條原出因話録卷三商部下。與上條534原合爲一條，今依原書分列。

〔一〕書判考官刑部員外郎紇干公　原書「書判」作「余忝列第」。「紇干公」作「紇于公」。

〔二〕是年科目八人　原書句下有「六人繼昇朝序。鄙人蹇薄，晚方通籍。」數句。

〔三〕紇干封雁門公　原書此句作雙行夾註：「公後自中書舍人觀察江西，又歷工部侍郎，節制南海，累贈封雁門公。」據此知此人卽紇干㚟。文苑英華卷四〇八載崔嘏撰授紇干泉江西觀察使制，內稱「中書舍人紇干泉」，「泉」乃「㚟」之誤。又卷四五六載沈珣撰授紇干泉嶺南節度使制，內稱「銀青光祿大夫行尚書工部侍郎紇干泉」，「泉」亦爲「㚟」之誤字。新唐書卷五九藝文志三錄紇干㚟序通解錄一卷，原註：「字咸一，大中江西觀察使。」

536 文宗自太和乙卯歲後〔一〕，常戚戚不樂，事稍閒〔二〕，則必有嘆息之音。會幸三殿東亭，見橫廊架巨軸〔三〕，上指謂畫工程修己曰：「此開元東封圖也。」命內臣懸于東廡下。上舉玉如意指張說輩嘆曰：「使吾得其中一人，則可見開元之理。」

本條原出松窗雜錄。類説卷十六松窗雜錄題作開元東封圖。説郛（陶珽刊本）弓五二摭異記亦載。

〔一〕文宗　原書無，當據本書補。

〔二〕閒　原書作「聞」，似以本書爲是。

〔三〕廊　聚珍本作「御」，今從齊之鸞本、歷代小史本改。原書亦作「廊」。

537 文宗爲莊恪太子選妃，朝臣家子女悉令進名，中外爲之不安。上知之，謂宰臣曰〔一〕：「朕欲爲太子求汝鄭門衣冠子女爲新婦〔二〕，扶出來田舍齁齁地，如聞朝臣皆不願與朕作親情，何也？朕是數百年衣冠，無何神堯打朕家事羅訶去〔三〕。」案〔四〕：此句文義難解，疑有脱誤，或是當時俚語。**遂罷其選。**

本條原出盧氏雜説。太平廣記卷一八四盧氏雜説題作莊恪太子妃。

〔一〕謂　太平廣記引文作「召」。

〔二〕朕欲爲太子求汝鄭間衣冠子女爲新婦　太平廣記引文作「朕欲爲太子婚娶，本求汝鄭門衣冠子女爲新婦。」陳寅恪以爲此指鄭覃，見唐代政治史述論稿。

〔三〕無何神堯打朕家事羅訶去　明鈔本太平廣記「打」作「把」。

〔四〕案　此案語當是永樂大典編者或四庫全書館臣所加。

538 **馮河南宿之三子陶、寬〔一〕、圖兄弟，連年進士及第，連年登宏詞科，一時之盛無比。太和初，馮氏進士十人〔二〕，宿家兄弟叔姪亦八人焉。**

本條原出大唐傳載。

〔一〕寬　齊之鸞本、歷代小史本作「韜」。原書亦作「韜」。舊唐書卷一六八馮宿傳：「子圖、陶、韜，三人皆登進士，揚歷清顯。」新唐書卷一七七馮宿傳則曰：「子圖，字昌之，連中進士、宏辭科。……寬爲起居郎。」

〔二〕馮氏進士十人　原書作「馮氏進士及第者，海内十八。」

539 **李右丞廙年二十九，爲尚書右丞〔一〕。**

本條原出大唐傳載。

〔一〕年二十九爲尚書右丞　原書句下尚有「至五十九，又爲尚書右丞。」二句，當據補。

540 宣宗好儒〔一〕，多與學士小殿從容議論〔二〕，殿柱自題曰：「鄉貢進士李某〔三〕。」或宰臣出鎮，賦詩以贈之〔四〕。凡對宰臣及上言者，必先整容貌，易衣盥手，然後召見〔五〕。語及政事，卽終日忘倦。

本條原出北夢瑣言卷一宣宗稱進士。類説卷四三北夢瑣言題作鄉貢進士李某。説郛（陶珽刊本）弓四六北夢瑣言亦載。説郛（張宗祥輯明鈔本）卷四八北夢瑣言題作所好優劣。又原書此條與卷七973條本是一條，此條在前。杜陽雜編卷下亦載此事，卽本書卷七909條。

〔一〕儒　原書與類説、説郛引文作「儒雅」，當據之補「雅」字。

〔二〕多與學士小殿從容議論　原書作「每直殿學士從容，未嘗不論前代興亡。頗留心貢舉。」

〔三〕李某　説郛（張宗祥輯明鈔本）作「李昇」。

〔四〕賦詩以贈之　原書下有「詞皆清麗」一句。

〔五〕必先整容貌易衣盥手然後召見　原書無此三句。杜陽雜編有句云：「（凡欲對公卿，）必整容貌，更衣盥手，然後方出。」王讜或據此補入。

541 宣宗愛羨進士〔一〕，每對朝臣，問「登第否」？有以科名對者，必有喜〔二〕，便問所賦詩賦題〔三〕，並主司姓名〔四〕。或有人物優而不中第者，必嘆息久之。嘗于禁中題「鄉貢進士李道龍。〔五〕」宦官知書，自文、宣二宗始〔六〕。

本條原出盧氏雜説。太平廣記卷一八二盧氏雜説題作宣宗。説郛（陶珽刊本）弓四八盧氏雜説題作宣宗。南部新書卷癸亦載此事，唯甚簡略。

〔一〕愛羡進士　太平廣記與説郛引文作「宣宗酷好進士及第」。
〔二〕有　齊之鸞本、歷代小史本作「大」。太平廣記與説郛引文亦作「大」。
〔三〕所賦　太平廣記與説郛引文作「所試」。
〔四〕並　太平廣記引文誤作「拜」，當據本書改。
〔五〕于禁中題　太平廣記與説郛引文作「内自題」。
〔六〕宦官知書自文宣二宗始　太平廣記引文無。

542　宣宗尚文學，尤重科名。大中十年，鄭顥知舉，宣宗索登科記〔一〕，顥表曰：「自武德以後，便有進士諸科。所傳前代姓名，皆是私家記録。臣尋委當行祠部員外郎趙璘，採訪諸科目記〔二〕，撰成十三卷，自武德元年至于聖朝。」敕翰林〔三〕，自今放牓後，仰寫及第人姓名及所試詩賦題目進入。仰所司逐年編次〔四〕。

本條原出東觀奏記卷上。説郛（陶珽刊本）弓四三、（張宗祥輯明鈔本）卷四、卷七五引東觀奏記均載。

〔一〕宣宗索登科記　原書作「宣索科名記」。藕香零拾本註曰：「此書記大中事，均作上。宣索科名記，作『宣宗』者誤。語林云『宣』下空，以意補，實不必補也。顧改『上』字，亦誤。」顧指小石山房叢書本東觀奏記。

〔二〕諸　原書作「諸家」。

〔三〕翰林　原書上有「宜付」二字，當據補。

〔四〕仰　原書上有「仍」字。

543 李某爲中丞〔一〕，奏孔尚書温〔二〕、徐相商爲監察御史。孔爲中丞〔三〕，李在外多年，除宗正少卿，歸而爲丞郎〔四〕。每讌集，時人以爲盛事〔五〕。

本條原出因話録卷三商部下。

〔一〕李某爲中丞　原書作「余座主隴西公爲臺丞」。此人卽李漢。參看本書卷二231條。

〔二〕孔尚書温　新唐書卷七八宗室李漢傳：「始，漢爲中丞，表孔温業爲御史，及漢晚見召，温業已爲中丞，每燕集，人以爲榮。」「温」當是「温業」之誤。

〔三〕孔爲中丞　原書句首有「及」字。

〔四〕除宗正少卿歸而爲丞郎　原書作「除宗正少卿歸朝，而孔、徐二公並時爲丞相。」

〔五〕時人以爲盛事　原書句下尚有「亦可太息於宦途也」一句。

544 大中九年，沈侍郎詢以中書舍人知舉，其門生李彬父叢爲萬年令。同年有起居之會。

倉部李郎中蟦時在座，因戲諸進士曰：「今日極盛，某與賢座主同年。」謂郴州李侍郎也〔一〕。衆皆以爲異。是日數公皆詣賓客馮尚書審，則又郴州座主楊相國之同年也〔二〕，舉座異之〔三〕。

本條原出因話録卷六羽部。

〔一〕謂郴州李侍郎　原書句上尚有「時右司李郎中從晦又在座，戲蟦曰：『殊未耳！小生與賢座主同年，如何？』」數句，本句作「謂彬州柳侍郎也」，「彬」爲「郴」之誤字，當據本書改。「李」爲「柳」之誤字，當據原書改。

〔二〕郴州座主楊相國　原書「郴州」作「柳公」，此指柳璟，璟終郴州刺史，見新唐書卷一三二柳璟傳。楊相國指楊嗣復。參看本書卷八 1031 條。

〔三〕舉座異之　原書作「舉坐嗟嘆」。下有「侍讀諫議漳說」一句。

545 張不疑進士擢第，宏詞登科。當年四府交辟〔一〕，江西李中丞凝〔二〕、東川李相回、淮南李相紳、興元歸僕射融〔三〕，皆當時盛府。不疑赴淮南命，到府未幾，以協律郎卒。不疑娶崔氏，以不協出之，後娶顏氏。

本條不知原出何書。南部新書卷己亦載此事。

〔一〕四　齊之鸞本、歷代小史本作「五」。

〔二〕凝　南部新書誤作「疑」。

〔三〕淮南李相紳、興元歸僕射融　南部新書誤作「淮南李融」。

546 東夷有識山川者，徧禮五嶽，一拜而退；惟入關望華山，自關西門步步禮拜〔一〕。至山下，仰望嘆詫，七日而去。謂京師衣冠文物之盛，由此而致。

説郛（陶珽刊本）弓四八唐語林企羨亦載。

本條不知原出何書。

〔一〕禮拜　説郛引文與齊之鸞本、歷代小史本均作「拜禮」。

547 崔起居雍〔一〕，少有令名，進士第，與鄭顥齊名。士之遊其門者多登第，時人語爲崔雍、鄭顥世界〔二〕。

永樂大典卷之二千七百四十崔・崔雍引唐語林亦載，與下一條548原合爲一條。

本條原出金華子卷上。與下二條548 549原合爲一條，今依原書分列。

〔一〕崔起居雍　原書下有「甲族之子」一句，周廣業註：「雍，字順中，禮部尚書戎之子。」永樂大典引文無「起居」二字。

〔二〕時人語爲崔雍鄭顥世界　原書下有「雖古之龍門，莫之加也。」二句。

548 崔雍自起居郎出守和州〔一〕，遇龐勛寇歷陽，雍棄城奔浙西，爲路巖所構，賜死〔二〕。雍兄明〔三〕、序、福，兄弟八人，皆進士，列甲乙科。當時號爲「點頭崔家」。

永樂大典卷之二千七百四十崔・崔雍引唐語林亦載，與上一條547原合爲一條。

本條原出金華子卷上。紺珠集卷十、類説卷二五金華子題作點頭崔家。説郛（張宗祥輯明鈔本）卷三賓録引金華子亦載。又本書此條與上條547、下條549原合爲一條，今依原書分列。

〔一〕自起居郎出守和州　原書作「崔雍爲起居郎，出守和州。」

〔二〕爲路巖所構賜死　新唐書卷一五九崔雍傳：「龐勛以兵刼烏江，雍不能抗，遣人持牛酒勞之，密表其狀。民不知，訴諸朝，宰相路巖素不平，因是傅其罪，賜死宣州。」參看本書卷七971、卷二158條。

〔三〕明　原書作「朗」。案新唐書卷七二下宰相世系表載「崔朗，字內明，長安令。」本書作「明」者或有誤。

549 崔澹容貌清瘦明白〔一〕，擢第升朝，崔鉉辟入幕〔二〕。先是朝中以流品爲朋甲〔三〕，以名德清重者爲首。咸通中，李都爲大龍甲頭〔四〕，沙汰名士，以經緯其伍。涓，澹兄弟也〔五〕；澹在品中，以涓强侵爲麤〔六〕，卒不取焉。涓卑屈欲見取，其黨皆避之。

本條原出金華子卷上。與上二條547 548原合爲一條，今依原書分列。

〔一〕澹　原書作「崔涓弟澹」。

〔二〕崔鉉辟入幕　原書作「崔魏公辟爲從事」。

〔三〕先是朝中以流品爲朋甲　原書作「先是中朝流品相率爲朋甲」。

〔四〕李都爲大龍甲頭　原書作「推李公都爲大龍甲頭。」周廣業註：「新唐書無『頭』字。」勛初案：此見新唐書卷一八二崔澹傳。

〔五〕涓澹兄弟也　原書作「涓、澹，親昆仲也。」周廣業註：「新書：涓，少師珙之子；澹，河中節度使瑛之子，則涓、澹從兄弟也。」

〔六〕以涓强侵爲麤　原書作「以涓之俊逸，目爲麤率。」

550 琅邪王氏與太原皆同出于周。琅邪之族世貴，號「鏙頭王氏」〔一〕；太原子弟争之，稱是己族，然實非也。太原自號「鈒鏤王氏」〔二〕。崔氏，博陵與清河亦上下。其望族，博陵三房。第二房雖長〔三〕，今其子孫卽皆拜第三房子弟爲伯叔者，蓋第三房婚娶晚遲，世數因而少故也〔四〕。姑臧李氏亦然，其第三房皆受大房、第二房之禮。清河崔氏亦小房最著〔五〕；崔程出清河小房也〔六〕。世居楚州寶應縣，號「八寶崔氏」。寶應本安宜縣，崔氏夢捧八寶以獻〔七〕，敕改名焉。程之姨〔八〕，北門李相蔚之夫人；蔚乃姑臧小房也，判鹽鐵。程爲揚州院官，舉吳堯卿，蔚以爲得人，竟亂筦擢之任〔九〕。程累郡無政績，小杜相聞程諸女有容德，致書爲其子讓能娶焉。程初辭之，謂人曰：「崔氏之門，若有一杜郎，其何堪矣。」而杜相堅請不已，程不能免，乃于寶應諸院取一娣姪嫁之。其後讓能貴，爲國夫人，而程之女不顯。

本條原出金華子卷下。

〔一〕鏙頭　原書作「錐頭」。

〔二〕太原自號鈒鏤王氏　原書作「太原貴盛之中，自有『鈒鏤』之號。」周廣業註：「案李肇國史補：滎陽鄭、岡頭盧、澤底李、土門崔，四姓皆爲鼎甲。太原王氏，四姓得之爲美，故呼爲『鈒鏤王家』，喻銀質而金飾也。」

〔三〕第二房　原書上有「大房」二字，當據補。

〔四〕第三房婚娶晚遲世數因而少故也　原書作「第三房婚嫁多達官也」。似以本書所言爲是。

〔五〕清河崔氏亦小房最著　原書作「清河崔氏亦小房最專清美之稱」，周廣業註：「薛居正五代史李專美傳云：姑臧大房與清河小房崔氏，北祖第二房盧氏，昭國鄭氏，爲四望族。」

〔六〕崔程出清河小房　原書作「崔程即清河小房」，周廣業註：「崔湜之後，爲清河大房，宣宗相龜從是也。寅之後，爲清河小房，憲宗相羣是也。皆出清河太守之後。」

〔七〕夢捧　原書作「曾取」。

〔八〕姨　原書作「姊」。

〔九〕筦擢　原書作「筦榷」，當據改。

551 進士舉人各樹名甲，元和中語曰〔一〕：「欲入舉場，先問蘇、張。蘇、張猶可，三楊殺我。〔二〕」

本條原出唐摭言卷七升沈後進。太平廣記卷一八一摭言題作蘇景張元夫。本書此條與下五條 552 553 554 555 556 原合爲一條；太平廣記中此條與下二條均列於蘇景張元夫名下，今依太平廣記所引，且依其次序，分列成三條，本條居首。

〔一〕進士舉人各樹名甲元和中語曰　原書作「太和中，蘇景胤、張元夫爲翰林主人，楊汝士與弟虞卿及漢公尤爲文林表式。故後進相謂曰」。本書作「元和」者誤。

〔二〕三楊殺我　新唐書卷一七五楊虞卿傳曰：「當時有蘇景胤、張元夫，而虞卿兄弟汝士、漢公爲人所奔向，故語曰：『欲趨舉場，問蘇、張；蘇、張猶可，三楊殺我。』」

552 後有東西二甲，東呼西爲「茫茫隊」，言其無藝也。

本條原出盧氏雜説。太平廣記卷一八一盧氏雜説題作蘇景張元夫。又本條與上條 551、下三條 553 554 555 原合爲一條；今依太平廣記引文內所分條目排列，置於該組之中。

553 開成、會昌中，又曰：「魯、紹、瓌、蒙，識卽命通〔一〕。」又曰：「鄭、楊、段、薛，炙手可熱〔二〕。」又有「薄徒」「厚徒」〔三〕，多輕侮人，故裴泌侍御作美人賦譏之〔四〕。後有瓌值、韋羅甲，又曰：「瑝、值、都、雍，識卽命通〔五〕。」又有大小二甲。又有注已甲〔六〕。又有四字甲〔七〕，言「深輝軒庭」〔八〕。又四凶甲〔九〕。又「芳林十哲」〔一〇〕，言其與宦官交遊，若劉嘩〔一一〕、任江洎〔一二〕、李巖士、蔡鋌〔一三〕、秦韜玉之徒。鋌與巖士各將兩軍書題，求華州解元〔一四〕，時謂「對軍解頭」〔一五〕。太和中，又有杜顗〔一六〕、竇紃、蕭嶰〔一七〕，極有時稱，爲後來領袖〔一八〕。

本條原出盧氏雜説。太平廣記卷一八一盧氏雜説題作蘇景張元夫。又本條與上二條 551 552、下二條 554 555

原合爲一條，而太平廣記中則又與前551、552條合爲一組，今按引文内所分條目排列，置於該組之末。

〔一〕又曰魯紹瓌蒙識郎命通　太平廣記引文無。齊之鸞本、歷代小史本「命」作「合」。

〔二〕又曰鄭楊段薛炙手可熱　新唐書卷一六〇崔鉉傳：「鉉所善者鄭魯、楊紹復、段瓌、薛蒙，頗參議論，時語曰：『鄭、楊、段、薛，炙手可熱；欲得命通，魯、紹、瓌、蒙。』帝聞之，題於扆。」並見東觀奏記卷中。

〔三〕厚徒　太平廣記引文無。

〔四〕侍御作　太平廣記引文作「應舉，行」。

〔五〕後有瓌值韋羅甲又曰瑝值都雍識郎命通　太平廣記引文無。北夢瑣言卷十一：「李都、崔雍、孫瑝、鄭嵎四君子，蒙其盼睞者，因是進昇。故曰：『欲得命通，問瑝、嵎、都、雍。』」可知盧氏雜説所言者乃指孫瑝、瓌值、李都、崔雍。

〔六〕注已　太平廣記引文作「汪已」。

〔七〕甲　太平廣記引文無。

〔八〕輝　太平廣記引文作「耀」。

〔九〕四凶　唐摭言卷九四凶題下曰：「今所記者三，曰陳磻叟、劉子振、李沼。」

〔一〇〕芳林十哲　唐摭言卷九芳林十哲題下曰：「今記得者八人」，曰沈雲翔、林絢、鄭玘、劉業、唐珣、吳商叟、秦韜玉、郭薰，「皆交通中貴，號芳林十哲。芳林，門名，由此入内故也。」參看本書卷三321條。

〔一一〕劉曄　聚珍本作「劉煜」，今從齊之鸞本、歷代小史本改。太平廣記亦作「劉曄」。

〔一二〕任江泊　太平廣記引文作「任息、姜垍」。齊之鸞本、歷代小史本「泊」作「泊」。

〔一三〕蔡鋋　太平廣記引文作「蔡鋌」。下同。

〔一四〕求華州解元　太平廣記引文作「求狀元」。

〔一五〕時謂對軍解頭　唐詩紀事卷六三秦韜玉曰：「韜玉出入田令孜之門，又與劉曄、李巖士、姜垍、蔡鋌之徒交遊中貴，各將兩軍書尺，僥求巍科，時謂『對軍解頭』。」

〔一六〕杜顗　太平廣記引文作「杜顗」。

〔一七〕蕭嶰　太平廣記引文作「蕭嶰」。

〔一八〕爲後來領袖　太平廣記引文其下尚有「文宗曾言進士之盛，時宰相對曰：『舉場中自云：「鄉貢進士，不博上州刺史。」』上笑之曰：『亦無奈何。』」數句。類說卷四九盧氏雜說內鄉貢進士條亦有此中數句。

554 杜昇自拾遺賜緋後，應舉及第，又拜拾遺，時號「著緋進士」〔一〕。

本條原出盧氏雜說。太平廣記卷一八三盧氏雜說題作杜昇。又本條與上三條 551 552 553、下一條 555 原合爲一條，今依太平廣記引文分列。

〔一〕著緋進士　唐摭言卷九敕賜及第：「廣明歲，蘇導給事刺劍州，（杜）昇爲軍倅。駕幸西蜀，例得召見，特敕賜緋導入內。韋中令自翰長拜主文，昇時已拜小諫，抗表乞就試，從之。登第數日，有敕復前官並服色，議者榮之。」

555 鄭延昌相公爲京兆尹，兼知貢舉。

本條不知原出何書。與上四條 551 552 553 554 原合爲一條，今依原書分列。

556 白居易葬龍門山。河南尹盧貞刻醉吟先生傳于石〔一〕，立于墓側〔二〕。相傳洛陽士人及四方游人過矚墓者〔三〕，必奠以巵酒，故冢前方丈之土常成渥〔四〕。

本條原出賈氏談録。類説卷十五賈氏談録題作白傳塚。古今合璧事類備要前集卷六五引賈黄中談録亦載。説郛（陶珽刊本）弓三七、（張宗祥輯明鈔本）卷九賈氏談録亦載，後一書題作白傳冢。南部新書卷庚亦載此事。

〔一〕盧貞　原書作「盧真」，當據本書改。

〔二〕立于墓側　原書句下尚有「至今猶存」一句。

〔三〕相傳洛陽士人及四方游人過矚墓者　原書無「相傳」二字與「矚」字，有「矚」者是。

〔四〕渥　原書作「泥濘」。

557 崔魏公鉉與江西李侍郎騭同在李相石襄陽幕中〔一〕。鉉自下追入，不二年拜丞相。騭時在幕，爲李相草賀書曰：「賓筵初啓，曾陪樽俎之歡；將幕未移，已在陶鈞之下。」〔原註〕〔二〕杜佑佐權德輿幕，李珏佐牛僧孺幕，後與使主同爲相。

本條不知原出何書。唐摭言卷一五雜記亦有類似記載。

〔一〕李侍郎　歷代小史本作「李侍御」。

〔二〕原註　此爲原書中之自註。

558 鄭裔綽爲浙東觀察使，奏侍御史鄭公綽爲副使。幕客與府主同姓聯名者甚寡〔一〕。

本條不知原出何書。

〔一〕者　聚珍本無，今從齊之鸞本、歷代小史本補。

559 咸通末，鄭渾之爲蘇州録事〔一〕，談銖爲鹾院官，鍾輻爲院巡，俱廣文〔二〕。時湖州牧李超、趙蒙相次俱狀元。二郡地土相接，時爲語曰：「湖接兩頭，蘇連三尾。」

説郛（陶珽刊本）弓四八唐語林企羡亦載。

本條原出嵐齋集，見吳郡志卷十二。南部新書卷己、唐詩紀事卷五十六亦載，唯不註出處。

〔一〕録事　南部新書作「督郵」。

〔二〕俱　説郛本誤作「儀」。

560 蘇員外粹與母弟沖俱鄭都尉顥門生。後粹爲東陽守，沖爲信陽守，欲相見境上，本府許之。兩郡之守，攜賓客同府主出省，俱自外郎，兄弟之榮少比。

本條不知原出何書。

561 范陽盧，自興元元年癸亥德宗幸梁洋〔一〕，二年甲子鮑防侍郎知舉，至乾符二年乙未崔沆侍郎知舉，計九十二年，而二年停舉；九十年中，登進士者一百一十六人，諸科在外，而爲字皆聯子〔二〕，案〔三〕：此句疑有訛誤。所不聯者不十數人，然而世謂盧氏不出座主。自唐來，唯景雲二年考功員外郎盧逸知舉，後無繼者。韋都尉保衡常怪之。咸通十三年〔四〕，盧莊爲閣長，都尉欲以知禮部，莊七月卒。盧相攜在中書，以爲恥。廣明元年，乃追陝州盧渥中丞入知舉〔五〕；帖經後，黄巢犯闕，天子幸蜀，韋昭度侍郎于蜀代之，放十二人。

本條不知原出何書。南部新書卷己亦載。

〔一〕洋　聚珍本作「汴」，今從齊之鸞本、歷代小史本改。二書「洋」下註小字曰「缺」。

〔二〕而爲字皆聯子　聚珍本「字」作「子」，今從齊之鸞本、歷代小史本改。南部新書作「而字皆聯於子」。

〔三〕案　此案語當是永樂大典編者或四庫全書館臣所加。

〔四〕咸通十三年　南部新書下有「韋在相」一句。

〔五〕陝州　聚珍本無，今從齊之鸞本、歷代小史本補。南部新書亦有。北夢瑣言卷九「盧氏衣冠第一」條亦叙及此事，云：「乾符中，盧攜在中書，歉宗人無掌文柄，乃擢羣從陝虢觀察使盧渥知禮闈。」

562 閩自貞元以前，未有進士。觀察使李錡始建庠序，請獨孤常州及爲新學記，云：「緌胡之纓〔一〕，化爲青衿〔二〕。」林藻弟蘊與歐陽詹覩之嘆息，相與結誓，繼登科第。

本條不知原出何書。

〔一〕縵胡之纓　見莊子說劍。原文爲「太子曰：『然。吾王所見劍士，皆蓬頭突鬢垂冠。曼胡之纓，短後之衣，瞋目而語難。』」經典釋文引司馬彪曰：「謂麤纓無文理也。」

〔二〕青衿　見詩經鄭風子衿。毛傳曰：「青衿，青領也。學子之所服。」

563 薛元超謂所親曰：「吾不才，富貴過人〔一〕。平生有三恨：始不以進士擢第，不娶五姓女〔二〕，不得修國史。」

本條原出隋唐嘉話卷中。紺珠集卷十隋唐嘉話題作元超三恨。類說卷五四隋唐嘉話題作三恨。海錄碎事卷十九引隋唐嘉話亦載。說郛（陶珽刊本）弓三六隋唐嘉話亦載。

〔一〕過人　原書作「過分」。

〔二〕不娶五姓女　原書無「不」，當據本書補。類說引文作「不得娶五姓女」。五姓女指：清河或博陵崔氏、范陽盧氏、趙郡或隴西李氏、滎陽鄭氏、太原王氏。

564 高宗承貞觀之後，天下無事。上官侍郎儀獨持國政，嘗凌晨入朝，循洛水堤〔一〕，步月徐轡，詠云：「脈脈廣川流，驅馬歷長洲。鵲飛山月曙〔二〕，蟬噪野風秋。」音韻清亮。羣公望之〔三〕，猶若神仙焉。

本條原出隋唐嘉話卷中。太平廣記卷二〇一國史異纂題作上官儀。類說卷五四隋唐嘉話題作巡堤步月詠詩。唐詩紀事卷六上官儀引此，云出古今詩話。詩話總龜卷二七引此，云出小説舊聞。説郛（陶珽刊本）弓三六隋唐嘉話亦載。劉賓客嘉話録亦有此文，唐蘭考爲誤入。白孔六帖卷七引此，云出劉禹錫嘉話録，同誤。

〔一〕循　原書作「巡」，當據本書改。

〔二〕曙　原書作「曉」，太平廣記引文作「曙」，唐詩紀事亦作「曙」。

〔三〕羣　原書作「郡」，當據本書改。

565 玄宗既誅韋氏〔一〕，擢用賢良，革中宗之政，依貞觀故事，有志者莫不想太平。中書令姚元崇〔二〕、侍中宋璟〔三〕、御史大夫畢構〔四〕、河南尹李傑〔五〕，皆一時之選，時人稱姚、宋、畢、李焉。

本條原出隋唐嘉話卷下。説郛（陶珽刊本）弓三六隋唐嘉話亦載。

〔一〕玄宗　原書作「今上」。

〔二〕姚元崇　原書作「元之」。

〔三〕侍中宋璟　原書作「璟」，當據本書補「侍中」二字。

〔四〕畢構　原書無「畢」字。

〔五〕李傑　原書無「李」字。

566 開元二十三年，加榮王已下官，敕宰臣入集賢院，分寫告身以賜之。侍中裴耀卿因入書庫觀書，既而謂人曰：「聖上好文，書籍之盛事，自古未有。朝宰充使，學徒雲集，官家設教〔一〕，盡在是矣。前漢有金馬、石渠，後漢有蘭臺、東觀；宋有總章〔二〕，陳有德教；周則虎門〔三〕、麟趾，北齊有仁壽、文林；雖載在前書，而事皆瑣細，方之今日，則豈得扶輪捧轂者哉〔四〕！」

本條原出大唐新語卷一匡贊第一。說郛（陶珽刊本）弓四八大唐新語匡贊亦載。

〔一〕官家　原書作「觀象」。

〔二〕總章　原書作「總明」，當據改。南史卷三宋本紀下記宋明帝六年「九月戊寅，立總明觀，徵學士以充之。」

〔三〕虎門　原書作「獸門」。劉肅原文作「獸」，乃避本朝之諱而改。

〔四〕扶輪　原書作「扶輪」，當據本書改。

## 傷逝

567 天寶十五載正月，安禄山反，陷洛陽〔一〕。王師敗績，關門不守。車駕幸蜀，次馬嵬驛，六軍不發，賜貴妃死，然後駕發。行至駱谷〔二〕，上登高平，馬上謂力士曰〔三〕：「吾蒼皇出狩，不及辭宗廟。此山絶高，望見秦川，吾今遥辭陵廟。」下馬東向再拜，嗚咽流涕，左右皆泣。又謂力士曰：「吾取張九齡之言，不至于此。」乃命中使往韶州，以太牢祭之〔四〕。既而取長笛吹自製曲，曲成復流涕，詔樂工録其譜〔五〕。至成都，乃進譜而請名，上已不記，顧左右曰：「何也？」左右以駱谷望長安索長笛吹出對之。良久，上曰〔六〕：「吾省矣。吾因思九齡〔七〕，可號爲謫仙怨〔八〕。」有人自西川傳者〔九〕，無由知其本末〔一〇〕，但呼爲劍南神曲。其音怨切動人。大曆中，江南人盛傳。隨州刺史劉長卿左遷睦州司馬，祖筵聞之，長卿遂撰其詞〔一一〕，意頗自得，蓋亦不知事之始。詞云：「晴川落日初低，惆悵孤舟解攜。鳥去平蕪遠近，人隨流水東西。白雲千里萬里，明月前溪後溪。獨恨長沙謫去，江潭春草萋萋。」其後台州刺史竇弘餘以長卿之詞雖美，而與本曲意興不同，復作詞以廣不知者，其詞曰：「胡塵犯闕衝關，金輅提攜玉顏。雲雨此時消散，君王何日歸還？傷心朝恨暮恨，回首千山萬山。獨望天邊初月，蛾眉獨自彎彎〔一二〕。」

本條原出劇談録卷下廣謫仙怨詞，題下註曰：「台州刺史竇弘餘撰」。紺珠集卷八、類説卷十五劇談録題作謫仙怨。

〔一〕 陷　齊之鸞本與原書均作「陷没」。

〔二〕 行至駱谷　資治通鑑卷二一八唐紀三四肅宗至德元載六月壬寅考異曰：「康駢劇談録：『上至駱谷山，登高望遠，嗚咽流涕。謂高力士曰：「吾昔若取九齡語，不到此。」命中使往韶州祭之。』按玄宗入蜀不自駱谷，康駢誤也。」

〔三〕 上登高平馬上謂力士曰　原書作「上登高下馬，謂力士曰」，當據本書改。

〔四〕 以太牢祭之　原書下有註：「中書令張九齡每因奏對，未嘗不諫誅禄山，上怒曰：『卿豈以王夷甫識石勒，便殺禄山。』於是不敢諫矣。」

〔五〕詔樂工録其譜　原書作「時有司旋録成譜」。

〔六〕上　聚珍本無，今從齊之鸞本補。原書亦有。

〔七〕吾因思九齡　原書下有「亦别有意」一句，當據補。

〔八〕可號爲謫仙怨　原書下有「其旨屬馬嵬之事」一句，當據補。

〔九〕傳　齊之鸞本與原書均作「傳得」。

〔一〇〕無由知其本末　原書無「其本末」三字，當據本書補。

〔一一〕遂　聚珍本作「隨」，今從齊之鸞本改。原書亦作「遂」。

〔一二〕蛾眉獨自彎彎　原書作「蛾眉猶在彎彎」。其下有云「駢以爲竇史君序謫仙怨云：『劉隨州之詞，未知本事；及詳其意，但以貴妃爲懷。蓋明皇登駱谷之時，實有思賢之意，竇之所製，殊不述焉。駢因更廣其詞』」，下附康駢自撰之詞。上「竇史君」之「史」字乃「使」字之誤。

568 德宗初登勤政樓，外無知者。望見一人，衣緑乘驢戴帽，至樓下，仰視久之，俛而東去。上立遣宣示京尹，令以物色求之。尹召萬年捕賊官李銘〔一〕，使促求訪。李尉佇立思之，曰：「得必矣。」出召幹事所由，春明門外數里内〔二〕，應有諸司舊職事伎藝人，悉搜羅之，而緑衣果在其中。詰之，對曰：「某天寶舊樂工也〔三〕。上皇當時數登此樓，每來，鴟必集樓上，號『隨駕老鴟』。某自罷居城外，更不復見。今羣鴟盛集，又覺景象宛如昔時，必知天子在上〔四〕，悲喜且欲泣下。」于是敕盡收此輩，卻係教坊。李尉亦爲京尹所擢用，後至郡守。

本條原出因話録卷一宫部。

〔一〕李銘　原書作「李鎔」。

〔二〕春明門　齊之鸞本、歷代小史本上有「於」字。原書亦有。

〔三〕舊　原書作「教坊」。

〔四〕必　原書作「心」。

569 貞元四年，劉太真侍郎入貢院，寄前主司蕭聽尚書詩曰：「獨坐貢闈裏，愁心芳草生。山公昨夜事，應見此時情。」

本條不知原出何書。唐摭言卷八主司撓悶亦有類似記載，以爲吕渭事。

570 太和九年，仇士良誅王涯、鄭注。上或登臨遊幸，雖百戲列于前，未嘗少悦。往往瞠目獨語，左右不敢進問。題詩云：「輦路生春草，上林花發時〔一〕。憑高何限意，無復侍臣知。」更于殿内看牡丹〔二〕，翹足凭欄，誦舒元輿牡丹賦云〔三〕：「俯者如愁，仰者如悦，開者如語〔四〕，合者如咽。」久之〔五〕，方省元輿詞，不覺嘆息泣下。時有宫人沈阿翹爲上舞河滿子詞〔六〕，聲態宛轉，曲罷〔七〕，錫以金臂環。乃問其從來，阿翹曰：「妾本吴元濟女〔八〕。元濟敗，因入宫〔九〕。」

本條原出杜陽雜編卷中。太平廣記卷二〇四杜陽雜編題作沈阿翹，不録文宗詩與詠舒賦事。紺珠集卷四杜陽雜編題作沈翹翹。說郛（陶珽刊本）弓四六杜陽雜編卷中亦載。類說卷二九麗情集題作文宗詩。緑窗新話卷上沈翹翹善敲方響條引此，略同麗情集，云出段安節樂府雜録，唯今本不載。唐詩紀事卷二文宗亦載此事，唯不註出處。又原書此條本分爲二條，今不復分列。

〔一〕花發時　原書作「花滿枝」。

〔二〕更於殿内看牡丹　原書作「上於内殿前看牡丹」。案：原書自此起另爲一條。

〔三〕誦　原書作「忽吟」。

〔四〕仰者如悦開者如語　原書作「仰者如語」。麗情集作「仰者如悦，開者如笑」。案：當以麗情集引文爲正。

〔五〕久之　原書作「吟罷」。

〔六〕沈阿翹　紺珠集引文、麗情集、唐詩紀事作「沈翹翹」。

〔七〕曲罷　聚珍本無，今依齊之鸞本、歷代小史本補。

〔八〕女　原書作「之妓女」。

〔九〕因入宮　原書作「因入此宮」，句下尚有文字敍沈阿翹事。

571 王太尉播，少貧，居瓜洲寄食，多爲人所薄。及登第，歷榮顯，掌鹽鐵三十餘年。自劉忠州之後，無如播者。後鎮淮南，乃遊瓜洲故居，賦詩感舊。李衛公出在蜀闕〔一〕，而致和其詩以寄播。

本條不知原出何書。

〔一〕李衛公出在蜀關　岑仲勉唐集質疑送相公十八丈鎮揚州詩曰：「考舊紀一六，長慶二年三月戊午，以中書侍郎平章事王播充淮南節度使；於時德裕方官御史中丞，其年九月，出爲浙西觀察，非西川節使也。又據舊紀一七下，大和四年十月，德裕充西川節度，播已於是年正月先卒，非播所及見也。……語林所採此段故事多妄。」

572 宣宗以憲宗常幸青龍寺〔一〕，命複道開便門，至寺昇眺，追感者久之。

本條原出東觀奏記卷中。說郛（陶珽刊本）弖四三東觀奏記亦載。

〔一〕宣宗以憲宗常幸青龍寺　原書作「上至孝，動遵元和故事。以憲宗曾幸青龍寺」。

573 杜豳公喪公主，進狀請落駙馬都尉，云：「臣每見官銜有『駙馬』字，悽感難勝。」

本條不知原出何書。

574 太宗謂梁公曰〔一〕：「以銅爲鏡，可以正衣冠；以古爲鏡，可以知興替；以人爲鏡，可以明得失。朕嘗保此三鏡〔二〕，用防己過。今魏徵殂逝，一鏡亡矣！」

說郛（陶珽刊本）弖四八唐語林企羨亦載。案：本條當入傷逝門，然此題偶佚，故誤綴入企羨。

本條原出隋唐嘉話卷上。說郛（陶珽刊本）弖三六隋唐嘉話亦載。

〔一〕太宗謂梁公曰　資治通鑑卷一九六唐紀十二太宗貞觀十七年敍此，此句作「上思徵不已，謂侍臣曰」。

〔二〕保　原書作「寶」。

575　太宗聞虞監亡〔一〕，哭之慟，曰〔二〕：「石渠、東觀之中，無復人矣！」

本條原出隋唐嘉話卷中。太平廣記卷一六四國朝雜記題作虞世南。說郛（陶珽刊本）弓三六隋唐嘉話亦載。

〔一〕聞　原書誤作「稱」，當據本書改。太平廣記引文不誤。

〔二〕哭之慟曰　舊唐書卷七二虞世南傳：「手敕魏王泰曰：『虞世南於我，猶一體也。拾遺補闕，無日暫忘。……今其云亡，石渠、東觀之中，無復人矣！』」新唐書卷一〇二虞世南傳同。

576　杜羔有至性。其父爲河北尉卒，母非嫡，經亂不知所之，羔常抱終身之感〔一〕。會堂兄兼爲潞州府判官〔二〕，鞫獄于私第，有老婦辯對，見羔出入，竊謂人曰：「此少年狀類吾夫〔三〕。」詰之，乃羔母也，自此迎歸。又往求先人之墓，邑中故老已盡，不知所詢。館于佛寺，日夜悲泣。忽視屋柱煙煤之下，見字數行，拂而視之，乃其父遺迹，言：「我子孫若求吾墓，當于某村某家問之。」羔號哭而往，果有老父年八十餘，指其丘壠，遂得歸葬〔四〕。

本條原出國史補卷中杜羔有至行。太平御覽卷四一四國史補亦載。古今合璧事類備要前集卷三五引國史補亦載。永樂大典卷之一萬八百十四母・杜羔得母引國史補亦載。

〔一〕感　原書作「慼」，當據改。

〔二〕潞州府判官　原書作「澤潞判官」。新唐書卷一七二杜羔傳言「兼爲澤潞判官」。齊之鸞本、歷代小史本無「州」字。

〔三〕吾夫　原書作「吾兒」。

〔四〕遂得歸葬　原書句下尚有「羔至工部尚書致仕」一句。

## 棲逸

577 宣州當塗隱居山巖〔一〕，卽陶貞白鍊丹所也，鑪迹猶在。後爲佛舍。有僧名彥範〔二〕，俗姓劉，雖爲沙門，而通儒學，邑人呼爲劉九經。顔魯公、韓晉公、劉忠州、穆監寧〔三〕、獨孤常州皆與之善，各執經受業者數十人。年八十，猶強精神，僧律不虧。唯頗嗜飲酒，亦不亂。學者有攜壺至者，欣然受之，每飲三數盃，則講說方銳。所居有小圃，自植茶，爲鹿所損，衆勸以短垣隔之，諸名士悉爲運石共成。穆兵部贄事之最謹。嘗得美酒，密以小甆壺置于懷中，累石之際，白師曰：「有少好酒，和尚飲否？」彥範笑而滿引，徐謂穆曰：「不用般石，且來聽書。」遂與剖析奧旨，至多不倦。人有得穆兵部遺彥範書者，其辭云〔四〕：「某偶忝名宦，皆因善誘。自居班列，終日塵屑。卻思昔歲，臨清澗，蔭長松，接侍座下，獲聞微言，未知何時復遂此事？遥瞻水中月，嶺上雲，但馳攀想而已。和尚薄于滋味，深于酒德，所食僅同嬰兒，所飲或如少壯。常恐尊體有所不安，中夜思之，實懷憂戀。」其誠切如此。月日之下，稱門人姓名狀和尚前〔五〕。

本條原出因話録卷四角部。

〔一〕宣州當塗隱居山巖　原書此句作「盧子嚴説：早年隨其懿親鄭常侍東之，同遊宣州當途隱居山巖。」「途」乃通假字，當據本書改。

〔二〕有僧名彦範　原書作「有僧甚高潔，好事，因説其先師，名彦範」。

〔三〕穆監寧　穆寧以祕書監致仕，故名。

〔四〕人有得穆兵部遺彦範書者其辭云　原書作「鄭君更徵其遺事，僧歎息久之，曰：『近日尊儒重道，都無前輩之風。』因出一紙穆兵部與書，傾寒暄之儀，極卑敬。其略曰」。

〔五〕稱門人姓名狀和尚前　原書作「但云門人姓名，狀上和尚法座前，不言官位。當時嗜學事師，可謂至矣。」

578 元和初，南嶽道士田良逸、蔣含弘有道業，遠近稱之，號曰「田、蔣」。良逸天資高峻，虚心待物，不爲表飾。呂侍郎渭、楊侍郎憑觀察湖南，皆師事之。潭州旱，祈雨不應，或請邀之，楊曰：「田先生豈爲人祈雨者耶？」不得已迎之。良逸蓬髮敝衣，欣然就輿，到郡亦終無言，卽日降雨。所居嶽觀，内建黄籙壇場已具〔一〕，而天陰晦，弟子請先生祈晴，良逸亦無言，岸幘垂髮而坐。左右整冠履〔三〕，扶而昇壇，亦遂晴霽。嘗有村老持一絹襦來施〔二〕，良逸對衆便著，坐客竊笑，不以介意。楊憑嘗迎至潭州，良逸方洗足，使到，乘小舟便行，侍者以履襪追及于衡門〔四〕，卽于門外坐甎堦著襪，若無人在旁。楊自京尹謫臨賀尉，使使候之，遺以銀器，良逸受之，便悉付門人。使還，良逸曰：「報汝阿郎〔五〕，不久卽歸，勿憂也。」未幾，楊果移杭州長史。良逸未嘗干人，人至亦不送〔六〕，不記人官位姓名，第與呂渭分最深。後呂郎中温爲衡州刺史，因祭嶽候先生，告以使君「侍郎之子」〔七〕。及温入，良逸下繩牀，撫其背曰：「你是呂渭兒子耶？」温泫然降堦，先生亦不止，其真率如此。良逸母爲喜王寺尼，寺中皆呼良逸爲小師。良逸常日負兩束薪以奉母，或自有故不及往，卽弟子代送之。或傳寺衆晨起，見一虎在田媪門外，走以告媪，媪曰：「毋怪，應是小師使致柴耳。」蔣君含弘有操尚，時人以爲不及良逸，然二人齊名，常兄事良逸〔八〕。含弘善符術〔九〕。後居九真觀，曾使弟子至縣市賫物，不及期還，詰其故，云：「于山口遇猛虎，當道不去，以故遲滯。」含弘曰：「吾居此，庇渠已多時，何敢如此！」卽以一符置所見處。明日，虎踣符下。含弘聞之，曰：「吾本以符卻之，豈知遂死。既以害物，安用術爲？」取符焚之，後不復留意。又有歐陽平者，行業亦高，兄事含弘，而道業不及也。歐陽曾一夕夢三爐自天而下〔一〇〕，若有召說，既寤，潛告人曰：「一一先生不久去矣，我繼之。」俄而田良逸死，含弘次年卒〔一一〕。桐柏山陳寡言、徐虛符〔一二〕、馮雲翼三人，皆田之弟子也。衡山周混汗〔一三〕，蔣之弟子也。陳、徐在東南，品地比田、蔣，而馮在歐陽之列。周自幼入道，善科法，亦爲南嶽之冠〔一四〕。

本條原出因話録卷四角部。太平廣記卷七六因話録題作田良逸蔣含弘。

〔一〕已具　原書作「法具已陳」。

〔二〕左右整冠履　原書作「及行齋，左右代整冠履」。

〔三〕村老持一絹襦來施　原書作「村姥持一碧絹繻來奉先生」。歷代小史本「一」下有「匹」字。

〔四〕衡門　原書作「衙門」。

〔五〕阿郎　原書作「阿本郎」。

〔六〕送　原書作「逆」，當據改。

〔七〕告以使君侍郎之子　原書作「左右先告以使君是侍郎之子」。

〔八〕蔣君含弘有操尚時人以爲不及良逸然二人齊名常兄事良逸　聚珍本無「蔣君」二字，今從齊之鸞本、歷代小史本補。原書作「蔣君混元之氣雖不及田，而修持趣尚亦相類。兄事於田，號爲莫逆。」又齊之鸞本、歷代小史本自此另分一段，原書相連。

〔九〕含弘善符術　聚珍本無「含弘」二字，今從齊之鸞本、歷代小史本補。原書作「蔣始善符術，自晦其道，人莫知之。」

〔一〇〕曾　聚珍本無，今從齊之鸞本、歷代小史本補。

〔一一〕含弘次年卒　原書作「蔣次之，歐陽亦逝。」

〔二〕徐虛符　原書作「徐靈府」。

〔三〕周混汙　原書作「周混沌」。

〔四〕善科法，亦爲南嶽之冠　原書作「科法清嚴，今爲南嶽之冠。」

579 江南多名僧。貞元、元和已來，越州有清江、清晝〔一〕，婺州有乾俊、乾輔。時謂之會稽二清，東陽二乾。

說郛（陶珽刊本）弓四八唐語林栖逸亦載。

本條原出因話録卷四角部。紺珠集卷五因話録題作會稽二清。類説卷十四因話録題作二清二乾。說郛（陶珽刊本）弓二三因話録題作會稽二清。

〔一〕晝　說郛引文與齊之鸞本均誤作「畫」。參看本書卷二 272、卷三 387 條。

580 白居易少傅分司東都，以詩酒自娛，著醉吟先生傳以自敍。盧尚書簡辭有別墅，近伊水，亭榭清峻。方冬，與羣從子姪同登眺嵩洛。既而霰雪微下，說鎮金陵時，江南山水，每見居人以葉舟浮泛，就食菰米鱸魚，思之不忘。逡巡，忽有二人，衣蓑笠，循岸而來，牽引篷艇。船頭覆青幕，中有白衣人與衲僧偶坐；船後有小竈，安銅甑而炊，丱角僕烹魚煮茗，泝流過于檻前。聞舟中吟笑方甚〔一〕。盧嘆其高逸，不知何人。從而問之，乃告居易與僧佛光，自建春門往香山精舍〔二〕。

本條原出劇談録卷下白傅乘舟。紺珠集卷八劇談録題作白傅舟。類説卷十五劇談録題作白傅泛舟往香山。

〔一〕吟笑　原書作「吟嘯」。

〔二〕自建春門往香山精舍　原書下有「其後每遇親友，無不話之，以爲高逸之情，莫能及矣。」數句。

581 李瞻，漢之子，有文學，氣貌淳古。非其人，雖富貴不交也。累遷司封郎中。歸茅山，徵拜給事中，不就。後兩京亂〔一〕，竟不罹其禍。

本條不知原出何書。

〔一〕後　聚珍本無，今從齊之鸞本、歷代小史本補。

582 李尚書褒，晚年修道，居陽羨川石山後。長子召爲吴興，次子昭爲常州，當時榮之。

本條不知原出何書。

583 吴郡陸龜蒙，字魯望，舊族也。其父賓虞，進士甲科，浙東從事、侍御史，家于蘇臺。龜蒙幼精六籍，弱冠攻文，與顏蕘、皮日休、羅隱、吴融爲益友。性高潔，家貧，思養親之禄，與張摶爲吴興〔一〕、廬江二郡倅，著吴興實録四十卷、松陵集十卷、笠澤叢書三卷〔二〕。丞相李公蔚、盧公攜景重之。羅給事寄陸詩云：「龍樓李丞相，昔歲仰高文；黄閣今無主，青山竟不焚。」蓋嘗有徵聘之意。唐末以左拾遺授之，詔下之日，疾終。光化三年，贈右補闕。吳侍郎融立傳貽史官〔三〕，右補闕韋莊撰誄文，相國陸希聲撰碑文，給事中顏蕘書。皮日休博士爲詩友，寇死浙中〔四〕。方干詩名著于吳中，陸未許之。一旦頓作詩五十首，裝爲方干新製，時輩吟賞降仰，陸謂曰：「此乃下官效方干之所作也，方詩在模範中爾。」奇意精識者亦然之〔五〕。薛許州能以詩道爲己任，還劉夢得詩卷〔六〕，有詩云：「百首如一首，卷初如卷終。」譏劉不能變態，乃陸之比也。

本條原出北夢瑣言卷六陸龜蒙追贈（薛許州附）。太平廣記卷二三五北夢瑣言題作陸龜蒙，引至「與皮日休爲詩友」。類説卷四三北夢瑣言題作百詩如一首，敘薛能事，而劉德仁誤作「劉仁德」。

〔一〕張搏　原書作「張博」。

〔二〕三卷　原書作「五卷」，當據本書改。新唐書卷六十藝文志四、唐才子傳卷八陸龜蒙均作「三卷」。

〔三〕立傳貽史官　原書作「傳貽史」，當據本書補。

〔四〕皮日休博士爲詩友寇死浙中　原書作「皮日休博士爲詩。皮寇死浙中。」文義欠通，當據本書改。

〔五〕奇意精識者亦然之　原書作「句奇意精，識者亦然之。」

〔六〕劉夢得　原書作「劉德仁」，當據改。

584 天寶之亂，元結自汝墳率鄰里南投襄漢〔一〕，保全者千餘家。乃舉兵宛、葉之間，有城守扞寇之力。結，天寶中稱中行子〔二〕。始在商餘山，自稱元子。逃難入猗玗山〔三〕，始稱猗玗子〔四〕。或稱浪士。漁者呼爲聱叟〔五〕，酒徒呼爲漫郎〔六〕。

說郛（陶珽刊本）弖四八唐語林栖逸亦載。

本條原出國史補卷上元次山稱呼。太平廣記卷二〇二國史補題作元結。

〔一〕汝墳　原書與太平廣記引文作「汝濆」。

〔二〕稱中行子　原書無。太平廣記引文作「師中行子」。

〔三〕猗玗山　聚珍本作「猗玗沮」，說郛本、齊之鸞本、歷代小史本作「猗琅山」，今據之改「沮」爲「山」。原書與太平廣記引文作「猗玗山」，新唐書卷一四三元結傳載結著自釋一文，作「猗玗洞」。

〔四〕始稱猗玗子　原書無，當據本書補。新唐書本傳亦云「始稱猗玗子」。

〔五〕聱叟　原書誤作「贅叟」，當據本書改。

〔六〕酒徒呼爲漫郎　原書與太平廣記引文作「酒徒呼爲漫叟。及爲官，呼爲漫郎。」與新唐書合，本書當據之改正。

585 崔趙公嘗問徑山曰〔一〕：「弟子出家得否？」徑山曰：「出家是大丈夫事，非將相所爲也。」

說郛（陶珽刊本）弖四八唐語林栖逸亦載。

本條原出國史補卷上出家大丈夫。紺珠集卷三國史補題作出家是大丈夫事。類說卷二六國史補題作出家大丈夫事。說郛（張宗祥輯明鈔本）卷七五國史補亦載。侯鯖録卷一亦載，惟不註出處。

〔一〕崔趙公　當是崔渙。宋高僧傳卷九唐杭州徑山法欽傳：「欽之在京及迴浙，令僕公王節制州邑名賢執弟子禮者：相國崔渙、裴晉公度、第五琦、陳少遊等。」唯新唐書卷一二〇崔渙傳不言嘗封趙國公。

586 大曆中〔一〕，關東饑疫，人多死。滎陽人鄭損率有力者每鄉爲一大墓〔二〕，以葬棄尸，謂之鄉葬，翕然有仁義之聲。損，盧藏用之甥，不仕，鄉里號爲雲居先生。

本條原出國史補卷上鄭損爲鄉葬。

〔一〕大曆中　聚珍本「曆」作「歷」，今從齊之鸞本、歷代小史本改。原書「中」作「初」。

〔二〕鄭損率有力者每鄉爲一大墓　齊之鸞本、歷代小史本「鄭損」作「郭損」。原書「爲一大墓」誤作「大爲一墓」。

587 竟陵僧于水濱得嬰兒者〔一〕，育爲弟子。稍長，自筮得蹇之漸，繇曰：「鴻漸于陸，其羽可用爲儀。」乃姓陸氏，字鴻漸，名羽。有文學，多意思，恥一物不盡其妙。最曉茶。鞏縣爲甆偶人〔二〕，號「陸鴻漸」。買十器〔三〕，得一「鴻漸」。市人沽茗不利，輒灌注之。羽于江湖稱竟陵子，于南越稱桑苧翁〔四〕。貞元末卒。

本條原出國史補卷中陸羽得姓氏。太平廣記卷八三國史補題作陸鴻漸。紺珠集卷三國史補題作陸羽筮姓。桂苑叢談史遺亦有此文，當係據國史補迻録。因話録卷三商部下亦有類似之記載。

〔一〕于　原書與各書引文上有「有」字，當據補。

〔二〕鞏縣爲甆偶人 原書與各書引文作「鞏縣陶者多爲甆偶人」。

〔三〕十 原書作「數十」。

〔四〕于南越稱桑苧翁 新唐書卷一九六隱逸陸羽傳曰：「上元初，更隱苕溪，自稱桑苧翁。」原書句下尚敍陸羽與顔魯公、張志和爲友，事竟陵禪師智積等事，太平廣記引文亦無。

588 韓愈好奇，嘗與客登華山絶頂，度不可下返，發狂慟哭，爲遺書。華陰令百計取之，乃下。

説郛（陶珽刊本）弓四八唐語林栖逸亦載。

本條原出國史補卷中韓愈登華山。太平廣記卷二〇一國史補題作韓愈。紺珠集卷三國史補題作登華山絶頂。類説卷二六國史補題作登華山頂。白孔六帖卷五引李肇國史補亦載。説郛（陶珽刊本）弓四八唐國史補題作好奇。説郛（張宗祥輯明鈔本）卷七五國史補亦載。邵氏聞見後録卷十七引國史補亦載。苕溪漁隱叢話後集卷十韓退之、詩林廣記前集卷之五韓愈贈張籍後引李肇此説，均詳引諸家之説相互攻辯

589 陽城居夏縣，拜諫議大夫；鄭鋼居閿鄉〔一〕，拜右拾遺〔二〕；李周南居曲江，拜校書郎。時人以爲轉遠轉高，轉近轉卑也。

永樂大典卷之二千八百六卑・轉近轉卑引王讜唐語林亦載。

本條原出國史補卷上三處士高卑。太平廣記卷一八七國史補題作陽城。紺珠集卷三國史補題作轉遠轉高轉近

轉卑。

〔一〕鄭鋼　太平廣記引文作「鄭錮」。永樂大典引文作「鄭綱」。

〔二〕右拾遺　原書無「右」字。

## 賢媛

590 高祖乃煬帝友人，煬帝以圖讖多言姓李將王，每排斥之。而後因大會，煬帝目上，呼爲阿婆面，上不懌，歸家色猶摧沮。后怪而問，久之方説「帝目某爲阿婆面」，后喜曰：「此可相賀。公是襲唐公，『唐』之爲言『堂』也，阿婆面是『堂主』。」上大悦。

本條原出隋唐嘉話，唯今本缺載，紺珠集卷十、類説卷五四隋唐嘉話均載此文，俱題曰阿婆堂主，而文字簡省，程毅中云「似爲節文」，因將本書此文録入校點本隋唐嘉話補遺中。太平廣記卷一六三有神堯一條，情節略似，而文字與本條不同，云出芝田録。今將類説引隋唐嘉話之文附録於後，供參證。

煬帝燕羣臣，以唐高祖面皺，呼爲阿婆。高祖歸，不悦，以語竇后。后曰：「此吉兆。公封於唐，『唐』者，『堂』也。阿婆即是『堂主』。」高祖大悦。

591 上都崇勝寺有徐賢妃妝殿〔一〕。太宗召妃〔二〕，久不至，怒之。因進詩曰：「朝來臨鏡臺，妝罷且徘徊〔三〕。千金始一笑，一召詎能來？」

類説卷三二語林題作徐妃詩。

本條原出大唐傳載。唐詩紀事卷三徐賢妃亦載此事，惟不註出處。

〔一〕崇勝寺　原書作「崇聖寺」。唐詩紀事亦作「崇聖寺」。

〔二〕召妃　原書上有「曾」字，唐詩紀事亦有。

〔三〕且　原書作「暫」，唐詩紀事同。

592 狄仁傑爲相，有盧氏堂姨，居午橋南別墅，未嘗入城〔一〕。仁傑伏臘〔二〕，每修禮甚謹。嘗雪後休假，候盧氏安否，適見表弟挾弧矢攜雉兔來歸，羞味進于堂上。顧揖仁傑，意甚輕傲。仁傑因啓曰：「某今爲相，表弟有何欲，願悉力從其意。」姨曰：「吾止有一子〔三〕，不欲令事女主。」仁傑慙而去。

本條原出松窗雜録。太平廣記卷二七一松窗録題作盧氏。紺珠集卷十一松窗録題作不事女主。類説卷十六松窗雜録題作一子不事女主。説郛（陶珽刊本）弓四六松窗雜記、弓五二摭異記、（張宗祥輯明鈔本）卷三與卷四六松窗雜録均載。古今合璧事類備要前集卷三六亦載，而誤作出朝野僉載。

〔一〕未嘗入城　原書作「姨止有一子，而未嘗來都城親戚家」。

〔二〕伏臘　原書下有「晦朔」二字。

〔三〕吾止有一子　原書無「吾」字，句上尚有「相自貴尔」一句。

593 玄宗柳婕妤有才學，上甚重之。婕妤妹適趙氏，性巧慧，因使工鏤板爲雜花，象之而爲夾結。因婕妤生日，獻王皇后一匹，上見而賞之，因敕宫中依様製之。當時甚祕，後漸出，遍于天下，乃爲至賤所服。

程大昌演繁露卷十一夾纈引此，下註「唐語林四」。

本條不知原出何書。與下條594原合爲一條，今依原書分列。

594 柳婕妤生延王〔一〕。肅宗每見王，則語左右曰：「我與王兄弟中更相親，外家皆關中貴族。」蓋柳氏奕葉貴盛〔二〕，人物盡高，方輿公、康城公，皆北史有傳矣〔三〕。睦州俊邁〔四〕，風格特異。自隋之後〔五〕，家富于財。嘗因調集至京師，有名娼曰嬌陳者，姿藝俱美，爲士子之所奔走。睦州一見，因求納焉。嬌陳曰：「第中設錦帳三十重，則奉事終身矣。」本易其少年，乃戲之也。翌日，遂如言，載錦而張之以行。嬌陳大驚，且賞其奇特，竟如約，入柳氏之家，執僕媵之禮，節操爲中表所推。玄宗在人間，聞嬌陳之名。及召入宫見上，因涕泣，稱痼疾且老，上知其不欲背柳氏，乃許其歸。因語之曰：「我聞柳家多賢女子，可以備職者，爲我求之。」嬙陳乃以睦州女弟對。乃選入充婕妤，生延王及永穆公主焉〔六〕。

本條原出因話録卷一宫部。紺珠集卷九紀聞譚中有錦帳三十里一條，與此相合；白孔六帖卷十四、古今合璧事類備要外集卷四九中均曾引用紀聞譚此文。又本條與上條593原合爲一條，今依原書分列。

〔一〕柳婕妤生延王　原書作「玄宗柳婕妤，生延王玢。」上句下有註曰：「余母之叔曾祖姑也」；下句下有註曰：「婕妤有學問，玄宗甚重之。」

〔二〕蓋柳氏奕葉貴盛　原書句上尚有「柳氏乃尚書右丞範之女，睦州刺史齊物之妹也。」二句。此句作「柳氏姻眷，奕葉貴盛。」自此二句起，皆作雙行小註。

〔三〕方輿公康城公皆北史有傳　方輿公卽柳僧習。新唐書卷七三上宰相世系表三上：「僧習與豫州刺史裴叔業據州歸于後魏，爲揚州大中正、尚書右丞、方輿公。五子：鷟、慶、虬、檜、鷙。」詳見北史卷六四柳虯傳。柳帶韋封康城縣公，附北史柳虯傳。「虬」「虯」乃異體字。原書「輿」作「與」，二者可通假用。

〔四〕睦州俊邁　原書作「睦州刺史諱齊物，尚書右丞之子。右丞諱範，國史有傳。少而俊邁」。

〔五〕隋　原書作「周、隋」。

〔六〕生延王及永穆公主焉　原書作「生延王及一公主焉。睦州君閨門士行，爲官政績，載於家傳，此偶因嬙陳事書之。」齊之鸞本、歷代小史本「王」作「玢」，案此處本書原文似作「延王玢」。

595 玄宗在禁中嘗稱阿瞞，亦稱鴉。壽安公主是曹野那姬所生也，以其九月而誕，遂不出降。常令衣道衣，主香火，小字蟲娘，玄宗呼爲師娘。時代宗起居，上曰：「汝在東宮，甚有令譽也。」因指壽安曰：「蟲娘是鴉女，汝後可與一名號。」及代宗在靈州〔一〕，遂命蘇發尚之〔二〕，封壽安公主也。

本條見於酉陽雜俎前集卷一忠志，其源當出盧陵官下記。

〔一〕靈州　酉陽雜俎作「靈武」。

〔二〕遂命蘇發尚之　新唐書卷八三諸帝公主玄宗二十九女傳：「壽安公主，曹野那姬所生。孕九月而育，帝惡之，詔衣羽人服。代宗以廣平王入謁，帝字呼主曰：『蟲娘，汝後可與名王在靈州請封。』下嫁蘇發。」

596 刑部郎中元沛之妻劉氏，全白之妹，賢而有文學，著女儀一篇，亦曰直訓。劉既寡居，奉道，受籙于吳筠先生，清苦壽考。長子固，早有名，官歷省郎、刺史、國子司業；次子察，進士及第，累佐使府，後隱居廬山。察之長子潾，好道不仕；次子充，進士及第，亦尚道家。

本條原出因話録卷三商部下。類說卷十四因話録題作女儀。

597 和政公主〔一〕，肅宗第三女也，降柳潭。肅宗宴于宮中，女優有弄假官戲，緑衣秉簡，謂之參軍樁。天寶末，蕃將阿布思伏法〔二〕，其妻配掖庭，爲善優〔三〕，因使隸樂工。是日遂爲參軍樁。上及侍宴者笑樂，公主獨俛首嚬眉不視。上問其故，公主遂諫曰：「禁中侍女不少，何必須得此人？使阿布思真逆人也，其妻亦同刑人，不合近至尊之座；果寃横，又豈忍使其妻與羣優雜處，爲笑謔之具哉？妾雖至愚，深以爲不可。」上亦憫惻，遂罷戲，而免阿布思之妻。由是賢重。公主卽柳晟母〔四〕。

本條原出因話録卷一宫部。太平廣記卷二七一因話録題作肅宗朝公主。説郛（張宗祥輯明鈔本）卷十五因話録亦載。南部新書卷己亦載弄參軍事。

〔一〕和政公主　原書誤作「政和公主」。新唐書卷八三諸帝公主肅宗七女傳：「和政公主，章敬太后所生。……阿布思之妻隸掖廷，帝宴，使衣緑衣爲倡。主諫曰：『布思誠逆人，妻不容近至尊；無罪，不可與羣倡處。』帝爲免出之。」

〔二〕蕃　聚珍本作「番」，據齊之鸞本、歷代小史本改。原書與太平廣記引文亦作「蕃」。

〔三〕爲善優　原書作「善爲優」。

〔四〕公主卽柳晟母　原書作雙行小註。太平廣記引文亦作註文列入。

598 郭子儀鎮汾陽，時殿中柳并爲掌書記〔一〕。柳君有母，汾陽王每因大讌，嘗誡左右曰：「柳侍御太夫人就棚，可先來告。」及趙夫人輿至〔二〕，王降階與僚屬序立候〔三〕，至棚而退。嘗謂柳君曰：「子儀幼孤，不識奉養。今日幸忝恩寵踰望〔四〕，雖爲貴盛，實無侍御之榮。」因嗚咽久之。又曰：「若太夫人許見顧子儀之家，當使南陽夫人以下執爨，子儀自捧饌〔五〕。」而趙夫人以清潔自居，終不一往。

本條原出因話録卷二商部。

〔一〕郭子儀鎮汾陽時殿中柳并爲掌書記　原書作「余外伯祖殿中侍御史柳君掌汾陽書記時」，「柳君」下註：「諱芳，字伯存。」勛初案：柳侍御乃柳并，非柳芳，參看本書卷二191條。聚珍本亦作「柳芳」，今據齊之鸞本、歷代小史本改。

〔二〕趙夫人輿至　原書作「趙夫人板輿至」，註：「君外族趙氏，事具家傳。」

〔三〕序　原書誤作「等」，當據本書改。

〔四〕幸忝　原書下有「重寄」二字，當據補。

〔五〕子儀自捧饌　原書句下尚有「具供養足矣！」一句。

599 劉玄佐貴爲將相，其母月織絁一匹〔一〕，示不忘本。每觀玄佐視事，見縣令走階下，退必語玄佐：「貴爲將相。吾向見長官白事卑敬，不覺恐悚。思汝父爲吏本縣時，常畏長官汗慄，今爾當廳據案待之，亦何安也？」因喻以朝廷恩寄之重，須務捐軀，故玄佐終不失臣節〔二〕。

本條原出因話録卷三商部下。太平廣記卷二五〇因話録題作劉玄佐。原書本條前後尚有兩段文字，王讜曾録，而聚珍本偶闕，本書據齊之鸞本、歷代小史本列入，即本卷豪爽門486條。

〔一〕絁　原書作「絹」。

〔二〕故玄佐終不失臣節　此事新唐書卷二一四藩鎮劉玄佐傳亦載。資治通鑑卷二三四唐紀五十德宗貞元八年：「其母雖貴，日織絹一匹，謂玄佐曰：『汝本寒微，天子富貴汝至此，必以死報之。』故玄佐始終不失臣節。」胡三省註：「史言玄佐忠順，母教也。此言蓋本之劉氏母墓誌。唐人墓誌，不無溢美者。」

600 陸相贄知舉，放崔相羣〔一〕，羣知舉，而陸氏子簡禮被黜〔二〕。羣妻李夫人謂羣曰：「子弟成長，盍置莊園乎？」公曰：「今年已置三十所矣。」夫人曰：「陸氏門生知禮部，陸氏子無一得事者，是陸氏一莊荒矣。」羣無以對。

本條不知原出何書。李亢獨異志卷下亦敍此事，太平廣記卷一八一崔羣引獨異志同，而與本書文有小異。古今合璧事類備要前集卷三八敍此，云出唐餘録，文字亦不同。南部新書卷己亦敍此事。

〔一〕陸相贄知舉放崔相羣　南部新書作「崔羣是貞元八年陸贄門生」。

〔二〕羣知舉而陸氏子簡禮被黜　南部新書作「羣元和十年典貢，放三十人，而黜陸簡禮。」

601 穆宗大漸，內臣議請郭太后臨朝。太后曰：「向者武后妖蠹，幻惑高宗，擅親庶政；及中宗踐位，蒙掩聖德，遽行遷逮，幾於革命。賴宗社威祐，神器再復。每聞其說，未嘗不疾首痛心。奈何今日吾兒厭世，卿等驟興此議？我家九個與武氏同流〔一〕？先祖汾陽王有社稷大勳，我外氏□門閥赫奕，我禮嬪帝室，非復嬪嬙之比，豈可污彤管繼悖逆者耶？今皇太子聰睿，卿等各宜慎擇耆舊，親侍左右，遠屏邪佞，勿令近密。宰相任重德名賢，內官勿干時政，吾所願也。」遂取制裂之。時太后兄釗任太常卿，聞其議，密進疏於太后曰：「果徇此請，當率子弟納官爵，歸田園。」太后覽疏，泣曰：「我祖盡忠於國，餘慶鍾於我兄。」

本條不知原出何書。聚珍本闕載，守山閣叢書本編入唐語林校勘記，今從齊之鸞本、歷代小史本補入正文。二書置於賢媛內。續世說卷八「穆宗大漸」條與此多合。

〔一〕九個　疑是「几個」之誤。「几」爲俗體字「幾」。

602 劉異赴分寧〔一〕，安平公主辭〔二〕，以異侍女從〔三〕。宣宗曰〔四〕：「此何人也？」曰：「劉郎音聲人〔五〕。」上喜安平不妬，顧左右曰：「與作主人〔六〕，不令與宮娃同處。」

本條原出東觀奏記卷上。說郛（陶珽刊本）弓四三東觀奏記卷上亦載。原書此條與卷七934條本爲一條，此條在前。又此條聚珍本原缺，守山閣叢書本收入唐語林校勘記。今從齊之鸞本、歷代小史本補入正文。二書置於賢媛內。

〔一〕分寧　齊之鸞本、歷代小史本作「汾寧」。資治通鑑卷二四九唐紀六五宣宗大中十二年四月，「以右街使、駙馬都尉劉異爲邠寧節度使」。「分」、「汾」均爲誤字。

〔二〕辭　原書作「入辭」。

〔三〕侍女　原書作「姬人」。

〔四〕宣宗曰　原書作「安平左右皆宮人，上盡記之。忽見別姬，問安平曰」。

〔五〕音聲人　原書下有自註：「俗呼如此」。參看本書卷七900條註〔六〕。

〔六〕與　小石山房叢書本、藕香零拾本東觀奏記上有「使」字，稗海本「與」作「便令」。

603 李尚書景讓少孤，母夫人性嚴明〔一〕，居東都。諸子尚幼，家貧無資。訓勵諸子，言動以禮。時霖雨久，宅牆夜隤，僮僕修築，忽見一船槽〔二〕，實之以錢。婢僕等來告，夫人戒之曰〔三〕：「吾聞不勤而獲〔四〕，猶謂之災；士君子所慎者，非常之得也〔五〕。若天實以先君餘慶憫及未亡人，當令諸孤學問成立，他日爲俸錢入吾門，此未敢取。」乃令閉如故。其子景温〔六〕、景莊皆進士擢第，並有重名，位至方鎮。景讓最剛正，奏彈無所避。初，夫人孀居，猶纔未中年，貞幹嚴肅，姻族敬憚，訓厲諸子必以禮。雖貴達，稍怠於辭旨，猶杖之。景讓除浙西〔七〕，問曰：「何日進發？」景讓忘於審思，對以近日〔八〕。夫人曰：「若此日吾或有故〔九〕，不行如何〔一〇〕？」景讓惶懼〔一一〕。夫人曰：「汝今貴達，不須老母可矣！」命僮僕斥去衣，箠於堂下。景讓時已班白矣〔一二〕，搢紳以爲美談。在浙西，左押衙因應對有失杖死〔一三〕，既而軍中洶洶將爲亂，太夫人乃候其受衙，出坐廳中〔一四〕，叱景讓立廳下，曰：「天子以方鎮命汝，安得輕用刑？如衆心不寧，非惟上負天子，而令垂白之母羞辱而死，使吾何面目見汝先人於地下？」左右皆感咽。命杖其背，賓客大將拜泣乞之，良久乃許〔一五〕。軍中遂息。景莊累舉未登第，聞其被黜，卽笞其兄〔一六〕，中表皆勸景讓囑於主司，景讓終不用，曰：「朝廷取士，自有公論，豈敢效人求關節乎？主司知是景讓弟非冒取名者，自當放及第〔一七〕。」是歲，景班登科。

本條原出金華子卷上。說郛（陶珽刊本）弓四六、（張宗祥輯明鈔本）卷十一金華子雜編亦載。聚珍本次於卷七925條之後，今依齊之鸞本、歷代小史本移此。又原書此條與卷三319條本是一條，此條置於該條前後。

〔一〕母夫人性嚴明　原書作「夫人某氏，性嚴重明斷。」周廣業註：「孫愨唐紀：母鄭早寡，治家嚴，諸子皆自教之。」新唐書卷一七七李景讓傳亦曰「母鄭」，且敍及本條所録數事。說郛引文誤作「夫人王氏」。

〔二〕船槽　原書作「槽船」。資治通鑑卷二四八唐紀六四武宗會昌六年敍此，作「得錢盈船。」

〔三〕戒之　聚珍本作「謂僮僕」，今從齊之鸞本、歷代小史本改。

〔四〕獲　原書作「獲禄」。

〔五〕非常　原書作「非義」。

〔六〕景温　原書上有「景讓」一名，當據補。

〔七〕景讓除浙西　原書作「景讓除浙西節度使」，周廣業註：「新書作觀察使。」

〔八〕對以近日　原書作「便云擬取某日」。

〔九〕若此　聚珍本作「比行」，今從齊之鸞本、歷代小史本改。原書亦作「若此」。

〔一〇〕不行　原書作「去未得」。

〔一一〕惶　聚珍本無，今從齊之鸞本、歷代小史本補。原書亦有。

〔一二〕班　原書作「斑」。

〔一三〕左押衙　原書作「左都押衙」。資治通鑑敍此，作「左都押牙」。

〔一四〕候其受衙出坐廳中　齊之鸞本、歷代小史本作「候入衙中，坐廳中」。

〔一五〕良　聚珍本無，今依齊之鸞本、歷代小史本補。

〔一六〕卽笞其兄　聚珍本「卽」作「將」，今從齊之鸞本、歷代小史本改。資治通鑑敍此，作「毋輒撻景讓」。

〔一七〕自當放及第　原書作「自合放及第耳」。其下尚有「既而宰相果謂春官：『今年李景莊須放及第，可憫那老兒一年遭一頓杖。』」三句。

604 太宗嘗罷朝，怒曰：「會須殺田舍漢〔一〕！」文德皇后謂帝曰：「誰觸忤陛下？」帝曰：「豈過魏徵！每廷辱我〔二〕，常不自得〔三〕。」后退而具朝服立于廷。帝驚曰：「皇后何爲若是？」后曰：「妾聞主聖臣忠〔四〕。今陛下聖明，致魏徵得直言。妾備數後宮〔五〕，安敢不賀？」

本條原出隋唐嘉話卷上、大唐新語卷一規諫第二。說郛（陶珽刊本）弓三六隋唐嘉話、弓四八大唐新語規諫亦載。又此條聚珍本闕載，守山閣叢書本編入唐語林校勘記，今從齊之鸞本補入正文。齊書置於賢媛內。

〔一〕會須殺田舍漢　隋唐嘉話作「會殺此田舍漢」。大唐新語作「殺却此田舍漢」。資治通鑑卷一九四唐紀十太宗貞觀六年敍此事，曰：「會須殺此田舍翁」。

〔二〕廷　隋唐嘉話作「廷争」。

〔三〕常不自得　大唐新語句首有「使我」二字。

〔四〕聖　隋唐嘉話作「勝」，當據本書改。

〔五〕數　大唐新語無，當據本書補。

605 高宗乳母盧氏，本滑州總管杜才幹妻。以謀逆誅，故虜没入官〔一〕。帝既卽位，封燕國夫人，品第一。盧既藉恩寵，屢訴及杜□氏〔二〕，臨亡〔三〕，復請與才幹合葬，帝以獲罪先朝，亦不許之。

本條原出隋唐嘉話卷中。説郛（陶珽刊本）弓三六隋唐嘉話亦載。本條聚珍本缺載，守山閣叢書本編入唐語林校勘記，今從齊之鸞本、歷代小史本補入正文。二書置於賢媛內。

〔一〕以謀逆誅故虜没入官　原書作「才幹以謀逆誅，故盧没入於宮中。」

〔二〕盧既藉恩寵屢訴及杜□氏　此處齊本有殘闕。原書作「盧既藉恩寵，屢訴才幹枉見構陷。帝曰：『此先朝時事。朕安敢追更先朝之事？』卒不許。」

〔三〕臨亡　原書作「及盧以亡」。

606 隴西李知璋妻滎陽鄭氏，雅不見重〔一〕。知璋爲江夏尉，因醉杖殺人母，其子入復讎。知璋與鄭以牀拒門，讎者推窗而入，鄭急以身蔽知璋，舉手承刃，右臂既落，復伸左臂，讎復斷之，猶以身代夫死〔二〕。方懷娠，讎者以刀鑠其腹，胎出於外而隕。乃害知璋，及其二子。州司以聞，坐死數十人。

本條不知原出何書。聚珍本闕載，守山閣叢書本編入唐語林校勘記，今從齊之鸞本、歷代小史本補入正文。二書置於賢媛內。

〔一〕雅　齊之鸞本誤作「邪」，歷代小史本作「素」。

〔二〕死　齊之鸞本、歷代小史本作「犯」。

607 太宗造玉華宮於宜春縣〔一〕，徐充容諫曰：「妾聞爲政之本，貴在無爲；切見土木之功，不可兼遂。北闕初建，南宮翠微〔二〕，曾未逾時，玉華創制。雖復因山藉水，非架築之勞；損之又損，頗有無功之費。終以茅茨示約，猶興求石之疲〔三〕；假使和顧取人，豈無煩擾之弊？是以卑宮菲食，聖主之所安；金屋瑶臺，驕主之作麗。故有道之君，以逸逸人；無道之君，以樂樂身。願陛下使之以時，則力不竭，不用而息之，則人胥悅矣。」充容名惠，孝德之女，堅之姑也。文彩綺麗，有若天生。太宗崩，哀慕而卒，時人傷異之。

本條原出大唐新語卷二極諫第三。唐會要卷三十玉華宮亦載此事。又本條聚珍本闕載，守山閣叢書本編入唐語林校勘記，今從齊之鸞本補入。齊書置於賢媛內。

〔一〕宜春縣　原書作「宜君縣」。此地諸書記載各異。資治通鑑卷一九八唐紀十四太宗貞觀二十一年：「上以翠微宮險隘，不能容百官，庚子，詔更營玉華宮於宜春之鳳皇谷。」唐會要作「貞觀二十一年七月十三日，刱造玉華宮于坊州宜君縣之鳳皇谷。」元和郡縣圖志卷三關內道三記玉華宮在宜君縣北四里。

〔二〕宮　原書作「營」，當據改。唐會要亦作「營」。

〔三〕求　原書作「木」，當據改。唐會要亦作「木」。

608 蜀之士子，莫不沽酒，慕相如滌器之風。陳會郎中家以當壚爲業，爲不掃官街，吏毆之。其母甚賢，勉以脩進，不達，不要歸鄉，以成名爲期。每歲舉糧〔一〕、紙筆、衣服、僕馬，皆自成都齎至中都助業〔二〕。後業成八韻〔三〕，唯螗蜋賦大行。元和元年及第〔四〕。李相固言覽報狀，處分廂界，收下酒旆，闔其户。家人猶拒之〔五〕。逡巡，賀登第，實聖善獎諭之力也〔六〕。後爲白中令壻〔七〕，西川副使，連典彭、漢兩郡而終。

本條原出北夢瑣言卷三陳會螳蜋賦。聚珍本闕載，守山閣叢書本編入唐語林校勘記，今從齊之鸞本、歷代小史本補入正文。二書置於賢媛内。

〔一〕舉　原書作「餱」，當據改。

〔二〕至　原書作「致」。

〔三〕後　原書作「郎中」。

〔四〕元和　原書作「大和」，當據改。

〔五〕拒　齊之鸞本、歷代小史本佚一字，原書作「拒」，守山閣叢書本即據之補入。今亦據之補入。

〔六〕聖善　母。詩經邶風凱風：「母氏聖善。」

〔七〕白　齊之鸞本、歷代小史本作「日」，顯係誤字。原書作「白」，守山閣叢書本即據之改正。今亦據改。

609 尚書左丞相李廙有清德〔一〕。其妹，劉晏妻也。晏方秉權，嘗造廙，延至寢室。見其門簾甚弊，乃令人潛度廣狹，以鹿竹織成〔二〕，加緣飾〔三〕，將以贈廙。三携至門，不敢發言而去。

本條原出國史補卷上李廙有清德。太平御覽卷七百引國史補亦載。太平廣記卷一六四國史補題作李廙。又本條聚珍本闕載，今從齊之鸞本、歷代小史本補入。二書置於賢媛內。

〔一〕尚書左丞相　原書與太平廣記引文均作「尚書左丞」，當據之删「相」字。

〔二〕鹿　原書作「粗」，太平御覽引文作「麄」，知作「鹿」者乃形訛。太平廣記引文無「粗」字。

〔三〕加緣飾　原書句首有「不」字，太平廣記引文亦有，當據補。

610 江左之亂〔一〕，江陰尉鄒待徵妻薄氏爲盜所掠，密以待徵官告託於村媪〔二〕，而後死之。李華爲哀節婦賦以行於世。

本條原出國史補卷上李華賦節婦。太平廣記卷二七〇亦載此事，題作鄒待徵妻，內録李華賦中文字，唯不註出自何書。本條聚珍本闕載，今從齊之鸞本、歷代小史本補入。二書置於賢媛內。

〔一〕江左之亂　新唐書卷二〇五列女鄒待徵妻薄傳記作「袁晁亂」。

〔二〕官告　原書誤作「棺告」。官告卽告身，古代官吏之委任狀，舊唐書卷一九三列女鄒待徵妻薄氏傳與新唐書均作「官告」。

唐宋史料筆記叢刊

# 唐語林校證

下

〔宋〕王讜撰

周勛初校證

中華書局

# 唐語林校證卷五

**補遺**起高祖至代宗。案：以下補遺四卷，並采自永樂大典。原分門目已不可考見，今略以時代爲次，無時代者編附于後。

611 高祖既受隋禪，坐太極前殿，會朝之次，忽報南山急，賊不測。安南大首領馮盎前奏曰：「急擊之，必退散，無能爲也。」遣百騎禦之。俄頃報賊南遁，上召盎曰：「卿安能遠料賊果敗退？」盎曰：「奏報之時，臣望氣，雲形似樹。辰在金，金能克木，擊之必勝。」上喜，面賜金帶。

本條不知原出何書。

612 武德末年，突厥至渭橋〔一〕，控弦四十萬。太宗初親庶政，驛召李衛公問策。時發諸州府軍未至，長安居人勝兵者不過數萬〔二〕。突厥精騎騰突挑戰〔三〕，日數十合。帝怒，欲擊之。靖請傾府庫〔四〕，邀其歸路〔五〕。帝從其言，突厥兵遂退，於是據險邀之，遂棄老弱而遁。獲馬數百匹〔六〕，金帛一無遺焉。

永樂大典卷之一萬八百七十六虜・據險邀虜引唐語林亦載。

本條原出隋唐嘉話卷上。說郛（陶珽刊本）弖三六隋唐嘉話亦載。資治通鑑卷一九一唐紀七高祖武德九年考異引劉餗小說，即此文，司馬光曰：「今據實録、紀傳，結盟而退，未嘗掩襲，小說所載爲誤。」又原書此條與下614條本爲一條，此條在後。

〔一〕渭橋　原書作「渭水橋」。

〔二〕者　原書無。

〔三〕突厥　原書作「胡人」，此是四庫全書館臣所改。考異與永樂大典引文均作「胡人」。下同。

〔四〕傾府庫　原書下有「賂以求和」四字。

〔五〕邀其歸路　原書句首有「潛軍」二字。

〔六〕數百　原書作「數萬」。

613 李密掛漢書牛角，行且讀〔一〕。

本條不知原出何書。

〔一〕李密掛漢書牛角行且讀　舊唐書卷五三、新唐書卷八四李密傳均載此事。

614 隋大業中，李衛公上書：「高祖終不爲人臣，請速去之。」後高祖入京師，靖與滑儀〔二〕、衛文升等俱見收〔二〕。衛、滑既死，太宗慮囚，見靖，引與語，因請於高祖免之〔三〕。始隨趙郡王孝恭南征〔四〕，清巴〔五〕、漢，擒蕭銑，蕩一揚、越，師不留行，皆靖之力也。

本條原出隋唐嘉話卷上。緗素雜記卷六引此，云出劉餗嘉話。說郛（陶珽刊本）弓三六隋唐嘉話亦載。原書此條與612條本爲一條，此條在前。

〔一〕滑儀　原書作「骨儀」。下同。

〔二〕衛文升　原書作「衛文昇」。

〔三〕因　原書作「固」。

〔四〕始隨趙郡王孝恭南征　原書作「始以白衣從趙郡王南征」。按舊唐書卷六七李靖傳：「武德二年，從討王世充，以功授開府。……四年，靖又陳十策以圖蕭銑。高祖從之，授靖行軍總管，兼攝孝恭行軍長史。」可證本書與原書均有誤。

〔五〕清　原書作「静」。

615 英公始與單雄信俱仕李密，結爲兄弟。密既亡，雄信降世充〔一〕，勣來歸國。雄信壯勇過人。勣後與海陵王元吉圍洛陽。元吉恃膂力，每行圍〔二〕。世充召雄信告之，酌以金椀，雄信盡飲，馳馬而出，槍不及海陵者一尺。勣惶遽，連呼曰：「阿兄〔三〕！此是勣主。」雄信乃攬轡而止，顧笑曰：「胡不緣爾，且竟死〔四〕！」世充既平，雄信將就戮，英公請之不得，泣而退。雄信曰：「我固知汝不了。」勣曰：「平生誓共灰土〔五〕，豈敢相忘？但將身許國，義不兩合。雖不死之〔六〕，且顧兄妻子如何？」因以刀割其股肉以授信，曰：「示不虧前誓。」雄信食之不疑。

本條原出隋唐嘉話卷上。説郛（陶珽刊本）弓三六隋唐嘉話亦載。資治通鑑卷一八八唐紀四高祖武德三年引劉餗小説，自「英公勣與海陵王元吉圍洛陽」至「胡兒不緣你，且竟！」即此文中間一段。司馬光曰：「借如小説所云，雄信既受世充之命，指取元吉，亦安肯以勣故而捨之？況元吉之圍東都，勣乃從太宗在武牢。今不取。」舊唐書卷五三、新唐書卷八四單雄信傳則以爲秦王事。

〔一〕世充　原書作「王充」，此乃劉餗避唐諱而不書「世」字。下同。

〔二〕行圍　原書上有「親」字，當據補。

〔三〕阿兄　原書重「阿兄」。考異引文不重。

〔四〕胡不緣爾且竟死　原書作「胡兒不緣你，且了竟」。考異引文無「了」字。

〔五〕共　原書作「共爲」。

〔六〕不　原書無。

616 高宗立武后〔一〕。褚河南謀於趙公無忌、英公勣，將以死争〔二〕。趙公請先入，褚曰：「太尉，國之元舅。脱事不如意，使上有惡舅之名〔三〕，不可。」英公勣請先入，褚曰：「司空，國之元勳。有不如意，使上有逐良臣之名，不可。遂良出自草茅〔四〕，無汗馬之功，蒙先帝殊遇，以有今日。自當不諱之時〔五〕，躬奉遺詔，若不効其愚衷，何以下見先帝？」揖二公而入。帝深納其言，事遂中寢〔六〕。

本條原出隋唐嘉話卷中。説郛（陶珽刊本）弓三六隋唐嘉話亦載。唐會要卷五二忠諫亦載此事，繫於永徽五年，文小異。

〔一〕高宗立武后　原書作「高宗之將册武后」。

〔二〕争　原書作「諍」。

〔三〕惡　原書作「怒」，當據本書改。

〔四〕出　原書作「幽」，當據本書改。

〔五〕自　原書作「且」。

〔六〕帝深納其言事遂中寢　舊唐書卷八十、新唐書卷一〇五褚遂良傳均敍此事，新傳文同本書，然無此二句。

617 中宗正位後，有武當縣丞壽春周憬，慷慨有節義〔一〕，乃與王駙馬同皎謀誅武三思。事發，同皎見害，憬逃於比干廟中刎死。臨死謂曰〔二〕：「比干，紂之忠臣也。儻神道有知，明我以忠見殺〔三〕。」

本條原出隋唐嘉話卷下。説郛（陶珽刊本）弓三六隋唐嘉話亦載。又大唐新語卷五忠烈第八亦載此文，有小異。

〔一〕慷慨　大唐新語同。隋唐嘉話作「存概」，當據二書改。
〔二〕臨死謂曰　隋唐嘉話、大唐新語均作「臨死謂左右曰」。資治通鑑卷二〇八唐紀二四中宗神龍二年叙此事，作「大言曰」。
〔三〕儻神道有知明我以忠見殺　大唐新語同。隋唐嘉話佚此十一字，當據二書補。

618 虬髯客，姓張氏，赤髮而虬髯。時楊素家紅拂妓張氏奔李靖，將歸太原。行次靈橋驛〔一〕，既設牀，爐中煮肉〔二〕。張氏以髮長垂地，立梳牀前，靖方刷馬，忽虬髯客乘驢而來，投革囊于爐前，取枕敧卧，看張氏梳頭。靖怒，未決。張氏熟視其面，一手映身摇示靖〔三〕，令勿怒。急急梳頭畢，斂衽前，問其姓氏。卧客曰：「姓張。」張氏對曰：「妾亦姓張，合是妹。」遽拜之。問第幾，曰：「第三。」亦問第幾，曰：「最長。」遂喜曰：「今日幸逢一妹。」張氏遥呼曰：「李郎，且來拜三兄！」靖驟拜之，遂環坐。客曰：「煮者何肉？」曰：「羊肉，計已熟矣。」客曰：「飢。」靖出市胡餅，客抽腰間匕首切肉，共食之竟，以餘肉亂切飼驢。客曰：「何之？」曰：「將避地太原。」客曰：「有酒乎？」曰：「主人西，則酒肆也。」靖取酒一斗。既巡，客曰：「吾有少下酒物，李郎能同食乎？」靖曰：「不敢。」遂開革囊〔四〕，取出一人頭，并心肝，卻以頭貯囊中，以匕首切心肝共食之，曰：「此天下負心者也。銜之二十年〔五〕，今始獲之，吾憾釋矣！」又曰：「觀李郎儀形器宇，真丈夫也！亦聞太原有異人乎？」曰：「嘗識一人，余謂之真人也。其餘將相而已。」曰：「其人何姓？」曰：「某之同姓。」「年幾？」曰：「僅二十〔六〕。」曰：「今何爲？」曰：「州將之子也。」曰：「李郎能致吾一見乎？」曰：「靖之友劉文靜者與之善，因文靜見之可也。然兄欲何爲？」曰：「望氣者云『太原有奇氣』，使吾訪之。李郎何日到太原？」曰：「靖計之，某日當達。」曰：「達之明日方曙，候我于汾陽橋。」言訖，乘驢而去，其行如飛，迴顧已失矣。公與張氏且驚且懼。久之，曰：「烈士不欺人，固無畏也。」促鞭而行。及期，入太原，候之，相見大喜。偕詣劉氏，詐謂文靜曰：「有善相者思見郎君，請迎之。」文靜素奇其人，方議匡輔，一旦聞客有知人者，其心可知，遽致酒延之。使回而到，不衫不履，褐裘而來，神氣揚揚，貌與常異。虬鬚默然，于坐末見之，心死。飲數杯而起〔七〕，招靖曰：「真天子也！吾見之，十得八九矣。然須道兄見之。李郎宜與一妹復入京。某日午時，訪我于馬行東酒樓，下有此驢及瘦騾，卽我與道兄俱在其上矣。」又別而去之。靖與張氏及期訪焉，宛見二乘，攬衣登樓，而虬鬚與道士方對飲。見靖驚喜，召對環飲十數巡，曰：「樓下匱中有錢十萬，可擇一深隱處，駐一妹，某日復會我于汾陽橋下。」靖如期至，則道士與虬鬚已先到矣。仍俱詣文靜。時方弈棊，揖起而話心焉。文靜飛書迎文皇，看道士對弈〔八〕，虬鬚與靖旁立焉。俄而文皇到來，精彩驚人，揖而坐。神氣清朗，滿坐風生，顧盼偉如也。道士一見慘然，失棊子曰〔九〕：「此局輸矣！輸矣！于此失卻局，奇哉！救無路矣！復奚言！」弈罷請去〔一〇〕。既出，謂虬鬚曰：「此世界非子世界，他方圖之可矣。勉之，勿以爲念。」因共入京。虬鬚曰：「計李郎之程，某日方到。到之明日，可與一妹同詣某坊小宅相訪。欲令新婦祗謁，兼議從容，無前卻也。」言畢，吁嗟而去。靖策馬而歸〔一一〕，遂與張氏同往。見一小板門，扣之，有應者云：「三郎令候李郎一娘子久矣。」延入重門，門愈壯麗。奴婢四十餘人〔一二〕，羅列庭前。奴二十人，引靖入東廳；婢二十人，引張氏入西廳。廳之陳設，頗極精異，巾箱、妝奩、冠蓋、首飾之盛，非人間之物。巾櫛既畢，又請更衣，衣甚珍奇。既畢，傳云：「三郎來！」乃虬鬚也。紗帽裼裘〔一三〕，亦有龍虎之狀。歡然相見，催其妻出拜，蓋真天人也〔一四〕。于是四人對坐，牢饌畢陳，女樂列奏。其飲食妓樂，若自天降，非人間之物。食畢行酒，而家人自堂來舁出兩牀〔一五〕，各以錦繡帕覆之。既呈，盡去其帕，乃文簿鑰匙耳。虬鬚指謂曰：「此珍寶貨泉之數，吾所有悉以充贈。向者本欲于此世界求事〔一六〕，或當一二十年〔一七〕，建少功業。今既有主，住亦何爲？太原李氏，真英主也。海内卽當太平。李郎以奇特之才，輔清平之主，竭忠盡行，必極人臣。一妹以天人之資，蘊不世之藝，從夫之貴，榮極軒裳。非一妹不能識李郎，亦不能存李郎；非李郎不能遇一妹，亦不能榮一妹。起陸之漸，際會如斯〔一八〕，虎嘯風生，龍吟雲起，固當然也。將予之贈，以佐真人，贊功業也。勉之哉！此後十餘年，東南數千里外有異事，是吾得志之秋也。妹與李郎可瀝酒相賀。」因命家僕列拜，曰：「李郎、一妹，是汝主也。」言畢，與其妻戎裝，從一奴，乘馬而去，數步乃不復見。靖據其宅，遂爲豪家，得以助文皇締構之資，遂匡大業。貞觀十年〔一九〕，靖以左僕射同平章事。東南蠻奏：「有海賊以千艘，帶甲者十萬人，入扶餘國，殺其主自立，國已定。」靖知虬鬚之得志也，歸告張氏，具禮相賀，瀝酒東南祝拜之。是知真人之興，非英雄所覬，況非英雄乎？人臣之謬思亂者，乃螗臂拒轍耳〔二〇〕。我皇家垂福萬葉，豈虛言哉！或曰：「衛公兵法，半乃虬鬚所傳。」信哉！

此文宋時有單刻者，亦有刻入總集者，不知王讜從何文録入？太平廣記卷一九三有虬髯客一則，云出虬髯傳。紺珠集卷十一傳奇內有紅拂妓一條，文字過簡，不足據以考索。

〔一〕靈橘驛　太平廣記引文作「靈石旅舍」。

〔二〕煮肉　太平廣記引文作「烹肉且熟」。

〔三〕一手映身揺示靖　太平廣記引文上有「一手握髮」一句。

〔四〕革囊　太平廣記引文作「革囊」。

〔五〕二十　太平廣記引文作「十」。

〔六〕僅　太平廣記引文作「近」。

〔七〕數杯　太平廣記引文作「數巡」。

〔八〕文靜飛書迎文皇看道士對弈　太平廣記引文作「文靜飛書迎文皇看棊。道士對弈」，本書當據之補一「棊」字。

〔九〕失　太平廣記引文作「下」。

〔一〇〕弈罷　太平廣記引文作「罷弈」。

〔一一〕靖策馬而歸　太平廣記引文作「靖亦策馬遄征，俄即到京」。

〔一二〕四十　太平廣記引文作「三十」。

〔一三〕裼裘　太平廣記引文作「褐裘」，「裼」乃誤字。

〔一四〕蓋真天人也　太平廣記引文無「真」字，句下有「遂延中堂，陳設盤筵之盛，雖王公家不侔也」三句。

〔一五〕家人自堂來舁出兩牀　顧氏文房小説本虬髯客傳「堂來」作「堂東」，當據改。太平廣記引文「堂來」作「西堂」，「兩」作「二十」。

〔一六〕向者　太平廣記引文作「何者」。

〔一七〕一二十年　太平廣記引文作「龍戰三二年」。

〔一八〕斯　太平廣記引文作「期」。

〔一九〕十年　太平廣記引文作「中」。

〔二〇〕蜣臂拒轍　太平廣記引文作「螳蜋之拒走輪」。

619 太宗征遼〔一〕，李衛公病不能從，帝使執政等召之，不果起。帝曰：「吾知之矣。」明日，駕臨其第，執手與別。衛公曰：「老臣宜從，但犬馬之疾增甚〔二〕。」帝撫其背曰：「勉之！昔司馬仲達非不老病，竟能自強，立勳魏室。」公叩頭曰：「老臣請輿病行。」至相州，疾篤而不能進。上至駐蹕山〔三〕，高麗與靺鞨合軍四十里〔四〕，太宗有懼色。江夏王進曰：「高麗傾國以拒王師，平壤之守必弱，請假臣精卒五千，覆其本根〔五〕，則數十萬之衆〔六〕，可不戰而降。」帝不應。既合戰，爲敵所乘，殆將不振。還謂衛公曰：「吾以天子之衆〔七〕，困于蕞爾之夷〔八〕，何也？」靖曰：「此道宗所解。」時江夏王在側，帝顧之，道宗具陳前言，帝悵然曰：「當時忽遽不憶也〔九〕。」

永樂大典卷之五千二百四十四遼・唐太宗征遼引唐語林亦載。

本條原出隋唐嘉話卷上。説郛（陶珽刊本）弓三六隋唐嘉話亦載。大唐傳載亦有此文，分爲兩條，一自「太宗將征遼」至「不能進」，一自「駐蹕之役」至「則千萬之衆可不戰而降」。

〔一〕征遼　隋唐嘉話、大唐傳載上有「將」字。

〔二〕但犬馬之疾增甚　隋唐嘉話、大唐傳載作「但犬馬之疾，日月增甚，恐死於道路，仰累陛下」。

〔三〕上至駐蹕山　隋唐嘉話、大唐傳載作「駐蹕之役」。

〔四〕四十里　隋唐嘉話上有「方」字。

〔五〕其　大唐傳載同。隋唐嘉話作「一」，當據二書改。

〔六〕數十萬　隋唐嘉話同。大唐傳載作「千萬」。

〔七〕天子　隋唐嘉話作「天下」。

〔八〕蕞爾　隋唐嘉話作「蕞而」，當據本書改。

〔九〕當時忽遽不憶也　永樂大典引文其下尚有「駐蹕之役，六軍爲高麗所乘」二句。

620 太宗謂尉遲敬德曰：「人言卿反，何故？」對曰：「臣反是實。臣從陛下討逆伐叛，惟憑威靈〔一〕，幸而不死，然所存，刃鋒也〔二〕。今大業已定，而反疑臣。」乃悉解衣投于地，以見所傷之處。帝對之流涕，曰：「卿衣矣！朕以不疑卿，故以相告，何反以爲恨？」

本條原出隋唐嘉話卷中。説郛（陶珽刊本）弓三六隋唐嘉話亦載。又本條與下條 621 原合爲一條，今依原書分列。

〔一〕惟　原書作「雖」，當據本書改。

〔二〕所存，刃鋒也　原書作「所存，皆鋒刃也」。資治通鑑卷一九五唐紀十一太宗貞觀十三年叙此，作「今之存者，皆鋒鏑之餘也」。

621 太宗謂敬德曰：「朕將嫁女與卿，稱意否？」敬德笑曰〔一〕：「臣雖鄙陋，亦不失爲夫婦之道〔二〕。臣每聞古人云：『富不易妻，仁也。』竊慕之，願停聖恩。」叩頭固讓，帝嘉之而止。

本條原出隋唐嘉話卷中。説郛（陶珽刊本）弓三六隋唐嘉話亦載。本條與上條 620 原合爲一條，今依原書分列。

〔一〕笑　原書作「謝」。

〔二〕臣雖鄙陋　亦不失爲夫婦之道　原書作「臣婦雖鄙陋，亦不失夫妻情」。當據之補「婦」字。資治通鑑卷一九五唐紀十一太宗貞觀十三年叙此，作「臣妻雖鄙陋，相與共貧賤久矣」。

622 薛萬徹尚平陽公主〔一〕。人謂太宗曰〔二〕：「薛駙馬無才氣〔三〕。」因此公主羞之，不同席者數月。帝聞之，大笑，置酒召諸壻盡往，獨與薛歡語，屢稱其美。因對握槊〔四〕，賭所佩刀，帝佯爲不勝，解刀以佩之。酒罷，悅甚〔五〕。薛未及就馬，主遽召同載而還，重之踰于舊日。

本條原出隋唐嘉話卷中。續釋常談引此，云出隋唐嘉話。說郛（陶珽刊本）弓三六隋唐嘉話亦載。

〔一〕平陽公主　原書作「丹陽公主」，當據改。新唐書卷八三諸帝公主高祖十九女傳：「丹陽公主，下嫁薛萬徹。萬徹蠢甚，公主羞，不與同席者數月。太宗聞，笑焉，爲置酒，悉召它壻，與萬徹從容語，握槊賭所佩刀，陽不勝，遂解賜之。主喜，命同載以歸。」

〔二〕人謂太宗曰　原書作「太宗嘗謂人曰」。

〔三〕無才氣　原書作「村氣」。

〔四〕諸壻盡往獨與薛歡語屢稱其美因　上十四字，原書佚，當據本書補。

〔五〕悅甚　原書上有「主」字。

623 中書令馬周以布衣上書〔一〕，太宗覽之，未及終，命召之〔二〕。乃陳世事〔三〕，莫不施行。

本條原出隋唐嘉話卷中。說郛（陶珽刊本）弓三六隋唐嘉話亦載。說郛（張宗祥輯明鈔本）卷三八傳載亦載。

〔一〕以　原書作「始以」，當據正。

〔二〕命　原書作「三命」。

〔三〕乃　原書作「所」。

624 太宗嘗以飛白書賜馬周，曰：「鳳鸞沖霄，必假羽翼；股肱之寄，要在忠力。」又高宗嘗爲飛白，賜侍臣戴至德，曰「泛洪源，俟舟楫」；郝處俊，曰「飛九霄，假六翮」；李敬玄，曰「資啓沃，罄丹誠」；崔知悌，曰「罄忠節，贊皇猷」：其詞皆有比興。

本條不知原出何書。

625 率更歐陽詢，行見古碑，晉索靖所書，駐馬觀之，良久而去。數百步復還，下馬佇立，疲倦則布裘坐觀〔一〕。因宿其旁，三日而去。

本條原出隋唐嘉話卷中。太平御覽卷五八九引國朝傳記亦載。太平廣記卷二〇八國史異纂題作歐陽詢。說郛（陶珽刊本）弓三六隋唐嘉話亦載。劉賓客嘉話録亦有此文，唐蘭考爲誤入。紺珠集卷五嘉話題作宿索靖碑傍。白孔六帖卷三二劉公嘉話題作宿索靖碑傍。説郛（張宗祥輯明鈔本）卷二一劉賓客嘉話録亦載。

〔一〕裘　原書作「毯」，當據改。

626 李太史與張文收坐〔一〕，忽見暴風自南而至。李曰：「南五里當有哭者。」張以爲音樂。左右馳馬觀之，則遇送葬者，有鼓吹焉。

本條原出隋唐嘉話卷中。太平廣記卷七六引此，乃一大條，中包容數事，題作李淳風，云出國史異纂及紀聞。説郛（陶珽刊本）弓三六隋唐嘉話亦載。

〔一〕李太史與張文收坐　原書作「李太史與張文收率更坐」，太平廣記引文作「太史與張率同侍帝」，「率」下當補「更」字。李太史即李淳風。

627 褚遂良貴顯〔一〕，其父亮尚在，乃别開門。敕嘗有所賜遂良，使者由正門而入，亮出曰：「渠自有門。」

本條原出隋唐嘉話卷中。説郛（陶珽刊本）弓三六隋唐嘉話亦載。

〔一〕貴顯　原書無，當據本書補。

628 太宗宴近臣，戲趙公無忌，令嘲歐陽率更〔一〕，曰：「聳膊成山字，埋肩不出頭〔二〕。誰教麟閣上〔三〕，畫此一獮猴？」詢應聲曰：「索頭連背煖〔四〕，完襠畏肚寒〔五〕。只由心溷溷〔六〕，所以面團團。」帝斂容曰〔七〕：「歐陽詢，汝豈不畏皇后聞耶？」趙公，后之弟〔八〕。

本條原出隋唐嘉話卷中、大唐新語卷十三諧謔第二十七。太平廣記卷二四八國朝雜記題作長孫無忌。詩話總龜卷三五引此，云出小說舊聞。任淵后山詩註卷五次韻无斁偶作二首引此，云出國朝雜記。紺珠集卷七乾𦠆子長歐相嘲，說郛（陶珽刊本）弓二三乾𦠆子內歐陽詢條，本事詩嘲戲第七，均有此文，文字有異。說郛（陶珽刊本）弓三六隋唐嘉話亦載。

〔一〕戲趙公無忌，令嘲歐陽率更　隋唐嘉話作「戲以嘲謔，趙公無忌嘲歐陽率更」。

〔二〕不　本事詩作「畏」。

〔三〕教　隋唐嘉話、大唐新語作「家」，本事詩作「言」。

〔四〕索　詩話總龜引文作「縮」。

〔五〕完襠　隋唐嘉話作「侊襠」，大唐新語、本事詩與詩話總龜引文作「漫襠」，太平廣記引文作「裩當」。

〔六〕只由　太平廣記引文作「只因」，本事詩作「祇緣」。

〔七〕斂容　隋唐嘉話作「改容」，本事詩作「聞之而笑」。

〔八〕后之弟　大唐新語同。隋唐嘉話作「后之兄」。查舊唐書卷六五、新唐書卷一〇五長孫无忌傳，俱作后之兄。

629 侯君集爲兵部尚書，以罪流嶺南〔一〕。于其家得二美人，容色絕代。太宗問其狀，曰：「自小常食人乳而不飯〔二〕。」

本條原出隋唐嘉話卷上。紺珠集卷十隋唐嘉話自第三句起另列一條，題作飲乳而美。類說卷五四隋唐嘉話自第三句起亦另列一條，題作美人食乳。白孔六帖卷二一引隋唐嘉話亦載。説郛（陶珽刊本）弓三六隋唐嘉話亦載。又原書此條與下條 630 本爲一條。

〔一〕侯君集爲兵部尚書以罪流嶺南　原書作「衛公爲僕射，君集爲兵部尚書。自朝還省，君集馬過門數步不覺，靖謂人曰：『君集意不在人，必將反矣。』太宗中夜聞告侯君集反，起繞床而步，亟命召之，以出其不意。既至，曰：『臣常侍陛下幕府左右，乞留小子。』帝許之。流嶺南爲奴。」自「必將反矣」之前爲另一條。王讜隱括此文，云是侯君集流嶺南，大誤。資治通鑑卷一九七唐紀十三太宗貞觀十七年叙此，亦云「上乃原其妻及子，徙嶺南。」舊唐書卷六九、新唐書卷九四侯君集傳同。

〔二〕自小　原書作「自爾以來」。資治通鑑叙此亦作「自幼」。

630 侯君集家有金簟二〔一〕，甚精妙，御府所無，隱而不獻。後君集獲罪，乃于其家得之。

本條原出隋唐嘉話卷上。紺珠集卷十、類説卷五四隋唐嘉話題作金簟。説郛（陶珽刊本）弓三六隋唐嘉話亦載。原書此條與上條 629 中之後一部分本是一條。

〔一〕侯君集家有金簟二　原書作「又君集之破高昌，得金簟二」。

631 太宗朝，泥婆羅獻娑羅樹，一名「菩提」。葉似紅藍，實如蒺藜。

永樂大典卷之一萬四千五百二十七樹・娑樹引唐語林亦載。

本條原出封氏聞見記卷七蜀無兔鴿。唐會要卷一百雜録亦載。原書中此文與卷八 1042 條本爲一條。又本文舛訛殘闕特甚，兹將原書全文録後，供參證。

太宗朝，遠方咸貢珍異草木。今有馬乳蒲萄一房，長二丈餘，葉余國所獻也。娑婆樹，一名「菩提」，葉似白楊，摩伽陀那國所獻也。黄桃，名「金桃」，大如鵝卵，康國所獻也。波羅拔藻，葉似紅蘭，實如蒺藜，泥婆羅國所獻也。

632 太宗病〔一〕，出英公爲疊州都督〔二〕，謂高宗曰：「李勣才智有餘，屢更大任，恐其不厭服于汝，故有此授。我死後〔三〕，可親任之。若遲疑顧望，便當殺之。」勣奉詔，不及家而去。

本條原出隋唐嘉話卷中。説郛（陶珽刊本）弖三六隋唐嘉話亦載。

〔一〕病　原書作「病甚」。

〔二〕出英公爲疊州都督　原書作「疊州刺史」。資治通鑑卷一九九唐紀十五太宗貞觀二十三年叙此，云「五月戊午，以同中書門下三品李世勣爲疊州都督」。

〔三〕我死後　原書上有「今若即發者」一句。

633 唐貞觀元年〔一〕，長安客有買妾者。居之數年，嘗忽不知所之。一夜，提人首而告夫曰〔二〕：「我有父冤，故至此。今報矣！」請歸，涕泣而訣。出門如風。俄頃卻至，斷所生子喉而去〔三〕。

本條原出國史補卷中妾報父冤事。類說卷二六國史補題作妻報父冤。

〔一〕貞觀元年　原書作「貞元中」。李肇記事以中唐者爲多，此處似以「貞元」爲是。

〔二〕提人首而告夫曰　原書作「提人首而至，告其夫曰」。

〔三〕子　原書作「二子」。

634 袁利貞爲太常博士。高宗將會百官命婦于宣政殿，並設九部樂，利貞諫曰：「臣以前殿正寢，非命婦宴會之地；象闕路寢〔一〕，非倡優進御之所。請命婦會于別殿，九部樂從東西而入〔二〕，散樂一色，伏望停省。若于三殿別所，可備極恩私〔三〕。」高宗卽令移于麟德殿。至會日，中書侍郎薛元超謂利貞曰〔四〕：「卿門傳忠鯁〔五〕，所獻直言〔六〕，不加厚賜，何以獎勸？」賜綵百匹，遷祠部員外。

本條原出大唐新語卷二極諫第三。

〔一〕路寢　原書作「路門」。新唐書卷二〇一袁利貞傳、資治通鑑卷二〇二唐紀十八高宗開耀元年正月均叙此事，俱作「路門」，當據改。

〔二〕從東西而入　原書作「從東門入」。新唐書作「左右門入」，資治通鑑作「東西門入」。原書誤，當據本書改。

〔三〕可　原書作「自可」。

〔四〕中書侍郎薛元超　原書上有「使」字，當據補。新唐書作「帝傳詔謂利貞曰」。

〔五〕門傳忠鯁　資治通鑑於此事之下併著利貞族孫袁誼事，云「自以其先自宋太尉淑以來，盡忠帝室」。胡三省註：「袁淑死於宋元凶之難，袁顗以死奉子勛，袁昂盡節於齊室，袁憲盡忠於陳後主。」袁利貞爲昂之曾孫。舊唐書卷一九〇上袁朗傳亦詳叙袁氏世系，且曰「朗自以中外人物爲海內冠族」。

〔六〕所　原書作「能」。

635 高宗腦癰殆甚，待詔秦鳴鶴奏曰：「須針百會方止〔一〕。」則天大呼曰：「天子頭上，可是出血處〔二〕？」上曰：「朕意欲針。」卽時眼明，云：「諸苦悉去，殊無妨也。」則天走于簾下，自負銀錦等賞賜〔三〕，如向未嘗怒也。

本條原出芝田録。類説卷十一芝田録題作高宗針百會。太平廣記卷二一八秦鳴鶴條亦載此事，云出譚賓録，本條似曾採摘其中文字。大唐新語卷九諛佞第二十亦載此事，而文字不同。

〔一〕百會　資治通鑑卷二〇三唐紀十九高宗弘道元年冬十一月亦載此事，胡三省註：「鍼灸經：百會，一名三陽五會，在前頂後寸半，頂中央旋毛中，可容豆鍼二分，得氣卽瀉。……舊傳：鳴鶴鍼微出血，頭疼立止。」

〔二〕可是出血處　類説引文下有「命撲殺之」一句。

〔三〕自負銀錦等賞賜　譚賓録作「躬負繒寶以遣之」。

636 高宗將下詔遜位于則天，攝知國政，召宰臣議之。郝處俊對曰：「禮經云：『天子理陽道，后理陰德。』〔一〕然則帝之與后，猶日之與月，陰之與陽，各有所主，不相奪也。若失其序，上則謫見于天，下則禍成于人。昔魏文帝著令〔二〕，崩後尚不許皇后臨朝，奈何遂欲自禪位天后？況天下者，高祖、太宗之天下，非陛下之天下。正合謹守宗廟，傳之子孫，不可持國與人，有私于后。惟陛下審詳。」中書侍郎李義琰進曰：「處俊所引經典，其言至忠，惟聖慮無疑，則蒼生幸甚。」高宗乃止〔三〕。及天后受命，處俊已歿，孫象竟被族誅〔四〕。始，則天以權變多智，高宗將排羣議而立之；及得志，威福並作，高宗舉動必爲掣肘。高宗不勝其忿。時有道士郭行真，出入宮掖，爲則天行厭勝之術，內侍王伏勝奏之。高宗大怒，密詔上官儀廢之〔五〕。儀因奏：「天后專恣，海內失望，請廢黜以順天心。」高宗即令儀草詔。左右馳告則天，則天遽訴，詔草猶在。高宗恐有怨懟，待之如初，且告之曰：「此並上官儀教我。」則天遂誅儀及伏勝等〔六〕，並賜太子忠死。自此政歸武后，天子拱手而已。

本條原出大唐新語卷二極諫第三。

〔一〕禮經云天子理陽道后理陰德　見禮記昏義。

〔二〕魏文帝著令　見三國志卷二文帝紀黃初三年詔。

〔三〕高宗乃止　郝處俊、李義琰諫止遜位事，舊唐書卷八四、新唐書卷一一五郝處俊傳均叙。資治通鑑卷二〇二唐紀十八高宗上元二年三月亦叙，文稍簡。

〔四〕孫象　原書同。舊、新唐書作「象賢」，資治通鑑卷二〇四唐紀二十則天后垂拱四年：「夏，四月，戊戌，殺太子通事舍人郝象賢。象賢，處俊之孫也。」原書、本書皆誤。

〔五〕詔　原書作「召」。

〔六〕則天遂誅儀及伏勝等　資治通鑑繫此事於卷二〇一唐紀十七高宗麟德元年十二月。

637 閻立本，總章元年以司平大常伯拜右相。有文學，善寫真。

本條疑出封氏聞見記卷五圖畫。今將原書文字録於後，供參證。

國初閻立本，善畫，尤工寫真。……立本以高宗總章元年遷右相，今之中書令也。時人號爲丹青神化。

本條文字似爲此節之殘文。

638 高宗朝，太原王，范陽盧，滎陽鄭，清河、博陵崔，隴西、趙郡李等七姓，恃有族望，恥與諸姓爲婚〔一〕，乃禁其自婚娶〔二〕。于是不敢復行婚禮，密裝飾其女以送夫家〔三〕。

本條原出隋唐嘉話卷中。太平廣記卷一八四國史異纂題作七姓。説郛（陶珽刊本）弓三六隋唐嘉話亦載。

〔一〕諸　原書作「他」。太平廣記引文作「諸」。

〔二〕禁其自婚娶　新唐書卷九五高儉傳：「詔後魏隴西李寶，太原王瓊，滎陽鄭温，范陽盧子遷、盧渾、盧輔，清河崔宗伯、崔元孫，前燕博陵崔懿，晉趙郡李楷，凡七姓十家，不得自爲昏。」

〔三〕密裝　原書無，當據本書補。太平廣記引文亦有。

639 武后時，投匭者或不陳事，而謾以嘲戲之言，乃置使閱其書奏〔一〕，然後投之匭。匭之有司〔二〕，自此始也。

本條原出隋唐嘉話卷下。太平廣記卷一八五國史異纂題作糊名，乃因與原書上一條合，而上一條敍糊名之事之故。說郛（陶珽刊本）弓三六隋唐嘉話亦載。又本條與下條640原合爲一條，今依原書分列。

〔一〕閱　原書作「先閱」。

〔二〕之　原書作「中」，太平廣記引文作「院」。

640 初置匭有四門，其制稍大，難于往來，後遂小其制度，同爲一匭，依方色辨之。漢時趙廣漢爲潁川太守，設缿筩，言事者投書其中，匭亦缿筩之流也。梁武帝詔于謗木、肺石函旁各置一函〔一〕，横議者投謗木函，求達者投肺石函，卽今之匭也。初，則天欲通知天下之事，有魚保宗者〔二〕，頗機巧，上書請置匭，以受四方之書，則天悦而從之。徐敬業于廣陵作逆，保宗曾與敬業造刀車之屬，至是爲人所發，伏誅。保宗父承曄〔三〕，自御史中丞坐貶儀州司馬〔四〕。明皇以「匭」字聲似「鬼」〔五〕，改「匭使」爲「獻納使」〔六〕。乾元初，復其舊名。

本條原出封氏聞見記卷四匭使。與上條639原合爲一條，今依原書分列。

〔一〕謗木肺石函　原書無「函」字，當據删。梁武帝置謗木函、肺石函事，見南史卷六梁本紀上。

〔二〕魚保宗　資治通鑑卷二〇三唐紀十九則天后垂拱二年叙此，上書請置匭者曰魚保家，考異曰：「又朝野僉載作『魚思咺』，云『上欲作匭，召工匠，無人作得者。思咺應制爲之，甚合規矩，遂用之』。今從御史臺記。」

〔三〕承暐　岑仲勉跋封氏聞見記以爲此人本作「魚承曄」，暐、曄同音，疑清人避諱而改。

〔四〕儀州　原書作「義州」，似以「義州」爲是。

〔五〕明皇以匭字聲似鬼　原書「明皇」作「玄宗」，句上尚有「天寶中」一句。

〔六〕匭使　原書無「使」，當據本書補。

641 洛東龍門香山寺上方，則天時名望春宮。則天御石樓坐朝〔一〕，文武百執事班於水次〔二〕。

本條原出大唐傳載。

〔一〕御　原書上有「常」字。

〔二〕班于水次　原書作「班于外而朝焉」。

642 國有大赦，則命衞尉樹金雞于闕下，武庫令掌其事。金雞爲首〔一〕，建之于高橦之上〔二〕，宣赦畢，則除之。凡建金雞，則先置鼓于宮城門之左，視大理及府縣囚徒至，則撾其鼓。

案：金雞，魏、晉以前無聞焉，或云始自後魏，亦云起自呂光。隋百官志云：「北齊尚書省有三公曹，赦日建金雞〔三〕。」蓋自隋朝廢此官而爲衛尉所掌。北齊每有赦宥，則于閶闔門前樹金雞〔四〕，柱下取少土〔五〕，云佩之利官〔六〕，數日間遂成坑，所司亦不禁約。武成帝卽位〔七〕，其後河間王孝琬爲尚書令。先時有謠言：「河南種穀河北生，白楊樹頭金雞鳴。」祖孝徵與和士開譖孝琬曰：「河南、河北，河間也；金雞，言孝琬爲天子，建金雞也。」齊主信之而殺孝琬。則天封嵩岳〔八〕，大赦，改元萬歲〔九〕。登封壇南有大樹〔一〇〕，樹杪置金雞，因名樹爲「金雞樹」。

永樂大典卷之一萬四千五百三十七樹・金雞樹引唐語林亦載，自「則天封嵩岳」至末。

本條原出封氏聞見記卷四金鷄。

〔一〕金鷄爲首　原書作「鷄以黄金爲首」，當據正。

〔二〕上　原書誤作「下」，當據本書改。

〔三〕赦日建金鷄　原書作「赦則常建金鷄」。案：隋書卷二七百官志中僅云「赦日建金鷄」，無上句。

〔四〕閶闔門前樹金鷄　原書作「閶門前樹金鷄，三日而止」。「閶」下當據本書補「闔」字。

〔五〕柱下取少土　原書句上尚有「萬人競就金鷄」六字，當據補。

〔六〕佩之利官　原書作「佩之日利」。雅雨堂叢書本句下有註：「一作『又云日利』。『日』一作『官』。」

〔七〕武成帝卽位　原書於此之下有宋孝王不識設金鷄之義，問于光祿大夫司馬膺之一段文字。

〔八〕則天封嵩岳　原書誤作「登封嵩岳」，當據本書改。

〔九〕元　原書作「爲」，當據本書改。

〔一〇〕樹　原書作「榭樹」。

643 宋璟劾張昌宗等反狀，武后不應。李邕立階下，大言曰〔一〕：「璟所陳社稷大事，陛下當聽。」后色解，卽可璟奏〔二〕。邕出，或讓曰：「子位卑，一忤旨，禍不測。」邕曰：「不如是，名亦不傳。」

本條不知原出何書。

〔一〕李邕立階下，大言曰　參看本書卷三339條。

〔二〕卽可璟奏　新唐書卷一〇四張昌宗傳叙此，曰：「左拾遺李邕進曰：『璟之言，社稷計也，願可之。』后終不許。」卷二〇二文藝中李邕傳叙此則亦作「卽可璟奏」。

644 蘇安恆博學，尤明周禮、左氏。長安二年〔一〕，上疏請復子明辟〔二〕，奏疏不納〔三〕。魏元忠爲張易之所構，安恆又申理之。易之大怒，將殺之，賴朱敬則、桓彥範等保護〔四〕，獲免。後坐節愍太子事，下獄死。睿宗卽位，下詔曰：「蘇安恆文學立身，鯁直成操，往年陳疏，忠讜可嘉。屬回邪擅權，奄從非命，興言軫悼，用惻予懷〔五〕，可贈諫議大夫。」

本條原出大唐新語卷二極諫第三。

〔一〕長安二年　原書作「長樂二年」。資治通鑑卷二〇七唐紀二三則天后長安二年五月壬申，蘇安恒復上疏請歸位於廬陵王。作「長樂」者誤，當據本書改。

〔二〕上疏請復子明辟　原書作「復于明辟」，當據正。原書其下節引上疏文字，本書略去。舊唐書卷一八七上、新唐書卷一一二蘇安恒傳均引上疏文字。

〔三〕奏疏　原書作「疏奏」。

〔四〕桓彥範　原書作「桓範」。舊唐書卷九一、新唐書卷一二〇桓彥範傳均作「桓彥範」。

〔五〕予　原書作「于」。

645 裴知古，自中宗、武后朝以知音律直太常。路逢乘馬，聞其聲，竊曰：「此人卽當墜馬。」好事者隨而觀之，行未半坊，馬忽驚墜，殆死。又嘗觀人迎婦，聞婦佩玉聲，曰：「此婦不利姑〔一〕。」是日有疾〔二〕，竟亡。其知音皆此類也。又善攝衞，開元十三年終〔三〕，且百歲。

本條原出隋唐嘉話卷下。太平廣記卷二〇三國史異纂題作裴知古（又一條）。説郛（陶珽刊本）弓三六隋唐嘉話亦載。

〔一〕此婦不利姑　新唐書卷九一李嗣真（附裴知古）傳：「人有乘馬者，知古知其嘶，乃曰：『馬鳴哀，主必墜死。』見新婚者，聞佩聲，曰：『終必離。』訪之，皆然。」後一例與本書不同。

〔二〕有疾　原書上有「姑」字。

〔三〕十三　原書作「十二」。

646 曹懷舜，金鄉人。父繼叔，死王事。懷舜授遊擊將軍，歷内外兩官。則天嘗云：「懷舜久歷清資，屈武職。」後轉右玉鈐衛將軍。

本條不知原出何書。

647 則天時〔一〕，郎吏王上客自恃才藝〔二〕，意在前行外郎〔三〕，後除水部員外〔四〕，頗懷憤惋。同列張敬忠以詩戲曰〔五〕：「有意嫌工部〔六〕，專心覓考功〔七〕。誰知脚蹭蹬，幾落省牆東〔八〕。」

本條疑出大唐新語卷十二諧謔第二十七。南部新書卷丁、唐詩紀事卷十三張敬忠均載此事。詩話總龜前集卷三十九譏誚門下亦有記載。又本書此條與下條648原合爲一條，今依原書分列。

〔一〕則天時　原書無此句。南部新書、唐詩記事作「先天中」。

〔二〕郎吏王上客　原書無「郎吏」二字。南部新書作「王主敬爲侍御史」，唐詩紀事作「王上客爲侍御史」。

〔三〕意在前行外郎　原書「外郎」作「員外」。南部新書作「當入省臺前行」，唐詩紀事作「當入省望前行」。

〔四〕後除水部員外　原書作「俄除膳部員外」。當據改。

〔五〕同列　原書作「吏部郎中」。南部新書、唐詩紀事同。

〔六〕工部　原書作「兵使」。南部新書、唐詩紀事作「兵部」。

〔七〕覓　原書作「取」。南部新書、唐詩紀事作「望」。

〔八〕畿落省牆東　南部新書作「却落省牆東」。原書句下尚有「膳部在省東北隅，故有此詠」二句。

648 議者戲云：「畿尉有六道：入御史爲佛道〔一〕，入評事爲仙道，入京尉爲人道，入畿丞爲苦海道，入縣令爲畜生道，入判司爲餓鬼道。」

本條原出御史臺記。紺珠集卷七、類説卷六御史臺記題作六道。南部新書卷辛亦載。與上條647本爲一條，今依原書分列。

〔一〕佛道　南部新書作「天道」。

649 左史東方虬每云：「二百年後，乞爾西門豹作對〔一〕。」

本條原出隋唐嘉話，然今本缺載，太平廣記卷二〇一國史異纂題作東方虬，程毅中錄入校點本隋唐嘉話補遺。又劉賓客嘉話録亦有此文，唐蘭考爲隋唐嘉話佚文。紺珠集卷五有東方虬一條，云出嘉話。

〔一〕爾　太平廣記引文作「與」。

650 蘇味道詞亞于李嶠，時稱蘇、李。崔融嘗戲蘇曰：「我詞不如公有『銀花合』也〔一〕。」蘇即答：「猶不及公『金銅釘』。」謂「今同丁令威」也〔二〕。

本條不知原出何書。唐詩紀事卷八崔融亦叙此事，然不註出處。本事詩嘲戲第七亦載一事，言蘇味道與張昌齡相嘲戲，與此類似。

〔一〕銀花合　本事詩云：「蘇有觀燈詩曰：『火樹銀花合，星橋鐵鎖開。暗塵隨馬去，明月逐人來。』」唐詩紀事卷六蘇味道記此詩，題曰上元。

〔二〕今同丁令威　舊唐書卷七八張昌宗傳：「久視元年，改控鶴府爲奉宸府，又以易之爲奉宸令。……時諛佞者奏云：『昌宗是王子晉後身。』乃令被羽衣，吹簫，乘木鶴，奏樂於庭，如子晉乘空。辭人皆賦詩以美之，崔融爲其絶唱，其句有『昔遇浮丘伯，今同丁令威。中郎才貌是，藏史姓名非』。」參看唐詩紀事卷八崔融。

651 劉希夷詩曰：「年年歲歲花相似，歲歲年年人不同。」其舅卽宋之問也，苦愛此兩句，知其未示人〔一〕，懇乞此兩句，許而不與。之問怒，以土囊壓殺之。劉禹錫曰〔二〕：「宋生不得死〔三〕，天報之矣！」

本條原出劉賓客嘉話録。類説卷五四劉禹錫佳話題作宋之問乞劉希夷詩。臨漢隱居詩話引嘉話録亦載。説郛（陶珽刊本）弓三六嘉話録、（張宗祥輯明鈔本）卷二一劉賓客嘉話録均載。詩話總龜卷二九亦載，然不言出處。大唐新語卷八文章第十七亦有記載。

〔一〕知其未示人　原書無，當據本書補。

〔二〕劉禹錫曰　原書無。

〔三〕不得死　原書作「不得其死」，當據之補「其」字。

652 張文瓘之爲大理〔一〕，獲罪者皆曰：「爲張卿所罰，不枉也〔二〕。」

本條原出隋唐嘉話卷中。説郛（陶珽刊本）弓三六隋唐嘉話亦載。

〔一〕張文瓘　原書作「張賓客文瓘」。

〔二〕爲張卿所罰不枉也　舊唐書卷八五張文瓘傳：「俄遷大理卿，依舊知政事。文瓘至官旬日，決遣疑事四百餘條，無不允當，自是人有抵罪者，皆無怨言。」新唐書卷一一三張文瓘傳同。

653 張柬之等既遷則天于上陽宫〔一〕，中宗猶以皇太子監國，告武氏之廟。時累日陰翳，侍御史崔渾奏曰：「方今國命初復，當正徽號稱唐〔二〕，順萬姓之心，奈何告武氏廟〔三〕？廟宜毁之，復唐鴻業，天下幸甚！」中宗深納之。制命既行，陰雲四霽，萬里澄廓，咸謂天人之應。

本條原出大唐新語卷二極諫第三。

〔一〕張柬之等　原書無「等」字。

〔二〕當正　原書二字誤倒，當據本書改。

〔三〕奈何告武氏廟　新唐書卷一二〇張柬之傳亦載此事，此句作「奈何尚告武氏廟」？

654 中宗時，兵部尚書韋嗣立新入三品，侍郎趙彦昭假金紫〔一〕，吏部侍郎崔湜復舊官。上命燒尾〔二〕，令于興慶池設食。至時，敕衛尉陳設〔三〕，尚書省諸司各具綵舟遊勝。飛樓結艫，光奪霞日〔四〕，上與侍臣親臨焉。既而吏部船爲仗所隔，兵部船先至，嗣立奉觴獻壽。上問：「吏部船何在〔五〕？」崔湜步自北岸呼之〔六〕，遇户部雙舸，上結重樓，兼聲樂一部〔七〕，卽呼至岸，以紙書作「吏部」字貼牌上，引至御前。上大悦〔八〕，以爲兵部不逮也。俄有風吹所帖之紙〔九〕，爲嗣立所見，遽奏云：「非吏部船。」上令取牌，探紙見「户」字，大笑。嗣立請科湜罪，上不許，但罰酒而已。

本條原出封氏聞見記卷五燒尾。説郛（張宗祥輯明鈔本）卷四封氏聞見記亦載。古今合璧事類備要前集卷三七燒尾宴引此，云出聞見録。又原書中此條與輯佚中 1086 條原爲一條，此條在後。

〔一〕侍郎　原書作「户部侍郎」。

〔二〕燒尾　舊唐書卷八八蘇瓌傳曰：「公卿大臣初拜官者，例許獻食，名爲『燒尾』。」新唐書卷一二五蘇瓌傳同。參見本書輯佚 1086 條。葉夢得石林燕語卷四有考辨。

〔三〕衞尉　原書無「尉」，當據本書補。

〔四〕日　原書誤作「目」，當據本書改。

〔五〕既而吏部船爲仗所隔兵部船先至嗣立奉觴獻壽上問吏部船何在　原書作「既而問吏部船何在？」佚中間十九字，當據本書補。

〔六〕呼　原書作「促」。

〔七〕聲　原書作「蕃」。

〔八〕上　原書無，當據本書補。

〔九〕有　原書作「見」。

655 薛令之，閩之長溪人。神龍二年，趙彦昭下進士及第，後爲左補闕兼太子侍講。時東宮官冷落，之次難進〔一〕，令之有詩曰：「明月夜團團〔二〕，照見先生盤。盤中何所有？苜蓿長闌干。飯澀匙難綰，羹稀筯易寬。只可謀朝夕，那能度歲寒〔三〕？」明皇幸東宮，見之不悦，以爲諷上。援筆酬曰：「啄木觜距長〔四〕，鳳凰毛羽短〔五〕；若嫌松桂寒，任逐桑榆暖。」令之遂謝病歸。及肅宗即位，召之。詔下，而令之已卒。

本條原出閩中名士傳。太平御覽卷九二三引閩中名士傳亦載。太平廣記卷四九四閩中名仕傳題作薛令之。李壁王荆文公詩箋註卷三十思王逢原三首其三引此文，云出閩中名士傳。集註分類東坡詩先生卷三卧病逾月請郡不許復值玉堂十一月一日鏁院是日苦寒詔賜宮燭法酒書呈同院程續亦引閩川名士傳此文。唐詩紀事卷二十薛令之亦叙此事。唐摭言卷十五閩中進士亦叙此事。吴曾能改齋漫録卷四閩人登第不自林藻條亦引此文，云出唐摭言。林洪山家清事苜蓿盤條亦有叙及。詩話總龜前集二九録此，云出古今詩話。

〔一〕之　太平御覽引文作「火」，當據改。

〔二〕明月夜　唐詩紀事作「朝日上」。

〔三〕只可謀朝夕那能度歲寒　唐詩紀事作「無以謀朝夕，何由保歲寒」。

〔四〕觜距　唐詩紀事作「口嘴」。

〔五〕毛羽　唐詩紀事作「羽毛」。

656 景龍初，有韓令珪起自細微，好以行第呼朝士。尋坐罪，爲姜武略所按，以枷錮之。乃謂：「姜五公名流，何故遽行此？」姜武略應云：「且抵承曹大，無煩喚姜五。」

本條不知原出何書。

657 兵部尚書韋嗣立，景龍中中宗與韋后幸其莊〔一〕，封嗣立爲逍遥公，又改其所居鳳凰原爲清虚原，鸜鵒谷爲幽棲谷。

本條原出隋唐嘉話卷下。説郛（陶珽刊本）弓三六隋唐嘉話亦載。唐會要卷二七行幸亦載此事。

〔一〕兵部尚書韋嗣立景龍中中宗與韋后幸其莊　唐會要此二句作「景龍二年十二月幸新豐温湯迴，幸兵部尚書韋嗣立山莊」。資治通鑑繫於卷二〇九唐紀二五中宗景龍三年十二月庚子至乙巳。新唐書卷一一六韋嗣立傳：「營別第驪山鸜鵒谷，帝臨幸，命從官賦詩，制序冠篇，賜況優備，因封嗣立逍遥公，名所居曰清虚原幽棲谷。」舊唐書卷八八韋嗣立傳同。

658 中宗崩。既除喪，吐蕃來弔〔一〕。或曰〔二〕：「若擇宗室最長者，素服受禮于彼，其可乎？」舉朝稱善而從之。

本條原出隋唐嘉話卷下。說郛（陶珽刊本）弓三六亦載。

〔一〕吐蕃來弔　原書下有「深衣練冠待於廟」一句。

〔二〕或曰　原書無，當據本書補。又原書下有「今定陵自有寢廟」一句，當據補。

659 徐彥伯常侍，睿宗朝以相府之舊，拜羽林將軍。徐既文士，不悅武職，及遷，謂賀者曰：「不喜有遷，且喜出軍。」

本條原出隋唐嘉話卷下。說郛（陶珽刊本）弓三六隋唐嘉話亦載。劉賓客嘉話録亦有此文，唐蘭考爲誤入。

660 和元祐爲貞化府長史。景龍末，元祐獻詩十首，其詞猥陋，皆寓言嬖幸，而意及兵戍。韋氏命鞫于大理，而將戮之，月餘而韋氏伏誅。其詩言若符讖。景雲初，以元祐爲千牛衛長史。

本條不知原出何書。

661 韋鏗初在憲司，邵炅、蕭嵩同昇殿〔一〕。神武皇帝卽位〔二〕，及詔出，炅、嵩俱加朝散，獨鏗不及。炅鼻高，嵩鬚多，並類鮮卑〔三〕。鏗嘲之云：「一雙獠子著緋袍〔四〕，一箇鬚多一鼻高。相對衙前捺且立〔五〕，自言身品世間毛。」鏗白肥而短，他日忽于承天門風眩踣地〔六〕，炅詠曰〔七〕：「飄風忽起團團迴〔八〕，倒地還如腳被鎚〔九〕，莫怪殿上空行事〔一〇〕，直爲元非五品才〔一一〕。」

本條原出大唐新語卷十三諧謔第二十七。

〔一〕韋鏗初在憲司，邵炅、蕭嵩同昇殿　原書作「邵景、蕭嵩、韋鏗並以殿中昇殿行事。」

〔二〕神武皇帝　原書作「玄宗」。

〔三〕炅鼻高，嵩鬢多，並類鮮卑　原書作「景、嵩二人多鬢，對立於庭。」當據本書校正。

〔四〕一雙獠子　原書作「一雙鶻子」，當據本書改。

〔五〕衙前捺且立　原書作「廳前搭早立」。

〔六〕鏗白短而肥，他日忽于承天門風眩踣地　原書作「舉朝以爲歡笑。後睿宗御承天門，百僚備列，鏗忽風眩而倒。鏗既肥短」。

〔七〕炅詠曰　原書作「景意酬其前嘲，乃詠之曰」。

〔八〕團團　原書作「團欒」。

〔九〕脚被鎚　原書作「着脚搥」。

〔一〇〕莫怪　原書作「昨夜」。

〔一一〕直爲元非五品才　原書下有「時人無不諷詠」一句。

662 郗昂性捷直，源乾曜嘗戲之曰：「謝安云『郗生可謂入幕之賓矣』〔一〕，豈非遠祖否？」郗曰：「猶勝以氏爲禿髮。若不遇後魏道武，稱曰同源，賜之源氏，豈可列姓苑乎？」源遂屈。後與杜黄裳同學于嵩陽，二人同中第。郗以安禄山僞官貶歙縣尉，黄裳入相後，除中書舍人。

本條不知原出何書。

〔一〕郗生可謂入幕之賓矣　見世説新語卷中之上雅量。郗生乃郗超。

663 源乾曜因奏事稱旨，上悦之，驟拔用，歷户部侍郎、京兆尹，以至宰相。暇日〔一〕，上獨與力士語曰：「汝知吾拔用乾曜之速乎？」曰：「不知也。」上曰：「吾以其言語容貌類蕭至忠，故用之。」力士對曰：「至忠豈不嘗負陛下〔二〕，何念之深？」上曰：「至忠晚乃謬耳〔三〕。其初立朝，得不爲賢相乎〔四〕？」上之愛才宥過，聞之者莫不感悦。

本條原出次柳氏舊聞。太平廣記卷二〇二源乾曜條亦載，云出國史補，或係誤記。説郛（陶珽刊本）弓三六次柳氏舊聞、弓五二明皇十七事重出均載。又大唐新語卷六舉賢第十二亦叙此事。

〔一〕暇日　原書作「異日」。

〔二〕豈不嘗負　原書作「不當負」，當據本書改。太平廣記引文作「不嘗負」。

〔三〕謬　原書作「繆計」。

〔四〕爲　原書作「謂」，當據改。新唐書卷一二三蕭至忠傳叙此，亦作「謂」。

664 魏知古，性方直。景雲末，爲侍中。明皇初卽位，獵于渭川，時知古從駕，因獻詩以諷〔一〕。手詔褒美，賜物五十段。後兼知吏部尚書，典選事，深爲稱職。所薦用人，咸至大官。

本條原出大唐新語卷一規諫第二。

〔一〕因獻詩以諷　原書録引此詩，本書略去。舊唐書卷九八魏知古傳叙此事，亦録此詩。

665 倪若水爲汴州刺史，明皇嘗遣中官往淮南採捕鵁鶄及諸水禽，上疏諫〔一〕。手詔答曰：「朕先使人取少雜鳥，其使不識朕意，將鳥稍多，卿具奏之，詞誠忠懇，深稱朕意。卿達識周材，義方敬直，故輟綱轄之重，委方面之權。果能閑邪存誠，守節彌固，骨鯁忠烈，遇事無隱。言念忠讜，深用喜慰。今賜物四十段，用答至言。」

白孔六帖卷四九賞諫臣五引唐語林亦載。

本條原出大唐新語卷二極諫第三。

〔一〕上疏諫　原書下引諫詞，本書略去。舊唐書卷一八五下、新唐書卷一二八倪若水傳均叙此事。資治通鑑卷二一一唐紀二七玄宗開元四年叙此，曰：「上嘗遣宦官詣江南取鵁鶄、鸂鶒等，欲置苑中，使者所至煩擾。道過汴州，倪若水上言。」

666 汝南王璡〔一〕，寧王長子也。姿容妍美，明皇鍾愛，授之音律，能達其旨〔二〕。每隨遊幸，常戴砑絹帽打曲。上摘紅槿花一朵〔三〕，置于帽上笪處，二物皆極滑，久之方安。遂奏舞山香一曲，而花不墜。樂家云：「定頭項難在不動摇〔四〕。」上大喜，賜金器一廚，因曰〔五〕：「花奴〔原註〕〔六〕璡小字。資質明媚，肌髮光細，非人間人。」寧王謙謝，隨而短斥之。上笑曰：「大哥過慮〔七〕，阿瞞自是相師。〔原註〕上于諸親嘗親稱此號〔八〕。夫帝王之相，且須有英特越逸之氣，不然須有深沈包育之度。若花奴，但英秀過人，悉無此狀，故無猜也〔九〕。而又舉止淹雅，當更得公卿間令譽耳！」寧王又笑曰：「若如此，臣乃輸之。」上曰：「若此一條，阿瞞亦輸大哥矣。」寧王又謝。上笑曰：「阿瞞贏處多，大哥亦不用撝挹。」衆皆歡賀。

本條原出羯鼓録。段安節樂府雜録約略言之，云「黔帥南卓著羯鼓録中具述其事。」太平御覽卷五八三引羯鼓録亦載。太平廣記卷二〇五羯鼓録題作玄宗（又一條）。紺珠集卷五羯鼓録分别題作曲終而花不墜、阿瞞自是相師。類説卷十三羯鼓録題作花奴。説郛（張宗祥輯明鈔本）卷六五羯鼓録亦載。又原書此條與卷四 482 條本是一條，此條在前。

〔一〕汝南王璡　樂府雜録作「汝陽王璡」。太平御覽、太平廣記引文均作「汝陽王璡」，當據改。舊唐書卷九五睿宗諸子讓皇帝憲傳：「憲凡十子……璡封汝陽郡王。」

〔二〕能達其旨　原書作「妙達音旨」。

〔三〕摘　原書作「自摘」。

〔四〕樂家云：「定頭項難在不動搖。」原書此二句作雙行小註，文曰：「本色所謂定頭項難在不動搖。」

〔五〕曰　原書作「誇曰」。

〔六〕原註　此爲南卓自註。下同。

〔七〕過慮　原書作「不必過慮」。

〔八〕嘗親稱　原書作「常自稱」。

〔九〕故　原書作「固」。

667 開元二十七年八月，詔策夫子爲文宣王，改修殿宇。封夫子後爲文宣公，仍長任本州長史，代不絕。先時廟，夫子在西牖之下；武德初，并祀周公，周公南面，故夫子配坐西方。貞觀中，廢祀周公，而夫子西位不改。至是移就兩楹南面正位，十哲東西侍立。又封顏子爲兗公，閔子爲費侯，伯牛爲鄆侯，仲弓爲薛侯，冉有爲徐侯，子路爲衞侯，宰我爲齊侯，子貢爲黎侯，子游爲吴侯，子夏爲魏侯，曾參以下並爲伯。其兩京文宣廟，春秋二仲釋奠，軒懸之樂，八佾之舞，牲以太牢；州縣以少牢而無樂。

本條不知原出何書。

668 學舊六館：有國子館，太學館，四門館，書館，律館，算館，國子監都領之。每館各有博士、助教，謂之學官。國子監有祭酒、司業、丞、簿，謂之監官。太學諸生三千員，新羅、日本諸國皆遣子入朝受業。天寶中，國學增置廣文館，在國學西北隅，與安上門相對。廊宇粗建。會十三年，秋霖一百餘日，多有倒塌，主司稍稍毁撤，將充他用，而廣文寄在國子館中。尋屬邊戈内擾，館宇至今不立。

本條不知原出何書。

669 玄宗時，羽林將劉洪善騎射。嘗對御，使人于風中擲鵝毛，洪連箭射之，無有不中〔一〕。

本條原出開元天寶遺事卷下射飛毛。説郛（陶珽刊本）弓五二開元天寶遺事題作射飛毛。

〔一〕無有不中　原書下有「帝賞歎，厚賜焉」二句。

670 蘇味道初拜相，門人問曰：「方事之殷〔一〕，相公何以燮和？」味道但以手摸牀稜而已。時謂「摸牀稜宰相〔二〕」。

本條原出盧氏雜説。太平廣記卷二五九盧氏雜説題作蘇味道。紺珠集卷三朝野僉載題作手摸牀稜，作「朝野僉載」者誤。

〔一〕方事之殷　太平廣記上有「天下」二字。

〔二〕摸牀稜宰相　太平廣記引文「摸牀稜」作「模稜」。舊唐書卷九四蘇味道傳：「前後居相位數載，竟不能有所發明，但脂韋其間，苟度取容而已。嘗謂人曰：『處事不欲決斷明白，若有錯誤，必貽咎譴，但摸稜以持兩端可矣。』時人由是號爲『蘇摸稜』。」新唐書卷一一四蘇味道傳同。

671 玄宗在東都〔一〕，宮中有怪。明日召宰相，欲西幸，裴稷山〔二〕、張曲江諫曰：「百姓場圃未畢，請待冬仲〔三〕。」是時李林甫初爲相，竊知上意，及旅退，佯爲蹇步。上問「何故腳疾」？對曰：「非疾，願獨奏事。」乃言：「二京，陛下東、西宮也。將欲駕幸，焉用選時？假使有妨刈穫，獨可蠲免沿路租稅。臣請宣示有司，卽日西幸。」上大悦。自此車駕至長安，不復東。旬日，耀卿、九齡俱罷，而牛仙客進。

本條原出國史補卷上玄宗幸長安。太平廣記卷二四〇國史補題作李林甫。類説卷二六國史補題作西幸免租稅。説郛（陶珽刊本）弓四九常侍言旨亦載，當係誤入。

〔一〕玄宗在東都　原書作「玄宗開元二十四年，時在東都」。新唐書卷二二三上姦臣上李林甫傳亦記作開元二十四年事，資治通鑑卷二一四唐紀三十繫此事於玄宗開元二十四年十月。

〔二〕裴稷山　類説引文作「裴輝卿」，「輝」乃「耀」之誤。

〔三〕冬仲　原書作「冬中」，太平廣記引文作「冬間」。

672 自古帝王五運之次，凡有二說：鄒衍則以五行相勝爲義，劉向則以五行相生爲義。漢、魏共遵劉說。唐承隋代火運〔一〕，故爲土德，衣服尚黃，旗幟尚赤，常服赭赤也。赭〔二〕，黃色之多赤者，或謂之柘木〔三〕，其義無取。高宗時，王勃著大唐千年歷：「國家土運，當承漢氏火德，上自曹魏，下至隋室，南北兩朝，咸非一統，不得承五運之次。」勃言迂闊，未爲當時所許。天寶中，上書言事者多爲詭異，以冀進用。有崔昌，採勃舊說，遂以上聞，玄宗納焉〔四〕。下詔以唐承漢，自隋以前歷代帝王皆屏黜，更以周、漢爲二王後。是歲禮部試土德惟新賦〔五〕，卽其事也。及楊國忠秉政，自以爲隋氏之宗，乃追貶崔昌并當時議者，而復酅、介二公焉〔六〕。

永樂大典卷之一萬五千九百五十一運·五運引唐語林亦載。

本條原出封氏聞見記卷四運次。說郛（陶珽刊本）弓四六封氏聞見記亦載。

〔一〕唐承隋代火運　原書作「國家承隋氏火運」。

〔二〕赭　原書作「赭黃」。

〔三〕柘木　原書下有一「染」字。

〔四〕玄宗　聚珍本作「上」，今從永樂大典引文改。

〔五〕是歲禮部試土德惟新賦　原書作「二歲，禮部試天下造秀，作土德惟新賦」。

〔六〕追貶崔昌并當時議者而復酅介二公焉　資治通鑑卷二一六唐紀三二玄宗天寶九載記崔昌上言，胡三省註：「介，後周後。酅，隋後。」

673 扶風太守房琯，申當郡苗損，國忠怒以他事推之。自是天下有事，皆潛申國忠，以取可否。

本條不知原出何書。

674 楊國忠嘗會親〔一〕，知吏部銓事〔二〕，且欲噱以娱之。呼選人名〔三〕，引入于中庭，不問資序：短小者道州參軍〔四〕，鬍者與湖州文學〔五〕。簾中大笑。

本條原出劉賓客嘉話録。太平廣記卷二五〇嘉話録題作楊國忠。類説卷五四劉禹錫佳話題作道州參軍湖州文學。説郛（陶珽刊本）弓三六嘉話録亦載。

〔一〕楊國忠嘗會親　原書誤作「楊國中嘗謂諸親」，然本書亦當據之補「諸」字。

〔二〕知　原書作「時知」，當據之補「時」字。

〔三〕呼選人名　原書上有「已設席」二句。

〔四〕道州參軍　道州多矮民，陽城任道州刺史時嘗抗疏論免貢矮奴事，見舊唐書卷一九二、新唐書卷一九一陽城傳。參看白居易新樂府・道州民。

〔五〕鬍　原書作「胡」。胡人深目多鬚，唐人已稱「鬚」爲「鬍」，故王讜逕改作「鬍」。

675 玄宗好神仙，往往詔郡國徵奇異之士。有張果者，則天時聞其名，不能致，上亟召之，乃與使俱來。其所爲，變怪不測。有邢和璞者，善算術〔一〕，視人投算，而究其善、惡、夭、壽。上使算果，懵然莫知其甲子。又有師夜光者，善視鬼。後召果與坐，密令夜光視之，夜光奏曰：「果今安在？臣願見之。」而果坐于上前久矣，夜光終莫能見。上謂力士曰：「吾聞奇士至人，外物不足以敗其中。試飲以堇汁，無苦者，真奇士也。」會天寒方甚，便以汁進果〔二〕，果遂引飲三卮，醺然如醉〔三〕，顧侍者曰：「非佳酒也。」乃寢。頃之，引鏡視其齒，盡焦且黧。命左右取鐵如意，擊齒盡墮，藏之于帶，乃于懷中出神膏，色微紅，傅諸墮齒空中，復寢。久之，視鏡，齒皆生，粲然潔白。上方信其不誣也。

本條原出次柳氏舊聞。紺珠集卷五明皇十七事題作張果老、齒落復生。類說卷二一明皇十七事題作張果老。說郛（陶珽刊本）弓三六次柳氏舊聞、弓五二明皇十七事重出均載。又明皇雜録卷下叙張果事，與此條有類同處。太平廣記卷三十張果所記之事亦與此條有類同處，云出明皇雜録、宣室志、續神仙傳。

〔一〕術　原書作「心術」，說郛本明皇十七事作「星術」。舊唐書卷一九一方伎張果傳作「善算人而知夭壽善惡」。新唐書卷二〇四方技張果傳同。

〔二〕便　原書作「使」。

〔三〕醺然　原書作「醇然」。

676 玄宗時，亢旱，禁中築龍堂祈雨。命少監馮紹正畫西方〔一〕，未畢，如覺雲氣生梁棟間，俄而大雨。

本條原出明皇雜録卷下。太平廣記卷二一二明皇雜録題作馮紹正。白孔六帖卷八二引盧氏雜説亦載。

〔一〕命少監馮紹正畫西方　原書作「因召少府監馮紹正，令於四壁各畫一龍，紹正乃先於西壁畫素龍。」當據正。白孔六帖引文「馮紹正」誤作「馬紹正」。

677 羅公遠多祕異之術〔一〕，最善隱形。玄宗樂隱形之術，就公遠勤求而學，公遠雖傳，不盡其妙。上每與公遠同爲之，則隱没，人莫能測；若自爲之，則或遺衣帶，或露頭巾腳，宮人每知上之所在也。百萬錫賚，或臨之以死，公遠終不盡傳其術〔二〕。上怒，命力士裹以油幞，置于榨下壓殺而埋棄之〔三〕。不經旬，有中官從蜀使回〔四〕，逢公遠乘騾于路，笑而謂曰：「上之爲戲，一何虐耶！」

本條原出開天傳信記。太平廣記卷七七開天傳信記題作羅思遠。類説卷六開天傳信記題作隱身法。説郛（陶珽刊本）弓五二傳信記亦載。

〔一〕羅公遠　原書同。太平廣記、類説引文作「羅思遠」，下同。新唐書卷二〇四方技羅思遠傳叙事與此合。

〔二〕百萬錫賚或臨之以死公遠終不盡傳其術　原書無此三句，太平廣記引文有，文小異。

〔三〕榨　原書作「榨木」。

〔四〕使　原書作「道」。

678 明皇幸東都。秋宵，與一行師登天宮寺閣，臨眺久之。上四顧，淒然嘆息，謂一行曰：「吾甲子得終無患乎？」一行曰：「陛下行幸萬里，聖祚無疆。」及西巡至成都，前望大橋，上乃舉鞭問左右曰：「是何橋也？」節度使崔圓躍馬進曰：「萬里橋。」上嘆曰〔一〕：「一行之言今果符合，吾無憂矣。」

本條原出松窗雜録。太平廣記卷一三六松窗録題作萬里橋。紺珠集卷十一松窗録題作萬里橋。新編分門古今類事卷二松窗録題作得寶改元。續前定録亦叙此事。説郛（陶珽刊本）弓四六松窗雜記、弓五二摭異記、（張宗祥輯明鈔本）卷三與卷四六松窗雜録均載。又本條與下二條 679 680 原合爲一條，今依原書分列。

〔一〕上嘆曰　原書作「上因追嘆曰」。

679 或曰〔一〕：一行〔二〕，開元中嘗奏上云：「陛下行幸萬里，聖祚無疆。」故天寶中幸東都，庶盈萬數〔三〕。及上幸蜀，至萬里橋，方悟焉。

本條原出大唐傳載。太平廣記卷一四九傳載題作一行。又本條與上條 678 、下條 680 原合爲一條，今依原書分列。

〔一〕或曰　此二字非原書文字。

〔二〕一行　原書上有「沙門」二字。

〔三〕天寶中幸東都庶盈萬數　元氏長慶集卷二四樂府胡旋女自註：「緯書云：『僧一行嘗奏玄宗曰：『陛下行幸萬里，聖祚無疆。』故天寶中歲幸洛陽，冀充盈數。及上幸蜀，至萬里橋，乃歎謂左右曰：『一行之奏，其是乎！』」陳寅恪元白詩箋證稿第五章新樂府胡旋女引此，且下案語曰：「此條亦見國史補上及唐語林伍等書。關於預言後驗之物語，可不置辯。惟玄宗自開元二十四年冬十月丁卯由洛陽還長安後，即不復再幸東都。此所云：『天寶中歲幸洛陽』者，非史實也。」

680 一行和尚滅度，留一物封識，命弟子進于上。發而視之，乃「蜀當歸」也。上不諭其意，及幸蜀，問〔一〕，乃知其深意，方嘆異之。

本條原出開天傳信記。太平廣記卷一三六開天傳信記題作蜀當歸。紺珠集卷二開天傳信記題作蜀當歸。類說卷六開天傳信記題作一行進當歸。新編分門古今類事卷二開元記題作一行當歸。說郛（陶珽刊本）弓五二傳信記亦載。南部新書卷壬亦載此事。集註分類東坡先生詩卷十六寄劉孝叔王十朋註引援則曰：「羅公遠寄玄宗以蜀當歸。」又本條與上二條 678 679 原合爲一條，今依原書分列。

〔一〕問　原書作「回」，當據改。

681 玄宗嘗幸東都，天大旱，且暑。時聖善寺有竺乾僧無畏，號曰三藏，善召龍致雨之術。上遣力士疾召無畏請雨，無畏奏曰：「今旱，數當然爾。召龍興烈風雷雨，適足暴物，不可爲也。」上使強之，曰：「人苦暑久矣〔一〕！雖暴風疾雷，亦足快意。」無畏辭不獲已，遂奉詔。有司爲陳請雨具，而幡幢像設甚備。無畏笑曰：「斯不足以致雨。」悉令撤之。獨盛一鉢水，無畏以小刀于水鉢中攪旋之，梵言數百呪水〔二〕。須臾之間，有龍，其狀如指〔三〕，赤色，首瞰水上。俄頃，没于水鉢中。無畏復以刀攪水，呪者三。有頃，白氣自鉢中興，如爐煙，徑上數尺，稍引去講堂外。無畏謂力士曰：「亟去〔四〕，雨至矣！」力士馳馬，去而四顧，見白氣疾旋，自講堂而西，若尺素騰上。既而昏霾，大風震雷，暴雨如瀉。力士馳及天津之南〔五〕，風雨亦隨馬而至矣。街中大樹多拔。力士復奏〔六〕，衣盡沾溼。孟溫禮爲河南尹〔七〕，目見其事。溫禮子嘗言于李栖筠〔八〕，與力士同在先朝〔九〕。吏部員外郎李華撰無畏碑，亦云前後奉詔〔一〇〕，禳旱致雨，滅火回風，昭昭然徧諸耳目也。

本條原出次柳氏舊聞。太平廣記卷三九六柳氏史題作無畏三藏。紺珠集卷五明皇十七事題作無畏致雨。類說卷二一明皇十七事題作求雨。說郛（陶珽刊本）弓三六次柳氏舊聞、弓五二明皇十七事重出均載。

〔一〕久　原書作「病」。

〔二〕梵　原書作「胡」，當據改。

〔三〕有龍其狀如指　原書作「有如龍狀，其大類指」。

〔四〕亟　原書作「宜」，當據本書改。太平廣記引文亦作「亟」。

〔五〕馳及　原書作「纔及」。

〔六〕復奏　原書上有「比」字。

〔七〕孟温禮爲河南尹　原書句首有「時」字，當據補。

〔八〕温禮子嘗言于李栖筠　原書作「温禮子皞嘗言於臣亡祖」。

〔九〕與力士同在先朝　原書作「先臣與力士同」，當據本書補「在先朝」三字，本書當據之補「先臣」二字。

〔一〇〕前後　原書無。

682 玄宗紫宸殿櫻桃熟，命百官口摘之。

本條不知原出何書。太平御覽卷九六九果部六櫻桃引唐書，即此文。

683 玄宗命射生官射鮮鹿，取血煎鹿腸食之〔一〕，賜安禄山、哥舒翰〔二〕。

本條原出盧氏雜説。太平廣記卷二三四、錦繡萬花谷前集卷三六引盧氏雜説題作熱洛河。

〔一〕取血煎鹿腸食之　太平廣記、錦繡萬花谷引文其下尚有「謂之『熱洛河』」一句。

〔二〕賜安禄山哥舒翰　新唐書卷一三五哥舒翰傳：「翰素與安禄山、安思順不平，帝每欲和解之。會三人俱來朝，帝使驃騎大將軍高力士宴城東，翰等皆集。詔尚食生擊鹿，取血瀹腸爲熱洛何以賜之。」

684 虢國夫人就屋梁懸鹿腸，其中結之，有宴則解開，于梁上注酒，號「洞天聖酒」〔一〕。

本條不知原出何書。雲仙雜記卷六酒中玄引此，題作洞天缾。白孔六帖卷九七鹿引此，云出酒中玄。

〔一〕號「洞天聖酒」 雲仙雜記引文其下尚有「又曰『洞天缾』」一句。

685 玄宗時，以林邑國進白鸚鵡，慧利之性特異常者，因暇日以金籠飾之，示于三相。上再三美之。時蘇頲初入相〔一〕，每以忠讜厲己，因前進曰：「記云〔二〕：『鸚鵡能言，不離飛鳥〔三〕。』臣願陛下深以爲志。」

本條原出松窗雜録。太平廣記卷一六四松窗録題作蘇頲。類説卷十六松窗雜録題作白鸚鵡。説郛（陶珽刊本）弓五二摭異記亦載。

〔一〕蘇頲 類説引文誤作「魏徵」。

〔二〕記 原書作「書」。太平廣記引文誤作「詩」。

〔三〕鸚鵡能言不離飛鳥 禮記曲禮上文。

686 中王有高麗赤鷹〔一〕，每獵，必置之駕前，目之爲「抉雲兒」。

本條原出開元天寶遺事卷下決雲兒。紺珠集卷一開元天寶遺事題作決雲兒。類説卷二一開元天寶遺事題作快雲兒，「快」乃誤字。說郛（陶珽刊本）弓五二開元天寶遺事題作決雲兒。

〔一〕申王有高麗赤鷹　各本下有「岐王有北山黄鶻」一句。

687　玄宗嘗三殿打毬，榮王墮馬悶絶。黄幡綽奏曰：「大家年幾不爲小〔一〕，聖體又重，儻馬力既極，以至顛躓，天下何望！何不看女壻等與諸色人爲之？如人對食盤〔二〕，口眼俱飽，此爲樂耳。傍觀大家馳逐忙遽，何暇知樂？」上曰：「爾言大有理，後當不復自爲也。」

本條原出教坊記。古今説海本教坊記闕載。類説卷七教坊記題作打毬墮馬，與本書此文合。

〔一〕年幾　類説引文作「如今年紀」。

〔二〕如人對食盤　類説引文作「如臣坐對食盤」。

688　玄宗問黄幡綽：「是物兒得人憐〔一〕？」「是物兒」者，猶「何人兒」也〔二〕。對曰：「自家兒得人憐。」時楊妃號安禄山爲子，肅宗在東宮，常危懼。上俛首久之〔三〕。上又嘗登北樓望渭，見一醉人臨水卧，問左右「是何人」，左右不對。幡綽曰：「是年滿令史。」又問曰：「爾何以知之？」對曰：「更一轉，入流〔四〕。」上大笑。上又與諸王會食，寧王噴飯，直及上前。上曰：「寧哥何故錯喉？」幡綽曰：「此非錯喉，是歕帝〔五〕。」

本條原出因話録卷四角部之次·諧戲附。太平廣記分爲兩條，卷一六四因話録題作黄幡綽，卷二五〇因話録題作黃幡綽（自「玄宗嘗登苑北樓」至「是歎嗟」）。類說卷十四因話録題作自家兒得人憐。説郛（張宗祥輯明鈔本）卷十五因話録亦載。又「上又與諸王會食」以下一段，并見次柳氏舊聞。説郛（陶珽刊本）弖五二明皇十七事亦載。説郛（張宗祥輯明鈔本）卷四四次柳氏舊聞亦載，題曰嘖帝。又本條與下四條 689 690 691 692 原合爲一條，今依原書分列。

〔一〕物　原書作「勿」。文廷式純常子枝語卷四引因話録，曰：「此是『勿』字，卽今俗語『什麽』字所本也。」「兒」爲「勿」之詞尾。

〔二〕是物兒者猶何人兒也　原書作「是勿兒，猶言『何兒』也」。此二句作雙行小註。太平廣記引文亦作註文列入。

〔三〕時楊妃號安禄山爲子肅宗在東宮常危懼上俛首久之　原書作「時楊貴妃寵極中宮，號禄山爲子。肅宗在春宮，常危懼。上聞幡綽言，俛首久之。」此六句作雙行小註。太平廣記引文亦作註文列入。

〔四〕更一轉入流　唐制以九品內職官爲流內，九品以外爲流外，由流外進入流內，稱「入流」。令史爲九品外之吏職，然有年勞者可進入流內。此處黃幡綽乃取渭水之「流」與流品之「流」諧音而有此謔。

〔五〕是歎帝　原書作「是歎嗟」。下有雙行夾註：「幡綽優人，假戲謔之言警悟時主，解紛救禍之事甚衆，眞滑稽之雄。」説郛（張宗祥輯明鈔本）引文亦有此註。

689 或曰〔一〕：鄭滁州臚于曲江見令史醉卧池岸〔二〕，云：「更一轉，入流。」

本條原出大唐傳載。與上一條 688、下三條 690 691 692 原合爲一條，今依原書分列。

〔一〕或曰　此二字非原書文字。

〔三〕鄭滁州臚于曲江見令史　原書作「鄭滁州昈於曲江見令使」。「使」乃「史」之誤。

690 又開元中，上與内臣作歷日令。高力士挾大截，置黄幡綽口中，曰：「塞穴吉〔一〕！」幡綽遽取上前叵羅内靴中，走下，曰：「内財吉〔二〕。」上歡甚，卽賜之。

本條不知原出何書。與上二條 688 689、下二條 691 692 原合爲一條，今依原書分列。

〔一〕塞穴吉　敦煌寫卷伯希和三三四七同光四年具注曆内有「塞穴吉」之説。

〔二〕内財吉　卽「納取財物吉」。敦煌寫卷伯希和三三四七雍熙三年具注曆日内有「内財大吉利」之説。

691 上好擊毬。内廐所養馬，猶未甚適。與幡綽語曰：「吾欲良馬久矣，誰能通馬經者？」幡綽奏：「臣能知之，今丞相悉善馬經〔一〕。」上曰：「吾與丞相言〔二〕，政事外，悉究其旁學，不聞有通馬經者。爾焉知之？」幡綽曰：「臣每日沙堤上見丞相所乘，皆良馬，是必能通知。」上大笑。

本條原出松窗雜録。太平廣記卷二五〇松窗雜録題作黄幡綽。紺珠集卷十一松窗録題作善馬經。類説卷十五松窗雜録題作通馬經。説郛（陶珽刊本）弓四六松窗雜記、弓五二摭異記、（張宗祥輯明鈔本）卷四六松窗雜録均引。又本條與上三條 688 689 690、下一條 692 原合爲一條，今依原書分列。

〔一〕丞相　原書上有「三」字。

〔二〕丞相　原書上有「三」字。

692 又黄幡綽滑稽不窮，嘗爲戲，上悦，假以緋衣。忽一日，佩一兔尾，上怪問，答曰：「賜緋毛魚袋〔一〕。」上謂曰：「魚袋本朝官入閤合符方佩之，不爲汝惜。」竟不賜。

本條不知原出何書。與上四條 688 689 690 691 原合爲一條，今依原書分列。

〔一〕賜緋毛魚袋　「毛」諧「莫」，即「無」意。後漢書卷二八上馮衍傳：「饑者毛食」，王先謙集解引錢大昕曰：「古音『無』如『模』，聲轉爲『毛』，今荆楚猶有此音。」「賜緋毛魚袋」，即嫌「賜緋」而無「魚袋」也。

693 打毬，古之蹵鞠也。漢書藝文志「蹵鞠二十五篇」，顔注云：「鞠，以韋爲之，實之以物，蹵蹋爲戲。蹵鞠〔一〕，陳力之事，故附于兵法。蹵音千六切〔二〕，鞠音距六切。」近俗聲訛，謂鞠爲毬〔三〕，字亦從而變焉，非古也。開元天寶中〔四〕，上數御觀打毬爲事〔五〕。能者左縈右拂，盤旋宛轉，殊有可觀，然馬或奔逸，時致傷斃。永泰中，蘇門山人劉鋼于鄴下上書于刑部尚書薛公云〔六〕：「打毬，一則損人，二則損馬。爲樂之方甚衆，何乘兹至危，以邀晷刻之歡耶？」薛公悦其言，圖鋼之形，置于左右〔七〕，命掌記陸長源爲贊以美之。然打毬乃軍州常戲，雖不能廢，時復爲之耳。今樂人又有蹋毬之戲〔八〕，作彩畫木毬，高一二尺，女妓登躡〔九〕，毬轉而行，縈回去來，無不如意，蓋古蹋鞠之遺事也〔一〇〕。

本條原出封氏聞見記卷六打毬。守山閣叢書本唐語林校勘記以爲本條出自因話錄，誤。

〔一〕鞠　原書作「蹵鞠」。傳世各本漢書藝文志顏註亦有「蹵」字，當據補。

〔二〕蹵音千六切　原書作「蹵音子六反」，「千」乃「子」之誤。

〔三〕謂　原書作「蹋」。

〔四〕開元天寶中　原書此上歷叙太宗、中宗時打毬事，本書略去。

〔五〕上數御　原書下有「樓」字。

〔六〕薛公　卽薛嵩。新唐書卷一一一薛嵩傳：「初，嵩好蹴踘，隱士劉鋼勸止，曰：『爲樂甚衆，何必乘危邀晷刻歡？』嵩悅，圖其形坐右。」

〔七〕左右　原書作「坐右」，當據改。

〔八〕蹋毬　原書作「躡毬」。

〔九〕躡　原書誤作「榻」，當據本書改。

〔一〇〕蹋鞠　原書作「蹵鞠」。

694　拔河，古謂之牽鉤〔一〕。襄漢風俗，常以正月望日爲之。相傳楚將伐吳，以爲教戰。梁簡文臨雍部，禁之而不能絶。古用篾纜，今代以大麻絙〔二〕，長四五十丈，兩頭分繫小索數百條，挂于胸前〔三〕，分兩朋，兩向齊挽。當大絙之中，立大旗爲界。震聲叫噪〔四〕，使相牽引，以卻者爲勝，就者爲輸，名曰「拔河」。中宗曾以清明日御梨園毬場，命侍臣爲拔河之戲。時七宰相〔五〕、二駙馬爲東朋，三宰相、五將軍爲西朋。東朋貴人多，西朋奏「勝不平」，請重定，不爲改，西朋竟輸。韋巨源〔六〕、唐休璟年老〔七〕，隨絙而踣，久不能興。上大笑，令左右扶起〔八〕。明皇數御樓設此戲，挽者至千餘人，喧呼動地，蕃客庶士，觀者莫不震駭。進士河東薛勝爲拔河賦〔九〕，其詞甚美，時人競傳之。

本條原出封氏聞見記卷六拔河。說郛（陶珽刊本）弓四六、（張宗祥輯明鈔本）卷四引封氏聞見記亦載。

〔一〕牽鉤　原書誤作「牽鈎」。

〔二〕今代以　原書作「今民則以」。

〔三〕胸　原書無。

〔四〕聲　原書作「鼓」。

〔五〕七　原書無，當據本書補。

〔六〕韋巨源　原書上有「僕射」二字。

〔七〕唐休璟　原書上有「少師」二字。

〔八〕令　原書無，當據本書補。

〔九〕河東薛勝爲拔河賦　文見文苑英華卷八十一。

695 明皇開元二十四年八月五日，御樓設繩技〔一〕。技者先引長繩，兩端屬地，埋鹿盧以繫之。鹿盧内數丈，立柱以起，繩之直如絃。然後技女自繩端攝足而上〔二〕，往來倏忽，望若飛仙。有中路相遇，側身而過者；有著履而行〔三〕，從容俯仰者；或以畫竿接脛，高六尺〔四〕；或蹋肩蹋頂〔五〕，至三四重，既而翻身直倒至繩〔六〕，還往曾無蹉跌〔七〕，皆應嚴鼓之節，真可觀也〔八〕。衛士胡嘉隱作繩技賦獻之，詞甚宏暢，上覽之大悦，擢拜金吾衛倉曹參軍〔九〕。自兵寇覆蕩〔一〇〕，伶官分散〔一一〕，外方始有此技。軍州宴會，時或爲之〔一二〕。

本條原出封氏聞見記卷六繩妓。

〔一〕技　原書作「妓」。下同。

〔二〕攝　原書作「躡」，當據改。

〔三〕履　原書作「屐」。

〔四〕六尺　原書作「五六尺」，當據改。

〔五〕蹋頂　原書作「蹈頂」。

〔六〕直　原書作「擲」。

〔七〕還往曾無蹉跌　原書「往」誤「注」，當據本書改。原書「跌」作「跌」，本書當據之改正。

〔八〕可　原書作「奇」。

〔九〕金吾衛倉曹參軍　原書作「金吾曹參軍」。

〔一〇〕兵寇　原書作「安寇」，蓋指安禄山。

〔一一〕伶官　原書作「伶倫」。

〔一二〕爲　原書作「有」。

696 明皇在禁中，欲與姚元之論事。時七月十五日，苦雨不止，泥濘盈尺，上令左右以步輦召之〔一〕。

本條原出開元天寶遺事卷上步輦召學士。類説卷二一開元天寶遺事題作步輦召學士。錦繡萬花谷後集卷十開天遺事題作抬步輦。歲時廣記卷三十開元遺事題作論事務。説郛（陶珽刊本）弓五二開元天寶遺事題作步輦召學士。容齋隨筆卷一淺妄書曰：「開天遺事，託云王仁裕所著。仁裕，五代時人，雖文章乏氣骨，恐不至此。姑析其數端以爲笑。其一云：『姚元崇開元初作翰林學士，有步輦之召。』按：元崇自武后時已爲宰相，及開元初，三入輔矣。」

〔一〕上令左右以步輦召之　原書作「上令侍御者擡步輦召學士來」，其下尚有「時元崇爲翰林學士，中外榮之」等語。

697 宋開府璟雖耿介不羣，亦知音樂，尤善羯鼓。〔原註〕〔一〕鼓樂部行丐亂云〔二〕：「『南山起雲，北山起雨』者，是宋開府所爲。」嘗與明皇論羯鼓事，曰：「不是青州石末，卽須魯山花甆。撚小碧上，掌下須有朋〔原註〕去聲。肯〔原註〕〔三〕去聲。聲。」據此，乃漢震第二鼓也。且頳用石末、花磁，固是腰鼓，掌下朋肯聲，是以手拍鼓，非羯鼓明矣。〔原註〕第二鼓，左以杖，右以指〔四〕。開府又曰〔五〕：「頭如青山峰，手如白雨點。」此卽羯鼓之能事。山峰取不動，雨點取碎急。上與開府兼善兩鼓，而羯鼓偏好，以其比漢震稍雅細焉。開府之家悉傳之。東都留守鄭叔則祖母〔六〕，卽開府之女。今尊賢里鄭氏第，有小樓，卽宋夫人習鼓之所也。開府孫沇亦知音。貞元中，集樂録三卷〔七〕，德宗覽而善焉。又知是開府之孫，遂召對賜坐，與論音樂。又召至宣徽〔八〕，張樂使觀焉。曰：「設有舛乖，悉可言之。」沇沈吟曰：「容臣與樂官商榷條奏。」上使宣徽使就教坊與樂官參議數日〔九〕。二使奏上：「樂工多言沇曾不留意，不解聲調，不審節拍，兼有聵病，不可議樂。」上頗異之。久之召對〔一〇〕，且曰〔一一〕：「臣年老多病，耳實失聽〔一二〕，若迨于聲律，不致無業。」上又使作樂曲，問其得失，承稟舒遲，衆工多笑之。沇顧笑者，忽忿怒作色，奏曰：「曲雖妙，其間有不可者。」上驚問之，卽指一琵琶云：「此人大逆戕忍，當卽去〔一三〕，不宜在至尊前。」又指一笙云：「此人神魂已遊墟墓，不可更留供奉。」上大駭，令主司潛伺察之。既而琵琶工爲人訴，稱六七年前其母自縊〔一四〕，不得端由，卽令按鞫，遂伏罪。其笙者乃憂恐不食，旬日而卒。上益加知遇，面賜章綬，累召對。每令沇察樂，樂工悉惴恐，不敢正視。沇懼罹禍，辭病而退。

〔一〕本條原出羯鼓録。太平御覽卷五八三引羯鼓録亦載。太平廣記卷二〇五羯鼓録分別題作宋璟、宋沇。紺珠集卷五羯鼓録分別題作南山起雲、青山石末魯山花甆、頭如山峰、明肯聲，「明」乃「朋」之誤。類説卷十三羯鼓録題作漢第二鼓。説郛（張宗祥輯明鈔本）卷六五羯鼓録亦載。

〔一〕原註　此爲南卓自註。下同。

〔二〕鼓樂部行丐亂　原書作「樂部行王詢」，當據之校正。

〔三〕原註　原書此處佚去原註中文字。

〔四〕指　原書作「手指」。

〔五〕開府又曰　原書作「又開府謂上曰」。

〔六〕鄭叔則　太平廣記引文作「鄭叔明」。全唐文卷七八四穆員福建觀察使鄭公墓誌銘曰：「公諱叔則，……俄領東都留守兼河南尹。」知作「鄭叔則」者是。

〔七〕集樂録　原書作「進樂書」。

〔八〕又召至宣徽　原書上有「數日」一句。

〔九〕參議數日　原書下有「然後進奏」一句。

〔一〇〕久之召對　原書作「又召宣徽使對」。

〔一一〕且曰　太平御覽引文作「沉曰」。

〔一二〕失聽　原書作「失聰」。

〔一三〕當卽去　原書作「不日間兼卽抵法」。

〔一四〕母　原書作「父」。

698 李龜年、彭年、鶴年弟兄三人，開元中皆有才學盛名。鶴年能歌詞，尤妙製渭州〔一〕。彭年善舞。龜年善打羯鼓。明皇問：「卿打多少杖？」對曰：「臣打五千杖訖。」上曰：「汝殊未，我打卻三豎櫃也。」後數年，又聞打一豎櫃〔二〕，因賜一拂枝杖羯鼓棬〔三〕。後留傳至建中三年〔四〕，任使君又傳一弟子，使君令取江陵漆盤底瀉水棬中，竟不散〔五〕，以其至平故也。又云：「人聞鼓棬只在調豎慢〔六〕。此棬一調之後，經月如初。今不如也〔七〕。」

本條原出大唐傳載。太平廣記卷二〇五李龜年條，云出傳記，文曰：「李龜年善羯鼓。玄宗問卿打多少杖，對曰：『臣打五十杖訖。』上曰：『汝殊未，我打却三豎櫃也。』後數年，又聞打一豎櫃，因賜一拂杖羯鼓捲。」與原書文字間有不同，然似同出一源。傳記當是傳載之誤。又太平廣記卷二〇四李龜年條開端數語，敍李氏弟兄善歌舞事，與本書此文開端合，云出明皇雜錄。

〔一〕鶴年能歌詞尤妙製渭州　原書作「鶴年詩尤妙唱渭城」，文有奪訛。

〔二〕又聞　原書作「有聞」。

〔三〕拂枝杖羯鼓棬　原書作「拂杖羯鼓後捲」，「捲」乃「棬」之誤字，當據本書改。下同。「後」乃下句首字而羼入本句者，當據本書校正。

〔四〕留　原書作「流」，當據改。

〔五〕竟　原書作「竟日」。

〔六〕人聞鼓棬　原書作「捲人鼓」，當據本書改。

〔七〕今不如也　原書作「今不知所存」。

699 天寶中，樂章多以邊地爲名，若涼州、甘州、伊州之類是焉。其曲遍繁聲爲「破」〔一〕，後其地盡爲西蕃所没〔二〕；破，其兆矣。

本條原出大唐傳載。太平廣記卷二〇四傳載録題作天寶樂章。古今合璧事類備要外集卷十一亦載。近事會元卷四傳載題作曲破。五色綫卷下傳載題作涼州等四名。碧雞漫志卷三引傳載亦載。

〔一〕曲遍繁聲爲破　原書作「曲遍繁聲名『入破』」。古今合璧事類備要引文同。五色綫引文作「曲變繁聲入破」。本書奪「入」字，當據諸書補。

〔二〕西蕃　原書作「西番」，五色綫引文作「吐蕃」。

700 上愛幸安禄山，呼之爲兒，常于便殿與楊妃同樂之。禄山每就坐，不拜上而拜楊妃。上顧而問之：「不拜我而拜妃子〔一〕，何也？」禄山奏云：「外國人不知有父，只知有母〔二〕。」上笑而赦之〔三〕。禄山豐肥大腹，上嘗問：「此腹中何物而大〔四〕？」禄山尋聲而對：「腹中但無他物，唯赤心而已。」上以其真而益親之。

本條原出開天傳信記。太平廣記卷二三八開天傳信記題作安禄山。説郛（陶珽刊本）弓五二傳信記亦載。

〔一〕不拜我　原書上有「此胡」二字。

〔二〕外國人不知有父只知有母　原書「外國人」作「胡家」，太平廣記引文亦作「胡家」，此當是四庫全書館臣所改。舊唐書卷二百上安祿山傳載此語曰：「臣是蕃人，蕃人先母而後父。」新唐書同。

〔三〕赦　原書作「捨」。

〔四〕此腹中何物而大　原書作「此胡腹中何物，其大如是？」太平廣記引文同，唯「如是」作「乃爾」。新唐書卷二二五上逆臣安祿山傳載此語曰：「胡腹中何有而大？」

701 張巡將雷萬春于城上與巡語次，被賊伏弩射之，中萬春面，不動。令狐潮疑是木人，諜問之〔一〕，知是萬春，乃言曰：「向見雷萬春〔二〕，方知足下軍令矣。然其如天理何〔三〕！」巡與潮書，曰：「僕誠下材，亦天下一男子耳。今遇明君聖主，疇則屈腰；逢豺狼犬羊，今須展志」云云，「請足下多服續命之散，數加益智之丸，無令病入膏肓，坐親斧鑕也。」

本條原出劉賓客嘉話録。説郛（陶珽刊本）弓三六嘉話録亦載。原書本條之前尚有梁僧誌公預言安祿山敗亡之讖語，共六十八字，本書略去。

〔一〕諜　原書作「詢」。

〔二〕雷萬春　原書作「雷將軍」。

〔三〕然其如天理何　資治通鑑卷二一八唐紀三四肅宗至德元載敍雷萬春事亦録此語。原書自此句以下佚去六十九字，唐蘭據本書補入。新唐書卷一九二忠義中雷萬春傳敍此事多同本文。

702 張巡之守睢陽，玄宗已幸蜀，賊氛方熾〔一〕，孤城勢蹙，人困食竭，以紙布煮而食之〔二〕，時以茶汁和之，而意自如。其謝金吾將軍表曰〔三〕：「想峨眉之碧峰，豫遊西蜀；追綠耳于懸圃，保壽南山。逆賊祿山〔四〕，戮辱黎獻，羶臊闕庭。臣被圍四十七日〔五〕，凡一千二百餘陣〔六〕。主辱臣死，當臣致命之時；惡稔罪盈，是賊滅亡之日。」忠勇如此。激勵將士，嘗賦詩曰：「接戰春來苦，孤城日漸危。合圍侔月暈〔七〕，分守效魚麗。屢厭黄塵起，時將白羽揮。裹瘡猶出戰〔八〕，飲血更登陴。忠信應難敵，堅貞諒不移〔九〕。無人報天子〔一〇〕，心計欲何施？」又聞笛詩曰〔一一〕：「岧嶢試一臨，虜騎附城陰〔一二〕。不辨風塵色，安知天地心？營開星月近，戰苦陣雲深。旦夕更樓上，遥聞横笛吟。」時雍邱令令狐潮以書勸誘〔一三〕，不納。其書有曰：「宋七昆季，衛九諸子，昔斷金成契，今乃刎頸相圖。」云云。時劉禹錫具知宋、衛，耳剽所得，濡毫有遺，所冀多聞補其闕也。又説：許遠亦有文，其祭纛文爲時所稱，所謂「太一先鋒，蚩尤後殿。蒼龍持弓，白虎捧箭。」又祭城隍文云：「眢井鳩翔，危堞龍護〔一四〕。」皆文武雄健，士氣不衰，真忠烈之士也。劉禹錫曰：「此二公，天賛其心，俾之守死善道。向若救至身存，不過是一張僕射耳，則張巡、許遠之名，焉得以光揚于萬古哉！」巡性明達，不以簿書介意。爲真源宰，縣有豪華南金，悉委之。故時人語曰：「南金口，明府手。」及巡聞之，不以爲事〔一五〕。

本條原出劉賓客嘉話録。類説卷五四劉禹錫佳話題作張巡詩。説郛（陶珽刊本）弓三六嘉話録、（張宗祥輯明鈔本）卷二一劉賓客嘉話録均載。詩話總龜卷一忠義門引作有宋詩話，侯鯖録卷六、四六話卷下亦曾徵引，然不註出處。

〔一〕賊氛　原書作「胡羯」。此乃四庫全書館臣所改。

〔二〕紙　原書作「絺」。

〔三〕謝金吾將軍表　原書作「謝加金吾表」。

〔四〕逆賊禄山　原書下有「迷逆天地」一句。

〔五〕四十七日　原書誤作「七旬」。詩話總龜引文作「四十九日」。

〔六〕一千二百餘陣　原書作「親經百戰」。四六話作「一千八百餘陣」。

〔七〕侔　原書誤作「殆」。

〔八〕戰　原書作「陣」。

〔九〕諒　唐詩紀事卷二五張巡引文作「自」。

〔一〇〕子　原書誤作「地」。

〔一一〕聞笛　原書作「夜聞笛」。

〔一二〕附　原書誤作「俯」。

〔一三〕時雍邱令令狐潮以書勸誘　原書自此以下二百三十字佚去，唐蘭據本書補入。

〔一四〕護　四六話、唐詩紀事引文作「攫」，當據改。

〔一五〕巡聞之不以爲事　新唐書卷一九二張巡傳云：「大吏華南金樹威恣肆，……巡下車，以法誅之。」

703 吴道子訪僧〔一〕，不見禮，遂于壁上畫一驢。其僧房器用無不踏踐〔二〕。僧知道子所爲，謝之〔三〕，乃塗去。

本條原出盧氏雜説。太平廣記卷二一二盧氏雜説題作吴道玄。類説卷四九、錦繡萬花谷前集卷三三引盧氏雜説題作惱僧。白孔六帖卷九七引盧氏雜説題作道子畫驢。

〔一〕訪僧　太平廣記引文下有「請茶」二字。

〔二〕其僧房器用無不踏踐　太平廣記、類説、錦繡萬花谷與白孔六帖引文上有「一夜」二字。

〔三〕謝之　太平廣記引文作「懇邀到院祈求」，類説引文作「邀道子懇求」。

704 王維畫品妙絕，工水墨平遠〔一〕，昭國坊庾敬休所居室壁有之。人有畫樂圖〔二〕，維熟視而笑，或問其故，維曰：「此是霓裳羽衣曲第三疊第一拍〔三〕。」好事者集樂工驗之，一無差舛。

本條原出國史補卷上王摩詰辨畫。太平廣記卷二一一國史補題作王維。沈括夢溪筆談卷十七引此而有駁正，王觀國學林卷五亦有考辨。又太平廣記卷二一四雜編引盧氏雜記有類同本文之記載，紺珠集卷九引文亦作盧氏雜説。

〔一〕工水墨平遠　原書作「于山水平遠尤工」。

〔二〕樂圖　原書與太平廣記引文作「奏樂圖」，本書當據之補「奏」字。新唐書卷二〇二文藝中王維傳作「按樂圖」。

〔三〕此是霓裳羽衣曲第三疊第一拍。夢溪筆談曰：「霓裳曲凡十三叠，前六叠無拍，至第七叠方謂之叠遍，自此始有拍而舞作。故白樂天詩云：『中序擘騞初入拍』，中序卽第七叠也，第三叠安得有拍？但言『第三叠第一拍』，卽知其妄也。」

705 王維爲大樂丞，被人嗾令舞黄獅子，坐是出官。黄獅子者，非天子不舞也，後輩慎之。

本條不知原出何書。

706 或有人報王維云〔一〕：「公除右丞〔二〕。」王曰：「吾畏此官〔三〕，屢被人呼『不解作詩王右丞』〔四〕。」

本條原出大唐傳載。

〔一〕王維　原書作「王河南維」。「河南」爲「河東」之誤。

〔二〕右丞　原書作「右轄」。

〔三〕畏　原書作「居」。

〔四〕屢　原書作「慮」。

707 王縉多與人作碑誌〔一〕。有送潤筆者，誤致王右丞院〔二〕，右丞曰：「大作家在那邊！」

本條原出盧氏雜説。太平廣記卷二五五盧氏雜説題作王維。海録碎事卷二一引盧氏雜説亦載。

〔一〕王縉多與人作碑誌　太平廣記引文「王縉」誤作「王瑱」。又太平廣記與海録碎事引文「多」作「好」。

〔二〕誤致王右丞院　太平廣記引文作「誤扣右丞王維門」。海録碎事引文作「誤叩其兄王右丞維門」。

708 天寶中〔一〕，天下無事。選六宮風流豔態者〔二〕，名「花鳥使」，主飲宴〔三〕。

本條原出大唐傳載。南部新書卷庚亦載此事。

〔一〕天寶中　南部新書作「天寶四年」。

〔二〕風流　原書脱「流」字，當據本書補。

〔三〕飲宴　原書無「飲」字。

709 杭州房琯爲鹽官令，于縣内鑿池構亭，曰「房公亭」，後廢。案〔一〕：唐書房琯傳：琯，河南人，亦未爲鹽官令。此疑有誤〔二〕。

本條不知原出何書。

〔一〕案　此案語當是永樂大典編者或四庫全書館臣所加。

〔二〕此疑有誤　杭州房琯或非命相之房琯，此等處存疑可也。

710 驪山華清宫，天寶中植松柏徧滿巖谷，望之鬱然。朝元閣在北嶺之上，最爲嶄絶。次南即長生殿。殿東南，湯泉凡一十八所。第一即御湯，周環數丈，悉砌白石，瑩徹如玉，石面皆隱起魚龍花鳥之狀。四面石座，階級而下，中有雙白石甕，連腹異口，甕口中復植雙白石蓮，泉眼自蓮中湧出，注白石之面〔一〕。御湯西南，卽妃子湯，湯稍狹，湯側有紅石盆四所，刻作菡萏于白石之面〔二〕。餘湯迤邐，相屬而下，鑿作暗竇走水，出東南數十步，復立一石表，湧出〔三〕，灌注一石盆中。後人爲也〔四〕。

本條原出賈氏談録。說郛（陶珽刊本）弓三七、（張宗祥輯明鈔本）卷九賈氏談録亦載，後書題作湯泉。南部新書卷己亦載此事。

〔一〕中有雙白石甕至注白石之面　原書作「中有雙白石蓮，泉眼自甕口中湧出，噴注白蓮之上。」

〔二〕所刻作菡萏于白石之面　南部新書作「所刻作菡萏之狀，陷于白面」，本書當從之校正。

〔三〕湧出　原書作「水自石表出」。

〔四〕後人爲也　原書作「賈君云：此是後人置也。」

711 潞州啓聖宮，有明皇攲枕斜書壁處，并腰鼓馬槽並存〔一〕。張弘靖爲潞州從事〔二〕，皆見之。

本條原出尚書故實。集註分類東坡先生詩卷十一贈寫真何充秀才葉堯卿引尚書譚録亦載。說郛（陶珽刊本）弓三六尚書故實亦載。

〔一〕并腰鼓馬槽並存　葉堯卿註引文下有「明皇有一目微斜，故作横擫笛之狀」二句。

〔三〕張弘靖　原書作「公」。

712 北邙山玄元觀〔一〕，南有老君廟。殿臺高敞，下瞰伊、洛。神仙塑像，皆開元中楊惠之所製，世稱奇巧〔二〕。

永樂大典卷之一萬八千二百二十四像·老君像引唐語林亦載。

本條原出劇談録卷下老君廟畫。太平廣記卷二一二劇談録題作老君廟。原書此條與卷七 959 條本是一條，此條在前。

〔一〕北邙山玄元觀　原書作「東都北邙山，有玄元觀」。

〔二〕世稱奇巧　原書作「奇巧精嚴，見者增敬」。其下敍吴道玄等壁畫事，本書不載。

713 鄴西鼓山東北，有石鼓，俗傳石鼓鳴則兵起。左思魏都賦云：「神鉦迢遞于高巒，靈響特驚于四表〔一〕。」案説文：「鉦似鈴」；小者爲鐃，周禮：「以金鐃止鼓〔二〕。」然則鉦、鼓雖同類，鉦乃以金爲之，直謂石鼓爲神鉦，失其義矣。高齊時石鼓鳴，未幾而齊滅；隋季又鳴，無何海内崩亂；近天寶末，石鼓復鳴，俄而幽燕俶擾。記傳臨海、零陵、南康、建平、天水諸處皆有石鼓，其説多同。晉武帝時，吴郡臨平湖岸崩，出一石鼓，扣之不鳴，張華云：「取蜀郡桐木作魚形，擊之則鳴。」于是聲聞數十里〔三〕。後十六國迭據，三百餘年攻戰不息。是石鼓之鳴，咸非吉徵也。

本條疑出封氏聞見記卷七石鼓。原書存目而文已佚，趙貞信封氏聞見記校證據王國維校本以本書此文補入。

〔一〕靈響特驚于四表　文選卷六魏都賦作「靈響時驚於四表」。

〔二〕以金鐃止鼓　見周禮地官鼓師。

〔三〕晉武帝時至聲聞數十里　此是劉敬叔異苑卷二之文，並見水經漸江水注。又水經江水注、藝文類聚卷八八、太平御覽卷五二、五八二均引。

714 費縣西漏澤者，漫數十里〔一〕。每歲時雨降，卽自浮溢，蒲魚之利，人實賴焉。至白露應節卽如埽，一夕而乾焉〔二〕。蕭穎士以年代莫詳，記載所闕〔三〕，信殊異也。

本條原出大唐傳載。

〔一〕數十　原書作「十數」。

〔二〕應節卽如埽一夕而乾焉　原書作「應節前後一夕，卽一空如埽焉」。

〔三〕蕭穎士以年代莫詳記載所闕　原書佚此二句。

715 蕭功曹穎士、趙員外驊〔一〕，開元中同居興敬里肄業，共有一靴〔二〕，久而見東郭之跡。趙曰：「可謂疲于道路矣〔三〕。」蕭曰：「無乃祿在其中〔四〕。」

本條原出大唐傳載。

〔一〕驊　原書作「驥」，「驥」乃誤字。新唐書卷一五一趙宗儒傳：「（趙驊）敦交友行義，不以夷險恩操。少與殷寅、顔真卿、柳芳、陸據、蕭穎士、李華、邵軫善，時爲語曰：『殷顔柳陸，李蕭邵趙』，謂能全其交也。」

〔二〕有　原書無，當據删。

〔三〕疲于道路　原書「疲」作「駛」，當據本書改。左傳成公七年敍申公巫臣欲使晉「疲於奔命」，或即此語所本。

〔四〕禄在其中　見論語爲政與衛靈公。

716 賀監爲禮部侍郎，時祁王贈制云惠昭太子〔一〕，補齋挽郎。賀大納苞苴，爲豪子相率詬辱之。吏遽掩門，賀梯牆謂曰：「諸君且散，見説寧王亦甚慘澹矣〔二〕！」

永樂大典卷之七千三百二十七郎・挽郎引唐語林亦載。

本條不知原出何書。　侯鯖録卷八亦曾徵引，然不註出處。

〔一〕祁王贈制云惠昭太子　此説多誤。惠昭太子爲憲宗之子，見舊唐書卷一七五憲宗二十子列傳與新唐書卷八二十一宗諸子列傳。舊唐書卷一九〇文苑中賀知章傳曰：「開元十三年，遷禮部侍郎。……俄屬惠文太子薨，有詔禮部選挽郎，知章取捨非允，爲門蔭子弟喧訴盈庭。知章於是以梯登牆，首出決事，時人咸嗤之。」新唐書卷一九六隱逸賀知章傳亦敍此事，首云「申王薨」，年代亦不合。蓋據舊唐書卷九五睿宗諸子傳，申王薨於開元十二年故也。

〔二〕慘澹　永樂大典引文作「菼摻」。侯鯖録亦作「菼摻」。

717 李白開元中謁宰相，封一板，上題曰：「海上釣鼇客李白。」宰相問曰：「先生臨滄海，釣巨鼇，以何物爲鉤綫？」白曰：「風波逸其情，乾坤縱其志。以虹蜺爲綫，明月爲鉤。」又曰：「何物爲餌？」白曰：「以天下無義氣丈夫爲餌。」宰相竦然〔一〕。

本條不知原出何書。侯鯖録卷六亦録此文，然不言引自何書。封氏聞見記卷十狂譎記王嚴光事與此類似，趙貞信封氏聞見記校證將此條附録於後，資參證。又類説卷二一大唐遺事中釣巨鰲客條，記張祜謁李紳事，與此亦相類。

〔一〕宰相　侯鯖録作「時相」。

718 宋昌藻，考功員外郎之問之子。天寶中爲滏陽尉，刺史房琯以其名父之子，常接遇。會中使至州，琯使昌藻郊外接候，須臾卻還，云「被額〔一〕」。房公顧左右：「何名爲『額』？」有參軍亦名家子，斂笏對曰：「查名詆訶爲『額』〔二〕。」房悵然曰：「道『額』者已可笑，識『額』者更奇〔三〕。」近代流俗：呼丈夫、婦人縱放不拘禮度者爲「查」。又有百數十種語，自相通解，謂之「查語」〔四〕。大抵多近猥僻。

本條原出封氏聞見記卷十查談。

〔一〕被額　原書作「彼額」，雅雨堂叢書本「彼」下有註：「一作『被』。」

〔二〕詆　原書作「訾」，當據本書改。

〔三〕更奇　原書作「更是奇人」。

〔四〕查語　原書作「查談」，雅雨堂叢書本下有註：「一作『語』。」

719 肅宗在春宮，嘗與諸王從玄宗詣太清宮。有龍見于殿之東梁，上目之，問諸王「有所見乎」？皆曰「無之」。問太子，太子俛而未對。上問：「頭在何處？」曰：「在東。」上撫之曰：「真我兒也。」

本條原出因話録卷一宮部。説郛（張宗祥輯明鈔本）卷十五因話録亦載。

720 禮記祭法累代祭名，不聞有戟神、節神〔一〕，是知無拜祭之禮也。近代受節，置于一室，朔望必祭之，非也。凡戟：天子二十四，諸侯十；今之藩鎮，卽古之諸侯。在其地，則于衙門〔二〕；及罷守藩閫，雖爵位崇高，亦不許列于私第〔三〕。上元元年，宰相呂諲立戟。有司載戟及門，諲方慘服，乃更吉服迎而拜之，頗爲有識者所嗤，則知辱命拜賜可也〔四〕。拜戟祭節，大乖于禮。

本條原出刊誤卷下祭節拜戟。説郛（陶珽刊本）弓十三李氏刊誤題作祭節拜戟。

〔一〕節神　原書無。

〔二〕于　原書作「施于」，當據之補「施」。

〔三〕及罷守藩閫，雖爵位崇高，亦不許列于私第　原書作「雖罷守藩閫，有爵位崇高，亦許列於私第。」參下句「宰相呂譚立戟」，可知原書爲是。

〔四〕命　原書作「君命」。

721 海州南有溝水，上通淮楚，公私漕運之路也。寶應中，堰破水涸，魚商絶行。州差東海令李知遠主役修復，堰將成輒壞，如此者數四，勞費頗多，知遠甚以爲憂。或説：梁代築浮山堰，頻有壞決，乃以鐵數千萬片填積其下〔一〕，堰乃成。知遠聞之，卽依其言，而堰果立〔二〕。初，堰之將壞也，輒聞其下殷如雷聲，至是其聲移于上流數里。蓋金鐵味辛，辛能害目，蛟龍護其目，避之而去，故堰可成。

本條原出封氏聞見記卷八魚龍畏鐵。原書此條與本卷 747 條本是一條，此條在前。

〔一〕數千萬片　原書作「數萬斤」。

〔二〕卽依其言，而堰果立　原書作「卽依其言而塞穴」。

722 越僧靈澈，得蓮花漏于廬山，傳江西觀察使韋丹。初，惠遠以山中不知更漏，乃取銅葉制器，狀如蓮花，置盆水之上，底孔漏水，半之則沈。每一晝夜十二沈，爲行道之節。冬夏短長，雲陰月晦，一無所差。

本條原出國史補卷中靈徹蓮花漏。太平廣記卷四九七國史補題作蓮花漏。類説卷二六國史補題作蓮花漏。古今合璧事類備要前集卷十二引國史補亦載。桂苑叢談史遺亦有此文，當係據國史補迻錄。

723 嚴武少以强俊知名。蜀中坐衙，杜甫袒跣登其几案，武愛其才，終不害。然與章彝善，再入蜀，談笑殺之。及卒，其母喜曰：「而後吾知免爲官婢矣〔一〕！」

本條原出國史補卷上母喜嚴武死。

〔一〕而後吾知免爲官婢矣　原書作「而今而後，吾知免官婢矣！」新唐書卷一二九嚴武傳：「琯以故宰相爲巡內刺史，武慢倨不爲禮。最厚杜甫，然欲殺甫數矣。李白爲蜀道難者，乃爲房與杜危之也。永泰初卒，母哭，且曰：『而今而後，吾知免爲官婢矣！』」新書嚴母云云乃據國史補寫入，而李白作蜀道難之說則據范攄雲溪友議卷上嚴黃門寫入。

724 杜相鴻漸之父名鵬舉〔一〕，父子而似弟兄之名，蓋有由也。鵬舉父嘗夢有所之〔二〕，見一大碑，云是「宰相碑」。已作者金填其字，未作者刊名于柱上〔三〕。因問有杜家兒否，曰：「有。任自看之。」記得姓下有鳥偏旁曳腳〔四〕，而忘其字。乃名子爲鵬舉，而謂之曰：「汝不爲相，世世名鳥旁而曳腳也〔五〕。」鵬舉生鴻漸，而名字且前定矣，況官與壽乎？

本條原出劉賓客嘉話録。太平廣記卷一四九集話録題作杜鵬舉，「集」乃「嘉」之誤。類説卷五四劉禹錫佳話題作宰相碑。錦繡萬花谷後集卷三四、白孔六帖卷二三引嘉話録亦載。説郛（陶珽刊本）弓三六嘉話録、（張宗祥輯明鈔本）卷二一劉賓客嘉話録均載。

〔一〕杜鴻漸之父　原書句上有「公曰」二字。

〔二〕夢　原書無，當據本書補。太平廣記引文亦有。

〔三〕柱上　原書無「柱」字。太平廣記引文有。

〔四〕有　原書作「是」。

〔五〕世世名鳥旁而曳腳也　原書句首有「郎」字，文意更佳。

725 杜亞在淮南競渡採蓮，龍舟錦纜之戲，費金千萬〔一〕。

本條原出大唐傳載。與下條 726 原合爲一條，然二者内容無關，顯爲四庫全書館臣妄湊合者，今分爲兩條。

〔一〕費金千萬　原書作「費金數千萬」，其後又敍于頔、李昌夔奢靡事，末云「此三府亦因而空耗」。此亦可證本條文字已有殘泐，而與下條無涉也。

726 杜鴻漸爲都統并副元帥，王縉代之。鴻漸謂人曰：「一箇月乞索兒一萬貫錢。」蓋計使料多，以此詰俸錢都數也。

本條不知原出何書。與上條 725 原合爲一條，今依原書分列。

727 代宗賜郭汾陽九花虬馬〔一〕，子儀陳讓者久之。上曰：「此馬高大，稱卿儀質，不必讓也。」子儀身長六尺餘〔二〕。九花虬，卽范陽節度使李懷仙所獻〔三〕。額高九寸，毛拳如鱗〔四〕，頭頸鬃鬣如龍；每一嘶，羣馬聳耳。身被九花，故以爲名〔五〕。

本條原出杜陽雜記卷上。雲仙雜記卷九杜陽雜編題作九花虬。太平廣記卷四三五杜陽編題作代宗九花虬。紺珠集卷四、白孔六帖卷九六引杜陽編題作九花虬。類説卷四四杜陽雜編題作九花虬。説郛（陶珽刊本）弓四六杜陽雜編卷上、（張宗祥輯明鈔本）卷六杜陽雜編均載。

〔一〕代宗賜郭汾陽九花虬馬　原書作「上因命御馬九花虬並紫玉鞭轡以賜」，其上尚有一段文字敍代宗還朝及褒贊郭子儀匡復之功事。太平廣記引文自此句始。

〔二〕子儀身長六尺餘　原書此句作雙行小註。太平廣記引文作「子儀身長六尺八寸」，乃作正文列入。

〔三〕李懷仙　原書誤作「李德山」，當據本書改。

〔四〕鱗　原書作「麟」。

〔五〕身被九花故以爲名　原書作「以身被九花文，故號爲『九花虬』。」下有自註：「亦有師子驄，皆其類。」

728 郭汾陽雖度量廓落，然而有陶侃之僻〔一〕，動無廢物。每收書皮之右膀下者，以爲逐日須，至文帖餘悉卷貯〔二〕。每至歲終，則散與主守吏，俾作一年之簿。所膀處多不端直，文帖且又繁積，吏不暇翦正，隨斜曲聯糊。一日，所用膀刀忽折〔三〕，不餘寸許，吏乃銛以應召〔四〕，覺愈于全時。漸出新意，因削木如半鐶勢，加于折刃之上〔五〕，使纔露鋒，榼其書而榜之。汾陽嘉其用心，曰：「真郭子儀部吏也。」〔原註〕〔六〕言不廢折刃也。時人遂效之，其製益妙。

本條原出資暇集卷下坼封刀子。白孔六帖卷十三、古今合璧事類備要外集卷五七引資暇集均載。說郛（陶珽刊本）弓十四資暇録題作圻封刀子。原書與說郛引文「坼」、「圻」均爲「拆」之誤字。

〔一〕僻　原書作「性」。

〔二〕至　原書作「取」。

〔三〕用　原書作「由」，當據本書改。

〔四〕召　原書作「急」。

〔五〕加　原書作「如」，當據本書改。

〔六〕原註　此爲李匡文自註。

729 武后已後，王侯妃主京城第宅日加崇麗。天寶中，御史大夫王鉷有罪賜死，縣官簿録鉷太平坊宅，數日不能遍。宅内有自雨亭子，簷上飛流四注，當夏處之，凜若高秋。又有寶鈿井欄，不知其價。他物稱是。安禄山初承寵遇，敕營甲第，瓌材之美，爲京城第一。太真妃諸姊妹第宅，競爲宏壯，曾不十年，皆相次覆滅。肅宗時，京都第宅，屢經殘毀。代宗即位，宰輔及朝士當權〔一〕，爭修第舍，頗爲煩弊，議者以爲土木之妖。無何，皆易其主矣。

〔原註〕〔二〕續世說〔三〕：「明皇爲安祿山起第于親仁坊，敕令但窮極壯麗，不限財力。既成，具幄帟器皿充牣其中。布帖白檀牀二，皆長一丈，闊六尺。銀平脫屏風帳一，方一丈八尺。于廚廄之物，皆飾以金銀：金飯甕一，銀淘盆二，皆受五斗。織銀絲筐及笊籬各一。他物稱是。雖禁中服御之物，殆不及也。上令中使護役，常戒之曰：『彼眼大〔四〕，勿令笑我。』」中書令郭子儀勳伐蓋代，所居宅內諸院往來乘車馬，僮客于大門出入，各不相識。詞人梁鍠嘗賦詩曰：「堂高憑上望，宅廣乘車行。」蓋此之謂。郭令曾將出，見修宅者，謂曰：「好築此牆，勿令不牢。」築者釋鍤而對曰〔五〕：「數十年來，京城達官家牆皆是某築。祇見人改換〔六〕，牆皆見在。」郭令聞之愴然，遂入奏其事，因固請老。

本條原出封氏聞見記卷五第宅。

〔一〕當權　原書下有「者」字，當據補。

〔二〕原註　今存各本封氏聞見記均無，此註當是王讜所加。趙貞信封氏聞見記校證以爲此註當置於「爲京城第一」句下。

〔三〕續世說　阮元四庫未收書目提要曰：「宋孔平仲撰。取宋、齊、梁、陳、隋、唐、五代事迹，依劉義慶世說之目而分隸之，成書十二卷。見於宋史本傳及藝文志小說家類，卷袠相同。」案：下引文字見續世說卷五汰侈，原出姚汝能安祿山事迹卷上。

〔四〕彼眼大　續世說原文作「胡眼大」。

〔五〕鍤　原書作「錘」。

〔六〕人改換　原書作「人自改換」。

730 張曇爲郭汾陽從事，家嘗有怪，問于術者，對曰：「大禍將至，唯休退可免。」曇不之信。及方宴，席上見血，有尼者聞之〔一〕，勸其杜門不納賓客，屏遊宴，曇怒而杖之。其後曇言語有失，汾陽銜之。又屢言同列事〔二〕，或獨後見〔三〕，多值方宴罷在姬所〔四〕，不可白事〔五〕，必抑門者令通。汾陽謂其以武臣輕忽己，益不平。後因謂公去所任吏〔六〕，遂發怒，因之以聞，竟杖死〔七〕。

本條原出因話録卷六羽部。南部新書卷甲亦記此事，而「張曇」作「張譚」。

〔一〕尼　原書作「巫」。

〔二〕同列　原書下有「間」字。

〔三〕或獨後見　原書作「每獨候見」。

〔四〕多值方宴罷在姬所　原書作「多值公方燕寵姬處」。

〔五〕可　原書作「令」。

〔六〕謂　原書作「請」。

〔七〕因之以聞竟杖死　舊唐書卷一二〇郭子儀傳引史臣裴垍曰：「……富貴壽考，繁衍安泰，哀榮終始，人道之盛，此無缺焉。唯以讒怒誣奏判官户部郎中張譚杖殺之，物議爲薄。」

731 李太尉光弼鎮徐，北拒賊衝急，總諸道兵馬〔一〕。征討之務，皆自處置；倉儲府庫，軍州差補，一切並委判官張傪。傪明練庶務，應接如流。欲見太尉論事〔二〕，太尉輒令判官商量〔三〕。將校見傪，禮數如見太尉。由是上下清肅，東方晏然，天下皆謂太尉能任人。

本條原出封氏聞見記卷九任使。

〔一〕李太尉光弼鎮徐北拒賊衝急總諸道兵馬　原書作「李太尉光弼鎮徐方，北扼賊衝，兼總諸兵馬。」資治通鑑卷二二二唐紀三八肅宗寶應元年敍此，首句云「光弼在徐州」。

〔二〕欲見太尉論事　原書句首有「諸將」二字。

〔三〕判官商量　原書作「與張傪判官商量」。

732 代宗時，百寮立班良久，閤門不開。魚朝恩忽擁白刃十餘人而出，曰〔一〕：「西蕃頻犯郊圻，欲幸河中，如何？」宰臣以下不知所對。給事劉某出班抗聲曰〔二〕：「敕使反也〔三〕！屯兵無數，何不捍寇？而欲脅天子去宗廟？」仗内震聳，朝恩大駭而退。因此罷議。

本條原出國史補卷上劉沮遷幸議。資治通鑑卷二二三唐紀三九代宗永泰元年敍此，考異引新唐書魚朝恩傳與李肇國史補，以爲李氏此文可信而從之。

〔一〕曰　原書作「宣示曰」。

〔二〕給事劉某　原書作「給事中劉不記名」。

〔三〕也　原書作「耶」。二字義同。

733 顏真卿爲尚書左丞。代宗車駕自陝府還，真卿請先謁五陵、孔廟，而後還宮。宰相元載謂真卿曰：「公所見雖美，其如不合時宜何？」真卿怒而前曰：「用舍在相公，言者何罪？然朝廷事豈堪相公再破除耶〔一〕！」載深銜之。

本條不知原出何書。

〔一〕然朝廷事豈堪相公再破除耶　資治通鑑卷二二三唐紀三九代宗廣德元年十二月丁亥叙此，此句作「朝廷豈堪相公再壞邪！」舊唐書卷一二八、新唐書卷一五三顏真卿傳均載此語。

734 代宗欲相李泌，元載忌之。帝不得已，出泌，約曰：「後召當以銀爲信。」忽除銀青光禄大夫，泌知載敗，已且相矣。未幾果然。

本條原出鄴侯家傳。紺珠集卷二、類説卷二引此，云出鄴侯家傳。古今合璧事類備要前集卷四一引此，云出家傳。説郛（張宗祥輯明鈔本）卷七三引此，云出尉遲樞南楚新聞，當係誤入。

735 柳相初名載，後改爲渾。佐江西幕，嗜酒，好入鄽市，不事拘檢。時路嗣恭初平五嶺。元載奏言：「嗣恭多取南人金寶，是欲爲亂。陛下不信，試召，必不入朝。」三伏中追詔至，嗣恭不慮，請待秋涼以修覲禮。渾入，泣諫曰：「公有功，方暑而追，是爲執政所中。今少遷延，必族滅矣！」嗣恭懼曰：「爲之奈何？」渾曰：「健步追還表緘。公今日過江，宿石頭驛，乃可。」從之。代宗謂元載曰：「嗣恭不俟駕行矣〔一〕。」載無以對。

本條原出國史補卷上路嗣恭入覲。資治通鑑卷二二五唐紀四一代宗大曆十年十一月記路嗣恭討哥舒晃，考異録李肇國史補此文，駁之曰：「按嗣恭素附元載，載誅，賴李泌營救得免，事見鄴侯家傳。載豈有譖嗣恭，云欲爲亂之理！蓋載已被誅而召嗣恭，適在三伏，渾有此疑，時人因以爲渾美事耳。今不取。……石頭驛，在豫章江之西岸。嗣恭自江西觀察赴召，可言宿石頭驛；自嶺南節度赴召，安得宿石頭驛哉！亦可以明李肇之誤。」

〔一〕不俟駕行矣　此處乃用孔子之事以譬之。論語鄉黨：「君命召，不俟駕行矣。」

736 元相載用李紓侍郎知制誥。元敗，欲出官，王相縉曰：「且留作誥。」待發遣諸人盡，始出爲婺州刺史。又曰：獨孤侍郎求知制誥〔一〕，試見元相，元相知其所欲，迎謂常州曰〔二〕：「知制誥可難堪〔三〕。」心知不我與也，乃薦李侍郎紓。時楊炎在閣下，忌常州之來，元阻之〔四〕，乃二人之力也。

本條原出劉賓客嘉話録。太平廣記卷一八七題作獨孤及，乃引此文「又曰」以下文字，云出嘉話録。今本劉賓客嘉話録佚去，唐蘭援此入校輯本補遺。

〔一〕獨孤侍郎　太平廣記引文作「獨孤及」。

〔二〕常州　指獨孤及。獨孤及嘗官常州刺史。

〔三〕知制誥可難堪　太平廣記引文作「制誥阿誰堪？」「阿」乃當時口語，「阿誰堪」即「誰合適」之意。王讜誤改。太平廣記引文當據本書補「知」字。

〔四〕元阻之　太平廣記引文上有「故」字，當據補。

737 元伯和〔一〕、李騰〔二〕、騰弟淮〔三〕、王縉〔四〕，時人謂之「四凶」。劉宗經、執經兄弟入「八元」數。

本條原出劉賓客嘉話録。永樂大典卷之二千九百七十九人。知人引劉公嘉話録，即此文。

〔一〕元伯和　元載長子，見舊唐書卷一一八、新唐書卷一四五元載傳。永樂大典引文上有「丈人曰」三字。

〔二〕李騰　永樂大典引文作「季騰」。

〔三〕淮　永樂大典引文作「準」。

〔四〕王縉　永樂大典引文作「王縉子某」。案元伯和爲元載子，則此處自以作「王縉之子」爲是。

738 李紓侍郎好諧戲，又服用華鮮。嘗朝回，與同列入坊門〔一〕，有負販者訶不避。李罵云：「頭錢價奴兵輒衝官長〔二〕！」負者顧而言曰：「八錢價措大漫作威風。」紓樂採異語，使僕者訪「八錢」之義〔三〕。答：「只是衣短七耳。」同列爲言〔四〕，紓甚慙〔五〕。

類說卷三二語林題作八錢價措大。

本條原出因話録卷四角部之次・諸戲附。

〔一〕與　原書誤作「以」，當據本書改。

〔二〕頭錢價奴兵　老學庵筆記卷十：「唐小説載李紓侍郎罵負販者云『頭錢價奴兵』，頭錢猶言『一錢』也。」

〔三〕使僕者訪八錢之義　原書作「使僕者誘之至家，爲設酒饌，徐問『八錢』之義。」

〔四〕爲言　原書作「以爲破的」。

〔五〕紓甚慙　原書下有「下人呼『皁』不正，故云『短』也」二句。

739 元載擅權多年。客有爲都盧緣橦歌，欲諷其至危之勢，覽之泣下〔一〕。

本條原出國史補卷上都盧緣橦歌。紺珠集卷三國史補題作緣橦歌。類説卷二六國史補題作都盧緣橦歌。説郛（陶珽刊本）弓四八唐國史補題作緣橦歌。

〔一〕客有爲都盧緣橦歌欲諷其至危之勢覽之泣下　能改齋漫録卷六事實内都盧尋橦緣竿也條曰：「新唐書元載傳及李肇國史補載：『客有賦都盧尋橦篇諷其危，載泣下而不知悟。』夫都盧尋橦，緣竿之伎也，見西京雜記。……漢書曰：『自合浦南，有都盧國。』太康地志曰：『都盧國，其人善緣高。』」

740 鄭相珣瑜方上堂食，王叔文至，韋執誼遽起延入閤内。珣瑜嘆曰：「可以歸矣！」遂命駕，不終食而出。自是罷免〔一〕。

本條原出國史補卷中鄭珣瑜罷相。

〔一〕自是罷免　新唐書卷一六五鄭珣瑜傳：「叔文一日至中書見執誼，直吏白：『方宰相會食，百官無見者。』叔文恚，叱吏，吏走入白，執誼起，就閤與叔文語。珣瑜與杜佑、高郢輟饔以待。頃之，吏白：『二公同飯矣。』珣瑜喟曰：『吾可復居此乎！』命左右取馬歸，卧家不出七日，罷爲吏部尚書。」

741 元載敗〔一〕，妻王氏曰〔二〕：「某四道節度使女〔三〕，十八年宰相妻。今日相公犯罪，死卽甘心，使妾爲春婢，不如死也。」主司上聞，俄而亦賜死。

本條原出劉賓客嘉話録。類説卷五四劉禹錫佳話題作十八年宰相妻。説郛（陶珽刊本）弓三六嘉話録亦載。侯鯖録卷六曾徵引，唯不註出處。又本書此條與下條742原合爲一條，今依原書分列。

〔一〕元載敗　原書作「元載將敗之時」。

〔二〕妻王氏　舊唐書卷一一八元載傳曰：「王氏，開元中河西節度使忠嗣之女也，素以凶戾聞，恣其子伯和等爲虐。」新唐書卷一四五元載傳同。

〔三〕四道節度使女　王忠嗣嘗充河西、隴右節度使，又權知朔方、河東節度使事，見舊唐書卷一百三、新唐書卷一三三王忠嗣傳。

742 元載于萬年縣佛堂子中，謂主者〔一〕：「乞一快死也。」主者曰：「相公今日受些污泥〔二〕，不怪也。」乃脱穢襪，塞其口而終〔三〕。

本條原出劉賓客嘉話録。類説卷五四劉禹錫佳話題作乞一快死。古今合璧事類備要前集卷四十、説郛（陶珽刊本）弓三六嘉話録亦載。侯鯖録卷六曾徵引，唯不註出處。又本書此條與上條741原合爲一條，今依原書分列。

〔一〕謂主者　原書作「謁主官」。似以本書文義爲長。

〔二〕受些　原書作「受些子」，乃當時口語。

〔三〕乃脱韈襪塞其口而終　資治通鑑卷二二五唐紀四一代宗大曆十二年叙此，胡三省註：「韈，勿伐翻，足衣。」

743 顏真卿集和政公主神道碑：「詩美下嫁，書傳築館，貴其中禮，載籍稱焉。漢魏已還，寂寥罕嗣，以蕩陵德，則維其常。皇唐勃興，王道丕變：平陽起娘子之軍于司竹，襄城行匹庶之禮于宋公〔一〕，常樂糾匡復之師于武后，皆前古之所未有。其或生知禮樂，周旋法度，躬行婦道，以懋大倫，克順天經，光昭懿烈，名言之所莫究，書記之所未聞，聚衆美于一身，鄰太虚而獨立者，其唯和政公主乎！公主姓李氏，隴西成紀人，皇唐玄宗大聖大明孝皇帝之孫，肅宗文明武德大聖大宣孝皇帝之第二女。帝女之崇，于斯爲盛。今天子之同母，曰章敬皇太后。后之在襁褓也，后父贈太尉吴君，曰令珪，嘗游宦蜀中，使道士勾規占之。規驚起，曰：『此女貴不可言。是生二子，男爲人君，女爲公主，嫁于柳氏。』其後竟配肅宗，生今上及公主，神所命也，厥惟舊哉！公主三歲而孤，卽能孺慕，育于儲妃韋氏，純孝過人。幼而聰惠，長而韶敏。穠華秀整，令德芬馨。婉嫕發于天姿，肅雍形于鑒寐。奉今上以悌達，事韋妃如所生，繇是特爲肅宗之所賞愛。至若左右圖史，開示佛經，金石絲竹之音，繢畫工巧之事，耳目之所聞見，心靈之所領略，莫不一覽懸解，終身不忘。天寶九載春三月既望，封和政公主，降于河東柳潭，既笄之三載矣。潭，周太保敏之五代孫，皇唐蘄州刺史懷素之曾孫，贈祕書監岑之第四子。衣冠地胄，輝映當朝。初以美秀承家，中以名聲華國，道勝而貴能下善，謙尊而休有烈光，士林偉之。解褐左內率府胄曹，轉潁王府户曹，陳留郡司功參軍。以人門第一，選尚公主，拜太子洗馬。亦既好合，雅相敬貴。雖柳侯秉彝有度，能降帝女之心，而公主率履由衷，每抗古人之節。故宗族胥睦，不獨親其親；先後大同，莫敢私其子。竭力供侍，不務華采，服無金翠之飾，居有冰雪之容。每至朔月六參，朝天旅進，嫣然班敍之內，迥出神仙之表，亦非希企之所及也！洎凶羯亂常，潼關不守，玄宗幸蜀，妃后駿奔。姊曰寧國公主，孀嫠屏居，誰或訃告？乃棄其三子，取其夫之乘以乘之。柳侯徒行，公主愧焉，下而同趨者日且百里。每臻坎險，必先濟寧國而後從之。柳侯辭，公主曰：『我若先涉，脫有危急，不能俱全，則棄我姊矣！』柳侯感嘆，躬負薪之役；公主怡然，親饋餼之事。伯姒華陰楊氏，太真妃之姊也〔二〕，貴倖前朝，勢傾天下。公主交無諂黷，思未綢繆。楊且云亡，以孤見託。馬嵬之役，無噍類焉，感其一言，悉力營贍，男登服冕之位，女獲乘龍之匹。出入存恤，過于己子，雖其密親，罔或能辨。柳之親昵，伯仲姑姊，隱儭將迎，唯恐不至。糾逖疏屬，撫循惸嫠，繇內及外，終始如一。孤窮滿目，榮悴殊倫，居薄推厚，未嘗懈倦。衣服飲食，等無有差，互或未周，嬰孩罔及。每至伏臘，礿祠烝嘗，必具禮衣花釵之飾，以躬中饋堂室之奠。式燕孫謀，豈無婢使？姿性純儉，不以迄成。先聖休之，寶書清問。秋八月，玄宗至蜀，仍舊邑而册公主，以潭爲駙馬都尉、銀青光祿大夫、太僕卿。屬狂將與禍，稱兵向闕〔三〕。玄宗親御闉闍，臨視誅討。駙馬率領家豎、折衝張義童等，鬬于門中；公主及寧國彀弓迭進。駙馬乘勝突刃，所向無前，斬馘擒生，殆逾五十。節使時宰具以表聞。玄宗自繫詰示先帝，懇讓莫當，策勳遂寢。今上之爲元帥也，躬擐甲冑，率先將卒。舉兩京若拾遺，摧兇寇如振槁。勞旋方及，帑藏其空。公主貿遷有無，億則屢中，數逾千萬，悉畀縣官，論者難之。肅宗彌留，衆皆迭侍，主獨瞻依，不去于旁。帝有間晝而謂之曰：『汝之純孝，乃能至是！』遂賚莊一區。帝愛季女，曰寶貞公主，因奏曰：『八妹未有，請以賜之。』泣而諫焉，哀動左右。西陵遷窆，上戒主曰：『凡厥親身之物，必誠必信，勿之悔焉。』主罄家有無，以邑入千萬，潛充經費，上深感嘆焉。上既宅亮陰，未忍臨政。人之疾苦，事之得失，豈嘗私謁，動必以聞，上敬異之，朝廷賴焉。廣德元年冬，上既東幸，主志期扈蹕，迴兵充斥，咫尺不通，因至荆南，慰薦諸將。方隅載謐，職貢以修，主有力焉。上之在陝，憂主乏匱，乃命中使，屢敕節度及轉運使，隨主所須，務令肅給。主以國用罄空，退而嘆曰：『吾方竭家財以資戰士，其能饕餮，首冒國經？』唯請名香數斤，施于佛寺，爲上祈福而已。王公戚屬，相攜而至者，藍縷膩囊，襁負鱗次，竭其資斧，親自贍恤。聚而泣之，悲感行路。初次商於，頓于傳置，羣盜蝟起，奄及驛亭，呼而犒之，曉以禍福。一言革面，願比家奴；之死靡他，至今猶在。緬惟罔極，無所寘哀。從母薛氏，遺孤四人，分宅居之，皆俾成立。萊、莘兄弟，盡列通班；二女有行，克配良士；主之慈忠，悉皆若是。親臨稼穡，躬儉節用。不憚煩縟，雅好組紃。駙馬裳衣，必親裁紩；爰及子女罔衣，綺紈綻新，皆成主手。每加訓誨，惷迪檢押。廣德二年春二月，歸于上都。諸主高會，議際夫黨，覿其親族，多曠周旋，咸以爲時經百罹，粗略可也，主抗詞曰：『女之移天，遂成他族。怙貴長傲，何以律人？上方理定，聞必不悦。』諸主蹶然，兢崇討習，禮之降殺，親之薄厚，翕然一變，職主之由。夏六月，才生魄，屬邊候不謹，烽及京師，城中震驚，圜視無色。主既彌月，體未甚安，曰：『事亟矣，其人言之！』駙馬請問，主曰：『吾業已行矣！駙馬獨無兄乎？』因乘檐子，直至寢殿，乃悉索闕遺，備陳利病以奏之。上欣然嘉納。所言未究，傍或負來，因爾退歸，遲明誕育，展轉怊悵，不能彌忘。時屬炎暍，熱病有加。聖情憂軫，起坐失次。天醫内官，相繼旁午。彼蒼不惠，以其月二十有五日辛卯，薨于常樂坊之私第，春秋三十有六。嗚呼！皇上友愛天深，痛毒兼至，砉然一叫，聲淚俱咽，哀動木石，豈伊人倫？漣漣孔懷，如失于臂，曰：『予此妹，國之鴻寶。方期同樂，云如何殂？嗟哉！天實爲之，胡寧忍予！』乃輟朝三日，命京兆尹監護喪事，一以官供，務從優厚。柳侯掐膺永悼，氣索神傷；心苦而忽然忘生，泣盡而繼之以血。況乎五男三女，或齔或孩，呼阿母而哭無常聲，籲昊天而仁覆永絕。哺以滋旨，嗌而莫就，其爲酷痛，曷愈于斯。以是思哀，哀可知矣！自朝及野，知與不知，聞之失聲，罔不震悼。棧有青牛，素服轅軏，主之薨也，踣地哀鳴，仰天屑淚，三日不秣；畜猶若是，臣僕可知。主之將薨，馭馬先殞，捐館之夕，游神別墅，乘之周麾，徧勞慭遺，俾屏不逮。田客兼從數騎，久已云亡，衆皆驚起，髣髴猶見。雖所憑則厚，而精氣何多？主于駙馬，大義敦肅，不恃俔天之貴，每極家人之禮。駙馬雅性夷簡，恬于名利，願究衞生之經，庶臻久視之道；主志深婉順，始慕真宗，故于他時，並受法籙。嘗謂之曰：『易崇積善，詩貴起予。不以忠孝數事迭相告勗者，則心有慊焉。』率而行之，曷嘗廢墜？又以爲『死生恆理，先後之間。若幸啓手足，必當禭我以道服，瘞我于支提，往來行言，時見存恤，則所懷足矣！子若不諱，我若此身未亡，灑埽塋壠，出入窀穸，奉君周旋。』噫嘻！于斯之時，以爲謔浪，豈悟今者，皆符昔言。有司奉詔，將厚其禮，駙馬疏陳，皆蒙允許。粤以秋八月十九日甲申，其男試太常少卿賜紫金魚袋晟、鴻臚少卿暈、試祕書丞賜紫金魚袋杲、試殿中丞昱及三女等，虔窆公主于萬年縣義豐之銅人原，從理命也。嗚呼！風詠翆裳，史稱彤管，纖微之善，載籍猶稱。況乎七葉帝女，分形歸妹，貴能逮下，忠以導君，躬德言容功之美，服女師母儀之訓，訂之緜古，孰與我京？昔馬遷著記，謂之實録，有道見述，亦云無愧。某學于舊史，少識前載，歷考往代釐降之盛，未有如公主者焉。雖壼則家風，每挹如賓之敬，而勤崇垂懿，敢忘傳信之辭！銘曰：『穠矣公主！玄元之緒。聖皇之孫，肅宗之女，今上之妹，生人之矩。德言容功，義仁孝忠，温良恭儉，敬讓弘通，率履弗越，高明有融。下嫁于柳，猗那自久，金石著盟，琴瑟斯友，家道以正，人倫斯厚。鳳凰于飛，梧桐是依，雝雝喈喈，福禄攸歸，和樂既孺，德音莫違。麟之趾定，振振子姓，方紹母師，奄摧邦令，一人痛毒，九有悲詠。詔葬于何？銅人之阿。支提鬱起，宰樹誰過？空餘好合，來往滂沱。』」

本條不知原出何書。查條文首稱「顏真卿集和政公主神道碑」，頗似永樂大典中文字格式，或係四庫全書館臣誤採入者。寶刻叢編卷八引京兆金石録，曰：「唐肅宗女和政公主碑。唐顏真卿撰，吴通微行書。大曆十一年。」江鄰幾雜志曰：「宋次道集顏魯公文爲十五卷。……又和政公主碑，肅宗女，代宗母妹。潼關失守，輟夫柳潭乘以濟孀妹。首云：『平陽興娘子之軍於司竹，襄城行匹庶之禮於宋公，常(樂)糺匡復之師於武后，皆前代所未有也。』」永樂大典著録之文，當出宋敏求所編之顏真卿集，然此書早佚，故無法考知碑文從何處集得。今以此文無古本可供校讎，姑仍其舊。

〔一〕襄城行匹庶之禮於宋公　新唐書卷八三諸帝公主太宗二十一女傳記「襄城公主，下嫁蕭鋭。」蕭鋭乃蕭瑀之子，瑀封宋國公，歿後，「子鋭嗣。」見舊唐書卷六三蕭瑀傳。

〔二〕伯姒華陰楊氏太真妃之姊也　新唐書卷八三諸帝公主和政公主傳：「潭兄澄之妻，楊貴妃姊也。」

〔三〕屬狂將興禍稱兵向闕　新唐書卷八三諸帝公主和政公主傳：「郭千仞反，玄宗御玄英樓諭降之，不聽。潭率折衝張義童等殊死鬭，主彀弓授潭，潭手斬賊五十級，平之。」資治通鑑繫此事於卷二一九唐紀三五肅宗至德二載秋七月戊申夜。

744　永泰中，大理評事孫廣著嘯旨一篇，云：「其氣激于喉中而濁，謂之言；激于舌端而清，謂之嘯。言之濁，可以通人事，達情性；嘯之清，可以感鬼神〔一〕，致不死。故太上老君授南極真人，真人授廣成子，廣成子授風后，風后授務光，務光授舜，舜演之爲琴，以授禹。自後或廢或續。有晉大行仙君孫公得之以得道〔二〕，無所授，阮嗣宗所得少分，其後不復聞矣！」按高氏緯略〔三〕，嘯有十五章：一曰權輿；二曰流雲；三曰深溪虎；四曰高柳蟬；五曰空林鬼；六曰巫峽猿；七曰下鴻鵠；八曰古木鳶；九曰龍吟；十曰動地；十一曰蘇門，孫登隱蘇門山所作也〔四〕；十二曰劉公命鬼，仙人劉根所作也〔五〕；十三曰阮氏逸韻，阮籍所作也〔六〕；十四曰正章；十五曰深遠極大，非常聲也。畢盡五音之極，而大道備矣〔七〕。廣云：「其事出道書。」余按：人有所思則長嘯，故樂則詠歌，憂則嗟嘆，思則嘯吟。詩云〔八〕：「有女仳離，條其嘯矣！」顏延之五君詠云：「長嘯若懷人。」皆是也。廣所云深溪虎、古木鳶，狀其聲氣可知矣〔九〕。若太上老君相次傳授，舜演爲琴，崇飾過甚，余不敢聞也。按詩箋云〔一〇〕：「嘯，蹙口出聲也。」

成公綏嘯賦云：「動脣有曲，發口成音。」而今之嘯者，開口卷舌，略無蹙舌之法。孫氏云「激于舌〔一一〕」，非動脣之謂也。天寶末，峨眉山道士姓陳，來遊京師。善長嘯，能作鼓霹靂之引〔一二〕。初則聲發調暢，稍加散越；須臾穹窿砰磕，寫雷鼓之音〔一三〕；忽復震駭，聲如霹靂，聞者莫不傾慄〔一四〕。

白孔六帖卷六三嘯引唐語林，題作激於舌端而清、雷鼓霹靂之引。

本條原出封氏聞見記卷五長嘯。紺珠集卷十封氏見聞記題作嘯十五章。類説卷六封氏見聞記分作嘯十五章、長嘯。海録碎事卷十六引封氏聞見記亦載。又類説卷二五玉泉子中嘯十五章一條内亦有相似之記載，嘯旨作者曰孫康。

〔一〕感　原書作「滅」，當據本書改。

〔二〕有晉大行仙君孫公得之以得道　原書作「晉太行仙人孫公能以嘯得道」。

〔三〕高氏緯略　原書無此句，乃後人誤增。緯略十二卷，南宋高似孫撰。此處文字見卷五嘯。文末註曰：「異苑，又炙轂子。」説明嘯有十五章之説出此二書。王讜生於高氏之前，不及見此。

〔四〕孫登隱蘇門山所作也　原書無，後人或據緯略補入。

〔五〕仙人劉根所作也　原書無，後人或據緯略補入。

〔六〕阮籍所作也　原書無，後人或據緯略補入。

〔七〕十四曰正章十五曰深極遠大非常聲也畢盡五音之極而大道備矣　原書作「十四曰正章，十五曰畢章」。緯略原文作：「十四曰正章，深極遠大，非常聲也。十五曰畢章，五章之畢，而大道畢矣。」本書當從之改正。

〔八〕詩　指詩經王風中谷有蓷。

〔九〕狀其聲氣可知矣　原書作「其狀聲氣可矣」。
〔一〇〕詩箋　指詩經王風中谷有蓷鄭玄箋。
〔一一〕舌　原書作「舌端」。
〔一二〕能作鼓霹靂之引　原書作「能作雷鼓辟歷之音」。
〔一三〕寫　原書無，當據本書補。
〔一四〕聞者　原書作「觀者」，義似未妥。

745 至德二年〔一〕，敕天下州縣重定酤酒〔二〕，隨月納稅。建中二年，更加青苗。大曆初〔三〕，稅每十文〔四〕；三年，加五文；敕以御史大夫充使。其後割歸度支使。

本條原出大唐傳載。

〔一〕二年　原書作「元年」。通典卷十一食貨十一：「大唐廣德二年十二月，敕天下州各量定酤酒户，隨月納稅。」「至德」疑是「廣德」之誤。
〔二〕重　原書作「量」。
〔三〕初　原書誤作「中」。
〔四〕稅每十文　原書作「初稅每畝十文」。

746 開元已前，有事于外則命使臣，否則止罷。自置八節度、十採訪，始有坐而爲使者。其後名號益廣。大抵生于置兵，盛于興利，普于銜命，于是爲使則重，爲官則輕，故天下佩印有至四十者〔一〕，大曆中請俸有至百萬者〔二〕。在朝有太清宮〔三〕、太微宮、度支、鹽鐵、轉運、知匭、宮苑、閑廄、左右巡、分案〔四〕、監察、館驛、監倉、監庫〔五〕、左右衛〔六〕，外任則節度、觀察、諸軍、押蕃、防禦、團練、經略、鎮遏、招討、榷鹽、水陸運、營田、給納、監牧、長春宮。有因時而置者，則大禮、禮儀、禮會、删定、三司〔七〕、黜陟、巡撫、宣慰、推復、選補、會盟、册立、弔祭、供軍、糧料、和糴。此其大略。經置而廢者不録。宦官内外悉謂之使〔八〕。舊爲權臣所綰〔九〕，州縣所理，後屬中人者有之〔一〇〕。

本條原出國史補卷下内外諸使名。太平廣記卷一八七國史補題作使職。近事會元卷二國史補題作諸使職。

〔一〕天下佩印有至四十者　原書與太平廣記、近事會元引文「天下」作「天寶末」。太平廣記、近事會元引文「四十」作「三十」。

〔二〕百萬　原書與太平廣記、近事會元引文作「千貫」。

〔三〕在朝有太清宮　原書與太平廣記、近事會元引文句首有「今」字。原書「太清宮」下有「使」字，下列各官名下均有「使」字；太平廣記、近事會元引文無。

〔四〕分案　原書與太平廣記引文作「分察」。

〔五〕監庫　原書無，當據本書與太平廣記、近事會元引文補。

〔六〕左右衛　原書與太平廣記、近事會元引文作「左右街」，當據改。

〔七〕有因時而置者，則大禮、禮儀、禮會、删定、三司　原書無此十七字，當據本書補。太平廣記、近事會元引文亦有，而近事會元「禮會」作「會盟」。

〔八〕謂之　太平廣記、近事會元引文同。原書作「屬之」。

〔九〕綰　太平廣記引文同。原書與近事會元作「管」。

〔一〇〕後　原書與太平廣記、近事會元引文作「今」。

747 大曆中，刑部郎中程皓家在相州，宅前有小池，有人造劍，于池内淬之，池魚皆死〔一〕。余家井中有魚數十頭，因有急，家人以藥臼投之〔二〕，信宿魚皆浮出，知魚亦畏鐵焉。

本條原出封氏聞見記卷八魚龍畏鐵。原書此條與本卷 721 條本是一條，此條在後。

〔一〕池　原書作「蛇」。

〔二〕以藥臼投之　原書作「以藥杵投之于井」。

748 大曆末，北方有白虹夜見，東西屬地。封演曰：凡虹見，皆當日之衝。朝見則在西，常與日相近，不差分毫。今此虹見之時，日在癸，則虹見當在丙。常時虹影穹崇，舉目而望，今虹在北，又可平視，知日在北方，去兹遠矣。略計此當在斗極之北。斗極，天中也，故北方可得而見，而日更在虹之北，又甚遼闊，故北方不得而見之。

本條當出封氏聞見記卷七北方白虹。原書存目而文已佚，守山閣叢書本唐語林校勘記曰：「封氏聞見記卷七目有北方白虹條，注『缺』，當即此條。」趙貞信封氏聞見記校證以此補入。

749 苗夫人，其父太師也〔一〕，舅張河東也〔二〕，夫延賞也，子弘靖也，壻韋太尉也〔三〕。近代衣冠婦人之貴，無如苗氏者。

本條原出國史補卷中苗夫人貴盛。紺珠集卷三、類説卷二六國史補題作婦人之貴。説郛（張宗祥輯明鈔本）卷七五國史補亦載。齊之鸞本、歷代小史本置本條於卷四賢媛之末。

〔一〕太師　指苗晉卿。

〔二〕張河東　指張嘉貞。

〔三〕韋太尉　指韋皐。南部新書卷乙：「婦人之貴，無出于苗夫人：晉卿之女，張嘉貞之新婦，延賞之妻，弘靖之母，韋皐外姑。」

# 唐語林校證卷六

補遺起德宗，至文宗。

750 德宗降誕日〔一〕，內殿三教講論，以僧鑒虛對韋渠牟〔二〕，以許孟容對趙需，以僧覃延對道士郄惟素。諸人皆談畢，鑒虛曰：「諸奏事云〔三〕：玄元皇帝〔四〕，天下之聖人〔五〕；文宣王，古今之聖人；釋迦如來，西方之聖人；今皇帝陛下，是南贍部洲之聖人。臣請講御製賜新羅銘〔六〕。」講罷，德宗有喜色。

本條原出劉賓客嘉話録。類説卷五四劉禹錫佳話題作三教聖人。説郛（陶珽刊本）弓三六嘉話録、（張宗祥輯明鈔本）卷二一劉賓客嘉話録亦載。

〔一〕德宗降誕日　舊唐書卷一三五韋渠牟傳曰：「貞元十二年四月，德宗誕日，御麟德殿，召給事中徐岱、兵部郎中趙需、禮部郎中許孟容與渠牟及道士萬參成、沙門譚延等十二人，講論儒、道、釋三教。」新唐書卷一六七韋渠牟傳、卷一六一徐岱傳記載略同。

〔二〕鑒虛　原書作「監虛」，當從本書改。新唐書卷一六二薛存誠傳作「鑒虛」可證。

〔三〕諸奏事云　原書作「臣請奏事」。

〔四〕玄元皇帝　卽老子。

〔五〕天下之聖人　原書作「吾唐天下」，當據本書補「之聖人」三字，本書當據之補「吾唐」二字。

〔六〕臣請講御製賜新羅銘　原書佚去此下十六字，唐蘭據本書補入。

751 德宗降誕日〔一〕，三教講論。儒者第一趙需，第二許孟容，第三韋渠牟，與僧覃延嘲謔，因此承恩也。渠牟薦一崔阡，拜諭德，爲侍書於東宮；東宮，順宗也。阡觸事面牆。對東宮曰：「臣山野人，不識朝典，見陛下合稱臣否？」東宮曰：「卿是宮寮〔二〕，自合知也。」

本條原出劉賓客嘉話録。太平廣記卷二六〇嘉話録題作崔阡，乃引「渠牟薦一崔阡」以下文字。説郛（陶珽刊本）弓三六嘉話録亦載。

〔一〕降誕日　原書無「降」字。

〔二〕宮寮　原書作「東僚」。太平廣記引文亦作「宮僚」。

752 李丞相泌謂德宗曰：「肅宗師臣，豈不呼陛下爲⿱岧心郎〔一〕？」案〔二〕：⿱岧心字，字書無之，疑誤。聖顏不悦。泌曰：「陛下天寶元年生，向外言改年之由〔三〕，或以弘農得寶，此乃謬也。以陛下此年降誕，故玄宗皇帝以天降之寶〔四〕，因改年號爲天寶也。」聖顏然後大悦。又韋渠牟曾爲道士及僧〔五〕，德宗問：「卿從道門，本師復是誰？」渠牟曰：「臣師李仙師，仙師師張果老先生。肅宗皇帝師李仙師爲仙帝，臣道合爲陛下師；由跡微官卑，故不足爲陛下師。」渠牟亦效李相泌之對也。

永樂大典卷之七千三百二十八郎・岩郎引唐語林亦載，引至「聖顔然後大悦」。

本條原出劉賓客嘉話録。説郛（陶珽刊本）弓三六嘉話録亦載。

〔一〕⿱山忽郎　永樂大典引文作「岩郎」，當據改。新編分門古今類事卷二岩郎似我條載玄宗稱德宗爲「岩郎」，可互證。此文云出松窗雜録。

〔二〕案　此案語乃四庫全書館臣所加。

〔三〕向　原書作「嚮」，乃通假字。

〔四〕玄宗皇帝以天降之寶　原書「之」作「至」。聚珍本無「皇」字，今從永樂大典引文補入。

〔五〕又韋渠牟曾爲道士及僧　原書佚去此下七十八字，唐蘭據本書補入。

753 趙涓爲監察御史。時禁中失火〔一〕，火發處與東宮相近，代宗疑之〔二〕。涓爲巡使，俾令卽訊。涓因歷壖圍，按據迹狀〔三〕，乃上直中官遺火所致也。既奏〔四〕，代宗稱賞。德宗時在東宮，常感涓究理詳明。及刺衢州，年考既深，與觀察使韓滉不相得，滉奏免涓官。德宗見名，謂宰相曰：「豈非永泰初御史趙涓乎？」對曰：「然。」卽日拜尚書左丞。

本條原出譚賓録。太平廣記卷一七一譚賓録題作趙涓。舊唐書卷一三七趙涓傳敍此，文幾全同，出於譚賓録明甚。

〔一〕時　太平廣記引文作「永泰初」。

〔二〕疑　太平廣記引文作「深驚疑」。

〔三〕涓因歷壖囿按據迹狀　太平廣記引文作「涓周立案驗」。

〔四〕既奏　太平廣記引文作「推鞫明審，頗盡事情。」

754 司徒鄭貞公〔一〕，每在方鎮，公廳陳設，器用無不精備，宴犒未嘗刻薄。其平居奉身過於儉素，中外婚嫁甚多，禮物皆經處畫。公與其宗叔太子太傅綱居昭國坊〔二〕。太傅第在南，出自南祖；司徒第在北，出自北祖。時人謂之「南鄭相」、「北鄭相」。司徒堂兄文憲公〔三〕，前後相德宗，亦謂之「大鄭相」、「小鄭相」焉。

本條原出因話録卷二商部。類説卷十四因話録題作南鄭北鄭。

〔一〕鄭貞公　即鄭餘慶。餘慶謚曰「貞」。原書作「鄭真公」，「真」乃「貞」之訛。

〔二〕公與其宗叔太子太傅綱居昭國坊　原書作「公與其宗叔太子太傅絪俱住招國」。本書「綱」乃誤字，當據原書改。原書「招」乃誤字，當據本書改。新唐書卷一六五鄭餘慶傳：「與從父絪家昭國坊，絪第在南，餘慶第在北，世謂『南鄭相』、『北鄭相』云。」

〔三〕文憲公　當指鄭珣瑜。新唐書卷一六五鄭珣瑜傳言「謚文獻」。

755 德宗西幸，所乘馬，一號神智驄，一號如意騮〔一〕。

本條原出杜陽雜編卷上。太平廣記卷四三五杜陽雜編題作德宗神智驄。類説卷四四杜陽雜編題作瑞鞭。説郛（陶珽刊本）弓四六杜陽雜編卷上亦載。

〔一〕一號如意騮　原書與太平廣記引文此下尚有文字敘二馬之不凡。

756 王承昇有妹〔一〕，國色，德宗納之，不戀宮室。德宗曰：「窮相女子。」乃出之。敕其母兄不得嫁進士朝官，任配軍將親情〔二〕。後適元士會，以流落終〔三〕。

本條原出劉賓客嘉話録。類説卷五四劉禹錫佳話題作窮相女子。説郛（陶珽刊本）弓三六嘉話録亦載。説郛（張宗祥輯明鈔本）卷三賓賓録引嘉話亦載。

〔一〕王承昇　類説引文作「王昇」。

〔二〕親情　原書作「作親情」。

〔三〕以流落終　原書作「因以流落，真窮相女子也。」

757 顏魯公嘗得方士名藥服之，雖老，氣力壯健如年三四十人。至奉使李希烈，春秋七十五矣。臨行，告人曰：「吾之死，固爲賊所殺必矣。」且元載所得藥方，亦與吾同，但載貧甚，等是死，而載不如吾。吾得死於忠耶？」於是命取席固圜其身，挺立一躍而出。又立兩藤倚子相背，以兩手握其倚處，懸足點空，不至地三二寸，數千百下。又手按牀東南隅，跳至西北者，亦不啻五六。乃曰：「既如此，疾焉得死吾耶？異日幸得歸骨來秦，吾姪女爲裴郾妻者，〔原註〕〔一〕郾，卽魯公之親表姪。此女最仁孝，及吾小青衣蒨綵者，頗善承事；是時汝必與二人同啓吾棺，知有異於常人之死爾！如穆護，〔原註〕穆護〔二〕，卽魯公男碩之小名也。天性之道，難言至此。」至蔡州，責希烈反逆無狀。竟不敢以面目相見，亦不敢以兵刃相恐，潛命獻食者饋空器而已。翌日，賊令官翌來縊之。魯公曰：「老夫受籙及服藥，皆有所得。若斷吭，道家所忌。今贈使人一黄金帶。吾死之後，但割吾他支節爲吾吭血以紿之，死無所恨。」且曰：「使人悟慧如此，不事明天子，反事逆賊，何所圖也？」官翌從其言。至明年，希烈死，蔡帥陳仙奇奉魯公喪歸京。猶子顏峴實從柳常侍與裴氏女及蒨綵同迎喪於鎮國仁寺〔三〕。咸遵遺旨，啓棺如生。〔原註〕柳製魯公挽歌詞曰：「殺身終不恨，歸喪遂如生。」

本條原出戎幕閒談。紺珠集卷五、類説卷二二明皇十七事内剪綵條均殘存「顏真卿青衣小鬟名剪綵」一句，與本條中字句相合，故可逆知此文之所自出。而紺珠集、類説中之明皇十七事一書羼入戎幕閒談之文，故知本條當據戎幕閒談寫成。太平廣記卷三二顏真卿條亦有與此相合之記載，此文乃綜合仙傳拾遺、戎幕閒談、玉堂閒話而成，此亦可作本條原出戎幕閒談之一證。又紺珠集卷五柳珵常侍言旨中亦有蒨綵一條，乃書賈混編而入者。

〔一〕原註　此爲戎幕閒談中之原註。下〔原註〕同。

〔二〕穆護　向達唐代長安與西域文明曰：「穆護原爲摩尼教中僧職之名，説者多以魯公以穆護名其次男爲異，今觀其所作康金吾神道碑，可知魯公與康國人曾有交往，則語林所云，或者魯公服膺摩尼教旨，而獲其養生之術歟？」

〔三〕柳常侍　卽柳登。登嘗官右散騎常侍，見舊唐書一四九、新唐書一三二本傳。

758 顏真卿爲平原太守，立三碑，皆自撰書。其一立於郡門內，紀同時臺省擢授諸郡者十餘人〔一〕。其一立於郭門之西，紀顏氏：曹魏時顏裴〔二〕、高齊顏之推，俱爲平原太守〔三〕；至真卿，凡三典茲郡。其一是東方朔廟碑。鐫刻既畢，屬祿山亂〔四〕，未之立也。及真卿南渡，蕃寇陷城，州人埋匿此碑。河朔克平，別駕吳子晁，好事者也，掘碑使立於廟所。其二碑求得舊文，買石鐫勒，樹之郡門〔五〕。時顏任撫州，子晁拓三碑本寄之。顏經艱難，對之愴然，曰：「碑者，往年一時之事，何期大賢再爲修立，非所望也。」卽日專使賫書至平原致謝。子晁後至相州刺史兼御史大夫〔六〕。

本條原出封氏聞見記卷十脩復。

〔一〕同時　原書作「周時」。

〔二〕顏裴　當作「顏斐」，「裴」乃誤字。顏斐任平原太守，見三國志卷十六魏書倉慈傳裴松之注引魏略。原書亦誤作「裴」。

〔三〕爲　原書作「于」，當據本書改。

〔四〕祿山亂　原書作「幽方起逆」。

〔五〕郡門　原書誤作「都門」，當據本書改。

〔六〕兼　原書無，當據本書補。

759 天寶初，有范氏尼者，知人休咎，顏魯公妻黨之親也。魯公尉醴泉日，詣范問曰：「某欲就制科試，乞師姨一言。」范尼曰：「顏郎事必成。自後一兩月朝拜〔一〕，但半月內慎勿與國外人爭競〔二〕，恐有譴謫。〔三〕」魯公曰：「官階盡五品，身著緋衫，帶銀魚，兒子得補齋郎，其望滿矣。」范尼指座上紫絲布食單曰：「顏郎衫色如此，其功業名節皆稱是。過七十〔四〕，已後不須苦問。」魯公再三窮詰，范曰：「顏郎聰明過人，問事不必到底。」逾日大酺。魯公制科高第〔五〕，授長安尉，遷監察御史。因押班，責武班中諠譁者，命小吏録奏次，卽哥舒翰也。翰恃有新破石壁城功〔六〕，泣訴明皇，坐魯公輕侮功臣，貶蒲州掾〔七〕。及魯公爲太子太師，使蔡，嘆曰：「范師之言〔八〕，吾命懸於賊庭必矣！」

本條原出戎幕閒談。太平廣記卷二二四戎幕閒談題作范氏尼。紺珠集卷五、類説卷二一顏郎衫色如此條均引范尼言「顏郎衫色如此」一段，云出明皇十七事。白孔六帖卷八録此，亦云出明皇十七事；而同書卷三三録此，則又云出常侍言旨。然此當是戎幕閒談之文，羼入明皇十七事而致誤。海録碎事卷十四録此，云出大中遺事，誤。南部新書卷辛亦載衫色事。

〔一〕朝拜　太平廣記引文上有「必」字。

〔二〕月　太平廣記引文作「年」。

〔三〕恐有譴謫　太平廣記引文其下有「公又曰：『某官階盡，得及五品否？』范笑曰：『鄰於一品。顏郎所望，何其卑耶？』」數句。

〔四〕過七十　太平廣記引文上有「壽」字，當據補。

〔五〕逾日大酺魯公制科高第　太平廣記引文作「逾月大酺。魯公是日登制科高等」，當據之校改。

〔六〕石壁城　太平廣記引文作「石堡城」，當據改。

〔七〕貶蒲州掾　太平廣記引文作「貶蒲州司倉」，下有「驗其事跡，歷歷如見」二句。

〔八〕范師　太平廣記引文下有「姨」字。

760 建中初，關播爲給事中尉〔一〕。以諸司甲庫皆是胥吏所掌，爲弊頗久〔二〕，因播議，用士人知之，謂之「掌庫」〔三〕。

本條原出大唐傳載。

〔一〕給事中尉　原書無「尉」字，當據刪。舊唐書卷一三〇關播傳：「（建中）二年七月，遷播給事中。舊例，諸司甲庫，皆是胥吏掌知，爲弊頗久，播始建議並以士人知之，至今稱當。」

〔二〕久　原書作「多」。

〔三〕謂之掌庫　原書無此句。

761 興元中，有知馬者曰李幼清，暇日常取適于馬肆。有致悍馬于肆者，結鑣交絡其頭，二力士以木耒支其頤〔一〕，三四輩執檛而從之，馬氣色如將噬，有不可馭之狀。幼清逼而察之，訊于主者，且曰：「馬之惡，無不具也。將貨焉，唯其所酬耳。」幼清以二萬易之〔二〕，馬主尚慙其多。既而聚觀者數百輩，訝幼清之決也。幼清曰：「此馬氣色駿異，體骨德度非凡馬。是必主者不知馬，俾雜駑輩槽棧，陷敗狼藉，刷滌不時，芻秣不適，蹝齧蹂奮，蹇破唐突〔三〕，志性鬱塞，終不可久〔四〕，無所顧賴，發而爲狂躁，則無不爲也。」既晡，觀者少間。乃別市一新絡頭，幼清自持，徐徐而前，語之曰：「爾材性不爲人知，吾爲汝易是鑣，結雜穢之物。」馬弭耳引首。幼清自負其知，乃湯沐翦飾〔五〕，別其皂棧，異其芻秣。數日而神氣一小變，踰月而大變。志性如君子，步驟如俊乂，嘶如龍，顧如鳳〔六〕，乃天下之駿乘也。

本條不知原出何書。侯鯖録卷四亦敘此事，然不註出處。

〔一〕耒　侯鯖録作「夾」。

〔二〕二萬　侯鯖録作「三萬」。

〔三〕蹇破　侯鯖録作「蹇跂」。

〔四〕終不可久　侯鯖録作「終不得伸」。

〔五〕翦飾　侯鯖録作「剪刷」。

〔六〕顧　侯鯖録作「顔」。

762 嗣曹王皐有巧思，精于器用。爲荆州節度使，有羈旅士，持二羯鼓棬謁皐〔一〕。皐見棬，曰：「此至寶也〔二〕！」指鋼匀之狀，賓佐皆莫曉〔三〕。皐曰：「諸公未必信〔四〕。」命取食柈，自選其極平者，遂量重二棬于柈心，油注棬中，滿不浸漏〔五〕，其脗合無際。皐曰：「此必開元中供御棬〔六〕。不然，無以至此。」問其所自，客曰：「某先人在黔中，得于高力士之家。」衆服其識。賓府潛問客：「宜償幾何？」答曰：「不過二百五緡〔七〕。」及遺財帛器物〔八〕，其直果稱焉。張敦素夷堅録云〔九〕：「宗正卿李琬善羯鼓，有士子以雙鐵棬賣之，還二十緡，其人怏怏，琬復資之。客有怪其厚價，琬乃取一盤底至平者，以二棬重重安盤中，灌水其中，曾無泄漏。琬曰：『至精所至，其貴在玆。』」某案：南卓郎中羯鼓録但云李卿妙于羯鼓，不言有得棬事，則敦素之記非耶？

本條原出羯鼓録。太平御覽卷五八三引羯鼓録亦載。太平廣記卷二〇五、二三一重出，均題作曹王皐，前者不註出處，後者云出羯鼓録。類説卷十三羯鼓録題作明皇供御捲。説郛（張宗祥輯明鈔本）卷六五羯鼓録亦載。又本書此條自「張敦素夷堅録云」起，乃王讜按語，各書均無。

〔一〕持二羯鼓棬謁皐　原書作「懷二棬欲求通謁，先啓於賓府，覩者訝之，曰：『豈足尚耶？』上曰：『但啓之尚書，當解矣。』」

〔二〕曰此至寶也　原書作「捧而歎曰：『不意今日獲逢至寶。』」

〔三〕賓佐皆莫曉　原書作「賓佐唯唯，或腹非之。」

〔四〕未必　原書作「必未」。
〔五〕滿不浸漏　原書作「棬滿而油不浸漏」。
〔六〕開元　原書作「開元天寶」。
〔七〕二百五　原書作「三五百」。
〔八〕遺財帛器物　原書作「皋遺財帛器皿」。
〔九〕張敦素夷堅録　趙與旹賓退録卷八引洪邁夷堅己志序曰：「昔以『夷堅』志吾書，謂與前人諸書不相襲，後得唐華原尉張愼素夷堅録，亦取列子之説，喜其與己合。」「敦素」、「愼素」二名，未知孰是？張書原爲三卷，見張端義貴耳集卷上。

763 宋沇爲太常丞，每言諸懸鐘磬亡墜至多〔一〕，補之者又乖律呂。忽因于光宅佛寺待漏〔二〕，聞塔上鐸聲，傾聽久之。朝迴，復止寺舍〔三〕，問寺主僧曰：「上人塔上鐸，皆知所自乎？」曰：「不能知之。」曰：「某聞有一是近制〔四〕。某請一人循鈴索歷扣以辨之〔五〕，可乎？」初，僧難〔六〕，後許，乃扣而辨焉。寺衆即言：「往往無風自摇，洋洋有聲，非此也耶？」沇曰：「是也，必因祠祭考本懸鐘而應也。」因求摘取而觀之〔七〕，曰：「此姑洗編鐘耳〔八〕。」且請獨綴于僧庭〔九〕。歸太常，令樂人與僧同臨之；約其時彼扣本樂懸，此果應之，遂購而獲。又曾送客至通化門〔一〇〕，逢度支運乘。駐馬俄頃，忽草草揖客別，乃隨乘至左藏門，認一鈴，亦言編鐘也。他人但見鎔鑄獨工，不與衆者埒，莫知其餘。及配懸，音形皆合其度，異乎！

本條原出羯鼓録。太平廣記卷二〇三羯鼓録題作宋沇。説郛（陶珽刊本）弓六五羯鼓録亦載。

〔一〕言　原書無，當據本書補。

〔二〕忽因于光宅佛寺待漏　原書作「一日，早於光宅佛寺待漏。」其下南卓自註：「貞元中猶未有待漏院，朝士多立城門衢中，或立近坊人家及光宅寺也。」參看本卷 845 條。

〔三〕止　原書作「至」，當據改。

〔四〕某聞有一是近制　原書作「其間有一是古製」。當據改。

〔五〕一人循鈴索　原書作「一登塔循金索」，當據本書補「人」字。

〔六〕初僧難　原書作「僧初難」，當據改。

〔七〕因　原書作「固」。

〔八〕編鐘　原書上有「之」字。

〔九〕且請　原書作「請且」。

〔一〇〕至　原書作「出」。

764 貞元中，張茂宗尚義章公主，贈鄭國公主，謚爲貞穆〔一〕。有司擇日策命。唐已來〔二〕，公主卽有追封者，未有加謚者，公主追謚，自此始也〔三〕。

本條原出大唐傳載。

〔一〕張茂宗尚義章公主贈鄭國公主謚爲貞穆 原書作「張茂宗所尚義章公主，贈鄭國公主，謚爲莊穆；韋宥所尚故唐安公主，贈韓國公主，謚爲貞穆。」當據正。新唐書卷八三諸帝公主德宗十一女傳：「鄭國莊穆公主，始封義章。下嫁張孝忠子茂宗。薨，加贈及謚。」

〔二〕唐 原書作「國朝」。

〔三〕公主追謚自此始也 四庫全書總目卷一四〇子部小説家類一大唐傳載提要曰：「……惟稱貞元中鄭國、韓國二公主加謚爲公主追謚之始，而不知高祖女平陽昭公主有謚已在前。」

765 貞元十二年六月乙丑，始以竇文場爲左神策護中尉〔一〕，霍仙鳴爲右神策護中尉；某月〔二〕，又以張尚進爲神武中護軍，左右辟仗使之始也。

本條原出大唐傳載。

〔一〕護 原書下有「軍」字，當據補。下句同。

〔二〕某月 原書作「其日」，當據改。資治通鑑卷二三五唐紀五一德宗貞元十二年「六月乙丑，以監句當左神策竇文場、監句當右神策霍仙鳴皆爲護軍中尉，監左神威軍使張尚進、監右神威軍使焦希望皆爲中護軍。」

766 貞元中，賈全爲杭州，于西湖造亭，爲「賈公亭」，未五六十年廢。案〔一〕：卷五一條：「杭州房琯爲鹽官令，于縣内鑿池構亭，曰『房公亭』，後廢。」全與此條相類，當是編輯者以賈全事誤作房琯，而王讜采據各書，遂兩著之。今無可參校，亦姑並存。

本條不知原出何書。

〔一〕案　此案語爲四庫全書館臣所加。

767 貞元中，郎中史牟爲榷鹽使。有表生二人自鄜來謁，其母仍使子齎一青鹽枕以奉牟，牟封枕付庫，杖殺二表生。

本條不知原出何書。國史補卷中史牟殺外甥記敍之事與此有類同處。

768 德宗非時召拜吳湊爲京兆尹〔一〕，便令赴上。疾驅〔二〕，請客至府〔三〕，已列筵矣。或問：「何速？」吏曰：「兩市日有禮席，舉鐺釜而取之，故三、五百人之饌，常可立辦。」

本條原出國史補卷中京兆府筵饌。太平廣記卷四九六國史補題作吳湊。永樂大典卷之一萬四千九百十二釜·日舉鐺釜引唐國史補亦載。

〔一〕召拜　原書無「拜」字，當據本書補。永樂大典引文有「拜」字。

〔二〕疾驅　原書與永樂大典引文句首有「湊」字，當據補。

〔三〕請　原書與永樂大典引文作「諸」。

769 韓皐自中書舍人除御史丞〔一〕。西省故事：閣老改官，則詞頭送以次舍人〔二〕。是時呂渭草敕，皐憂恐，問曰：「僕有何命？」渭不告，皐劫之曰：「與公俱左降。」乃告之。皐又欲訴宰相〔三〕，渭執之，奪其靴笏，恟恟至午後三刻乃止。

本條原出國史補卷上韓皐刼呂渭。太平廣記卷二四四國史補題作韓皐。

〔一〕御史丞　原書與太平廣記引文作「御史中丞」，當據改。

〔二〕舍人　原書無「舍」字，當據本書補。太平廣記引文亦有。

〔三〕訴　原書與太平廣記引文「訴」下有「于」字，當據補。

770 德宗復京師，賜勳臣第宅妓樂。李令爲首〔一〕，渾侍中次之〔二〕。

本條原出國史補卷上李令勳臣首。

〔一〕李令　指中書令李晟。

〔二〕渾侍中次之　資治通鑑卷二三一唐紀四七德宗興元元年：「至宮，每閒日，輒宴勳臣，賞賜豐渥，李晟爲之首，渾瑊次之，諸將相又次之。」胡三省註：「唐世天子以隻日視朝，雙日謂之閒日。」

771 馬司徒面斥李懷光〔一〕，德宗正色曰：「惟卿不合斥人。」惶恐而退。李令聞之，請全軍自備資糧以討兇逆，因此李、馬不平〔二〕。

本條原出國史補卷上馬燧雪懷光。說郛（陶珽刊本）弓四八唐國史補題作李馬不叶。資治通鑑卷二三一唐紀四七德宗貞元元年考異引李肇國史補此文，下加按語曰：「是時懷光垂亡，燧功已成八九，故自入朝爭之，豈肯面雪懷光邪！」

又本條與下二條 772 773 原合爲一條，今依原書分列。

〔一〕斥　原書與各本引文均作「雪」，王讜誤改。下同。

〔二〕平　資治通鑑考異引文同。原書與說郛引文作「叶」。

772 李令常爲制將，至西川，與張延賞有隙。及延賞作相，二勳臣在朝，德宗嘗令韓晉公和解。宴樂則宰臣盡在，而太常教坊音樂皆至，恩賜酒饌，相望於路。

本條原出國史補卷上和解二勳臣。與上條 771、下條 773 原合爲一條，今依原書分列。

773 張、李二家〔一〕，日出無音樂之聲，金吾必奏。俄頃有中使來問：「大臣今日何不舉樂？」

本條原出國史補卷上李馬不舉樂。與上二條 771 772 原合爲一條，今依原書分列。

〔一〕張李　原書作「李、馬」。二書所指不同。國史補指李晟、馬燧，王讜乃改指張延賞、李晟。

774 韓晉公聞德宗在奉天〔一〕，以夾練囊緘茶末，使步以進〔二〕。又發軍食，嘗自負米一石登舟，大將以下皆運〔三〕。一日之中，積載數萬斛。後大修石頭五城，召補迎駕子弟，時論疑之〔四〕。

本條原出國史補卷上韓滉自負米。與下條775原合爲一條，今依原書分列。

〔一〕韓晉公聞德宗在奉天　原書作「韓晉公滉聞奉天之難」。

〔二〕使步以進　原書作「遣健步以進御」。

〔三〕又發軍食嘗自負米一石登舟大將以下皆運　新唐書卷一二六韓滉傳：「始，漕船臨江，滉顧僚吏曰：『天子蒙塵，臣下之恥也。』乃自舉一囊，將佐爭負之。」

〔四〕後大修石頭五城召補迎駕子弟時論疑之　舊唐書卷一二九韓滉傳：「然自關中多難，滉即於所部閉關梁，築石頭五城，自京口至玉山，禁馬牛出境，……時滉以國家多難，恐有永嘉渡江之事，以爲備預，以迎鑾駕，亦申儆自守也。」資治通鑑卷二三一唐紀四七德宗興元元年載李泌百口保滉事，於此有詳論。

775 張鳳翔鎰聞難〔一〕，盡出所有衣服，並其家鈿釵枕鏡〔二〕，列於小廳，將獻行在。俄頃，後院火起，妻女出，而鎰從判官田承實得出〔三〕，匿村舍中。數日稍定。會鎰家知之〔四〕，走告軍中，計議迎鎰，遂遇害。

本條原出國史補卷上張鳳翔被害。與上條774原合爲一條，今依原書分列。

〔一〕張鳳翔鎰聞難　舊唐書卷一二五張鎰傳：「德宗將幸奉天，鎰竊知之，將迎鑾駕，具財貨服用獻行在。」新唐書卷一五二張鎰傳：「帝幸奉天，鎰罄家貲將自獻行在。」

〔二〕家　原書作「家人」，當據改。

〔三〕妻女出而鎰從判官田承竇得出　原書作「妻女出而投鎰，鎰遂與判官由水竇得出。」此處疑王讜誤讀原書而妄改。舊唐書記作「鎰夜縋而走，判官齊映自水竇出。」

〔四〕鎰家知之　原書作「鎰家僮先知之」。

776 德宗幸奉天，朱泚自率兵至于城下。有西湖寺僧陷在賊中〔一〕，性甚機巧，教泚造攻城雲梯，其高九十餘尺，上施板屋樓櫓，可以下瞰城中〔二〕。渾中令、李司徒奏曰：「賊鋒既盛，雲梯又壯。縱之，恐不能禦；及其尚遠，請以鋭兵挫之。」遂出師五千，束緼居後，約戰酣而燎。風逆，不能舉火，二公酹酒祝之〔三〕，詞氣慷慨，士百其勇。須臾風回，舉火縱之，鼓譟而進，梯遂蕩盡。德宗御城樓以觀，衆呼萬歲。

本條原出劇談録卷上渾令公李西平爇朱泚雲梯。太平廣記卷七六劇談録題作桑道茂，本文乃其中一段。

〔一〕有西湖寺僧陷在賊中　原書「西湖寺」作「西明寺」。資治通鑑卷二二八唐紀四四德宗建中四年敍此，曰：「使西明寺僧法堅造攻具，毁佛寺以爲梯衝。」胡三省註：「西明寺，在長安城中延康坊，本隋楊素宅也。梯，雲梯；衝，衝車。」本書作「西湖寺」者誤。

〔二〕其高九十餘尺上施板屋樓櫓可以下瞰城中　資治通鑑卷二二九唐紀四五德宗建中四年敍此，曰：「高廣各數丈」，考異曰：「劇談録曰：『高九十餘尺，下瞰城中。』今從實録。」

〔三〕酹酒祝之　原書下附祝詞，本書略去。

777朱泚陷京師，天子幸梁洋〔一〕，喬琳侍從〔二〕。至盩厔南谷口，奏德宗曰：「臣爲陛下仙遊寺出家以禳災。」上甚喜，惜其去，不能阻，乃聽之。至仙遊不踰月，入京師持杯乞匃〔三〕。人有布施者，琳戲之曰：「尚有常施〔四〕。」後反爲泚作吏部尚書，知選事。有選人通官，云「不穩便」，又戲云：「只公此選得穩便否〔五〕？」泚敗，上親點逆人簿，至琳。上曰：「與卿平昔分深，盩厔相捨，甚欲赦卿，其如法何？持杯判官選〔六〕，言猶在耳。當時戲談時〔七〕，朕於爾時惶惶也〔八〕。」左右喝琳付法。

本條原出芝田録。類説卷十一芝田録題作持盂判選。

〔一〕天子幸梁洋　類説引文作「德宗播遷」。

〔二〕喬琳　類説引文作「喬林」。舊唐書卷一二七、新唐書卷二二四下本傳均作「喬琳」。

〔三〕持杯乞匃　類説引文作「持盂求布施」。

〔四〕尚　類説引文作「常」。

〔五〕有選人通官，云「不穩便」，又戲云：「只公此選得穩便否？」　舊唐書本傳此數句作「選人前請曰：『所注某官不穩便。』琳謂之曰：『足下謂此選竟穩便乎？』」

〔六〕持杯判官選　類説引文作「持盂判選」。

〔七〕當時戲談時　類説引文作「當卿談戲之時」。「時」乃「卿」之誤，當據改。

〔八〕朕於爾時惶惶也　類説引文作「乃朕恓惶之際」。

778 李相國揆，以進士調集在京師，聞宣平坊王生善筮〔一〕，往問之。王每以錙五百決一局，而來者甚多，自辰及酉，有未筮而空返者。揆持一縑晨往，生爲之開卦，曰：「君非文字之選乎？當河南道一尉。」揆負才與門籍，不宜爲此，頗忿而去。生曰：「君無怏怏。自此數月，當拜左拾遺。前事固不準也。」揆怒未解。生曰：「若事驗後，一過我。」揆以書判不中第，補汴州陳留尉。以生之言有徵，復詣之。生於几下取一卷書以授之〔二〕，曰：「君除拾遺，可視此書。不爾，當有大咎。」得而藏之。既至陳留，時採訪使倪若水以揆才品族望，留假府職。會郡有事，須上請，擇與中朝通者無如揆，乃請行。關中郡府上書〔三〕，姓李皆先謁宗正璆〔四〕。適遇上尊號，璆請爲表三通，以次上之。明皇召璆曰：「百官上表，無如卿者。」璆頓首謝曰：「此非臣所爲，是臣從子陳留尉揆所爲。」乃召揆。時揆寓於遠房盧氏姑之舍〔五〕。子弟聞召，且未敢出，及知上意，欲以推擇，遂出。既見，命宰臣試文詞。時陳黄門爲題目三篇：其一曰紫絲盛露囊賦，二曰答吐蕃書，三曰代南越獻白孔雀表。既封，請曰：「前二首無所恨，後一首或有所疑，願得詳之。」乃許塗八字旁注〔六〕。翌日，授左拾遺。旬餘，乃發王生書，三篇皆在其中，而塗注者亦如之。遽往宣平里訪王生，不復見矣。

本條原出前定録，題作李相國揆。太平廣記卷一五〇前定録題作李揆。説郛（陶珽刊本）弖七二前定録題作李相國撰。唐詩紀事卷二十八李撰引前定録亦節引。

〔一〕筵　原書作「易筵」。

〔二〕一卷書　原書作「一緘書，可十數紙」。

〔三〕關中　原書作「開元中」。

〔四〕姓李皆先謁宗正璆　原書作「姓李者皆先謁宗正。時李璆爲宗長」。

〔五〕遠房　原書作「懷遠坊」。

〔六〕乃許塗八字旁注　原書作「乃許拆其緘，塗八字旁注兩句。」

779 德宗時，楊炎、盧杞爲宰相，皆奸邪用事，樹立朋黨，以至天子播遷，宗社幾覆。德宗懲輔相之失，自是除拜命令，不專委於中書。凡奏擬用人，十阻其七。貞元以後，宰相備位而已。每擇官，再三審覆，事多中輟。貞元三年八月，中書省無舍人，每有詔敕，宰相追他官爲之。及兵部侍郎陸贄知政事，以上艱於選用，乃上疏論之。

本條不知原出何書。

780 盧杞除虢州刺史，有奏「虢州有官猪數千，常爲人患。」德宗曰：「可移沙苑。」杞對曰：「同州豈非陛下百姓？爲患一也。臣謂無用之物，與人食之爲便。」德宗嘆曰：「卿理虢州，而憂他郡百姓，宰相才也〔一〕！」由是有意作相〔二〕。

本條原出國史補卷上盧杞論官豬。類說卷二六國史補題作官豬爲患。

〔一〕才　原書作「材」。

〔二〕由是有意作相　原書作「由是屬意於杞，悉聽其奏。」新唐書卷二二三下姦臣下盧杞傳：「爲虢州刺史。奏言虢有官豕三千爲民患，德宗曰：『徙之沙苑。』杞曰：『同州亦陛下百姓，臣謂食之便。』帝曰：『守虢而憂它州，宰相材也。』詔以豕賜貧民，遂有意柄任矣。」

781 裴延齡恃恩輕躁，班列懼之，惟顧少連不避。延齡嘗畫一鵰，羣鳥噪之，以獻。上知衆怒〔一〕，益信之，而竟不大用。

本條原出國史補卷上裴延齡畫鵰。類說卷二六國史補題作畫鵰。說郛（陶珽刊本）弓四八唐國史補題作畫鵰。太平廣記卷二三九亦載，云出譚賓録，題作畫鵰。

〔一〕上　太平廣記引文作「德宗」。

782 相國竇參之敗，給事中竇申配流。德宗曰：「吾聞申欲至人家，則鵲喜〔一〕。」遂賜死。

本條原出國史補卷上竇申號鵲喜。紺珠集卷三國史補題作喜鵲。說郛（陶珽刊本）弓四八唐國史補題作鵲喜。說郛（張宗祥輯明鈔本）卷七五國史補亦載。又本條與下條 783 原合爲一條，今依原書分列。

〔一〕吾聞申欲至人家則鵲喜　原書作「吾聞申欲至，人家謂之鵲喜。」資治通鑑卷二三四唐紀五十德宗貞元八年：「申招權受賂，時人謂之『喜鵲』。」胡三省註：「竇參每遷除朝士，先與申議，申因先報其人，以招權納賂。時人謂之『喜鵲』者，以人家有喜事，鵲必先噪於門庭以報之也。」案胡氏此註，或據大唐傳載。舊唐書卷一三六竇申傳、新唐書卷一四五竇參傳於此均有記敘。王讜乃以爲竇申至人家果有鵲噪，視譬喻爲事實，誤甚。

783 竇參貞元壬申三月，居光福里第，月夜閒步中庭，有寵妾上清者曰〔一〕：「今欲啓事。郎須到堂前，方敢言。」竇亟上堂，上清曰：「庭樹上有人〔二〕，請爲避之。」竇公曰：「陸贄久欲傾奪吾權位。有人在庭樹上，吾死之將至。具奏與不奏，皆受禍，必竄死於道路。汝輩流中不可多得〔三〕。身死破家，汝定爲宮婢。聖君如顧問，當爲我辭。」上清泣曰：「誠如是，死生以之。」竇公下階，大呼：「樹上人應是陸贄使來。能全老夫性命，敢不厚報！」其人遂下，乃衣縗服者，曰：「家有大喪，貧甚，不辦葬禮。伏知相公推心濟物，所以卜夜而來。」參曰：「某罄所有，當封絹千匹而已〔四〕。方具修家廟貲，今以爲贈。」其人曰：「請左右齎所賜絹，擲於牆外，某於街中俟之。」參依其言〔五〕。翌日，執金吾先奏之。德宗怒曰：「卿交通節將，蓄養俠刺。位崇台鼎，更欲何求！」參頓首曰：「臣起自布衣小才，官已至貴，皆陛下獎拔，實不因人。今不幸至此，乃仇人所爲爾！」中使下殿，宣：「卿且歸私第，候進止。」越月，貶郴州別駕〔六〕。會宣武節度劉士寧通好於郴州，觀察使上聞，德宗曰：「交通節度將，信而有徵。」乃流參於驩州，以籍其家。未達流所，詔賜自盡。上清果隸掖庭。後數年，善應對，能煎茶，在帝左右。德宗曰：「宫内人數不少，汝最了事。從何得至此？」上清對曰：「妾本故宰相竇參女奴〔七〕。竇參家破填宫，得侍上。」德宗曰：「竇某罪不止養俠刺，亦甚有贓污，前納官銀器至多。」上清流泣而言曰〔八〕：「竇參自御史丞〔九〕，歷度支、户部、鹽鐵三使，至宰相，首尾六年，月入數十萬。前後非時賞賜甚厚。迺者郴州所送納官贓物，皆是恩賜。當部録日，妾在郴州，親見州縣希贊意旨，盡刮去所進銀器上刻藩鎮官銜姓名，誣爲贓物。乞陛下驗之。」於是宣索竇參没官銀器，覆其刻處，皆如上清言〔一〇〕。德宗又問畜養俠刺事，上清曰：「本實無。此悉是陸贄陷害，使人爲之。」德宗怒陸曰：「者獠奴〔一一〕！我脱卻伊緑衫便與紫著，又常唤伊作陸九。我任使竇參，方稱意次，須教我枉殺卻。及至權入伊手，其爲軟弱，甚於泥團。」乃下詔雪參。時裴延齡探知陸贄恩衰，恣行媒孽，竟受譴不迴。後上清特敕度爲道士，終嫁爲金忠義妻。世以陸贄門生多位顯者，不敢説，故此事絶無人知。

本條原出常侍言旨。太平廣記卷二七五異聞集題作上清。類説卷二八異聞集題作上清傳。紺珠集卷五明皇十七事中有上清、陸九兩條，實爲柳珵常侍言旨中文，原書題下已有提示。資治通鑑卷二三四唐紀五十德宗貞元八年四月乙未，「貶中書侍郎、同平章事竇參爲郴州别駕」，考異引柳珵上清傳全文，司馬光曰：「信如此説，則參爲人所劫，德宗豈得反云『蓄養俠刺』！況陸贄賢相，安肯爲此！就使欲陷參，其術固多，豈肯爲此兒戲！全不近人情，今不取。」郡齋讀書志子部小説類載常侍言旨一卷，云「上清、劉幽求二傳附」。又本條與上條 782 原合爲一條，今依原書分列。

〔一〕寵妾　考異、太平廣記引文作「常所寵青衣」。
〔二〕庭樹上有人　考異、太平廣記引文下有「恐驚郎」一句。
〔三〕汝　考異引文下有「在」，太平廣記引文下有「於」。
〔四〕當　考異、太平廣記引文作「堂」，當據改。
〔五〕參依其言　太平廣記引文作「竇依其請，命僕人偵其絶縱且久，方敢歸寢。」
〔六〕郴州　太平廣記引文誤作「柳州」。下同。
〔七〕妾本故宰相竇參女奴　太平廣記引文其下尚有「竇參妻早亡，故妾得陪灑掃」二句。
〔八〕泣　考異、太平廣記引文作「涕」，當據改。
〔九〕丞　考異、太平廣記引文作「中丞」，當據改。
〔一〇〕皆如上清言　考異、太平廣記引文下有「時貞元十二年」一句。
〔一一〕者　考異引文作「這」，二字通用。太平廣記引文作「老」。

784 裴佶常話：少時姑夫爲朝官〔一〕，有清望。佶至其居〔二〕，會退朝，浩嘆曰：「崔昭何人，衆口稱美！此必行貨賂者也。如此，安得不亂？」言未訖，門者報曰：「壽州崔使君候。」姑夫怒，呵門者，將鞭之。良久，束帶强出。須臾，命茶甚急，又命饌，又令秣馬、飯僕。佶曰〔三〕：「前何倨，後何恭？」及入門，有喜色，揖佶而曰：「憩外舍〔四〕。」未下階〔五〕，出懷中一紙，乃贈官絁千匹〔六〕。

本條原出國史補卷中崔昭行賄事。太平廣記卷二四三國史補題作裴佶。類説卷二六國史補題作崔昭行賄。

〔一〕姑夫爲朝官　原書句下有註曰：「不記名姓。」

〔二〕佶至其居　原書作「佶至宅看其姑」。

〔三〕佶　原書作「姑」。太平廣記引文作「佶姑」。案此處應有「姑」字。

〔四〕外舍　原書作「學院」。

〔五〕未下階　原書句首有「佶」字。

〔六〕贈官絁千匹　原書「贈」上有「昭」字。

785 李司徒勉爲開封縣尉，特善捕賊〔一〕。時有不良試公之寬猛〔二〕，乃潛納人賄，俾公知之。公召告吏卒曰：「有納其賄者，我皆知之。任公等自陳首，不得過三日，過則舁櫬相見。」其納賄不良故逾限，而忻然自齎其櫬〔三〕。公令取石灰棘刺置於中，令不良人，命取釘釘之，送汴河訖，乃請見廉使，廉使嘆賞久之。後公爲大梁節度使，人問公曰：「今有官人如此〔四〕，如何待之？」公曰：「即打腿。」

本條原出劉賓客嘉話録。説郛（陶珽刊本）弓三六嘉話録亦載。

〔一〕特善　原書無此二字。

〔二〕不良　即「捉不良」，專管緝捕盜賊之吏卒。

〔三〕自齋其櫬　原書下有「至」字。

〔四〕官　原書作「害」，當據本書改。

786盧舍人羣〔一〕、盧給事弘正相友善〔二〕。羣清瘦古淡，未嘗言朝市；弘正魁梧富貴，未嘗言山水。羣日飲高臥〔三〕，制詔多就宅草之；弘正未嘗在假告〔四〕，有賓客皆就省相見。一日雪中，羣在假，弘正將欲入省，因過羣。羣方道服，於南垣茅亭望山雪，促命延入。羣曰：「盧六盧六！曾莫顧我，何也？」弘正曰：「月限向滿，家食相仍，且詣宰府，以求外任。」羣曰〔五〕：「奔走權門，所不忍視。臘酒一壺，能共醉否？」弘正曰：「切欲詣省。」羣又呼侍兒曰：「盧六待去，早來藥糜宜勻越器中，我與給事公對食。」弘正曰〔六〕：「不可。今旦犯冷，已買血蒜羹餐矣〔七〕！」

本條原出闕史卷上路舍人友盧給事。太平廣記卷四九九唐闕史題作路羣盧弘正。

〔一〕盧舍人羣　原書作「路舍人羣」，當據改。太平廣記引文作「中書舍人路羣」。

〔二〕相友善　原書作「性相異，情相善」。

〔三〕飲　原書與太平廣記引文作「謀」。

〔四〕在假告　原書作「乞告」。太平廣記引文作「請告」。

〔五〕羣曰　原書作「紫微貌慘曰」。

〔六〕弘正曰　原書作「夕拜振聲曰」。

〔七〕已買血蒜虀餐矣　原書作「『已市血食之加蒜者飡矣。』時人聞之，以爲路之高雅，盧之俊達，各盡其性。」

787 劉太真爲陳少游行狀，比之齊桓、晉文，時議喧騰〔一〕。後坐貢院用情，追責前事，貶信州刺史。

永樂大典卷之三千一百三十四陳・陳少游引唐語林亦載。

本條原出國史補卷中行狀比桓文。

〔一〕劉太真爲陳少游行狀，比之齊桓、晉文，時議喧騰　舊唐書卷一三七劉太真傳：「常叙少游勳績，擬之桓、文，大招物論。」新唐書卷二百三文藝下劉太真傳：「淮南陳少游表爲掌書記，嘗以少游擬桓、文，爲義士所訾。」

788 韋太尉之在西川〔一〕，凡軍士將有婚嫁〔二〕，則以熟錦衣給其夫，以銀泥衣給其妻，又各給錢一萬，死喪稱是。精訓練，待之如敬客〔三〕。極其聚斂，軍府浸盛，而民困矣！晚年終至劉闢之亂，天下譏之〔四〕。

本條原出國史補卷中韋太尉設教。太平廣記卷四九六國史補題作韋皐。

〔一〕韋太尉　太平廣記引文作「韋皐」。

〔二〕凡軍士將有婚嫁　原書作「凡事設教，軍士將吏婚嫁」。

〔三〕精訓練，待之如敬客　原書作「訓練稱是。內附者富贍之，遠來者將近之。」新唐書卷一五八韋皋傳：「善拊士，至雖昏嫁皆厚資之，婿給錦衣，女給銀塗衣，賜各萬錢，死喪者稱是。」

〔四〕晚年終至劉闢之亂天下譏之　原書作「及晚年爲月進，終致劉闢之亂，天下譏之。」舊唐書卷一四〇韋皋傳：「皋在蜀二十一年，重賦斂以事月進，卒致蜀土虛竭，時論非之。」

789 劉闢初有心疾〔一〕，人自外至，輒闢而吞之〔二〕。同府崔佐特碩大〔三〕，闢據地而吞，背裂血流。獨盧文若至不吞，故後自惑〔四〕。

永樂大典卷之二萬三百十疾・心疾引唐語林亦載。與卷八 1079 1078 條原合爲一條。

本條原出國史補卷中劉闢爲亂階。類説卷二六國史補題作劉闢吞人。

〔一〕劉闢初有心疾　原書作「初，劉闢有心疾」。

〔二〕輒闢而吞之　原書作「輒如吞噬之狀」。

〔三〕崔佐　原書作「崔佐時」。永樂大典引文作「崔估時」。

〔四〕獨盧文若至不吞故後自惑　原書句下有「爲亂」二字。舊唐書卷一四〇劉闢傳：「初，闢嘗病，見諸問疾者來，皆以手據地，倒行入闢口，闢因磔裂食之；惟盧文若至，則如平常。故尤與文若厚，竟以同惡俱赤族，不其徑歟！」新唐書卷一五八劉闢傳同。

790 國子司業韋聿者，臯之兄也。朝中以爲戲弄。或言九宮休咎，聿曰：「我家白方常在西南，二十年矣！」

本條原出國史補卷中韋聿白方語。説郛（陶珽刊本）弓四八唐國史補題作白方。又本條與下條791原合爲一條，今依原書分列。

791 權相爲舍人〔一〕，以門望自處，常戲同僚曰〔二〕：「未嘗以科第爲資。」鄭雲逵譃曰：「更有一人。」遽問：「誰？」答曰「韋聿。」滿座皆笑。

本條原出國史補卷中恥科第爲資。又本條與上條790原合爲一條，今依原書分列。

〔一〕權相　指權德輿。

〔二〕戲　原書作「語」。

792 汴州相國寺，言佛像有流汗。劉玄佐遽命駕〔一〕，自持金帛以施。日中，其妻亦至。明日，復起齋場〔二〕。由是將吏商賈，奔走道路，如恐不及〔三〕。因令官爲簿書，以籍所入。十日，乃閉寺門，曰：「汗止矣！」所得蓋鉅萬，計以贍軍〔四〕。

本條原出國史補卷上汴州佛流汗。太平廣記卷二三八國史補題作劉玄佐。紺珠集卷三、類説卷二六、白孔六帖卷五七引國史補題作佛汗。説郛（張宗祥輯明鈔本）卷七五國史補亦載。

〔一〕劉玄佐　原書作「節帥劉玄佐」，太平廣記引文作「節度使劉玄佐」。

〔二〕齋場　原書作「輸齋梵」。

〔三〕如恐不及　原書與各本引文作「唯恐輸貨不及」。

〔四〕所得蓋鉅萬計以贍軍　新唐書卷二一四藩鎮劉玄佐傳亦記此事，下云：「其權譎類若此。」

793 崔膺性狂〔一〕，張建封愛其文，引爲客。隨建封行營，夜中大叫驚軍，軍士皆怒，欲食其肉。建封藏之。明日置宴，監軍曰：「某與尚書約，彼此不得相違。」建封曰：「唯。」監軍曰：「某有請，請崔膺。」建封曰：「如約。」逡巡，建封又曰：「某有請，亦請崔膺〔二〕。」坐中皆笑，乃得免。

本條原出國史補卷中崔膺性狂率。太平廣記卷二〇二國史補題作張建封。桂苑叢談史遺有類似之記載，永樂大典卷之二千七百四十一崔・崔膺引桂苑叢談，卽出史遺。

〔一〕狂　原書作「狂率」。

〔二〕建封又曰某有請亦請崔膺　原書作「建封復曰：『某有請。』監軍曰：『唯。』却請崔膺。」

794 李實爲司農卿，督責官租。蕭祐居喪，輸不及期，實怒，召至，租車亦至，得不罪。會有賜與，當謝狀〔一〕，秉筆者有故未至，實乃曰〔二〕：「召衣齊衰者。」祐至，立爲草狀，實大喜，延英面薦。德宗令問喪期，屈指以待。及釋服日，以處士拜拾遺。祐有文學〔三〕，喜書畫，好彈琴，其拔擢乃偶然耳。

本條原出國史補卷中李實薦蕭祐。太平廣記卷二〇二國史補題作李實。

〔一〕當謝狀　原書與太平廣記引文作「當爲謝狀」，當據之補「爲」字。

〔二〕實乃曰　原書作「實急，乃曰」。

〔三〕祐有文學　原書作「祐雖工文章」，「雖」字似衍。舊唐書卷一六八蕭祐傳言：「祐閑澹貞退，善鼓琴賦詩，書畫盡妙。」而新唐書則作蕭祐，卷一六九本傳曰：「少貧窶，隱居，以孝養聞。司農卿李實督官租，祐居喪，未及輸，召至，將責之，會有賜與，倩祐爲奏，實稱善，即薦于朝。」

795　鄭雲逵與王彥伯鄰。嘗有客求醫，誤造雲逵，診曰〔一〕：「熱風〔二〕。」客又請藥方，雲逵曰：「藥方即不如東家王供奉〔三〕。」客驚而去。自是京城目乖宜者爲「熱風」〔四〕。

本條原出國史補卷中誤造鄭雲逵。紺珠集卷三、類說卷二六國史補題作熱風。說郛（張宗祥輯明鈔本）卷七五國史補亦載。大平廣記卷二四二、說郛（陶珽刊本）弓二三乾𦠆子蕭俛條亦有類似之記載。

〔一〕誤造雲逵診曰　原書作「誤造雲逵門，雲逵知之，延入與診候，曰」。

〔二〕熱風　原書「熱風」下尚有「頗甚」二字。

〔三〕藥方即不如東家王供奉　原書作「某是給事中。若覓國醫王彥伯，東鄰是也。」

〔四〕自是京城目乖宜者爲熱風　原書句下尚有「或云卽劉俛也」一句。

796 王仲舒爲郎中，與馬逢友善，每責逢曰：「貧不可堪，何不求碑誌相救？」逢笑曰：「適見人家走馬呼醫，立可得也〔一〕。」

本條原出國史補卷中求碑誌救貧。太平廣記卷四九七國史補題作王仲舒。侯鯖録卷六亦引，唯不註出處。

〔一〕適見人家走馬呼醫，立可得也　原書作「適有人走馬呼醫，立可待否？」二者語氣已有不同。

797 許尚書孟容與宋濟爲布衣交。及許知舉，宋不中第。放榜後，許自愧，累請人致意，兼令門生就見，宋乃謁許〔一〕。深謝之。因置酒，酣〔二〕，乃曰〔三〕：「某今年爲國家取卿相〔四〕。」時有姚嗣及第〔五〕，數日卒〔六〕。乃起慰許曰：「邦國不幸，姚令公薨謝〔七〕。」

本條原出盧氏雜説。太平廣記卷二五五盧氏雜説題作宋濟。類説卷四九盧氏雜説題作取卿相爲狀頭。

〔一〕宋乃謁許　太平廣記引文作「宋不得已，乃謁焉」。

〔二〕深謝之因置酒酣　太平廣記引文作「許但分訢首過，因命酒，酣」。

〔三〕乃曰　類説引文作「許復大言曰」。

〔四〕某今年爲國家取卿相　類説引文作「今年爲國取卿相爲狀頭」。太平廣記引文句首尚有「雖然」一句。

〔五〕姚嗣及第　太平廣記引文作「姚嗣卿及第後」。類説引文則以姚嗣卿爲狀頭。

〔六〕數日　太平廣記引文作「翌日」。

〔七〕姚令公薨謝　太平廣記引文其下尚有「許大慙」一句。

798 鄭昈性通脱，與諸甥姪談笑無間。曾被飄瓦所擊，頭血淋漓，兩玉簪俱碎。家人惶遽來視，外甥王某在後至，曰：「二十舅，今日頭璧俱碎。」昈大叫曰：「我不痛！」裹傷命酒〔一〕，酣飲盡興〔二〕。

本條原出封氏聞見記卷十歡狎。

〔一〕傷　原書作「函」。

〔二〕酣飲盡興　原書作「酣興盡」，當據本書補「飲」字。原書句下尚有「昈後至戶部員外郎、滁州刺史云」一句。

799 顧況從辟，與府公相失，揖出幕。況曰：「某夢口與鼻爭高下。口曰：『我談今古是非，爾何能居我上？』鼻曰：『飲食非我不能辨。』眼謂鼻曰：『我近鑒豪端，遠察天際，惟我當先。』又謂眉曰：『爾有何功，居我上？』眉曰：『我雖無用，亦如世有賓客，何益主人？無卽不成禮儀。若無眉，成何面目？』」府公悟其譏，待之如初。又舊說：顧況與韋夏卿飲酒，時金氣已殘，夏卿請席徵秋後意，或曰「寒蟬鳴」，或曰「班姬扇」，而況云「馬尾」，衆哂之。曰：「此非在秋後乎〔一〕？」

本條不知原出何書。

〔一〕秋　「鞦」之諧音。「鞦」爲「鞧」之異體，乃馬後部之革帶。

800 郎中故事〔一〕：吏部郎中二廳，先南曹，次廢置〔二〕。刑部分兩賦〔三〕。其制尚矣。

本條原出國史補卷下郎官分判制。太平廣記卷一八七國史補題作尚書省。南部新書卷戊亦載。又本條與下四條801 802 803 804原合爲一條，今依原書分列。

〔一〕郎中　原書與太平廣記引文均作「郎官」，當據改。南部新書誤作「都官」。

〔二〕吏部郎中二廳先南曹次廢置　原書與太平廣記引文作「吏部郎中二廳，先小銓，次格式。員外郎二廳，先南曹，次廢置。」南部新書同。本書文字有闕誤。

〔三〕刑部分兩賦　原書與太平廣記引文作「刑部分四覆，户部分兩賦。」南部新書同，唯「賦」作「税」。本書文字有闕誤。

801 舊説：吏部爲「南省舍人」〔一〕，考功、度支爲「振行」，比部得廊下食，以飯從者，號曰「比盤」。二十四曹呼左右司爲「都公」。省中語曰：「後行祠、屯，不博中行都、門；中行刑部〔二〕，不博前行駕、庫。」

本條原出國史補卷下叙諸曹題目。太平廣記卷一八七國史補題作尚書省。近事會元卷二國史補題作省眼、南省舍人、振行、比盤、都公。紺珠集卷三國史補題作省眼比盤。類説卷二六國史補題作吏部爲省眼。白孔六帖卷七二國史補則記比盤一則。南部新書卷戊均載。又本條與上條800、下三條802 803 804原合爲一條，今依原書分列。

〔一〕吏部爲南省舍人　原書與太平廣記、近事會元引文作「吏部爲『省眼』，禮部爲『南省舍人』」，南部新書同。類説引文存下句。本書文字有闕誤，當據改。

〔二〕中行刑部　原書作「下行刑、户」。太平廣記引文作「中行禮部」，汪紹楹校：「明鈔本『部』作『户』。」類説引文作「中行刑、户」。後説是。

802 故事：度支〔一〕，郎中判入，員外判出，侍郎總統押案而已。乾元已後始爲使額〔二〕。

本條原出國史補卷下度支判出入。太平廣記卷一八七國史補題作度支。本條與上二條800 801、下二條803 804原合爲一條，今依原書分列。

〔一〕度支　原書與太平廣記引文「度支」下有「案」字。

〔二〕乾元　原書與太平廣記引文作「貞元」。資治通鑑卷二一九唐紀三五肅宗至德元載「尋加（第五）琦山南等五道度支使」下，胡三省註：「度支使始此。宋白曰：故事：度支案，郎中判入，員外判出，侍郎總統押案而已，官銜不言專判度支。開元已後，時事多故，遂有他官來判者，乃曰度支使，或曰判度支，或曰知度支事，或曰勾當度支使，雖名稱不同，其事一也。」據此則知作「乾元」、「貞元」者似均有誤。

803 郎官當直，發敕爲重。水部員外劉約直宿，會河内繫囚配流嶺表〔一〕，夜發敕符，直宿令史又不更事，惟下嶺表，不下河北。旬月後，本州聞後〔二〕，約遂出官。

本條原出國史補卷下當直夜發敕。太平廣記卷一八七國史補題作度支。本條與上三條 800 801 802、下條 804 原合爲一條，今依原書分列。

〔一〕河内　原書與太平廣記引文作「河北」，當據改。

〔二〕聞後　原書與太平廣記引文作「聞奏」，作「奏」者是。

804 貞元末，有郎官四人，自行軍司馬賜紫而登郎署，省中謔爲「四君子」〔一〕。

本條原出國史補卷下省中四軍紫。北夢瑣言卷五引李肇國史補此文。紺珠集卷三、類説卷二六國史補題作四軍紫。説郛（陶珽刊本）弓四八唐國史補題作賜紫。又本條與上四條 800 801 802 803 原合爲一條，今依原書分列。

〔一〕四君子　原書與各本引文均作「四軍紫」。北夢瑣言引文作「四君子」。

805 郎士元詩句清絶輕薄，好爲劇語，每云：「郭令公不入琴，馬鎮西不入茶，田承嗣不入朝。」馬知此，語之曰：「郎中言燧不入茶，請左顧爲設也。」郎依期而往。時豪家食次，起羊肉一斤，層布於巨胡餅，隔中以椒豉，潤以酥，入爐迫之，候肉半熟食之，呼爲「古樓子」。馬晨起啖古樓子以佇。士元至，馬喉乾如窯，卽命急烹茶，各啜二十餘甌。士元已老，虛冷腹脹，屢辭，馬輒曰：「『馬鎮西不入茶』，何遽辭也？」如此又七甌。士元固辭而起，及馬，氣液俱下。因病數旬，馬乃遺絹二百匹。

本條不知原出何書。

806 貞元初，穆寧爲和州刺史，其子故宛陵尚書及給事列侍寧前〔一〕。時穆家法最峻。寧命諸子直饌，稍不如意，則杖之。諸子至直日，必探求珍異，羅列鼎俎〔二〕，或不中意，未嘗免笞箠。一日，給事直饌，鼎前有熊白及鹿脩，曰：「白肥而脩瘠相滋，其宜乎？」遂試以白裹脩改進，寧果再飯。宛陵諸季視之〔三〕，喜形於色，曰：「非惟免笞，兼當受賞。」寧飯訖，曰：「今日誰直？可與杖俱來。有此佳味，奚進之晚？」

本條原出資暇集卷下熊白啗。説郛（陶珽刊本）弓十四資暇録題作熊白啗。

〔一〕宛陵尚書及給事　宛陵尚書卽穆贊，贊嘗官宣州刺史、御史中丞，充宣歙觀察使，歿贈工部尚書，見舊唐書卷一五五穆贊傳。宣州爲漢宛陵地。給事卽穆質，質嘗官給事中，見舊唐書卷一五五穆質傳。

〔二〕俎　原書作「伹」，當據本書改。

〔三〕諸季　原書上有「與」字，當據補。

807 寶應中，員外郎竇庭芝分司東都，敬事卜者葫蘆生〔一〕，言吉凶多中，往來甚頻。一日，入門甚嘆惋，庭芝問之，曰〔二〕：「君家大禍將至，舉族恐無遺類。」庭芝惶恐，問所以避之者。云：「非遇黄中君、鬼谷子，不可救。然黄中君難見，但見鬼谷子，當無患矣。」具説形貌服飾，令浹旬求之。於是竇與兄弟羣從洎妻子奴僕，曉夕求訪於洛下。時李鄴侯居憂於河清縣，騎驢入洛〔三〕，至中橋南，遇大尹避道，驢驚逸而走，徑入庭芝所居。與僕者共造其門，值車馬將出，忽見鄴侯，皆驚視之。俄有人出云：「此是分司竇員外宅，所失驢收在馬廐。請客入座，員外嘗願修謁。」如此者數四。不獲已，就其第。庭芝出，降階而拜，延接慇懃，遂至信宿。至於妻孥，咸備家人之禮。數日告去，贈送甚厚，但云「貴達之日，願以一家爲託。」鄴侯居於河清，信使旁午於道〔四〕。〔原註〕〔五〕庭芝初與鄴侯相值，葫蘆生遽至其家，云：「既遇此人，無復憂矣！」及朱泚之亂，庭芝方爲陝府觀察，德宗幸奉天，遂降〔六〕，賊平，德宗首命誅之。鄴侯自南嶽徵回〔七〕，因第賊臣罪狀，請庭芝減死。上不許〔八〕，云：「卿以爲寧王姻黨乎？」〔原註〕庭芝姊爲寧王妃。鄴侯具白以舊事，上乃原其罪。鄴侯始奏，上密使中官夜乘傳陝州問之，與庭芝云符合。德宗曰：「黃中君，蓋我也；謂卿爲鬼谷子，何也？」〔原註〕或云：李氏之先君塋城在清谷前〔九〕、濁谷後，恐以此言之。

本條原出劇談録卷上李鄴侯救竇庭芝。紺珠集卷八劇談録題作黃中君。類說卷十五劇談録題作黃中君鬼谷子。白孔六帖卷三一、海録碎事卷十四、古今合璧事類備要前集卷五五引劇談録均載。太平廣記卷三八李泌亦叙此事，云出鄴侯外傳。歲時廣記卷十九感前定亦叙此事，云出前定録。

〔一〕葫蘆生　原書作「胡盧生」。

〔二〕曰　原書作「良久乃言」。

〔三〕騎驢入洛　原書作「因省覲親友，策蹇驢入洛」。

〔四〕信使　原書作「信宿」，當據本書改。

〔五〕原註　此書原註乃康軿自註。原書佚去此註，當據本書補入。

〔六〕遂降　原書作「遂陷於賊庭」。

〔七〕鄴侯自南嶽徵回　原書下有「至行在，便爲宰相」二句。

〔八〕上不許　原書作「聖意不解」。

〔九〕先君　原書作「先代」。

808 竇相易直，幼時名秘。家貧，就業田里，其師事老叟有道術，而人不知。一日，忽風雪暴至，學童皆不果歸，宿於漏屋下。天寒，爭近火，唯竇相寢於榻。夜深方覺，叟撫公令起，曰：「竇秘，君後爲人臣，貴壽之極，勉自愛也！」及德宗幸奉天，易直方舉進士，亦隨駕西行。乘一蹇驢至開遠門，路隘，門將闔，公懼勢不可進，聞一人叱驢，兼箠其後，得疾馳而出〔一〕。顧見一黑衣卒呼曰：「秀才！他日莫忘閭倩〔二〕。」及拜相，訪得其子，提挈累至大官。

本條原出因話録卷六羽部。太平廣記卷七六因話録題作鄉校叟；卷二二三因話録亦引，題作竇易直，乃重出之文。

又續前定録亦敍此事。

〔一〕出　原書誤作「入」，當據本書改。太平廣記引文亦作「出」。

〔二〕聞倩　原書誤作「此情」，太平廣記引文作「聞情」。

809 趙璟〔一〕、盧邁二相，皆吉州旅客〔二〕，人人呼趙七〔三〕、盧三。趙相自微而著，蓋爲是姚廣女壻〔四〕。姚與獨孤問俗善，因託之，得作湖南判官，累授官至監察〔五〕。蕭復相代問俗爲潭州〔六〕，有人又薦於蕭，蕭留爲判官，至侍御史。蕭入，主留務，有美聲，聞於德宗，遂兼中丞，爲湖南廉使。及李泌入相，不知之，俄而除替。璟既罷任，遂入京。李玄素知璟湖南政事多善，意甚慕之〔七〕。璟閒居慕静，深巷杜門不出，玄素訪之甚頻。玄素乃是泌相之從弟也。璟因其相訪，引玄素於青龍寺〔八〕，謂之曰：「趙璟亦自有官職〔九〕，誓不敢怨他人也。非偶然耳，蓋得於日者焉。」遂同訪之。問玄素年命〔一〇〕，謂之曰：「公亦富貴人也〔一一〕。」玄素因自負，亦不言於泌相兄也。德宗忽記得璟〔一二〕，賜拜給事中。泌相不測其由。會有和戎使事，出新相關播爲大使，張薦、張式爲判官，泌因乃奏璟爲副使。未至西蕃，右丞有闕，宰相上名，德宗曰：「趙璟堪爲此官。」進拜右丞〔一三〕。不數月，遷尚書左丞平章事。五年，薨於位。此乃吉州旅人趙七郎之變化也。

本條原出劉賓客嘉話録。太平廣記卷一五二嘉話録題作趙璟盧邁。今本劉賓客嘉話録佚去，唐蘭援此人校輯本補遺。

〔一〕趙璟　舊唐書卷一三八、新唐書卷一五〇有傳，均作「趙憬」。

〔二〕吉州旅客　太平廣記引文作「吉州人」，誤。舊唐書記趙憬爲天水隴西人，新唐書記作渭州隴西人。又舊唐書卷一三六盧邁傳云是范陽人，新唐書一五〇盧邁傳云是河南河南人。蓋舊唐書以郡望言，新唐書則以籍貫言，然均未言及乃吉州人也。

〔三〕人人　太平廣記引文作「旅衆」。

〔四〕姚廣　太平廣記引文作「姚曠」。

〔五〕授　太平廣記引文作「奏」，當據改。

〔六〕蕭復相　太平廣記引文作「蕭相復」。舊唐書卷一二五蕭復傳：「大曆十四年，自常州刺史爲潭州刺史、湖南觀察使。」

〔七〕俄而除替璟既罷任遂入京李玄素知璟湖南政事多善意甚慕之　太平廣記引文作「俄而以李元素知璟湖南留務事，而詔璟歸闕。」節引多誤，當據本書改。

〔八〕引　太平廣記引文誤作「別」。

〔九〕有　太平廣記引文作「合有」，當據補。

〔一〇〕問　太平廣記引文上有「仍密」二字。

〔一一〕公亦富貴人也　太平廣記引文作「據此年命，亦合富貴人也。」

〔一二〕德宗忽記得璟　太平廣記引文句上有「頃之」二字。

〔一三〕進　太平廣記引文作「追赴」。

810 苗晉卿困於科舉。一年，似得復落〔一〕。春時，攜酒乘驢出都門，藉草而眠。既覺，有老父坐於旁，因以餘杯飲之。老父媿謝曰：「郎君縈悒耶〔二〕？要知前事乎？」晉卿曰：「某應舉已久，有一第乎〔三〕？」曰：「大有事，但問之。」苗曰：「某久窮，羨一郡，寧可及乎？」曰：「更向上。」「廉察乎？」曰：「更向上。」苗乘酒，遂曰〔四〕：「將相乎？」曰：「更向上。」苗怒而不信，因揚言曰〔五〕：「將相更向上，天子也〔六〕？」老父曰：「真者不得，假者卽得。」苗以爲怪誕，揖之而去。後果爲將相。及德宗崩，攝冢宰三日。

〔本條原出幽閑鼓吹。太平廣記卷八四幽閑鼓吹題作苗晉卿。類說卷四三幽閑鼓吹題作作假天子。說郛（陶珽刊本）弓五二幽閑鼓吹亦載。〕

〔一〕落　原書作「落第」。

〔二〕縈悒耶　原書作「縈悒恥」。

〔三〕有一第乎　原書作「有一第分乎？」

〔四〕遂曰　原書作「猛問曰」。

〔五〕揚言　原書作「肆言」。

〔六〕天子也　原書作「作天子乎？」

811 司空曾爲楊丞相炎判官〔一〕，故盧新州見忌〔二〕，欲出之。公見桑道茂，道茂曰：「年内出官〔三〕。」官名遺忘，福壽果然。

本條原出劇談録。原書佚去，太平廣記卷七六桑道茂條内有此文，云出劇談録。唐蘭讀唐語林，以本條次於盧華州條上，且文義近似，故誤定爲劉賓客嘉話録佚文而輯入校輯本補遺中。

〔一〕司空　太平廣記引文作「司徒杜佑」，當據改。

〔二〕盧新州　太平廣記引文作「盧杞」。

〔三〕年内出官　太平廣記引文作「『年内出官，則福壽無疆。』既而自某官九十餘日出爲某官。」

812 盧華州〔一〕，予之堂舅氏也。嘗於元載宅門，見一人頻至其門，上下瞻顧。盧疑其人〔二〕，乃邀以歸，且問「元相何如？」曰：「新相將出，舊者須去。吾已見新相矣，一人緋，一人紫；一人街西住，一人街東住〔三〕：皆慘服也。然二人皆身小而不知姓名〔四〕。」不經旬日，王、元二相下獄。德宗以劉晏爲門下〔五〕，楊炎爲中書，外皆傳説必定，疑其言不中。時國舅吴湊見王、元事訖〔六〕，因賀德宗而啓之，曰：「新相欲用誰人？」德宗曰：「劉、楊。」湊不語。上曰：「五舅意如何〔七〕？言之無妨。」吴曰：「二人俱曾用也，行當可見。陛下何不用後來俊傑？」上曰：「爲誰？」吴乃奏常衮及某乙。翌日並用，拜二人爲相，以代王、元，果如其説。緋、紫、短小〔八〕，街之東、西，無不驗者。

本條原出劉賓客嘉話録。説郛（陶珽刊本）弓三六嘉話録亦載。

〔一〕盧華州　原書上有「公曰」二字。盧華州即盧徵，舊唐書卷一四六盧徵傳曰：「貞元八年春，同州刺史闕，……特詔用徵，……數歲，轉華州刺史。……貞元十六年卒。」劉禹錫有途次敷水驛伏睹華州舅氏昔日行縣題詩處潸然有感、貞元中侍郎舅氏牧華州……等詩。

〔二〕其人　原書作「異人」。

〔三〕一人街東住　原書無。當據本書補。

〔四〕不　原書無。當據本書補。

〔五〕以　原書作「將用」，當據改。

〔六〕訖　原書作「説」，當據本書改。

〔七〕五舅　原書作「吾舅」。

〔八〕小　原書作「長」。

813 桑道茂之門有一媪〔一〕，無所知，大開卜肆〔二〕。自桑而卜問者，必曰：「媪於桑門賣卜，必有異也。」筮畢必來覆之。桑言休，則媪言咎；桑言咎，則媪言休。厥後中否，媪、桑各半。

本條原出資暇集卷中卜則媪。白孔六帖卷三一引資暇集亦載。説郛（陶珽刊本）弓十四資暇録題作卜則媪。

〔一〕桑道茂之門有一媪　原書作「非卜筮者必詣桑道茂之行，有媪一」。「行」乃「門」之誤，當據本書改。

〔二〕卜　原書作「小」，當據本書改。

814 長安風俗，貞元侈於遊宴，其後或侈於書法、圖畫，或侈於博弈，或侈於卜咒，或侈於服食，各有自也〔一〕。

本條原出國史補卷下敍風俗所侈。

〔一〕各有自也　原書作「各有所蔽也」。

815 順宗時，五坊鷹犬恣横，州縣不能制。多於民間張罝罘。或有誤傷一鳥雀者，必多得金帛乃止，時謂「供奉鳥雀」。

本條不知原出何書。

816 劉禹錫爲屯田員外郎，旦夕有騰超之勢。知一僧有術數，寓直日邀至省。方欲問命，報韋秀才在門外，不得已見之，令僧坐簾下。韋獻卷已，略省之，意色頗倦，韋覺告去。僧吁嘆良久〔一〕，曰：「某欲言，員外心不愜〔二〕，如何？員外後遷，乃本曹郎中也，然須待適來韋秀才知印處置。」禹錫大怒，揖出之。不旬日，貶官。韋乃處厚相。二十餘年〔三〕，在中書，禹錫轉爲屯田郎中〔四〕。

本條原出幽閑鼓吹。太平廣記卷二二四幽閒鼓吹題作劉禹錫。説郛（陶珽刊本）弓五二幽閑鼓吹亦載。

〔一〕僧吁嘆良久　原書作「與僧語，不對。吁嗟良久」。

〔二〕心　原書作「必」。

〔三〕二十餘年　原書作「後三十餘年」，太平廣記引文則作「後二十餘年」。當以「二十」爲是。

〔四〕禹錫轉爲屯田郎中　舊唐書卷一六〇劉禹錫傳作「拜主客郎中」。

817　韋崖州執誼自幼不喜聞嶺南州縣。拜相日，出外舍，一見州郡圖〔一〕，遲迴不敢看。良久，臨起誤視，乃崖州圖。後竟貶於此〔二〕。

本條原出大唐傳載。

〔一〕一見　原書作「見一」。

〔二〕後竟貶於此　原書作「竟以貶終」。新唐書卷一六八韋執誼傳：「始未顯時，不喜人言嶺南州縣。既爲郎，嘗詣職方觀圖，至嶺南輒瞑目，命左右徹去。及爲相，所坐堂有圖，不就省。既易旬，試觀之，崖州圖也，以爲不祥，惡之。果貶死。」

818　裴晉公度少時羇寓洛中〔一〕，嘗乘驢入皇城，上天津橋。時淮西用兵已數年矣。有二老人傍橋柱立，相語云：「蔡州用兵日久，徵發正困於人，未知何時得平定？」忽覩裴公，驚愕而退。有僕攜書囊後行，相去稍遠，聞老人云：「適憂蔡州未平，須待此人爲將。」既歸，其僕白之，裴曰：「見我龍鍾，相戲爾！」其秋東府鄉薦，明年登第。及爲相，請討伐淮西，遂平〔二〕。後守洛時，對客每話天津橋老人事。

永樂大典卷之一萬八千二百八將・待此人爲將引唐語林亦載。

本條原出劇談録卷上裴晉公天津橋遇老人。太平廣記卷一三八劇談録題作裴度。紺珠集卷八、白孔六帖卷三四引劇談録題作天津老人。類説卷十五劇談録題作見我龍鍾故相戲耳。錦繡萬花谷後集卷十六、新編分門古今類事卷二、古今合璧事類備要續集卷五六引劇談録均載。山谷詩集內集卷二次韻子由續溪病起被召寄王定國任淵註引劇談録亦載。

〔一〕少時　原書作「微時」。當據改。

〔二〕及爲相請討伐淮西遂平　原書叙此事甚詳，此處乃約而言之。

819 裴中令應舉〔一〕，詣葫蘆生問命。未之許，謂無科級之分。試日，排高上門〔二〕，人馬擁併。見一婦人，類賈客之妻，從女奴皆衣服鮮潔，挈一合，以紫帕封。女奴力勸，置於門闑。門闔〔三〕，失婦人所在〔四〕，合復在闑傍〔五〕，公以衫裾衛之，意爲他人所購，冀其主復至。舉人悉集，公獨在門，日晏終不去。久之，婦人方悲號，公詰其寃抑，以狀答曰：「夫犯刑憲，其案已圓在朝夕。某家素豐，蓄一寶帶，會有能救護者，與數萬緡，至羅錦，悉不取，唯須此帶。今早晨親遣女使更持送，忽失所在，吾夫不免矣〔六〕！」公識其主，即以予之〔七〕。婦人再拜，泣謝而去。試不及，免罷一舉。他日復訪葫蘆生〔八〕，生見公，驚曰：「君非去年相遇者耶？君將來及第〔九〕，兼位極人臣，蓋近有陰德。」

本條原出芝田録。類説卷十一芝田録題作詣葫蘆生問命。白孔六帖卷二七引芝田録亦載。唐摭言卷四節操亦載此事，而云遇遺物之婦人於香山佛寺。

〔一〕裴中令應舉　類説引文作「白中金應舉，屢不第。」「白中金」乃誤字。白孔六帖亦誤作「白中令」。唐摭言作「裴晉公」。

〔二〕排高上門　類説引文作「入安上門」。安上門乃皇城之東南門。

〔三〕門闢　類説引文作「門將闢」。

〔四〕失婦人所在　類説引文作「婦人女奴俱失所在」。

〔五〕合復在闌傍　類説引文作「帕留闌傍」。

〔六〕吾夫不免矣　類説引文作「夫不免極刑矣」。

〔七〕即以予之　類説引文作「公以帶還之」。

〔八〕他日　類説引文作「明日」。

〔九〕將來及第　類説引文作「來年及第」。

820 裴晉公爲盜所傷〔一〕，隸人王義扞刃死之，乃自爲文以祭之，厚給妻孥。是歲進士爲王義傳者甚衆〔二〕。

本條原出國史補卷中晉公祭王義。太平廣記卷一六七國史補題作王義。南部新書卷戊亦載此事。

〔一〕傷　太平廣記引文作「刺」，原書作「傷刺」。

〔二〕甚衆　原書作「十有二三」，太平廣記引文作「十二三焉」，南部新書作「三之二」。

821 皇甫湜氣貌剛質，性褊直。爲尚書郎，乘酒使氣，忤同列；及醒，不自適，求分務洛都。值洛中仍歲乏食，正郎滯曹不遷，俸甚微，困悴甚。嘗因積雪，門無轍迹，廚突無煙。裴晉公保釐洛宅，人有以爲言者，由是辟爲留府從事〔一〕，公常優容之。先是，公討淮西日，恩賜鉅萬，貯於集賢私第。公素奉佛，因盡捨所得，再修福先寺。既成，將請白居易爲碑，湜曰〔二〕：「近捨湜而遠徵白，信獲戾於門下矣〔三〕！」公曰〔四〕：「初不敢以仰煩，慮爲大手筆見拒。是所願也。」因請斗酒而歸，獨飲其半，乘醉揮毫，立就。又明日，挈本以獻，文思髙古，字復怪僻，公尋繹久之，嘆曰：「木玄虛、郭景純江、海之流也！」〔原註〕〔五〕其碑在寺西北廊玉石幢院，洛中人家往往有本。命小將以車馬繒綵器玩約千餘緡酬之。湜省書，擲於地，面叱小將曰：「寄謝侍中，何相待之薄也！湜之文，非常流之文也。曾與顧況爲集序外，未嘗造次許人者；請製此碑，蓋受恩深厚耳！其詞約三千餘字，每字三匹絹，更減五分錢不得〔六〕。」小校具以白，公笑曰：「真不羈之才。」立遣依數酬之。〔原註〕其字共三千二百五十有四，計送絹九千七百六十有二〔七〕。後寺之老僧曰師約者，細爲人説〔八〕，其數亦同。自居守府及湜里第，輦負相屬，洛人聚觀之。湜褊急之性，獨異於人。嘗爲蜂螫手指，因大躁忿，命奴僕及里中小兒，箕斂蜂窠，以厚價購之。頃之，聚於庭〔九〕，則命以碪臼絞取其汁〔一〇〕，以塗所痛。又其子松，嘗録詩數首，字小誤〔一一〕，大駡躍呼，取杖不及，齧嚙其臂，血流及肘。

本條原出闕史卷上裴晉公大度（皇甫郎中褊急附）。太平廣記卷二四四闕史題作皇甫湜。古今合璧事類備要前集卷四三引唐闕史亦載。

〔一〕人有以爲言者由是辟爲留府從事　原書作「卑辭厚禮，辟爲留守府從事。正郎感激之外，亦比比乖事大之禮」。

〔二〕湜曰　原書作「值正郎在座，忽發怒曰」。

〔三〕信獲戾於門下矣　原書其下尚有「某之文方白之作，自謂瑶琴寶瑟而比之『桑間』、『濮上』之音也。然何門不可曳長裾？某自此請長揖而退。」

〔四〕公曰　原書作「座客旁觀，靡不股慄。公婉詞敬謝之，且曰」。

〔五〕原註　此是高彦休自註。下同。

〔六〕更減五分錢不得　原書下有自註：「已上實録正郎語，故不文。」

〔七〕六十　原書無。

〔八〕人　原書作「愚」。

〔九〕聚　原書作「山聚」。

〔一〇〕以碓臼　原書作「碎爛於碓機杵臼」。

〔一一〕字　原書作「一字」。

822 李汧公鎮宣武，好琴書。自造琴，取新舊桐材扣之，合律者裁而膠綴。所蓄二琴殊絕，其名響泉、韻磬者也〔一〕。性不喜俗間聲音〔二〕。有二寵奴，號秀奴、七七，善琴箏與歌，時遣奏之。有撰琴譜。兵部員外郎約，汧公之子也。以近屬宰相子，而有德量，多材藝〔三〕，不邇聲色。善接引人物，而不好俗談。晨起，草裹頭，對客蹙容〔四〕，便過一日。多蓄古器，在潤州嘗得古鐵一片〔五〕，擊之清越。養一猿，名山公，常與相隨。嘗月夜獨泛江，登金山，擊鐵鼓琴，猿必嘯和〔六〕。高陸令趙傪夫人韋氏〔七〕，即兵部之姨妹也，說汧公徐夫人生二子〔八〕：中年於徐夫人小乖，及兵部生〔九〕，情好復初，而君於諸子中寶愛懸隔。在官所俸祿〔一〇〕，付與從子，一不問數，唯給奉崔氏、元氏二孀姊〔一一〕。元氏亦有美行，祭酒華陰公爲之傳〔一二〕。君初至金陵，於李錡坐〔一三〕，屢讚招隱寺之美。一日，錡宴於寺中，明日謂君曰：「十郎常誇招隱寺，昨遊宴細看，何殊州中？」君笑曰：「某所賞者疏野耳！若遠山將翠幕遮，古松用綵物裹，腥羶涴鹿踣泉，音樂亂山鳥聲，此則實不如在叔父大廳也。」錡大笑。性又嗜茶〔一四〕，能自煎，曰：「茶須緩火炙，活火煎。」活火，謂炭火之有燄者也。客至，不限甌數，竟日執茶器不倦。嘗奉使行至陝州石硤縣東〔一三〕，愛渠水，留旬日，忘發。

本條原出因話録卷二商部。紺珠集卷五因話録各條分別題作七七、山公、讚招隱寺、茶須活火煎。類説卷十四因話録分別題作響泉韻磬、猿名山公、活火煎茶。説郛（陶珽刊本）弓二三因話録分別題作七七、山公。

〔一〕所蓄二琴殊絶其名響泉韻磬者也　新唐書卷一三一宗室宰相李勉傳：「善鼓琴，有所自製，天下寶之。樂家傳響泉韻磬，勉所愛者。」

〔二〕俗間聲音　原書作「瑟兼箏聲」，與下文不合，似有誤，當據本書改。

〔三〕有德量多材藝　原書作「雅度玄機，蕭蕭冲遠，德行既優，又有山林之致。琴道、酒德、詩調皆高絶。」

〔四〕甓容　原書作「甓融」。甓融乃博弈之戲，見酉陽雜俎續集卷四貶誤。參看本書卷八 1024 條。

〔五〕潤州　原書作「湖州」。

〔六〕猿必嘯和　原書句下尚有「傾壺達旦，不俟外賓。與璘先君同在浙西使府，居處相接，慕先君家行及詩韻，契分最深」數句。

〔七〕高陸令趙傪夫人韋氏　原書作「伯父高陵府君夫人韋氏」，作「高陸」者誤，參看本書卷一 105 條。

〔八〕説　原書作「又傳聞」。

〔九〕生　原書作「在母之後」，文意不明。

〔一〇〕所　原書作「所得」，當據之補「得」字。

〔一一〕姊　原書作「姨」，似誤。

〔一二〕華陰公　原書作「弘農公」。

〔三〕李錡　原書作「府主庶人錡」。
〔四〕性又嗜茶　原書作「約天性惟嗜茶」。
〔五〕石硤縣　原書誤作「硤石縣」，參看新唐書卷三八地理志二。

823 李錡之擒也，侍婢一人隨之。裂帛自書管擢之功〔一〕，言爲張子良所賣。教侍婢曰：「結之於帶。吾若從容奏對，當爲宰相，揚、益節度；不得〔二〕，受極刑矣。我死，汝必入禁中。上問汝，當以此進。」及錡伏法，京師大霧，三日不解〔三〕。憲宗得帛書，頗疑其寃，內出黃衣一襲賜錡子〔四〕，敕京兆收葬。

本條原出國史補卷中李錡裂襟書。太平廣記卷二七五國史補題作李錡婢。資治通鑑卷二三七唐紀卷五三憲宗元和二年考異引國史補此文，且下按語曰：「李錡驕逆，何寃之有！今從實録。」

〔一〕裂帛　原書作「錡夜則裂衿」。
〔二〕不得　原書與各本引文此下均有「從容」二字。
〔三〕三日不解　原書與各本引文句下有「或聞鬼哭」一句。
〔四〕內出黃衣一襲賜錡子　原書與考異引文作「內出黃衣二襲賜錡及子」。新唐書卷二二四上叛臣上李錡傳：「帝出黃衣二襲，葬以庶人禮。」

824 孝明鄭太后，潤州人也，本姓爾朱氏〔一〕。相者言其當生天子。李錡據浙西反，納之。錡誅後，入掖庭，爲郭太后侍兒。憲宗皇帝幸之，生宣宗。卽位，尊爲太后〔二〕。懿宗立，尊爲太皇太后。又七年崩。以郭太后配饗，出祭別廟。

本條原出東觀奏記卷上。説郛（陶珽刊本）弓四三東觀奏記卷上亦載。

〔一〕本姓爾朱氏　原書作「本姓朱氏」。舊唐書卷五二后妃傳下：「憲宗孝明皇后鄭氏，宣宗之母也。蓋内職御女之列，舊史殘缺，未見族姓所出、入宮之由。」新唐書卷七七后妃傳下：「憲宗孝明皇后鄭氏，丹楊人，或言本尒朱氏。元和初，李錡反，有相者言后當生天子。錡聞，納爲侍人。錡誅，没入掖廷，侍懿安后。憲宗幸之，生宣宗。」

〔二〕尊爲太后　原書作「爲母天下十四年」。

825 段相文昌，少寓江陵，甚貧窶。每聽曾口寺齋鐘動，詣寺求食，寺僧厭之，乃齋後扣鐘，冀其來不逮食。後登台輔，出鎮荆南，題詩曰〔一〕：「曾遇闍梨飯後鐘。」文昌晚貴，以金蓮花盆盛水濯足，徐相商以書規之。文昌曰：「人生幾何，要酬平生不足也！」〔原註〕〔一〕或曰，此詩是王相播事。

本條原出北夢瑣言卷三段相踏金蓮。類説卷四三北夢瑣言録此，分作兩條，分別題作飯後鐘、金蓮花盆濯足。詩話總龜卷十六留題門下引北夢瑣言亦載。説郛（陶珽刊本）弓四六北夢瑣言亦載。説郛（張宗祥輯明鈔本）卷四八北夢瑣言題作段相達金蓮。

〔一〕題詩曰　原書作「有詩題曾口寺云」。

〔二〕原註　原書註文作「或云王播相公未遇題揚州佛寺詩，及荆南人云是段相，亦兩存之。」詩話總龜無此註，別作註文曰：「古今詩話載此詩，是唐相王播題揚州佛寺，有全篇，云：『上堂已了各西東，慚愧闍黎飯後鍾。三十年前塵土面，而今始得碧紗籠。』今言段文昌，乃江陵人所傳誤。」又王播事尚見唐摭言卷七起自寒苦。

826 文昌少孤，寓居廣陵之瓜洲，家貧力學。夏月訪親知於城中，不遇，饑甚，於路中拾得一錢，道旁買瓜，置於袖中。至一宅，門闃然，入其廄內，以瓜就馬槽破之。方啗次，老僕聞擊槽聲，躍出，責以擅入廄；驚懼，棄之而出。鎮淮海，常對賓客說之。在中書廳事，地衣皆錦繡，諸公多撤去，而文昌每令整飭，方踐履。同列或勸之，文昌曰：「吾非不知，常恨少貧太甚，聊以自慰爾。」

本條不知原出何書。

827 元和中，有老卒推倒平淮西碑，官司鍼其項，又以枷擊守獄者。憲宗怒，命縛來殺之〔一〕。既至京，上曰：「小卒何故毀大臣所撰碑？」卒曰：「乞一言而死。碑文中有不了語，又擊殺陛下獄卒，所願於聞奏。文中美裴度，不還李愬功〔二〕，是以不平。」上命釋縛，賜酒食，敕翰林學士段文昌別撰。案〔三〕：愬妻入訴禁中，乃命段文昌撰文，其時碑尚未立，安得推倒？

本條原出芝田録。類説卷十一芝田録題作推倒平淮西碑。

〔一〕殺之　類説引文作「朕自斫殺之」。

〔二〕不還李愬功　類説引文作「不述李愬力」。「還」乃「述」之誤。「力」乃「功」之殘泐。

〔三〕案　此案語乃王讜自述。淮西碑事，唐代卽多異説，參看王懋野客叢書卷二七退之淮西碑。

828 于襄陽云：「今之方面，權勝于列國諸侯遠矣。且頔押一字，轉牒天下，皆供給承稟；列國止於我疆而已，不亦勝乎！」

本條不知原出何書。

829 于司空以樂曲有想夫憐，其名不雅，將改之，客笑曰：「南朝相府曾有瑞蓮，故歌曰『相府蓮』，自是後人語譌。」乃不改〔一〕。古解題曰：「相府蓮者，王儉爲南齊相，一時所辟皆才名之士，時人以入儉府爲入蓮花池，謂如紅蓮映緑水，今號『蓮幕』者自儉始。其後語譌爲想夫憐，亦名之醜爾。」又有簇拍相府蓮。樂苑曰：「想夫憐，羽調曲也。」白居易詩曰：「玉管朱絃莫急催，客聽歌送十分盃；長愛夫憐第二句，倩君重唱夕陽開。」王維右丞詞云「秦川一半夕陽開」是也。「夜聞隣婦泣〔二〕，切切有餘哀。卽問緣何事，征人戰未迴。」簇拍相府蓮：

「莫以今時寵，寧忘舊日恩。看花滿眼淚，不共楚王言。」「閨燭無人影，羅屏有夢魂。近來音耗絶，終日望應門。」

本條原出國史補卷下曲名想夫憐。太平廣記卷二四二國史補引文題作于頔。紺珠集卷三、類説卷二六國史補題作相府蓮。集註分類東坡先生詩卷十七沈諫議召遊湖不赴明日得雙蓮於北山下作一絶持獻既見和又別作一首因用其韻趙次泉引國史補亦載。案本條自「古解題曰」以下，乃郭茂倩樂府詩集卷八十近代曲辭二相府蓮之小序。其所以誤入，當是永樂大典編者將之聯綴於國史補後，四庫全書館臣不加細檢而採入。

〔一〕乃不改　太平廣記引文同。原書作「相承不改耳」，仍作客語。其下乃樂府詩集中文。

〔二〕夜聞隣婦泣　此下乃是樂府詩集選録之詩。

830 衞侍郎次公在吏部，避嫌，宗從皆不注擬。有從子申甫，自江淮來調選，因告主吏曰：「但得官，便出城。即可矣。」遂館申甫於別第。未幾，撥江南令。將出城，爲次公老僕所遇，不得已，見次公。次公詰其由，申甫以實對。次公曰：「今年所注，不省有汝姓名。」驗其籤名，則次公署之也。迺召主吏，貸其罪以問之。吏曰：「凡所取押，皆冒。」次公嘆曰：「某慮不及此！」遂遣赴官。

本條不知原出何書。

831王智興以使侍中罷鎮歸京，親情有以選事求囑，智興固不肯應。選人懇請，遂致一銜與吏部侍郎〔一〕。吏部印尾狀云：「選人名銜謹領訖。」智興曰：「不知侍中亦有用處。」

本條原出盧氏雜說。太平廣記卷二五一盧氏雜說題作王智興。

〔一〕選人懇請 遂致一銜與吏部侍郎　太平廣記引文作「遂請致一函與吏部侍郎」。「銜」乃「函」之誤，當據改。

832崔相羣之鎮徐州，嘗以焦氏易林自筮〔一〕，遇乾之大畜。其繇曰：「曲束法書〔二〕，藏在蘭臺。雖遭亂潰〔三〕，獨不遇災。」及經王智興之變，果除祕書監。

本條原出因話録卷六羽部。續前定録亦敍此事。

〔一〕焦氏易林　原書作「崔氏易林」。易林作者本有二說，一以爲西漢焦延壽所作，一以爲東漢崔篆所作。

〔二〕曲束法書　原書作「典策法書」。本書「束」字誤。續前定録作「曲策法書」。

〔三〕雖遭亂潰　原書作「雖遭亂潰」。四部叢刊本易林亦作「雖遭亂潰」。

833元和十五年，太常少卿李建知舉，放進士二十九人。時崔嘏舍人與施肩吾同榜。肩吾寒進。爲嘏瞽一目，曲江宴賦詩，肩吾云：「去古成叚，著蟲爲蝦。二十九人及第，五十七眼看花〔一〕。」

永樂大典卷之一萬九千六百三十七目・瞽目引唐語林亦載。

本條不知原出何書。

〔一〕五十七眼看花　永樂大典引文其下尚有「劉子瞽無目而耳不可以察，專於聽也；聾無耳而目不可以聞，專於視也」四句。或是他書羼入者。

834 裴坦爲職方郎中、知制誥〔一〕，裴相休以坦非才，不稱，力拒之，不能得。命既行，坦至政事堂謁謝丞相。故事：謝畢便於本院上事，宰臣送之〔二〕，施一榻壓角坐〔三〕；而坦巡謁執政，至休多輸感激〔四〕。休曰：「此乃首台謬選〔五〕，非休力也。」立命肩輿便出〔六〕，不與之坐。兩閣老吏云：「自有中書，未有此事。」人爲坦恥之〔七〕。至坦知貢舉，擢休子宏上第，時人稱欲蓋而彰。

本條原出東觀奏記卷中。説郛（陶珽刊本）弓四三東觀奏記卷中亦載。南部新書卷丁亦載此事。小石山房叢書本東觀奏記佚去此條。

〔一〕裴坦爲職方郎中知制誥　原書作「以楚州刺史裴坦爲知制誥。坦罷任赴闕，宰臣令狐綯擢用。」

〔二〕宰臣　原書作「四輔」。

〔三〕施一榻壓角坐　新唐書卷一八二裴坦傳曰：「故事：舍人初詣省視事，四丞相送之，施一榻堂上，壓角而坐。」演繁露卷十壓角：「按此卽壓角故事，乃是執政送上，不與舍人均禮，故設榻隅坐，名爲壓角。」

〔四〕至休　原書下有「廳」字。

〔五〕首台　新唐書本傳作「令狐丞相」，指令狐綯。

〔六〕肩與　原書作「肩舁」。

〔七〕爲　原書作「多爲」。

835 劉虛白與太平裴坦相知。坦知舉，虛白就試，因投詩曰：「三十年前此夜中〔一〕，一般燈燭一般風。不知人世能多許，猶著麻衣待至公。」坦感之，與及第。

本條不知原出何書。唐摭言卷四與恩地舊交亦敍此事。

〔一〕三十　唐摭言作「二十」。

836 安邑李相公吉甫，初自省郎爲信州刺史。時吴武陵郎中，貴溪人也，將欲赴舉，以哀情告州牧；贈布帛數端〔一〕。吴以輕鮮，以書讓焉，其詞唐突，不存桑梓之分，並卻其禮，李公不悦。妻諫曰：「小兒方求成人，何得與舉子相忤？」遂與米二百斛，李公果憾之〔二〕。元和二年，崔侍郎邠重知貢舉，酷搜江湖之士。初春，將放二十七人及第，持名來呈相府〔三〕。纔見首座李公，公問：「吴武陵及第否？」主司恐是舊知，遽言及第。其榜尚在懷袖。忽報中使宣口敕，且揖禮部從容，遂注武陵姓字呈李公，公謂曰：「吴武陵至麤人，何以當科第？」禮部曰：「吴武陵德行未聞，文筆乃堪採録。名已上榜，不可卻也。」相府不能移〔四〕，唯唯而從之。吳君不附國庠，名第在於榜末。是日，既集省門〔五〕，謂同年曰：「不期崔侍郎今年倒排榜也〔六〕。」觀者皆訝焉。

本條原出雲谿友議卷下因嫌進。

〔一〕贈布帛數端　原書作「遺五布三帛矣」。

〔二〕李公果憾之　原書作「趙郡果爲宰輔，竟其憾焉。」

〔三〕持名來呈相府　原書上有「潛」字。

〔四〕移　原書作「因私訕士」。

〔五〕既集省門　原書下有「試」字。

〔六〕排　原書作「挂」。

837 永寧王二十〔一〕、光福王八二相〔二〕，皆出於先安邑李丞相之門〔三〕。安邑薨於位，一王素服受慰；一王則不然，中有變色，是誰過歟？又曰：李安邑之爲淮海也，樹置裴光德〔四〕，及去則除授不同。李再入相，對憲宗曰：「臣路逢中人送節與吳少陽，不勝憤憤。」聖顏赬然。翌日，罷李丞相蕃爲太子詹事，蓋與節是蕃之謀也。又論：征元濟時饋運使皆不得其人，數日，罷光德爲太子賓客；主饋運者，裴之所除也。劉禹錫曰：「宰相皆用此勢，白公孫弘始而增穩妙焉。但看其傳，當自知之。蕭曹之時，未有斯作。」

本條當出劉賓客嘉話録。今本劉賓客嘉話録佚去，唐蘭援本書此條入校輯本補遺。

〔一〕永寧王二十　王二十卽王涯，永寧爲王之住處永寧里。

〔二〕光福王八　王八卽王播，光福爲王播之住處光福里。舊唐書卷一六四王起子龜傳：「京城光福里第，起兄弟同居，斯爲宏敞。」起爲王播之弟。

〔三〕安邑李丞相　李丞相卽李吉甫。安邑爲李吉甫之住處安邑里。

〔四〕裴光德　卽裴垍。岑仲勉隋唐史下册第四十五節李德裕無黨註五二引此文，曰：「按垍居光德坊，然是時征王承宗，非征吳元濟，垍實因病危而改賓客，……可見唐末記事多誣辭。」

838 劉禹錫守連州，替高霞寓〔一〕，後入爲羽林將軍〔二〕。案〔三〕：唐書高霞寓傳：霞寓由歸州刺史入爲右衛大將軍，與劉禹錫之守連州無涉，疑有脱誤。自京附書，曰：「以承眷，輒請自代矣。」公曰〔四〕：「感〔五〕。然有一話：曾有老嫗，山行見一獸，如大蟲，羸然跬步而不進，若傷其足者。嫗因卽之，而虎舉前足以示嫗，嫗看之，乃有芒刺在掌下，因爲拔之。俄而奮迅闞吼，別嫗而去，似媿其恩者。及歸，翌日，自外擲麋鹿狐兔至於庭者，日無闕焉。嫗登垣視之，乃前傷虎也，因爲親族具言其事，而心異之。一旦，忽擲一死人〔六〕，血肉狼藉，乃被村人兇者呵捕，云『殺人』。嫗具説其由，始得釋縛。乃登垣〔七〕，伺其虎至而語之，曰：『感則感矣；叩頭大王，已後更莫拋人來也！』」

本條原出劉賓客嘉話録。太平廣記卷二五一嘉話録題作劉禹錫。今本劉賓客嘉話録佚去，唐蘭援此入校輯本補遺。侯鯖録卷六亦曾徵引，唯不註出處。

〔一〕高霞寓　太平廣記引文無「霞」字。

〔二〕後人爲羽林將軍　太平廣記引文句首有「寓」字，當據補。侯鯖録引文句首有「霞寓」二字。

〔三〕案　此案語當是永樂大典編者所加。

〔四〕公曰　太平廣記引文作「劉答書云」。

〔五〕感　侯鯖録引文作「奉感」。

〔六〕忽擲一死人　侯鯖録句下有一「人」字。

〔七〕乃登垣　太平廣記句首有「嫗」字。

839 劉禹錫曰：史氏所貴著作起居注，橐筆於螭首之下，人君言動皆書之，君臣啓沃皆記之，後付史氏記之，故事也。今起居惟寫除目，著作局可張雀羅，不亦倒置乎？

本條當出劉賓客嘉話録。今本劉賓客嘉話録佚去，唐蘭援本書此條入校輯本補遺。

840 劉禹錫曰：「大抵諸物須酷好則無不佳，有好騎者必蓄好馬，有好瑟者必善彈。皆好而別之，不必富貴而亦獲之。」韋絢曰：「蔡邕焦尾，王戎牙籌，若不酷好，豈可得哉！」

本條當出劉賓客嘉話録。今本劉賓客嘉話録佚去，唐蘭援本書此條入校輯本補遺。

841 劉禹錫云〔一〕：「韓十八愈直是太輕薄，謂李二十六程曰：『某與丞相崔大羣同年往還，直是聰明過人。』李曰：『何處是過人者？』韓曰：『共愈往還二十餘年，不曾過愈論著文章〔二〕，此是敏慧過人也〔三〕。』」

本條原出劉賓客嘉話録。類説卷五四劉禹錫佳話題作崔羣聰明過人。説郛（陶珽刊本）弓三六嘉話録亦載。

〔一〕劉禹錫云　原書無此句。

〔二〕不曾過愈論著文章　原書作「不曾共説著文章」。

〔三〕此是　原書作「此豈不是」。

842 韓十八初貶之制〔一〕，席十八舍人爲之詞〔二〕，曰：「早登科第，亦有聲名。」席既物故，友人曰：「席無令子弟，豈有病陰毒傷寒而與不潔喫耶？」韓曰：「席十八喫不潔太遲。」人問曰：「何也？」曰：「出語不是當〔三〕。」蓋忿其責詞云「亦有聲名」耳。

永樂大典卷之一萬三千四百九十六制・草制引唐語林亦載。

本條原出劉賓客嘉話録。太平廣記卷四九七嘉話録題作席夔。類説卷五四劉禹錫佳話題作韓愈制詞。説郛（陶珽刊本）弓三六嘉話録亦載。

〔一〕韓十八　太平廣記引文作「韓愈」。

〔二〕席十八舍人　太平廣記引文作「舍人席夔」。

〔三〕不是當　原書作「不是」，太平廣記引文作「不當」。

843 韓退之有二妾，一曰絳桃，一曰柳枝，皆能歌舞。初使王庭湊，至壽陽驛，絶句云：「風光欲動別長安，春半邊城特地寒，不見園花兼巷柳，馬頭惟有月團團。」蓋有所屬也。柳枝後踰垣遁去，家人追獲。及鎮州初歸，詩曰：「別來楊柳街頭樹，擺弄春風只欲飛。還有小園桃李在，留花不放待郎歸。」自是專寵絳桃矣。

類説卷三二語林題作絳桃柳枝。白孔六帖卷十七引唐語林亦載。錦繡萬花谷前集卷十七引語林亦載。苕溪漁隱叢話前集卷十六韓吏部上引此，云出唐語林。詩話總龜後集卷四七麗人門引碧溪詩話，亦云出唐語林。蔡條西清詩話（古今事文類聚後集卷十六引）、袁文甕牖閒評卷三引此，均云出唐語林。

本條不知原出何書。

844 元和中，郎吏數人省中縱酒話平生，各言愛尚及憎怕者。或言愛圖畫及博弈，或怕妄與〔一〕。工部員外汝南周愿獨云〔二〕：「愛宣州觀察使〔三〕，怕大蟲。」

本條原出大唐傳載。太平廣記卷四九七傳載題作周愿。類説卷四五大唐傳載題作愛觀察使怕大虫。

〔一〕妄與　原書與太平廣記引文下有「佞」字，當據補。

〔二〕周愿　原書作「周願」。

〔三〕宣州觀察使　中唐之後，宣州爲絲織品之主要産地，以精美之絲織線毯著聞。參看元和郡縣圖志卷二八宣歙觀察使、宣州條與白居易新樂府・紅綫毯詩。

845 初〔一〕，百官早朝，必立馬建福望仙門外〔二〕，宰相則於光宅車坊〔三〕，以避風雨。元和初，始置待漏院。

本條原出國史補卷中百官待漏院。太平廣記卷一八七國史補題作宰相。類説卷二六國史補題作待漏院。南部新書卷戊亦載。

〔一〕初　太平廣記引文同，原書作「舊」。

〔二〕建福望仙門　太平廣記引文同，原書作「望仙建福門」。

〔三〕光宅車坊　南部新書作「光德車坊」。按：光德坊距宫城甚遠，光宅坊則貼近建福門，故知此處當以「光宅」爲是。參看本卷 763 條註〔二〕。

846 元和末，有敕申明父子兄弟無同省之嫌。自是楊於陵任尚書，其子姪兄弟分曹者亦有數人〔一〕。

本條原出國史補卷下申明同省敕。

〔一〕其子姪兄弟分曹者亦有數人　原書作「其子嗣後歷郎署，兄弟分曹者亦數家。」

847 沙陀本突厥餘種。元和中，三千人歸順，隸京西，節度使范希朝主之。弓馬雄勇，冠於諸蕃。

本條不知原出何書。

848 進士何儒亮，自外方至京師，將謁從叔，誤造郎中趙需宅。自云同房。會冬〔一〕，需欲家宴，揮霍之際，既是同房，便入宴〔二〕。姑姊妹盡在列〔三〕。儒亮饌徹徐出。細察，乃何氏子，需笑而遺之〔四〕。某按：此事是趙贊侍郎與何文哲尚書。相與鄰居時，俱侍御史，水部趙郎中需方應舉，自江淮來，投刺於贊，誤造何侍御第。何，武臣也，以需進士，稱猶子謁之，大喜，因召入宅。不數日，值元日，骨肉皆在坐，文哲因謂需曰：「姪之名宜改之。且『何需』，似涉戲於姓也。」需乃以本氏告，文哲大愧，乃厚遺之而促去。需之孫頊，前國學明經；文哲姪孫繼，爲杭之戎吏，皆說之相符，而並無儒亮之說。國史補所記乃誤耶？

本條原出國史補卷中何儒亮訪叔。太平廣記卷二四二國史補題作何儒亮。按本條自「某按」以下，乃王讜引用另一家唐人之說，然已無法深考。

〔一〕冬　原書與引文均作「冬至」，當據之補「至」字。

〔二〕便入宴　原書與引文均作「便令引入就宴」，當據補。

〔三〕姑姊妹　太平廣記引文作「姑姊妹妻子」，原書作「姊妹妻女」。

〔四〕需笑而遣之　原書作「需大笑。儒亮歲餘不敢出，京師自是呼爲『何需郎中』。」

849 西蜀官妓曰薛濤者，辯慧知詩。嘗有黎州刺史〔原註〕〔一〕失姓名。作千字文令，帶禽魚鳥獸，乃曰：「有虞陶唐。」坐客忍笑不罰。至薛濤云：「佐時阿衡。」其人謂語中無魚鳥，請罰，薛笑曰：「『衡』字尚有小魚子；使君『有虞陶唐』，都無一魚。」賓客大笑，刺史初不知覺。

本條不知原出何書。

類說卷三三語林題作千字令。

〔一〕原註　此是原書自註。

850 白太傅與元相國友善〔一〕，以詩道著名，時號「元白」。其集內有詩說元相公云〔二〕：「相看掩淚應無說〔三〕，離別傷心事豈知〔四〕？想得咸陽原上樹，已抽三丈白楊枝。」洎自撰墓誌〔五〕，云與劉夢得爲詩友，殊不言元相公，時人疑其隙終也。

本條原出北夢瑣言卷六白太傅墓銘。太平廣記卷二三五北夢瑣言題作白居易，引至「已抽三丈白楊枝」。

〔一〕白太傅與元相國友善　太平廣記引文作「白少傅居易與元相國稹友善」。案舊唐書卷一六六、新唐書卷一一九白居易傳，白嘗官太子少傅，作「太傅」者未是。

〔二〕說　原書作「輓」。

〔三〕應　原書作「俱」。

〔四〕離別　原書作「別後」。

〔五〕自撰墓誌　陳振孫白文公年譜開成三年戊午：「按此非墓誌語，乃醉吟傳中語，時元之亡久矣。其言與僧如滿爲空門友，韋楚爲山水友，皇甫朗之爲酒友，皆一時見在人，則其於詩友自不應復及死者。……『掩淚』、『傷心』之句，旨意甚哀，而或者臆度疑似，乃有『隙終』之論，小人之不樂成人之美如是哉！」

851 李賀爲韓文公所知，名聞搢紳〔一〕。時元相稹以明經擢第〔二〕，亦善詩，願與賀交。詣賀，賀還刺，曰〔三〕：「明經及第，何事看李賀？」元恨之〔四〕。制策登科〔五〕。及爲禮部郎中，因議賀父名晉肅〔六〕，不合應進士〔七〕，竟以輕薄爲衆所排。文公惜之，爲著諱辯〔八〕，竟不能上。

本條原出劇談録卷下元相國謁李賀。太平廣記卷二六五劇談録題作李賀。紺珠集卷八劇談録題作李賀却元稹。類說卷十五劇談録題作明經及第何事來見。王觀國學林卷三史諱亦引康軿劇談録此文。

〔一〕名聞搢紳　原書作「於縉紳之間每加延譽，由此聲華藉甚」。

〔二〕元相稹　原書下有「年老」二字。

〔三〕曰　原書作「遽令僕者謂曰」。

〔四〕元恨之　原書作「慙憤而退」。王士禛古夫于亭雜録卷二曰：「案：元擢第既非遲暮，於賀亦稱前輩，詎容執贄造門，反遭輕薄？小説之不根如此。」朱自清李賀年譜曰：「按元稹明經擢第，賀才四歲。事之不實，無庸詳辯。」

〔五〕制策登科　原書上有「其後左拾遺」五字。

〔六〕晉肅　原書無「肅」字，當據本書補。

〔七〕應進士　原書下有「舉」字，當據補。

〔八〕文公惜之爲著諱辯　方崧卿韓集舉正卷四：「康駢劇談録謂公此文因元稹而發。董彦遠謂賀死元和中，使稹爲禮部，亦不相及争名。蓋當同試者。」

852 長慶初，李尚書絳議置郎官十人，分判南曹，吏人不便。旬日出爲東都留守〔一〕。自是選曹成狀，常亦速畢〔二〕。

永樂大典卷之七千三百二十八郎・置郎引唐語林亦載。

本條原出國史補卷下郎官判南曹。太平廣記卷一八六國史補題作李絳。

〔一〕旬日　聚珍本作「後」，今從永樂大典引文改。原書與太平廣記引文亦作「旬日」。此種文字當是四庫全書館臣所改。

〔二〕亦　聚珍本作「得」，今從永樂大典引文改。原書亦作「亦」。

853 山甫以石留黄濟人嗜欲〔一〕，多暴死者〔二〕。其徒盛言山甫與陶貞白同壇受籙以神之。

長慶二年，卒於餘干。江西觀察使王仲舒遍告人：山甫老病而死速朽，無少異於人者。

本條原出國史補卷中韋山甫服餌。紺珠集卷三國史補題作韋山甫。說郛（張宗祥輯明鈔本）卷七五國史補亦載。

〔一〕山甫　原書與各本引文作「韋山甫」，當據之補「韋」字。

〔二〕多暴死者　原書作「故其術大行，多有暴風死者。」

854　令狐楚鎮東平，綯侍行。嘗送親郊外逆旅中〔一〕。時久旱，綯因問民間疾苦，有老父曰：「天旱〔二〕，盜賊且起。」復曰：「今風不鳴條，雨不破塊。」綯以相反詰之〔三〕，答曰：「自某日不雨〔四〕，至於是月，豈非不破塊乎？賦稅徵迫，販妻鬻子，不給；繼以桑枝〔五〕，豈非不鳴條乎〔六〕？」

本條原出玉泉筆端。稗海本玉泉子佚，說郛（陶珽刊本）弓四六、（張宗祥輯明鈔本）卷十一玉泉子真録均載。

〔一〕嘗送親郊外逆旅中　說郛引文作「嘗送親友郊外逆旅中。有父老焉，似不知其令狐公也。」

〔二〕有老父曰天旱　說郛引文作「父老卽陳以旱歎」。

〔三〕綯以相反詰之　說郛引文作「綯以其言前後相反詰之」。

〔四〕日　說郛引文作「月」。

〔五〕桑枝　說郛引文作「桑柘」。

〔六〕豈非不鳴條乎　說郛引文作「得非不鳴條乎？」其下尚有「綯卽命駕，掩耳而去」二句。

855 鎮州王庭湊始生〔一〕，嘗有鳩數十隻，朝集庭樹，暮集簷下，里人駱德播異之。及長，駢脅，善陰符經、鬼谷子。初仕軍中，曾使河陽〔二〕，道中被酒，寢於路傍。忽有一人，荷策而過，熟視之，曰：「貴當列土，非常人也。」從者告之。庭湊馳數里追及，致敬而問。自云：「濟源駱山人也。向見君鼻中之氣，左如龍，右如虎，龍虎交王，應在今秋〔三〕。〔原註〕〔四〕一云：「吾相人未有如此者。」子孫相繼，滿一百年。」又云：「家之庭合有大樹，樹及于堂，是其兆也。」是年，庭湊爲三軍所立〔五〕。歸省別墅，而庭樹婆娑，陰已合矣〔六〕。

白孔六帖卷九五鳩引唐語林，記「鳩集簷下」一段。

本條原出北夢瑣言卷二駱山人告王庭湊。太平廣記卷七八北夢瑣言題作駱山人；又卷二二三唐年補録有類同文字，亦題作駱山人。類説卷四三北夢瑣言題作鼻中龍虎氣交。

〔一〕鎮州王庭湊始生　原書作「庭湊生於別墅」。其上尚有三句敍王庭湊代田弘正事。

〔二〕曾使河陽　原書句下有「回」字。

〔三〕龍虎交王應在今秋　太平廣記引文「龍虎」作「二氣」。原書作「龍虎氣交，王在今秋。」

〔四〕原註　原書與太平廣記、類説引文均佚。

〔五〕所立　原書作「扶立爲留後。」

〔六〕歸省別墅而庭樹婆娑陰已合矣　新唐書卷二一一藩鎮鎮冀王廷湊傳曰：「及書弘正，而樹適庇寢。自廷湊訖鎔，凡百年。」

856 田令既爲王庭湊所害〔一〕，天子召其子布於涇州，與之發哀，授魏博之節。布乃盡出妓樂，捨鷹犬，哭曰：「吾不回矣！」次魏郊三十里，跣行被髮而入。後知力不可執，密爲遺表，伏劍而死〔二〕。

本條原出國史補卷中田孝公自殺。

〔一〕田令既爲王庭湊所害　原書作「田令既爲成德所害」。田弘正嘗兼中書令，故稱「田令」。王庭湊以成德軍叛，故稱「成德」。

〔二〕後知力不可執密爲遺表伏劍而死　原書「執」作「報」。資治通鑑繫此事於卷二四二唐紀五八穆宗長慶元年與二年，舊唐書卷一四一、新唐書卷一四八田布傳均載。

857 長慶中，京城婦人首飾，有以金碧珠翠，笄櫛步摇，無不具美，謂之「百不知」〔一〕。婦人去眉，以丹紫三四横約於目上下，謂之「血暈粧」。

永樂大典卷之六千五百二十三妝・血暈妝引唐語林亦載。

本條不知原出何書。

〔一〕百不知　永樂大典引文作「百不如」。

858 寶曆中，敬宗皇帝欲幸驪山，時諫者至多，上意不決。拾遺張權輿伏紫宸殿下，叩頭諫曰：「昔周幽王幸驪山，爲戎所殺〔一〕；秦始皇葬驪山，國亡；明皇帝宮驪山〔二〕，而祿山亂；先皇帝幸驪山，而享年不長。」帝曰：「驪山若此之凶耶？我宜往以驗彼言〔三〕。」後數日，自驪山回，語親倖曰：「叩頭者之言，安足信哉！」

本條原出杜牧樊川文集卷十二與人論諫書，文幾全同。

〔一〕戎　樊川文集作「犬戎」。

〔二〕明皇帝　樊川文集作「玄宗皇帝」。

〔三〕往　樊川文集作「一往」。

859 文宗在藩邸，好讀書。王邸無禮記、春秋、史記、周易、尚書、毛詩、論語；雖有，少成部帙。宮中內官得周易一部，密獻。上卽位後，捧以隨輦。及朝廷無事，覽書目，問取書便殿讀之。乃詔兵部尚書王起、禮部尚書許康佐爲侍講學士，中書舍人柳公權爲侍讀學士。每有疑義，卽召學士入便殿〔一〕，顧問討論，率以爲常，時謂「三侍學士」，恩寵異等。於是康佐進春秋列國經傳六十卷，上善之。問康佐曰：「吳人伐越，獲俘以爲閽，使守舟；餘祭觀舟，閽以戈殺之〔二〕。閽是何人？殺吳子，復是何人？」康佐遲疑久之〔三〕，對曰：「春秋義奥，臣窮究未精，不敢遽解。」上笑而釋卷。

永樂大典卷之一萬三千四百五十二注・三侍學士引唐語林亦載。

本條原出補國史。資治通鑑卷二四五唐紀六一文宗太和九年考異曰：「舊傳以爲上出易義以示羣臣之時，已與訓有誅宦官之謀。按補國史云：『許康佐進新註春秋列國經傳六十卷，上問閽弑吳子餘祭事，康佐託以春秋義奧，臣窮究未精，不敢容易解陳。……』實録，『今年四月癸亥，許康佐進纂集左氏傳三十卷。五月，乙巳朔，以御集左氏列國經傳三十卷宣付史館。』然則上與訓謀誅宦官必在此際矣。然文宗與訓語時，宦官必盈左右，恐亦未敢班班顯言，如補國史所云也。」其中録引文字與本條相符，惟約而言之，故詳略有異耳。

〔一〕即　聚珍本無，據永樂大典引文補。

〔二〕餘祭觀舟閽以戈殺之　春秋哀公二十九年：「閽弑吳子餘祭。」

〔三〕康佐遲疑久之　文宗問弑君之閽，乃喻其時逼迫君上之宦官，故許康佐遲疑不敢對。

860 鄭注以方術進，舉引朋黨，薦周易博士李訓，召入内署，爲侍講周易學士〔一〕。敏捷有口辯，涉獵五經，言及左氏，以探上意。上幸蓬萊殿閱書，召訓問曰：「康佐所進春秋列國經傳，朕覽之久矣。戰國時事，歷歷明白。朕曾問康佐：吳人伐越，獲俘以爲閽，殺吳子餘祭；康佐云『窮究未精』，卿謂如何？」訓曰：「吳人伐越獲俘，俘卽罪人，如今之所謂『生口』也。不殺，下蠶室肉刑，古謂之『閽寺』，卽今之中使也。吳子，是國君長；餘祭，名也。使中使主守舟楫，餘祭往觀之，爲中使所殺。」上嗟嘆。訓曰：「君不近刑臣；近刑臣，卽輕死之道也。吳子遠賢良，親刑臣，而有斯禍。魯史書之，以垂鑒戒。」上曰：「左右密近刑臣多矣！餘祭之禍，安得不慮？」訓曰：「陛下睿聖，留意於未萌。若欲去泰去甚，臣願遵聖算。累聖知之而不能遠，惡之而不能去，睿旨如此，天下幸甚！」時鄭注任工部尚書、侍講學士，乃與訓斥逐賢良，陰搆姦蠹，遂有甘露之事。

本條疑出補國史。此處所敍之事，乃承上條而來，二者當出同一文獻。聚珍本編於 869 870 條之間。今將此條提前，與上相次。

〔一〕薦周易博士李訓 召入內署 爲侍講周易博士　新唐書卷二百許康佐傳：「帝讀春秋至『閽弒吳子餘祭』，問：『閽何人邪？』康佐以中官方彊，不敢對，帝嘻笑罷。後觀書蓬萊殿，召李訓問之，對曰：『古閽寺，今宦人也。君不近刑臣，以爲輕死之道，孔子書之以爲戒。』帝曰：『朕邇刑臣多矣，得不慮哉！』訓曰：『列聖知而不能遠，惡而不能去，陛下念之，宗廟福也。』於是內謀翦除矣。」

861 藍田縣尉直弘文館柳珪，擢爲右拾遺、弘文直學士，給事中蕭倣、鄭裔綽駁還制，曰：「陛下懸爵位，本待賢良，今命澆浮〔一〕，恐非懲勸。柳珪居家不稟義方，奉國豈盡忠節？」刑部尚書柳仲郢詣東上閤門進表，稱「子珪才器庸劣，不當玷居諫垣；若誣以不孝，卽非其實。」太子少師柳公權亦訟侵毀之枉。上令免珪官，家居修省。貞元、元和已來，士林家禮法，推韓滉〔二〕、韓皋、柳公綽、柳仲郢。一日子稱不孝，爲士嘆之。

本條原出東觀奏記卷中。說郛（陶珽刊本）弓四三東觀奏記卷中亦載。

〔一〕今　原書作「既」。

〔二〕韓滉　原書無，當據本書補。新唐書卷一六三柳玭傳：「以藍田尉直弘文館，遷右拾遺，而給事中蕭倣、鄭裔綽謂玭不能事父，封還其詔。仲郢訴其子『冒處諫職爲不可，謂不孝則誣。請勒就養。』詔可。始，公綽治家埒韓滉，及玭被廢，士人愧恨。」

862 韋温遷右丞。文宗時，姚勗按大獄，帝以爲能，擢職方員外郎。温上言：「郎官清選，不可賞能吏。」帝問故，楊嗣復對曰：「勗，名臣後〔一〕，治行無疵。若吏才幹而不入清選，他日孰肯當劇事者？此衰晉風，不可以法。」

本條不知原出何書。

〔一〕勗名臣後　據新唐書卷一二四姚勗傳，知勗乃姚崇之後。

863 太和三年，左拾遺舒元褒等奏中丞温造凌供奉官事：「今月四日，左補闕李虞仲與温造街中相逢，造怒不迴避，遂擒李虞仲祇奉人，笞其背者。臣等謹按國朝故事：供奉官街中，除宰相外，無所迴避。」

本條不知原出何書。

864 陳夷行，字周道。文宗時，仙韶樂工尉遲璋授王府率，右拾遺李洵直當衙論奏。鄭覃、楊嗣復嫌以細故，謂洵直近名，夷行曰：「諫官當衙，正須論宰相得失，彼賤工安足言？然亦不可置不用。」帝卽徙璋。

本條不知原出何書。

865 新昌李相紳性暴不禮士。鎭宣武，有士人遇於中道，不避〔一〕，乃爲前騶所拘。紳命鞫之，乃宗室也。答款曰：「勤政樓前，尚容緩步；開封橋上，不許徐行。汴州豈大於帝都？尚書未尊於天子。」公覽之失色，使逸去。

永樂大典卷之一萬三千四百五十三士·不禮士引唐語林亦載。

本條不知原出何書。侯鯖録卷六亦敍此事，然不註出處。

〔一〕不避　侯鯖録作「避不及」。

866 武翊黄〔一〕，府送爲解頭，及第爲狀頭，宏詞爲敕頭，時謂「武三頭」，冠於一時。後惑於媵嬖薛荔〔二〕，苦其冢婦盧氏，雖新昌李相紳以同年蔽之，而衆論不容，終至流竄。

類説卷三二語林題作武氏三頭。海録碎事卷十九引唐語林亦載。

本條原出嵐齋集。姬侍類偶載「惑於滕婢薛荔」事，云出嵐齋集。南部新書卷己亦載此事。

〔一〕武翊黄　南部新書作「武翊皇」。

〔二〕薛荔　南部新書作「薜荔」。

867 王并州璠，自河南尹拜右丞相。除目纔到，少尹侯繼有宴，以書邀之。王判後云〔一〕：「新命雖聞，舊銜尚在，遽爲招命，堪入笑林。」洛中以爲口實。故事：少尹與大尹遊宴禮隔。雖除官，亦當俟正敕也。

本條原出因話録卷五徵部。

〔一〕後　原書作「書後」。

868 王沐，王涯之再從弟也。家於江南，老且窮。以涯作相，騎驢至京師，三十日始得見涯〔一〕，所望不過一簿尉耳，而涯見其潦倒〔二〕，無推引意。太和九年秋，沐干涯之嬖奴，導以所欲，涯始一召，許以微官處之。自是旦夕造涯〔三〕。及涯誅，仇士良收捕涯家族時，沐方在涯宅，以王氏之宗同坐〔四〕。

本條原出杜陽雜編卷中。太平廣記卷一五六杜陽雜編題作王沐。説郛（陶珽刊本）弓四六杜陽雜編卷中亦載。又本條與下條869原合爲一條，今依原書分列。

〔一〕三十日始得見涯　原書作「經三十餘月，始得一見涯於門屏。」太平廣記引文亦作「三十日」。資治通鑑卷二四五唐紀六一文宗太和九年敍此，曰：「留長安二歲餘，始得一見。」

〔二〕見其　原書無，當據本書補。

〔三〕自是旦夕造涯　原書作「自是旦夕造涯之門，以俟其命。」

〔四〕以王氏之宗同坐　原書作「以爲族人，被執而腰斬之。」

869 舒守謙卽元輿之宗〔一〕，十年居元輿舍〔二〕，未嘗一日有間。至於車服飲饌，亦無異等。元輿謂之從子。取明經及第〔三〕，歷祕書郎。及持相印，許列清曹命之。無何，忽以非過怒守謙〔四〕，朔旦伏謁，皆不得見，僮僕皆拒之。守謙乃辭往江南，元輿亦不問。翌日，出長安，咨嗟自失；行及昭應，聞元輿之禍。〔原註〕〔五〕時宰相收捕家族，不問親疏皆戮。論者以王、舒福禍之異，皆若分定焉。

本條原出杜陽雜編卷中。太平廣記卷一五六杜陽雜編題作舒元謙。說郛（陶珽刊本）弓四六杜陽雜編卷中亦載。

又本條與上條868原合爲一條，今依原書分列。

〔一〕舒守謙卽元輿之宗　太平廣記引文作「舒元謙，元輿之族。」資治通鑑卷二四五唐紀六一文宗太和九年敍此，曰：「舒元輿有族子守謙」，太平廣記作「元謙」者誤。

〔二〕十年　原書作「經歲」。太平廣記引文作「十年」。資治通鑑亦作「十年」。

〔三〕取　原書作「薦取」，當據補。

〔四〕忽　原書作「末年」。

〔五〕原註　此爲蘇鶚自註。

870 太和初，京師有輕薄徒，取貢士姓名，以義理編飾爲詞，號爲「舉人露布」。九年冬，就戮者多是儒士〔一〕。

本條原出因話録卷六羽部。

〔一〕多是　原書作「多出自」。

871 李瓚，故相宗閔之子。自桂州失守〔一〕，貶昭州司户，後量移衢州刺史〔二〕；給事中柳韜疏之，復貶。韜始與瓚相善，瓚先達而棄韜。瓚既重爲所貶，性强躁，憤且死。鄭舍人穀之父，瓚座主也〔三〕，乃爲書曰：「與穀，受恩；未穀，極苦〔四〕。」累十點，筆落而卒。案〔五〕：此條末數語難解，疑有脱誤。

本條原出玉泉筆端。傳世各本均佚，永樂大典卷之一萬三百一十死·爲貶憤死引，云出玉泉子聞見録。

〔一〕守　永樂大典引文作「律」，當據改。舊唐書卷一七六李宗閔傳言瓚「出爲桂管觀察使。御軍無政，爲卒所逐，貶死。」

〔二〕衢州　永樂大典引文作「衢州」。

〔三〕鄭舍人穀之父瓚座主也　永樂大典引文作「鄭舍之穀，恩門之子也」。上「之」字當是「人」之誤。勞格讀書雜識卷七李瓚引唐語林六此文，下案語曰：「『穀』疑作『穀』，鄭薰子，見新書鄭畋傳。瓚稱薰是座主，知是(大中)八年進士。」

〔四〕與穀受恩未穀極苦　此處似用論語憲問「邦有道，穀」之意。「穀」指仕宦俸祿。永樂大典引文作「受恩未報，苦極。」據此知「穀」爲「穀」誤之說，亦未必是。

〔五〕案　此案語當是永樂大典編者或四庫全書館臣所加。

872 李司徒程善謔〔一〕。爲夏口日，有客辭焉，相留住三兩日〔二〕，客曰：「業已行矣，舟船已在漢口。」曰：「此漢口不足信〔三〕。」又因與堂弟居守相石投盤飲酒〔四〕，居守誤收頭子，糺者罰之〔五〕。司徒曰：「汝向忙鬧時把堂印將去〔六〕，又何辭焉？」飲家謂重四爲堂印〔七〕，蓋譏居守太和九年冬朝廷有事之際而登庸也〔八〕。又與石話服食〔九〕，云：「汝服鍾乳否？」曰：「近服，甚覺得力。」司徒曰：「吾一不得乳力〔一〇〕。」蓋譏其作相日無急難之效也。又嘗於街西遊宴，貪在博局，時已昏黑，從者迭報云：「鼓動。」司徒應聲曰：「靴！靴！」其意謔鼓動似受慰之聲以弔客，「靴」「靴」答之，連聲索靴，言欲速去也。又在夏口時，官園納苧頭而餘者分給將校，其主將報之，軍將謝苧頭，司徒手拍頭云：「著他了也。」然後傳語：「此苧頭不必謝也！」

類説卷三二語林題作不得一乳力，乃節引中間一段文字。

本條原出劉賓客嘉話録。太平廣記卷二五一嘉話録題作李程，引至「蓋譏居守太和九年冬朝廷有事之際而登庸也」一句。説郛（陶珽刊本）弖三六嘉話録亦載。

〔一〕李司徒程善謔　原書作「李二十六丈丞相善謔」。太平廣記引文作「李二十六丞相程善謔」，句首有「唐劉禹錫云」五字。

〔二〕住　原書作「更住」。

〔三〕此漢口不足信　原書句下尚有「其客掩口而退」一句。

〔四〕又因與堂弟居守相石投盤飲酒　原書殘存「又因堂弟」四字，當據本書補。太平廣記引文「居守」作「留守」。

〔五〕糺者罰之　原書句下尚有「丞相曰：『何罰之有？』」二句。

〔六〕汝向忙鬧時把堂印將去　原書作「汝向閑時把他堂印將去」。「閑」乃誤字，當據本書改。

〔七〕飲家謂重四爲堂印　原書「飲家」作「飲酒家」，太平廣記引文作「酒家」。「重四」諧「重事」，即重大事件。

〔八〕太和九年冬　原書誤作「元年」，當據本書改。太平廣記引文亦作「太和九年」。蓋指是年十一月甘露之變。

〔九〕又與石話服食　自此句以下一百四十三字，原書佚，唐蘭據本書補入。

〔一〇〕乳　與「汝」諧音。

873 徐晦嗜酒，沈傳師善餐。楊嗣復云：「徐家肺，沈家脾，其安穩耶〔一〕？」

類説卷三二語林題作徐家肺沈家脾。

本條原出大唐傳載。類説卷四五大唐傳載題作嗜酒善飧。

〔一〕其　原書作「真」。

874 杜悰通貴日久，門下有術士李生者〔一〕，甚異。悰任四川節度〔二〕，馬植罷黔中，方赴闕〔三〕，李一見，謂悰曰：「受相公恩久，思以報答，今有所報矣！黔中馬中丞，非常人也，相公當厚遇之。」悰未之信。他日，又謂悰曰〔四〕：「相公將有禍，非馬中丞不能救，乞厚結之。」悰始驚，乃用其言，發日，厚幣贈之；乃令邸吏爲植於闕下買宅〔五〕，爲生之費無闕焉。尋除光祿卿〔六〕，報狀至蜀，悰謂李曰：「貴人赴闕作光祿勳矣。」李曰：「姑待之。」稍進大理卿，遷刑部侍郎，充鹽鐵使〔七〕，悰始信之〔八〕。未幾拜相。懿安皇太后崩。悰，懿安子壻也。忽内榜子索檢責宰相元載故事〔九〕。植諭旨，延英力營救〔一〇〕。植素能回上意〔一一〕，事遂止。

本條原出東觀奏記卷上。説郛（陶珽刊本）弓四三東觀奏記卷上亦載。資治通鑑卷二四八唐紀六四宣宗大中二年考異引東觀奏記此文，司馬光下案語曰：「植，會昌中已自黔中入爲大理卿。悰今年二月始爲西川節度。今不取。」又太平廣記卷二二三李生一條與此同，云出前定録。

〔一〕生者　原書無此二字，而有註曰：「失其名。」

〔二〕四川　原書作「西川」，當據改。

〔三〕方赴闕　原書下有「至西川」一句。

〔四〕他日，又謂悰曰　原書作「一日，密於悰曰」。

〔五〕乃令邸吏　原書作「仍令吏」。

〔六〕尋除光祿卿　原書句上有「植至闕，方感悰，不知其旨」三句。小石山房叢書本東觀奏記「方」下有「知」字。

〔七〕鹽鐵使　原書上有「諸道」二字。

〔八〕信之　原書作「驚憂」。

〔九〕索　原書無，考異引文有「索」。

〔一〇〕延英力營救　原書作「翌日，延英上前萬端營救。」

〔一一〕植素能回上意　原書作「植素辨博，能回上意。」

875 杜邠公悰嘗與同列言〔一〕，平生不稱意有三：其一，爲澧州刺史；其二，貶司農卿；其三，自西川移鎮廣陵，舟次瞿塘遇風，侍者驚廢，渴甚，自潑茶飲。後鎮荊南〔二〕，諸院姊妹多在渚宮寄寓，相國未嘗拯濟〔三〕，節臘一無霑遺。有乘肩輿至府門詬罵者，亦不省問。所莅方鎮，不理獄訟。在鳳翔洎西川，繫囚無輕重，任其殍殕。人有從劍門得漆器文書〔四〕，乃成都具獄案牘也。

本條原出北夢瑣言卷三杜邠公不恤親戚。南部新書卷辛亦載此事。

〔一〕杜邠公悰　原書下有「位極人臣，富貴無比」二句。

〔二〕後鎮荆南　原書作「鎮荆州日」。

〔三〕相國未嘗拯濟　原書上有「貧困尤甚」一句。

〔四〕得漆器文書　原書作「拾得裹漆器文書」。

876 歐陽琳父袞，亦中進士。琳與弟玭同在場屋，苦其貧匱，每詣先達，刺輒同幅，時人稱之。杜邠公在岐下，以子裔休同年謁之。悰嘗以事怪琳，客或有爲琳釋解者，且言「琳，袞之子」，悰不答。久之，曰：「某自淮南赴闕，舟次龜山，風不可進，因策杖登岸徐步。適見一僧，方修道。前曰：『雪山和尚弟子教化。』某謂之曰：『何言弟子，饒你和尚也。』」

本條不知原出何書。

877 開成中，有龍復本者，無目，善聽揣骨〔一〕，言休咎；象簡、竹笏，以手循之，必知官禄年壽。宋祁補闕有時名〔二〕，搢紳靡不傾屬，時永樂蕭相寘亦居諫官，同日詣之，授以所持笏。復本聽蕭笏良久，置於案上，曰：「宰相笏。」次至宋笏，曰：「長官笏。」祁不樂。月餘，同列於中書，候見宰相。時李衛公方秉政。未見閒，佇立談諧。頃之，丞相出。宋以手板障面，笑未已，李公目之，謂左右曰：「宋補闕笑某何事？」聞者爲憂之。數日，出爲河清縣令〔三〕，歲餘死。其後蕭公自浙西觀察使入判户部，頃之，爲宰相〔四〕。

本條原出劇談録卷上龍待詔相笏。太平廣記卷二二四劇談録題作龍復本。

〔一〕聽　原書作「聽聲」，當據補。

〔二〕宋邧　原書與太平廣記引文均作「宋祁」。下同。

〔三〕河清縣　太平廣記引文作「清河縣」。

〔四〕爲宰相　原書作「居廊廟，俱如復本之言。」

878 文宗時，有沙門能改塔〔一〕，履險若平。換塔杪一柱，人以爲神〔二〕。上聞之曰：「塔固當人功所建，然當時匠者豈亦有神？」沙門後果以妖妄伏法。

本條原出因話録卷一宫部。

〔一〕沙門能改塔　原書作「正塔僧」。

〔二〕人以爲神　原書作「傾都奔走，皆以爲神。」

879 盧尚書弘宣與弟衢州簡辭同在京師。一日，衢州早出，尚書問「有何除改」？答曰：「無大除改，唯皮遐叔蜀中刺史。」尚書不知皮是遐叔姓，謂是宗人，曰〔一〕：「我彌當家〔二〕，没處得『盧皮遐』來？」衢州爲辨之，皆大笑。

本條原出因話録卷四角部之次·諸戲附。

〔一〕曰　原書作「低頭久之，曰」。

〔三〕彌　原書作「弭」。「我彌」即「我們」，唐人口語。

# 唐語林校證卷七

## 補遺 起武宗，至昭宗。

880 武宗時，李衛公嘗奏處士王龜有志業，堪爲諫官〔一〕。上曰：「龜是誰子？」對曰：「王起之子。」上曰：「凡言處士者，當是山野之人；王龜父爲大僚〔二〕，豈不自合有官〔三〕？」

本條原出因話録卷一官部。紺珠集卷五、類説卷十四、説郛（陶珽刊本）弓二三因話録題作大僚子安得居山。又原書本條之後尚有一段文字，本書列爲卷一120條。

〔一〕李衛公嘗奏處士王龜有志業堪爲諫官　原書作「李崖州嘗面奏：處士王龜志業堪爲諫官」。案劉禹錫有薦處士王龜狀，見劉賓客文集卷十七。

〔二〕王龜父爲大僚　原書作「王龜父大僚，安得居山野？」

〔三〕豈不自合有官　原書句下尚有「李無以對」一句。

881 李吉甫安邑宅〔一〕，及牛僧孺新昌宅。泓師號李宅爲「玉杯」，牛宅爲「金杯」〔二〕；玉一破無復全，金或傷尚可再製。牛宅本將作大匠康䛒宅〔三〕。䛒自辨岡阜形勢，謂其宅當出宰相，每命相有案，習必延頸望之。宅竟爲牛相所得〔四〕。

本條原出盧氏雜説。太平廣記卷四九七盧氏雜説題作王鍔。按此條實爲王鍔之又一説，故與王鍔無關。續前定録亦載。

〔一〕李吉甫安邑宅　新唐書卷一四六李吉甫傳：「吉甫居安邑里，時號『安邑李丞相』。」

〔二〕牛宅爲金杯　太平廣記引文無此句，當據本書補。

〔三〕牛宅本將作大匠康習宅　太平廣記卷二六〇康習條，即叙康習冀命相事，文出明皇雜録，有註曰：「今新昌里西北牛相第，即習宅也。」新唐書卷一三三牛仙客傳亦叙此事，而作康習。

〔四〕宅竟爲牛相所得　太平廣記引文作「宅竟爲僧孺所得，李後爲梁新所有。」

882 李衛公宅在安邑〔一〕，桑道茂謂之「玉盌」。韋相宅在新昌北街〔二〕，謂之「金杯」。

類説卷三二語林題作李相國宅。

本條原出劇談録卷下李相國宅。原文甚繁，此處乃節録之文。又本條與下條 883 原合爲一條，本條在前。

〔一〕安邑　原書作「安邑坊東南隅」。

〔二〕韋相宅在新昌北街　原書作「又新昌北街牛相國宅，即玄宗朝將作監康習舊第。」「韋」乃「牛」之誤，當據改。類説引文作「牟相宅在新昌北街」，「牟」乃「牛」之形訛。參看上條 881。

883 盧氏雜記〔一〕：泓師云：「長安永寧坊東南是金盞地，安邑里西是玉杯地〔二〕。」後永寧爲王鍔宅，安邑爲馬燧宅。後入官〔三〕，王宅賜袁弘及史憲誠等〔四〕，所謂「金盞破而成」；馬燧宅爲奉誠園〔五〕，所謂「玉杯破而不完」矣。

本條原出盧氏雜説。太平廣記卷四九七盧氏雜説題作王鍔。白孔六帖卷一引盧氏雜説亦載。古今合璧事類備要别集卷十四引盧氏雜記亦載。大唐傳載亦有此文。又本條與上條882原合爲一條，今依原書分列。

〔一〕盧氏雜記　此四字當是四庫全書館臣沿用永樂大典之標題。

〔二〕杯　太平廣記引文與大唐傳載作「盞」。

〔三〕入官　太平廣記引文作「王、馬皆進入官」。大唐傳載「官」誤「宫」。

〔四〕袁弘及史憲誠等　太平廣記引文作「韓弘及史憲誠、李載義等。」大唐傳載「韓弘」作「韓令弘」。案：此當作韓弘，舊唐書卷一五六、新唐書卷一五八有傳，作「袁弘」或「韓令弘」者均誤。

〔五〕馬燧宅爲奉誠園　太平廣記引文與大唐傳載均無「宅」字，當據本書補。國史補卷中：「馬司徒之子暢，以第中大杏饋竇文場，文場以進。德宗未嘗見，頗怪之，令使就第封杏樹。暢懼，進宅，廢爲奉誠園，屋木盡拆入内也。」新唐書卷一五五馬暢傳曰：「奉誠園亭觀，卽其安邑里舊第云。」

884　李衛公在淮揚。李宗閔在湖州，拜賓客分司，衛公懼，遣專使致信好，宗閔不受，取路江西而過。頃之，衛公入相，過洛，宗閔憂懼，求厚善者致書，乞一見，欲自解。復書曰：「怨卽不怨，見卽無端。」初，衛公與宗閔早相善，中外致力，後位高，稍稍相傾。及宗閔在位，衛公爲兵部尚書，次當大用，宗閔沮之，未效，衛公知而憂之。京兆尹杜悰卽宗閔黨。一日，見宗閔，曰〔一〕：「何慼慼也？」宗閔曰：「君揣我何念？」杜曰：「非大戎乎〔二〕？」曰：「是也。何以相救？」曰：「某即有策，顧相公不能用。」曰：「請言之。」杜曰：「大戎有詞學而不由科第，至今怏怏。若令知貢舉，必喜。」宗閔默然，曰：「更思其次。」曰：「與御史大夫，亦可平治慊恨。」宗閔曰：「此即得。」悰再三與約，遂詣安邑第。衛公迎之曰：「安得訪此寂寞？」對曰：「靖安相公有意旨〔三〕，令某傳達。」遂言亞相之拜。衛公驚喜垂涕，曰：「大門官〔四〕，小子豈敢當此薦拔？」寄謝重疊。其後宗閔復與楊虞卿議之，其事遂格〔五〕。

本條原出幽閑鼓吹。太平廣記卷四九八幽閑鼓吹題作李宗閔。說郛（陶珽刊本）弓五二幽閑鼓吹亦載。資治通鑑卷二四四唐紀六十文宗太和六年叙此，王應麟困學紀聞卷十四考史曰：「通鑑載李德裕對杜悰，稱『小子』；聞御史大夫之命，驚喜泣下。致堂（讀史管記二十五）謂德裕豈有是哉！杜悰，李宗閔之黨，故追此語以陋文饒，史掇取之。以文饒爲人大概觀焉，無此事必矣。愚按：此事出張固幽閑鼓吹，雜說不足信也。」又本條與下條885原合爲一條，今依原書分列。

〔一〕見宗閔，曰　原書作「謁封川，封川深念。杜公進曰」。

〔二〕非大戎乎　資治通鑑叙此，胡三省註：「兵部掌戎政，尚書其長也。故悰隱語謂之『大戎』。」

〔三〕靖安相公　資治通鑑叙此，胡三省注：「李宗閔蓋居靖安坊，因以稱之。」

〔四〕大門官　資治通鑑叙此，胡三省註：「唐制：大朝會，御史大夫帥其屬正百官之班序，遲明列於兩觀，故以爲大門官。」

〔五〕 其事遂格 原書作「竟爲所驟，終致後禍。」

885 元和已來，宰相有兩李少師，故以所居別之。永寧少師固言，性狷急，不爲士大夫所稱；靖安少師者，宗閔也〔一〕。

本條原出因話錄卷二商部上。原書此條與卷三359條本爲一條，此爲該條註文。與上條884原合爲一條，今依原書分列。

〔一〕 靖安少師者宗閔也 原書作「靖安少師，事具國史」。南部新書卷己：「近俗以權臣所居坊呼之：安邑，李吉甫也；靖安，李宗閔也；驛坊，韋澳也；樂和，李景讓也；靖恭、修行，二楊也。皆放此。」

886 李衞公性簡儉，不好聲妓，往往經旬不飲酒，但好奇功名。在中書，不飲京城水，茶湯悉用常州惠山泉，時謂之「水遞」。有相知僧允躬白公曰〔一〕：「公跡並伊、皋，但有末節尚損盛德。萬里汲水，無乃勞乎？」公曰：「大凡末世淺俗，安有不嗜不慾者？捨此卽物外世網，豈可縈繫？然弟子於世，無常人嗜慾：不求貨殖，不邇聲色，無長夜之歡，未嘗大醉。和尚又不許飲水，無乃虐乎？若敬從上人之命，卽止水後，誅求聚斂，廣畜姬侍，坐於鐘鼓之間，使家敗而身疾，又如之何？」允躬曰：「公不曉此意。公博識多聞，止知常州有惠山寺，不知脚下有惠山寺井泉。」公曰：「何也？」曰：「公見極南物極北有，卽此義也。蘇州所產，與汧、雍同；隴豈無吳縣耶？所出蒲魚菰鼈既同，彼人又能效蘇之織紝，其他不可偏舉。京中昊天觀廚後井，俗傳與惠山泉脈相通。」因取諸流水，與昊天水、惠山水稱量，唯惠山與昊天等。公遂罷取惠山水〔三〕。

本條原出芝田録。類説卷十一芝田録題作惠山泉水遞，與本條文字最爲近似。紺珠集卷十芝田録題作水遞。白孔六帖卷六引芝田録亦載。説郛（陶珽刊本）弓三八、（張宗祥輯明鈔本）卷七四芝田録均載，唯甚簡略。玉泉子亦叙此事，文字頗不同。太平廣記卷三九九李德裕條之文字近於玉泉子，而云出自芝田録，或係誤記。

〔二〕允躬　類説引文無此名。

〔三〕公遂罷取惠山水　類説引文作「遂罷水遞」。

887 李衞公頗升寒素。舊府解有等第，衞公既貶，崔少保龜從在省，子殷夢爲府解元。廣文諸生爲詩曰：「省司府局正綢繆，殷夢元知作解頭。三百孤寒齊下淚〔一〕，一時南望李崖州。」盧渥司徒以府元爲第五人，自此廢等第。

本條不知原出何書。唐摭言卷七好放孤寒亦叙此事。

〔一〕三百　唐摭言作「八百」。

888 周瞻舉進士，謁李衞公，月餘未得見。閽者曰：「公諱『吉』〔一〕，君姓中有之。公每見名紙，即顰蹙。」瞻俟公歸，突出肩輿前，訟曰：「君諱偏傍，則趙壹之後數不至『三』，賈山之家語不言『出』，謝石之子何以立碑？李牧之男豈合書姓？」衞公遂入。論者謂兩失之。

本條不知原出何書。

〔一〕公諱吉　德裕父名吉甫故也。

889 李衞公德裕以己非科第〔一〕，常嫉進士〔二〕。及爲丞相，權要束手。或曰〔三〕：德裕初爲某處從事時，同院有李評事者，進士也，與德裕官同。有舉子投卷，誤與德裕；舉子卽悟〔四〕，復請之曰：「文軸當與及第李評事，非公也。」由是德裕多排斥之〔五〕。

本條原出玉泉子。太平廣記卷一八二玉泉子題作李德裕。本書此條中間尚有一段，叙王起之事，與前後文字均無關涉。按之原書，乃另一段文字，四庫全書館臣妄闌入者。今依原書，另分一條；且按原條目順序，將該條列於本卷903條之前。

〔一〕己非科第　原書作「己非由科第」，當據之補「由」字。

〔二〕進士　原書下有「舉者」二字，當據補。

〔三〕或曰　原書無。當是四庫全書館臣所添。

〔四〕卽　原書作「既」。

〔五〕多排斥之　原書作「志在排斥」。

890 李德裕自金陵追入朝，且欲大用〔一〕，慮爲人所先，且欲急行，至平泉別墅，一夕秉燭周遊〔二〕，不暇久留。及南貶，有甘露寺僧允躬者記其行事，空言無行實，盡仇怨假託爲之。

本條不知原出何書。永樂大典卷之八千八百四十四遊・秉燭川遊引唐語林亦載，引至「不暇久留也」。

〔一〕且欲　永樂大典引文作「將」。

〔二〕周遊　永樂大典引文作「川遊」。

891 平泉莊在洛城三十里〔一〕，卉木臺榭甚佳。有虛檻，引泉水，縈迴穿鑿，像巴峽洞庭十二峯九派，迄于海門〔二〕。有巨魚脇骨一條，長二丈五尺，其上刻云：「會昌二年海州送到〔三〕。」在東南隅。平泉，卽徵士韋楚老拾遺別墅。楚老風韻高邈，好山水。衞公爲丞相，以白衣擢升諫官。後歸平泉，造門訪之，楚老避于山谷〔四〕。衞公題詩云〔五〕：「昔日徵黄綺〔六〕，余慙在鳳池。今來招隱逸〔七〕，恨不見瓊枝。」

本條原出劇談録卷下李相國宅。太平廣記卷四〇五劇談録題作李德裕。白孔六帖卷九引劇談録亦載。又本條與下條892原合爲一條，今依原書分列。

〔一〕在　原書作「去」，當據改。資治通鑑卷二六五唐紀八一昭宣帝天祐二年胡三省註引康駢曰：「平泉莊去洛城三十里。」

〔二〕迄于海門　原書下有「江山景物之狀。竹間行徑有平石，以手摩之，皆隱隱見雲霞龍鳳草樹之形。」四句。前三句各本均佚，劉世珩據太平廣記引文補。

〔三〕二　原書作「六」，太平廣記引文作「二」。

〔四〕在東南隅 平泉至楚老避于山谷　太平廣記引文作註文列入。「在東南隅」作「莊東南隅」，「平泉」二字無。「楚老避于山谷」作「楚老避於山谷間，遠其勢也。」

〔五〕衞公題詩云　原書自此至末，亦作小字註文刻入。

〔六〕黄綺　原書作「黄詔」，疑有誤。

〔七〕隱逸　原書作「隱士」。

892 平泉莊周圍十餘里，臺榭百餘所〔一〕，四方奇花異草與松石，靡不置其後。石上皆刻「支遁」二字，後爲人取去〔二〕。其所傳雁翅檜〔三〕、珠子柏、蓮房玉蕊等，僅有存者。〔原註〕〔四〕檜葉婆娑，如鴻雁之翅。柏實皆如珠子，叢生葉上，香聞數十步。蓮房玉蕊，每跗萼之上，花分五朵，而實同其一房也。怪石名品甚衆〔五〕，各爲洛陽城族有力者取去。有禮星石〔六〕、獅子石，好事者傳玩之〔七〕。〔原註〕禮星石，縱廣一丈，厚尺餘〔八〕，上有斗極之象〔九〕。獅子石，高三四尺，孔竅千萬，遞相通貫，如獅子，首、尾、眼、鼻皆全。

本條原出賈氏談録。類説卷十五賈氏談録題作石上刻有道字。張洎雲谷雜記卷四引賈氏談録亦載。又本條與上條 891 原合爲一條，今依原書分列。

〔一〕平泉莊周圍十餘里臺榭百餘所　原書作「李德裕平泉莊，臺榭百餘所」，當據本書補上句「周圍十餘里」。

〔二〕石上皆刻支遁二字後爲人取去　原書存上句，而置於本條之末。「支遁」作「有道」，與類說引文合，當據改。說郛（張宗祥輯明鈔本）卷十六引宋杜綰雲林石譜卷上平泉谷轉引李德裕平泉莊記亦云皆鐫「有道」二字。

〔三〕其所傳　原書作「唯」，其上尚有「自製平泉花木記，今悉以絶矣。」二句。

〔四〕原註　此註是張洎自註。自「香閣數十里」以下，守山閣叢書本原書已佚。

〔五〕怪石名品甚衆　原書此爲另一段文字。按文意，似以本書合爲一段者爲是。

〔六〕有　原書無，當據本書補。

〔七〕好事者傳玩之　原書作「爲陶學士徙置梁園別墅。」

〔八〕厚尺餘　原書作「長丈餘」，當據本書改。

〔九〕上有　原書作「文理成」。

893 李衞公歷三朝，大權出門下者多矣，及南竄，怨嫌併集。途中感憤，有「十五餘年車馬客，無人相送到崖州」之句。又書稱「天下窮人，物情所棄。」鎮浙西，甘露寺僧允躬頗受知。允躬迫於物議，不得已送至謫所。及歸作書，言天厭神怒，百禍皆作，金幣爲鱷魚所溺，室宇爲天火所焚。談者藉以傳布，由允躬背恩所致。衞公既歿，子燁自象州武仙尉量移郴州郴尉〔一〕，亦死貶所。劉相鄴爲諫官，先世受恩，獨上疏請復官爵，乞歸葬。衞公門人，惟蹇士能報其德。

本條不知原出何書。

〔一〕象州武仙尉　陳寅恪李德裕貶死年月及歸葬傳說辨證：「兩唐書德裕傳書燁貶官皆作象州立山尉，東觀奏記中作蒙州立山尉。唐語林柒『李衛公歷三朝』條作象州武仙尉。據舊唐書肆壹、新唐書肆叁上地理志，通典壹捌肆州郡典，元和郡縣圖志叁柒等立山屬蒙州，不屬象州。武仙則屬象州。今證以（李燁）墓誌，知獨裴廷裕書不誤，而王讜書則後人以意改之者也。」

894 李衛公在珠崖郡，北亭謂之望闕亭。公每登臨，未嘗不北睇悲咽。題詩云：「獨上江亭望帝京〔一〕，鳥飛猶是半年程。碧山也恐人歸去〔二〕，百匝千遭繞郡城。」又郡有一古寺，公因步遊之，至一老禪院。坐久，見其內壁掛十餘葫蘆，指曰：「中有藥物乎？弟子頗足疲，願得以救。」僧嘆曰：「此非藥也，皆人骼灰耳！此太尉當朝時，爲私憾黜于此者。貧道憫之，因收其骸焚之，以貯其灰，俟其子孫來訪耳。」公悵然如失，返步心痛。是夜卒。

類說卷三二語林題作葫蘆貯骨灰。

本條不知原出何書。類說卷五一本事詩有登崖州城詩一條，僅録此詩一首，不知文字是否有殘佚？說郛（陶珽刊本）弓二六宋胡珵蒼梧雜志望闕亭條文字與此類同，然似非首出之文。南部新書卷己亦載本條文字前半部份。

〔一〕江亭　類說引文作「高樓」。

〔三〕 碧山也恐人歸去　類說引文作「青山似欲留人住」。說郛引文「人歸去」作「難歸去」。

895 隴西李膠，年少持才俊，歷尚書郎，李太尉稱之〔一〕，欲處之兩掖。江夏盧相判大計〔二〕，白中書，欲取員外郎李膠權鹽使。太尉不答，盧不敢再請膠。太尉曰：「某不識此人，亦無因緣，但見風儀標品，欲與諫議大夫。何爲有此事？」盧曰：「某亦不識，但以要地囑論。」因於袖中出文，乃仇士良書也。太尉歸戒閽者，此人來不要通。後竟坐他罪，出爲峽內郡丞。

本條不知原出何書。

〔一〕 李太尉　指李德裕。

〔二〕 江夏盧相　指盧商。商於大中元年罷爲武昌軍節度史，見新唐書卷一八二盧商傳。

896 李衛公性簡傲，多獨居。閱覽之勸，即效攻作庇器，其自修琴阮。唯與中書舍人裴璟相見，亦中表也，多訪裴以外事。裴坡下送客還，公問：「今日有何新事？」曰：「今日坡下郎官集，送蘇湖郡守，有飲餞。見一郎官，不容一同列，滿坐嗤訝。」公曰：「誰？」曰：「倉部郎中崔駢作酒録事，不容倉部員外白敏中。」公問：「不容有由乎？」曰：「白員外後至。崔下四籌：三，白不敢辭；其一，遣自請罪名從命。崔曰：『也用到處出頭出腦？』白委頓而回，去兼不敘別。」衞公不悦，遣馬屈白員外至，曰：「公在員外，藝譽時稱，久欲薦引。今翰林有闕，三兩日行出。」尋以本官充學士。出崔爲申州，又徙邢、洺、汾三州，後以疾廢洛下。

本條或出玉泉子，或出芝田録（太平廣記卷二六五崔駢條亦載此事，云出芝田録）。二書文字略有不同，與本書此條則出入頗多，故不再校勘，讀者自行參閲可也。王讜或據另一種書改寫。

897 宣宗卽位於太極殿。時宰臣李德裕行册禮，及退，上謂宫侍曰：「適行近我者非太尉耶？此人每顧我，使我毛髮森豎〔一〕。」後二日，遂出爲荆南節度〔二〕。

本條原出貞陵遺事。資治通鑑卷二四八唐紀六四武宗會昌六年三月丁卯叙此事，四月壬申，「以門下侍郎、同平章政事李德裕同平章事，充荆南節度使。」考異引貞陵遺事，卽此文。

〔一〕適行近我者非太尉耶此人每顧我使我毛髮森豎　考異引文以「云云」二字略去，將之寫入正文。「森豎」二字作「洒淅」，胡三省註：「洒淅，肅然之意，言可畏憚也。」

〔二〕荆南節度　考異引文作「荆門」。

898 杜牧少登第，恃才，喜酒色。初辟淮南牛僧孺幕，夜卽遊妓舍，廂虞候不敢禁，常以榜子申僧孺，僧孺不怪。逾年，因朔望起居，公留諸從事從容〔一〕，謂牧曰：「風聲婦人若有顧盼者，可取置之所居，不可夜中獨遊。或昏夜不虞，奈何？」牧初拒諱，僧孺顧左右取一篋至，其間榜子百餘，皆廂司所申。牧乃愧謝。

本條疑出芝田録。紺珠集卷十、類説卷十一芝田録題作杜書記平善。苕溪漁隱叢話後集卷十五杜牧之、白孔六帖卷二八、古今合璧事類備要前集卷五三、説郛（陶珽刊本）弓三八、（張宗祥輯明鈔本）卷七四引芝田録亦載。后山詩註卷九城南夜歸寄趙大夫任淵註引芝田録亦載。各書文字近似，而與本條文字有異。不知王讜別有所據？抑或改寫幅度較大之故？又本條與下二條899 900原合爲一條，下條出于金華子，此條亦有可能爲其佚文。兹姑分列爲兩條。

〔一〕從容　懇談暢叙之意。唐人俗語。

899 杜牧，太師佑之孫，有名當世〔一〕。臨終又爲詩誨其二子曹師等〔二〕。曹師，名晦辭〔三〕；曹師弟，名德祥〔四〕。晦辭終淮南節度判官。德祥，昭宗時爲禮部侍郎，知貢舉，亦有名聲。

本條原出金華子卷上。與上條898、下條900原合爲一條，今依原書分列。

〔一〕杜牧太師佑之孫有名當世　原書無此十一字，而另有一段文字叙其生平好尚與歿前感夢事。

〔二〕其二子曹師等　原書作「其二子曹師、抳抳等云」，其下附五古一首，本書略去。

〔三〕曹師名晦辭　原書「晦辭」二字附於上句「曹師」下，作註文列入，無「名」字。

〔四〕曹師弟名德祥　此亦以註文形式繫于上句内，曹師弟作「抳抳」。

900 杜晦辭自吏部員外郎入浙西趙隱幕〔一〕。王郢叛，趙相以撫御失宜致仕，晦辭罷。時北門李相蔚在淮南，辟爲判官，晦辭辭不就〔二〕，隱居于陽羨別墅，時論稱之。永寧劉相鄴在淮西〔三〕，辟爲判官，方應召。晦辭亦好色〔四〕，赴淮南，路經常州，李贍給事爲郡守，晦辭于坐間與官妓朱良別〔五〕，因掩袂大哭。贍曰：「此風聲賤人〔六〕，員外何必如此？」乃以步輦隨而遺之。晦辭飲散，不及易服，步歸舟中，以告其妻。妻不妬忌，亦許之。

本條原出金華子卷上。説郛（陶珽刊本）弓四六、（張宗祥輯明鈔本）卷十一金華子雜編均載。又本條與上二條898、899原合爲一條，今依原書分列。

〔一〕杜晦辭自吏部員外郎入浙西趙隱幕　原書作「自南曹郎爲趙公隱從事於朱方。」周廣業註：「元作西方，今從説郛校。」

〔二〕晦辭辭不就　原書作「晦辭以恩門休戚，辭不受命」。

〔三〕淮西　原書作「淮南」。新唐書卷一八三劉鄴傳言「鄴爲淮南節度使」。

〔四〕晦辭亦好色　原書作「狂於美色，有父遺風。」

〔五〕朱良　原書作「朱娘」，似以原書爲是。説郛引文亦作「朱娘」。

〔六〕風聲賤人　原書作「風聲婦人」。案：金華子卷上「王昭輔嘗話故鍾陵平江西」一條，內有「收拾一風聲婦人爲歌姬」之句，周廣業註：「案：裴廷裕東觀奏記：駙馬劉異上安平公主，主左右皆宮人。一日，以異姬人從入宮，上問『爲誰？』主曰：『劉郎聲音人。』自註云：『俗呼如此。』然則『風聲婦人』亦『聲音人』之類也。」參看本書卷四602條註〔五〕。又上898條亦有「風聲婦人」之説。

901 杜舍人牧，恃才名，頗縱聲色。嘗自言有鑒別之能。聞吳興郡有佳色，罷宛陵幕，往觀焉。使君聞其言，迎待頗厚。至郡旬日，繼以酣飲，睍官妓曰：「未稱所傳也。」將離郡去。使君敬請所欲，曰：「願泛綵舟，許人縱視，得以寓目。」使君甚悅。擇日大具戲舟，謳棹較捷之樂，以鮮華相尚。牧循泛肆目，意一無所得。及暮將散，忽於曲岸見里婦攜幼女，年方十餘歲〔一〕。牧悅之，召至與語。牧曰：「今未帶去〔二〕，第存晚期耳！」遂贈羅纈一篋爲質。婦辭曰：「他日無狀，或恐爲所累。」牧曰：「不然。余今西行，求典此郡。汝待我十年，不來而後嫁。」遂書于紙而別〔三〕。後十四年始出刺湖州。臨郡三日，卽命訪之，女嫁已三載，有子二人矣。牧召母及女詰問，卽出留書示之，乃曰：「其辭也直。」因贈詩曰：「自是尋春去較遲，不須惆悵怨芳時。狂風落盡深紅色，綠葉成陰子滿枝。」

本條原出闕史卷上杜紫微牧湖州。張君房麗情集（類說卷二九麗情集題作湖州髻髻女、苕溪漁隱叢話後集卷十五杜牧之引麗情集）亦載，然文字不類。

〔一〕年方十餘歲　闕史作「年隣小稔」。

〔二〕帶　闕史作「必」。

〔三〕而別　闕史作「盟而後別」。

902 王起知舉〔一〕，將入貢院，請德裕所欲。德裕曰：「安問所欲？借如盧肇、丁稜、姚頵〔二〕，不可在去流内也〔三〕。」起從之。

本條原出玉泉子。太平廣記卷一八二玉泉子題作盧肇。北夢瑣言卷三盧肇爲進士狀元亦載。又本書此條原置於889條中間，「或曰」二字之上。今依原書分列，且依原書條目順序，置於903條之前。

〔一〕王起知舉　原書上有「舊制：禮部放榜，先呈宰相。會昌□年」四句。太平廣記引文作「會昌三年」，北夢瑣言同。

〔二〕姚頵　原書作「姚鵠」，太平廣記引文同。「頵」乃誤字。唐詩紀事卷五丁稜、能改齋漫録卷十四類對内度啓公稜等登條均叙此事，亦作「姚鵠」。唐摭言卷三慈恩寺題名遊賞賦詠雜記叙王起門生，云：「姚鵠，字居雲。」

〔三〕不可在去流内也　原書作「豈不可與及第耶！」太平廣記引文作「豈可不與及第邪！」

903 進士放榜訖〔一〕，則羣謁宰相。其道啓詞者出狀元〔二〕，舉止尤宜精審。時盧肇、丁稜及第。肇有故，次乃至稜。口訥，貌寢陋。迨引見，連曰〔三〕「稜等登……」，蓋言「登科」而卒莫能成語，左右莫不大笑。後爲人所謔〔四〕，云：「先輩善彈箏。」諱曰〔五〕：「無有。」曰：「諸公謁宰相日，先輩獻藝，云『稜等登，稜等登〔六〕。』」

本條原出玉泉子。太平廣記卷一八二玉泉子題作丁稜。類説卷二五玉泉子題作稜等登科。

〔一〕進士放榜訖　原書作「盧肇、丁稜之及第也；先是，放榜訖」。

〔二〕道　原書作「導」。

〔三〕迨引見連日　原書作「及引見，則俛而致詞。意本言稜等登科，而稜赧然發汗，鞠躬移時，乃曰」。

〔四〕後爲人所謔　原書作「翌日，友人戲之」。

〔五〕謔曰　原書作「稜曰」。

〔六〕稜等登　原書下有「豈非箏之聲乎」一句。

904 李蠙、王鐸，進士同年也。蠙常恐鐸先大用。及路巖出鎮，蠙益失勢；鐸柔弱易制，中官貪之，先用鐸焉〔一〕。蠙知之〔二〕，挈酒一壺，謂鐸曰：「公將登庸矣，吾恐不可及也。願先事少接左右〔三〕。」鐸妻疑置酖，使婢言之〔四〕。蠙驚曰：「吾豈酖者？」卽命大白滿引而去。

本條原出玉泉子。太平廣記卷四九九玉泉子題作李蠙。

〔一〕中官貪之，先用鐸焉　原書作「中官愛焉。洎韋保衡將欲大拜，不能先於恩地，將命鐸焉。」

〔二〕知之　原書上有「陰」字。

〔三〕願先事少接左右　原書作「願先是少接左右，可乎？」

〔四〕鐸妻疑置酖使婢言之　原書作「卽命酒飲鐸，妻氏疑其堇焉。使女奴傳言於鐸曰：『一身可矣，須爲妻兒謀。』」

905 御史府有大夫、中丞〔一〕，雜事者，總臺綱也。侍御史、殿中侍御史〔二〕，有內外彈〔三〕、四推、太倉、左藏庫、左右巡，皆負重事也；不常備，有兼領者。監察使有祠祭使、館驛使，與六察爲八，分務東都〔四〕；又常一二巡因〔五〕，監決案覆，諸道不法事皆監察〔六〕；亦不常備，亦有兼領事者。御史不聞攝他官〔七〕，自武宗始。

本條不知原出何書。南部新書卷己亦載此説。

〔一〕御史府有大夫中丞　南部新書其上尚有「會昌葬端陵，蔡京自監察攝左拾遺行事。京自云：」三句。

〔二〕殿中侍御史　南部新書無此五字，當據本書補。

〔三〕内外彈　南部新書無「内」，當據本書補。

〔四〕東都　南部新書作「東都臺」。

〔五〕因　南部新書作「因」，當據改。

〔六〕諸道　南部新書作「四海九州之」。

〔七〕御史不聞攝他官　南部新書上有「故」字。自此句起，已非蔡京之語。

906 聖善寺銀佛，天寶亂，爲賊將截一耳〔一〕。後少傅白公奉佛，用銀三鋌添補〔二〕，然不及舊者。會昌拆寺，命中貴人毁像，收銀送内庫，中人以白公所添鑄，比舊耳少銀數十兩，遂詣白公索餘銀，恐涉隱没故也。

類説卷三二語林題作銀佛。

本條原出尚書故實。説郛（陶珽刊本）弓三六尚書故實亦載。劉賓客嘉話録亦有此文，唐蘭考爲誤入。説郛（陶珽刊本)弓三六嘉話録載此文,亦係誤入。

〔一〕將截 原書誤倒,當據本書改。

〔二〕用銀 原書無「用」字,當據本書補。

907 京師貴牡丹,佛宇、道觀多遊覽者。慈恩浴室院有花兩叢,每開及五六百朶。僧恩振説〔一〕:會昌中朝士數人,同遊僧舍。時東廊院有白花可愛,皆嘆云:「世之所見者,但淺深紫而已〔二〕,竟未見深紅者。」老僧笑曰〔三〕:「安得無之?但諸賢未見爾!」衆於是訪之,經宿不去。僧方言曰:「諸君好尚如此,貧道安得藏之?但未知不漏於人否?」衆皆許之。僧乃自開一房,其間施設幡像,有板壁遮以幕。後於幕下啓關,至一院,小堂甚華潔〔四〕,柏木爲軒廡欄檻。有殷紅牡丹一叢,婆娑數百朶〔五〕。初日照輝,朝露半晞。衆共嗟賞,及暮而去。僧曰:「予栽培二十年,偶出語示人,自今未知能存否?」後有數少年詣僧,邀至曲江看花〔六〕,藉草而坐。弟子奔走報〔七〕:有數十人入院掘花,不可禁。坐中相視而笑。及歸至寺,見以大畚盛之而去。少年徐謂僧曰:「知有名花,宅中咸欲一看,不敢豫請,蓋恐難捨。已留金三十兩、蜀茶二斤,以爲報矣!」

本條原出劇談録卷下慈恩寺牡丹。

〔一〕恩振 原書作「恩振」。

〔二〕淺　原書作「淺紅」，當據補。
〔三〕老僧　原書上有「院主」二字。
〔四〕小堂　原書下有「兩間」二字。
〔五〕數百朵　原書作「幾及千朵」。
〔六〕後有數少年詣僧邀至曲江看花　原書作「信宿，有權要子弟與親友數人同來入寺。至有花僧院，從容良久，引僧至曲江閑步。」
〔七〕弟子奔走報　原書作「忽有弟子奔走而來，云」。

908　宣宗在藩邸時，爲武宗所薄，將中害者非一。一日，宣召打毬，欲圖之。中官奏：「瘠痍偏體，腥穢不可近。」上命舁置殿下，果如所奏，遂釋之。武宗嘗夢爲虎所逐，命京兆、同、華格虎以進。至宣宗即位，本命在寅，於屬爲虎。

永樂大典卷之七千一百五唐（宣宗二）引唐語林亦載。

本條不知原出何書。

909　宣宗即位〔一〕。宮中每欲行幸〔二〕，先以龍腦鬱金藉地，上並禁止。每上殿，與學士從容〔三〕，未嘗不論儒學〔四〕。頗留意於貢舉，於殿柱題鄉貢進士〔五〕。或宰臣出鎮，賜詩遣之。凡欲對公卿，必整容貌，更衣盥手，然後方出。語及政事，終日忘倦。章表有不欲左右見者，率皆焚爇。倡優伎樂，終日嬉戲，上未嘗顧笑，賜賚甚薄。有時微行人間，採聽輿論，以觀選士之得失〔六〕。

本條原出杜陽雜編卷下。說郛（陶珽刊本）弓四六杜陽雜編卷下亦載。又原書此條與卷三 391 條本爲一條，此條在後。北夢瑣言卷一亦載此事，即本書卷四 540 條。

〔一〕宣宗即位　原書作「及即位，時人比漢文帝，衣澣濯之衣，饌不兼味。」

〔二〕宮中每欲行幸　原書上有「先是」二字。

〔三〕學士　原書作「朝士」。

〔四〕未嘗不論儒學　原書「未嘗」下有「一日」二字。

〔五〕於殿柱題鄉貢進士　原書作「常於殿柱上題鄉貢進士字」。

〔六〕有時微行人間採聽輿論以觀選士之得失　原書無此三句。

910 宣宗時，越守進女樂〔一〕，有絕色。上初悅之。數日〔二〕，錫予盈積。忽晨興不樂，曰：「明皇帝只一楊妃，天下至今未平，我豈敢忘？」召詣前曰：「應留汝不得。」左右奏「可以放還」，上曰：「放還我必思之，可賜酖一杯〔三〕。」

本條原出續貞陵遺事。資治通鑑卷二四九唐紀六五宣宗大中十三年考異引原書此文訖，又云：「此太不近人情，恐譽之太過。今不取。」

〔一〕進　考異引文作「嘗進」。

〔二〕日　考異引文作「月」。

〔三〕酖　考異引文作「酒」。按文義當是「酖」字。

911 宣宗多追録憲宗卿相子孫〔一〕。裴諗，度之子〔二〕，爲學士，加承旨〔三〕。上幸翰林，諗寓直，便中謝。上曰：「加官之喜，不與妻子相面，得否？便放卿歸。」諗降階蹈謝。卻召，上以御盤内果實賜之，諗卽以衫袖跪受〔四〕。上顧一宮嬪，取領下小帛，裹以賜諗。

本條原出東觀奏記卷上。説郛（陶珽刊本）弖四三東觀奏記卷上亦載。

〔一〕宣宗多追録憲宗卿相子孫　此在原書爲另一條（卽原書前一條）中文字。原文曰：「上追感元和舊事，但聞是憲宗朝卿相子孫，必加擢用。」

〔二〕度之子　原書無此三字，而於文末追敍裴度之事。

〔三〕加承旨　原書作「一日，加承旨。」新唐書卷一七三裴諗傳曰：「爲翰林學士，累遷工部侍郎，詔加承旨。」資治通鑑繫此事於卷二四八唐紀六四宣宗大中二年，曰：「翰林學士裴諗，度之子也。上幸翰林，面除承旨。」

〔四〕跪受　原書上有「張而」二字。

912 宣宗讀元和實録，見故江西觀察使韋丹政事卓異，問宰臣，「孰爲丹後」，周墀曰：「臣近任江西〔一〕，見丹行事，遺愛餘風，至今在人。其子宙，見任河陽觀察判官。」上曰：「速與好官。」御史府聞之，奏爲御史〔二〕。

本條原出東觀奏記卷上。說郛（陶珽刊本）弓四三東觀奏記卷上亦載。

〔一〕江西　原書下有「觀察使」三字。

〔二〕御史　原書作「侍御史」，當據正。

913 宣宗時加贈故楚州刺史、贈尚書工部侍郎李德修爲禮部尚書〔一〕。德修，吉甫長子。吉甫薨，太常謚曰「簡」。度支郎中張仲方以憲宗好用兵，吉甫居輔弼之任，不得爲「簡」。仲方貶開州司馬。寶曆中，方徵諫議大夫〔二〕。德修不欲同立朝，連牧舒、湖、楚三州〔三〕。時吉甫少子德裕任荆南節度使、檢校司徒平章事。上即位，推恩德裕〔四〕，當追贈祖、父；乞迴贈其兄，故有是命。

本條原出東觀奏記卷上。說郛（陶珽刊本）弓四三東觀奏記卷上亦載。

〔一〕贈尚書工部侍郎李德修爲禮部尚書　原書無「贈」、「爲」二字。小石山房叢書本、藕香零拾本東觀奏記「修」作「脩」，下同。新唐書卷一四六李德脩傳同。

〔二〕方　原書作「仲方」，當據之補「仲」字。

〔三〕德修不欲同立朝連牧舒湖楚三州　新唐書李德脩傳：「寶曆中爲膳部員外郎。張仲方入爲諫議大夫，德脩不欲同朝，出爲舒、湖、楚三州刺史。」

〔四〕推恩　原書作「普恩」。

914 武宗任李德裕。德裕雖丞相子，文學過人，性孤峭，嫉朋黨〔一〕，擠牛僧儒、李宗閔、崔珙於嶺外；楊嗣復、貞穆李公珏以會昌初冊立事，亦七年嶺表〔二〕。宣宗即位，嶺南五相同日遷北〔三〕。

本條原出東觀奏記卷上。説郛（陶珽刊本）弖四三東觀奏記卷上亦載。原書此條與卷三 392 條本爲一條，此條在前。

〔一〕嫉朋黨　原書作「疾朋黨如仇讐」。

〔二〕楊嗣復貞穆李公珏以會昌初冊立事亦七年嶺表　資治通鑑卷二四六唐紀六二文宗開成五年曰：「初，上（指武宗）之立非宰相意，故楊嗣復、李珏相繼罷去。」又武宗會昌元年出楊嗣復爲湖南觀察使，李珏爲桂管觀察使，旋「遣中使就潭、桂州誅嗣復及珏」，李德裕力諫乃免，更貶嗣復爲潮州刺史，李珏爲昭州刺史。原書於「李公珏」下有註：「庭裕親外叔祖。」

〔三〕同日遷北　原書下有「以吏部尚書李珏爲檢校尚書右僕射，充淮南節度使。」二句，其後乃接 392 條。

915 宣宗弧矢擊鞠，皆盡其妙。所御馬，銜勒之外，不加雕飾，而馬尤矯捷；每持鞠杖，乘勢奔躍，運鞠於空中，連擊至數百，而馬馳不止，迅若流電。二軍老手，咸服其能。

本條不知原出何書。

916 清夜遊西園圖者，晉顧長康所畫。有梁朝諸王跋尾處，云：「圖上若干人，並食天廚〔一〕。」唐貞觀中，褚河南裝背，題處具在。其圖本張維素家收得〔二〕，傳至相國張公弘靖〔三〕。元和中，準宣索并鍾元常寫道德經同進入內〔四〕。〔原註〕〔五〕時張鎮并州。進圖表，李太尉衛公作。後中貴人崔潭峻自禁中將出，復流傳人間。維素子周封，前涇州從事，秩滿在京。一日，有人將此圖求售，周封驚異之，遽以絹數匹贖得。經年，忽聞款關甚急，問之，見數人同稱仇中尉傳語評事，知清夜圖在宅，計閒居家貧，請以絹三百匹易之。周封憚其逼脅，遽以圖授使人。明日果齎絹至。後方知詐僞，乃是一豪士求江淮海鹽院〔六〕，時王涯判鹽鐵〔七〕，酷好書畫，謂此人曰：「爲余訪得此圖，當遂公所請。」因爲計取之耳。及十家事起〔八〕，後落在一粉鋪家。未幾，爲郭侍郎家閽者以錢三百市之〔九〕，以獻郭公。郭公卒〔一〇〕，又流傳至令狐相家。宣宗一日嘗問相國有何名畫，相國具以圖對，復進入內〔一一〕。

〔本條原出尚書故實。太平廣記卷二一〇尚書故實題作顧愷之。紺珠集卷四尚書故實題作三百縑易清圖，文甚簡略。類説卷四五尚書故實題作清夜遊西園圖。白孔六帖卷三二引尚書故實亦載。説郛（陶珽刊本）弓三六尚書故實亦載。南部新書卷丙亦載此事，引至「褚河南裝背」。

〔一〕並食天厨　原書句下有註：「語出諸子書，檢尋未得。」

〔二〕本張維素家收得　原書句下有註：「維素，從申之子。」

〔三〕弘靖　原書作雙行小註。

〔四〕準宣索　原書同。太平廣記引文作「宣惟索」。

〔五〕原註　此處乃李綽自註。

〔六〕乃是一豪士求江淮海鹽院　原書作「乃是一力足人求江淮大鹽院」。

〔七〕王涯　太平廣記引文作「王淮」，誤。

〔八〕十家　指甘露之變中被族滅之王涯、賈餗、舒元輿、李訓、王璠、郭行餘、鄭注、羅立言、李孝本、韓約等十餘家，參看舊唐書卷十七下文宗本紀下。原書作「十二家」，太平廣記引文作「王家」，「十二」當是「王」之形訛。

〔九〕郭侍郎　原書下有註：「承嘏」。

〔一〇〕卒　原書無，當據本書補。

〔一一〕復進入内　原書句下有註：「賓護親見相國説」。

917 宣宗將命令狐綯爲相，夜半幸含春亭召對，盡蠟燭一炬，方許歸院〔一〕，仍賜金蓮炬送之。院吏忽見金蓮蠟燭，驚報院中曰：「駕來矣！」俄然綯至〔二〕。院吏謂綯曰：「金蓮花引駕燭〔三〕，學士用之，得安否〔四〕？」頃刻有丞相之命〔五〕。

永樂大典卷之一萬三千四百五十二士・金蓮燭送學士引唐語林亦載。與卷二 242 條合爲一條，本條在前。

本條原出東觀奏記卷上。類説卷七東宮奏記卷七題作金蓮花炬。説郛（陶珽刊本）弓四三東觀奏記卷上亦載。紺珠集卷五、類説卷二七唐宋遺史亦載，題作金蓮燭。唐摭言卷十五雜記亦載此事。

〔一〕院　原書作「學士院」。

〔二〕綯　原書作「趙公」。

〔三〕引駕燭　原書上有「乃」字，當據補。

〔四〕得安　原書作「莫折事」。

〔五〕頃刻有丞相之命　新唐書卷一六六令狐綯傳：「夜對禁中，燭盡，帝以乘輿、金蓮華炬送還。院吏望見，以爲天子來。及綯至，皆驚。俄同中書門下平章事。」

918 宣宗以左拾遺鄭言爲太常博士，鄭朗自御史大夫爲相；朗先爲浙西觀察使，左拾遺鄭言實居幕中。朗議〔一〕：以諫官論時政得失，動關宰輔，請移言爲博士〔二〕。至大中二年〔三〕，崔慎由自户部侍郎秉政，復以左拾遺杜蔚爲太常博士；蔚亦慎由舊寮。遂爲故事。

本條原出東觀奏記卷中。説郛（陶珽刊本）弓四三東觀奏記卷中亦載。

〔一〕議　原書作「建議」。

〔二〕請移言爲博士　原書作「鄭言必括囊形跡，請移爲博士。」

〔三〕大中二年　原書作「大中十一年」。案新唐書卷六三宰相表下記大中十年「十二月壬辰，户部侍郎判户部事崔慎由爲工部尚書、同中書門下平章事。」本書、原書均有誤。

919 崔相慎由廉察浙西，左目生贅肉，欲蔽瞳人。醫久無驗。聞揚州有穆生善醫眼〔一〕，託淮南判官楊收召之。收書報云〔二〕：「穆生性粗疏，恐不可信。有譚簡者，用心精審，勝穆生遠甚。」遂致以來。既見，白崔曰：「此立可去。但能安神不撓，獨斷于中，則必效矣。」崔曰：「如約，雖妻子必不使知聞。」又曰：「須用天日晴明〔三〕，亭午於静室療之，始無憂矣。」問崔飲多少？曰：「飲雖不多〔四〕，亦可引滿。」譚生大喜。是日，崔引譚生于宅北樓，惟一小豎在〔五〕，更無人知者。譚生請崔飲酒，以刀圭去贅，以絳帛拭血，傅以藥，遣報妻子知。後數日，徵詔至金陵。及作相，譚生已卒。

永樂大典卷之一萬九千六百三十七目・醫目引唐語林亦載。

本條原出因話録卷六羽部。與原書出入頗大，删削甚多。今不復細作校讎，請參看本書前言中之附表。

〔一〕穆生　原書作「穆中」。

〔二〕收書　原書「楊收」作「楊牧」，乃向崔慎由薦舉穆生之人，楊請遺書崔鉉致之。「收書報云」下文，乃崔鉉書中語。

〔三〕天日　原書作「九日」。

〔四〕飲雖不多　原書作「户雖至小」，文字有誤。

【三】小豎　原書言隨行者除小豎外，尚有大將中善醫者沈師象其人，永樂大典引文中尚見記載，本書略去。

920 大中三年，李褒侍郎知舉，試堯仁如天賦。宿州李使君弟瀆不識題，訊同鋪，或曰：「止於『堯之如天』耳！」瀆不悟，乃爲句曰：「雲攢八彩之眉，電閃重瞳之目。」賦成將寫，以字數不足，憂甚。同輩紿之曰：「但一聯下添一『者也』，當足矣。」褒覽之大笑。

本條不知原出何書。

921 大中四年，進士馮涓登第，榜中文譽最高。是歲新羅國起樓〔一〕，厚齎金帛，奏請撰記，時人榮之。初官京兆參軍，恩地即杜相審權也。杜有江西之拜，制書未行，先召長樂公密話〔二〕，垂延辟之命，欲以南昌牋奏任之，戒令勿泄。長樂公拜謝，辭出宅，速鞭而歸，於通衢遇友人鄭賨。見其喜形於色，駐馬懇詰，長樂遽以恩地之辭告之〔三〕。滎陽尋捧刺京兆門謁賀，具言得於馮先輩也。京兆嗟憤，而鄙其淺露。洎制下開幕，馮不預焉。心緒憂疑，莫知所以。廉車發日，自灞橋乘肩輿〔四〕，門生咸在，長樂拜別。京兆公長揖馮曰：「勉旃！」由是囂浮之譽，徧於搢紳，竟不通顯。中間又涉交通中貴〔五〕，愈招清議。官工部郎中〔六〕、眉州刺史。仕蜀，至御史大夫。

本條原出北夢瑣言卷三杜審權斥馮涓。太平廣記卷二六五北夢瑣言題作馮涓。說郛（陶珽刊本）弓四九引作大中遺事，疑有誤。唐詩紀事卷六六馮涓亦敍此事，唯不註出處。

〔一〕新羅國　原書作「暹羅國」，當據本書改。太平廣記引文亦作「新羅國」。

〔二〕長樂公　即馮涓。長樂爲唐代馮姓之著名郡望，此處乃借用。

〔三〕辭　原書作「辟」。

〔四〕灞橋　原書作「霸橋」，太平廣記引文作「灞橋」。作「灞橋」者是。

〔五〕又　原書作「有」，當據本書改。

〔六〕官工部郎中　原書作「官止祠部郎中」。

922 崔郢中丞爲京尹。三司使永達亭子宴丞郎〔一〕，崔乘醉突飲〔二〕，夏侯孜爲户部使，問曰：「尹曾任給、舍否？」崔曰：「無。」孜曰：「若不歷給、舍，尹不合衝丞郎宴。」命酒糾下籌進罰爵，取三大器滿飲之，良久方起。笞引馬前軍將至死。尋出爲賓客分司〔三〕。

本條原出盧氏雜説。太平廣記卷二三三盧氏雜説題作夏侯孜。説郛（陶珽刊本）弓四八盧氏雜説題作夏侯孜。永樂大典卷之一萬二千四十四酒・罰酒引盧氏雜説，即此文。南部新書卷辛亦載此事。玉泉子亦載，當係誤入。

〔一〕永達亭子　各書其上均有「在」字，當據補。

〔二〕崔乘醉突飲　各書其下尚有「衆人皆延之」一句。

〔三〕笞引馬前軍將至死尋出爲賓客分司　太平廣記、説郛引文無此二句。

923 太常卿封敖於私第上事。御史彈奏〔一〕，左遷國子祭酒。故事：太常卿上日，庭設九部樂，盡一時之盛。敖欲便於觀閱，遂就私第視事。

本條原出東觀奏記卷下。說郛（陶珽刊本）弓四三東觀奏記卷下亦載。

〔一〕御史　原書下有「臺」字。

924 大中十二年七月十四日退朝〔一〕，宰相夏侯孜獨到衙門。以御史大夫李景讓爲檢校吏部尚書，充劍南西川節度使。時中元休假，通事舍人無在館者。麻案既出，孜受麻畢，乃召當直舍人馮圖宣之〔二〕，捧麻皆兩省胥吏。自此始令通事舍人休澣亦在館〔三〕。

本條原出東觀奏記卷下。說郛（陶珽刊本）弓四三東觀奏記卷下亦載。南部新書卷丁亦載此事。

〔一〕大中十二年七月十四日退朝　原書無「大中」二字，「退朝」上有「三更三點」四字。

〔二〕舍人　原書作「中書舍人」。

〔三〕在館　原書下有「候命」二字。

925 李景讓爲御史大夫。初，大夫不旬月，多拜丞相。臺中故事：以百日內他人拜相爲「辱臺」。景讓未旬，除劍南節度使。未幾，請致仕。客有勸之曰：「僕射廉潔，縱薄於富貴，豈不爲諸郎謀耶？」笑曰：「李景讓兒詎餓死乎？」退居洛中，門無雜賓。李琢罷浙西，謁景讓，且下馬，不肯見；方去，命人斷其馬臺云。

本條不知原出何書。又本條與卷三 319 條多重文，可參看。

926 温庭筠字飛卿，彦博之裔孫。文章與李商隱齊名，時號「温、李」。連舉進士，不中。宣宗時，謫爲隨縣尉。制曰：「放騷人於湘浦，移賈誼於長沙。」舍人裴坦之詞，世以爲笑〔一〕。

本條原出東觀奏記卷下。類説卷七東宮奏記題作温庭筠責詞。説郛（陶珽刊本）弓四三東觀奏記卷下亦載。

〔一〕世以爲笑　原書作「制中自引『騷人』、『長沙』之事，君子譏之。」案本條文字已經王讜重行組織編寫，然仍有形跡可循。

927 僧從誨住安國寺〔一〕，道行高潔，兼工詩，以文章應制。宣宗每擇劇韻令賦，誨亦多稱旨。累年供奉，望方袍之賜〔二〕，以耀法門。上兩召至殿上，謂之曰：「朕不惜一副紫袈裟，但師頭耳稍薄，恐不勝耳！」竟不賜。悒悒而卒。

本條原出東觀奏記卷下。類説卷七東宮奏記題作從誨耳目薄。説郛（陶珽刊本）弓四三、（張宗祥輯明鈔本）卷四、卷七五引東觀奏記亦載。

〔一〕從誨　原書作「從晦」。下同。

〔二〕方袍　原書上有「紫」字，當據補。

928 南卓郎中與李修古中外兄弟〔一〕。修古性迂僻，卓常輕之。修古得許州從事，奏官敕下，許帥方大譙，遞到開角，有卓與修古書。修古執書，喜白帥曰：「某與南二十三表兄弟平生相輕〔二〕，今日某爲尚書幕客〔三〕，遂與某書〔四〕。」及開緘云：「卽日卓老不死，生見李修古除目。」帥視書大笑〔五〕。

本條原出盧氏雜説。太平廣記卷二五一盧氏雜説題作南卓。玉泉子亦載，當係誤入。

〔一〕中外　太平廣記引文作「親表」。

〔二〕某與南二十三表兄弟平生相輕　太平廣記引文「南」作「卓」，玉泉子作「南卓」。又「平生」一詞，太平廣記引文與玉泉子均作「多蒙」。

〔三〕爲　太平廣記引文與玉泉子作「忝爲」。

〔四〕遂與某書　太平廣記引文與玉泉子作「又奏署敕下，遽與某書，大奇。」

〔五〕帥視書大笑　太平廣記引文作「帥請書看，合座大笑。李修古慙甚。」

929 諸葛武侯相蜀，制蠻蜑侵漢界。自吐蕃西至東，接夷陵境，七百餘年不復侵軼。自大中蜀守任人不當，有喻士珍者，受朝廷高爵，而與蠻坦習之，頻爲姦宄〔一〕。使蠻用五千人，日開關川路，由此致南詔，擾攘西蜀——蜀於是凶荒窮困，人民相食——由沐浴川通蠻陬也。

本條不知原出何書。

〔一〕有喩士珍者受朝廷高爵而與蠻坦習之頻爲姦宄　新唐書卷二二二中南蠻中南詔傳下：「（咸通）五年，南詔回掠嶲州以擾西南，西川節度使蕭鄴率屬蠻鬼主邀南詔大度河，敗之。明年，復來攻。會刺史喩士珍貪獪，陰掠兩林東蠻口縛賣之，以易蠻金，故開門降，南詔盡殺戍卒，而士珍遂臣于蠻。」

930 大中初，吐蕃擾邊。宣宗欲討伐，延英問宰臣，白敏中奏「宜興師」，請爲都統。領兵數萬，陣於平川。以生騎數千，伏山谷爲奇兵〔一〕。有蕃將服緋茸裘、寶裝帶，乘白馬，出入驍鋭。兵未交，至陣前者數四，頻來挑戰。敏中誡士無得應之。有潞州小將，善射，躍馬彎弧而前，連發兩，中其頸，搏而殺之，取其服帶，奪馬而還。蕃兵大呼。士衆鼓而前，追奔將及黑山，獲馬駝輜重不可勝計，降者數千人〔二〕。自此復得河湟故地。宣宗見捷書，云：「我知敏中必破賊。」

本條原出劇談録卷上李朱崖知白令公。太平廣記卷一七〇劇談録題作李德裕。又原書此條與卷三 417 條本是一條，此條在後。

〔一〕陣於平川以生騎數千伏山谷爲奇兵　原書作「時犬戎列陣平川，以生騎數千伏藏山谷。既而得於諜者，遂設奇兵待之」。本書約之過簡，與原書文意正相違逆。

〔三〕降者數千人　原書作「束手而降者三四千人」。

931 白敏中初入邠州幕府，罷遊同州，謁幕府李鳳侍御。久不出見，曰：「誰謂雀無角，何以穿我屋？〔一〕」坐客皆非之。後爲相，鳳除官過中書，曰：「此官人頃相遇同州，今日猶作常調等色！」

本條不知原出何書。

〔一〕誰謂雀無角何以穿我屋　詩經召南行露中句。

932 白敏中守司空兼門下侍郎，充邠寧行營都統，討南山、平夏党項〔一〕。發日，以禁軍三百人從。敏中請依裴度討淮西故事，開幕擇廷臣充大吏〔二〕，上允之。乃以左諫議大夫孫景昌爲左庶子、行軍司馬〔三〕，駕部郎中、知制誥蔣某爲右庶子、節度副使〔四〕，駕部員外郎李旬爲節度判官〔五〕，户部員外郎李元爲都統掌記，將軍冉旿、陳君從爲左右虞候〔六〕。

本條原出東觀奏記卷上。説郛（陶珽刊本）弓四三東觀奏記卷上亦載。

〔一〕討南山平夏党項　資治通鑑卷二四九唐紀六五宣宗大中五年春敍此，胡三省註：「党項居慶州者，號東山部；居夏州者號平夏部；其竄居南山者，爲南山党項。趙珣聚米圖經：党項部落在銀、夏以北，居川澤者，謂之平夏党項；在安、鹽以南，居山谷者，謂之南山党項。」

〔二〕 充大吏　原書作「不阻大吏。」本書似誤。資治通鑑敍此，作「敏中請用裴度故事，擇廷臣爲將佐。」擇廷臣量才録用，即不阻大吏之謂。

〔三〕 孫景昌　原書作「孫商」。資治通鑑作「孫景商」。

〔四〕 蔣某　藕香零拾本東觀奏記於「某」字處加註：「名與庭裕私諱同」。稗海本作「名庭裕，私與諱同」，「私」「與」二字誤倒。小石山房叢書本即作「蔣庭裕」。資治通鑑作「蔣伸」。

〔五〕 李旬　原書作「李荀」。

〔六〕 左右虞候　原書作「都虞候」。

933 白相敏中欲取前進士侯温爲壻。其妻曰〔一〕：「公既姓白，又以侯氏子爲壻，人必呼爲『白侯』〔二〕。」敏中遂止。敏中始婚也，已朱衣矣〔三〕，嘗戲其妻爲接脚夫人。安用此〔四〕？

本條原出玉泉子。説郛（陶珽刊本）弓四六、（張宗祥輯明鈔本）卷十一玉泉子佚去「敏中始婚也」以下四句。太平廣記卷一八四玉泉子題作白敏中，引文全。

〔一〕 其妻曰　原書作「其妻盧氏曰：『身爲宰相，願求爲我壻者多矣。』」

〔二〕 白侯　太平廣記引文作「侯白」。二説均可通，未知孰是。「白侯」乃「白猴」之諧音。侯白著啟顔録十卷，多滑稽之語，故白妻亦以爲諱。

〔三〕 朱衣　太平廣記引文作「朱紫」。

〔四〕 安用此　太平廣記引文作「又妻出，輒導之以馬。妻既憾其言，每出，必命撤其馬，曰：『吾接脚夫人，安用馬也？』」本書文有奪訛。

934 萬壽公主，宣宗之女〔一〕。將嫁，命擇良壻。鄭顥，宰相子，狀元及第，有聲名，待婚盧氏〔二〕。宰臣白敏中奏選尚〔三〕，顥深銜之。大中五年〔四〕，敏中免相，爲邠寧行營都統。將行，奏曰：「頃者公主下嫁，責臣選壻。時鄭顥赴婚楚州，行次鄭州，臣堂帖追回，上副聖念。顥不樂爲國婚，銜臣入骨髓。臣在中書，顥無如臣何，自此必媒孽臣短〔五〕，死無種矣！」上曰：「卿何言之晚耶〔六〕？」因命左右，殿中取一樫木小函〔七〕，扃鑰甚固，謂敏中曰：「此是顥説卿文字，便以賜卿。若聽其言，不任卿久矣〔八〕！」大中十二年，敏中任荆南節度使，暇日與前進士在銷憂閣〔九〕，追感上恩，泣話此事，盡以此函中文字示之。

本條原出東觀奏記卷上。説郛（陶珽刊本）弖四三東觀奏記卷上亦載。原書此條與卷四 602 條本爲一條，此條在後。

〔一〕宣宗之女　原書作「上愛女，鍾愛獨異」。

〔二〕待婚　小石山房叢書本、藕香零拾本東觀奏記作「時昏」。稗海本僅存「婚」字。新唐書卷一一九鄭顥傳曰：「顥與盧氏婚，將授室而罷。」

〔三〕尚　稗海本東觀奏記作「上」。

〔四〕大中五年　資治通鑑卽繫此事於卷二四九唐紀六五宣宗大中五年。

〔五〕自此　原書作「一去玉階」。

〔六〕卿何言之晚耶　原書上有「朕知此事久」一句。

〔七〕殿　原書作「便殿」。

〔八〕久　原書作「如此」。

〔九〕前進士　原書下有「陳錯」一名，當據補。

935 宣宗時，御史馮緘三院退入臺〔一〕，路逢集賢校理楊收，不爲之卻；緘爲朝長，〔原註〕〔二〕臺中故事，三院退朝入臺，一人謂之朝長。取收僕笞之〔三〕。集賢大學士馬植奏論：「開元中幸麗正殿賜酒，大學士張說、學士副知院事徐堅以下十八人，不知先舉酒者。說奏：『學士以德行相先，非其員吏〔四〕。』遂十八爵一時舉酒。今馮緘笞收僕，是笞植僕隸一般，請黜之。」御史中丞令狐綯又引故事論救。上兩釋之。始著令：三館學士不避行臺。

本條原出東觀奏記卷上。說郛（陶珽刊本）弓四三東觀奏記卷上亦載。

〔一〕御史馮緘三院退入臺　原書作「侍御史馮緘與三院退朝入臺」。當據正。

〔二〕原註　此是裴庭裕自註。

〔三〕取收僕笞之　小石山房叢書本、藕香零拾本東觀奏記作「拉收僕臺中笞之」。

〔四〕其員吏　原書作「具員吏」。當據改。

936 令狐綯以姓氏少，宗族有歸投者，多慰薦之。繇是遠近趨走，至有胡氏添「令」者。進士温庭筠戲爲詞曰：「自從元老登庸後，天下諸『胡』悉帶『令』。」

本條不知原出何書。南部新書卷庚亦叙此事。

937 令狐綯罷相〔一〕。其子滈進士〔二〕，在父未罷相前拔解及第。諫議大夫崔瑄上疏：「滈弄父權，勢傾天下。舉人文卷須十月送納〔三〕。豈可父爲宰相，滈私干有司〔四〕？請下御史推勘〔五〕。」疏留中不出。

本條原出北夢瑣言卷一令狐滈預拔文解。説郛（陶珽刊本）弓四九引作大中遺事，誤。

〔一〕令狐綯罷相　原書上有「唐大中末」一句。

〔二〕進士　原書作「應進士舉」，當據之補正。

〔三〕十月　原書下有「前」字，當據補。

〔四〕滈私干有司　原書作「男私拔其解名，干撓主司，侮弄文法，恐姦欺得路，孤直杜門云云。」

〔五〕御史　原書作「御史臺」。

938 邕州蔡大夫京者，故令狐相公楚鎮滑臺之日，因道場中見於僧中，令京挈瓶鉢〔一〕。彭陽公曰：「此子眉目疏秀〔二〕，進退不懾，惜其卑幼，可以勸學乎？」師從之，乃得陪相國子弟〔三〕。後以進士舉上第〔四〕，尋又學究登科，而作尉畿服。既爲御史，覆獄淮南，李相紳憂悸而已〔五〕，頗得繡衣之稱〔六〕。謫居澧州，爲厲員外立所辱〔七〕。稍遷撫州刺史，作詩責商山四老：「秦末家家思逐鹿，商山四皓獨忘機。如何鬢髮霜相似〔八〕，更出深山定是非？」及假節邕交，道經湖口〔九〕，零陵鄭太守史與京同年，遠以酒樂相遲。坐有瓊枝者，鄭君之所愛，蔡強奪之，鄭莫之競。邕交所爲，多如此，爲德義者見鄙。行泊中興頌所，黽勉不前〔一〇〕，題篇久之，似有悵悵之思。纔到邕南，制禦失律，伏法湘川。論者以妄責四皓，而欲買山於浯溪之間〔一一〕，不徒言哉！詩曰：「停橈積水中，舉目孤煙外；借問浯溪人，誰家有山賣？」

本條原出雲谿友議卷中買山讖。唐詩紀事卷四九蔡京亦載，唯不註出處。

〔一〕挈　原書作「挈於」，當據本書删「於」字。

〔二〕子　原書作「童」。

〔三〕相國子弟　原書下有註：「青州尚書緒、丞相絢、綸也」。

〔四〕以進士舉上第　原書其下尚有「乃彭陽令狐公之舉也」一句。令狐楚封彭陽郡公。

〔五〕憂悸而已　唐詩紀事卷四九蔡京叙此，作「憂悸而卒」。

〔六〕頗得繡衣之稱　原書下有註：「吳汝南詛闕申寃，蔡君先牓之，曰：『是主上憂國之時，乃臣下無私之日。』」

〔七〕爲厲員外立所辱　原書作「厲員外玄所辱」，當據本書補「爲」字。本書當據之改「立」爲「玄」，唐詩紀事亦作「玄」。

〔八〕鬢　原書與唐詩紀事作「鬂」。

〔九〕湖口　原書作「湘口」。

〔一〇〕黽勉不前　原書下有註：「地名，在浯溪也。」

〔一一〕於　原書作「則」，當據本書改。

939 盧司空鈞爲郎官〔一〕，守衢州〔二〕。有進士贄謁〔三〕，公開卷閱其文十餘篇〔四〕，皆公所製也。語曰〔五〕：「君何許得此文？」對曰：「某苦心夏課所爲。」公云：「此文乃某所爲，尚能自誦。」客乃伏，言「某得此文，不知姓名，不悟員外撰述者」。

本條原出芝田録。類説卷十一芝田録題作惡文親表一時奉獻。又太平廣記卷二六一大唐新語題作李秀才與唐詩紀事卷四七李播二文，情節與本條文字相同，而人物姓名不同，「盧鈞」作「李播」。

〔一〕盧司空鈞　類説引文誤作「蘆君」。

〔二〕守衢州　類説引文作「出牧衢州」。舊唐書卷一七七、新唐書卷一八二盧鈞傳均不言有守衢州事。

〔三〕進士　類説引文作「一士」。

〔四〕餘　類説引文無。

〔五〕語　類説引文作「密語」。

940 盧彖安仁，李藩侍郎門生，性簡易。嘗與同年生在藩座。久之，彖起更衣，藩謂門生輩本風，言訖彖適至，聞藩言，卽拱曰：「是！不敢。」藩與門生不覺失笑。宣宗嘗微行，遇彖妻肩輿，左右皆走避，上卽撤輿觀之，大笑而去。時人盛傳彖妻醜。

本條不知原出何書。

941 大中十二年，李藩侍郎下崔相沆、長安令盧彖同年。上巳日期集，盧稱疾不至。沆忽於曲道遇彖，側席帽、映一氈車以避。沆時主罰，因舉詞曰：「低垂席帽，遥映氈車。白日在天，不識同年之面；青雲得路，可知異日之心。」時人比之崔嘏、施肩吾。

本條不知原出何書。唐摭言卷三慈恩寺題名遊賞賦詠雜記亦叙此事，文有不同。

942 相國韋公宙善治生。江陵府東有别業，良田美産，最號膏腴，而積稻如坻，皆爲滯穗。大中初〔一〕，除廣州節度。上以番禺珠翠之地〔二〕，垂貪泉之戒，京兆從容奏對：「江陵莊積穀尚有七十堆〔三〕，宙無所貪。」上曰：「此可謂之『足穀翁』也。」

本條原出北夢瑣言卷三韋宙相足穀翁。太平廣記卷四九九北夢瑣言題作韋宙。類説卷四三北夢瑣言題作足穀翁。説郛（陶珽刊本）弓四六北夢瑣言亦載。説郛（張宗祥輯明鈔本）卷四八北夢瑣言題作韋宙足穀翁。侯鯖録卷六亦引，唯不註出處。

〔一〕大中　雲自在龕叢書本北夢瑣言作「咸通」，下有校記曰：「原本作『大中』，據廣記四百九十九校改。按韋宙鎮廣州，史無年月。沈炳震方鎮表列入懿宗初年，與廣記合。」

〔二〕上　雲自在龕叢書本北夢瑣言作「懿宗」，「懿」下有校記曰：「原本作『宣』，據廣記校改，下同。」説郛（陶珽刊本）引文作「宣宗」。

〔三〕十　雲自在龕叢書本北夢瑣言作「千」，下有校記曰：「原本作『十』，據廣記校改。」

943 崔侍郎安潛崇奉釋氏〔一〕，鮮茹葷血，唯於刑辟常自躬親，僧人犯罪，未嘗屈法。於廳前慮囚〔二〕，必衈惻以盡其情；有大辟者，俾先示以判語，賜以酒食而付法〔三〕。鎮西川三年，唯多蔬食。宴諸司，以麪及蒟蒻之類染作顏色，用象豚肩、羊臑膾炙之屬，皆逼真也。時人比於梁武。而頻於使宅堂前弄傀儡子，軍人百姓穿宅觀看，一無禁止。而中壼預政，以玷盛德。

永樂大典卷之二千七百三十七崔・崔善爲引唐語林亦載。

本條原出北夢瑣言卷三崔侍中省刑獄。

〔一〕侍郎　原書作「侍中」。新唐書卷一一四崔安潛傳云僖宗時「檢校太師兼侍中」。又云「安潛於吏事尤長，雖位將相，閲具獄，未嘗不身聽之。」

〔二〕廳　原書作「廳事」。

〔三〕付法　聚珍本作「付去」，據永樂大典引文改。原書作「付於法」。

944 韋楚老〔一〕，李宗閔之門生。自左拾遺辭官東歸，居于金陵。常乘驢經市中〔二〕，貌陋而服衣布袍〔三〕，羣兒陋之〔四〕。指畫自言曰〔五〕：「上不屬天，下不屬地，中不累人，可謂大韋楚老〔六〕。」羣兒皆笑〔七〕。與杜牧同年生，情好相得。初以諫官赴徵，值牧分司東都，以詩送。及卒，又以詩哭之〔八〕。

本條原出金華子卷下。

〔一〕韋楚老　原書下有「少有詩名」一句。

〔二〕常乘驢經市中　原書作「常跨驢策杖經闤中過」。

〔三〕貌陋　原書作「貌古」。

〔四〕羣兒陋之　原書作「羣稚隨而笑之」。

〔五〕指畫自言曰　原書作「即以杖指畫，厲聲曰」。

〔六〕謂大　原書作「畏」。

〔七〕羣兒皆笑　原書作「引羣兒令笑，因吟咏而去。」

〔八〕與杜牧同年生至又以詩哭之　原書無此三十二字。

945 李相回〔一〕，舊名躔，累舉未第。嘗之洛橋，有二術士：一卜者，一筮者。乃先訪筮者曰：「某欲改名赴舉，如何？」筮者曰：「改名甚善。不改，終不成事。」乃訪卜者鄭先生〔二〕，曰：「此行慎勿易，名將遠布矣。然成遂之後，二十年間，名字終當改矣。今則已應天象，異時方測余言。」將行，又戒之曰：「郎中必享榮名，後當重任。引接後來，勿以白衣爲隙，必爲深累。」長慶二年及第。至武宗登極，與上同名，始改爲回。從辛丑至庚申，二十年矣〔三〕，乃曰：「筮短龜長，鄭生之言中矣！」李公既爲丞郎，永興魏相爲給事〔四〕。因省會，魏公曰：「昔求府解，侍郎爲試官，送一百二人，獨小生不蒙一解。今日還忝金章，廁諸公之列。」坐上皆驚〔五〕。李曰：「君今脱卻紫衫，稱魏秀才，僕爲試官，依前不送。何得以舊事相讓？」李尋爲獨坐，三臺肅畏，而升相府。當時臺官真拜者少〔六〕。後數年間，魏亦自同州入相。宣宗時，李丞相有九江、臨川之行〔七〕，跋涉江湖，喟然而嘆曰：「不遵洛橋先生之戒〔八〕，吾自取尤焉。」

本條原出雲谿友議卷下龜長證。太平廣記卷二一七雲溪友議題作鄭生。

〔一〕李相回　太平廣記引文上有「武宗朝」一句。

〔二〕鄭先生　原書作「鄭生」。

〔三〕從辛丑至庚申二十年矣　原書與太平廣記引文中此二句乃註文。

〔四〕永興魏相　原書作「永興魏相公謩」，太平廣記引文作「魏謩」。

〔五〕坐上皆驚　原書與太平廣記引文作「合坐皆驚此說，欲其遜容。」

〔六〕當時臺官真拜者少　原書作「至今少臺官之直拜也」。

〔七〕宣宗時李丞相有九江臨川之行　太平廣記引文作「而回累被貶謫」。

〔八〕不遵洛橋先生之戒　原書與太平廣記引文無「不遵」二字，當據本書補。原書「橋」誤作「僑」，當據本書改。

946 廣州監軍吳德鄘離京師〔一〕，病脚蹣跚，三載歸，足疾復平。宣宗問之，遂爲上說羅浮山人軒轅集之醫。上聞之〔二〕，驛召集赴京師。既至，館于南山亭院〔三〕，外庭不得見也。諫官屢以爲言，上曰：「軒轅道人口不干世事，勿以爲憂。」留歲餘放歸。授朝散大夫〔四〕、廣州司馬，集不受。

本條原出東觀奏記卷下。說郛（陶珽刊本）弓四三東觀奏記卷下亦載。

〔一〕廣州監軍吳德鄘離京師　小石山房叢書本東觀奏記誤作「吳德勵」。原書句上尚有「上晚歲酷好仙道」一句。

〔二〕上聞之　原書下有「甘心焉」一句。

〔三〕南山亭院　原書作「南亭院」。

〔四〕朝散大夫　原書作「朝奉大夫」。

947 羅浮生軒轅集，莫知何許人，有道術。宣宗召至京師。初若偶然，後皆可驗。舍於禁中，往往以竹桐葉滿手，再三挼之，成銅錢。或散髮箕踞，久之用氣上攻，其髮條直如植。忽思歸海上，上置酒内殿，召坐。上曰：「先生道高，不樂喧雜，今不可留矣！朕雖天下主，在位十餘年，兢慄不暇。今海内小康矣，所不知者壽耳。」集曰：「陛下五十年天子。」上喜。及帝崩，壽五十。

本條原出大中遺事。紺珠集卷十大中遺事分別題作挼葉成錢、氣攻髮直。類説卷二一大中遺事分別題作桐竹葉挼錢、氣攻髮。白孔六帖卷八、古今合璧事類備要外集卷六五均引大中遺事所載挼葉成錢事，白孔六帖卷三一又引大中遺事所載氣攻髮直事。説郛（陶珽刊本）弓四九、（張宗祥輯明鈔本）卷七四大中遺事均載。各書引文皆不全。

948 舊制：三二歲，必于春時内殿賜宴宰輔及百官，備太常諸樂，設魚龍曼衍之戲，連三日，抵暮方罷。宣宗妙于音律，每賜宴前，必製新曲，俾宫婢習之。至日，出數百人，衣以珠翠緹繡，分行列隊，連袂而歌，其聲清怨，殆不類人間。其曲有曰播皇猷者，率高冠方履，褒衣博帶，趨赴俯仰，皆合規矩〔一〕；有曰蔥嶺西者，士女踏歌爲隊，其詞大率言蔥嶺之士，樂河湟故地，歸國而復爲唐民也；有霓裳曲者，率皆執幡節，被羽服〔二〕，飄然有翔雲飛鶴之勢。如是者數十曲。教坊曲工遂寫其曲奏于外，往往傳于人間。

本條原出貞陵遺事。唐詩紀事卷二宣宗引令狐澄貞陵遺事，即此文。紺珠集卷十、類説卷二一、白孔六帖卷六一引大中遺事題作播皇猷。古今合璧事類備要外集卷十二引大中遺事亦載。

〔一〕皆合規矩　唐詩紀事引文下有「于于然有唐堯之風焉」一句。

〔二〕被羽服　唐詩紀事引文下有「態度凝澹」一句。

949 相國李公福〔一〕，庭有槐一本，抽三枝，直過堂舍屋脊〔二〕，一枝不及。相國同堂昆季三人：曰石，曰程，皆登宰相；惟福一人，歷鎮使相而已〔三〕。

本條原出北夢瑣言卷三李氏瑞槐。玉泉子亦載。酉陽雜俎續集卷十支植下亦載。太平廣記卷四〇七三枝槐條文與此同，唯不言出處，或據玉泉子，或據酉陽雜俎録入。古今合璧事類備要後集卷十三引此，誤云出僉載。

〔一〕相國李公福　玉泉子、酉陽雜俎均作「相國李石」。各書下有「河中永樂有宅」一句，玉泉子「永」誤「未」。

〔二〕堂舍　原書與玉泉子作「當舍」，酉陽雜俎作「堂前」。又聚珍本「舍」字作「合」，此顯係誤植，守山閣叢書本已改，今亦據之改正。

〔三〕歷鎮使相而已　玉泉子、酉陽雜俎均作「歷七鎮使相而已」，玉泉子其下尚有「蓋一枝稍短爾」一句。

950 大中十二年，宣州將康全泰噪逐觀察使鄭熏，乃以宋州刺史温璋治其罪。時蕭寘爲浙西觀察使，與宣州接連，遂擢用武臣李琢代寘，建鎮海軍節度使，以張掎角之勢。兵罷後，或言琢虛立官健名目〔一〕，廣占衣糧自入。宣宗命監察御史楊載往，按覆軍籍，無一人虛者。載還奏之，謗者始不勝。

本條原出東觀奏記卷下。說郛（陶珽刊本）弓四三東觀奏記卷下亦載。

〔一〕或　原書作「謗者」。

951 越人仇甫，聚衆攻陷剡縣、諸暨等縣〔一〕。宣宗用王式爲浙東觀察使，以武寧軍健卒二千人送之。王生擒仇甫以獻，斬于東市。

本條原出東觀奏記卷下。說郛（陶珽刊本）弓四三東觀奏記卷下亦載。

〔一〕聚衆攻陷剡縣諸暨等縣　原書「聚衆」下有「爲亂」二字。此句之下尚有「浙左騷然」一句。

952 宣宗時，吴居中恩澤甚厚〔一〕。有謀於術者，欲敗其事〔二〕，術者令書上尊號於襪。有告者，上召至，視之信然，居中棄市。

本條原出東觀奏記卷中。說郛（陶珽刊本）弓四三東觀奏記卷中亦載。

〔一〕吴居中　原書作「高品吴居中」。

〔二〕有謀於術者欲敗其事　稗海本、藕香零拾本東觀奏記作「訪術者欲固其事」，與本書所言義正相反。小石山房叢書本東觀奏記「訪」誤作「於」。

953 宣宗崩，内官定策立懿宗，入中書商議，命宰臣署狀。宰相將有不同者，夏侯孜曰：「三十年前，外大臣得與禁中事；三十年以來，外大臣固不得知。但是李氏子孫，內大臣立定，外大臣即北面事之，安有是非之說？」遂率同列署狀。

本條不知原出何書。

954 大中末，京城小兒疊布蘸水，向日張之，謂之「暈出入」。案〔一〕：「暈出入」，蘇鶚杜陽雜編作「捩暈」。懿宗自鄆王即位，「暈」之言應矣〔二〕。

本條原出杜陽雜編卷下。說郛（陶珽刊本）弓四六杜陽雜編卷下亦載。參看本書卷一 37 條。

〔一〕案 此案語當是永樂大典編者或四庫全書館臣所加。

〔二〕暈 原書作「捩暈」。案：「捩暈」乃「來鄆」之諧音。舊唐書卷十九上懿宗本紀亦記此事，則作「拔暈」。

955 宣宗製泰邊陲曲，其辭云「海岳晏咸通〔一〕」，上即位，而年號「咸通」。

本條原出杜陽雜編卷下。說郛（陶珽刊本）弓四六杜陽雜編卷下亦載。南部新書卷庚亦載此事。又原書此條與卷一 37 條「仁孝出於天性」下文相合，此文在前。

〔一〕宣宗製泰邊陲曲其辭云海岳晏咸通 舊唐書卷十九上懿宗本紀曰：「宣宗制泰邊陲樂曲，詞有『海岳晏咸通』

之句。」案懿宗本紀此下即接上條 954 中之文字，其下始接本條下文。

956 懿宗祠南郊。舊例：青城御幄前設綵樓，命僕寺輩作樂，上登樓以觀，衆呼萬歲。起居郎李璋上疏請罷，事不行〔一〕。

本條不知原出何書。

〔一〕起居郎李璋上疏請罷事不行　新唐書卷一五二李璋傳：「舊制，設次郊丘，太僕盤車載樂，召羣臣臨觀，璋奏罷之。」

957 懿宗嘗幸左軍，見觀音像，禮之〔一〕，而像陷地四尺。問左右，對曰：「陛下，中國之天子；菩薩，地上之道人〔二〕。」上悅之。

本條原出北夢瑣言卷六同昌公主事。原書此條與本卷 974 條原是一條，此條在前。

〔一〕禮之　原書無，當據本書補。新唐書卷三五五行志繫懿宗禮佛事于咸通五年十月。

〔二〕地上　原書作「邊地」。

958 滑州城，北枕河堤，常有淪墊之患。貞元中，賈丞相耽鑿八角井于城隅〔一〕，以鎮河水〔二〕。咸通初〔三〕，刺史李橦以其事上聞，立賈公祠〔四〕，命從事韋岫紀其事。

本條原出賈氏談録。類説卷十五賈氏談録題作八角井。

〔一〕賈丞相耽　玉泉子亦記此事，作「賈相躭」。案賈耽，舊唐書卷一三八、新唐書卷一六六有傳，作「躭」者誤。

〔二〕以鎮河水　原書句下尚有「自是郡邑無復漂溺之禍」一句。

〔三〕初　原書作「中」。

〔四〕立賈公祠　原書作「仍立魏公祠堂于河堤之上」。案賈耽封魏國公，見新、舊唐書本傳。

959 政平坊安國觀，明皇時玉真公主所建。門樓高九十尺，而柱端無斜〔一〕。殿南有精思院，琢玉爲天尊老君之像，葉法善、羅公遠、張果先生並圖形於壁。院南池引御渠水注之，疊石像蓬萊、方丈、瀛洲三山。女冠多上陽宮人〔二〕。其東與國學相接。咸通中，有書生云〔三〕：「嘗聞山池内步虛笙磬之音。」盧尚書有詩云〔四〕：「夕照紗窗起暗塵，青松繞殿不知春。閒看白首誦經者〔五〕，半是宮中歌舞人。」

永樂大典卷之一萬八千二百二十四像・天尊像引唐語林亦載，唯僅存「安國觀，有琢玉爲天尊老君之像」二句。

本條原出劇談録卷下老君廟畫。詩話總龜卷十六留題門下引劇談録亦載。又原書此條與卷五 712 條本是一條，此條在後。

〔一〕斜　原書作「栱料」。

〔二〕宮人　原書作「退宮嬪御」。

〔三〕有書生云　原書下有「每清風朗月」一句。

〔四〕盧尚書　名已無考。

〔五〕閒　原書作「君」。

960 薛能尚書鎮鄆州，見舉進士者必加異禮。李勳尚書先德爲衙前將校，八座方爲客司小弟子〔一〕，亦負文藻，潛慕進修，因捨歸田里。未踰歲，服麻衣，執所業于元戎。左右具白其行止，不請引見。元戎曰：「此子慕善，才與不才，安可拒耶？」命召之人。見其人質清秀，復覽其文卷，深器重之。乃出郵巡職牒一通與八座先德，俾罷職司閒居，恐妨令子進修爾〔二〕。果策名第，揚歷清顯，出爲鄆州節度也〔三〕。

本條原出北夢瑣言卷三李勳尚書發憤。

〔一〕弟子　原書作「子弟」，當據改。

〔二〕爾　原書作「爾後」，屬下句。

〔三〕出爲鄆州節度也　原書下有註曰：「八座事，得之王屋山僧匡一，甚詳。」

961 沈宣詞嘗爲麗水令。自言家大梁時，廐常列駿馬數十，而意常不足。咸通六年，客有馬求售，潔白而毛鬣類朱，甚異之，酬以五十萬，客許而直未及給，遽爲將校王公遂所買。他日，謁公遂，問嚮時馬，公遂曰：「竟未嘗乘。」因引出，至則奮跖，殆不可跨，公遂怒捶之，又仆，度終不可禁。翌日，令諸子乘之，亦如是；諸僕乘，亦如是，因求前所直售宣詞。宣詞得之，復如是。會魏帥李公蔚市貢馬，前後至者皆不可。公閱馬，一閱遂售之。後入飛龍，上最愛寵，爲當時名馬。

本條不知原出何書。

962 咸通十年停貢舉。前一年，日者言：己丑年無文柄，值「至仁」必當重振；明年上加尊號，内有「至仁」兩字，韓褒爲補闕，上疏請復之。夏侯孜謂楊元翼云：「李九丈行不得事，我行之。」九丈卽衞公也。

本條不知原出何書。

963 皮日休，鄭尚書愚門生。春闈内宴於曲江〔一〕，醉寢别榻，衣囊書笥，羅列旁側，率皆新飾。同年崔昭符，鐐之子，素易日休。亦醉。更衣，見日休卧；疑他相知也，就視，乃日休〔二〕，曰：「勿呼之，渠方宗會矣！」以囊笥皆皮也。時人以爲口實。

本條原出玉泉子。太平廣記卷二六五玉泉子題作崔昭符。

〔一〕春闈　原書與太平廣記引文作「春闈」。

〔二〕疑他相知也就視乃日休　原書作「謂其素所熟狎者，卽固問，且欲戲之。日休童僕劇前呼之。昭符知日休也」。太平廣記引文「劇」作「遽」，當據改。

964 盧隱、李峭，皆王鐸門生〔一〕，時議皆以衽席不修，屢黜辱。隱從兄攜，少相狎，志欲引用〔二〕。及攜爲丞相，除右司員外郎〔三〕。時崔沆方爲吏部侍郎〔四〕，謁攜於私第，攜欣然而出。沆曰：「盧員外入省〔五〕，時議未息；今復除糺司員外郎，省中所不敢從〔六〕。他曹惟相公命。」攜大怒馳去〔七〕，曰：「舍弟極屈，卽當上陳矣！」隱卽放出。沆乃謁告，攜卽時替沆官。沆謂人曰〔八〕：「吾見丞郎出省郎，未見省郎出丞郎。」隱初自太常博士除水部員外郎，爲右丞李景温抑焉〔九〕；迨右司之命，景温弟景莊復右轄，又抑之〔一〇〕。是時諫官有陳疏者，攜曰：「諫官似狗，一狗吠，輒一時有聲。」

本條原出玉泉子。太平廣記卷一八八玉泉子題作盧隱。

〔一〕王鐸　原書上有「滑帥」二字。

〔二〕少相狎志欲引用　原書無此二句。

〔三〕員外郎　原書無「外」，當據本書補。太平廣記引文亦有「外」字。

〔四〕吏部侍郎　原書作「右丞」。

〔五〕入省　原書上有「前日」二字。

〔六〕所不敢從　原書作「固不敢辭」，當據本書改。

〔七〕去　原書作「入」。

〔八〕沆　原書無，當據本書補。太平廣記引文有「沆」字。

〔九〕隱初自太常博士除水部員外郎爲右丞李景温抑焉　原書與太平廣記引文「抑」誤作「揖」。新唐書卷一七七李景温傳：「累遷尚書右丞。盧攜當國，弟隱繇博士遷水部員外郎，材下資淺，人疾其冒，無敢繩，景温不許赴省。時故事久廢，景温既舉職，人皆韙其正。」

〔一〇〕景温弟景莊復右轄，又抑之　原書作「景温之旨也，至是而遂其旨矣。」

965 李譜者，珏之子。自淮南赴舉，路經蒲津，謁崔公鉉，鉉以子妻之，而性忌妬。譜，宰相子，懷不平，多爭競。鉉忽召譜讓之，譜初猶端笏，既忿，卽横手板曰：「譜及第不干丈人，官職不干丈人。」語未卒，鉉掩耳而去。其妻竟怨憤而卒。

本條不知原出何書。

966 畢諴家本寒微〔一〕。咸通初〔二〕，其舅向爲太湖縣伍伯〔三〕，諴深恥之，常使人諷令解役，爲除官。反復數四，竟不從命。乃特除選人楊載爲太湖令。諴延之相第，囑爲舅除其猥籍，津送入京。楊令到任，具達誠意。伍伯曰：「某賤人也，豈有外甥爲宰相耶？」楊堅勉之，乃曰：「某每歲秋夏徵租，享六十千事例錢〔四〕，苟無敗闕，終身優足。不審相公欲致何官耶？」楊乃具以聞誠，誠亦然其説，竟不奪其志也。又王蜀僞相庾傳素〔五〕，與其從弟凝績，曾宰蜀州唐興縣。郎吏有楊會者，微有才用〔六〕，庾氏昆弟深念之。洎迭秉蜀政，欲爲楊會除長馬以醻之。會曰：「某之吏役，遠近皆知，忝冒爲官，寧掩人口？豈可將數千家供待，而博一虛名長馬乎？」後雖假職名，止除檢校官〔七〕，竟不捨縣役，亦畢舅之次也。案〔八〕：此條采自孫光憲北夢瑣言。楊會非懿宗時人，原附畢諴之舅事後，今仍其舊。

本條原出北夢瑣言卷四畢舅知分（蜀楊會附）。太平廣記卷四九九北夢瑣言題作畢諴。

〔一〕畢諴　原書作「唐畢相諴」。

〔二〕咸通初　原書無此句。

〔三〕伍伯　原書有註：「伍伯，即今號雜職行杖者。」

〔四〕千　原書作「緡」。「緡」即「千」。

〔五〕又王蜀僞相庾傳素　原書作「近者蜀相庾公傳素」，雲自在龕叢書本下有校記曰：「原本作『傅』，據劉鈔本校改。按古今姓氏書辨證，蜀人庾氏傳美、傳昌、傳素、傳言，他書或作『傅』，或作『博』，皆誤。」

〔六〕微有才用　原書無此句，當據本書補。

〔七〕止　原書無。

〔八〕案　此案語當是四庫全書館臣所加。

967　咸通初，洛中謡曰：「勿雞言，送汝樹上去；勿鴨言，送汝水中去。」又曰：「勿笑父母不認汝。」及李納爲河南尹〔一〕，是年大水，納觀水于魏王堤上，波勢浸盛，慮其覆溺，于是策馬而回。時人語曰：「昔瓠子將壞，而王尊不去〔二〕；洛水未至，而李納已回。」是時男女多棲于木，咸爲所漂者，父母觀之不能救。

本條不知原出何書。

〔一〕李納爲河南尹　李納，兩唐書作「李訥」，新唐書卷一六二李訥傳：「召爲河南尹。時久雨，洛暴漲，訥行水魏王堤，懼漂汨，疾馳去，水遂大毁民廬。識者薄其材。」

〔二〕瓠子將壞而王尊不去　見漢書卷七六王尊傳。

968　咸通中，有司天曆生胡某〔一〕，以老還江南。後辟郡掾曹，辭不赴，歸居建業〔二〕。盧符寶者〔三〕，亦知名士也。嘗問：「近年宰相不滿四人，豈非三台有異乎？」曰：「非三台也，乃紫微受災耳！自今十餘年未可備〔四〕。苟有之，即不免大禍。」後路巖、于悰〔五〕、王鐸、韋保衡、楊收、劉鄴、盧攜相次拜，後不免〔六〕。

本條原出金華子卷下。與下條 969 原合爲一條，今依原書分列。

〔一〕胡某　原書作「姓吴」，下有「在監三十年」一句。

〔二〕歸居建業　原書作「歸隱建鄴舊里」。

〔三〕盧符寶　原書作「盧苻寶」。

〔四〕乃紫微受災耳自今十餘年未可備　原書作「『紫微星受災乎？』曰：『此十餘年内，數或可備』」。

〔五〕于悰　原書作「于公琮」，舊唐書卷一四九、新唐書卷一〇四本傳均作「于琮」。

〔六〕後不免　原書作「其後皆不免，惟于公琮賴長公主保護，獲全於遣中耳。」新唐書卷一八三豆盧瑑傳亦叙此事，曰：「初，咸通中，有治曆者工言禍福，或問：『比宰相多不至四五，謂何？』答曰：『紫微方災，然其人又將不免。』後楊收、韋保衡、路巖、盧攜、劉鄴、于琮、瑑與(崔)沆，皆不得終云。」

969 池州李常侍寬，守江南數郡，皆請盧符寶爲判官。及守陵陽，信子弟之譖，疏不召。盧忿，謂人曰：「李公面部所無者三：無子，無宅，無冢。」時有龍公滿禪師，李氏所敬也，於坐難之曰：「今李氏子弟皆長成，何言無子？」盧曰：「非承家令器。」又曰：「今土牆甲第，花竹猶不知其數，何言無宅？」盧曰：「是王行立宅，李氏安得歌笑於其間？」時桂林大夫卽常侍兄〔一〕，同營别業於金陵，甲第之盛，冠於邑下，人皆號爲「土牆李家宅」。江南宫城西街内，石井欄在通衢中者，卽宅内廳前井也。自創宅，卽令家人王行立看守，僅數十年矣，故盧君有此言。座客聞之，莫不笑。及池陽寇起，寬死，將歸葬新林，爲賊所邀，舟人盡見殺，棺柩不知所在。諸子悉無成立。世亂，王行立獨守其宅，竟死其中。

本條原出金華子。讀書齋叢書本金華子文字已殘佚，唯卷上有一條敍土牆事；紺珠集卷十、類説卷二五、錦繡萬花谷後集卷三四、白孔六帖卷三一金華子題作面部三無，亦有節録文字，與此相合。新編分門古今類事卷十引金華子題作李寬三無，記事較完整，今據之略作校勘。又本條與上條968原合爲一條，今依原書分列。

〔一〕大夫　原書作「大父」，當據本書改。桂林大夫即桂管觀察使，名未詳。

970 路巖鎮劍南〔一〕，出開遠門街，恣爲瓦石所擊，故京兆尹温璋諸子之黨也。初，李蠙舉薛能，巖取於省部，權京兆尹事〔二〕，至是謂能曰：「臨行勞以瓦礫相餞。」能徐舉笏曰：「故事：宰相出鎮，府司無發人防守者〔三〕。」巖甚慙。

本條原出玉泉子。太平廣記卷一八八玉泉子題作路巖。又原書此條與卷三394條本是一條，此條在前。

〔一〕路巖鎮劍南　原書作「路巖出鎮坤維也」。

〔二〕初李蠙舉薛能巖取於省部權京兆尹事　原書作「巖以薛能自尚書郎權京兆尹府事，李蠙之舉也。」太平廣記引文「尚書郎」作「省郎」，「尹府」無「尹」字，本書當據之改「部」爲「郎」，原書當據本書改作「京兆尹」。

〔三〕府司無發人防守者　資治通鑑卷二五二唐紀六八懿宗咸通十二年敍此，曰：「府司無例發人防衞。」胡三省註：「府司，謂京兆府所司。」

971 路相巖與崔雍同在崔相鉉幕。雍恃己名聲，因醉，撫巖背曰：「路子路子！争得共崔雍同恩門？」巖恨之。巖爲丞相。會和州不守，有石瓊者訟之，乃賜雍死。

本條不知原出何書。

972 咸通末，曹相確、楊相收、徐相商、路相巖同爲宰相。楊、路以弄權賣官，曹、徐但備員而已。長安謡曰：「『確』『確』無論事〔一〕，錢財總被『收』。『商』人都不管，貨『賂』幾時休〔二〕？」

本條不知原出何書。南部新書卷甲亦敍此事。

〔一〕無論事　南部新書作「無餘事」。

〔二〕賂　諧音「路」。

973 僖宗好蹴毬、鬭鴨爲樂〔一〕，自以能於步打，謂俳優石野猪曰：「朕若步打進士〔二〕，當得狀元。」野猪對曰：「或遇堯、舜、禹、湯作禮部侍郎，陛下不免且落第。」帝大笑〔三〕。

本條原出北夢瑣言卷一宣宗稱進士。類説卷四三北夢瑣言題作步打進士。説郛（陶珽刊本）弓四六北夢瑣言亦載。説郛（張宗祥輯明鈔本）卷四八北夢瑣言題作所好優劣。又原書此條與卷四540條本是一條，本條在後。

〔一〕鴨　原書作「鵝」。

〔二〕若　原書作「若作」，當據之補「作」。

〔二〕帝大笑　原書作「帝笑而已」。

974 黄寇入京〔一〕，郭妃不食〔二〕，奔赴行在，乞食於都城，時人嗟之〔三〕。

本條原出北夢瑣言卷六同昌公主事。與下條975原合爲一條，今依原書分列。又原書此條與本卷957條原是一條，本條在後。

〔一〕黄寇　指黄巢。原書無「黄」字。

〔二〕不食　原書作「不及」，與下句連屬，當據改。

〔三〕乞食於都城時人嗟之　新唐書卷七七后妃傳下言郭淑妃「遂流落閭里，不知所終」。

975 僖宗幸蜀，御座是明皇幸蜀故物；又舁御座人李再忠，經明皇時供奉，時以爲異。〔原註〕案〔一〕：廣明元年，上距天寶將百年，此說甚妄。

本條不知原出何書。與上條974原合爲一條，今依原書分列。

〔一〕案　此案語置於原註下，當是王讜所加。

976 僖宗入蜀。太史曆本不及江東，而市有印貨者，每差互朔晦，貨者各徵節候，因争執。里人拘而送公，執政曰：「爾非争月之大小盡乎？同行經紀，一日半日，殊是小事。」遂叱去。

而不知陰陽之曆，吉凶是擇，所誤於衆多矣。

本條不知原出何書。

977 僖宗幸蜀回，改元光啓。俗諺云：「軍中名『血』爲『光』，又字體『戸口負戈』爲『啓』，其未寧乎？」俄而未久亂作，長安復陷。

本條不知原出何書。

978 昇州上元縣前有古浮圖，嘗有僧指云：「爲此，無縣丞正位。」詢之，自唐初並無縣丞，諸司注授，勾留在京，縱有赴任者，不月餘必卒。唯廣明中，有丞張遜，到任纔月餘，節度周寶追命上府築夾城訖，歸縣未久，與令争競，移爲睦州遂安尉。

本條不知原出何書。

979 劉瞻自丞相出鎮荆南。鄭畋爲翰林承旨，草制云：「居數畝之宫〔一〕，仍非己有〔二〕；卻四方之賂〔三〕，惟畏人知。」路巖謂畋曰：「侍郎乃表薦劉相也！」出爲同州刺史〔四〕。

本條疑出中朝故事。原文敍事頗詳，此文乃約而言之。

〔一〕居數畝之宫　中朝故事作「安數畝之居」。

〔二〕仍　中朝故事作「乃」。

〔三〕路　中朝故事作「賄」。

〔四〕同州刺史　中朝故事作「梧州刺史」。資治通鑑卷二五二唐紀六八懿宗咸通十一年九月叙此，亦云「巖譖畋曰：『侍郎乃表薦劉相也！』坐貶梧州刺史。」

980 鄭相畋與盧相攜外兄弟，同在中書。後因議政喧競〔一〕，撲碎硯〔二〕，王侍中鐸笑之〔三〕，曰：「不意中書有瓦解之事！」

類說卷三二語林題作中書瓦解。

本條不知原出何書。吴淑事類賦註卷十五什物部・硯下盧攜怒以相投註引此文，云出唐書。古今合璧事類備要前集卷三九亦引，唯不註出處。太平廣記卷二六一鄭畋盧攜條，出北夢瑣言，與此相近。

〔一〕議政喧競　事類賦註引文作「議黄巢事忿争」。

〔二〕撲碎硯　事類賦註引文作「盧拂衣起，擲硯相投。」

〔三〕笑之　事類賦註引文作「歎」。

981 太尉韋昭度，舊族名人，位非忝竊，而沙門僧澈潛薦之中禁，一二時相皆因之大拜〔一〕。悟達國師知玄乃澈之師，世常鄙之〔二〕。諸相在西川行在，每謁悟達，皆中跪禮，國師揖之，請於僧澈處喫茶。後韋掌武伐成都，田軍容致書曰〔三〕：「伏以太尉相公，頃因和尚，方始登庸。在中書則開鋪賣官，居翰林則倩人把筆〔四〕。」蓋謂此也。

本條原出北夢瑣言卷六田軍容檄韋太尉。

〔一〕沙門僧澈潛薦之中禁一二時相皆因之大拜　原書作「沙門僧澈承恩，爲人潛結中禁，京兆與一二時相皆因之大拜。」

〔二〕世　原書無，當據删。

〔三〕田軍容致書　原書「書」作「檄書」。田軍容卽田令孜。新唐書卷二〇八宦者下田令孜傳：「有詔以令孜爲十軍十二衞觀軍容制置左右神策護駕使。」

〔四〕倩　原書作「借」。

982 盧澄爲李司空蔚淮南從事，因酒席請一舞妓解籍，公不許，澄怒，詞多不遜。公笑曰：「昔之狂司馬，今也憨從事。」澄索彩具，蔚與賭貴兆，曰：「彩大者，秉大柄。」澄擲之得十一，席上皆失聲；公徐擲之，得堂印。澄託醉而起。後數月，澄入南省；不數年，蔚入相。

本條不知原出何書。

983 翰林學士孫棨北里志云：「鄭舉舉巧談諧，常有名賢醵宴。乾符中，狀元孫偓頗惑之，〔一〕與同年數人多至其舍，他人或不盡預。同年盧嗣業訴醵罰錢，致詩狀元曰：『未識都知面，頻輸復分錢。苦心親筆硯，得志助花鈿。徒步求秋賦，持盃給暮饘。力微多謝病，非不奉同年。』嗣業〔二〕，同年非舊知〔三〕，又力窮不遵醵罰〔四〕，故有此詩。曲內妓之頭角者爲都知〔五〕，舉舉、降真是也〔六〕。曲中一席四鐶〔七〕，見燭卽倍，新郎更倍，故曰『復分錢』。一日〔八〕，同年宴，舉舉有疾，不來，令同年李深之爲酒糾。狀元吟曰〔九〕：『南行忽見李深之，手舞如風令不疑〔一〇〕，任你風流稱醖藉〔一一〕，天生不似鄭都知。』

本條原出北里志鄭舉舉。亦有可能爲王讜援引之書所轉録之文。

〔一〕乾符中狀元孫偓頗惑之　原書作「孫龍光爲狀元。」自註：「名偓，文府弟，爲狀元在乾符五年。」

〔二〕嗣業　原書作「嗣業，篙辭之子。少有詞藝，無操守之譽。」自此起均作雙行小註。

〔三〕同年非舊知　原書上有「與」字。

〔四〕又　原書作「多稱」。

〔五〕都知　原書下有「分管諸妓，俾追召勻齊。」二句。

〔六〕降真　原書作「絳真」，當據改。

〔七〕曲中　原書下有「常價」二字。

〔八〕一日　原書作「今左史劉郊文崇及第年，亦惑於舉舉。」

〔九〕狀元吟曰　原書作「坐久，覺狀元微哂，良久，乃吟一篇曰」。

〔一〇〕風　原書作「蜚」。

〔二〕你　原書作「爾」。

984 杜讓能，丞相審權之子；韋相保衡，審權之甥。保衡少不爲讓能所禮。保衡爲相，讓能久不中第。及登科，審權憤其沈厄，以一子出身奏監察御史。

本條不知原出何書。

985 崔相沆知貢舉，得崔瀣〔一〕。時牓中同姓，瀣最爲沆知。譚者稱：「座主門生，沆瀣一氣〔二〕。」

本條不知原出何書。南部新書卷戊、事文類聚卷二八亦載此事。

〔一〕崔相沆知貢舉得崔瀣　南部新書作「乾符二年，崔沆放崔瀣」。

〔二〕一氣　事文類聚引文作「一家」。全唐詩卷八七六崔沆放牓時人語亦作「一家」。

986 許棠初試進士，與薛能、陸肱齊名。薛擢第，尉盩厔；肱下第，遊太原：棠幷以詩送之。棠登第，薛已自京尹出鎮徐州，陸亦出守南康，招棠爲倅。初，高侍郎湜知舉，棠納卷，覽其詩云：「退鷁已經三十載，登龍僅見一千人。」乃曰：「世復有屈於許棠者乎？」永臨劉相〔一〕，以其子希同年，留爲淮南館驛官。令和韻，棠嗜詩不通；南海僕射時爲副使知府事〔二〕，笑謂人曰：「相公令許棠和韻，可謂虐人也。」

本條不知原出何書。與下條987原合爲一條，今依原書分列。

〔一〕永臨劉相　卽劉鄴。鄴子希，見新唐書卷七一上宰相世系表一上。

〔二〕南海僕射　當是鄭愚。參看卷三428條。

987 許棠常言於人曰：「往者未成事〔一〕，年漸衰暮，行卷達官門下，身疲且重，上馬極難。自喜得第來筋骨輕健，攬轡升降，猶愈於少年。則知一名，乃孤進之還丹〔二〕。」

本條原出金華子卷下。紺珠集卷十、類説卷二五、海録碎事卷十九金華子題作孤進還丹。又本條與上條986原合爲一條，今依原書分列。

〔一〕未成事　原書無。

〔二〕則知一名乃孤進之還丹　原書作「則知一名能療身心之疾，真人世孤進之還丹也。」

988 華郁〔一〕，三衢人，早遊田令孜門，擢進士第，歷正郎金紫。李瑞，曲江人，亦受知於令孜，擢進士第，又爲令孜賓佐。俱爲孔魯公所嫌〔二〕。文德中，與郁俱陷刑網。

本條原出唐摭言卷九惡得及第。

〔一〕華郁　原書作「黃郁」。

【三】孔魯公　即孔緯。舊唐書卷一七九、新唐書卷一六三孔緯傳均載封魯國公事。

989 裴筠婚蕭楚公女〔一〕，言定未幾，便擢進士。羅隱以一絶刺之，略曰：「細看月輪還有意，信知青桂近嫦娥。」

本條原出唐摭言卷九誤掇惡名。白孔六帖卷二四引詩話亦載。

〔一〕蕭楚公　即蕭遘。舊唐書卷一七九、新唐書卷一〇一蕭遘傳均言封楚國公。

990 秦韜玉應進士舉，出於單素，屢爲有司所斥。京兆尹楊損奏復等列。時在選中。明日將出牓，其夕忽叩試院門，大聲曰：「大尹有帖！」試官沈光發之，曰：「聞解牓内有人，曾與路巖作文書者，仰落下。」光以韜玉爲問，損判曰：「正是此。」

本條不知原出何書。

991 方干貌陋唇缺，味嗜魚鮓，性多譏戲。蕭中丞典杭，軍倅吴傑患眸子赤；會宴於城樓飲，促召傑，傑至，目爲風掠，不堪其苦，憲笑命近座女伶裂紅巾方寸帖瞼，以障風。干時在席，因爲令戲傑曰：「一盞酒，一捻鹽〔一〕，止見門前懸箔，何處眼上垂簾？」傑還之曰：「一盞酒，一臠鮓，止見半臂著襴，何處口唇開袴？」一席絶倒。爾後人多目干爲「方開袴」。

本條不知原出何書。唐摭言卷一三矛盾亦有類似之記載。

〔一〕一捻鹽　民間俗曲之名。教坊記曲名中有記載。

992 羅給事隱、顧博士雲，俱受知于相國令狐公〔一〕。顧雖鹺商子，而風韻詳整。羅，錢塘人〔二〕，鄉音乖刺。相國子弟每有宴會，顧獨預之，丰韻談諧，不辨寒素之子也。顧賦爲時所稱〔三〕，而切于成名，嘗有啓事，陳于所知，只望丙科盡處，竟列名于尾科之前也〔四〕。羅既頻不得意，未免怨望，意爲貴子弟所排〔五〕，契闊東歸。黃寇事平，朝賢意欲召之，韋貽範沮之，曰：「某與之同舟而載〔六〕，雖未相識，舟人告云：『此有朝官。』羅曰：『是何朝官！我脚夾筆，可以敵得數輩。』必若登科通籍，吾徒爲粃糠也。」由是不果召。

本條原出北夢瑣言卷六羅顧昇降。太平廣記卷一八四北夢瑣言題作韋貽範。

〔一〕令狐公　指令狐綯。

〔二〕錢塘人　原書上有「亦」字。

〔三〕賦　原書作「文賦」，當據改。

〔四〕竟列名于尾科之前也　原書「尾科」作「尾株」。句下有註曰：「令狐召學士話於梁震先輩，愚於梁公處聞之。」太平廣記引文亦無此註。

〔五〕意　原書作「竟」。

〔六〕某　原書下有「曾」字。

993 駙馬韋保衡爲相，頗弄權勢。及將敗，長安小兒競彩戲，謂之「打圍」〔一〕。不旬日餘，韋禍及。

本條不知原出何書。南部新書卷辛亦敍此事。

〔一〕圍　諧音「韋」。

994 大中十二年〔一〕，李衛公謫崖州〔二〕，歷宣、懿兩朝無宗相。至乾符二年，李蔚爲相，俄罷去；歷乾符、廣明、中和、光啓、文德、龍紀〔三〕、大順、景福〔四〕、乾寧，悉無宗相，而宗室陵遲尤甚，居官者不過郡縣長，處鄉里者或爲里胥。

本條原出嵐齋集。侯鯖録卷八引嵐齋集，即此文。

〔一〕大中十二年　侯鯖録引文作「大中二年」，當據改。資治通鑑卷二四八唐紀六四宣宗大中元年冬十二月戊午，「貶太子少保、分司李德裕爲潮州司馬」；二年秋九月甲子，「再貶潮州司馬李德裕爲崖州司户」。

〔二〕崖州　侯鯖録引文誤作「廣州」。

〔三〕龍紀　侯鯖録引文誤作「龍化」，當據本書改。

〔四〕景福　侯鯖録引文誤作「景祐」，當據本書改。

995 唐末飲席之間，多以「上行盃」「望遠行」拽盞爲主，「下次據」副之。既而僖宗西行，後方鎮多爲下位者所據，此其驗也。

本條不知原出何書。

996 唐末士人之衣色尚黑，故有紫緑，有墨紫。迨兵起，士庶之衣俱皂，此其讖也。

本條不知原出何書。

997 唐末婦人梳髻，謂「拔叢」；以亂髮爲胎，垂障於目。解者云：「羣衆之計，目覩其亂發也。」

本條不知原出何書。

# 唐語林校證卷八

**補遺**無時代。

998 宓犧氏以農官〔一〕；神農以火；黄帝以雲；少昊以鳥；顓頊而名以民事〔二〕，又以五行爲官名；高作司徒，敬敷五教；禹作司空，以平水土；周則以天、地〔三〕、春、夏、秋、冬爲官名。伏以古者命官，以天地、四氣、五行、雲龍爲號者，皆上稟天時，下達人事，見聖人垂意，未有不及于惠民也〔四〕。後代不究深旨，率爾命官，僕射、侍中，尤爲不可。秦有侍中、僕射，其初且非官名，唯供奉左右，是其職業。侍中，當西漢掌乘輿服〔五〕，下至褻器、虎子之類；虎子，溺器也。武帝以孔安國爲侍中，以其儒者，特許掌御唾壺，朝廷榮之。班固云〔六〕：「侍中，本丞相吏也，五人來往殿内奏事，故曰『侍中』。」又僕射者，射音夜，尤寡其義〔七〕。在秦有周青臣。孔衍注云：「僕射，小官，扶左右者也。」亦曰「衞令僕射〔八〕，守門之夫。」在漢爲武士門僕射〔九〕，在宫則曰宫門僕射、永巷僕射〔一〇〕：蓋言「僕御」，執射之夫也，如今宦豎之首耳。皆因權倖，漸峻官名。開元元年，改左右僕射爲左右丞相，是官號之不正也。又則天寵侍御者張昌宗〔一一〕，其官號曰「控鶴監」。向使五王未復唐德，則「控鶴」亦沾丞相之名也。

本條原出刊誤卷上侍中僕射官號。說郛（陶珽刊本）弓十三李氏刊誤題作侍中僕射官號。

〔一〕宓犧氏以農官　原書作「宓羲氏以龍名官」，當據改。曹植庖羲贊曰：「龍瑞名官，法地象天。」

〔二〕顓頊　原書作「自顓頊以降」，當據改。

〔三〕天地　原書無，當據本書補。說郛引文亦有。

〔四〕及　原書作「急」。

〔五〕服　原書作「服御」，當據補。

〔六〕班固　原書無，當據本書補。然漢書中無此說。

〔七〕射音夜尤寡其義　原書此二句作雙行夾註。

〔八〕衞令僕射　原書作「主射」。

〔九〕門僕射　原書無。

〔一〇〕永巷僕射　原書上有「在永巷則曰」五字，當據補。

〔一一〕張昌宗　原書作「張景宗」，當從本書改。

999 兩省官上事日，宰相臨焉。上事者設牀几，面南而坐，判三道案。宰相別施一牀，連上事官牀，南坐于西隅〔一〕，謂之「壓角」。自常侍而下，以南爲上，差舛相承，實乖禮敬。曷不爲丞相設位于衆官之南，常侍、諫議、給事、舍人循次而坐于丞相之下？尊卑有序，足以爲儀。「壓角」之來，莫究其始。開元禮及累朝典故並無其文。習俗因循，莫近于理。今請去「壓角」，以釋衆疑。

本條原出刊誤卷上壓角。緯略卷四引唐國子祭酒李涪刊誤題作壓角。説郛（陶珽刊本）弓十三李氏刊誤題作壓角。

〔一〕南　原書無。

1000 凡言九寺，皆曰「棘卿」。周禮「三槐九棘」〔一〕：槐者，懷也；上佐天子，懷來四夷。棘者，言其赤心以奉其君，皆三公九卿之任也。唐世惟大理得言棘卿〔二〕，他寺則否〔三〕。九寺皆樹棘木〔四〕，大理則于棘下訊鞫其罪，所謂「大司寇聽刑于棘木之下」〔五〕。

本條原出刊誤卷上九寺皆爲棘卿。説郛（陶珽刊本）弓十三李氏刊誤題作九寺皆爲棘卿。

〔一〕周禮三槐九棘　見周禮秋官朝士。

〔二〕唐世　原書作「近代」。

〔三〕他　原書作「下」，當據本書改。

〔四〕寺　原書作「卿」，當據本書改。

〔五〕大司寇聽刑于棘木之下　禮記王制中文。

1001 朝廷百司諸廳皆有壁記，敍官秩創置及遷授始末。原其作意，蓋欲著前政履歷，而發將來健羨焉。故爲記之體，貴其説事詳雅，不爲苟飾，而近時作記，多措浮詞，褒美人才，抑揚功閥〔一〕，殊失記事之本意。韋氏兩京記云〔二〕：「郎官盛寫壁記，以紀當廳前後遷除出入，寖以成俗。」然則壁記之起，當自國朝已來，始自臺省，遂流郡邑耳。

本條原出封氏聞見記卷五壁記。説郛（陶珽刊本）弓四六、（張宗祥輯明鈔本）卷四引封氏聞見記亦載。

〔一〕功閥　原書作「閥閱」。

〔二〕韋氏兩京記　指韋述兩京新記。此書原作五卷，今存一卷，卽原書第三卷。日本天瀑山人刻，入佚存叢書。

1002 官銜之名，蓋興近代。當時選曹補授〔一〕，須存資歷，聞奏之時，先具舊官名品于前，次書擬官于後，使新舊相銜不斷，故曰「官銜」，亦曰「頭銜」。所以名爲「銜」者，言如人口銜物，取其連續之意。又如馬之有銜以制其首，前馬已進，後馬續來，相次不絕者，古人謂之「銜尾相續」〔二〕，卽其義也〔三〕。

類説卷三二語林題作官銜之名。海録碎事卷九上引語林亦載。

永樂大典卷之九千七百六十二銜・官銜引唐語林亦載。

本條原出封氏聞見記卷五官銜。説郛（陶珽刊本）弓四六、（張宗祥輯明鈔本）卷四引封氏聞見記亦載。南部新書卷庚亦載此文。

〔一〕當時選曹補授　原書作「當是選曹補受」。本書當據之改「時」爲「是」，原書當據本書改「受」爲「授」。

〔二〕續　原書作「屬」。

〔三〕卽其義也　永樂大典引文其下尚有「亦曰頭銜」四字。

1003 近代通謂府庭爲公衙，公衙卽古之公朝也。字本作「牙」。詩曰〔一〕：「祈父，予王之爪牙。」祈父，司馬，掌武備。象猛獸，以爪牙爲衞，故軍前大旗謂「牙旗」，出師則有「建牙」、「禡牙」之事。是軍中聽號令，必至牙旗之下，稱與府朝無異。近俗尚武，是以通呼「公府」爲「公牙」〔二〕，「府門」爲「牙門」，字稱訛變〔三〕，轉而爲「衙」。漢書地理志馮翊有衙縣，春秋時彭衙之地〔四〕，非公府之名。或云：公門外刻木爲牙，立于門側，以象獸牙；軍將之行，置牙竿首，懸旗于上，其義一也。

類説卷三二語林題作公衙。能改齋漫録卷三辨誤牙門、野客叢書卷十五亦曾引語林，卽此文。

本條原出封氏聞見記卷五公牙。説郛（陶珽刊本）弓四六、（張宗祥輯明鈔本）卷四引封氏聞見記亦載。南部新書卷庚亦載此文。

〔一〕詩　指詩經小雅祈父。

〔二〕牙　聚珍本作「衙」，此顯係誤植者，守山閣叢書本已據原書校正，今亦從之改正。

〔三〕稱　原書作「稍」。

〔四〕漢書地理志馮翊有衙縣春秋時彭衙之地　原書無，當據本書補。

1004 輿駕行幸，羽儀導從，謂之「鹵簿」。自秦漢以來始有其名。蔡邕獨斷所載鹵簿，有「小駕」、「大駕」、「法駕」之異，而不詳鹵簿之義。按字書：「鹵，大楯也。」字亦作「櫓」，又作「鹵」〔一〕，音義皆同。以甲爲之，所以扞敵。賈誼過秦論云「伏尸百萬，流血漂鹵」是也。甲楯有先後部伍之次，皆著之簿籍。天子出〔二〕，則案次道從，故謂之「鹵簿」耳。儀衛具五兵，今不言他兵，獨以甲楯爲名者，行道之時，甲楯居外，餘兵在内，但言「鹵簿」，是舉凡也。南朝御史中丞、建康令俱有鹵簿，人臣儀衛亦得同于君上，則鹵簿之名不容别于他義也〔三〕。又百官從駕，謂之「扈從」，蓋臣下侍從至尊，各供所職，猶僕御扈養以從上，故謂之「扈從」耳。上林賦云「扈從横行」，顔監釋云：「謂跋扈縱恣而行也。」據顔此解，乃讀「從」爲「放縱」之「縱」，不取「行從」之義〔四〕，所未詳也。

本條原出封氏聞見記卷五鹵簿。

〔一〕鹵　原書作「樐」，當據改。

〔二〕出　原書作「出入」，當據補。

〔三〕于　原書作「有」。

〔四〕乃讀從爲放縱之縱不取行從之義　原書作「乃讀『從』爲『放縱』，不敢取『行從』之義」，文有衍奪，當據本書校正。

1005 御史臺三院：一曰臺院，其僚曰侍御史，衆呼爲「端公」。見宰相及臺長，則曰「某姓侍御」。知雜事，謂之「雜端」。見臺長，則曰「知雜侍御」。雖他官高秩兼之，其侍御號不改。見宰相，則曰「知雜某姓某官」。臺院非知雜者，俗號「散端」。二曰殿院，其僚曰殿中侍御史，衆呼爲「侍御」。見宰相及臺長雜端，則曰「某姓殿中」。最新入，知右巡；已次，知左巡：號「兩巡使」。所主繁劇。及遷向上，則又入推，益爲煩勞。惟其中間，則入清閒。故臺中諺曰：「免巡未推，只得自如。」言其閒適也。廳有壁畫，小山水甚工，云是吳道子真跡〔一〕。三曰察院，其僚曰監察御史，衆呼亦曰「侍御史」〔二〕。見宰相及臺長雜端，則曰「某姓監察」。若三院同見臺長，則通曰「三院侍御」，而主簿紀其所行之事。每公堂食會，雜事不至，則無所檢轄，唯相揖而已。雜事至，則盡用憲府之禮。雜端在南榻〔三〕，主簿在北榻，兩院則分坐。雖舉匕筯，皆絕譚笑。食畢，則主簿持黃卷揖曰：「請舉事。」于是臺院長白雜端曰〔四〕：「舉事。」〔原註〕〔五〕欲上堂，三院長各于食堂之南廊下，先白雜端云：「合舉事。」則舉曰：「某姓侍御史〔原

註〕有同姓者，則以第行別之。有某過〔六〕，請準條。」主簿書之。其兩院皆倣此〔七〕。若舉時差錯，則最小殿中舉院長，則最小侍御史舉殿院長；又錯，則向上人遞舉〔八〕。雜端失笑，則三院皆笑，謂之「烘堂」，悉免罰矣。凡見黄卷罰直，遇赦悉免〔九〕。臺長到諸院，凡官吏有所罰，亦悉免。御史歷三院雖至美〔一〇〕，而月滿殿中推鞫之勞，憚于轉兩院，以向下侍御史便領推也，多不願爲，以此臺中以「殿中轉西院」爲戲詛之詞〔一一〕。每出入行步，侍御史在柱裏，殿、察兩院在柱外；有時殿中入柱裏，則共哈之曰：「著〔原註〕直略反。去也。」三院御史主簿有事白端公，就其廳。若有中路白事，謂之「參端」〔一二〕，有罰。殿中有免巡〔一三〕，遇正知巡者假故，則向上人又權知，謂之「蘸巡」。臺官有親愛除拜及喜慶之事，則謁院長、雜端、臺長，謂之「取賀」。凡此皆因胥徒走卒之言，遂成故事。察院每上堂了各報，諸御史皆入立于南廊，便服靸鞋，以俟院長。立定，院長方出，相揖而序行。至殿院門，揖殿中，又序行；至食堂前，揖侍御史。凡入門至食，凡數揖。祇揖者，古之肅拜也。臺中無不揖，其酒無起謝之禮，但云「揖酒」而已。酒取合敬〔一四〕，故恐煩卻揖〔一五〕。往往自臺拜他官，執事亦誤作「臺揖」，人皆笑之。每赴朝序行，至待漏院偃息，則有「卧揖」；馬上則有「馬揖」〔一六〕。凡院長在廳院內，御史欲往他院，必先白，決罰又先白。察院有都廳，院長在本廳，諸人皆會話于都廳。〔原註〕御史初上，後遇雜端上堂，則舉三愆九失儀，緣是新人，欲併罰也。未遇雜端上堂，其犯舊條並不罰。察院

南院〔一七〕，會昌初監察御史鄭路所葺。禮察廳〔一八〕，謂之「松廳」，南有古松也。刑察廳，謂之「魘廳」，寢于此多魘。兵察常主院中，茶必市蜀之佳者，貯于陶器，以防暑濕，御史躬親緘啓，故謂之「茶瓶廳」。吏察主院中入朝人次第名籍，謂之「朝簿廳」。吏察之上，則館驛使。館驛使之上，則監察使〔一九〕。同僚之冠也，謂之院長。臺中敬長，三院皆有長。察院風彩尤峻。凡三院御史初拜，未朝謝，先謁院長；辭疾不見，則不得謝及上矣〔二〇〕。〔原註〕諸家御史臺記多載當時御史事跡、戲笑之言，故事甚略。臺中有儀注，後漸遺闕。雖有板牓，亦但録一時要節，自此轉磨滅矣〔二一〕。

本條原出因話録卷五徵部。紺珠集卷五因話録各條分別題作御史三院、臺中無不揖、諸察院廳名、南榻北榻。類說卷十四因話録各條分別題作御史三院、察院廳名。說郛（陶珽刊本）弓二三因話録各條分別題作御史三院、臺中無不揖、諸察院廳名、南榻北榻。

〔一〕吴道子　原書作「吴道玄」。二者乃同一人。

〔二〕侍御史　原書作「侍御」，當據之删「史」字。

〔三〕榻　原書誤作「揖」。下句同。

〔四〕臺院長　原書無「長」字，當據本書補。

〔五〕原註　此乃趙璘自註。下同。

〔六〕侍御史　原書作「侍御」。

〔七〕其兩院皆倣此　原書此句爲註文。「倣」作「如」。

〔八〕又錯，則向上人遞舉　原書此二句爲註文。「遞」字原書誤作「迺」，當據本書改。
〔九〕免　原書作「罰」，當據本書改。
〔一〇〕歷　原書作「虛」，當據本書改。
〔一一〕西院　原書作「兩院」，當據改。
〔一二〕篸　原書作「蔘」。下同。
〔一三〕有　原書作「已」，當據改。
〔一四〕取　原書誤作「最」，當據本書改。
〔一五〕故恐煩御揖　原書作「以恐煩御損」。似以原書爲是。
〔一六〕馬上　原書作「上門」，似誤。
〔一七〕察院南院　原書上有「亦曰」二字。
〔一八〕察　原書誤作「祭」，當據本書改。
〔一九〕監察使　原書句下重「監察使」三字，當據補。
〔二〇〕謝　原書無，當據本書補。
〔二一〕自此轉磨滅矣　原書作「自此轉恐磨滅矣。因與親友話及此，遂粗疏之。」

1006 御史主彈奏不法，肅清內外。唐興，宰輔多自憲司登鈞軸，故謂御史爲宰相。杜鴻漸拜授之日，朝野傾羨。監察御史振舉百司綱紀，名曰「入品宰相」。高宗朝，王本立、余衎始爲御史裏行，則天更置內供奉及員外試御史，有臺使、裏使，皆未正名也。其裏行員外試者，俗名爲「合口椒」，言最有毒；監察爲「開口椒」，言稍毒散；殿中爲「蘿蔔」，亦謂「生薑」，言雖辛辣而不能爲患；侍御史謂之「掐毒」，言如蜂蠆去其芒刺也。御史多以清苦介直獲進，居常敝服羸馬，至于殿庭。開元末，宰相以御史權重，遂制彈奏者先諮中丞、大夫，皆通許；又于中書、門下通狀先白，然後得奏。自是御史不得特奏，威權大減。天寶中，宰相任人，不專清白。朝爲清介，暮易其守，順情希旨，綱維稍紊。御史羅希奭猜毒，吉溫頗苛細，時稱「羅鉗吉網，望風氣懾」。開元已前，諸節制並無憲官。自張守珪爲幽州節度，加御史大夫，幕府始帶憲官，由是方面威權益重。遊宦之士，至以朝廷爲閒地，謂幕府爲要津。遷騰倏忽，坐致郎省，彈劾之職，遂不復舉。

本條疑出封氏聞見記卷三風憲。原書存目而文已佚，趙貞信封氏聞見記校證從王國維校本以本書此文補入。

1007 御史舊例：初入臺，陪直二十五日，節假五日〔一〕，謂之「伏豹」，亦曰「豹直」。百司州縣初授官陪直者，皆有此名。杜易簡解「伏豹」之義云：「宿直者，離家獨宿，人情所貴〔二〕。其人初蒙策拜〔三〕，故以此相處。伏豹者，言衆官皆出，此人獨留，如伏藏之豹，伺候待搏，故云『伏豹』耳。」韓琬則解爲「爆直」，言如燒竹，遇節則爆。余以爲南山赤豹〔四〕，愛其毛體，每雪霜雨霧〔五〕，諸禽獸皆出取食，唯赤豹深藏不出，古人以喻賢者隱居避世。鮑明遠賦云〔六〕：「豈若南山赤豹，避雨霧而深藏。」此言「伏豹」、「豹直」者，蓋取不出之意。初官陪直，已有「伏豹」之名，何必以遇節而比燒竹之「爆」也〔七〕？杜說雖不甚明，粗得其意，韓則疏矣。

本條原出封氏聞見記卷五豹直。紺珠集卷十封氏見聞記題作伏豹。類說卷六封氏見聞記題作豹直。南部新書卷庚亦載此文。

〔一〕五日　原書作「直日」，當據本書改。

〔二〕所貴　南部新書引文作「所違」。

〔三〕策拜　原書作「榮拜」。

〔四〕南山赤豹　原書上有「舊說」二字。

〔五〕每雪霜雨霧　原書作「每每霧露」，當據本書改。

〔六〕賦　指飛蛾賦。太平御覽卷九五一引鮑明遠飛蛾賦曰：「豈効南山之文豹，避霧雨而巖藏。」

〔七〕之爆　原書誤倒，當據本書改。

1008 新官併宿本署，曰「爆直」，僉作「爆」迸之字。惠郎中實云〔一〕：「合作虎『豹』字〔二〕。」言豹性潔，善服氣，雖雪雨霜露，伏而不出，慮污其身。

本條原出資暇集卷中豹直。類説卷二九資暇集題作豹直。説郛(陶珽刊本)弓十四資暇録題作豹直。

〔一〕實　原書作「寔」。

〔二〕虎　原書作「武」，乃避本朝李虎之諱而改。

1009 唐制十八道節度，其後號九節度。其後河朔三鎮，及四凶、二豎之亂，可致大略。明皇天寶元年，置十節度經略使以備邊：曰安西，曰北庭，曰河西，以備西邊；曰朔方，曰河東，曰范陽，以備北邊；曰平盧，以備東邊；曰隴右，曰劍南，以備西邊；曰嶺南五府經略，以備南邊。節度之立，其初固止于沿邊十道耳。自安禄山之亂，則内地始置九節度以討之，曰：朔方郭子儀，淮西魯炅，興平李奐〔一〕，滑濮許叔冀，鎮西李嗣業，鄭蔡李廣琛，河東李光弼，澤潞王思禮，河南崔光遠。内地之置節度，其初猶止于九道耳。自朱氏之倡亂中原也，則自國門之外，皆方鎮矣。蓋其先也，欲以方鎮禦四夷，而其後也，則以方鎮禦方鎮。十道既已兆亂，則内地必置九道，以除其亂；九道又兆亂，則關外近郡又不得不置矣。至代宗廣德元年，以田承嗣爲魏博節度，李懷仙爲盧龍節度，李寶臣爲成德節度，是謂河北三鎮，各有其地。其風俗獷戾，過于蠻貊，吾知其河北之地，非復朝廷有矣。至于大曆九年，相推戴而謂之四王：朱滔稱冀王，田悦稱魏王，王武俊稱趙王，李納稱齊王。李希烈又以淮西稱帝，朱泚又以關中稱帝。裂土假王者「四凶」〔二〕，滔天僭帝者「二豎」，紛紛籍籍，不知其幾也。蓋唐之亂，非藩鎮無以平之，而亦藩鎮有以亂之。其初跋扈陸梁者，必得藩鎮而後可以戡定其禍亂，而其後戡定禍亂者，亦足以稱禍而致亂。故其所以去唐之亂者，藩鎮也；而所以致唐之亂者，亦藩鎮也。試以其一二論之。安氏之亂，懷恩平之也，而留三鎮以遺患者，亦一懷恩也。將兵至京師，冒雨寒而來，姚令言之功也，而所以迎朱泚而趣京師者，亦一令言也。擒子期破田悦者，李寶臣之功，而釋承嗣以爲己資者，亦寶臣也。卒至于終唐之世，莫敢誰何者，由三鎮始也。

本條不知原出何書。

〔一〕興平李奐　册府元龜卷四四三將帥部作「興平節度李奐」。資治通鑑卷二二〇唐紀三六肅宗乾元元年叙此，亦作「興平李奐」。

〔二〕四凶　資治通鑑卷二二八唐紀四四德宗建中四年亦叙「四凶」事。

1010 露布，捷書之别名也。諸軍破賊，則以帛書建諸竿上，兵部謂之「露布」。蓋自漢以來有其名。所以露布者〔一〕，謂不封檢，露而宣布，欲四方之速聞也。亦謂之「露板」〔二〕。魏晉奏事〔三〕，云「有警急，輒露板插羽」是也。宋時沈璞爲盱眙太守〔四〕，與臧質固拒魏軍，軍退，質謂璞城主，使自上露板。後魏韓顯宗大破齊軍，不作露布，高祖怪而問之〔五〕，對曰：「頃間諸將〔六〕，獲賊二三，驢馬〔七〕，皆爲露布，臣每哂之。近雖仰憑威靈，得摧醜豎，斬擒不多〔八〕，脫復高曳長縑，虛張功捷，尤而效之，其罪彌甚。所以斂毫卷帛，解上而已。」然則露布、露板〔九〕，古今通名也。隋文帝詔太常卿奇章公撰宣露布儀〔一〇〕。開皇九年平陳，元帥晉王以馹上露布，兵部請依新禮：「集百官及四方客使于朝堂，內史令稱有詔，在位者皆拜；宣露布訖，蹈舞者三，又拜。郡縣皆同。」唐因其禮〔一一〕。然露布大抵皆張皇國威〔一二〕，廣談帝德，動逾數千字，其能體要不煩者，鮮矣。

本條原出封氏聞見記卷四露布。說郛（陶珽刊本）弓四六、（張宗祥輯明鈔本）卷四引封氏聞見記均載。

〔一〕所以露布　原書「所以」下有「名」字，當據補。

〔二〕板　原書作「版」。下同。

〔三〕魏晉　原書作「魏武」。當據本書改。

〔四〕沈璞　雅雨堂叢書本封氏聞見記下有注曰：「一作『沈羨之』」。案宋書卷一百自序載臧質使沈璞自上露布事，璞字道真，則作沈羨之者誤。

〔五〕高祖　原書作高宗。案魏書卷六十韓顯宗傳，此爲高祖時事。

〔六〕間　原書作「聞」，當據改。

〔七〕驢馬　原書同。魏書本傳下有「數匹」二字，當據補。如此文義始足。

〔八〕得擢醜豎，斬捡不多　原書佚去，當據本書補。雅雨堂叢書本有註云：「缺六字」，實則缺此八字。

〔九〕露布、露板　原書僅存「露版」二字，佚「露布」二字，當據本書補。

〔一〇〕奇章公　原書作「牛宏」。

〔一一〕唐因其禮　原書作「自後因循，至今不改。」

〔一二〕然　原書作「近代諸」。

1011 古者閹尹擅權專制者多矣，其間不無忠孝，亦存編簡。唐自安史以來，兵難洊臻，天子播越，親衛戎柄，皆付大閹，魚朝恩、竇文瑒乃其魁也。爾後置左右軍、十二衞，觀軍容、處置、樞密、宣徽四院使，擬于四相也。十六宮使，皆宦者爲之，分卿寺之職，朝廷班行備員而已〔一〕。供奉官紫衣入侍〔二〕，後軍容使楊復恭俾具襴笏宣導，自復恭改作也。嚴遵美，内謁之最良也。嘗典戎。唐末致仕于蜀郡〔三〕，鄙叟庸夫，時得親狎。其子仕蜀，至閤門使。曾爲一僧致紫袈裟，僧來感謝之，書記所謝之語于掌中。方屬炎天，手汗模糊，文字莫辨。折腰而趨，流汗喘乏，只云：「伏以軍容……」寂無所道，抵視掌心良久，云：「貌寢人微，凡事無能。」嚴曰：「不敢，不敢。」退而大咍。嚴公物故，蜀朝册命贈，給事中竇雍堅不承命。雖偏霸之世，亦不苟且，士人多之。

本條原出北夢瑣言卷六内官改創職事（竇給事附）。紺珠集卷六北夢瑣言録中間一段，題作手汗模糊。

〔一〕朝廷班行　原書作「以權爲班行」。
〔二〕紫衣　原書作「紫綬」。
〔三〕于　原書作「居」。

1012 鄒山〔一〕，古之嶧山〔二〕，始皇刻碑處，文字分明。始皇乘羊車以上，其路猶存。案：此地，春秋時邾文公卜遷于繹者也。始皇刻石紀功，其文李斯小篆。後魏太武帝登山，使人排倒之。然歷代摹拓以爲楷則，邑人疲于供命，聚薪其下，因野火焚之，由是殘缺，不堪摹寫，然由上官求請〔三〕，行李登陟，人吏轉益勞弊。有縣宰取舊文勒于石碑之上，凡成數片，置之縣廨，須則拓取，自是山下之人，邑中之吏，得以息〔四〕。今人間有嶧山碑〔五〕，皆新刻之碑也。其文云：「刻此樂石。」學者不曉「樂石」之意，顏師古謂取泗濱磬石作此碑。始皇于琅邪、會稽諸山刻石，皆無此意〔六〕，唯嶧山碑有之，故知然也。

本條原出封氏聞見記卷八嶧山。紺珠集卷十、白孔六帖卷八七封氏見聞記題作樂石。類説卷六封氏見聞記題作嶧山碑。海録碎事卷十九引封氏聞見記，録「樂石」一段。白孔六帖卷六二引封氏見聞録，亦引樂石一段。又原書此條與本卷 1037 條原合爲一條。

〔一〕鄒山　原書上有「鄒山記云」一句。
〔二〕嶧山　原書作「繹山」。

〔三〕由　原書作「猶」，當據改。

〔四〕息　原書作「休息」，當據補。

〔五〕人間　原書作「間」。

〔六〕意　原書作「語」。

1013 墓前碑碣，未詳所起。案儀禮〔一〕：廟中有碑，所以繫牲，并視日景。禮記云〔二〕：「公室視豐碑，三家視桓楹。」豐碑、桓楹，天子、諸侯葬時下棺之柱，其上有孔，以穿繂索，懸棺而下，取其安審，事畢卽閉壙中。臣子或書君父勳閥于碑上，後又立之于隧口，故謂之「神道碑」，言神靈之道也。古碑上往往有孔，是貫繂之遺象〔三〕。前漢碑甚少；後漢蔡邕、崔瑗之徒，多爲人立碑；魏晉之後，其流浸盛〔四〕。碣亦碑之類也。周禮〔五〕：「凡金玉錫石，楬而璽之。」注云：「楬，如今題署物〔六〕。」漢書云〔七〕：「瘞寺前，揭著其姓名。」注云：「楬，椓杙也〔八〕。椓杙于瘞處而書死者之姓名。楬音揭。」然則物有標牓，皆謂之「楬」。郭景純江賦云：「峨眉爲泉揚之楬〔九〕。」又變爲「碣」。說文云：「碣，特立石也。」據此則從木、從石兩體皆通。隋之制：五品以上立碑，螭首龜趺，上不得過四尺〔一〇〕，載在喪葬令。近代碑碣稍衆〔一一〕，有力之家多輦金帛以祈作者，雖人子罔極之心，順情虛飾，遂成風俗。蔡邕云：「吾爲人作碑多矣，唯郭有道無愧詞〔一二〕。」隋文帝子齊王攸薨〔一三〕，僚佐請立碑，帝曰：「欲求名，一卷史書足矣；若不能，徒爲後人作鎮石耳。」誠哉是言！

本條原出封氏聞見記卷六碑碣。

〔一〕儀禮　原書無「禮」字，當據本書補。下爲儀禮聘禮鄭玄註中之文，曰：「宮必有碑，所以識日景，引陰陽也。凡碑引物者，宗廟則麗牲焉，以取毛血。」

〔二〕禮記　此爲禮記檀弓下文。

〔三〕是貫綍之遺象　原書作「是貫綍索之像」。

〔四〕浸　原書作「寖」，當據改。

〔五〕周禮　此爲周禮秋官職金中文。

〔六〕楬如今題署物　鄭玄註：「今時之書，有所表識，謂之楬櫫。」孫詒讓周禮正義卷六九：「封演見聞記引此註，作『楬，如今題署物。』疑臆改，不足據。」

〔七〕漢書　此爲漢書卷九十尹賞傳中文，曰：「瘞寺門桓東，楬著其姓名。」

〔八〕楬椓杙也　原書作「名楬，杙也。」顏師古註與原書同。

〔九〕峨眉爲泉揚之楬　原書作「峨眉爲泉陽之揭」，郭賦原文亦作「泉陽」，當據正。原書句下尚有「『玉壘作東別之標』是也。其字本從木，後人以石爲墓碣。」數句。

〔一〇〕上　原書作「趺上」。

〔一一〕碑碣　原書無「碣」，當據本書補。

〔一二〕郭有道　指郭有道碑。蔡邕之語見世説新語卷上之上德行「郭林宗至汝南造袁奉高」下劉孝標註引續漢書。

〔一三〕齊王攸　查隋書，此爲秦孝王俊事，見卷四五文四子傳。「徒爲人作鎮石」等語亦見此傳。

1014 石碑皆有圓空〔一〕。蓋碑者，悲也，本墟墓間物〔二〕。每一墓有四焉。初葬，穿繩于孔以下棺〔三〕，乃古懸窆之禮。禮曰〔四〕：「公室視豐碑，三家視桓楹。」人因就紀其德，由是遂有碑表。數十年前，時有樹德政碑，亦製圓空，不知根本甚矣〔五〕。後有悟之者，遂改焉。

本條原出尚書故實。類説卷四五尚書故實題作碑孔。古今合璧事類備要前集卷六八引尚書故實亦載。説郛（陶珽刊本）弓三六尚書故實亦載。

〔一〕石碑皆有圓空　原書作「古碑皆有圓空」，下有註曰：「音孔。」説郛引文亦有。

〔二〕也本　原書二字誤倒，當據本書改。

〔三〕穿繩于孔以下棺　原書「孔」作「空」。參看本書卷二 201 條。

〔四〕禮　禮記檀弓下中語。

〔五〕不知根本甚矣　原書作「不知根本，甚失」。

1015 人道尚右，以右爲尊。禮先賓客，故西讓客，主人在東，蓋自卑也。後人或以東讓客〔一〕，非禮也。蓋緣見所在地〔二〕，所主在東，俗有東行南頭之戲，此乃貴其爲一方一境之主也。記曰：「天子無客禮，莫敢爲主焉。故君適其臣，升自阼階，不敢有其室也。」注：「明饗君非也〔三〕。」唐之方鎮及刺史〔四〕，入本部，于令長已下，禮絶賓主，猶近君臣。至于藩鎮經管内支郡，則俱是古南面諸侯，但以使職監臨，如臺省之官至外地耳。既通宴饗，則異君臣，而用古天子升階之儀〔五〕，非禮也。

本條原出因話録卷五徵部。紺珠集卷五因話録題作東讓客非禮。類説卷十四因話録題作人道尚右。説郛（陶珽刊本）弓二三因話録題作東讓客非禮。

〔一〕後人　原書作「今之人」。

〔二〕見所在地　原書作「所任在地」。

〔三〕明饗君非也　原書同。案禮記郊特牲鄭玄此註作「明饗君非禮也。」當據之補「禮」字。

〔四〕唐　原書作「今」。

〔五〕階　原書作「阼階」，當據之補「阼」字。

1016 近代風俗，人子在膝下，每生日有酒食之事；孤露之後，不宜復以爲歡會。梁孝元帝少時，每以載誕之辰〔一〕，輒設齋講經，洎阮修容歿後，此事亦絶少〔二〕。太宗曾以降誕日感泣〔三〕。中宗常以降誕日宴侍臣内庭〔四〕，與學士聯句柏梁體詩。然則唐以來〔五〕，此日皆有宴會。開元十七年，丞相張説奏：以八月端午降誕日爲千秋節〔六〕，又改爲天長節。肅宗因之，誕日爲地平天成節〔七〕。代宗雖不爲節，猶受四方進獻。德宗卽位〔八〕，詔公卿議，吏部尚書顔真卿奏〔九〕：「準禮經及歷代帝王無降誕日，唯開元中始爲之。復推本意，以爲節者，喜聖壽無疆之慶，天下咸賀，故號節；若千秋萬歲之後〔一〇〕，尚存此日以爲節假，恐乖本意。」于是敕停之。

本條原出封氏聞見記卷四降誕。

〔一〕載誕之辰　原書作「誕載之晨」，當據本書改。

〔二〕絶少　原書無「少」字，當據改。

〔三〕太宗曾以降誕日感泣　原書敍此事頗詳，此乃約言之。

〔四〕侍臣　原書下有「貴戚」一詞。

〔五〕唐　原書作「國朝」。

〔六〕以八月端午降誕日爲千秋節　原書作「以八月五日爲千秋節」，當據改。原書其後略敍節日君臣賞樂之事，本書略去。

〔七〕誕日爲地平天成節　原書作「以降誕日爲天平地成節」。

〔八〕德宗　原書作「今上」。

〔九〕奏　原書此字與下句句首「準」字互倒，當據本書改。

〔一〇〕若千秋　原書作「曰『千秋』」，則此三字當連上讀。

1017 明皇朝，海內殷贍，送葬者或當衢設祭〔一〕，張施幃幕，有假花〔二〕、假果、粉人、粉帳之屬〔三〕，然大不過方丈，室高不踰數尺，識者猶或非之。喪亂以來，此風大扇，祭盤帳幕，高至九十尺〔四〕，用牀三、四百張，雕鐫飾畫，窮極技巧；饌具牲牢，復居其外。大曆中，太原節度辛雲京葬日〔五〕，諸道節度使使人修祭〔六〕，范陽祭盤最爲高大，刻木爲尉遲鄂公與突厥鬬將之戲〔七〕，機關動作，不異于生。祭訖，靈車欲過，使者請曰：「對數未盡。」又停車，設項羽與漢祖會鴻門之象〔八〕，良久乃畢。縗絰者皆手擘布幕，輟哭觀戲。事畢，孝子傳語與使人，「祭盤大好，賞馬兩匹。」滑州節度令狐母亡〔九〕，隣境致祭，昭義節度初于淇門載船桅以充幕柱，至時嫌短，特于衞州大河船上取長桅代之。及昭義節度薛公薨〔一〇〕，歸葬絳州，諸方幷管內縣塗陽城南設祭〔一一〕，每半里一祭，至漳河二十餘里〔一二〕，連延相次。大者費千餘貫，小者三、四百貫，互相窺覘，競爲新奇。柩車暫過，皆爲棄物矣。蓋自開闢至今，奠祭鬼神，未有如斯之盛者。

本條原出封氏聞見記卷六道祭。說郛（陶珽刊本）弓四六、（張宗祥輯明鈔本）卷四引封氏聞見記亦載。

〔一〕衢　原書作「衟」。

〔二〕花　聚珍本作「老」，此顯係誤植，守山閣叢書本已改正，今亦據之改爲「花」字。原書亦作「花」。

〔三〕帳　原書作「粻」，當據改。

〔四〕九十　原書作「八、九十」。

〔五〕辛雲京　原書作「辛景雲」，當據本書改。新唐書卷一四七辛雲京傳：「及葬，命中使弔祠，時將相祭者至七十餘幄，喪車移晷乃得去。」

〔六〕祭　原書無，而下句作「祭祭盤」，多一「祭」字，當移於此。

〔七〕尉遲鄂公　原書作「尉遲鄭公」，當據本書改。舊唐書卷六八、新唐書卷八九尉遲敬德傳均作「封鄂國公」。

〔八〕漢祖　原書作「漢高祖」，當據之補「高」字。

〔九〕令狐　指令狐彰。

〔一〇〕薛公　卽薛嵩。

〔一一〕歸葬絳州諸方并管内縣塗陽城南設祭　原書作「絳忻諸方并管内滏陽城南設祭」。此處除當據原書改「塗陽」爲「滏陽」外，其餘文字當以本書爲是。蓋薛嵩祖籍絳州，歸葬之時，靈櫬將由漳水而下，故於滏陽城南設祭也。

〔一二〕至　原書上有「南」字。

1018 俗間凶疏，本敍時序朔望，以表遠感之懷，此合于情理。至有敍經齋七日，此出釋教，不當形于書疏。

本條不知原出何書。

1019 準禮：父在，爲所生母〔一〕；父爲嫡子；夫爲妻；皆杖周。自周禮已降，至于開元禮，及唐史二百六十年，並無有易斯議，未聞爲兄弟杖者。自離亂已後，武臣爲弟始行周杖之禮〔二〕，是賓佐不能以禮正之，致其謬誤也。乾寧三年九月〔三〕，行弔于名士之家，覩其弟爲兄杖，門人知舊來，無有言其乖禮者，實慮日久寖以爲是。自今後，士子好禮者，于服式之中，慎而行之。

本條原出刊誤卷下杖周議。説郛（陶珽刊本）弓十三李氏刊誤題作杖周議。

〔一〕父在爲所生母　原書作「父在，爲母，爲所生母」。當據補。

〔二〕武臣爲弟始行周杖之禮　原書作「武臣爲兄弟始行杖周之禮」，當據正。

〔三〕乾寧三年九月　原書句首有「予」字，當據補。

1020 今俗釋服多用昏時，非禮也。按戴禮〔一〕：「魯人有朝祥而暮歌者，子路笑之〔二〕。」夫子雖抑子路云：「三年之喪，亦已久矣。」而復曰：「踰月則其善。」明知月晦之朝，去縞從吉也，明日則踰月矣，故夫子怪其不待明日而歌。今之免服準式給晦日假者，蓋以朝既從吉，使竟是日吉服，盡與親賓相見，遍示禮終，至明日復參公務，無樂不爲之義。又禮書皆云：前一夕除某物，廢某物〔三〕。又曰「夙興」云云，知前夕除廢，爲明晨之漸。凡曰釋服，悉宜從朝矣。〔原註〕〔四〕今在脱服假内，反不見賓友也。禮云「大喪不避涕泣而見人」者〔五〕，言既不行求見人，人來求之〔六〕，不避涕泣，以表至哀無飾。今世卒哭之後〔七〕，朔望時節，辭不見賓客，非也。若尊高居喪，弔者以是日客多，不敢求見，遽自退去，宜矣，非所以辭也〔八〕。

本條原出資暇集卷中朝祥。説郛（陶珽刊本）弓十四資暇録題作朝祥。

〔一〕戴禮　原書作「戴記」。此爲禮記檀弓上文。

〔二〕子路笑之　原書作「子路笑其是日便歌」。

〔三〕廢某物　原書無此三字。

〔四〕原註　此是李匡文自註。

〔五〕禮云：「大喪不避涕泣而見人」　見禮記雜記下，文曰：「唯父母之喪不避涕泣而見人。」

〔六〕求　原書作「見」。本書似誤。

〔七〕世　原書作「見」。

〔八〕非所以辭也　原書作「若以爲辭，未敢問命。」「問」當是「聞」之誤。

1021 三日成服，聖人之制。世有至五日者，非也〔一〕。

本條原出資暇集卷中成服。説郛（陶珽刊本）弓十四資暇録題作成服。

〔一〕世有至五日者，非也　原書作「今或見不詳典禮，取信巫師，有至五日之僭者。」下尚有文申述，末有原註曰：「此見禮記第十八卷。」

1022 忌日請假，非古也。世説云〔一〕：「忌日惟不飲酒作樂。會稽王世子將以忌日送客至新亭〔二〕，主人欲作樂，王便起去，持彈往衞洗馬墓彈鳥。」晉書又載〔三〕：桓玄「忌日與賓客遊宴，惟至時一哭而已。」此前代忌日無假之證也。沈約答庾光禄書云：「忌日制忌〔四〕，應是晉、宋之間，其事未久。未至假前〔五〕，止是不爲宴樂，本自不封閉〔六〕，如今世自處者。居喪再周之内，每至忌日，哭臨受弔，無不見人之義。而除服之後，乃不見人。實由世人以忌日不樂，而不能竟日興感，以對賓客，或弛懈〔七〕，故過自屏晦，不與外接。設假之由，實在于此。」顔延之〔八〕：「忌日感慕，故不接外賓，不理庶務。不能悲愴自居，何限于深藏也。世人或端坐奥室，不妨言笑〔九〕，迫有急卒〔一〇〕，寧無盡見之理？其不知禮意乎！」

本條原出封氏聞見記卷六忌日。

〔一〕世説　今本世説新語此處文字已佚，殘文并見藝文類聚卷六十、太平御覽卷三五〇，惟不及封書完整。

〔二〕將　原書無。

〔三〕晉書　見晉書卷九九桓玄傳，文中「時」作「亡時」。

〔四〕制忌　原書無「忌」，趙貞信據秦鬢刻本封氏聞見記補入「假」字。本書當據之改「忌」作「假」。

〔五〕未至　原書作「制」。

〔六〕自不　原書作「不自」，當據改。

〔七〕或　原書作「故」，當據本書改。

〔八〕 顏延之　原書作「顏之推亦云：」，其下乃是顏氏家訓風操中文，封書與本書引文小有改動。此與顏延之無涉，本書大誤。

〔九〕 妨　原書作「好」。顏書作「妨」。

〔一〇〕 迫有急卒　顏書同。原書誤作「卒有急回」。

1023 李匡乂云〔一〕：晉書稱阮咸善琵琶〔二〕，是卽是矣〔三〕。按周書云〔四〕：「武帝彈琵琶，後梁宣帝起舞，謂武帝曰：『陛下既彈五絃琴，臣何敢不同百獸舞？』」則周武帝所彈，乃是今之五絃。可知前代凡此類〔五〕，總號琵琶爾。又按風俗通云：「以手批把〔六〕，謂之琵琶。自撥彈已後，惟今四絃始專琵琶之名。」因依而言，則劉餗所云〔七〕：「貞觀中，裴洛兒始棄撥，用手以撫琵琶〔八〕。」是又不知故事者之言也。又因此而徵之，五絃之號，卽出于後梁宣帝之語也。而今阮氏琵琶，正以手撫〔九〕，反不能占琵琶之名，失本義矣〔一〇〕。

本條原出資暇集卷下阮咸。乃是該條末端之原註。

〔一〕 李匡乂云　原書無，當是王讜所加。

〔二〕 晉書　見晉書卷四九阮咸傳。

〔三〕 是卽是矣　原書作「此卽是也」。

〔四〕 周書　原書作「後周書」。此見周書卷四八蕭詧傳，然言「何敢不同百獸」者乃其子明帝蕭巋。

〔五〕可　原書作「明」。

〔六〕批把　原書作「枇杷」。

〔七〕劉餗所云　見劉餗隋唐嘉話卷中。

〔八〕用手以撫琵琶　原書作「用□以指琵琶」。句有誤，當據本書改。

〔九〕撫　原書作「指」。

〔一〇〕失　原書作「都失」。

1024 今有奕局，共取一道，人行五棊，謂之「蹙融」。「融」宜作「戎」。此戲生于黃帝蹙鞠，意在軍戎也，殊非「圓融」之義。庾元規著座右方〔一〕，所言「蹙戎」，是也〔二〕。

本條原出資暇集卷中蹙融。紺珠集卷十二資暇集題作蹙戎。類説卷二九資暇集題作蹙融。説郛（陶珽刊本）弓十四資暇録題作蹙融。

〔一〕庾元規著座右方　隋書卷三四經籍志三録座右方八卷，庾元威撰。

〔二〕所言蹙戎是也　原書作「所言『蹙戎』者，今之蹙融也。學者固已知之。」

1025 今之博戲，長行最盛。其具有局有子，黑、黃各十有五〔一〕，擲采之頭有二〔二〕。其法生于握槊，變于雙陸。天后夢雙陸不勝，狄公言「宮中無子」是也〔三〕。後人新意，長行出焉。又有小雙陸、圍透、大點、小點、遊談、鳳翼之名，然無如長行。鑒險易者，喻時事焉；適變通者，方易象焉。王公大臣，頗或躭翫，至于廢慶弔，忘寢食。閭里用之，于是強名争勝〔四〕；謂之「撩零」；假借分畫，謂之「囊家」。囊家什一而取，謂之「子頭」〔五〕。有通宵而戰者，有破産而輸者。中世工者〔六〕，有渾鎬〔七〕、崔師本。圍棊次于長行，其中世工者，韋延邕、楊芄〔八〕。彈棊鮮有爲之，中世工者，有吉達、高越首出焉。

本條原出國史補卷下叙博長行戲。太平廣記卷二二八國史補題作雜戲。説郛（張宗祥輯明鈔本）卷七五國史補亦載。本條與下條1026原合爲一條，今依原書分列。

〔一〕黑黄各十有五　原書句首有「子有」二字，當據補。太平廣記引文有「子」字。

〔二〕頭　原書與各本引文作「骰」。

〔三〕狄公言宫中無子　新唐書卷一一五狄仁傑傳曾叙此事。

〔四〕閭里用之于是　原書作「及博徒是」，文有奪誤，當據本書校正。

〔五〕子頭　原書與各本引文均作「乞頭」。學津討原本下有註：「一作『子』。」

〔六〕中世　原書作「近」。下同。

〔七〕渾鎬　太平廣記引文作「譚鎬」。

〔八〕韋延邕楊芄　原書與太平廣記引文作「韋延祐、楊芃」。學津討原本於韋延祐下註曰：「一本作『韋邕』。」案：太平廣記卷二二八引嘉話録，題作韋延祐，叙延祐棋藝頗詳。延祐或是韋邕之字。

1026 貞元中，董叔儒進博局，并經一卷，頗有新意，不行于世。

本條原出國史補卷下董叔儒博經。太平廣記卷二二八國史補題作雜戲。說郛（張宗祥輯明鈔本）卷七五國史補亦載。又本條與上條 1025 原合爲一條，今依原書分列。

1027 隋置明經、進士科，唐承隋，置秀才、明法、明字、明算，幷前六科。主司則以考功郎中，後以考功員外郎。士人所趨，明經、進士二科而已。及大足元年，置拔萃，始于崔翹。開元十九年，置宏詞，始于鄭昕。開元二十四年，置平判入等，始于顏真卿。是年，考功員外郎李昂摘進士李權章句疵之，榜于通衢；權摘昂詩句之失，由是世難其事，乃命禮部侍郎主之。後有左補闕薛邕，中書舍人達奚珣、李韋〔一〕、李麟、姚子彥、張蒙、高郢、權德輿、衛次公、張弘靖、于允躬、韋貫之、李逢吉、李程、庾承宣、賈餗、沈珣、杜審權、李璠、裴恆、王鐸、李蔚、趙隲、鄭愚，太常少卿李建，尚書蕭昕，僕射王起，常侍蕭倣，黃門侍郎許孟容、鄭顥，刑部侍郎崔樞，户部侍郎韋昭度雜主之，而弘靖不以進士顯。

本條不知原出何書。

〔一〕李韋　天寶九載知貢舉者爲「李暐」，當卽此人。

1028 唐朝初〔一〕，明經取通兩經，先帖文，乃案章疏試墨策十道；秀才試方略策三道；進士時務策五道〔二〕。考功員外郎職當考試。其後舉人憚于方略之科，爲秀才者殆絶，而多趨明經、進士。高宗時，進士特難其選。龍朔中〔三〕，敕左史董思恭與考功員外郎權原崇同試貢舉。思恭吴士輕脱，洩進士問目，三司推，贓汙狼藉，命西朝堂斬決〔四〕，告變，免死除名，流梧州。開耀元年，員外郎劉思立以進士惟試時務策〔五〕，恐復傷膚淺，請加試雜文兩道，并帖小經〔六〕。明皇時，士子殷盛，每歲進士到省者常不減千餘人，在館諸生更相造詣，互結朋黨，以相傾奪，號之爲「棚」，推聲望者爲「棚頭」。權門貴盛，無不走也，以此熒惑主司視聽。其不第者率多喧訟，考功不能禦。開元二十四年冬，遂移貢舉屬于禮部，侍郎姚奕頗振綱紀焉。後明經停墨策，試口義，并時務策三道。進士改帖大經〔七〕，加論語。自是舉司帖經〔八〕，多有聱牙、孤絶、例拔〔九〕、築注之目。文士多于經不精，至有白首舉場者，故進士以帖經爲大厄〔一〇〕。天寶初，達奚珣、李巖相次知貢舉〔一一〕。進士聲名高而帖落者，時或試詩放過〔一二〕，謂之「贖帖」。十一年，楊國忠初知選事，進士孫季卿曾謁國忠，言禮部帖經之弊：「舉人有實材者，帖經既落，不得試文；若先試雜文，然後帖經，則無遺才矣。」國忠然之。無何，有敕進士先試帖，然仍前後開一行〔一三〕，是歲收人有倍常歲。又舊例：試雜文者，一詩一賦，或兼試頌論，而題目多爲隱僻。策問五道，舊例：三道爲時務策〔一四〕，一道爲方略〔一五〕，一道爲徵事；近者方略之中或有異同〔一六〕，大抵非精究博贍之才，難以應乎兹選矣。故當代以進士登科爲「登龍門」，解褐多拜清緊，十數年間擬跡廟堂。輕薄爲之語曰：「及第進士，俯視中、黃郎；落第進士，揖蒲、華長馬〔一七〕。」又云：「進士初擢第，頭上七尺燄光。」好事者紀其姓名，自神龍以來迄于兹，名曰進士登科記，亦所以示前良〔一八〕，發起後進也。寶應二年，楊綰爲禮部侍郎，奏：舉人不先德行，率多浮薄，請依鄉舉里選。于是詔天下舉秀才孝廉，而考試章條漸加繁密，至于升進德行，未之能也。其後應此科者益少〔一九〕，遂罷之，復爲明經、進士。

本條原出封氏聞見記卷三貢舉。原書此條與卷三 372、卷四 516、卷一 96 條本爲一條，三者乃所舉事例。

〔一〕唐朝初　原書作「國初」。

〔二〕進士　原書下有「試」字，當據補。

〔三〕龍朔中　原書誤作「龍翔中」，當據本書改。册府元龜卷一五二帝王部亦叙此事，云是龍朔三年事。

〔四〕命西朝堂斬決　原書作「後於西堂朝次」，語有訛，當據本書改。册府元龜作「帝令於朝堂斬之。」唯記董思恭之官銜爲右史，與本書異。

〔五〕惟　原書作「準」。

〔六〕小經　新唐書卷四四選舉志上：「凡禮記、春秋左氏傳爲大經，詩、周禮、儀禮爲中經，易、尚書、春秋公羊傳、穀梁傳爲小經。」

〔七〕大經　原書作「六經」，當據本書改。

〔八〕帖經　原書無，當據本書補。

〔九〕例拔　原書作「倒拔」，當據正。

〔一〇〕大厄　原書無「厄」，當據本書補。

〔一一〕李巖　原書作「李嚴」，當據本書改。

〔一二〕或試詩　原書作「謂試時」，當據本書改。

〔一三〕然　原書作「進」，趙貞信據天一閣本封氏聞見記改作「經」，本書亦當據改。此「經」字連上句讀。

〔一四〕道　原書作「通」。下二句同。

〔一五〕方略　原書爲「商」，下當奪一「略」字。

〔一六〕方略　原書作「商略」。

〔一七〕輕薄爲之語曰：「及第進士，俯視中、黄郎；落第進士，揖蒲、華長馬。」　王鳴盛十七史商榷卷八一偏重進士立法之弊引封氏聞見記此文，曰：「此段似有誤。『揖』上疑脱『平』字，『馬』字疑衍。及第進士，俯視中書、黄門兩省郎官；落第尚可再舉，一得即躐清要，故平揖近畿蒲州、華州之令長也。其立法之弊如此。」勛初案：王氏釋「俯視中、黄郎」説誠是，而釋「揖蒲、華長馬」則尚須深考。「長馬」或係當時某一軍職之俗稱，見北夢瑣言卷四畢舅知分（蜀楊會附），亦即本書卷七966條。

〔一八〕示　原書作「昭示」，當據之補「昭」字。

〔一九〕後　原書作「于」，當據本書改。

1029 唐制〔一〕：常舉人之外，又有制科，搜揚拔擢，名目甚衆。則天廣收才彦，起家或拜中書舍人、員外郎，次拾遺、補闕。明皇尤加精選，下無滯才。然制舉出身，名望雖美，猶居進士之下。仕宦自進士而歷清貫，有八儁者：一曰進士出身，制策不入；二曰校書、正字不入；三曰畿尉不入；四曰監察御史、殿中丞不入〔二〕；五曰拾遺、補闕不入；六曰員外郎、郎中不入；七曰中書舍人、給事中不入；八曰中書侍郎、中書令不入〔三〕。言此八者尤加儁捷，直登宰相，不要歷綰餘官也。朋僚遷拜，或以此更相譏弄。舉人應及第者〔四〕，闕檢無籍者〔五〕，不得與第。陳章甫制策登科，吏部放榜，章甫上書：「昨見榜云〔六〕：『戶部報無籍者。』昔傅説無姓，商后置于鹽梅之地〔七〕；屠羊隱名，楚王延以三旌之位〔八〕：未聞徵籍也。范雎改姓易名爲張禄先生，秦用之霸；張良爲韓報讎，變姓名而遊下邳，漢高用之爲相。則知籍者，所以計賦耳〔九〕，本防羣小，不約賢路。若人有大才，不可以籍棄之；苟無良德，雖籍何爲〔一〇〕？」所司不能奪，特諮執政收之。常舉外，復有通五經、明一史〔一一〕，及獻文章幷著述之輩〔一二〕，或附中書考試〔一三〕，亦同制舉。

本條原出封氏聞見記卷三制科。

〔一〕 唐制　原書作「國朝于」。

〔二〕 殿中丞　原書無「丞」。

〔三〕七日中書舍人給事中不入八日中書侍郎中書令不入　原書佚去此二句，當據本書補。
〔四〕舉人應及第者　原書句首有「舊」字，當據補。句末無「者」字，當據删。
〔五〕闕　原書作「開」，當據改。
〔六〕昨　原書誤作「時」，當據本書改。
〔七〕傅説無姓商后置于鹽梅之地　指武丁舉傅説爲相事，見尚書説命。
〔八〕屠羊隱名楚王延以三旌之位　見莊子讓王篇。楚王爲楚昭王。
〔九〕賦　原書作「租賦」。
〔一〇〕雖籍何爲　原書句下尚有責難員外之一番議論，本書略去。
〔一一〕明　原書無。
〔一二〕著述　原書上有「上」字。
〔一三〕或附中書考試　原書作「或付本司，或付中書考試。」本書誤，當據改。

1030 春官氏每歲選升進士三十人，以備將相之任。是日，自狀元已下，同詣座主宅。座主立于庭。一一而進曰：「某外氏某家。」或曰「甥」，或曰「弟」。又曰：「某大外氏某家。」又曰：「外大外氏某家。」或曰「重表弟」，或曰「表甥孫」。又有同宗座主宜爲姪，而反爲叔。言敍既畢，拜禮得申。予輒議曰：「春官氏選士得其人，止供職業耳，而俊造之士以經術待聘，獲採拔于有司，則朝廷與春官氏皆何恩于舉子？今使謝之，則與選士之旨，豈不異乎？至有海東之子，嶺嶠之人，皆與華族敍中表，從使拜首而已。論諸事體，又何有哉？」

本條不知原出何書。

1031 神龍元年已來，累爲主司者：房光庭再，太極元年、開元元年。裴耀卿再，開元五年、六年。李納四，開元七年、八年、九年、十年。嚴挺之三，開元十四年、十五年、十六年。裴敦復再，開元十九年、二十年。孫逖再，開元二十二年、二十三年。已前，並考功員外郎。姚奕再，開元二十四年、二十五年，始命春官小宗伯主之。崔翹三，開元二十七年、二十八年、二十九年。達奚珣四，天寶二年、三年、四年、五年。李巖三，天寶六年、七載、八載。李麟再，天寶十載、十一載。陽浚再，天寶十二載、十五載。裴士淹再，至德二年、三年。姚子彥再，乾元三年、上元二年。蕭昕再，寶應二年、貞元三年。薛邕四，大曆二年、三年、四年、五年。張渭三，大曆六年、七年、八年。蔣渙再，大曆九年、十年。常衮三，大曆十年、十一年、十二年。潘炎再，大曆十三年、十四年。鮑防三，興元二年、貞元元年、二年。劉太真再，貞元四年、五年。顧少連再，貞元十年、十四年。呂渭三，貞元十一年、十二年、十三年。權德輿三，貞元十八年、十九年、二十年停舉，永貞元年。崔邠再，元和元年、二年。韋貫之再，元和八年、九年。庾承宣再，元和十年、十一年。王起四，長慶二年、三年、會昌三年、四年。楊嗣復再，寶曆元年、二年。崔郾再，太和元年、二年。鄭澣再，太和三年、四年。賈餗再，太和五年、六年。高鍇再，開成元年、二年。柳景再，開成五年、會昌元年。陳商再，會昌五年、六年。鄭顥再，大中十年、十三年。

本條不知原出何書。徐松登科記考卷二八別録上有考證，可參看。

1032 董生言〔一〕：日常右轉，星常左轉。大凡不滿三萬〔二〕，日行周二十八舍、三百六十五度。然必有差，約八十年差一度。自漢文三年甲子冬至，日在斗二十二度，至唐興元元年甲子冬至，日在斗九度，九百六十一年，差十三度矣。

本條原出國史補卷下董和通乾論。

〔一〕董生　指董和。原書句上尚有「董和，究天地陰陽曆律之學，著通乾論十五卷成。至荆南，節度裴胄之問」，下接本文。「裴胄之」乃「裴胄」之誤。

〔二〕三萬　原書句下有「年」字，當據補。

1033 含元殿〔一〕，鑿龍首岡以爲址。彤墀釦砌，高五十餘尺。左右立棲鳳、翔鸞二闕，龍尾道出于闕前，倚欄下視，南山如在掌中〔二〕。殿去五門二里，每元朔朝會，禁軍御杖宿于殿庭，金甲葆戈，雜以綺繡；文武纓佩，蕃夷酋長皆序立。仰觀玉座〔三〕，若在霄漢。

本條原出劇談録卷下含元殿。

〔一〕含元殿　原書下有「國初建造」一句。

〔二〕南山　原書作「前山」。

〔三〕文武纓佩蕃夷酋長皆序立仰觀玉座　原書作「羅列，文武纓珮序立。蕃夷酋長仰觀玉座」，文有錯亂，當據本書校正。

1034 太湖中有禹廟。山僧云：「禹導吳江以洩具區，會諸侯于此。」

本條不知原出何書。

1035 西明寺、慈恩寺多古畫〔一〕，慈恩塔前壁有「溼耳獅子趺心花」，爲時所重。聖善、敬愛兩寺亦有古畫，聖善寺木塔院多鄭廣文畫幷書，敬愛寺山亭院有畫雉尾若丹砂子，上有進士房增題名處〔二〕。後有人題曰：「姚家新壻是房郎，未解芳顔意欲狂。見説正調穿淚箭〔三〕，莫教射破寺家牆。」西北角有病龍院，並吳生畫。

本條原出盧氏雜説。太平廣記卷二一二盧氏雜説題作吳道玄。

〔一〕古畫　太平廣記引文作「名畫」。

〔二〕敬愛寺山亭院有畫雉尾若丹砂子上有進士房增題名處　太平廣記引文作「敬愛山亭院有雉尾若真，砂子上有進士房魯題名處。」

〔三〕淚　太平廣記引文作「羽」，當據改。

1036 盧言舊宅在東都歸德坊南街〔一〕。廳屋是杏木梁，西壁有韋鶠郎中畫馬六匹〔二〕。

本條原出盧氏雜説。太平廣記卷二一四盧氏雜説題作雜編。

〔一〕盧言舊宅　太平廣記引文作「余舊宅」。

〔二〕韋鶠　太平廣記、圖畫見聞誌引文作「韋旻」。此人新唐書卷七四上宰相世系表四上有記載，本書誤。

1037 兗州鄒縣嶧山〔一〕，南面半腹〔二〕，東西長數十步〔三〕。其處生桐〔四〕，相傳以爲禹貢「嶧陽孤桐」者也。土人云：此桐所以異于常桐者，諸山皆發地土多〔五〕，惟此山大石攢倚，石間周回，皆通人行，山中空虚，故桐木響絶，以是珍而入貢也。按漢書地理志，下邳縣西有葛嶧山，古之嶧陽下邳者是矣〔六〕。

本條原出封氏聞見記卷八嶧山。與下條 1038 原合爲一條，今依原書分列。又原書此條與本卷 1012 條本爲一條。

〔一〕鄒縣嶧山　原書作「鄒繹山」，當據本書補「縣」字。「嶧」「繹」異體相通。

〔二〕半腹　原書作「平復」，當據改。

〔三〕東西長數十步　原書句下有「廣數步」一句，當據補。

〔四〕桐　原書作「梧桐」。

〔五〕土多　原書作「兼土」。

〔六〕漢書地理志下邳縣西有葛嶧山，古之嶧陽下邳者是矣　漢書卷二八上地理志第八上：「（東海郡）下邳：葛嶧山在西，古文以爲嶧陽。」

1038 關西西風則雨〔一〕，東風則晴，皆以爲常候。夫九州之地，洛陽爲土中，風雨之所交也。今關西西風則雨，關東東風則雨，是風氣各自其方而來，交于土中，陰陽和則雨成〔二〕。

本條當出封氏聞見記卷七西風則雨。與上條1037原合爲一條，守山閣叢書本唐語林校勘記云：「此當提行另起。聞見記卷七目有西風則雨條，注『缺』，當卽此條也。」今從之。

〔一〕關西西風則雨　趙貞信封氏聞見記校證據續博物志於此句之上補入「關東西風則晴，東風則雨」二句。

〔二〕陰陽和則雨成　趙貞信封氏聞見記校證據續博物志於此句之上補入「陽之專氣爲雹，陰之專氣爲霰」二句。

1039 相里湯陰縣北有羑里城〔一〕，周回可三百餘步，其中平實，高于城外地丈餘，北開一門，相傳文王演易之所〔二〕。曹子建詰紂文云：「崇侯何功，乃用爲輔？西伯何辜，囚之囹圄？囹圄既成，負土既盈，興立炮烙，賊害忠貞。」觀此意，見文王所囚之地，紂使負土實此城也。

未詳子建所據。今按：此東頓邱、臨黄諸縣多有古小城，周一里〔三〕，或一、二百步〔四〕，其中皆實。郭緣生述征記云：「彭城東有秺城〔五〕，云是崇侯冢，自淮迄于河上〔六〕。城而實中謂之『秺』〔七〕，邱壠可阻謂之『固』。」然則城小而實〔八〕，皆古人因依立冢以爲保固〔九〕，子建所云「負土既盈」，或承流俗之傳耳。

本條原出封氏聞見記卷八羑里城。

〔一〕相里　原書作「相州」，當據改。

〔二〕相傳文王演易之所　崔東壁豐鎬考信别録卷二羑里城引封氏聞見記，有考辨。

〔三〕周一里　原書上有「或」字，當據補。

〔四〕或一二百步　原書作「或三百步」，「三」乃「一、二」之誤。

〔五〕東　原書作「郡」。

〔六〕河上　原書「河」上衍一「淮」字，當據本書删。

〔七〕城而實中謂之秺　原書佚「中謂之」三字，當據本書補。

〔八〕城小　原書誤倒爲「小城」，當據本書改。

〔九〕冢　原書作「家」，當據本書改。

1040　晉文王欲修九龍堰，阮步兵舉鍤掘地，得古承水銅龍六枚，堰遂成。水歷堨東注，謂之千金渠，晉世又廣功焉。石人東脅下文云：「泰始七年六月二十三日大水，蕩壞二堨，今改爲堨。更于西開泄，名曰伐〔原註〕〔一〕一作「代」。龍渠。增高千金之舊一丈四尺，若五龍。歲久復壞，可轉于西更開三堨。二渠合用二十三萬五千六百九十八功。以其年十月二十二日起作，功重人少，到八年四月二十日畢。」伐龍渠，卽九龍渠也。元魏修復故堨，朝廷太和中造石渠于水上。按橋西門之南頰文，稱晉元康二年十一月二日畢。漢司空王梁爲河南，將引穀水以溉京都，渠成而水下流。後張純堰洛而通漕，是渠今引洛水，蓋純之創也。

本條不知原出何書。

〔一〕原註　此爲王讜所加之註。

1041 凡造物由水，水由土〔一〕。故江東宜綾紗，宜紙，鏡水之故也。蜀人織錦初成，必濯于江，然後文采煥發。鄭人以滎水釀酒，近邑與遠郊美數倍〔二〕。齊人以阿井煎膠，其井比旁井重數倍。

本條原出國史補卷下造物由水土。太平廣記卷三九九國史補題作重水。

〔一〕凡造物由水，水由土　太平廣記引文作「凡物有水，水由土地。」原書作「凡物由水土」。似以本書文字爲近是。

〔二〕近邑與遠郊美數倍　太平廣記引文作「近邑水重，斤兩與遠郊數倍。」本書與原書當據之補正，而太平廣記亦當據本書與原書補一「美」字。

1042 蜀土舊無兔鴿。隋開皇中，荀秀鎮益州〔一〕，命左右賫兔、鴿而往。今蜀中鴿尚稀而兔已衆。戴祚西征記云〔二〕：「開封縣東二佛寺〔三〕，余至此始見鴿，大小如鳩，戲時兩兩相對。」祚，江東人，晉末從劉裕西征姚泓，至開封縣始識鴿，江東舊亦無鴿〔四〕。梁武時，侯景圍臺城，軍士熏鼠捕鴿而食，數月之後，殿屋鼠鴿皆盡〔五〕。然則江東有鴿，亦當自北賫往耳。

本條原出封氏聞見記卷七蜀無兔鴿。案原書本條之末叙「太宗朝遠方咸貢珍異草木」，有殘文，參見本書卷五 631 條。此乃唐代之事，而本條所言則與唐代無涉，體例失檢，疑文字有舛誤。

〔一〕蜀土舊無兔鴿。隋開皇中，荀秀鎮益州　原書佚此三句，當據本書補。

〔二〕戴祚　字延之，以字行。西征記二卷，見隋書卷三三經籍志史部地理類。

〔三〕東　原書無。

〔四〕江東舊亦無鴿　原書句首有「則」，當據補。

〔五〕殿屋　原書作「□殿」，當據本書改。

1043 凡東南郡邑無不通水，故天下貨利，舟楫居多。轉運使歲運米二百萬石以輸關中，皆自通濟渠入河也〔一〕。淮南篙工不能入黃河〔二〕。蜀之三峽，陝之三門，閩越之惡溪〔三〕，南康贛石，皆絶險之處，自有本土人爲工〔四〕。大抵峽路峻急，故曰「朝離白帝，暮宿江陵。」四月、五月尤險，故曰「灩澦大如馬，瞿唐不可下；灩澦大如牛，瞿唐不可留；灩澦大如襆，瞿唐不可觸。」揚子、錢塘二江，則乘兩潮發棹。舟船之盛，盡于江西，編蒲爲帆，大者八十餘幅〔五〕。自白沙泝流而上，常待東北風，謂之「信風」〔六〕。七月、八月有上信，三月有鳥信，五月麥信。暴風之候，有抛車雲〔七〕，舟人必祭婆官而事僧伽。江湖語曰：「水不載萬。」言大船不過八九千石。大曆、貞元間，有俞大娘航船最大，居者養生送死婚嫁悉在其間。開巷爲圃，操駕之工數百。南至江西，北至淮南，歲一往來，其利甚大，此則不啻載萬也。洪、鄂水居頗多，與一屋殆相半〔八〕。凡大船必爲富商所有，奏聲樂〔九〕，役奴婢，以據舵樓之下。

本條原出國史補卷下叙舟檝之利。緯略卷六引國史補中花信麥信一段。紺珠集卷三國史補題作麥信風、抛車雲。集註分類東坡先生詩卷之二十次韻闕令送魚徐師川註引唐國史補、卷一六月七日泊金陵阻風待鍾山泉公書寄詩爲謝李厚註引唐國史補亦載。又本條與下條 1044 原合爲一條，今依原書分列。

〔一〕通濟渠入河　原書「河」下有「而至」二字。於「通濟渠」下有註曰：「即汴河也。」

〔二〕淮南　原書作「江淮」。

〔三〕閩越　原書作「南越」。

〔四〕工　原書作「篙工」。

〔五〕八十餘幅　原書作「或數十幅」。

〔六〕信風　原書作「潮信」，學津討原本下有註曰：「一本作『信風』。」案徐師川註引文作「潮信風」。

〔七〕拋車雲　李厚註引文作「炮車雲」。

〔八〕一屋　原書作「邑」。

〔九〕奏聲樂　原書「奏」下衍一「商」字。

1044 海舶〔一〕，外國船也，每歲至廣州、安邑〔二〕。師子國船最大，梯上下數丈〔三〕，皆積百貨〔四〕。至則本道輻輳〔五〕，都邑爲喧闐。有番長爲主人〔六〕，市舶使籍其名物，納船腳，禁珍異，商有以欺詐入牢獄者〔七〕。船發海路，必養白鴿爲信，船沒則鴿歸〔八〕。

本條原出國史補卷下獅子國海舶。紺珠集卷三、類説卷二六國史補題作船鴿。又本條與上條 1043 原合爲一條，今依原書分列。

〔一〕海舶　原書作「南海舶」。

〔二〕廣州安邑　原書作「安南、廣州」。

〔三〕梯上下數丈　原書「梯」下有「而」字，當據補。

〔四〕百貨　原書作「寶貨」。

〔五〕輻輳　原書作「奏報」，當據改。

〔六〕番長　原書作「蕃長」。

〔七〕商　原書作「蕃商」。

〔八〕船没則鴿歸　原書作「舶没，則鴿雖數千里亦能歸也。」

1045 龍門人皆言善于懸水接水〔一〕，上下如神，然寒食拜掃必于河濱〔二〕，終于水死也〔三〕。

本條原出國史補卷下龍門人善游。太平廣記卷三九九國史補題作龍門。永樂大典卷之八千八百四十二游・善游引唐國史補亦載。

〔一〕龍門人皆言善于懸水接水　原書作「龍門人皆言善游，于懸水接水」。太平廣記與永樂大典引文亦有「游」字。

〔二〕拜掃　原書無「掃」字，當據太平廣記引文與本書補。

〔三〕終于水死也　原書與太平廣記、永樂大典引文作「終爲水溺死也」。

1046 海上居人，時見飛樓如結構之狀，甚壯麗者；太原以北晨行，則煙靄之中覩城闕狀，如女牆雉堞者：皆天官書所謂蜃也〔一〕。

本條原出國史補卷下天官所書氣。

〔一〕天官書所謂蜃也　原書作「天官書所説氣也」。史記卷二七天官書：「海旁蜄氣象樓臺，廣野氣成宫闕然。雲氣各象其山川人民所聚積。」此即二書所本。

1047 建安郡建安縣有大勤墟，中有石，無小大悉如硯形。舊説此墟人有好學而于義理不能疾曉，常自咎頑愚，每盛夏烈暑，乃肉袒以自負。後因雷雨，空中有人謂曰：「念爾懇誠，吾令爾墟內石大小俱成硯，苟用者，義理速解，以旌爾志。」雨止視之，果然。今俗謂之「孔硯」。

本條不知原出何書。

1048 輕紗〔一〕，夏中用者名爲「冷子」，取其似蕉葉之輕健而名之〔二〕。

本條原出劉賓客嘉話録。太平廣記卷二三八嘉話録題作雜戲，而上有「貞元中有杜勸，好長行，皆有佳名，各記有」十六字，與此不相聯屬，當是另一種文字而誤綴者。

〔一〕輕紗　太平廣記引文誤作「輕妙」。

〔二〕蕉葉　太平廣記引文作「蕉葛」。

1049 林邑獻火珠，云得于羅剎國。

本條不知原出何書。

1050 風爐子，以週遶通風也。一説形象烽火〔一〕，名「烽爐子」〔二〕。

本條原出資暇集卷下風爐子。説郛(陶珽刊本)弓十四資暇録題作風爐子。

〔一〕烽火　原書無，當據本書補。

〔二〕名「烽爐子」　原書下有「理亦近焉」一句。

1051 茶拓子，始建中蜀相崔寧之女，以茶盃無襯，病其熨手，取楪子承之。既啜，盃傾，乃以蠟環楪中央〔一〕，其盃遂定。卽命工以漆環代蠟。寧善之，爲製名，遂行于世。其後傳者，更環其底，以爲百狀焉〔二〕。〔原註〕〔三〕貞元初，青、鄆猶繪爲楪形〔四〕，以襯茶椀，别爲一家之樣。後人多云「拓子」〔五〕，非也。蜀相卽昇平崔家〔六〕。

本條原出資暇集卷下茶托子。説郛(陶珽刊本)弓十四資暇録題作茶托子。

〔一〕楪中央　原書作「楪子之央」，當據本書補「中」字。

〔二〕以爲百狀焉　原書作「愈新其製，以至百狀焉」。

〔三〕原註　此是李匡文之自註。

〔四〕猶繪爲楪形　原書作「油繒爲荷葉形」。「繒」爲「繪」之誤字。

〔五〕後人多云拓子　原書作「今人多云『托子』始此」，當據之補「始此」二字。

〔六〕蜀　原書誤作「燭」，當據本書改。

1052 元和中〔一〕，酌酒猶用樽杓，所以丞相高公有「斟酌」之譽〔二〕。數千人一樽一杓〔三〕，挹酒而散，了無所遺。其後稍用注子，形若罃，而蓋、嘴、柄皆具。太和九年後，中貴人惡其名犯鄭注〔四〕，乃去柄安系，若茗瓶而小異，名曰「偏提」，時亦以爲便，且言柄有礙而屢傾側。

本條原出資暇集卷下注子偏題。説郛（陶珽刊本）弓十四資暇録題作注子偏題。紺珠集卷十一劉馮事始亦叙此事。

〔一〕中　原書作「初」。

〔二〕丞相高公　指高郢。

〔三〕千　原書作「十」。當以作「十」爲是。

〔四〕中貴人　劉馮事始作「仇士良」。

1053 被袋非古制，不知何時起也〔一〕，比者遠遊行則用。太和九年，以十家之累〔二〕，士人被竄謫〔三〕，人皆不自保〔四〕，常虞倉卒之遣，每出私第，咸備四時服用。舊以紐革爲腰囊，置于殿乘，至是服用既繁，乃以被袋易之〔五〕。大中以來，吴人亦結絲爲之，或有餉遺，豪徒翫而不用。

本條原出資暇集卷下被袋。説郛（陶珽刊本）弓十四資暇録題作被袋。

〔一〕何時　原書作「孰」。

〔二〕十家　指甘露之變中爲宦官所族滅之十家，卽李訓、鄭注、王涯、王璠、羅立言、郭行餘、賈餗、舒元輿、李孝本、韓約等十人之親屬。

〔三〕士人被　原書作「邐迤」。

〔四〕人　原書作「人人」。

〔五〕乃以被袋易之　原書無「袋」字，當據本書補。句下尚有「成俗于今」一句。

1054 都堂南門道中有古槐〔一〕，垂陰至廣。相傳夜深聞絲竹之音，省中卽有入相者，俗謂之「音聲樹」。

本條原出因話録卷五徵部。太平廣記卷一八七因話録題作省橋。類説卷十四因話録題作音聲樹。古今合璧事類備要後集卷十三、錦繡萬花谷前集卷二三引因話録亦載。説郛（張宗祥輯明鈔本）卷十五因話録亦載。南部新書卷甲亦載此事。類説卷四秦京雜記題作音聲樹，亦載此事。

〔一〕道中　原書作「東道」。太平廣記引文作「道東」，南部新書亦作「道東」。

1055 叢有似薔薇而異，其花葉稍大者，時人謂之「枚櫰」，〔原註〕音環〔一〕。實語訛彊名也，當呼爲「梅槐」。「槐」在灰部韻，音回〔二〕。按江陵記云「洪亭村下有梅槐村」〔三〕，當因梅與槐合生〔四〕，遂以名之。今似薔薇者，得非分枝條而滋演哉〔五〕？至今葉形尚處梅、槐之間，可取此爲證，且未見「枚櫰」之義也〔六〕。正使便爲「玫瑰」字，豈百花中獨珍是，取象于玫瑰耶？〔原註〕〔七〕玫瑰之「瑰」，音回，不音傀〔八〕。其音「傀」者，是瓊瑰〔九〕。字書有證。

永樂大典卷之二千八百七枚・枚櫰引唐語林亦載。

本條原出資暇集卷上梅槐。説郛（陶珽刊本）。弓十四資暇録題作梅槐。

〔一〕〔原註〕音環　聚珍本無，今從永樂大典引文補。原書亦有，唯「環」作「瓌」。此是王讜自註，下同。〔原註〕二字乃據全書體例補入。

〔二〕槐在灰部韻音回　聚珍本無，今從永樂大典引文補。原書作「在灰部韻，音回。」

〔三〕梅槐村　原書作「梅槐樹」。

〔四〕當　原書作「嘗」。

〔五〕分枝條而滋演　永樂大典引文作「分枝條而演微」。原書「滋演」作「演胤」。

〔六〕枚櫰　永樂大典引文與原書均作「梅櫰」，義有未安，當據本書改。

〔七〕原註　原書此註已作正文列入。

〔八〕傀　原書作「瓌」。

〔九〕其音傀者，是瓊瑰　原書作「其瑰字音瓌者，是瓊瑰；音回者，是玫瑰。」

1056 豆有紅而圓長〔一〕，其首烏者，舉世呼爲「相思子」，非也，乃「甘草子」也〔二〕。相思子卽紅豆之異名也。其木斜斫之則有文，可爲彈博局及琵琶槽。其樹也，大株而白枝，葉似槐。

其花與皂莢花無殊。其子若藊豆，處于甲中，通身皆紅，李善云「其實赤如珊瑚」是也。

本條原出資暇集卷下相思子。説郛（陶珽刊本）弓十四資暇録題作相思子。又本條與下條1057原合爲一條，今依原書分列。

〔一〕紅而圓長　原書作「圓而紅」。

〔二〕非也，乃「甘草子」也　原書無。

1057 又言〔一〕：甘草非國老之藥者，乃南方藤名也。其叢似薔薇而無刺，葉似夜合而黃細，其花淺紫而蕊黃，其實亦居甲中。以條葉俱甘，故謂之「甘草藤」，土人但呼爲「甘草」而已〔二〕。出在潮陽，而南漳亦有。

本條原出資暇集卷下甘草。説郛（陶珽刊本）弓十四資暇録題作甘草。又本條與上條1056原合爲一條，今依原書分列。

〔一〕又　原書作「所」。

〔二〕土人但呼爲「甘草」而已　原書作「土人異呼爲草而已」。

1058 雄麻有花，而雌者結實，欲識麻之雌雄，以此辨之。

本條不知原出何書。

1059 江東有吐蚊鳥〔一〕，夏則夜鳴，吐蚊于蘆荻中，湖水尤甚〔二〕。

本條原出國史補卷下江東吐蚊鳥。紺珠集卷三國史補題作蚊母。類說卷二六國史補題作蚊母鳥。說郛（張宗祥輯明鈔本）卷七五國史補亦載。北户録卷二蚊母扇條亦載吐蚊鳥事。齊東野語卷十引唐史補亦載。

〔一〕江東有吐蚊鳥　原書作「江東有蚊母鳥，亦謂之吐蚊鳥。」

〔二〕湖水尤甚　原書作「湖州尤甚。南中又有蚊子樹，實類枇杷，熟則自裂，蚊盡出而空殼矣。」

1060 月令：出土牛，以示農耕之早晚，謂爲國之大計〔一〕，不失農時。故聖人急于養民，務成東作。今天下州郡，立春制一大牛〔二〕，飾以文彩，卽以彩杖鞭之，既而破之，各持其土以祈豐稔，不亦乖乎？

本條原出刊誤卷上出土牛。說郛（陶珽刊本）弓十三李氏刊誤題作出土牛。

〔一〕謂爲國之大計　原書作「謂於國城之南立土牛。其言立春在十二月望，策牛人近前，示其農早也；立春在十二月晦及正月朔，則策牛人當中，示其農中也；立春在正月望，策牛人在後，示其農晚也。爲國之大計」。

〔二〕立春制一大牛　原書作「立春日制一土牛」。

1061 七夕者，七月七日夜。荆楚歲時記云：「七夕，婦人穿七孔針，設瓜果于庭以乞巧。」今人乃以七月六日夜爲之，至明曉望于綵縷，以冀織女遺絲，乃是七「曉」，非「夕」也。又取六夜穿七竅針，益謬矣。今貴家或連二宵陳乞巧之具，此不過苟悅童稚而已。

本條不知原出何書。

1062 唐世謁見尊者〔一〕，皆曰〔二〕：「謹祇候起居。」起居者，動止也，理固不乖。近者復云「謹起居某官」，則「動止某官」〔三〕，其義何在？相承斯誤，曾不經心。

本條原出刊誤卷下起居。説郛（陶珽刊本）弓十三李氏刊誤題作起居。

〔一〕唐世謁見尊者　原書作「今代謁見尊崇」。

〔二〕曰　原書無，文義不明，似當有。

〔三〕近者復云謹起居某官則動止某官　原書作「近者復云『謹祇候起居某官』」。

1063 終軍請長纓，世多云將係單于。按本傳云〔一〕：「南越與漢和親，迺遣軍使越説其王，欲令入朝比内諸侯。自請願受長纓，必羈南越王而致之闕下。」若係單于，乃賈誼之事。按班固云〔二〕：「誼欲試屬國，施五餌三表以係單于。」乃賈誼之事也〔三〕。又陳思王表云〔四〕：「賈誼弱冠求試屬國，請係單于之頸，而制其命〔五〕。」

本條原出資暇集卷上請長纓。説郛（陶珽刊本）弓十四資暇録題作請長纓。

〔一〕本傳　原書作「漢書本傳」。

〔二〕班固　原書作「班贊」。此指漢書卷四八賈誼傳贊。

〔三〕乃賈誼之事也　原書作「且非以長纓係之也」。

〔四〕陳思王表　指曹植求自試表，見文選卷三七。

〔五〕而制其命　原書文字頗詳，本書削節過甚，致文氣不貫。此句之下尚有文字，今亦不録。

1064 有人檢陸法言切韻，見其音字，遂云：「此吴兒直是翻字太僻〔一〕。」不知法言是河南陸，非吴郡也〔二〕。

本條原出因話録卷五徵部。與下條1065原合爲一條，今依原書分列。

〔一〕直　原書作「真」。

〔二〕不知法言是河南陸非吴郡也　陸法言事附隋書卷五八陸爽傳，云是「魏郡臨漳人也。」蘇氏演義卷上：「陸法言著切韻，時俗不曉其韻之清濁，皆以法言爲吴人而爲吴音也。……蓋陸氏者，本江南之大姓，時人皆以法言爲士龍、士衡之族，此大誤也。法言本代北人，世爲部落大人，號步陸孤氏。後魏孝文帝改爲陸氏。及遷都洛陽，乃下令曰：『從我入洛陽，皆以河南洛陽爲望也。』」

1065 又有書生讀經書甚精熟，不知近代事，因説駱賓王，遂云：「某識其孫李少府者，兄弟太多。」意謂「駱賓」是諸王封號也。

本條原出因話録卷五徵部。與上條1064原合爲一條，今依原書分列。

1066 畢羅者〔一〕，蕃中畢氏、羅氏好食此味，今字從「食」，非也。餛飩，以其象混沌之形，不可直書「混沌」，從「食」可矣。至如不託，言舊未有刀扣之時〔二〕，皆掌拓烹之〔三〕，刀扣既具，乃云「不託」，今俗字作「餺飥」，非也。〔原註〕〔四〕元和中，有姦僧鑑虛者，以羊之六腑特造一味〔五〕，傳之于今。時人不得其名，遂以其號目之，曰「鑑虛」。後俗字多作「鑑⿰飠虛」，率多此類。

本條原出資暇集卷下畢羅。説郛（陶珽刊本）弓十四資暇録題作畢羅。

〔一〕畢羅　向達唐代長安與西域文明曰：「（畢羅）或因畢國得名，乃是今日中亞、印度、新疆等處伊斯蘭教民族中所盛行之抓飯耳。……饆饠蓋純然爲譯音也。」

〔二〕刀扣　原書作「刀机」，當據改。下同。

〔三〕拓　原書作「托」，當據改。

〔四〕原註　此是李匡文之自註。

〔五〕六腑　原書作「大腑」，當據本書改。

1067 肆有以筐以筥，或倚或垂，以鬻鮮物者〔一〕，曰「星貨鋪」，言其列貨叢雜如星之繁。今俗呼「星火鋪」，誤也。

永樂大典卷之一萬四千五百七十六鋪・星貨鋪引唐語林亦載。

本條原出資暇集卷中星貨。紺珠集卷十二資暇集題作星貨鋪。類説卷二九資暇集題作星火鋪。説郛（陶珽刊本）弓十四資暇録題作星貨。

〔一〕以羃鮮物者　原書作「鱗其物以羃者」。

1068 襄州漢高祖廟〔一〕，本爲交甫解佩于漢皋之義，今爲高祖〔二〕，誤。

本條原出大唐傳載。

〔一〕漢高祖廟　原書作「漢皋廟」。

〔二〕高祖　原書作「漢高祖」。

1069 每歲有司行祀典者，不可勝紀，一鄉一里，必有祀廟〔一〕。南中有泉，流出山洞，常帶樹葉〔二〕，好事者目爲「流桂泉」，後人乃立爲漢高祖之神〔三〕，尸而祝之。又號爲伍員廟者，必五分其髯，謂「五髭鬚」〔四〕。

本條原出國史補卷下叙祠廟之弊。紺珠集卷三、類説卷二六、白孔六帖卷九一引國史補題作流桂泉，白孔六帖「流」「桂」二字誤倒。太平御覽卷九五七引此，云出唐書。又本條與下條1070原合爲一條，今依原書分列。

〔一〕必有祀廟　原書作「必有祠廟焉。爲人禍福，其弊甚矣。」

〔二〕樹葉　原書作「桂葉」，當據改。

〔三〕乃立爲漢高祖之神　原書作「乃立楝宇，爲漢高帝之神」。高祖劉姓，與「流」諧音，故此處爲立楝宇。

〔四〕謂五髭鬚　原書作「謂之五髭鬚神。如此皆言有靈者多矣。」伍員字子胥，故諧音而附會成「五髭鬚」。

1070 江南有驛官〔一〕，以幹事自任，白刺史曰〔二〕：「驛中已理，請一閱之。」初至爲酒庫，諸醞畢熟，其外畫神，問：「何也？」曰：「杜康。」刺史曰：「公有餘也。」一室曰茶庫也，諸茗畢貯，復有神，問：「何也？」曰：「陸鴻漸。」刺史益喜。又一室葅庫，諸葅畢備，復有神，問：「何也？」曰：「蔡伯喈〔三〕。」刺史笑曰：「不須置此。」

本條原出國史補卷下葅庫蔡伯喈。太平廣記卷四九七國史補題作江西驛官。本條與上條 1069 原合爲一條，今依原書分列。

〔一〕江南　太平廣記引文作「江西」。

〔二〕白刺史曰　原書作「典郡者初至，吏白曰」。

〔三〕蔡伯喈　此處取其爲「菜百佳」之諧音。

1071 吴主孫晧每宴羣臣，皆令盡醉。韋昭飲酒不多，晧密賜茶茗以代飲酒〔一〕。晉時謝安詣陸納，無所供辦〔二〕，設茶果而已。案：此古人亦飲茶耳，但不如今之溺之甚〔三〕。窮日盡夜，殆成風俗。

本條原出封氏聞見記卷六飲茶。與輯佚中1083條原爲一條，此條在後。

〔一〕賜　原書作「使」。

〔二〕無所供辦　原書句首重一「納」字。

〔三〕今之　原書作「今人」，當據改。

1072 軍中有透劍門伎。大宴日，庭中設幄數十步，若廊宇者，而編劍刃爲榱棟之狀。其人乘小馬至門，審度端直，鞭馬而過〔一〕，琤然聞劍動之聲，既過而人馬無傷。宣武軍有小將善此伎，每饗軍則爲之，所獲賞止于三四匹帛而已。一日，主者誤漏其名，此人忿恨，訴于所管大將，得復召入。呈伎之際，極爲調審。入數步，忽風起馬驚，觸劍而死。

本條原出因話録卷六羽部。

〔一〕其人乘小馬至門審度端直鞭馬而過　原書作「其人乘小馬，至門審度，馬調道端，下鞭而進。」

1073 壁州刺史鄧宏慶，飲酒至「平」、「索」、「看」、「精」四字。酒令之設，本骰子、「卷白波」律令。自後聞以鞍馬、香毬或調笑抛打時上酒，「招」「搖」之號。其後「平」、「索」、「看」、「精」四字與律令全廢，多以「瞻相」「下次据」上酒，絶人罕通者；「下次掘」二曲子打三曲，此出于軍中邠善師酒令，聞于世。案〔一〕：此條文義難解，疑有脱誤。

本條不知原出何書。國史補卷下飲酒四字令亦叙鄧宏慶創「平」、「索」、「看」、「精」四字，而文與此不類。

〔一〕案 此案語當是四庫全書館臣所加。然此條文義之所以難解，乃由唐代習俗及民間口語隔閡所致，未必純是文字脱誤之故。

1074 飲坐作令〔一〕，有不誤而飲罰爵者〔二〕，皆曰「蟲傷旱潦」〔三〕。推其由，蓋以爲不偶之義〔四〕。「蟲傷」宜爲「蟲霜」，蓋言農田水旱之害〔五〕。呼曲子名，則「下兵」爲「下平」，「閤羅鳳」爲「閤羅鳳」。著詞則「河内王」爲「河奈王」〔六〕，「檣竿上」爲「長竿上」。如斯之語甚多。

本條原出資暇集卷上蟲霜旱潦。説郛（陶珽刊本）弓十四資暇録題作蟲傷旱潦。

〔一〕作令 原書作「令作」。

〔二〕誤 原書作「悟」，當據改。

〔三〕蟲傷旱潦 原書其下尚有「或云『蟲傷水旱』。」一句。

〔四〕推其由蓋以爲不偶之義 原書作「且以爲薄命不偶，萬口一音，未嘗究四字之意，何也？」

〔五〕蓋言農田水旱之害 原書作「蓋言田農水旱之外，抑有蟲蝕霜損。此四者，田農之大害，六典言之數矣。」

〔六〕河 原書作「何」。

1075 唐人酒令：白樂天詩：「鞍馬呼教住，骰槃喝遣輸，長驅『波卷白』，連擲采盛盧〔一〕。」〔原註〔二〕骰盤、卷白波、莫走、鞍馬，皆當時酒令。予按皇甫松所著醉鄉日月三卷，載骰子令云：聚十隻骰子齊擲，自出手六人，依采飲焉。堂印，本采人勸合席；碧油，勸擲外三人。骰子聚于一處，謂之「酒星」，依采聚散。骰子令中，改易不過三章，次改鞍馬令，不過一章。又有旗旛令、閃壓令、拋打令。今人不復曉其法矣，唯優伶家猶用手打令以爲戲云。

本條原出洪邁容齋續筆卷十六唐人酒令，賓退録卷四引此而有詳論。此處當是永樂大典編者誤題書名，四庫全書館臣從之誤採入者。

〔一〕盛　原書作「成」，當據改。

〔二〕原註　此是白詩自註。

1076 有鹵鞋匠與樂工居隔壁。鹵鞋者母卒未殮，樂工理聲不輟。匠者怒，因相詬成訟。樂工曰：「此某業也，苟不爲，衣與食且廢。」執政判曰：「此本業，安可喪輟？他日樂工有喪事，亦任爾鹵鞋不輟。」

本條不知原出何書。

1077 初，詼諧自賀知章，輕薄自祖詠，顛語自賀蘭廣、鄭涉。其後詠字有蕭昕〔一〕，寓言有李紓〔二〕，隱語有張著，機警有李舟、張彧，歇後有姚峴、孫叔羽〔三〕，訛語、影帶有李直方、獨孤申叔，題目人有曹著。

本條原出國史補卷下詼諧等所自。紺珠集卷三、類説卷二六國史補題作詼諧等著名。

〔一〕其後　原書作「近代」。

〔二〕李紓　原書與類説引文作「李紓」。

〔三〕孫叔羽　原書作「叔孫羽」。

1078 有王某云：往歲任同州〔一〕，見御史出案迴，止州驛，經宿不發。忽追雜案，又取印歷，鏁驛甚急，一州大擾。有老吏竊笑，乃因庖人以通憲胥，許百縑爲贈。翌日未明，御史啓驛門，盡還案牘，乘馬而去。

永樂大典卷之二萬三百十疾・心疾引唐語林亦載。案永樂大典疾・心疾下文字，參之國史補原書，當分三條，四庫全書館臣分別列入，卽卷六789下條1079與本條。然本條實與「心疾」無關，永樂大典館臣誤編而入。

本條原出國史補卷下御史擾同州。太平廣記卷一八七國史補題作同州御史。

〔一〕任　原書與太平廣記引文作「任官」。

1079 起居舍人韋綬以心疾廢，校書郎李播亦以心疾廢〔一〕。播常疑遇毒，鏁井而飲。散騎常侍李益少有疑病〔二〕，亦心疾也。夫心者，靈府也，爲物所中，終身不痊。多思慮，多疑惑，乃疾之本也。

永樂大典卷之二萬三百十疾・心疾引唐語林亦載。與卷六789條與上條1078原合爲一條。

本條原出國史補卷中韋李皆心疾。類説卷二六國史補題作心疾。

〔一〕李播　永樂大典引文作「李皤」。

〔二〕散騎常侍李益少有疑病　舊唐書卷一三七李益傳曰：「少有癡病，而多猜忌，防閑妻妾，過爲苛酷，而有散灰扃户之譚聞於時，故時謂妬癡爲『李益疾』。」新唐書卷二〇三文藝下李益傳同。

# 唐語林校證輯佚

1080 唐建中初，士人韋生移家汝州，中路逢一僧，因與連鑣，言論頗洽。日將夕，僧指路歧曰：「此數里是貧道蘭若，郎君能垂顧乎？」士人許之，因令家口先行，僧卽處分從者供帳具食。行十餘里，不至，韋生問之，卽指一處林煙曰：「此是矣。」及至，又前進。日已昏夜，韋生疑之。素善彈，乃密於靴中取張卸彈，懷銅丸十餘，方責僧曰：「弟子有程期，適偶貪上人清論，勉副相邀。今已行二十里，不至，何也？」僧但言且行是〔一〕。僧前行百餘步，韋生知其盜也，乃彈之僧〔二〕，正中其腦。僧初若不覺，凡五發中之，僧始捫中處，徐曰：「郎君莫惡作劇。」韋生知無可奈何，亦不復彈。良久，至一莊墅。數十人列火炬出迎。僧延韋生坐一廳中，笑云：「郎君勿憂。」因問左右：「夫人下處如法無？」復曰：「郎君且自慰安之，卽就此也。」韋生見妻女別在一處，供帳甚盛。相顧涕泣。卽就僧，僧前執韋生手曰：「貧道，盜也。本無好意。不知郎君藝若此，非貧道亦不支也。今日固無他，幸不疑耳。適來貧道所中郎君彈悉在。」乃舉手搦腦後，五丸墜焉。有頃布筵，具蒸犢，犢上劄刀子十餘，以齏餅環之。揖韋生就座，復曰：「貧道有義弟數人，欲令謁見。」言已，朱衣巨帶者五六輩列於階下。僧呼曰：「拜郎君。汝等向遇郎君，卽成虀粉矣！」食畢，僧曰：「貧道久爲此業，今向遲暮，欲改前非，不幸有一子，技過老僧，欲請郎君爲老僧斷之。」乃呼飛飛出參郎君。飛飛年纔十六七，碧衣長袖，皮肉如腊〔三〕。僧曰：「向後堂侍郎君。」僧乃授韋一劍及五丸，且曰：「乞郎君盡藝殺之，無爲老僧累也。」引韋入一堂中，乃反鏁之。堂中四隅，明燈而已。飛飛當堂執一短鞭〔四〕。韋引彈，意必中，丸已敲落。不覺躍在梁上，循壁虛躡，捷若猱玃。彈丸盡，不復中，韋乃運劍逐之，飛飛倏忽逗閃，去韋身不尺，韋斷其鞭數節，竟不能傷。僧久乃開門，問韋：「與老僧除得害乎？」韋具言之，僧悵然，顧飛飛曰：「郎君證成汝爲賊也，知復如何？」僧終夕與韋論劍及弧矢之事。天將曉，僧送韋路口，贈絹百疋，垂泣而别。

本條原出酉陽雜俎。太平廣記卷一九四題作僧俠，云出唐語林，汪紹楹校曰：「明鈔本作出酉陽雜俎。」勛初案：此文見酉陽雜俎前集卷九盜俠，字句小有不同，然原爲同一文字則無可疑。酉陽雜俎內嘗納入廬陵官下記中原有文字，不知此文是否出於該書？然唐語林成書較後，不及編入太平廣記，故談愷刻本之説不可信。

〔一〕是　酉陽雜俎作「至是」。

〔二〕僧　酉陽雜俎無，當據删。

〔三〕腊　汪紹楹校：「明鈔本『腊』作『脂』。」

〔四〕短鞭　酉陽雜俎作「短馬鞭」。

1081 商則任廩丘尉，爲性廉謹。縣令、丞多貪濁，因宴會，以次舞。令、丞舞訖，勸則，則把手回身而已，令問其故？則曰：「長官動手，贊府亦動手，唯有一箇更動手，百姓何容活耶？」人皆大笑。嘲曰：「令、丞但〔一〕動手，縣尉祇回身，因貧爲刺史，得與屬貧人。」

職官分紀卷四二尉引語林。錦繡萬花谷前集卷十四轉引。

本條不知原出何書。

〔一〕但　錦繡萬花谷作「俱」，當據改。

1082 信州一寠士〔一〕。有人乞州圖〔二〕，因浣染爲裙，墨迹不落。會鄰邀之〔三〕，出數妓，設酒。良久，一婢驚報云：「君子誤燒裙〔四〕。」其人遽問所損處，婢曰：「正燒着大雲寺門樓〔五〕。」

類説卷三二語林題作州圖爲裙。

本條不知原出何書。説郛（陶珽刊本）弓二四高懌羣居解頤燒裾亦叙此事，然不言原出處。

〔一〕信州一寠士　説郛引文作「信州有一女子，落拓貧屢」。「屢」乃「寠」之誤。作「女子」似亦有誤。

〔二〕乞　説郛引文作「乞與」。

〔三〕邀　説郛引文作「過」。

〔四〕君子　説郛引文作「娘子」，當據改。

〔五〕門樓　說郛引文無「樓」字。

1083 李福妻裴忌妬。福鎮滑臺，有以女奴獻者。福曰：「吾官至節度使，指使者不過奴隸〔一〕，夫人得無甚乎？」裴曰：「未知公所欲者。」福指所獻奴，裴許諾。福賂左右：「夫人沐髮，必來告。」既告，福乃佯爲腹痛，促召女奴；既往，左右亦以白裴〔二〕。裴遽出髮盆中，跣問所苦。福業以病爲言，卽若不可忍狀，裴乃以藥小便中進之〔三〕。明日，監軍、從事來問候，福具告之〔四〕，大笑。

類說卷三二語林題作腹痛召女奴。古今合璧事類備要前集卷三十亦引，云出語林。

本條原出玉泉子。太平廣記卷二七五玉泉子題作李福女奴。

〔一〕奴隸　原書作「老僕」。

〔二〕左右亦以白裴　原書作「左右以裴方沐，不可遽已，卽白以所疾。」

〔三〕以藥小便中　原書作「以藥投兒溺中」。

〔四〕福具告之　原書下有「因笑曰：『一事無成，固當其分；所苦者，虛咽一甌溺耳！』」數句。

1084 御史大夫李季卿宣慰江南，至臨淮〔一〕。或言常伯熊善茶者〔二〕，李公請之。伯熊着黄衫〔三〕、烏紗帽，手執茶器，口誦茶名，區别指點，左右刮目。茶熟，李公爲啜兩盃。至江外，又召陸鴻漸。漸身衣野服〔四〕，隨茶具而入，既坐，敷攤如伯熊故事〔五〕。公心鄙之。茶畢，令奴子取錢三十文酧前茶博士〔六〕。鴻漸久游江介，通狎勝流，至此羞愧，復著毁茶論。

類説卷三二語林題作煎茶博士。海録碎事卷六引語林亦載。

本條原出封氏聞見記卷六飲茶。原書此條與卷八1071條本是一條，此條在前。

〔一〕臨淮　原書下有「縣館」二字。

〔二〕或言常伯熊善茶者　新唐書卷一九六隱逸陸羽傳亦敍此事，云「有常伯熊者，因羽論復廣著茶之功。」

〔三〕黄衫　原書作「黄被衫」。

〔四〕漸　原書作「鴻漸」，當據改。

〔五〕敷　原書誤作「教」，當據本書改。

〔六〕前　原書作「煎」，當據改。

1085 令狐相綯，每朝廷大事，一取决於子滈，如元載之伯和，李吉甫之德裕。

類説卷三二語林題作政事取决於子。

本條不知原出何書。南部新書卷戊亦載此事。古今合璧事類備要前集卷二四亦載此事。

1086 士人初登榮進，遷除，尉賀歡宴〔一〕。謂之「燒尾宴」。嘗有虎，變爲人，惟尾不化，須焚除乃得成人。以蒙初授，如虎得爲人，本尾猶在〔二〕。一云：新羊入羣，諸羊所觸，不相親附，火燒其尾則定。

類説卷三二語林題作燒尾士人。

本條原出封氏聞見記卷五燒尾。侯鯖録卷六亦載，云出封氏聞見記。紺珠集卷十封氏見聞記題作燒尾。古今合璧事類備要前集卷三七燒尾宴引此，云出聞見記。説郛（陶珽刊本）弓四六、（張宗祥輯明鈔本）卷四封氏聞見記亦載。又原書此條與卷五654條本爲一條，此條在前。

〔一〕尉賀歡宴　原書作「朋僚慰賀，必盛置酒饌音樂以展歡宴。」「尉」乃「慰」字之誤。

〔二〕本尾猶在　原書句下尚有「體氣既合，方爲焚之，故云『燒尾』。」三句。

1087 人家有小蟲，至微而嚮甚〔一〕，細尋之，卒不可見，謂之「竊蟲」云。有此者不祥。此蟲大如胡麻〔二〕，如鼠負〔三〕，有兩頭〔四〕，白色，振其頭則有聲。窻壁暗黑處多有之。拾遺孟昌朝貶賀州〔五〕，作竊蟲賦，比之鬼，似不識此意〔六〕。

類説卷三二語林題作竊蟲。

本條原出封氏聞見記卷八竊蟲。

〔一〕嚮　原書作「響」，當據改。

〔二〕此虿大如胡麻　原書作「余曾覩此蟲，大如半胡麻。」

〔三〕如鼠負　原書作「形類鼠婦」。

〔四〕頭　原書作「角」。

〔五〕孟昌朝　原書作「孟匡朝」。

〔六〕意　原書作「蟲」。

1088 有人患應病〔一〕，問醫官蘇澄，澄云：「古無此方。吾選本草〔二〕，盡天下藥物，試將讀之〔三〕。」每發一聲，腹中輒應，惟至一藥，再三無聲〔四〕。澄因處方，以此藥爲主，其疾自除。

類說卷三二語林題作應病。

本條原出隋唐嘉話卷中。說郛（陶珽刊本）𢎥三六隋唐嘉話亦載。酉陽雜俎續集卷四貶誤引此，云出劉餗傳記。朝野僉載卷一張文仲條亦記此事，末云「一云：問醫蘇澄云」。

〔一〕應病　原書作「應聲病」。酉陽雜俎引文作「應病」。

〔二〕吾選　原書作「吾所撰」，酉陽雜俎引文同原書。

〔三〕試將讀之　原書下有「應有所覺」一句。

〔四〕再三無聲　原書無「無」字，當據本書補。酉陽雜俎引文亦有。原書句下尚有「過至他藥，復應如初」二句。

1089 杜河南兼聚書萬卷，每卷後題云：「請俸寫來手自校〔一〕，汝曹讀之知聖道，墜之鬻之爲不孝〔二〕。」

類説卷三二語林題作請俸寫書。

本條原出大唐傳載。太平廣記卷二〇一傳載題作杜兼。南部新書卷辛亦載此事。

〔一〕請俸寫來　原書作「清俸買來」，太平廣記引文作「倩俸寫來」。

〔二〕墜之鬻之爲不孝　原書作「鬻及借人爲不孝」。新唐書卷一七二杜兼傳曰：「家聚書至萬卷，署其末，以墜鬻爲不孝戒子孫云。」

1090 李遠爲杭州刺史，嗜啖緑頭鴨。貴客經過，無他饋餉，相厚者乃緑頭鴨一對而已。

類説卷三二語林題作嗜緑頭鴨。

本條不知原出何書。

1091 文宗以前無門狀。自李衞公貴盛〔一〕，百官無以希取其意，以舊刺（原註）〔二〕即今之名紙。留其御候起居〔三〕，號爲門狀。

類説卷三二語林題作門狀。

本條原出資暇集卷下門狀。説郛（陶珽刊本）弓十四資暇録題作門狀，（張宗祥輯明鈔本）卷五八資暇集亦載。

〔一〕自李衛公貴盛　原書作「自朱崖李相貴盛於武宗朝」。

〔二〕原註　類説引文無此二字，據全書體例補。此爲李匡文之自註。

〔三〕以舊刺留其御候起居　原書作「以爲舊刺輕，相扇留具銜候起居狀」。當據之校正。

1092 王彦伯醫既著〔一〕，列三、四竈〔二〕，煮藥于庭。老幼塞門來請。彦伯指曰：「熱者飲此，寒者飲此，風者、氣者飲此。」皆飲而去〔三〕。

白孔六帖卷十一竈引唐語林。

本條原出國史補卷中王彦伯視疾。太平廣記卷二一九國史補題作王彦伯。紺珠集卷三國史補題作王彦伯醫。類説卷二六國史補題作醫道將行。説郛（張宗祥輯明鈔本）卷七五國史補亦載。侯鯖録卷六亦載，唯不註出處。

〔一〕醫既著　原書作「自言醫道將行」。

〔二〕三四竈　紺珠集引文作「四五釜」。

〔三〕皆飲而去　原書作「皆飲之而去。翌日，各負錢帛來酬，無不效者」。

1093 陸肱，宣宗時除刺史。有録事參軍，頗尚修潔。肱召問曰：「録事參軍有幾？」對曰：「有三。下等懦政虐刑，貪財鬻獄，即懼太守出。」

白孔六帖卷四七𡅖獄引唐語林。古今合璧事類備要外集卷二一刑法門𡅖獄亦引唐語林。

本條不知原出何書。

1094 趙璧彈五絃琴，人問其術，璧曰：「吾之〔一〕五絃也，始則心驅之，中則神遇之，終則天隨之。方吾浩然，眼如耳，如鼻〔二〕，不知五絃之爲璧，璧之爲五絃也。」

白孔六帖卷六二琴引語林。

本條原出國史補卷下趙璧說五絃。

〔一〕之　原書下有「于」字，當據補。

〔二〕如　原書上有「目」字，當據補。

1095 韓會與名輩號「四夔」〔一〕，會首而善歌妙絶〔二〕。

白孔六帖卷六一歌引唐語林。

本條原出國史補卷下韓會歌妙絶。太平廣記卷二〇四國史補題作韓會。

〔一〕四夔　新唐書卷一五〇崔造傳：「崔造，字玄宰，深州安平人。永泰中，與韓會、盧東美、張正則三人友善，居上元，好言當世事，皆自謂王佐才，故人號『四夔』。」南部新書卷丙亦載。

〔二〕會首　原書作「會爲夔頭」。

1096 周鄭客唐衢，有文學，老而無成。善哭〔一〕，發聲哀切，聞者泣下〔二〕。常遊太原，遇享軍，酒酣乃哭，滿座不樂，主人爲罷〔三〕。

白孔六帖卷六四哭引唐語林。

本條原出國史補卷中唐衢唯善哭。太平廣記卷四九七國史補題作唐衢。

〔一〕善哭　原書上有「唯」字。

〔二〕聞者泣下　太平廣記引文作「遇人事有可傷者，衢輒哭之，聞者涕泣。」

〔三〕罷　原書作「罷宴」。

1097 陳諫强記〔一〕。染人歲籍所染綾帛，尋丈尺寸，爲簿合圍，諫泛覽，悉記之〔二〕。

白孔六帖卷八四染引唐語林。

本條原出國史補卷中陳諫閲染簿。

〔一〕陳諫　原書作「陳諫者，市人」。

〔二〕悉記之　原書其下尚有「州縣籍帳，凡所一閲，終身不忘。」數句。新唐書卷一六八陳諫傳：「諫警敏，嘗覽染署歲簿，悉能言其尺寸。所治，一閲籍，終身不忘。」

1098 盧昂主福建鹽鐵〔一〕，有瑟瑟枕，大如斗〔二〕。憲宗召市人估其直〔三〕，或云「至寶無價」，或云「美石，非真瑟瑟」。程大昌演繁露卷十五瑟瑟引唐語林，下綴己語云：「則今世所傳瑟瑟，或皆鍊石爲之耶？」緯略卷五瑟瑟嘗轉引此文。

本條原出國史補卷中盧昂瑟瑟枕。太平廣記卷二四三國史補題作盧昂。

〔一〕主福建鹽鐵　原書下有「贓罪大發」一句。

〔二〕大如斗　原書作「大如半斗，以金牀承之。御史中丞孟簡案鞫旬月，乃得而進。」

〔三〕憲宗　舊唐書卷一六三盧簡辭傳：「福建鹽鐵院官盧昂坐贓三十萬，簡辭按之，於其家得金牀、瑟瑟枕，大如斗。昭愍見之曰：『此宮中所無，而盧昂爲吏可知也。』」新唐書卷一七七盧簡辭傳同。昭愍即敬宗。

1099 崔殷夢知舉，吏部尚書歸仁晦託弟仁澤，殷夢唯唯而已。無何，仁晦復詣託之，至於三四。殷夢斂色端笏，曰：「某見進表讓此官矣。」仁晦始悟己姓，殷夢諱也。

容齋續筆卷十一唐人避諱條引語林。洪氏又云：「按宰相世系表，其父名龜從。」「龜」「歸」聲諧，故崔殷夢以爲家諱。

本條不知原出何書。

1100 高宗朝改門下省爲東臺，中書爲西臺，尚書省爲文昌臺，故御史臺呼南臺。南朝同〔一〕。武后朝，御史有左、右肅政之號〔二〕，當時亦謂之左臺、右臺，則憲府未曾有東臺、西臺之稱，惟俗間呼在京爲西臺，東都爲東臺。李栖筠爲御史大夫，後人不名者，呼爲「西臺」，不知出何故事？豈以其名上有「栖」字故邪？趙璘歷祠部郎〔三〕，同舍多以祠曹爲目，璘因質之曰：「祠部，改後唯有職祠、司禋二號，無祠曹之名。」爲以後漢崠寵辟司徒府，轉爲辭曹，掌天下獄訟，其平決無不厭伏；又晉朝荆州人爲羊祐〔四〕諱嫌名，改户曹爲祠曹，故誤呼耳。

永樂大典卷之二千六百六臺・西臺引唐語林。

本條原出因話録卷五徵部。演繁露卷七東臺西臺南臺引前一部份，下注「話卷五」。

〔一〕南朝同　原書作雙行夾註「南朝同也」。

〔二〕御史　原書作「御史臺」。

〔三〕趙璘歷祠部郎　原書此句作「又呼杜門下黃裳」。自此句下全佚，當據本書補。又原書以下所敍者乃别一事。

〔四〕祐　「祜」之誤寫。

1101 武宗王才人有寵。帝身長大，才人亦類。帝每從禽作樂，才人必從。常令才人與帝同裝束。苑中射獵，帝與才人南北走馬，左右有奏事者，往往誤奏於才人前，帝以爲樂。帝好道術，召天下方士殆盡。五年秋，王才人謂宣徽使曰：「聖人日日對藥爐，服神丹，言我取不死。今身上變差事，道士稱換骨皆如此，某獨爲憂也。」宣徽使固求變見狀，才人忍淚不敢語。外人雖未知帝得疾，但訝稀畋獵也。明年正月，不御紫宸殿、不開延英門向百日，中外始公言帝病。頃刻無才人見，卧起益酸痛，飲食益辛苦。一日，帝熟顧才人曰：「吾氣息奄微，情慮杳杳，將不久矣！顧以别汝。」對曰：「陛下春秋鼎盛，又嘗服不死藥，聖壽必無疆，何忽出不祥語？」帝曰：「吾於汝且同外庭臣耶？惡用作形迹意！脱不如汝所對，而千秋萬歲，何以報我？」才人欲慟，恐驚帝，乃曰：「帝若忽厭四海，妾當同日死。」帝哽咽閉目不喘息者少頃，忽曰：「誠如汝言，當何爲？」曰：「妾止於縊。」帝引手取巾授才人曰：「以此！以此！」帝遂向壁不語。後數日，帝疾亟。才人久侍帝，歸寢，濃粧潔服如常日。乃盡取服翫與内家，持帝所授巾至前，見帝已崩，自縊而絶。宣宗卽位，贈貴妃，命與端陵同日時掩。其壙在端陵栢城内西南。又有名才人隨靈駕行慢城内，每夕望端陵焚錢帛衣物，風吹火熘所止。

永樂大典卷之二千九百七十二人・才人引唐語林。

本條原出蔡京王貴妃傳。資治通鑑卷二四八唐紀六四武宗會昌六年八月敍此，考異引蔡京王貴妃傳曰：「帝疾亟，才人久視帝而歸燕息處，濃粧絜服如常日，乃取所翫用物散與内家淨盡；持帝所授巾至帝前，已見昇遐，容易自縊，而仆於御座下，以縊爲名而得卒。」與本書此條合，故知文字出於此傳。考異又引康軿劇談録曰：「孟才人善歌，有寵於武宗。屬一旦聖體不豫，召而問之曰：『我或不諱，汝將何之？』對曰：『若陛下萬歲之後，無復生爲！』是日令於御前歌河滿子一曲，聲調悽咽，聞者涕零。及宫車晏駕，哀慟數日而殞，窆於端陵之側。」司馬光曰：「此事恐正是王才人，傳聞不同。」劇談録文見卷上孟才人善歌。

1102 武寧節度使康季榮不卹軍士，部曲譟而逐之，投于嶺外。上以直金吾大將軍田牟曾爲徐州〔一〕，有政聲，開延英召對，再命往鎮。

永樂大典卷之一萬八千二百九將·軍士逐將引唐語林。

本條原出東觀奏記卷下。

〔一〕直金吾大將軍田牟　原書作「左金吾大將軍」。資治通鑑卷二四九唐紀六五宣宗大中十三年四月敍此事，亦作「左金吾大將軍」。

# 附録

# 唐語林援據原書提要

## 目録

說明

一、爲便讀者對照，唐語林援據原書之書名與順序，同於原序目中所列之書名與順序。

二、諸書異名，寫入（　）內。

三、羼入唐語林中之書，取其重要而不太爲人所知者酌予介紹，附於原序目中書名之後。

## 國史補（唐國史補、唐史補）

作者李肇，生平不詳。可知者，元和七年（八一二）之前曾任華州參軍，元和十三年（八一八）自監察御史充翰林學士，長慶元年（八二一）十二月自司勳員外郎貶爲澧州刺史，大和初官中書舍人，死於開成元年（八三六）之前。國史補一書，作於長慶年間任尚書左司郎中時。李肇嫻於典籍與掌故，曾著翰林志一卷、經史釋題二卷、國史補三卷，後書記載唐開元至長慶一百多年之間的軼事瑣聞，涉及面廣，頗爲翔實可據。其中不少條目曾爲新舊唐書與資治通鑑等書所採納，而如本書卷五之735條敍柳渾事，亦爲史家所斥，但此類爲數甚少。李肇自序標明宗旨曰：「……續傳記（即隋唐嘉話）而有不爲。言報應，敍鬼神，徵夢卜，近帷箔，悉去之；紀事實，探物理，辨疑惑，示勸戒，採風俗，助談笑，則書之。」態度純正，頗爲後世所稱許。歐陽修作歸田録，即以此爲準式。宋代類書總集、筆記小說、詩文箋註，徵引前人說部時，無不重視此書。王讜作唐語林，徵引國史補達一百數十條之多，占採録各書之首。而王氏於援引時，細節上常作改動，文字不如原書生動，然如卷三450條之考廣文館設置年代，卷六848條之考歷史事實，都對國史補中的記載作了訂正。只是王讜也有誤解文意反而致誤的地方，如卷六771條之誤解「雪」字，卷六之782條敍實中事而誤讀原文，都是很嚴重的疏陋。後人援用之時，仍當細加辨析。此書除歷史部份外，有關文學、哲學與社會風俗等方面也有生動記敍，例如對「元和體」與李邕、崔顥、王維、李白、韋應物、李益、韓愈、元稹、白居易等人的記載，傳奇小説的寫作，考試制度與職官制度的流變，崇尚門第與遊宴的風氣等等，都是後人經常徵引的史料。全書共分三卷，凡三百零八條，每條均用五字爲標題。郡齋讀書志、文獻通考作二卷，清周中孚鄭堂讀書記以爲「二」乃「三」之误。傳世有津逮祕書本、學津討原本、得月簃叢書本等多種。一九五七年古典文學出版社曾據學津討原本排印，一九七九年上海古籍出版社又重印。今亦從學津討原本校録。又汲古閣有影寫宋刊本，傅增湘曾據之校録，見藏園羣書題記卷四。國史補卷下内外諸使名中原缺「有時而置者」至「删定使三」二十字，影宋本不缺，傅增湘據此爲例，稱鈔本爲奇珍可貴；然本書卷五746條轉録此文，文無缺誤，可見唐語林中「奇珍可貴」之處亦復不尠，整理唐宋筆記小説時可起重要作用。

### 補國史（後史補）

新唐書卷五八藝文志二雜史類載林恩補國史十卷，原註：「僖宗時進士。」玉海卷四七藝文雜史著録林恩補國史十卷，引中興書目曰：「補國史六卷，載德宗以後二十三年事。其條目次序差互。」原書已佚。容齋四筆卷十一册府元龜云：「……資治通鑑則不然，以唐朝一代言之，……大中吐蕃尚婢婢等事，用林恩後史補，……皆本末粲然。然則雜史、瑣記、家傳，豈可盡廢也？」此書太平御覽、太平廣記、紺珠集、類説等書中均無節録之文，只有唐語林中保存着完整的文字，如卷一之106條敍高崇文伐蜀，卷二152條敍唐與南詔交惡，首尾井然，提供了這一事件的完整資料。察其體例，近於紀事本末一類。内容雖然也有失實之處，但還是保存了很多原始的資料，吉光片羽，彌足珍貴。

## 因話録

作者趙璘，字澤章，生卒年不詳。可知者，約生於憲宗元和初，文宗大和八年（八三四）登進士第，開成三年（八三八）舉拔萃科，宣宗大中七年（八五三）爲左補闕，曾爲裴坦從事，後官漢州刺史、衢州刺史。他出身於南陽趙氏後徙平原（今屬河北）的一支，是德宗朝宰相趙宗儒的侄孫，關中貴族柳氏的外孫。因爲家世的關係，多識前言往行和朝廷典故，書中所言，常是一些家族和親戚之間的見聞或軼事，也有很多親身經歷的記敍。東觀奏記卷上記載他曾採訪諸科目記，撰成登科記十三卷，本書卷四542條即轉録此事。岑仲勉説：「趙録事，余嘗以他史料參合勘之，殊少大疵謬，實晚唐筆記之上乘。」然此書傳世缺乏好的版本，文字經過後人改動，增加了一些錯誤。如卷一宮部記郭子儀祭代宗獨孤妃事，云：「時予外伯祖殿中侍御史」，注：「諱芳，字伯存。」實則此時之掌書記爲柳并，唐語林卷二191條敍此，齊之鸞本、歷代小史本不誤。而因話録卷二商部記郭子儀禮敬趙夫人一條，亦即唐語林卷四598條，亦誤改柳并爲柳芳。書中還有一些道聽途説的故事，或雜以神怪，也不太可信。文中幾次提到寫作年代，而上下相距頗久，蓋草稿乃陸續寫就，而定稿之時則在僖宗初年（八七四）左右。全書六卷，共分五部，計：卷一宮部，爲君，記帝王；卷二、卷三商部，爲臣，記公卿百僚；卷四角部，爲人，記不仕者，附以諧戲；卷五徵部，爲事，多記典故；卷六羽部，爲物，記見聞雜物，無所歸附者均納之。各條文字長短不一，王讜採入時，有些長的條文已徹底改寫，如卷七之919、卷四之577條，與原書出入頗大；有些短小的條文，則改動甚微，或一字不改。因話録亦有佚文，可據唐語林補入，如輯佚之1100條。傳世有重輯百川學海本、唐宋叢書本、唐人説薈本、唐代叢書本等多種，均作一卷；有稗乘本，作三卷。今從稗海六卷本校録，一九五七年古典文學出版社曾據此本排印，一九七九年上海古籍出版社又重印。

## 譚賓録

新唐書卷五九藝文志三小説家類載「胡璩譚賓録十卷」，原註：「字子温，文、武時人。」郡齋讀書志亦著録於小説類，且曰「皆唐朝史之所遺」。宋史卷二〇六藝文志五小说家類作胡⿰王蒙撰，五卷，「⿰王蒙」或係「璩」之誤。此書八千卷樓與皕宋樓均藏有舊鈔本十卷，然係纂輯而成，非原書。紺珠集卷三、類説卷十五、説郛（張宗祥輯明鈔本）卷三、卷七三均曾録引，太平廣記中也有佚文。而太平廣記卷一七六引譚賓録一條，題作郭子儀，舊唐書卷一二〇郭子儀傳採録，上冠「史臣裴垍曰」字樣，疑談賓録中的一些文字原來大都冠有説者姓名。「譚賓」云者，卽記録賓客談論之意，後原書散佚，各家轉録時，删去説者之名，因而難以盡知其説之所自出。本書所録之卷六753「趙涓爲監察御史」一條，并見太平廣記卷一七一，知是譚賓録之文，而舊唐書卷一三七趙涓傳敍此事，文幾全同，其他條目亦有類似情況，曾爲舊唐書據原樣録入，説明此類材料原出國史，故有很高的史料價值，應予重視。

## 齊集（嵐齋集）

齊集一名，古今書目均無記載，實乃嵐齋集之誤。蓋「齋」形訛爲「齊」，而又奪一「嵐」字。新唐書卷五九藝文志三小説家類載李躍嵐齋集二十五卷，宋史卷二〇三藝文志二傳記類載李躍嵐齋集一卷，疑後人或以其分卷過繁，或過於殘佚，故合之爲一卷。遂初堂書目亦載，入小説類。此書目下僅存文字五條，本書録有三條，足徵王讜採録者有嵐齋集一書，非所謂「齊集」也。

## 幽閒鼓吹

新唐書卷五九藝文志三小説家類著録「張固幽閑鼓吹一卷」，郡齋讀書志同，提要曰：「右唐張固撰，紀唐二十餘事。懿、僖間人。」然郭茂倩樂府詩集卷七九作張同，當係形訛。此書有顧氏文房小説本，乃據宋本刻出，顧元慶跋曰：「是書爲有唐張固撰，共二十五篇。固在懿、僖間，採摭宣宗遺事，簡當精覈，誠可以補史氏之遺。」大部份的材料確是已經採入新唐書和資治通鑑等書。其中一些關於文人的軼事，如白居易獻詩顧況，李賀獻詩韓愈等，尤爲膾炙人口，儘管後人對這些事情的真實性有不同看法，但却足以覘知唐人風氣，至可寶貴。然顧氏文房小説本幽閑鼓吹實作二十六篇，四庫全書總目提要以爲顧氏將元載之事誤分爲兩條，實則這兩條内容不同，一爲元載事，一爲元伯和事，理當分列；而書中潘炎與子孟陽兩條却是應當合爲一條，因所叙者均爲潘炎妻劉氏事，所以唐語林卷三382條即合之爲一條，列於識鑒門，這樣方與顧氏三十五篇之數相合。又此書所記者大都爲宣宗時事，但也並非僅限此一朝，觀本書所引即可知。傳世有續百川學海本、寶顔堂祕笈本、學海類編本等多種，今從顧氏文房小説本校録。一九五八年中華書局上海編輯所曾據顧氏文房小説本排印。説郛（陶珽刊本）弓五二幽閑鼓吹亦據顧元慶本印入，足證此書已非陶宗儀之原物。

**尚書故實**（張尚書故實、尚書譚録、尚書故事）

作者李綽，字肩孟，晚唐人。趙郡李氏南祖房吏部侍郎紓曾孫寛中之子。晚唐時任禮部郎中，著有秦中歲時記、輦下歲時記等多種。唐亡之後，不仕，避亂於南方。此書宋史藝文志凡兩載，一見於史部傳記類，一見於子部小説家類，後者「綽」下加註曰：一作「緯」，「實」下加註曰：一作「事」。按各家目録記此書作者均作李綽，「緯」字當係誤寫。尚書其人，崇文總目以爲即張延賞，新唐書藝文志承用，郡齋讀書志和直齋書録解題都已表示不信，後書曰：「唐李綽撰，又名尚書談録。首言賓護尚書河東張公三代相門，謂嘉貞、延賞、弘靖也。弘靖盧龍失御，貶賓客分司。綽，唐末人，未必及弘靖。弘靖之後，文規、次宗、彦遠皆不登八座，未詳所謂。唐志即以爲延賞，尤不然。」尚書究爲何人，實難斷言。李綽自序云：「綽避難圃田，寓居佛廟，叨遂迎塵，每容侍話。」當是黄巢起義之後，與河東張尚書於鄭州中牟縣避難，閑居無事，記録張氏之言而作，所以書名一作尚書譚録也。書凡一卷，記載的事不限于唐代，有關書畫考證等方面的内容很多，雖偶有失實處，然精確可據者亦不少，頗爲後人所重。傳世有重輯百川學海本、寶顔堂祕笈本、畿輔叢書本等多種，今從寶顔堂祕笈本校録。

**松窗録**（松窗雜録、松窗雜記、松窗小録、摭異記）

此書作者、書名均多異説。新唐書卷五九藝文志三小説家類載松窗録一卷，不著撰人。郡齋讀書志雜史類載松窗録一卷，云「唐韋叡撰，記唐故事。」宋史卷二〇六藝文志五小説家類作松窗小録一卷，李濬撰。唐詩紀事卷十引此，作皮日休松窗録。吴曾能改齋漫録卷二引此，作王叡松窗録。白孔六帖卷十三引此，作王歆松窗録。説郛（陶珽刊本）弓五二收入此書，則題名摭異記，而説郛（張宗祥輯明鈔本）卷四收入杜荀鶴松窗雜録一種，又是另一種書，與此無涉。按書前自序曰：「濬憶童兒時卽歷聞公卿間敍國朝故事，次兼多語其□事特異者，取其必實之迹，暇日輟成一小軸，題曰松窗雜録。」則是書名以作松窗雜録爲宜，而作者名爲李濬或韋叡，則難於確説。顧氏文房小説本梓行較早，題「唐李濬編」；陸心源皕宋樓藏書志卷六二子部小説類記載，他藏有仿宋刊本松窗雜録一卷，亦題唐李濬撰。這與崇文總目傳記類中的記載也相同。如作者確是李濬，則當是唐僖宗時人，全唐文卷八一六有李濬慧山寺家山記一文，乾符六年書，可以爲證。此書記唐初至文宗時事，而以玄宗一朝爲多。唐語林中收入的各條，大體均與玄宗有關，故事性很强，只是有關起居注的一條，王讜引入卷二之184、185，删削過甚，與原書出入頗多。顧氏文房小説本、奇晉齋叢書本均作松窗雜録一卷，稽古堂叢鈔本、貴池先哲遺書本均作松窗雜記一卷。今從顧氏文房小説本校録。一九五八年中華書局上海編輯所曾據顧氏文房小説本排印。

## 盧陵官下記

作者段成式，字柯古，臨淄鄒平人。約生於貞元十九年（八〇三），歿於咸通四年（八六三）。唐初功臣段志玄之後。父段文昌，穆宗時宰相。成式少時蔭爲校書郎，官至太常少卿。政治上與李德裕接近。生平事蹟附舊唐書卷一六七段文昌傳、新唐書卷八九段志玄傳。段氏以家世之故，博聞多識，文名藉甚，與李商隱、温庭筠齊名。直齋書録解題卷十一小説家類載盧陵官下記二卷，「段成式撰，爲吉州刺史時也」。吉州卽盧陵郡。原書已佚，僅類説卷六存文六則，説郛（陶珽刊本）弓十七存文十六則，然與唐語林中條文均不合。查古今合璧事類備要前集卷十一引盧陵官下記，叙玄宗起涼殿事，卽本書卷四481條，足證唐語林中確曾徵引此書。而唐語林卷二中又有179 181 186、卷四595等數條尚見於段氏另一著作酉陽雜俎之中，則又説明盧陵官下記中的若干文字後已編入酉陽雜俎之中。酉陽雜俎一書世所習見，今不再介紹。

## 次柳氏舊聞（明皇十七事、柳氏史、柳史）

作者李德裕，武宗時名相，新、舊唐書均有傳。此書前有自序，言德宗上元年間，史官柳芳謫徙黔中，高力士也貶斥在巫州，相與周旋，因得聞禁中事，記爲一書，名問高力士。文宗大和中詔求其書未獲，李德裕之父吉甫曾與柳芳之子冕交往，嘗聞其説，以告德裕，遂追憶録進，取名次柳氏舊聞。舊唐書卷十七下文宗紀載大和八年（八三四）九月己未「宰臣李德裕進御臣要略及柳氏舊聞三卷」，卽指此事。全書十七條，均記玄宗遺事，頗誇張神異，然可備異聞。王讜録引此書，語涉怪異者，僅取有關張果、無畏的故事兩條，而這是唐代最著名的道術之士，其餘均採涉及政治者，文字改動不大。紺珠集卷五、類説卷二一、説郛（陶珽刊本）弓五二、學海類編本均題作明皇十七事，太平廣記引作柳氏史，説郛（張宗祥輯明鈔本）卷五常侍言旨引作柳史，且引其佚文一條，四庫全書總目卷一四〇次柳氏舊聞提要卽據説郛所載常侍言旨的這條記載，云：「知此書初名桯史，後改題今名。又知此書本十八條，删此一條，今存十七。」則以陶珽刊本中誤將柳史之「柳」字誤植爲「桯」字，觀張宗祥輯明鈔本卽可知。紺珠集、類説引文中頗有出於「明皇十七事」之外者，實乃戎幕閒談之文，後人以此二書均出李德裕而合編，遂致篇章混雜。傳世有重輯百川學海本、顧氏文房小説本、寶顏堂祕笈本、稗乘本、學海類編本、郎園先生全書本等多種，今從顧氏文房小説本校録。上海圖書館藏有清張氏青芝山堂鈔本一卷。

**桂苑談叢**（桂苑叢談）

新唐書卷五七藝文志三小説家類載桂苑叢譚一卷，原註：「馮翊子子休。」郡齋讀書後志卷一雜史類載桂苑叢談一卷，「右題云馮翊子子休撰。雜記唐朝雜事，僖、昭時。當是五代人。」又引李淑邯鄲書目云「姓嚴」。則是作者嚴某，字子休，號馮翊子。陳繼儒刻入寶顏堂續祕笈，誤題爲「唐子休馮翊」。

此書所記，上起懿宗咸通時，下至唐末，前列正文十條，均有標題，中多敘述怪異遊俠之事。後有史遺十八條，則是雜抄各種書籍上的材料，乃另一書而誤附入者。除寶顔堂續祕笈本外，尚有續百川學海本、唐人説薈本等多種，一九五八年中華書局上海編輯所曾據寶顔堂續祕笈本排印。

### 紀聞談

直齋書録解題小説家類著録紀聞譚三卷，「蜀潘遠撰。館閣書目按：『李淑作潘遺。』今考邯鄲書目，亦作潘遠，其曰『遺』者，本誤也。所記隋唐遺事。」而宋史卷二〇六藝文志五小説家類卽作潘遺紀聞談一卷。原書已佚，紺珠集卷九、類説卷五二、説郛（張宗祥輯明鈔本）卷七三有引文，宋人著作中亦偶有徵引，然與本書無重合者。古今合璧事類備要外集卷四九引紀聞譚一條，敍錦帳三十重事，與因話録卷一宮部「玄宗柳婕妤」條相合，亦卽本書卷四594條，可知潘氏此書乃雜鈔前代典籍而成者。又直齋書録解題小説家類尚有窻間紀聞一卷，下云「稱陳子兼撰，未知何人。雜論詩文經傳，亦間述所聞事。」頗疑王讜所録者或爲此書，因唐語林卷一45 47兩條均作「陳子曰」，而所敍之事，正與陳振孫所言相合故也。

### 東觀奏記（東宮奏記）

此書作者各家目録均作裴廷裕，唯直齋書録解題卷五雜史類載此書，則作「裴延裕撰」。資治通鑑宣宗大中二年考異曰：「裴延裕後作廷裕，必有一誤。」而「廷裕」或有寫作「庭裕」者。裴爲聞喜人，昭宗大順中官右補闕兼史館修撰，與柳玭等纂修宣宗實録，因日曆、起居注等均已散佚，只能採摭宣宗一朝耳目聞睹，編年排列。因在史館所作，故稱「東觀」；因奏記於晉國公杜讓能，以備史閣討論，故稱「奏記」。可知此書卽裴氏所上之監修稿本。書前有自序，所言亦約略如是。新唐書卷五八藝文志二雜史類載裴廷裕東觀奏記三卷，原註：「大順中，詔脩宣、懿、僖實録，以日曆、注記亡闕，因摭宣宗政事，奏記於監脩國史杜讓能。廷裕，字膺餘，昭宗時翰林學士，左散騎常侍。貶湖南，卒。」類説採入此書而改題東宮奏記，大誤。唐摭言卷十三言裴廷裕「文思敏捷，號下水船。」然其行文頗有冗沓雜亂處，例如本書卷一30條，反而不如王讜改削之後文筆清順。又裴氏政見偏於牛黨，故於該黨中人時多美言，但記載的事件一般還能符合事實。傳世有稗海本、續粤雅堂叢書本、小石山房叢書本、藕香零拾本。繆荃孫跋曰：「其書專記宣宗一朝之政績。書中事實，頗具首尾，通鑑採及三十二條，考異一條，在唐朝雜史中最稱翔實。」只是繆氏重刊刻時改字太多，有時將不相干的材料併入，轉失其真。例如卷六861條言蕭倣、鄭裔綽爲柳珪不孝駁還詔書，藕香零拾本於鄭裔綽前插入鄭公輿一名，實則鄭公輿之駁還詔書乃因楊漢公事，與柳珪無關，可見繆荃孫在校勘時有以意爲之之處，其統計數字亦不甚精確。今用稗海本校録，參以小石山房叢書本、藕香零拾本。小石山房叢書本時見脱誤，最劣。

**貞陵遺事**（大中遺事）

貞陵爲宣宗陵墓之名，大中爲宣宗的年號。紺珠集卷十、類説卷二一、説郛（陶珽刊本）弓四九、

（張宗祥輯明鈔本）卷七四作大中遺事，資治通鑑考異則作貞陵遺事。原書已佚。文淵閣書目卷六載有令狐澄貞陵遺事一册，則是此書之佚，當在明中葉之後。新唐書卷五八藝文志二雜史類載令狐澄貞陵遺事二卷，原註：「綯子也。乾符中書舍人。」金華子卷上有令狐滈與令狐澄皆有才藻之説，唐語林録入卷三，爲421條。然舊唐書卷一七二、新唐書卷一六六令狐綯傳，皆云「子滈、渙、渢」，而不及澄。舊唐書且以令狐澄爲令狐楚之弟令狐定子緘之長子。然據新唐書卷七五下宰相世系表五下，則令狐澄又爲綯之子，而渢乃緘之子。同爲新唐書之文，而矛盾若是。疑世系表乃據譜牒之類寫成，而令狐綯傳則據舊唐書中之傳文寫成；舊傳有誤，新傳隨之亦誤。方崧卿韓集舉正敍録云有「唐令狐氏本。右唐令狐綯之子澄所藏本，咸通十一年書。」陳景雲韓集點勘卷二則以爲舊唐書本傳可信，然亦未有顯證。金石録第一千九百十八著録「唐令狐楚登白樓賦，令狐澄書，咸通二年二月。」似以祖孫關係解釋比較合適。總之，諸説之中似以金華子之説爲是，而周廣業以爲令狐澄即令狐渙，則未必然矣。

## 續貞陵遺事（續大中遺事）

新唐書卷五八藝文志二雜史類載柳玭續貞陵遺事一卷。玭爲柳公綽之孫，事蹟附舊唐書卷一六五、新唐書卷一六三柳公綽傳。又柳玭與裴廷裕同奉詔修宣宗實録，見上東觀奏記提要，此書或即修史所得之作。直齋書録解題雜史類載貞陵遺事二卷、續一卷，下云：「唐中書舍人令狐澄撰，吏部侍郎柳玭續之。澄所記十七事，玭所續十四事。」類説卷二一大中遺事題下云「柳玭續事附」而不再分别。

原書久佚，今據資治通鑑考異輯出兩條。

**常侍言旨**（柳常侍言旨）

郡齋讀書志卷三下小説類載常侍言旨一卷，「右唐柳珵記其世父登所著。六章，上清、劉幽求二傳附。」直齋書録解題卷十一小説家類亦載柳常侍言旨一卷，唐柳珵撰。常侍者，其世父芳也。凡六章，末有劉幽求及上清傳。」按柳登嘗官右散騎常侍，見舊唐書卷一四九、新唐書卷一三二柳登傳。直齋書録解題釋「常侍」有誤。柳芳子二人，即登、冕，柳珵爲冕之子，參看郡齋讀書志小説類中家學要録一書提要。常侍言旨原書已佚，説郛（陶珽刊本）弓四九、（張宗祥輯明鈔本）卷五均曾録用，唐人説薈本中條目多與其他書中條目重出，不可信。上清傳與劉幽求傳乃柳珵創作之傳奇小説，故附於書後。上清傳世所習見，劉幽求傳則未見傳本，本書卷三475條雖已殘泐，然叙劉幽求事周折多姿，與上清傳風格一致，當是此文無疑。由是可知，王讜著書時曾從常侍言旨中採録此二傳文。

**傳載**（大唐傳載、傳載録、傳記）

新唐書卷五八藝文志二雜史類有傳載一卷，與唐語林原序目書名正合。作者不明，但可確定爲唐人。以唐人而紀唐事，自然不必加上「唐」或「大唐」等字樣。四庫全書總目編者習見通行本稱大唐傳載，遂謂唐宋藝文志均不載此書，失察之甚。一九五八年中華書局上海編輯所據守山閣叢書本排印，在出版説明中又説「唐書藝文志史部有僖宗時進士傳載一卷，大概就是指的這書」，則是又把「僖宗時進士」五字誤綴於上，實則這是上列一書「林恩補國史十卷」下所附的原註，指的是林恩爲僖宗時進士。諸書介紹時粗心大意，反而增加了不少混亂。此書文字簡短，近於隨筆。記載的内容很廣泛，諸如公卿軼事，歷史傳説，典章制度，民情風俗，其中有關歷史事實的一些文字，曾爲新舊唐書、資治通鑑等書所採用，其他記敍唐代社會瑣屑小事的一些文字，或有助於考訂。所記之事，上起唐初，下至中唐。自序稱：「八年夏，南行嶺嶠，暇日瀧舟，傳其所聞而載之，故曰傳載。」此指文宗大和八年事。嚴杰考定此書作者爲韋瓘。序中所言之「瀧舟」，乃指瀧水行舟。韋瓘於大和八年謫官康州刺史，故序稱窮愁而撰是書。韋瓘爲韋夏卿弟正卿之子，事跡附新唐書韋夏卿傳。此書時與他書相混，類説卷四五作大唐傳載，太平廣記作傳載。説郛（張宗祥輯明鈔本）卷三八所著録之傳載，則是劉餗傳記，而太平廣記中有些標名傳記的條文，則又是傳載中的文字。大約傳載、傳記二名相混之故，大唐傳載中的一些條文，又與今本隋唐嘉話相混，參看本書附録之二書目録卽可知。此書世無善本。北京圖書館有清順治四年孫明志抄本。守山閣叢書本從四庫全書本刻出，個別地方根據太平廣記、唐語林進行過校勘，在刻本中算是較好的一種，但工作做得很不够。王讜採擇此書頗多，文字出入不大，因此後人全面整理此書時，還可利用唐語林做很多攷覈補正的工作。

## 雲溪友議

作者范攄，唐僖宗時人。生長吴地（今江蘇蘇州地區），後移居越州會稽郡，此地有若耶溪，别名五雲溪，故自號五雲溪人。雲溪友議由此取名。全書紀事六十五條，詩話占十之七八，逸篇瑣事，頗賴以傳。因爲這是唐人説唐詩，耳目所接，終較後人爲近，所以韋縠才調集、計有功唐詩紀事等書都曾取資於是。然據本處士，放浪山水之間，接交的人有局限，所記道聽塗説，傳聞失實之處甚多。例如本書卷四484條記李白作蜀道難爲房、杜「危之」之説，對後世影響甚大，而並不可信。又如490條記李紳的一條，誇張過甚，幾全不可信。新唐書卷一八一李紳傳言開成初爲河南尹，「紳治剛嚴」，「惡少「皆望風遁去」」，與雲溪友議所言有合拍處，然范書又云「騾子營騷動軍府」，則張冠李戴，與史實不合。「騾子營」乃蔡州軍事，見舊唐書卷一四五吴元濟傳與一六一劉沔傳。吴傳云：「地既少馬，而廣畜騾，乘之教戰，謂之『騾子軍』，尤稱勇悍，而甲仗皆畫爲雷公星文以爲厭勝。」可知此事與李紳全然無涉。其他幾條亦有類似情況，無法一一辨析。新唐書藝文志、郡齋讀書志著録此書，作三卷，直齋書録解題小説家類作雲溪友議十二卷，又云「唐志三卷」，説明宋代已有分卷不同的兩種本子。四部叢刊續編影印明刊本爲三卷本，前有范氏自序，紀事每條以三字爲標題，可能比較接近原著面貌。後面還附有張元濟校勘記一卷。一九五七年古典文學出版社曾據以排印，今亦從之校録。稗海本爲十二卷本，佚自序與條文前之三字標題，文字譌奪亦較三卷本爲多。嘉業堂叢書本亦爲三卷本，後附劉承幹校勘記三卷。

**開天傳信記**（傳信記、開元傳信記、開元記）

直齋書録解題卷五雜史類載「開天傳信記一卷，唐吏部員外郎鄭棨撰，雜記開元天寶時事。」郡齋讀書志雜史類誤作「開元傳信記」，而釋此書得名，亦曰「紀開元、天寶傳聞之事，故曰『傳信』」。又此書原本署名其官銜亦作吏部員外郎。資治通鑑考異引此書時則署名鄭綮。綮於昭宗時嘗任相。事蹟見舊唐書卷一七九、新唐書卷一八三本傳，然二史不載其任吏部員外郎事。按太平廣記卷三二顏真卿一條，中引戎幕閒談之文，内有「開天傳信記詳而載焉」之句，可知此書早在文宗之前已問世。鄭棨事跡不詳，與鄭綮爲二人。書中記開元天寶故事三十二條，自云「簿領之暇，搜求遺逸，期於必信」，故取名開天傳信記。然亦有傳聞失實及語涉神怪之處，如本書卷一94條叙道流妖術即是，不過也有不少條目曾爲史書採録。王讜改寫之文，與唐詩紀事爲近，或更近於鄭棨原本之真。傳世有百川學海本、學津討原本等數種，今從學津討原本校録。又八千卷樓舊藏明覆宋本一種，今在南京圖書館。

## 戎幕閒談

作者韋絢，事蹟見後劉公嘉話提要。原書久佚，類說卷五二、説郛（陶珽刊本）弓四六、（張宗祥輯明鈔本）卷七中有引文，太平廣記亦有徵引。説郛且附韋氏原序，曰：「贊皇公博物好奇，尤善語古今異事。當鎮蜀時，賓佐宣吐，亹亹不知倦焉。乃謂絢曰：『能題而記之，亦足以資於聞見。』絢遂操觚録之，號爲戎幕閒談。大和五年（八三一）十一月二十三日巡官韋絢引。」可知「戎幕」云者，乃李德裕時任西川節度使之故。又紺珠集卷五、類説卷二一明皇十七事中比其他本子的明皇十七事（即次柳氏舊聞）多出很多條文，實即此書文字。如上二書中「顏郎衫色如此」一條，與太平廣記卷二二四范氏尼條中文字相合，而太平廣記正作「出戎幕閑談」。可知本書卷六759條亦從戎幕閑談中出。所以如比，則以明皇十七事出於李德裕手，戎幕閒談出於李德裕口，因而宋人將之合刊成一册。此亦可見唐語林中録有此書之詳細文字，至可寶貴。

## 明皇雜録

作者鄭處誨，德宗時宰相鄭餘慶之孫，事蹟附舊唐書卷一五八、新唐書卷一六五鄭餘慶傳。新唐書本傳曰：「先是，李德裕次柳氏舊聞，處誨謂未詳，更撰明皇雜録，爲時盛傳。」崇文總目署作者之名曰「原釋趙元」，高似孫史略卷五署作者之名曰「趙元一」，則是誤與撰奉天録四卷之作者相混。書中内容好言怪異，真僞雜糅，不盡實録。玉海卷五八藝文録引中興書目曰：「明皇雜録二卷，大中九年校書郎鄭處誨雜記玄宗承平之事，雖微必録，已見於太史者不言。」各家目録記載卷數不一。新唐書藝文志雜史類作二卷；郡齋讀書志雜史類著録，二卷之外，尚有别録一卷，「題補闕所載十二事」；直齋書録解題雜史類作一卷；四庫全書總目列入小説家類，二卷之外尚有别録一卷。後出之墨海金壺本，有補遺一卷；今通行之守山閣叢書本明皇雜録，於正文上下卷之外，亦有補遺一卷，補遺不知是否即别録？而守山閣叢書本後尚附校勘記，且附逸文多條，最稱完備。然太平廣記、類说、紺珠集等書中仍有文字未輯入，故今人尚可作進一步之加工整理。王讜编唐語林，採摘此書條文不多。

## 異聞集(異聞録、異聞記、異聞集傳)

異聞集是水平很高的一部唐人傳奇總集。新唐書卷五九藝文志三小説家類著録陳翰異聞集十卷,原註:「唐末屯田員外郎。」晁公武郡齋讀書志卷三下小説類著録異聞集十卷,「右唐陳翰編,以傳記所載唐朝奇怪事類爲一書。」原書已佚,只是太平廣記中還引有佚文二十餘篇,紺珠集卷十有佚文二十五篇,類説卷二八亦有佚文二十五篇,朱、曾二書所引者均爲節録之文。現在能够考知的,約有四十餘篇傳奇出於此書,如枕中記、李娃傳、霍小玉傳、南柯太守傳、柳毅傳、上清傳等文均是。頗疑虬鬚客傳原來也收在這異聞集裏,而唐語林原序目中所闕的書名,四庫全書館臣以爲一作虬鬚客傳者,似以唐闕史的可能者爲大。因爲唐闕史中條文見於唐語林者頗多,此書性質又與其他四十九種爲近故也。

## 大唐説纂(説纂、唐説纂)

新唐書卷五九藝文志三小説家類著録李繁説纂四卷,容齋四筆卷八雙陸不勝條曰:「藝文志有李繁大唐説纂四卷,今罕得其書,予家有之。凡所紀事,率不過數十字,極爲簡要,新史大抵採用之。」李繁爲李泌之子,事蹟附舊唐書卷一三〇、新唐書卷一三九李泌傳,然均不言其曾撰説纂。直齋書録解題卷十一載大唐説纂四卷,「不著名氏。分門類事,若世説。止有十二門,恐非全書。」而宋史卷二〇六藝文志五小説家類録唐説纂四卷,亦不著作者名字,則此書是否李繁所撰,尚屬疑問。原書久佚,宋代著作中偶有提及者，然與唐語林中文字則無可印證。

## 刊誤（李氏刊誤）

作者李涪，隴西人，唐宗室使相李福之子。生卒不詳，活動年代在僖宗、昭宗時。曾任國子祭酒、常侍、宗正卿、尚書等職。新唐書卷二二四下叛臣下王行瑜傳記載：「始，行瑜亂，宗正卿李涪盛陳其忠，必悔過。至是帝怒，放死嶺南。」其時當在乾寧二年（八九五）。然刊誤卷下杖周議中自云：「予乾寧三年九月行弔於名士之家」，則是乾寧二年放死之説不確；北夢瑣言卷六言李涪於光化中尚與諸朝士避地梁川，其時年事已甚高。原書奉陵條曰：「予省事六十年」，説明著書之時已在六十之後，而北夢瑣言卷九曰：「廣明以前，切韻多用吴音，而清、青之字，不必分用。涪改切韻，全刊吴音。當方進而聞於宰相，僉許之。」説明刊誤之作，廣明之時已經着手。全書二卷，分五十篇，乃正文四十九篇，外加自序一篇。這是一部探究和考訂典故的著作，上卷多考禮制，引古制以明唐末之失；下卷更擴及其他問題，諸如明訓詁，正讀音，議史實，正風俗，頗爲篤實。其以「刊誤」爲名，卽刊正當代各種誤説之意。李涪因家世之故，識見既廣，學問亦佳，故所言頗有可採者。例如下卷評陸法言切韻一條，就一直受到後代音韻學家的重視。北京圖書館藏有吴慈培影宋抄本。傳世尚有百川學海本、古今逸史本、格致叢書本、學津討原本、榕園叢書本等多種。哈佛燕京學社曾編有李涪刊誤引得，卽據榕園叢書本編纂，頗便使用，今卽據榕園叢書本校録。

## 盧氏雜説（盧氏雜記、盧言雜説、雜説、盧氏小説）

新唐書藝文志小説家類著録盧氏雜説一卷，不著撰人。崇文總目小説類著録盧言雜説一卷，當即此書。直齋書録解題小説家類著録盧氏雜記一卷，題唐盧言撰。書已散佚，紺珠集卷九、類説卷四九、説郛（陶珽刊本）弓四八輯有一卷，然與他本參校，知非全書。太平廣記引文六十六條，其中十一條見今本玉泉子，蓋玉泉子亦非原書故也。按新唐書卷一〇五李德裕傳言大理卿盧言等人言德裕「『罔上不道』，乃貶爲崖州司户參軍」，而太平廣記卷二五六李德裕條，原出盧氏雜説，引時人作詩貶斥李氏，可證此書作者正是審理李德裕一案之人。又新唐書卷一七二杜中立傳云：「京師惡少優戲道中，具騶唱珂衞，自謂『盧言京兆』，驅放自如。中立部從吏捕繫，立箠死。」「盧言京兆」也者，似當解作盧言所説之京兆尹故事。頗疑此處乃指盧氏雜説中京兆尹崔郢受辱之事，見太平廣記卷二三三夏侯孜條，亦即本書卷七922條。惡少藉此表示蔑視京師之長官，故杜中立怒而殺之。於此可知此書傳播頗廣。又白氏長慶集卷三三有三月三日祓禊洛濱詩，内云開成二年三月三日河南尹李待價約東都之官員於洛濱祓禊，裴晉公首賦一章，和作者有駕部員外郎盧言其人，可知盧言乃當時文士。又據唐尚書省郎官石柱題名，知盧言嘗任左司郎中與户部郎中。作者經歷如此，故言朝廷掌故與士大夫之瑣事，科舉軼聞，頗可信據。唐詩紀事等書均曾徵引盧氏雜説中文。

## 劇談録

作者康軿，字駕言，池州（今安徽貴池）人。新唐書卷五九藝文志三小説家類有康軿劇談録三卷，原註：「字駕言，乾符進士第。」郡齋讀書志卷三下則作唐軿，而原書署名則作康騈，頗爲混淆。據新唐書卷一八九田頵傳：「頵善遇士，若楊夔、康軿、夏侯淑、殷文圭、王希羽等，皆爲上客。」然則以作「康軿」者爲是。唐詩紀事卷六八亦有相同之記載。康氏嘗官崇文館校書郎。後京師大亂，退居故鄉，追記昔時「新見異聞」，乃於乾寧二年（八九五）寫成此書。正像書名所示，頗多侈陳怪異，如神鬼靈應和武俠故事等，屬於傳奇一類，不盡實録。全書計四十餘條，文中常雜詩賦，篇末時附議論。新志、晁書記此書作三卷，然康氏自序「分爲二編」，而傳世諸本多作二卷。有明刊本、津逮祕書本、稽古堂叢刻本、學津討原本、嘯園叢書本、貴池先哲遺書本等多種。後書最便應用，因劉世珩曾用太平廣記等書校勘，輯有逸文，卷前據稽古堂叢刻本迻入康氏自序，刻印亦精。一九五八年古典文學出版社即據之排印，今亦從之校録。所不足者，劉氏没有注意到採用唐語林來進行校勘，以致有些與唐語林相合的文字，可以確定爲康氏原文的，反而根據太平廣記引文加以改動，例如本書卷一121、卷六818等條目中都有這種情況；又如原書中有遺佚的文字，可以根據唐語林補入的，也未曾添補，如本書卷六807條的第一個原註即是。康氏文筆繁縟，王讜改寫時，出入很大，如卷三417、卷七930等條，幾近於改寫，故引用時應與原書覈對。

## 玉泉筆端（玉泉子、玉泉筆論、玉泉子真録、玉泉子聞見録、玉泉子見聞真録）

宋史卷二〇六藝文志五小説家類有玉泉筆論五卷，「論」字或係「端」字之誤。直齋書録解題卷十一小説家類著録玉泉筆端三卷又別一卷，下云：「不著名氏。有序，中和三年作。末有跋云『扶風李昭德家藏之書也』，卽故淮海相公孫。又稱『黄巢陷洛之明年』。跋亦不知何人。別一本號玉泉子，比此本少數條，而多五十二條，無序跋。録其所多者爲一卷。」則是陳氏著録之時已有數種本子傳世。類説卷二五玉泉子中録文十八條，與今本不同者居半，或卽別出於玉泉筆端之另一種本子。宋代之時玉泉筆端與玉泉子中條目多相合者，似後者乃改編本。王讜著書時用玉泉筆端，而所録條文，見之於今本玉泉子，足覘二書重出之處甚多，與陳氏所言相合。新唐書卷五九藝文志三小説家類載玉泉子見聞真録五卷，後人或簡稱「真録」，或簡稱「聞見録」，乃一書異稱。説郛（陶珽刊本）弓四六、（張宗祥輯明鈔本）卷十一録玉泉子真録，内「令狐楚鎮東平」一條，不見今本玉泉子，而王讜録之於唐語林，卽卷六854條。又永樂大典卷之一萬三百一十死·爲憒貶死引李瓚一條，一萬八千二百八將·杖殺軍將引薛元賞一條，云出玉泉子聞見録，均不見今本玉泉子，而王讜分別録入唐語林，爲卷六871條、卷三313條。可知玉泉子、玉泉筆端、玉泉子聞見真録諸書，乃宋人將唐代此一小説重行編纂而出現的各種不同書名，内容相同處甚多。此亦小説流傳過程中常見的現象，後人自可根據今本玉泉子對唐語林中有關文字進行校勘。然今本玉泉子頗雜亂，僅存八十二條，大都從太平廣記引文轉録，很多條文出自盧氏雜説等書，則是此書迭經改編，與玉泉筆端有所不同矣。此書所記多爲唐代士大夫與士人的瑣事，傍及報應迷信等雜事，内容龐雜，然如言及科舉、婚姻等軼聞，亦可供參攷。王讜所録大體屬於言之有據者，若干故事也已採入正史。傳世有稗海本，一九五八年中華書局上海編輯所即據之排印，今亦從之校録。又南京圖書館藏有明刊本玉泉子一種。北京圖書館藏有明抄本玉泉子聞見真録一卷，卷末又題作玉泉子，内容與刻本同，亦非原書。

## 金華子雜編（金華子、金華子新編、劉氏新編、劉氏雜編）

郡齋讀書志小説類著録金華子三卷，「右唐劉崇遠撰。金華子，崇遠自號也。録唐大中後事。一本題曰劉氏雜編。」直齋書録解題小説家類著録金華子新編三卷，「大理司直劉崇遠撰。五代時人。記大中以後雜事。」宋史藝文志小説家類作金華子雜編三卷。上述諸書異名同實，觀本書即可知。按此書作者應題南唐劉崇遠。崇遠家本河南，乃廣南節度使劉崇龜從弟。黄巢起義時，避亂江南，曾仕文林郎、大理司直。書前有自序，言少慕赤松子兄弟，「恍若遊於金華之境」，因自號金華子。書中多神奇鬼怪之談，然記宣宗以後之事，唐末藩鎮之亂，社會風氣之惡，將相仕人賢能與否，頗有可資取用者。資治通鑑即曾採擇多條。原書久佚，四庫全書館臣從永樂大典中輯出，分爲上下兩卷。後出之反約篇本、榕園叢書本、讀畫齋叢書本，均從四庫全書本刻出。然四庫全書館臣工作草率，即如永樂大典卷之一萬一千一府・恩府引金華子雜編一條，即唐語林卷二記馬戴自痛不得盡忠於故府之249條，首尾完整，四庫全書館臣僅節引至「而動天下之浮議」一句，後出各本因之亦殘缺不全。讀畫齋叢書本刻入周廣業之校注，後附補文四條，附文一條，最稱詳備，一九五八年中華書局上海編輯所即據之排印，今亦從之校録。然周氏之校輯工作亦嫌草率，未能廣徵博考，僅從紺珠集與説郛等書中略事徵引，而同類之書，如類説卷二五中尚有佚文兩條，亦未補入。甚至常見之書，如資治通鑑考異中録引之文字，如本書卷三423懿宗條，亦未顧及。而周氏工作中最不足之處，在於未能利用唐語林進行校補，例如本書卷二160王式條、卷二249馬戴條、卷七968李寬條，均可取以補足全文，惜棄而不用，以致文多殘缺，於此可見金華子一書有待於校輯者甚多，亦可見唐語林中保存之文獻頗有發掘之價值。

**皮氏見聞**（皮氏見聞録、見聞録）

郡齋讀書志小説類著録皮氏見聞録五卷，「右皮光業撰。光業，唐末爲錢鏐從事，記當時詭異見聞。」尹洙大理寺丞皮子良墓誌銘曰：「曾祖日休，避廣明之難，徙籍會稽。及錢氏王其地，遂依之。官太常博士，贈禮部尚書。祖光業，佐吴越國，爲其丞相。父粲，元帥府判官。歸朝，歷鴻臚少卿。……初，尚書以文章取重於咸通、乾符世，降及丞相、鴻臚，皆以文雄江東，三世俱有編集，總百卷餘。」此書崇文總目與宋史藝文志均記作十三卷，祕書省續四庫書目記作十二卷。原書已佚，今參之資治通鑑考異等書，得一條。

**大唐新語**（大唐世説新語、唐世説新語、唐新語）

新唐書卷五八藝文志二雜史類載劉肅大唐新語十三卷，原註：「元和中江都主簿」。而原書前有憲宗元和丁亥（八〇七）自序，署銜「登仕郎前守江州潯陽縣主簿」，内言「今起自國初，迄於大曆。事關政教，言涉文詞。」後有總論一篇，説明此書爲繼承荀爽漢語而作，乃取事之可資鑒戒者，模倣世説新語的體例，分匡贊、規諫……等三十門類。陳寅恪説：「劉氏之書雖號爲雜史，然其中除諧謔一篇，稍嫌蕪雜外，大都出自國史。」如本書卷二168姚崇拒太平公主一條，出自吴兢升平源，開元時期之國史爲吴兢所撰，故此條當出國史。而本書所録之大多數條文，可與新舊唐書、資治通鑑、唐會要等書相參證。王讜録存此書，改動最少。但他引用的條文，集中在卷一匡贊、規諫、卷二極諫、剛正四門之中，其他各門録引甚少，文字亦多出入，不知何故？也有可能這些文字有異的條文，王氏引自劉肅依據的原書，猶如本書中已經發現了的好多條文出自隋唐嘉話一樣，今以無法一一考證，只能首先標上大唐新語一名。劉氏自序此書「題曰大唐世説新語」，明人刻書時有用此名者，「世説」二字或係明人添入。也有人稱之爲唐世説新語。有萬曆三十一年潘玄度刻本、王世貞刻本、馮夢禎刻本、稗海本等多種。一九五七年古典文學出版社曾據稗海本排印，今亦從之校録。此本卷末無總論一篇。一九八四年中華書局唐宋史料筆記叢刊有許德楠、李鼎霞點校本，已將總論附入。

**劉公嘉話**（劉賓客嘉話録、劉禹錫佳話、嘉話、嘉話録、劉公佳話、劉公嘉話録、賓客佳話）

此書書名異説甚多。劉公，即劉禹錫。一作「劉賓客」者，則以劉禹錫曾官太子賓客之故。記録者爲韋絢。絢，字文明，京兆人。順宗朝宰相韋執誼之子。嘗官江陵少尹、起居舍人、義武軍節度使。書前有自序，稱穆宗長慶元年（八二一）從劉氏於白帝城問學，宣宗大中十年（八五六）於江陵任少尹時整理昔日筆記而成一卷，然其中間偶而也載有文宗時事。劉禹錫爲唐代著名文人與學者，與韋執誼同爲參予王叔文集團之主要人物，視韋絢爲子侄輩，故所言頗親切深入。內容除陳歷史事實、文壇掌故外，還討論經傳、詩文及方言等項，內中不乏學術上的珍貴材料，一直爲後代文士所重視。然而也有一些侈陳天命怪異的言論。宋代原書已散佚，傳世者有顧氏文房小説本、學海類編本、稽古堂叢刻本，實則諸書同出一源，都出自南宋孝宗乾道九年（一一七三）卞圜依據家藏先人手校本所刻。全書計　百十三條，其中可考定爲原本所有者祇四十五條，其它攙入尚書故實、續齊諧記、隋唐嘉話等書計六十八條。或者因爲此書簡稱嘉話，和隋唐嘉話一書最易混淆，所以宋人著作中已經常將二書混而稱之。近人唐蘭著劉賓客嘉話録的校輯與辨僞，除將上述諸書混入者另行編纂外，又據唐語林等書補入五十六條，是爲此書校訂最精的一種本子。唐文載文史第四輯，一九六五年六月中華書局出版。其時永樂大典影印本初出，唐氏未曾引用，故尚有缺漏。如永樂大典卷之一萬二千四十四酒・罰酒內引劉公嘉話言顧少連事一條，唐氏未收；又卷之二千九百七十九人・知人內元伯和一條，即本書卷五737條，亦出劉公嘉話録，唐氏亦未收。此外本書卷六811條，原出劇談録，今本佚去，而太平廣記卷七六內尚見記載，唐氏則誤以爲出劉賓客嘉話録。此亦有待於後人爲之加工整理者。依靠唐語林，固然有助於恢復嘉話録的原貌，但許多條目混雜在一起，錯誤的句子又很多，頗不利閱讀。今採各家之説，一一分列，細加校讎，或對讀者有所助益。

## 羯鼓録

新唐書卷五七藝文志一樂類載南卓羯鼓録一卷。南卓，字昭嗣，生於貞元七年（七九一）或稍後；文宗時任拾遺，武宗時任侍御史，會昌元年、二年爲洛陽令，又任郎中；武宗末宣宗初，先後任商、蔡、婺等州刺史，又任黔南觀察使，大中八年（八五四）卒。曾與裴度、白居易、劉禹錫、陳商、沈亞之等人交往。南卓多才多藝，著述甚多，羯鼓録一書乃記録風行唐代之樂器「羯鼓」之專著。文獻通考經籍考樂類引崇文總目曰：「羯鼓夷樂，與都曇答鼓皆列於九部。至開元中始盛行於世。卓所記，多開元天寶時曲云。」全書内分前後二録，前録成於宣宗大中二年，後録成於四年。内除詳敍羯鼓之源流形狀，附録羯鼓諸宮曲名外，尚記載與此相關之音樂故事，體近小説，故爲王讜所取，大量採納。傳世有續百川學海本、寶顏堂祕笈本、墨海金壺本、守山閣叢書本等多種。錢熙祚羯鼓録跋曰：「……諸本承譌襲謬，幾不辯所語之云何。偶檢御覽、廣記、唐語林、類説等，頗引羯鼓録，爲之參互校訂，並注其彼此異同於下。」而在上述幾種書中，唐語林一書占重要地位，許多文字，各本均誤，而唐語林獨得其真。因爲守山閣叢書本曾作仔細校訂，最便應用，一九五六年古典文學出版社曾據以排印，今亦從之校録。

## 芝田録

新唐書卷五八藝文志三小説家類曾加著録，而不著撰人。郡齋讀書志卷三下小説類著録芝田録一卷，「右敍謂嘗憩緱氏，故取潘岳西征賦名其書。記隋唐雜事，未詳何人。總六百條。」按潘岳西征賦無「芝田」之句，惟曹植洛神賦有句云：「税駕乎蘅皋，秣駟乎芝田。」文選李善註引十洲記曰：「鍾山，仙家耕田種芝草。」此處取之喻神異之事。潘岳西征賦云云當係誤記。原書已佚，紺珠集卷十、類説卷十一、説郛（陶珽刊本）弓三八、（張宗祥輯明鈔本）卷三均曾著録，太平廣記亦曾録引。説郛本署丁用晦撰，宋無名氏新編分門古今類事卷十八劉毅齋名條、古今合璧事類備要續集卷三均引作丁用晦芝田録。丁氏事蹟不詳。書中所記之事，有的出於前人成説，也不限於隋唐兩代。和他書互校，可知唐語林中引用之文，最爲完整，例如卷七886條叙「水遞」事，就比各書引用者大爲豐富。於此可見唐語林在輯録小説時有重要價值。

**資暇集**（資暇、資暇録）

郡齋讀書志小説類著録資暇三卷，「右唐李匡乂濟翁撰。序稱世俗之談，類多訛誤，雖有見聞，嘿不敢證，故著此書。上篇正誤，中篇譚原，下篇本物，以資休暇云。」新唐書藝文志小説家類著録李匡文資暇三卷，直齋書録解題雜家類著録「資暇集三卷，唐李匡文濟翁撰。」崇文總目、宋史藝文志則記作資暇録，陸游渭南文集卷二八有跋資暇集一文。唐語林中之文，原書與齊之鸞本作「李匡文」者，聚珍本均改作「李匡乂」。據余嘉錫等人考證，作者之名以作李匡文爲是，但這也還未能成爲定論。舊説李氏爲唐宗室，乃李勉之從孫，宰相李夷簡之子，僖宗中和時任太子賓客，昭宗時官宗正少卿。然據岑仲勉考證，此書卷下李環錫條稱李聽爲從叔，「則著書人直隴西一系，非宗室子也。」所可知者，李氏曾任房州刺史，資暇集當寫成於僖宗乾符中和年間。此書乃考訂舊文之作，兼及名物、訓詁、風俗、禮制，頗多精到之見，亦小有舛誤。宋代喜談考證者常加引用，或與之辯駁。傳世有顧氏文房小說本、學海類編本、續知不足齋叢書本、墨海金壺本等多種。説郛（陶珽刊本）中之資暇集與顧氏文房小説本全同，當是覆刻顧本而成。顧本早出，後出之書一般均據此覆刻，今亦據之校録。王讜引文，大體與顧氏文房小說本相合，二者文字偶有異同，亦可相互參照校正。又顧本常將註文羼入正文，而唐語林中文字不誤，可資參證處甚多。

## 杜陽雜編（杜陽編）

作者蘇鶚，字德祥，唐僖宗光啓二年（八八六）進士。家在武功杜陽川，故取以爲書名。生平無甚可考，知爲初唐時宰相蘇頲的族人。全書三卷，所記者，上起代宗廣德元年（七六三），下至懿宗咸通十四年（八七三），凡十朝之事。內容多述四方異聞與奇技寶物，繼承的是王嘉拾遺記、郭憲洞冥記等書的傳統，和酉陽雜俎中物異等部分相類，虛幻夸飾，不盡可信。書中有註四十一處，作者每用以提示所述內容之出處，又時於文末説明此説得之何人，似乎信而有徵，然仍難以證實。但如卷下記懿宗朝迎佛骨事等，則有裨於治史。其文鋪張縟豔，頗爲後代所重，宋人引用此書者甚多。王讜録引的條文，取其與史實有關者，屬於杜陽雜編中最平實可信的部份，往往是從整段文字中節録出來的。如本書卷一

37條，見杜陽雜編卷下，内分「懿宗皇帝器度沉厚」、「大中末京城小兒疊布蘸水」、「宣宗製泰邊陲曲」三條，王讜將「上仁孝之道出於天性」一段緊接「懿宗皇帝器度沉厚」一條之後，綴合爲37條，又將「大中末京城小兒疊布蘸水」、「宣宗製泰邊陲曲」另外編録。然而原本杜陽雜編的面貌究竟如何，可也難以推斷了。傳世有稗海本、學津討原本等多種，今從稗海本校録。一九五八年中華書局上海編輯所有排印本，又上海市文物保管委員會有明陳汝元校之舊鈔二卷本一種。

## 本事詩

作者孟棨，字初中。生平不詳，僅知文宗開成中曾在梧州任職。書前有自序，末云「時光啓二年（八八六）十一月，大駕在褒中，前尚書司勳郎中賜紫金魚袋孟啓序」，説明此書作於僖宗出幸興元前後。新唐書卷六〇藝文志四總集·文史類載孟啓本事詩一卷，然他書稱引常作孟棨。郡齋讀書志總集類著録續本事詩二卷，云是「自有序云『比覽孟初中本事詩』」，知孟字初中，則其名當以「啓」字爲是。全書共分情感、事感、高逸、怨憤、徵異、徵咎、嘲戲七門，以類相聚，介紹一些詩篇的背景材料，也是詩文著作中一種新的體例。其中只有樂昌公主、宋武帝兩條爲六朝時事，其他都是唐人之事，内如劉禹錫玄都觀觀桃等文，都是膾炙人口的文壇軼事，但如駱賓王於靈隱寺爲僧替宋之問續詩等事，則並不可信。書中材料大都爲採録前人作品改寫而成，有的則採自唐人傳奇。唐語林中條文，可直接認定爲出之於本事詩者不多，不知唐語林有殘佚之故，還是本事詩有遺佚之故？傳世有顧氏文房小説本、津逮祕書本、歷代詩話續編本等多種，一九五七年古典文學出版社曾據歷代詩話續編本排印。

## 玉堂閒話（開元天寶遺事）

崇文總目卷二傳記類著録玉堂閑話十卷，王仁裕撰。資治通鑑考異、紺珠集卷十二、類説卷五四均曾録引，太平廣記採録尤多，計有一百六十條，然無一條與唐語林中文字重合者。王仁裕爲五代時顯宦，自唐末任秦州節度判官始，歷仕前蜀、後唐、晉、漢、周各朝，周顯德三年（九五六）卒，舊五代史卷一二八、新五代史卷五七有傳。按唐末以後每稱翰林院爲「玉堂」，王仁裕長期充任翰林學士，其著作自然可用「玉堂」來標名。但此書可能並非由他親自編定，所以中間多見客觀介紹王氏的文字。各種書目記載此書，作十卷、三卷不等，一人所作之書，處同一時代，卷數的多寡不應出入太大，而祕書省續四庫書目中又有王仁裕續玉堂閒話一卷。按照宋代編刻小説的慣例，這裏當有書賈將王氏其他的書重行纂輯，改稱玉堂閒話的情況，從而卷數出入之大如此。王氏著述甚富，有入洛記一卷、南行記一卷、見聞録三卷、唐末見聞録八卷等多種。王仁裕還著有開元天寶遺事一書。查唐語林中引用開元天寶遺事有十條之多，而原序目中却無此書之名，可以推知，這裏也是一書異名的關係，唐語林所依據的玉堂閒話即開元天寶遺事，前者當係書賈所改之名。能改齋漫録卷十四類對有訴失蔬圃一條，首云採自「國初范質玉堂閒話」，此書各種書目均無著録，或因玉堂閒話中曾記范質之事而傳誤。郡齋讀書志傳記類著録開元天寶遺事四卷，「右漢王仁裕撰。仁裕仕蜀至翰林學士。蜀亡，仁裕至鎬京，採摭民言，得開元天寶遺事一百五十九條。」直齋書録解題傳記類著録開元天寶遺事二卷，「五代太子少保天水王仁裕德輦撰。所記一百五十九條。」此書記録唐代民間傳説，有關朝臣文士之瑣事，雖不盡可信，然可廣異聞，供參考。容齋隨筆卷一淺妄書摘其疏謬者四事，以爲好事者託名王仁裕撰，然司馬光著資治通鑑時已曾採録，蘇軾有讀開元天寶遺事四絶句，説明此書作於五代宋初之時，年代相合，洪邁之説亦未有顯證。傳世有明建業張氏銅活字本、顧氏文房小説本、藝圃搜奇本等多種，今從顧氏文房小説本校録。

## 中朝故事

郡齋讀書志雜史類著録中朝故事二卷，「右僞唐尉遲偓撰。記懿、昭、哀三朝故事，故曰『中朝』。」直齋書録解題、文獻通考、宋史藝文志均記作二卷，崇文總目、通志則記作三卷，通志卷六五藝文略三雜史類名下註曰：「僞唐尉遲樞撰，記宣、懿、昭三宗事。」「樞」乃「偓」之誤。尉遲偓事蹟不詳，四庫全書據浙江鮑士恭家藏本著録，書首舊題「朝議郎守給事中修國史驍騎賜紫金魚袋臣尉遲偓奉旨纂進」，考定尉遲偓爲南唐史官，此書乃承命而作。李昪自以爲出太宗之後，承唐統緒，稱長安爲「中朝」。所記之事，真僞不一，宋祁修新唐書、司馬光著資治通鑑時曾加採録，然資治通鑑考異中亦曾斥其鄙妄無稽。四庫全書著録者仍分上下兩卷，上卷多記君臣事迹及朝廷制度，可信成份多；下卷雜録神異怪幻之事，不盡可據。八千卷樓舊藏影宋鈔本一種，今在南京圖書館。傳世者尚有隨庵徐氏叢書本，一九五八年中華書局上海編輯所曾據之排印，今亦從之校録。

## 北夢瑣言

作者孫光憲，字孟文，自號葆光子。書中署名「富春孫光憲」，「富春」是孫姓的郡望，實際上是陵州貴平（今四川仁壽縣東）人。孫光憲在唐時曾爲陵州判官，後唐明宗天成初避地江陵，爲割據者高季興幕下掌書記，歷事高從誨、保融、繼冲三世，累官荆南節度副使、檢校祕書少監。後勸高繼冲獻地降宋，又任新朝黄州刺史。卒於宋太祖開寶元年（九六八）。孫氏爲唐末宋初的篤學之士，著作很多，直齋書録解題卷十一小説家類載北夢瑣言三十卷，「黄州刺史、陵井孫光憲孟文撰。載唐末、五代及諸國雜事。光憲仕荆南高從晦，三世在幕府。『北夢』者，言在夢澤之北也。」因爲此書乃居江陵時所作，其地在古雲夢澤之北，故稱「北夢」。自序亦曰：「禹貢云『雲土夢作乂』，傳有『畋於江南之夢』，鄙從事於荆江之北，題曰北夢瑣言。」序中又言「每聆一事，未敢孤信，三復參校，然始濡毫。」説明他的寫作態度相當謹嚴。每條之首常題某人所説，或在條文之末註明得自何人，也是言必有據的意思。有些條目則是採用前人的現成材料改寫而成，如卷三李氏瑞槐一條，即本書卷七949條，言李福之事，乃據玉泉子或酉陽雜俎寫成。書中内容甚爲廣泛，諸如歷史事實、名人言行、民情風俗等，向爲研究晚唐五代史者所重視。其中還記録了許多中晚唐及五代時的文人的軼事，諸如顧况、白居易、李商隱、温庭筠、皮日休、聶夷中、杜荀鶴、羅隱、韋莊、和凝等，還記載了有關文士温卷等情事，都是研究文史的好材料。但也有不少關於神怪讖應的記載，殊爲無謂。原書三十卷，王讜採録之文，僅限於前六卷。傳世有稗海本、雅雨堂叢書本、摛藻堂四庫全書薈要本、光绪五年仁邑公局刻本、雲自在龕叢書本。後者有校語，且自太平廣記中輯出逸文四卷，最稱完善。葉景葵卷盦書跋曰：「北夢瑣言繆藝風三校本，根據商本，廣記本，劉、吴兩鈔本，前後二十餘年，用力勤劬，校筆整飭。」今卽據之校録。一九五九年中華書局上海編輯所曾據此書排印，且附雅雨堂本二十卷目録與逸文四卷目録，更便應用。一九八一年上海古籍出版社又印行林艾園點校本，對此作了進一步的加工提高。上海圖書館有原藏吴騫拜經樓之舊鈔本，卽繆荃孫所依據之吴本。

## 唐會要

此書前後經由數人編成。郡齋讀書後志卷二類書類著録唐會要一百卷，「右皇朝王溥撰。初，唐蘇冕敍高祖至德宗九朝沿革損益之制。大中七年（八五三），詔崔鉉等撰次德宗以來事至宣宗大中六年以續冕書，溥又採宣宗以後事，共成百卷。建隆二年（九六一）正月奏御，史館禮備，太祖覽而嘉之，詔藏於史閣，賜物有差。」直齋書録解題卷五典故類著録時敍述略同，中有云「杭州刺史蘇弁與兄冕纂國朝故事爲是書。」新唐書卷五九藝文志三類書類著録蘇冕會要四十卷，又續會要四十卷，由楊紹復等九人譔，崔鉉監脩。王溥，晉陽人，宋史卷二四九有傳。是書記載唐代制度沿革損益，頗爲詳覈，如識量、忠諫、舉賢、委任、崇奬等門，亦頗載事蹟。其細瑣典故，不能歸入門目者，則別爲雜録，附於各條之後。唐語林中之條文即出於雜録中，而集中於初盛唐時。唐會要初僅有鈔本傳世，後有武英殿聚珍本。江蘇書局據之覆刻，商務印書館據之排印，即國學基本叢書本。一九五五年中華書局用舊紙型重印，今即從之校録。

### 柳氏敍訓（柳氏訓序、柳氏家訓序）

郡齋讀書志傳記類著録柳氏序訓一卷，「唐柳玭叙其祖公綽已下内外事迹，以訓其子孫。」新唐書卷一六三柳玭傳中尚附有四條，而全書已佚。容齋四筆卷十一册府元龜條叙宋真宗命儒臣編修君臣事迹，編修官上言：「又有子孫追述先德，叙家世，如李繁鄴侯傳、柳氏序訓、魏公家傳之類，或隱己之惡，或攘人之善，並多溢美，故匪信書。」

### 魏鄭公故事

此書情況不明。直齋書録解題卷五典故類載魏鄭公諫録五卷，「唐尚書吏部郎中瑯邪王綝撰。綝字方慶，以字行。相武后。其爲吏部，當在高宗時。館閣書目作『王琳』，誤也。所録魏公進諫奏對之語。又名魏文貞公故事。」此書尚存，而與唐語林之文字不合。新唐書卷五八藝文志二故事類有張大業魏文貞故事八卷，又有劉禕之文貞公故事六卷，不知二家之中哪一種書又名魏鄭公故事？崇文總目傳記類録劉禕之文貞公故事三卷，後代就難得見到此書的記録了。資治通鑑考異中引用過張大業魏文貞故事，但與唐語林中文字無可印證。

**國朝傳記**（隋唐嘉話、隋唐佳話、傳記、傳載、國史纂異、國史異纂、國朝雜記、小說、小說舊聞）

作者劉餗，字鼎卿，史學家劉知幾次子，新、舊唐書附劉子玄傳。天寶初，歷集賢殿學士，兼修國史，終右補闕。他著作多種，而國朝傳記一書，有關它的書名和編纂，却是異說紛紜，頗難清理。舊唐書卷一〇二本傳上說他著有國朝傳記，新唐書藝文志中著録時重出，雜傳記類有國朝傳記三卷，小說家類有劉餗傳記三卷，原註：「一作國史異纂。」傳記當是國朝傳記的簡稱。李肇國史補序曰：「昔劉餗集小說，涉南北朝至開元，著爲傳記。」而後代又有劉餗著小說之說，資治通鑑考異引小說若干條，詩話總龜引小說舊聞若干條，均見於隋唐嘉話，則是小說一名或爲宋代重刻此書時依據李肇序中所言而改擬之名。直齋書録解題小說家類著録「劉餗小說三卷，唐右補闕劉餗鼎卿撰」，其下又著録隋唐嘉話一卷，劉餗撰。宋史藝文志中也有隋唐嘉話一卷，列在劉餗的傳記和小說之間。宋史雜亂，可以不論。疑隋唐嘉話一書，乃坊賈選輯國朝傳記（或國史異纂、小說）而成者；隋唐嘉話一名，也是根據内容重新擬制的。因爲「國朝」、「國史」云云，已經不合事實；「小說」一名，又嫌浮泛，且易與前代殷芸小說相混。其他一些異名，如國朝雜記、國史纂異，則是國朝傳記、國史異纂的訛寫，與後者具有同樣的缺點。而傳記一名，又易與傳載相混，所以國朝傳記和大唐傳載中的條文，或是類書中著録二書的條文，常有錯亂的情況。明代嘉靖時，顧元慶將此書刻入顧氏文房小說，書尾註明「夷白齋宋版重雕」。看來顧氏依據的原本成書甚早，王讜所依據的底本，編次似乎與此相同，參看本書卷五629條的校勘文字可以推知。顧氏依據的當是宋代國朝傳記三卷本，但他採用了更易爲人理解的隋唐嘉話一名，後代翻刻此書者沿用，於是從明代起，國朝傳記、國史異纂、小說等名反而廢棄不用了。總之，國朝傳記卽隋唐嘉話，則是覆覈各書可以證明的。劉餗出身於史學家庭，自己也是著名的史家，書中所記，雖亦偶有疵病，而大體翔實，足資參證。內中許多條目，曾爲新舊唐書、資治通鑑等書所吸收，大唐新語等書也大量採擇沿用其記載，李肇則續此而作國史補，宋代文人也常引用此書，可見劉餗的這部著作在唐宋兩代頗著聲譽。唐語林中有關初唐時的材料，出於此書者爲多。王讜録引時，文字有改動，而內容出入不大。然此書以書名混淆不清之故，後人或以爲隋唐嘉話乃後人假託劉餗之名而編的僞書，所以四庫全書總目等目録書都没有著録。又此書除顧氏文房小說本外，尚有稽古堂叢刻本，亦三卷，與顧書同，似出一源。一九五七年古典文學出版社曾據顧氏文房小說本排印。一九七九年中華書局唐宋史料筆記叢刊有程毅中點校本，最佳。今以顧氏文房小說本爲主，參之程毅中點校本，進行校録。

**會昌解頤**（會昌解頤録）

新唐書藝文志小說家類著録會昌解頤録四卷，不著撰人。宋史藝文志小說家類著録作五卷，亦不著撰人。通志藝文略則作一卷。說郛（陶珽刊本）弓四九存一卷，署包諝撰，不知何據？太平廣記及王銍補侍兒小名録引有佚文。唐語林中之條文，可直接定爲出於此書者未見，然王書多詼諧趣事，當有出於此書者，以其無確證，仍無法標出。

## 洛中記異（洛中紀異録）

郡齋讀書志卷三下小説類著録洛中紀異十卷，「右皇朝秦再思撰，記五代及國初讖應雜事。」原書久佚。説郛（陶珽刊本）弓四九、（張宗祥輯明鈔本）卷三與卷二十各一卷，然與唐語林中條文無重合者。宋人筆記中偶亦引及此書，然亦未發現有與唐語林文字相重合者。

## 乾𦠆子（乾饌子）

郡齋讀書志小説類著録乾饌子三卷，「右唐温庭筠撰。序謂語怪以悦賓，無異饌味之適口，故以『乾饌』名篇。」直齋書録解題小説家類著録乾𦠆子三卷，「唐温庭筠飛卿撰。序言『不爵不觥，非炰非炙，能悦諸心，聊甘衆口，庶乎乾𦠆之義。』『𦠆』與『饌』同字，從肉，見古禮經。」此書新唐書藝文志作三卷，遂初堂書目作一卷。洪邁夷堅支癸序曰：「唐史所標百餘家，六百三十五卷，班班其傳，整齊可翫者，若牛奇章、李復言之玄怪，陳翰之異聞，胡璩之談賓，温庭筠之乾𦠆，段成式之酉陽雜俎，張讀之宣室志，盧子之逸史，薛漁思之河東記耳。餘多不足讀。」乾𦠆子原書已佚，紺珠集卷七録文二十條，説郛（陶珽刊本）弓二三録文七條，太平廣記及考古質疑諸書亦有引文。龍威祕書五集有乾𦠆子一卷，夏承燾以爲僞作,見温飛卿繫年。

## 聞奇録

直齋書録解題卷十一小説家類著録聞奇録一卷,「不著名氏,當是唐末人。」宋史卷二〇六藝文志五小説家類有聞奇録三卷,不著撰人。原書久佚。太平廣記曾有徵引。説郛(陶珽刊本)弓一一七亦曾録存三十六條,而作者署名于逖,或非此書。

## 賈氏談録(賈公談録、賈黄中談録)

直齋書録解題卷七傳記類著録賈公談録一卷,「序言庚午銜命宋都,聞於補闕賈黄中,凡二十六條,而不著其名。別本題清輝殿學士張洎,蓋洎自江南奉使也。庚午實開寶三年(九七〇)。」張洎,字思黯,改字偕仁,全椒人。初仕南唐,爲知制誥、中書舍人;入宋,爲史館修撰、翰林學士,後官至參知政事,宋史卷二六七有傳。賈黄中亦嘗任相,宋史卷二六五有傳,中叙其多知臺閣故事,談論亹亹,聽者忘倦。此書所録皆唐代軼聞。郡齋讀書志稱凡録三十餘事,後散佚,四庫全書館臣從永樂大典中輯出,益以類説、説郛諸書所載,共得二十六條,再加上説郛中的自序,乃爲傳世最詳備之本,守山閣叢書本據此刻出,且作校訂,最稱完善。然而四庫全書館臣採録永樂大典中賈氏談録時草率從事,文字大段脱落,如本書卷一一條,略作比較即可明瞭。而且四庫全書館臣和守山閣叢書編者錢熙祚等人都没有注意唐語林中引用的文字。比較起來，唐語林中多數條文要比守山閣叢書中湊合起來的文字完整而近真，凡此參閲卷五710條、卷七892條即可知。此書叙及之事，有裨治史，如牛李黨争、周秦行紀爲韋瓘所撰等，後人均據此書爲説。傳世尚有胡心耘刻本等多種，今從守山閣叢書本校録。應該注意的是，賈氏談録尚有較完整之鈔本傳世。傅增湘藏園羣書題記續集卷三賈氏談録内叙及他所得的一種舊寫本，「平泉莊一條，四庫本文字前後倒置，正文小註又復淆亂，……是鈔本之佳，實遠出四庫之上。」可與本書892條中文字相印證。又此舊寫本内著録原文三十一條完然無缺，惜未見。北京圖書館藏海日樓舊鈔本一種，前有目録，凡二十九條，頗有可補今本不足者，今亦據之參證。

**虬鬚客傳**（虬髯客傳，張虬鬚傳）

此文作者説法不一。崇文總目卷二傳記類、通志卷六五藝文略三傳記類録虬鬚客傳一卷，均不署撰人。容齋隨筆卷十二王珪李靖條、宋史卷二〇六藝文志五小説家類亦題之曰虬鬚客傳，且曰杜光庭作。蘇鶚蘇氏演義曰：「近代學者著張虬鬚傳，頗行於世。」蘇鶚爲唐末人，僖宗光啓年間中進士，與杜光庭同時，不當稱之爲「近代學者」。或是杜光庭曾删削舊篇，編入神仙感遇傳，故有杜氏所撰之説。道藏恭字卷四、雲笈七籤卷一一二録神仙感遇傳，内收虬鬚客一文，即已署名杜光庭，其後顧氏文房小説本等亦同此説。直齋書録解題卷十一小説家類著録豪異祕纂一卷，云：「無名氏。所録五事，其扶餘國王一則，即所謂虬鬚客者也。」而説郛（陶珽刊本）弓一一二、（張宗祥輯明鈔本）卷三四所載豪異祕纂中正有此文，作者署名張説，明刻虞初志卷二與五朝小説、唐人説薈等書中亦署張説撰。然張説爲唐初人，是否能够寫出這樣一篇篇幅巨大技巧非常成熟的小説，亦有可疑。總之，虬鬚客傳之作者問題尚需進一步考索。唐語林中之文，與顧氏文房小説本與太平廣記引文爲近，只是開端略去李靖至楊素家見紅拂女一節，逕從挾張氏歸太原叙起，而文中仍稱張某曰虬鬚，此亦可見王讜録引之文尚屬早期之作。較之顧氏文房小説本與太平廣記引文，或更近於此文原貌。又此文於宋代曾編入總集，而王讜録引之五十種小説，無單獨成文者，頗疑虬鬚客傳亦曾録入異聞集中。故此文是否應列入此五十種小説之總目，亦難斷言。今以無可參證，姑從四庫全書館臣之説另列。

**封氏聞見記**（封氏見聞記、封氏見聞録、封氏見聞志）

作者封演，渤海蓨人。初爲太學生，天寶末年進士中第，曾爲昭義節度使薛嵩的僚屬，官屯田郎中權邢州刺史；後又仕於田承嗣處，在田悦時任司刑侍郎。封氏聞見記一書，作於貞元十六年（八〇〇）之後，書前署銜曰檢校尚書吏部郎中兼御史中丞，看來仍在藩鎮處任職，但已不知此時究在何處。一九二六年時鳳翔封寶楨於成都重刻此書，於緣起内詳叙封演生平，純出編造，不可信據。新唐書藝文志雜傳記類著録封氏聞見記五卷，直齋書録解題著録於小説家類，作二卷；郡齋讀書志著録於小説類，作五卷，且曰：「右唐封演撰。分門記儒道、經籍、人物、地理、雜事，且辨俗説訛謬，蓋著其所聞如此。」四庫全書總目提要中更細析之曰：「唐人小説多涉荒怪，此書獨語必徵實。前六卷多陳掌故，七、八兩卷多記古蹟及雜論，均足以資考證。末二卷則全載當時士大夫軼事，嘉言善行居多。惟末附諧語數條而已。」因爲它涉及面廣，論斷又頗精審，所以頗受後人重視。王士禛於唐摭言跋中説：「唐人説部流傳至今者绝少，此書洎封氏聞見記皆祕本可貴重。」近代通行者多爲十卷本，有學海類編本、雅雨堂叢書本、江都秦鬻刻本、秦恩復刻石研齋四種本、學津討原本、畿輔叢書本等多種。雅雨堂本早出，近人趙貞信以此爲底本，而用各本詳校，成封氏聞見記校證十卷，由哈佛燕京學社印出，最稱詳備。其後岑仲勉著跋封氏聞見記，作了大量的糾譌和補充。一九五八年趙氏又將詳校本精簡成一小册，名封氏聞見記校註，由中華書局出版，最便應用。但封書於宋元時已多殘佚，明人根據幾種本子鈔補，盧見曾據之刻入雅雨堂叢書，仍有不少條目殘缺。趙貞信據王國維校本援引唐語林中文字補足了好些條目，並且糾正了原有文字的好些缺誤，説明二書可以相互校正的地方很多，此亦可見唐語林一書在保存和整理唐代文獻上有重要的價值。

**御史臺記**（御史臺記事）

御史臺記十二卷，新唐書藝文志入乙部史録職官類，今已散佚。作者韓琬，字茂貞，睿宗玄宗時人，新唐書卷一一二有傳。韓琬長於史學，著有續史記一百三十卷、南征記十卷等多種，而他本人又長期擔任監察官，歷任監察御史、按察使、殿中侍御史等職，所以他寫作的御史臺記，源源本本，頗有可觀。直齋書録解題卷六職官類此書提要曰：「唐殿中侍御史南陽韓琬茂貞撰。自唐初迄開元五年，御史姓名、行事及官制沿革，皆詳著之。第八卷爲琬著傳，九卷以後爲右臺；右臺創於武后，廢於中宗，歲月蓋不久也。末有雜説五十七條。」按唐代著作御史臺記有多種，因話録卷五曰：「諸家御史臺記，多載當時御史事迹、戲笑之言，故事甚略。」本書卷五羼入的648條，正是所謂「戲笑之言」；又卷八1007條引韓琬釋「爆直」之説，亦當出於御史臺記，此説爲封演所斥，可見其中亦有疏誤處。資治通鑑考異引用此書頗多，而亦時加駁正。

## 教坊記

新唐書卷五七藝文志一樂類著録崔令欽教坊記一卷。令欽，唐玄宗至德宗時人。開元年間官左金吾倉曹參軍；天寶年間遷著作佐郎，轉禮部員外郎；肅宗時改官倉部郎中。後入蜀，任萬州刺史，終國子司業。此書作於安史之亂避地潤州之時，乃追思昔日長安聲樂繁榮而作。唐代設置教坊，掌管歌舞、伎藝、百戲等各種娛樂活動的教習和演出事務。唐玄宗時，教坊的活動趨於鼎盛，但缺少這方面的系統記載，教坊記中叙述了關於教坊的制度、人物、軼聞、瑣事，特别是記録了三百二十七個曲名，保留了唐代樂曲的豐富資料。此書有古今逸史本、格致叢書本等多種。古典文學出版社印中國文學參考資料小叢書中有單行本，即一輯第八册。中國古典戲曲論著集成第一集中所收的本子經過整理，較爲完整。任半塘教坊記箋訂（一九六四年中華書局上海編輯所版）考證甚詳，可參看。

## 鄴侯家傳

鄴侯是李泌的封號。李泌，字長源，歷仕肅宗、代宗、德宗三朝，後且出任宰相。他好神仙道術，言行外似浮誕，實則足智多謀，屢次挽救朝廷危局，是唐代一位表現奇特的政治家。此文爲其子李繁所作。李繁有才無行，後以捕殺亳州「劇賊」，受舒元輿的誣陷，下獄而死。直齋書録解題卷七傳記類著録鄴侯家傳十卷，「唐亳州刺史京兆李繁撰。繁，宰相泌之子。坐事下獄，知且死。恐先人功業泯滅，從吏求廢紙拙筆爲傳。按中興書目有柳玭後序，今無之。」新唐書即據此録入李繁傳中。家傳原書已佚，祇在類書、總集中偶有徵引。洪邁容齋四筆卷十一册府元龜條言此書事多溢美，而觀其殘文，頗多侈陳怪異，體近小説，祇有部份史實可以相信。

## 前定録

新唐書卷五七藝文志三小説家類載鍾簬前定録一卷。簬一作「輅」，大和中人，官崇文館校書郎，生平不詳。全書凡二十三則，敍前定之事，寓勸戒之意。闕史卷下鄭少尹及第曰：「世傳前定録，所載事類實繁，其間亦有鄰委曲以成其驗者。」説明其中故事頗有出於編造者。即如本書卷六778條，雖託王生善筮以明靈驗，而故事亦委婉可觀。有學津討原本，今從之校録。

**闕史**（唐闕史）

作者高彦休，號參寥子，生於唐宣宗大中八年（八五四），卒年不詳。僖宗乾符甲午舉進士，時年二十一，中和四年之前曾任淮南節度使高駢從事，官銜爲攝鹽鐵巡官朝議郎守京兆府咸陽縣尉柱國。此書作於中和四年（八八四），史略卷五録闕史三卷，「唐高彦休記大曆以後至乾符事」，内容可信者多，而部份故事有神怪色彩。文筆多變易求新，人稱澀體，故嘗爲人所譏。新唐書藝文志小説家類著録此書，作三卷，傳世有知不足齋叢書本，仍如高氏自序，分上下卷，共五十一篇。今即從之校録。但資治通鑑考異及新編分門古今類事等類書所引文字，頗有出於今本之外者。張耒右史集卷四八稱賈長卿嘗辨此書所載白居易母墮井事，此本無之，吳騫拜經樓詩話卷二引陳振孫白香山年譜元和十年乙未六月言其母看花墮井，「云出高彦休闕史，而『直齋所記彦休之語如此。今鮑氏所刻唐闕史，不載此事，非全本也。』」太平廣記引文與今本差異甚大，文字似經改寫。

**北里志**（北里誌）

作者孫棨，字文威，唐僖宗時人，曾官侍御史、中書舍人。此書寫於中和四年（八八四），記載前此長安城北平康里中歌妓的情況，故名北里志。唐代士子常是流連於秦樓楚館，書中保留了一些文士和歌妓的詩歌，反映了當時文士生活的一個方面，也爲後世研究唐代文史者提供了資料。書凡一卷，有續百川學海本、古今説海本等數種。一九五七年古典文學出版社據古今説海本排印，而用説郛（張宗祥輯明鈔本）卷十二引文校過。今從之校録。

**閩川名士傳**（閩中名士傳、閩中名仕傳）

新唐書卷五八藝文志二雜傳記類著録黄璞閩川名士傳一卷，原註：「字紹山，大順中進士第。」郡齋讀書志卷二下傳記類著録閩川名士傳三卷，「右唐黄璞撰。唐神龍以來閩人知名於世者，效楚國先賢傳爲之。」直齋書録解題卷七傳記類著録「閩川名士傳一卷，唐崇文館校書郎黄璞，所記人物，自薛令之而下，凡五十四人。」玉海卷五八藝文傳著録唐閩川名士傳：「（中興）書目三卷，唐崇文館校書郎黄璞所著也。著録凡五十有三，起神龍，訖大順，歷歲二百，上春官第者才四十有二。」原書已佚，太平廣記録文六條，説郛（陶珽刊本）弓五八録文三條，類書中亦偶有徵引。

**抒情詩**（抒情集、唐賢抒情）

新唐書藝文志著録盧瓌抒情詩二卷，入總集類。崇文總目、宋史藝文志同，均作二卷。通志藝文略入詩總集類，遂初堂書目則入小説類。原書已佚，太平廣記引文共十九條，詩話總龜引文共十八條，然有重出與誤入者，實存十六條。作者生平不詳，文中屢言僖宗時事，當爲唐末人。按「抒情」一詞，出於楚辭惜誦：「惜誦以致愍兮，發憤以抒情。」此書以此命名，表明著作宗旨，實爲記載唐人吟咏故事之專集，與本事詩之性質爲近，唯其文字過於簡短，缺乏故事情節描寫，比之本事詩更爲質樸，比之雲溪友議顯得呆板而缺乏情致，然保存了一些中晚唐詩人的軼聞與詩歌，仍可供參考。

## 唐摭言（摭言）

作者王定保，生於唐懿宗咸通十一年（八七〇），死於南漢劉龑大有十三年（九四〇）。書前署稱「唐光化進士瑯琊王定保撰」，瑯琊乃指郡望，本人則生長在南昌（今江西南昌），故書中多言江西事。王定保於光化三年進士及第，後爲容管巡官。唐末世亂，不能北返，乃至湖南依馬殷，又至廣州事劉隱（後改名龑），晚年由寧遠節度使入爲中書侍郎同平章事。此書之成，當在後梁貞明二、三年（九一六、九一七）之間。其時唐亡已及十載，然仍惓惓有故國之思。書中詳記唐代的科舉制度，保存了不少騷人墨客、文壇風習的珍貴資料。王氏自述聞之於陸扆、吳融、李渥、顔蕘、王溥、王涣、盧延讓、楊贊圖、崔籍若等，而王氏亦即吳融之婿。李慈銘越縵堂讀書記卷八曰：「唐人登科記等盡佚，僅存此書，故爲考科名者所不可少。」傳世者有稗海本，内有删節。雅雨堂叢書本、學津討原本均十五卷，文字較全。一九五七年古典文學出版社曾據雅雨堂叢書本排印，後中華書局上海編輯所與上海古籍出版社又重印。今從之校録。此本後附蔣光煦斠補隅録中之唐摭言校勘記。又余嘉錫四庫提要辨証中考此書時引劉毓崧說述王氏歷史頗詳，岑仲勉跋唐摭言一文對書中一些史料上的錯誤作了糾正，可供參考。

# 宋元明三代書目著録

昭德先生郡齋讀書志卷第三下小説類：唐語林十卷。

右未詳撰人。效世説體，分門記唐世事，新增嗜好等十七門，餘仍舊云。

遂初堂書目小説類：唐語林。

直齋書録解題卷十一小説家類：唐語林八卷，長安王讜正甫撰。以唐小説五十家，倣世説分門三十五，又益十七，爲五十二門。中興書目「十一卷」，而闕記事以下十五門；又云「一本八卷」。今本亦止八卷，而門目皆不闕。

通志卷六八藝文略六小說：唐語林八卷。

玉海卷五五藝文著書雜著：唐語林。宋朝王讜以唐小説五十家，取其要者，倣世説，分五十二門，爲唐語林十一卷。今本起德行，訖俚俗，自故事以下五門闕。一本八卷。

宋史卷二百六藝文志五子小説家類：王讜唐語林十一卷。

永樂大典目録卷三・二支・卷之八百十四詩詩話五十六唐語林等書。勛初案：此卷已佚。

楊士奇文瀾閣書目卷十一盈字號第六廚書目：唐語林一部，三册，闕。唐語林一部，三册，闕。

葉盛菉竹堂書目卷二類書：唐語林三册。

李廷相濮陽蒲汀李先生家藏目録西間朝西頭櫃一層：唐語林四本。

趙用賢趙定宇書目稗統後編：唐語林。稗統續編：唐語林一本。勛初案：稗統爲筆記小説叢書之摘鈔。

焦竑國史經籍志卷四下子類小説家：唐語林八卷。

晁瑮晁氏寶文堂書目卷中子雜：唐語林。

陳第世善堂藏書目録卷上史類雜記：唐語林八卷王讜。

高儒百川書志卷八子小説家：唐語林十卷。未詳撰人。

祁承㸁澹生堂藏書目小説家佳話：唐語林二卷（載歷代小史）。

徐𤊹徐氏家藏書目卷四小説類：唐語林八卷。

趙琦美脈望館書目暑字號子類八小説：唐語林三本。

失名近古堂書目卷上小説類：唐語林。

王道明笠澤堂書目小説家：唐語林四册，宋王讜撰。

失名西吴韓氏書目小説：唐語林。

錢謙益絳雲樓書目卷二小説類：唐語林十卷。亡名氏，宋史作王讜，其書效世説體。勛初案：書目小註爲清代陳景雲所加。

# 前人序跋與題記

## 齊之鸞唐語林序

史外文餘，採輯之帙，非事別語別，不能使聞者興，談者慕。唯臨川世説，蔚有奇情，昔人評其機鋒似沉，滑稽又冷，可以爲談之宗，信善述也。是後唐有語林，殆又濫觴於是者乎？間嘗得而諷味之，其意象詞致，乃更不同，蓋世説清曠簡遠，而語林精博典質；世説情勝，語林實勝：其大較也。且夫操牘以爲文也，不曰「樹幟」、「脱穎」之難乎！學士才人苦心大篇而訖無俊賞者爲不少矣，則酬應之頃，單言隻辭，不經慮謀而神理超暢，又其最難者也。唐人懲江左玄虚，矯以渾淡，故今所述，似多要確。雖其折之以道，未必盡然，而筆舌翩翩，意興悠寄，神奇爽媚，非苦非煩，譬之石中片玉，砂中遺金，縞中尺錦，蕺中禁臠，溝中犧尊，青黄之斷，要不可以常品視之。信哉！藝苑之奇珍也，其爲書亦非贅矣。惜予所得本多謬，稍嘗正之，而縣吏劇俗，莫能詳也。復命庠生顧應時、沈維俾加校勘焉。又有不能意曉者，並令闕疑承誤，以俟善本。二生遽請梓行，因諾而僭書其端。

皇明嘉靖二年歲次癸未三月既望桐城齊之鸞敍

## 四庫全書唐語林提要

臣等謹案：唐語林八卷，宋王讜撰。陳振孫書録解題云：「長安王讜正甫以唐小説五十家，倣世説分門三十五，又益十七門，爲五十二門。」晁公武郡齋讀書志云：「未詳撰人。效世說體，分門記唐世名言，新增嗜好等十七門，餘皆仍舊。」馬端臨經籍考引陳氏之言，入小說家，又引晁氏之言，入雜家，兩門互見，實一書也。惟陳氏作八卷，晁氏作十卷，其數不合，然陳氏又云館閣書目十一卷，闕記事以下十五門，另一本亦止八卷，而門目皆不闕，蓋傳寫分併，故兩本不同耳。讜之名不見史傳。考書中裴佶一條，「佶」字空格，註云「御名」。宋惟徽宗諱佶，則讜爲崇寧大觀間人矣。是書雖倣世說，而所記典章故實，嘉言懿行，多與正史相發明，視劉義慶之專尚清談者不同。且所採諸書，存者已少，其裒集之功，尤不可没。惜其刊本久佚，故明謝肇淛五雜俎引楊慎語，謂「語林罕傳，人亦鮮知」。惟武英殿書庫所藏，有明嘉靖初桐城齊之鸞所刻殘本，分爲上下二卷，自德行至賢媛，止十八門。前有之鸞自序，稱所得非善本。其字畫漫漶，篇次錯亂，幾不可讀。今以永樂大典所載參互校訂，删其重複，增多四百餘條，又得原序目一篇，載所採書名及門類總目，當日體例尚可考見其梗概。蓋明初全書猶存也。惟是永樂大典各條散於逐韻之下，其本來門目，難以臆求，謹略以時代爲次，補於刻本之後，無時代者又後之，共爲四卷。又刻本上下二卷，篇頁過繁，今每卷各析爲二，仍爲八卷，以還其舊。此書久無校本，訛脱甚衆，文義往往難通，謹取新、舊唐書及諸家說部一一詳爲勘正；其必不可知者，則姑仍原本，庶不失闕疑之義焉。

勛初案：此提要據武英殿聚珍本唐語林卷首所載四庫館臣上書著錄。四庫全書總目載於卷一四一子部小說家類二。

## 四庫全書簡明目録唐語林提要

殘本唐語林八卷。宋王讜撰。原本久佚，今從永樂大典校補。其體例雖仿世説新語，而所記故實、嘉言懿行，多與正史相發明。與劉義慶之標舉清談，用意又殊。

勛初案：此提要載於四庫全書簡明目録卷十四子部十二小説家類。

## 余嘉錫四庫全書唐語林提要辨證

唐語林八卷。宋王讜撰。陳振孫書録解題云：「長安王讜正甫，以唐小説五十家，倣世説分三十五門，又益十七門，爲五十二門。」晁公武郡齋讀書志云：「未詳撰人。效世説體分門，記唐世名言，新增嗜好等十七門，餘皆仍舊。」讜之名不見史傳。考書中裴佶一條，「佶」字空格，注云「御名」，宋惟徽宗諱佶，則讜爲崇寧、大觀間人矣。

嘉錫案：陸心源儀顧堂題跋卷九云：「讜，吕大防子婿也。元祐四年除國子監丞，右司諫吴安詩言其不協公論，大防亦自請改除，改少府監丞。見李燾通鑑四百三十卷。」嘉錫更考之，讜之事蹟可見者，尚不止此。長編卷四百十三云：「右正言劉安世言，宰相吕大防任中書侍郎日，堂除其女婿王讜京東排岸司。」此奏見盡言集卷一。又卷四百五十七注引邵伯温辨誣云：「楊畏因吕相之壻王讜見吕相，吕相愛之。」邵博聞見後録卷十五云：「吕微仲丞相作法雲秀和尚碑，意欲得東坡書石，不敢自言，委甥王讜言之。」王昶金石萃編卷一百二十八，有吕公等華岳題名云：「紫微吕公祈雪，汶上盧訥、洛陽程旨、樊川王讜從。熙寧癸丑仲冬十九日讜題。」癸丑者，熙寧六年也。王氏跋謂紫微吕公爲吕公弼，余案宋史吕大防傳，大防以熙寧四年知華州，其先嘗直舍人院知制誥，故稱爲紫微吕公。然則是大防，非公弼也。讜名雖不見史傳，而其事固有可考矣。

## 四庫全書總目齊之鸞本唐語林提要

殘本唐語林二卷内府藏本。不著撰人名字。以永樂大典所載考之，卽王讜之書，佚其八卷耳。前有明嘉靖間桐城齊之鸞序，亦稱所得非善本。今已採掇永樂大典，重爲補綴成帙，别著於録。此殘缺之本，已爲土苴；以其爲讜之原書，久行於世，故仍附存其目焉。

勛初案：此文原載四庫全書總目卷一四三子部小説家類存目一。

## 陸心源唐語林跋

唐語林八卷，宋王讜撰。原本久佚，此則乾隆中館臣從永樂大典録出，以聚珍板印行者也。直齋書録解題云：長安王讜正甫以唐小説五十家，仿世説，分三十五門，又益十七門，爲五十二門。提要云：讜之名不見于史傳。考書中裴佶一條，「佶」字空格，註云：「御名。」宋惟徽宗諱佶，則讜爲崇寧、大觀間人矣。案：讜，吕大防子壻也，元祐四年七月除國子監丞，右司諫吴安詩言其不協公論，大防亦自

請改除，改少府監丞，見李燾通鑑四百三十卷。（儀顧堂題跋卷九）

## 周錫瓚校齊之鸞本唐語林題記

唐語林三卷鈔本。唐語林未見完本。見者，齊之鸞所刻上下二卷爾。今假士禮居新購舊鈔三卷校之，乃知刻本卽發源於鈔本，行款字形一一相同，惟改三卷爲二卷，以致分卷處有幾頁不對，間有改正誤字，明人刻書妄改，往往如此。刻本中有舊校者夾簽云：李希烈前一頁缺，別本上中下卷者，亦缺二卷廿九號。似刻本又有一本，或卽將三卷本後改二卷。其卷首分門，「文學」二字獨細小，重添可見矣。余因將分卷之頁重鈔，兼補缺頁，細心校改，以復不全三卷之舊，而刻本之五頁抽出者，仍釘於後，著明刻妄改之非。黄跋述書之原委甚詳，亦録之，以爲讀是書者攷焉。時嘉慶甲子八月九日，香嚴居士周錫瓚識。（士禮居藏書題跋記續卷上附）

## 黄丕烈唐語林鈔本題記

唐語林三卷鈔本。此舊鈔本唐語林三卷，一卷載德行、言語、政事，二卷載文學、方正、雅量、識鑒，三卷載賞譽、品藻、規箴、夙慧、容止、企羨、栖逸、賢媛，共十五門。以陳氏書録解題、晁氏郡齋讀書志覈之，蓋不全本也。陳云「八卷」，晁云「十卷」，在宋已有二本。明時百川書志亦云十卷，當是晁所見本，然後來藏書家罕有著録。伏讀四庫全書總目云：明以來「刊本久佚，故明謝肇淛五雜組引楊慎語，謂「語林罕傳，人亦鮮知」。惟武英殿書庫所藏，有明嘉靖初桐城齊之鸞所刻殘本，分爲上、下二卷，自德行至賢媛，止十八門。前有齊之鸞自序，稱所得非善本。其字畫漫漶，篇次錯亂，幾不可讀。」審是，則明所存者，亦止此德行至賢媛矣。四庫乃從永樂大典校補。此三卷雖不全，尚是照宋鈔本，卷中宋諱皆缺其文，可爲確證。揚州書估攜書數十種求售，苦無當意者，此本實爲罕祕，以白金二兩四錢易之。今日天氣老晴，礎潤皆收，垂簾北牕下，午飯後書此。蕘翁黄丕烈，時甲子六月六日。（士禮居藏書題跋記續卷上）

勛初案：莫友芝郘亭知見傳本書目卷十一子部小説家類載唐語林八卷，宋王讜撰。嘉靖初桐城齊之鸞刊，二卷，不全。又有聚珍本、閩覆本、惜陰軒本、墨海金壺本、守山閣本。張鈞衡眉批曰：「頃見有刊本，關飯璞用黄蕘圃舊抄校本。黄云舊鈔實三卷，刻本卽出於彼，而强併爲二卷。」

## 黄丕烈齊之鸞本唐語林卷首題記

此本上下二卷，係硬分者。余得舊鈔，實分三卷，蓋視晁、陳兩家所云卷數，已不全矣。明人好作聰明，往往不肯爲舊貫之仍，故分併皆由自造，今以舊鈔勘之，不特文義皆同，卽行款亦合，惟于分卷處有幾葉或擠或排之稍異爾。此迹顯然，莫可掩飾，特未見原本，無從指摘。甚矣，明人刻書之不可信如此！蕘翁。（士禮居藏書題跋記續卷上）

## 李盛鐸唐語林題記

唐語林二卷（宋王讜撰，明嘉靖刻本）

明刊本。半葉十行，行二十二字。白口，四周雙邊。陸心源羣書校補以明刻校聚珍本：夙慧多三條，企羨多一條，賢媛多九條，此本正同；惟夙慧門此本適缺是葉，賢媛末葉亦缺，又上卷缺首二葉，當覓他本抄補。（木犀軒藏書題記及書錄書錄卷三小説家類）

## 傅增湘唐語林鈔本題記

唐語林三卷，宋王讜撰。舊寫本，十行二十字。有黄蕘圃跋二則。録後：（第一跋已録，見前，不複出。勵初識）。第二跋前録周錫瓚跋。前已録過，不複記。末云：「道光壬午初冬，漪塘先生以小通津山房詩文稿見示，屬爲載入新修郡志藝文門，因拜讀一過，見題跋中有此一則，其原本卽余家藏本也，緣録於後，以見當時奇文共賞之心云爾。蕘夫。孫美鏐書。」（盛伯羲遺書，壬子五月中旬入都見。）（藏園羣書經眼録卷九子部三）

## 傅增湘齊之鸞本唐語林題記

明嘉靖二年癸未桐城齊之鸞刊本，十行二十二字，白口，四周雙欄，有自序一篇，有黄丕烈跋二則，後跋爲甲子六月六日，當是其孫美鏐所書。兩跋皆見刻本。又有周錫瓚跋，録後：（周跋已録，見前，不複出。勛初識。）鈐有：「建慶」朱、「明珠易得」、「張氏印章」、「文緒私印」、「字成化」、「汪鳴瓊印」、「靈鶼閣書」各印，又士禮居印、江標各藏印。（此書與麟原集均鄧秋枚所藏，蔣孟蘋持去。癸亥十月十一日記於上海。）（藏園羣書經眼録卷九子部三）

## 周中孚唐語林題記

唐語林八卷墨海金壺本。宋王讜撰。讜，字正甫，長安人。以其書考之，蓋崇寧大觀人也。四庫全書著録，書録解題、通考同。讀書志作十卷，未詳撰人；宋志又作十一卷。陳氏稱正甫「以唐小説五十家，倣世説分門三十五，又益十七，爲五十二門。中興書目『十一卷』，而闕記事以下十五門。又云：『一本八卷』。今本亦止八卷，而門目皆不闕」。然則作十卷、十一卷者，皆所據之本不同也。自明以來，其書已佚，僅存嘉靖初桐城齊之鸞所刻殘本二卷，凡德行、言語、政事、文學、方正、雅量、識鑒、賞譽、品藻、規箴、夙慧、豪爽、容止、自新、企羡、傷逝、棲逸、賢媛十八門。今館臣析爲四卷，又從永樂大典校補四卷，以復陳、馬兩家之舊。至原分門目，已不可考見，因略以時代爲次，無時代者編附於後，而存其原序目于首。所記故實言行，多與新、舊唐書相發明，非標舉清談，如劉氏書之用意也。張若雲卽遵武英殿聚珍版校梓，冠以提要一篇，説郛、歷代小史均止節録一卷而已。（鄭堂讀書記卷六四子部十二之二小説家類、雜事中）

## 李慈銘唐語林題記

唐語林宋王讜撰。夜閱宋王讜唐語林，亦守山閣本，凡八卷，卽武英殿聚珍本。其前四卷爲明齊之鸞原刻，後四卷則從永樂大典各韻下輯入者，故別之曰「補遺」，而不繫門目。王氏本仿世說三十五門，又益以嗜好至計策十七門，爲五十二門。採集小說五十家，大典中尚載其所採書名原序目及門類總目，今諸書多或亡佚，賴此存其梗概，且所載多嘉言韻事，爲考唐事者所不可少之書。錢氏繫以校勘記一卷，多取諸書之閒存者，以相參考，時足正今本沿刻之誤。

同治癸酉正月二十四日（越縵堂讀書記八文學（6）雜記）

## 耿文光唐語林題記

唐語林八卷宋王讜撰。惜陰軒本　原本久佚。四庫館本採自永樂大典，李錫齡重刊。前有引書目。原本採小說五十家，分爲五十二門，其上三十五門出世說，下十七門，正甫所續，總號唐語林。大典所載，凡四十八家，聚珍本以封演聞見記、虬鬚客傳補入，以還五十家之舊。第八卷記御史臺記三篇甚詳。諸家所記，多載當時御史事跡，戲笑之言，此則録其要節，多記典章故實。其他嘉言懿行，多與正史相發明。雖仿世說之體，與劉義慶之專尚清談者異矣。

李氏跋曰：五十家書存者已少。升菴謂「語林罕傳，人亦鮮知」。明嘉靖初有桐城齊之鸞刊本，分爲上下二卷，自序云自得非善本。四庫館本輯自永樂大典，分齊本二卷爲四卷，補遺四卷，仍爲八卷。（萬卷精華樓藏書記卷九九子部十二小説家類一）

## 錢熙祚守山閣叢書本唐語林校勘記（小序）

説郛録唐語林，寥寥數條，其標題大略適與齊之鸞殘本合，知陶南村所見本已不完矣。然齊刻雖漫漶，頗有出永樂大典外者。試以所引原書證之，互有出入；其語林是而今本原書譌闕，反藉以訂正者亦不少。既遵四庫本付梓，復採列異同，附記卷末，以備參考。己亥白露前一日，錢熙祚錫之甫識。

勛初案：校勘記原文文繁不録。又此校勘記併載錢氏家刻書目卷五。

## 孫星華唐語林校勘記跋

按北宋王讜正甫集唐人小説五十家，仿世説體成唐語林，自前明中葉刊本卽經散佚，乾隆時四庫館臣搜永樂大典所載，參以齊之鸞所刻殘本，仍照原本葺爲八卷，用聚珍版印行傳布後，乃有金山錢氏守山閣本，三原李氏惜陰書塾本，蓋皆從聚珍本翻雕者也。近日歸安陸氏刻羣書校補，謂得明刻全本，搜出十四條，皆聚珍本所漏採，爰取五條，刻爲拾遺，餘已見於錢氏守山閣本校勘記者，不復複刻。據錢氏跋云「齊本雖漫漶，然頗有可訂正今本原書譌闕者，因採列異同，作校勘記」等語，其讐勘極爲矜慎，援據亦甚詳明。惟錢氏雖稱係照聚珍本翻雕，乃與閩刻此本又復間有異同，且有錢本誤而此本不誤者；錢本誤兩條作一條，於記中標明應另條提行而此本並不誤聯者。互對一周，或增或删，並以篇葉稍繁，分爲兩卷，仍依錢氏之式，刊附卷尾，以備參考。且閩刻原本誤字不少，現附此記，則書版可省剜改之煩。繕刻既畢，爰綴數語。光緒甲午仲秋會稽孫星華識。

勛初案：孫氏此跋與下跋均載廣雅書局刻本唐語林卷尾。孫氏云「近日歸安陸氏刻羣書校補，謂得明刻全本，搜出十四條，皆聚珍本所漏採。」實則陸氏僅云「唐語林今所見者惟聚珍本。余所蓄明刊本多十四條，今校補如左。」初不言此十四條乃從明刻全本搜出也。而陸心源皕宋樓藏書志卷六三子部小説類二著録「唐語林八卷明刊本朱竹垞舊藏　宋王讜撰徐之鸞序」，孫氏之誤或由此而起。然陸氏此處文字頗多舛誤。「徐」乃「齊」之誤。齊之鸞本上下二卷，何八卷之有？羣書校補中之十四條文字即從齊之鸞本唐語林中輯出。又孫星華所作之校勘記亦文繁不録。

## 孫星華唐語林拾遺跋

按近人歸安陸氏從明刊全本採出十五條，刻入其羣書校補中，然企羨門一條，賢媛門七條，守山閣校勘記已悉採附，並有校語，陸氏蓋偶未見。兹故僅擇取五條，刻爲拾遺，餘詳校勘記。孫星華識。

# 唐語林校證參考書目

尚書　阮元刻十三經註疏本
詩經　阮元刻十三經註疏本
周禮　阮元刻十三經註疏本
周禮正義　孫詒讓　四部備要本
儀禮　阮元刻十三經註疏本
禮記　阮元刻十三經註疏本
左傳　阮元刻十三經註疏本
公羊傳　阮元刻十三經註疏本
穀梁傳　阮元刻十三經註疏本
論語　阮元刻十三經註疏本
孟子　阮元刻十三經註疏本
經典釋文　陸德明　四部叢刊本
爾雅註疏　阮元刻十三經註疏本

廣雅疏證　王念孫　四部備要本
史記　中華書局排印新式標點本
漢書　中華書局排印新式標點本
後漢書　中華書局排印新式標點本
後漢書集解　王先謙　商務印書館排印本
三國志　中華書局排印新式標點本
晉書　中華書局排印新式標點本
宋書　中華書局排印新式標點本
魏書　中華書局排印新式標點本
北齊書　中華書局排印新式標點本
周書　中華書局排印新式標點本
隋書　中華書局排印新式標點本
南史　中華書局排印新式標點本
北史　中華書局排印新式標點本
舊唐書　中華書局排印新式標點本
新唐書　中華書局排印新式標點本

新唐書糾謬　吴縝　四部叢刊二編本
舊五代史　中華書局排印新式標點本
新五代史　中華書局排印新式標點本
隋唐五代史　吕思勉　中華書局上海編輯所排印本
隋唐史　岑仲勉　中華書局排印本
宋史　中華書局排印新式標點本
戰國策　士禮居叢書本
册府元龜　中華書局影印本
資治通鑑（附考異）　中華書局排印新式標點本
資治通鑑叢論　劉迺龢宋衍申主編　河南人民出版社排印本
續資治通鑑長編　李燾　浙江書局本
唐方鎮年表　吴廷燮　中華書局排印本
唐方鎮年表正補　岑仲勉　中華書局排印本唐方鎮年表附
宋高僧傳　釋贊寧　大正新修大藏經本
唐才子傳　辛文房　古典文學出版社排印本
劉禹錫年譜　卞孝萱　中華書局上海編輯所排印本

白文公年譜　陳振孫　四部備要本白香山詩集附
白居易年譜　朱金城　上海古籍出版社排印本
李賀年譜　朱自清　上海古籍出版社排印本朱自清古典文學論文集卷下
唐宋詞人年譜　夏承燾　上海古籍出版社排印本
水經注　王先謙合校　四部備要本
兩京新記　韋述　佚存叢書本
元和郡縣圖志　李吉甫　岱南閣叢書本
太平寰宇記　樂史　古逸叢書本
唐兩京城坊考　徐松　連筠簃叢書本
唐代長安與西域文明　向達　三聯書店排印本
通典　杜佑　商務印書館萬有文庫本
職官分紀　孫逢吉　臺灣商務印書館影印故宮博物院藏文淵閣四庫全書本
唐登科記考　徐松　南菁書院叢書本
唐郎官石柱題名考　勞格趙鉞　月河精舍叢鈔本
唐御史臺精舍題名考　勞格趙鉞　月河精舍叢鈔本
翰林學士壁記注補　岑仲勉　歷史語言研究所集刊第十五本

元和姓纂　林寶　孫星衍刊本
元和姓纂四校記　岑仲勉　商務印書館排印本
古今姓氏書辨證　鄧名世　守山閣叢書本
通鑑學　張須　開明書店排印本
虬鬚客傳的作者問題　王運熙　光明日報一九五八年三月二日
關於南柯太守傳的撰寫時間　卞孝萱　江漢學報一九六二年第十一期
教坊記作者崔令欽的時代　張旭光　中華文史論叢一九八一年第一期
南卓考　卞孝萱　中華文史論叢第四輯
關於唐語林作者王讜　顔中其　中國歷史文獻研究集刊第一集
蘇軾王大年哀辭質疑　顧吉辰俞如雲　文史第十六輯
唐史餘瀋　岑仲勉　上海古籍出版社排印本
唐集質疑　岑仲勉　上海古籍出版社排印本唐人行第録附
崇文總目　錢東垣輯釋　汗筠齋叢書本
祕書省續編到四庫闕書目　商務印書館排印本宋史藝文志附編
中興館閣書目　商務印書館排印本宋史藝文志附編
中興館閣續書目　商務印書館排印本宋史藝文志附編

昭德先生郡齋讀書志、後志、附志　晁公武趙希弁　商務印書館萬有文庫本
遂初堂書目　尤袤　海山仙館叢書本
史略　高似孫　古逸叢書本
直齋書録解題　陳振孫　江蘇書局本
通志　鄭樵　商務印書館萬有文庫本
玉海　王應麟　浙江書局本
文獻通考　馬端臨　商務印書館萬有文庫本
永樂大典目録　姚廣孝等　連筠簃叢書本
文淵閣書目　楊士奇等　讀畫齋叢書本
菉竹堂書目　葉盛　粵雅堂叢書本
濮陽蒲汀李先生家藏目録　李廷相　玉簡齋叢書本
趙定宇書目　趙用賢　古典文學出版社影印本
國史經籍志　焦竑　粵雅堂叢書本
晁氏寶文堂書目　晁瑮　古典文學出版社排印本
世善堂藏書目録　陳第　知不足齋叢書本
百川書志　高儒　古典文學出版社排印本

澹生堂藏書目　祁承㸁　八千卷樓藏原鈔本
徐氏家藏書目　徐㶿　書目文獻出版社影印本明清書目題跋叢刊
脈望館書目　趙琦美　玉簡齋叢書本
近古堂書目　失名　玉簡齋叢書本
笠澤堂書目　王道明　北京圖書館出版社影印本
西吴韓氏書目　失名　清鈔本
絳雲樓書目　錢謙益　粤雅堂叢書本
四庫全書總目　中華書局影印本
四庫未收書目提要　阮元　中華書局影印本四庫全書總目附録
四庫提要辨證　余嘉錫　中華書局排印本
四庫簡明目録標注　邵懿辰邵章　中華書局上海編輯所排印本
日本國見在書目　藤原佐世　古逸叢書本
皕宋樓藏書志　陸心源　十萬卷樓自刻本
錢氏家刻書目　錢培蓀　家刻本
郘亭知見傳本書目　莫友芝　國學扶輪社刊適園藏本
武英殿聚珍版叢書目　陶湘　自刊本

中國叢書綜録　上海圖書館編　中華書局上海編輯所排印本
水經注等八種古籍引用書目彙編　馬念祖　中華書局上海編輯所排印本
東坡題跋　蘇軾　津逮祕書本
儀顧堂題跋　陸心源　潛園總集本
士禮居藏書題跋記續　黄丕烈　靈鶼閣叢書本
鄭堂讀書記　周中孚　商務印書館排印本
越縵堂讀書記　李慈銘　商務印書館排印本
萬卷精華樓藏書記　耿文光　山西省文獻委員會排印本
本犀軒藏書題記及書録　李盛鐸　北京大學出版社排印本
藏園羣書題記、續集　傅增湘　自刊本
藏園羣書經眼録　傅增湘　中華書局排印本
卷盦書跋　葉景葵　古典文學出版社排印本
跋封氏聞見記　岑仲勉　歷史語言研究所集刊第九本
跋唐摭言　岑仲勉　歷史語言研究所集刊第九本
寶刻叢編　陳思　十萬卷樓叢書本
寰宇訪碑録　孫星衍邢澍　平津館叢書本

圖畫見聞誌　郭若虚　上海美術出版社排印本
古小説簡目　程毅中　中華書局排印本
中國文言小説書目　袁行霈侯忠義　北京大學出版社排印本
異聞集考　程毅中　文史第七輯
異聞集考補　方詩銘　文史第十一輯
麗情集考　程毅中　文史第十一輯
大唐傳載考　嚴杰　古籍整理研究學刊一九九〇年第五期
玉泉子考　嚴杰　古籍整理研究學刊一九九二年第三期。
唐代小説瑣記　程毅中　文學遺産一九八〇年第二期
顔氏家訓　顔之推　四部叢刊本
安禄山事迹　姚汝能　藕香零拾本
蘇氏演義　蘇鶚　商務印書館排印本
酉陽雜俎　段成式　中華書局排印本
樂府雜録　段安節　守山閣叢書本
江隣幾雜志　江休復　稗海本
山家清事　林洪　涵芬樓影印顧氏文房小説本

夢溪筆談　沈括　中華書局上海編輯所排印本
石林燕語　葉夢得　中華書局排印本
靖康緗素雜記　黄朝英　守山閣叢書本
能改齋漫録　吴曾　上海古籍出版社排印本
雲谷雜記　張淏　海山仙館叢書本
學林　王觀國　湖海樓叢書本
容齋隨筆、續筆、三筆、四筆、五筆　洪邁　上海古籍出版社排印本
演繁露　程大昌　學津討原本
緯略　高似孫　守山閣叢書本
五總志　吴炯　知不足齋叢書本
老學庵筆記　陸游　中華書局排印本
捫蝨新語　陳善　津逮祕書本
甕牖閒評　袁文　聚珍版叢書本
續釋常談　龔頤正　叢書集成本
野客叢書　王楙　稗海本
考古質疑　葉大慶　海山仙館叢書本

貴耳集　張端義　學津討原本
賓退録　趙與旹　學海類編本
困學紀聞　王應麟　商務印書館排印本
碧鷄漫志　王灼　知不足齋叢書本
五雜俎　謝肇淛　中華書局上海編輯所排印本
古夫于亭雜録　王士禛　原刊本
豐鎬考信録　崔東壁　亞東圖書館刊崔東壁遺書本
讀書雜識　勞格　月河精舍叢鈔本
純常子枝語　文廷式　廣陵古籍刻印社刊本
太平廣記　李昉等人　中華書局排印本
紺珠集　傳朱勝非　明刊本
類説　曾慥　古籍出版刊行社影印本
姬侍類偶　周守忠　明鈔本
説郛　陶宗儀　陶珽刊本
　　商務印書館排印張宗祥輯明鈔本
藝文類聚　中華書局排印本

初學記　中華書局排印本
太平御覽　中華書局影印本
白孔六帖　明刊本
事類賦註　吳淑　劍光閣刊本
歲時廣記　陳元靚　學海類編本
海録碎事　葉廷珪　日本文化刊本
五色綫　津逮祕書本
新编分門古今類事　十萬卷樓叢書本
錦繡萬花谷前集、後集、續集　明刊本
事文類聚前集、後集、續集、别集　祝穆　明刊本
補侍兒小名録　王銍　稗海本
古今合璧事類備要前集、後集、續集、别集、外集　謝維新虞載　明三衢夏氏刊本
重刊增廣類林雜説　王朋壽　嘉業堂叢書本
廣博物志　董斯張　乾隆辛巳高暉堂重刊本
近事會元　李上交　知不足齋叢書本
雲仙雜記　馮贄　四部叢刊續編本

西京雜記　傳葛洪　中華書局排印本
語林　裴啓　魯迅古小説鈎沉本
世説新語　劉義慶　上海古籍出版社影印本
異苑　劉敬叔　學津討原本
朝野僉載　張鷟　中華書局排印趙守儼點校本
教坊記　崔令欽　古典文學出版社排印本
教坊記箋訂　任半塘　中華書局上海編輯所排印本
卓異記　傳李翺　涵芬樓影印顧氏文房小説本
獨異志　李冗　中華書局排印本
北户録　段公路　十萬卷樓叢書本
南部新書　錢易　古典文學出版社排印本
歸田録　歐陽修　學津討原本
續世説　孔平仲　守山閣叢書本
侯鯖録　趙令畤　知不足齋叢書本
夷堅志　洪邁　中華書局排印本
續博物志　李石　稗海本

雲林石譜　杜綰　學津討原本
緑窗新話　皇都風月主人　古典文學出版社排印本
優語録　任二北　上海文藝出版社排印本
莊子　四部叢刊本
易林　焦延壽　四部叢刊本
雲笈七籤　張君房　四部叢刊本
楚辭　四部叢刊本
曹子建集　四部叢刊本
鮑參軍集　四部叢刊本
韓昌黎全集　四部備要本
韓集舉正　方崧卿　商務印書館影印四庫全書珍本初集本
韓集點勘　陳景雲　四部備要本
劉賓客文集　四部叢刊本
元氏長慶集　文學古籍刊行社影印明影宋鈔本
白氏長慶集　文學古籍刊行社影印宋刊本
元白詩箋證稿　陳寅恪　上海古籍出版社排印本

李白和徐凝的廬山瀑布詩　程千帆　長江一九七九年第二期
「捉不良」與「不良」　趙守儼　學林漫録第三集
李德裕貶死年月及歸葬傳説辨證　陳寅恪　上海古籍出版社排印本金明館叢稿二編
河南集　尹洙　四部叢刊本
王荊文公詩箋註　李壁箋註　中華書局排印本
集註分類東坡先生詩　四部叢刊本
右史集　張耒　四部叢刊本
黄山谷詩集　任淵史容註　世界書局影印本
後山詩註　任淵註　四部叢刊本
濟北晁先生雞肋集　晁補之　四部叢刊本
渭南文集　陸游　四部叢刊本
文選　李善註　中華書局影印胡克家刊本
　六臣註　四部叢刊本
唐鈔文選集註彙存　周勛初纂輯　上海古籍出版社影印本
文苑英華　中華書局影印本
樂府詩集　郭茂倩　文學古籍刊行社影印本

全上古三代秦漢晉南北朝文　嚴可均　中華書局影印本
全漢三國晉南北朝詩　丁福保　中華書局排印本
古謡諺　杜文瀾　中華書局排印本
永樂大典　中華書局影印本
永樂大典(天理圖書館善本叢書漢籍之部第十一卷)　日本八木書店影印本
全唐詩　中華書局排印本
全唐文　中華書局影印本
唐人小説　汪辟疆　中華書局上海編輯所排印本
唐宋傳奇集　魯迅　文學古籍刊行社排印本
臨漢隱居詩話　魏泰　歷代詩話本
後山詩話　陳師道　歷代詩話本
西清詩話　蔡絛　哈佛燕京學社排印宋詩話輯佚本
優古堂詩話　吴幵　讀畫齋叢書本
碧溪詩話　黄徹　歷代詩話續編本
詩話總龜前集、後集　阮閱　四部叢刊本
四六話　王銍　學津討原本

韻語陽秋　葛立方　歷代詩話本
唐詩紀事　計有功　中華書局上海編輯所排印本
苕溪漁隱叢話前集、後集　胡仔　人民文學出版社排印本
詩林廣記前集、後集　蔡正孫　中華書局排印本
詩藪　胡應麟　上海古籍出版社排印本
漁洋詩話　王士禛　清詩話本
拜經樓詩話　吴騫　清詩話本
渤澥一勺　王仲犖　中華文史論叢第四輯

# 唐語林援據原書索引

## 目録

說明

一、爲便讀者查檢，唐語林所援據之五十種原書，採用現代通行之書名。

二、小說中有同一故事數見於諸書之情況，原出之書下不加標記，重出之書下加*號標示。某一故事有可能出於某一書者，則於該書條目之下加？號標示。每條上的數字，即爲正文該條序碼。

三、羼入唐語林中之書，附於五十種原書之後，另行編目。

## 大唐新語

一六三　蘇良嗣判販蔬鬻菜
一六七　蘇頲賢能
一六八　玄宗任姚崇
一七八　杜淹詠鬬鷄寄意？
二六〇　行祕書
二六一　北堂書鈔
二六四　山東士大夫類例
三三〇　日知在此人莫覓死＊
三三一　李綱諫高祖勿令舞胡致位五品
三三二　李嗣真諫則天毋羅織衣冠
三三三　宋璟執法不斬韋月將
三三四　柳渾諫斜封官復舊職
三三五　韋仁約振舉綱目
三三六　王義方彈李義府
三三七　李昭德言洛水石豈盡反耶
三三八　張說證魏元忠無不軌事
三三九　宋璟按張易之昌宗
三四〇　宋璟拒詔命不出使

三四一　宗楚客納厚賂招邊患
三六一　畏卿等嗔不幸山南
三六二　寵辱不驚考中上
三六四　皇甫德參激切上書阻修洛陽宮
三九五　温僕射魏鄭公争突厥事
三九六　侯君集有他心
四〇二　張沛
四〇五　張九齡奏戮安禄山
四〇九　朕以全樹借汝＊
四二四　房琯不是滅賊手＊
四三五　裴士淹言李林甫妬賢嫉能＊
四三九　高孝基以子孫相託
四七三　賈嘉隱
五一五　魏元忠得名＊
五六六　裴耀卿贊本朝書籍盛事
六〇四　文德皇后賀魏徵直言
六〇七　徐充容諫造玉華宮
六一七　周憬＊

**大唐傳載**

五〇一　裴僕射巾子
五〇三　八磚學士
五三一　于良史自吟從未污袍赤
五三五　趙郡李氏入相者多＊
五二八　陽城以布衾木枕質錢
五二九　李愿一門四節度
五三八　馮宿家一時之盛無比
五三九　李廙年二十九爲尚書右丞
五九一　徐賢妃進詩
六二九　李衛公從征遼＊
六四一　望春宮
六七九　陛下行幸萬里
六八九　更一轉入流
六九八　李龜年羯鼓棬
六九九　曲遍繁聲爲破
七〇六　不解作詩王右丞
七〇八　花鳥使
七一四　漏澤
七一五　蕭穎士趙驊
七二五　杜亞在淮南競渡採蓮
七四五　稅酤酒青苗
七六〇　掌庫
七六四　公主追謚自此始
七六五　左右辟仗使之始
八一七　韋執誼誤視崖州圖
八四四　愛宣州觀察使怕大蟲
八七三　徐家肺沈家脾
八八三　金盞破而成玉杯破而不完＊
一〇六八　襄州漢高祖廟
一〇八九　請俸寫書

**中朝故事**

九七　劉瞻？

**玉泉子**

三一三　薛元賞杖殺無禮軍將
三五一　裴度失印復得

**刊誤**



**本事詩**

## 北夢瑣言

**皮氏見聞録**



**次柳氏舊聞**



**戎幕閒談**



**因話録**

二一七 權範知巡罪同罰異
二一八 權範率先助張傑夫求馬價
二二〇 武宗賜杜無逸青衣
一九一 柳并草人臣祭皇后文
一九二 李程獨曰不可改月令
一九六 裴晉公還進玉帶狀
一九七 裴晉公作鑄劍戟爲農器賦
二三〇 楊巨源爲張氏説家門
二三一 元和以來詞翰兼奇者
二三八 文字見分命之優劣
二九〇 汾陽諸子皆奴才
三〇〇 裴澥父子重官守
三〇五 裴垍執守峻整
三〇六 柳元公杖殺神策小將
三〇七 柳公綽知禮
三一一 唐特不受請託
三二四 韓皐寬厚
三二五 陳拾遺近多以字行

---

三二六 裴晉公宏達
三二七 文宗輕相撲鬭鷄
三二九 李宗閔荷杯
三八七 畫一幾致失名
四一四 程子齊
四八六 劉玄佐處鄉里姻舊
五〇二 韓晉公用人隨其所長
五二二 韓家三世傳執一笏
五二三 趙昭公異數壽考爲朝中之首
五二四 權德輿得人
五二五 趙郡李氏入相者多
五二六 文章李益門户李益
五二七 好脚迹門生
五三〇 趙氏軒冕文儒最著
五三一 楊家上下門生
五三二 李侍御將紫底緋上座主
五三三 玉筭
五三四 柳璟

芝田録



杜陽雜編

**松窓雜録**



**酉陽雜俎**〔盧陵官下記〕



**虬鬚客傳**



**東觀奏記**

**尚書故實**



**明皇雜録**



**金華子**

**封氏聞見記**

**柳氏叙訓**



**貞陵遺事**



**幽閑鼓吹**



**紀聞譚**

## 唐會要



## 桂苑叢談



## 乾𦠆子



## 常侍言旨

**補國史**



**雲谿友議**



**嵐齋集**

## 隋唐嘉話

**資暇集**

**賈氏談録**



**羯鼓録**



**劇談録**

**劉賓客嘉話録**

**盧氏雜說**

**譚賓録**



**續貞陵遺事**



**未知從出者**

# 唐語林人名索引

## 說明

一、本索引依筆劃排列，同一筆劃中字又依、一丨丿乚排列。

二、書中人名，不論見於正文、原註或案語，一律編入。人名下的數字，即爲正文條目序碼。

三、同一人名之異稱，用（　）表示，附於書中所用名字或常用名字之後。

## 四劃

## 五劃

**六劃**

## 七劃

## 八劃

## 九劃

## 十劃

## 十一劃

## 十二劃

## 十三劃

## 十四劃

## 十五劃

## 十六劃

**十七劃**

## 十八劃

## 十九劃

二十劃

二十一劃



二十二劃

二十三劃



二十四劃



二十五劃

# 唐宋史料筆記叢刊　書目

隋唐嘉話　朝野僉載
〔唐〕劉餗　〔唐〕張鷟

明皇雜録　東觀奏記
〔唐〕鄭處誨　〔唐〕裴庭裕

大唐新語
〔唐〕劉肅

唐語林校證
〔宋〕王讜

東齋記事　春明退朝録
〔宋〕范鎮　〔宋〕宋敏求

澠水燕談録　歸田録
〔宋〕王闢之　〔宋〕歐陽脩

龍川略志　龍川别志
〔宋〕蘇轍

東坡志林
〔宋〕蘇軾

默記　燕翼詒謀録
〔宋〕王銍　〔宋〕王栐

涑水記聞
〔宋〕司馬光

東軒筆録
〔宋〕魏泰

青箱雜記
〔宋〕吴處厚

齊東野語
〔宋〕周密

癸辛雜識
〔宋〕周密

邵氏聞見録
〔宋〕邵伯温

邵氏聞見後録
〔宋〕邵博

桯史
〔宋〕岳珂

游宦紀聞　舊聞證誤
〔宋〕張世南　〔宋〕李心傳

鐵圍山叢談
〔宋〕蔡絛

四朝聞見録
〔宋〕葉紹翁

春渚紀聞
〔宋〕何薳

蘆浦筆記
〔宋〕劉昌詩

鶴林玉露
〔宋〕羅大經

湘山野録　續録　玉壺清話
〔宋〕文瑩

泊宅編
〔宋〕方勺

老學庵筆記
〔宋〕陸游

西溪叢語　家世舊聞
〔宋〕姚寬　〔宋〕陸游

石林燕語
〔宋〕葉夢得　〔宋〕宇文紹奕考异

雲麓漫鈔
〔宋〕趙彦衛

鷄肋編
〔宋〕莊綽

清波雜志校注
〔宋〕周煇

建炎以來朝野雜記
〔宋〕李心傳

丁晉公談録（外三種）

〔宋〕潘汝士　〔宋〕夷門君玉

〔宋〕孫升口述　〔宋〕劉延世筆録

〔宋〕孔平仲

奉天録（外三種）

〔唐〕趙元一　〔唐〕佚名　〔南唐〕尉遲偓

〔南唐〕劉崇遠

靖康緗素雜記

〔宋〕黄朝英

夢溪筆談

〔宋〕沈括

愧郯録

〔宋〕岳珂

錢塘遺事校箋考原

〔宋〕劉一清

曾公遺録

〔宋〕曾布

儒林公議

〔宋〕田況

雲溪友議校箋

〔唐〕范攄

嬾真子録校釋

〔宋〕馬永卿

王文正公筆録

〔宋〕王曾

王文正公遺事　清虚雜著三編

〔宋〕王素　〔宋〕王鞏

酉陽雜俎

〔唐〕段成式

新輯實賓録

〔宋〕馬永易